中华好诗词

陈斐　主编

元明清散曲三百首

羊春秋　选注

浙江教育出版社·杭州

图书在版编目（CIP）数据

元明清散曲三百首 / 羊春秋选注. -- 杭州：浙江教育出版社，2025.1. --（中华好诗词 / 陈斐主编）.
ISBN 978-7-5722-8836-4

Ⅰ．Ⅰ222.9

中国国家版本馆 CIP 数据核字第 2024LZ9989 号

中华好诗词 元明清散曲三百首
ZHONGHUA HAO SHICI YUAN MING QING SANQU SANBAI SHOU
羊春秋　选注

责任编辑	赵清刚
美术编辑	韩　波
责任校对	马立改
责任印务	时小娟
产品监制	王秀荣
特约编辑	田　颖
装帧设计	郝欣欣
出版发行	浙江教育出版社
	地址：杭州市环城北路177号
	邮编：310005
	电话：0571-88900883
	邮箱：dywh@xdf.cn
印　　刷	天津盛辉印刷有限公司
开　　本	880mm×1230mm　1/32
成品尺寸	145mm×210mm
印　　张	14
字　　数	468 000
版　　次	2025年1月第1版
印　　次	2025年1月第1次印刷
标准书号	ISBN 978-7-5722-8836-4
定　　价	55.00元

总序

今天，我们和诗词打交道的方式，大致可概括为"说诗"和"用诗"两种。对于这两种方式，王国维在《人间词话》中做过区分、说明。他用晏殊、欧阳修等人写爱情、相思的词句，比拟"古今之成大事业、大学问者，必经过"之"三种境界"，可视为"用诗"。他所下的转语"然遽以此意解释诸词，恐为晏、欧诸公所不许也"，则承认了"说诗"的存在。

春秋时期，我国即有了频繁、成熟地引用《诗经》来含蓄、典雅地抒情达意的"用诗"实践。"用诗"可以"断章取义"，将诗句从原先的语境剥离出来，另赋新意。"说诗"则应以探求作者原意为鹄的，尽管作者原意可能并不是唯一的、封闭的，尽管探求的过程也需要读者"以意逆志"、揣摩想象，但不能放弃这种探求。正如仇兆鳌在《杜诗详注》自序中所云："注杜者必反覆沉潜，求其归宿所在，又从而句栉字比之，庶几得作者苦心于千百年之上，恍然如身历其世，面接其人，而慨乎有余悲，悄乎有余思也。"

通常，我们对诗词的阅读和研究，属于"说诗"，应尽量探求作者原意；在作文或说话时引用诗词，则是"用诗"，最好能符合原意，但也不妨"断章"。接触诗词，首要的是"说诗"，弄清原意；

然后举一反三、触类旁通地"用诗",让诗点化生活、滋养生命。

我们"说诗",应怎样探求作者原意呢?愚以为,必须遵从诗词表意的"语法",通过对文本"互文性"的充分发掘寻绎。《文心雕龙·知音》云:"夫缀文者情动而辞发,观文者披文以入情。""作诗"是抒志摛文、将情志外化为文字的"编码"过程;"说诗"则是沿波讨源、通过文字探求情志的"解码"过程。作者"编码"达意,有一定的"语法";读者"解码"寻意,也必须遵从这些"语法"。同时,作品是一个"意脉"贯通的有机整体,承载的是作者自洽的情意,反映在文本上,即是字、句、篇、题乃至诗词书写传统之间彼此勾连的"互文性"。这些不同层次的"互文性",构成了人们通常所说的"语境"。"说诗"应充分考虑文本的"互文性",理顺"意脉",重视作者言说的"语境"。凡此种种,既限定了阐释的边界,也保证了阐释的效力,将专家、老师合理的"正解"和相声、小品、脱口秀演员搞笑的"戏说"区别开来。

散文语言"编码"达意,比较显豁、连贯,诗词语言则讲究含蓄、跳跃,故"言在此而意在彼""言有尽而意无穷""无理有情""笔断意连"之类的话语常见诸诗话、评点。用书法之字体比拟的话,散文似楷书,诗词则是行书或草书。由于"五四"新文化运动的猛烈抨击,传统文体的书写和说解传统,在当下已命若悬丝。从小学到大学,哪怕是专业的中文系,也没有系统教授传统文体写作的课程。即使是职业的研究者,也普遍缺乏传统文体的书写体验。这种"研究"与"创作"的断裂,直接导致了今日的新生代研究者对诗词的感悟力和解读力普遍不高。因为诗词表意往往含蓄、跳跃，如果没有深切的创作体验，就很难把握住全篇的"意脉"，解说难免支离破碎、顾此失彼。就像一个人如果没有拿过毛笔，面对楷书还大致可以辨识，但如果面对的是一幅行书或草书，他连怎么写出来的（笔顺、笔势）都很难弄明白，更不要说鉴赏妙处、品评高下了。

　　说到这里，也许有朋友会说，现在社会上喜欢写诗词的人可是越来越多了呀！的确，这对于中华优秀传统文化的传承来说，是好现象。不过，很多朋友是因为爱好而写作，就他们自学的诗词素养，写出一首符合"语法"且"意脉"贯通的诗词来说，还有不小的距离。记得数年前，当能够"写"诗词的计算机软件被开发出来时，有朋友问我怎么看待？如何区别计算机和人创作的诗词？我说：我能区别计算机和古人创作的诗词，但没法区别计算机和今人创作的诗词，甚至计算机创作的比我看到的绝大多数今人创作的还要好，起码平仄、押韵没有问题。因为古人所处的时代，古典文脉传承不成问题，诗文书写是读书人必备的技能，生活、交际常常要用，他们所受的教育中有系统、大量的创作训练，既物化为教材，也可能是师友父子间口耳相传的"法门"、技巧。因此，古人写诗词，就像今人说、写白话文一样，不论雅俗妙拙，起码是符合"语法"且"意脉"贯通的。而在传统文体被白话文体大规模取代的今天，我们已成了诗词传统的"局中门外汉"（张祖翼《伦敦竹枝词》初版自署），不论是写作还是说解，如果不经过刻意、系统的训练，要做到符合"语法"和"意脉"贯通，都非常困难。想必大家都有过学习外语的体验，之所以感觉困难、进展缓慢，是因为缺乏"习得"这种语言的文化氛围。计算机"写"诗词，不过是根据事先设定的平仄、押韵程序，提取相关主题的关键词排列、拼凑，绝大多数今人也差不多，都很难做到符合"语法"且"意脉"贯通。以上是我数年前的回答。ChatGPT（人工智能的语言模型）的诞生，使我的看法略有改变，但它要写出合格的诗词作品，尚待时日。

今人对诗词的感悟力和解读力普遍不高，除了缺乏创作体验，还由于时势变迁，所受专业化的教育训练，使他们的国学素养一般比较浅狭。而诗词又是作者整个生命和生活世界的映射，可能涉及作者生活时代的社会风俗、礼乐制度、思想观念、地理区划乃至自然科学方面的知识。如果对诗词生成的文化背景缺乏了解，自然难以充分发掘文本的意蕴及其"互文性"，无法还原作者言说的"语境"，解说难免隔靴搔痒、纰漏百出。

今天，我们对传统文体的看法已经和"五四"先贤有了很大不同。很多人意识到，传统文体未必没有价值，未必不能书写、表达当代人的生活、情感。尤其是诗词，与母语特性、民族审美、文化基因的关系更为密切。最近几年，《中国诗词大会》《经典咏流传》等与传统文化相关的娱乐节目的热播，更是彰显了中华优秀传统文化根于人心、超越时空的永恒魅力。

那么，我们应该如何提升诗词创作和说解的水平呢？窃以为，就学术、教育体制而言，应该恢复诗词创作教学，适当修复"研究"和"创作"之间良好互动的关系。在古代，文学创作教学的传统源远流长，不仅指授诗文作法、技巧的入门书层出不穷，而且那些以传世为期许的诗话、文评，比如《文心雕龙》《沧浪诗话》等，也以提升创作能力为鹄的，带有浓厚的教科书特征；文学活动的主体，通常兼具创作者、评论者和研究者"三位一体"的身份。"五四"新文化运动打倒了传统文体，并从西方引进了一套崭新的现代文学研究和教育机制。这套机制将"研究"和"创作"断为二事，从此，中文系不以培养作家为使命，而以传授用西方现代文论生产出来的"文学知识"为主要职责。一定程度上说，这些知识不仅忽视了中国古代文学的"中国性"及其生成的古典语境，未能很好地阐发中国古代文学的文化基因、民族审美和母语特性，而且完全不涉及传统文体的创作。诚然，伟大的作家不是仅靠学校培养就能造就的，但文学创作的能力却是可以培养、提升的，中文系的研究和教学不应该放弃对文学创作能力的培养。职是之故，我们有必要修复"研究"和"创作"之间良好互动的关系，特别是亟待从创作视角阐释我们的文学遗产，并以研究所得去丰富、深化传统文体的创作教学。这既可以填补研究空白，推动学科、学术、话语这"三大体系"的建设，也可以反哺当代传统文体创作，是赓续中华文脉的当务之急！

就个人而言，细读、揣摩国学功底广博深厚、"研究"和"创作"兼擅的前辈名家的"说诗"论著，必不可少，特别是钱仲联、羊春秋等现代诗词研究泰斗。他们前半生接受教育的时候，诗词还以"活态"传承着，在与晚清民国古典诗人的交往中，他们"习得"

了诗词创作与说解的能力。同时，他们后半生主要在高校执教，颇了解当代读者的学习障碍和阅读需求。因此，由他们操刀撰写的诗词读物，往往深入浅出，言简意赅，既能传达古典诗词的神韵，又契合当下读者的阅读需要。

作为中华学人，我们对诗词的研究，毕竟不能像有些汉学家那样，偏重理论"演练"。我们有着赓续文脉的重任，必须将研究奠基于对作品的准确解读之上。这势必要求我们尽快提升对诗词的感悟力和解读力。另外，作为"80后"父亲，自从儿子出生以后，我的"人梯"之感倍为强烈，想从专业领域为儿子乃至普天下孩子的成长奉献涓滴。基于这两个方面的考虑，在编纂"民国诗学论著丛刊""名家谈诗词"等丛书之后，我计划再编纂一套"中华好诗词"丛书，把自己读过而又脱销的现代学术泰斗撰写的诗词经典选本，以成体系的方式精校再版，和天下喜欢或欲了解诗词的朋友分享。这个设想，得到了诗友、洪泰基金王小岩先生的热情绍介，以及新东方集团俞敏洪、周成刚和窦中川三位先生的垂青、支持！编校过程中，大愚文化的王秀荣、郭城等老师，付出了很大辛劳。我们规范体例、核校引文、更新注释中的行政区划，纠正了不少讹误，并在每本书的书末附录了一篇书评、访谈录或学案。对于以上诸位师友的热情襄赞，作为主编，我心怀感恩，在此谨致谢忱！

这套丛书，是我们抱着"发潜德之幽光，启来哲以通途"的传承目的编的，乃2024年度教育部哲学社会科学研究重大专项项目"古典诗教文道传统的当代阐释及教育实践"（2024JZDZ049）的阶段性成果。每个选本，都是在对同类著作做全面、详尽调查的基础上精挑细选出来的。选注者不仅在相关研究领域有精深造诣，而且许多人本身就是著名诗人。他们选诗，更具行家只眼；注诗，更能融会贯通；解诗，更能切中肯綮。每册包括大约三百首名篇佳作及其注释、解析，直观呈现了某一朝代某一诗体的精彩样貌。诸册串联起来，则又基本展现了从先秦到近代中华诗词的辉煌成就。读者朋友们通过这套丛书，不仅可以在行家泰斗的陪伴、讲解下，欣赏到中华数千年来最为优美的古典诗词作品，而且能够揣摩到诗词创作和欣赏的基本"法门"。而诗歌又是文学王冠上最耀眼的明珠，是所有文体中最难懂、表现手法最丰富的。诗歌读懂了，其他文体理解起来不在话下。诗歌表情达意的技法，也能迁移、应用到其他文体的写作中。缘此，身边的朋友不论是向我咨询如何提升孩子的阅读水平，还是请教怎样提高学生的作文分数，我开出的药方都是"好好儿读诗，特别是诗词"。

孔子说，"不学诗，无以言"，往极端说，甚至"无以生"。诗人不仅能说出"人人心中有，口中无"的话，还是人类感觉和语言的探险家。读诗是让一个人的谈吐、情操变得高雅、优美、丰富起来的最为廉价、便捷的方式。你，读诗了吗？

陈斐
甲辰荷月定稿于艺研院

前言

　　散曲是金、元之际兴起的一种新体诗,是中国韵文史上发展的一个里程碑。它是对剧曲而言的,无科白相联系的叫作"散",有科白演故事的叫作"剧"。散曲最常见的形式有小令、带过曲和套数。散曲是总名,小令、带过曲和套数是分名。小令是只曲,又叫"叶儿",是在金、元"俗谣俚曲"的基础上,经过长期的酝酿、演变,逐渐发展起来的。正因为如此,它就必然带有浓厚的地方色彩和民歌风格,也就必然要吸取各种民族的曲调和声腔,成为广大群众所喜闻乐见的一种崭新的文学样式。元燕南芝庵在《唱论》中说:"街市小令,唱尖新倩意。"明王骥德在《曲律》中说:"渠(周德清)所谓小令,盖市井所唱小曲也。"说明它源于民间小调,要求通俗浅至,是一种短小精悍、自由活泼的新体诗。王骥德说得好:"作小令与五、七言绝句同法,要蕴藉,要无衬字,要言简而意味无穷。"(《曲律·论小令》)小令用调,北曲大抵以声音美听,可以单独歌唱者为要;南曲大抵以声腔细婉、节板繁密者为佳。据清李玉《北词广正谱》的卷末目录统计,小令专用的曲调约五十余种,而最习见的惟黄钟的《人月圆》、正宫的《黑漆弩》、仙吕的《太常引》、南吕的《干荷叶》、中吕的《山坡羊》《喜春来》、大石的《百字令》、商调的《水仙子》《蝶恋花》,越调的《凭阑人》、双调的《折桂令》等十余调而已。

任何一种文学样式,都是由简而繁、由非程式化到程式化的。小令的篇幅极短,艺术容量毕竟是有限的。作者往往在大题材、真感情面前,感到一曲之内,意犹未尽,于是再拈一支宫调相同、音律相协、韵脚相通的曲调以足成之。两支曲子仍不足以尽其意,还可以再加一支,但以三调为极限,不能再增,这就是一种固定化了的程式,叫作"带过曲"。元代只有"北带北",明代以来,始有"南带南"及"南北兼带"等三种形式。"带过"二字,或连用,或用"带""过""兼",或用"兼带"二字。带过曲的作法,王骥德在《曲律·论过曲》中说:"过曲体有两途:大曲宜施文藻,然忌太深;小曲宜用本色,然忌太俚。"又说:"用韵须是一韵到底方妙;屡屡换韵,毕竟才短之故。"李渔在《李笠翁曲话》中说:"一韵到底,半字不容出入,此为定格。"这又是一个固定化了的程式,但它不避重韵,避而牵强,不若重而稳俏。带过曲的用调,前人所曾用者不过三十四调,其最常见的,不过正宫之《脱布衫》带《小凉州》、南吕之《骂玉郎》带《感皇恩》《采茶歌》、中吕之《十二月》带《尧民歌》、双调之《水仙子》带《折桂令》、《雁儿落》带《得胜令》、《沽美酒》带《太平令》、《对玉环》带《清江引》等七八个而已。

由"带过曲"发展、扩大而成为"套数",通称为"散套"和"套曲",也有称作"大令"的。乃多曲相联、有首有尾者。它组成的特点:一是至少有同宫调的两支小令组成,多的可达三四十支。

二是全套各曲必须用一个韵脚，不能换韵。三是每套须有尾声，北尾声或称"煞尾""收尾"，或叫"结音""庆余"；南尾声或称"余音""余文"，或叫"意不尽""情不断"及"十二拍尾"。四是北套可以借宫，有多至借用宫调四五阕的。南曲全套分为引子、过曲、尾声三大部分。这些体制详见于任讷的《散曲概论》和唐圭璋的《元人小令格律》中。作套曲要有起有止，有开有合，有规有矩，有声有色，要先立间架，先立主脑，以何意起，以何意接，以何意作中段敷衍，以何意作最后收煞，都要成竹在胸，然后下笔挥毫。王骥德强调说：作套曲"须先定下间架，立下主意，排下曲调，然后遣句，然后成章；切忌凑插，切忌将就"。要"意新语俊，字响调圆，增减一调不得，颠倒一调不得"（《曲律·论套数》）。李渔也说："工师之建宅亦然，基址初平，间架未立，先筹何处建厅，何方开户，栋需何木，梁用何材，必俟成局了然，始可挥斤运斧。倘造成一架，而后再筹一架，则便于前者不便于后，势必改而就之，未成先毁。"（《闲情偶寄·结构第一》）这些都说明创作套曲，一定要先打一个比较完善的腹稿，备好必要的材料，安排所需的曲调，然后写作起来，能如常山之蛇，首尾相应；鲛人之锦，疵颣全无。本书共选了二十二个套曲，在思想上和艺术上都有自己的特色，摹欢则令人神荡，写怨则令人断肠，抒愤则令人扼腕，咏物则令人击节。可以使初学者于九鼎一脔中，品其滋味，赏其韵致，获得其美感的享受。

曲与词都是可以合乐的，都是参差不齐的长短句，到底它们之间的主要区别在哪里呢？我以为曲更具有散文化的趋向，因为曲中所用的衬字，只要不失本来的句法与音节，本来为双数之字句，必要时可以用单；本来为单数之字句，必要时可以用双。特别是北曲增板比较灵活，能给作者以极大的自由，使之极尽长短变化之能事，从而更加口语化、更加音乐化和更加曲尽人情、曲合口吻。如关汉卿《不伏老》之【尾】，正格为"我是一粒铜豌豆"的七字句，被增为"我是个蒸不烂煮不熟捶不扁炒不爆响珰珰一粒铜豌豆"的二十三字一句。如果去掉了那些衬字，便成了死句、呆句，毫无韵味；增加了这些衬字，便活泼生动，妙趣横生。如此增字，在词为不可能，而在曲则为习见。因为它在曲中，可以起到提挈贯串，增加声情色彩的艺术效果。当然衬字也不宜滥用，王骥德在《曲律·论衬字》中说："大凡对口曲，不能不用衬字；各大曲及散套，只是不用为佳。细调板缓，多用二三字尚不妨；紧调板急，若用多字，便躲闪不迭。"大抵用衬字，北曲可多，南曲宜少；剧曲可多，散曲宜少；大曲可多，小令宜少。而且只能用在句首或句中，绝不能用在句末，以改变原来的句式，损害完美的音乐。这是第一个显著的区别。词曲虽同为长短句，同具参差美，但曲在句中往往运用大量的偶句、排句和叠句，使通首句调陡觉抑扬振荡、摇曳生姿，挹之不尽、味之无穷，给人以整齐富丽的美感享受。周德清在《中原音韵·作词十法》中说："逢双必对，自然之理。"王骥德在《曲律·论对偶》中说："凡曲遇有对偶处，得对方见整齐，方见富丽。"说明偶句在散曲中锻炼语言的重要性，而在词中，则未必要求"逢双必对"，"得对方见整齐，方见富丽"。排句、叠句，在曲文中，亦往往能增强气势，突出重点，曲达人情，收到婉转低昂、声情并茂的艺术效果。这是第二个显著的区别。词曲虽同为长短句，但曲不避俗，词宜求雅。曲能在方言俗语之中，具绘形绘声之妙，文而不文，俗而不俗，以形成其特有的艺术特色。李渔在《闲情偶寄·贵显浅》中说："诗文之词采，贵典雅而贱粗俗，宜蕴藉而忌分明，词曲不然。话则本之街谈巷议，事则取其直说明言。"杨恩寿在《词余丛话》中说："或问：'曲文中多用哎哟、哎也、哎呀、咳呀、咳也、咳咽诸字，同乎异乎？'曰：'字异而义略同，字同而呼之轻重疾徐，则义各异。凡重呼之为厌辞、为恶辞、为不然之辞；轻呼之为幸辞、为娇羞之辞；疾呼之为惜辞、为惊讶之辞；徐呼之为怯辞、为悲痛辞、为不能自支之辞。以此类推，神理毕见。'"前者言活在人们口头的俚语，在词中未免伤雅，而在曲中则反而更加生动活泼，妙趣天成。后者说明方言在曲中的变化，较之诗词更能穷形尽态，神形毕肖。重呼轻呼，而情思迥异；徐言疾言，而悲喜悬殊。这是第三个显著的区别。只有明白了这个，才能写"曲人之曲"，而不为"词人之曲"。

元、明、清三代的散曲，自然以元人为冠冕。作家可考的，据任讷《散曲概论·作家》中的统计，就有二百二十七人。隋树森在《全元散曲》中收入了作家二百一十二人，此外尚有生不遇于当时、死不显于后世的无名氏作者。明代也是作者如林，珍品荟萃，陈所闻编的《北宫词纪》和《南宫词纪》，沈璟、凌濛初、冯梦龙分别编的《南词韵选》和《南音三籁》《太霞新奏》，以及张禄编的《词林摘艳》，就是以明代作者为主的散曲集，只有《南音三籁》和《词林摘艳》阑入了少量的戏曲和民歌。据任讷《散曲概论·作家》中的统计，作者多达三百三十人，可谓猗欤盛矣。清人的散曲，专集甚少。吴梅所开的书目，不过归庄、朱彝尊、尤侗、厉鹗、许宝善、吴锡麒、赵对澂、谢元淮、凌霄振、赵庆熺、蒋士铨等十余家，任讷在《散曲概论》中统计，已增至七十七人。凌景埏、谢伯阳所编的《全清散曲》，多至三百四十二家，其中一部分是由明入清或由清入民国的跨时代的作者。这样一个庞大的作家群，要对他们的风格、流派和成就进行深入的研究，并简明扼要地概述出来，的确是难度很大的。明朱权在《太和正音谱》中，把他们分为丹丘、宗匠、黄冠、承安、盛元、江东、西江和东吴八体，也就是八个流派。清刘熙载在《艺概·曲概》中，又把散曲分为三品：一曰清深，二曰豪旷，三曰婉丽。也就是三种艺术风格。任讷在《散曲概论·派别》中，认为"丹丘体之豪放不羁，江东体之端谨严密，东吴体之清丽华巧，可以对峙而立，成为三派"，并进一步认为"仅列豪放、端谨、清丽三派，事实上已可广包一切"。同时又引贯云石的《阳春白雪序》"东坡之后，便到稼轩"的话，以突出元人散曲以豪放派为主。而论及明代之流派，则曰：明代未有昆腔以前，北曲为盛。汤式、朱有燉流传下来的作品，端谨有余，腐滥居多。此后则有康海、冯惟敏、王磐、沈仕四派。而"康、冯之为豪，王、沈之为丽，则又其大概之一致者耳"。到了昆腔出现以后，便只有南曲，北曲随之而逐渐衰微了。从嘉、隆以迄明末，将近百年，管领一代风骚者，文章必推梁辰鱼为极轨，韵律必推沈璟为极轨，而能独立于两家之外者，则唯有施绍莘，实融元人之豪放、清丽于一炉。梁派的散曲，"文雅蕴藉，细腻妥贴，完全表现出南人之性格与长处"。沈派的散曲，则专求律正韵严，受了韵律的拘牵，而生气剥夺殆尽。论及清代的散曲，则以沈谦、吴绮、陈维崧、蒋士铨、吴锡麒等，承沈（璟）、梁（辰鱼）之余风，好为南曲，是为"南曲派"。以朱彝尊、厉鹗、刘熙载、许光治等，倡乔（梦符）、张（可久）之清丽，好为北曲，是为"骚雅派"。徐大椿、郑板桥的警醒顽俗，有功于世道人心为"道情派"。而以赵庆熺为代表，不貌袭元人，有自己的面目者为"正统派"。任先生对于三代散曲的分析，细辨毫厘，洞察紫朱，半个世纪以来，影响学术界者至巨。我以为"端谨派"实乃平庸之别号，庸滥之美称，任何时代之任何作家都难免有平庸、腐滥之作。如果完全陷于此道，亦将为时间所淘汰，而不能自立一帜，窃据曲坛之一席。至于明代之七派，则微嫌繁复，颇滋困惑，王（磐）、沈（仕）之为丽，与梁（辰鱼）、沈（璟）之"文雅蕴藉，细腻妥贴"以及追求"律正韵严"，实同为清丽一派，合之则豁然贯通，分之则龃龉不安。清代之四派，更不免因人设派，"道情""正统"，不免自乱其例。或以风格论，或以内容言，或以正统与非正统分，标准既未统一，流派又嫌繁复。我以为从各个作家的主导倾向着眼，能够概括元、明、清三代的散曲流派，不如以简驭繁，以宽求细，只分本色派与文采派，或豪放派与清丽派，便可以包举三代，囊括百家。自然，本色派中亦有富于文采的佳什，清丽派中亦不乏豪放的杰作。

然而繁枝究有主干,分流自有主导,正不必为此而分散自己的注意力。大抵元人散曲,当以大德初年(1300)为分野,前期的作家,一般都可以本色派或豪放派视之。他们在语言的运用上,都有鲜明的通俗性和口语化的特征;在风格方面,有着爽朗的胸襟、泼辣的精神、自然的韵味、诙谐的情趣。关汉卿、王和卿、马致远、白朴、张养浩、贯云石以及睢景臣和刘致,都是这一时期的代表。虽然也有寄情诗酒、啸傲风月的退隐思想,也写攀花折柳、偎红倚翠的放荡生活,但却是在豪放的气势和雄浑的语言中表现出来的。后期的作家,可以用文采派或清丽派概括之。他们以炼句为工、对偶见巧,讲求文采,拘于韵度,逐步走上词化的道路,失去了初期散曲中那种俚俗、生动、朴质、直率的民间文学特色。张可久、乔吉、徐再思、吴西逸、任昱是其代表。他们大都是南方人,以清丽绵密见长。刘载熙说他们"同一骚雅,不苟俳语"(《艺概·词曲概》)。许光治说他们"俪辞追乐府之工,散句撷宋唐之秀"(《江山风月谱序》)。这些虽然是针对张小山、乔梦符的艺术特点而说的,却可以概括文采派或清丽派的共同艺术风格。明人李开先刻乔、张两家的乐府,曾经在序言中说过:"元之张、乔,其犹唐之李、杜乎?"王骥德在《曲律·杂论》中提出异议说:"夫李则实甫,杜则东篱(马致远)始当;乔、张盖长吉(李贺)、义山(李商隐)之流。"正好说明以乔、张为代表的文采派或清丽派,注意字句的冶炼、对仗的推敲、抒情的细腻、写景的色泽,离开了曲的本色,离开了蒜酪的气味,离开了植根深厚的民间文学的特点。到了明代弘治以还,曲风大盛，作家如林，约而言之，亦可分为豪放（本色）与清丽（文采）两派。大抵王九思、康海、常伦、刘效祖、薛论道、冯惟敏、赵南星诸家，犹有北人粗犷之气，关、马豪放之风，是为"豪放派"或"本色派"，而以冯惟敏为之首。陈铎、王磐、金銮、沈仕、梁辰鱼、施绍莘诸家，风格婉约，极南人妩媚之致，犹有乔、张遗风，是为"清丽派"或"文采派"，而以王磐、施绍莘为之冠。王骥德在《曲律·杂论》中说："北之沉雄，南之柔婉，可画地而知也。"又说："北人工篇章，南人工句字。工篇章，故以气骨胜；工句字，故以色泽胜。"以王磐、施绍莘为代表的清丽派，率皆南人。金銮虽为北人，然侨居南方，亦已南化。可见南北曲之异同，在于柔婉与沉雄，在于色泽与气骨，而这正是清丽与豪放两派的分野。王骥德还在《曲律》中赞美王磐的曲说："俊艳工炼，字字精琢。"钱谦益在《列朝诗集》中赞美金銮说："风流婉转，得江左清华之致。"这些恰好足以说明清丽派的特色。清人的散曲，多重文采，往往用词笔来作曲，故清丽派或文采派为其主流，最著者如继承梁（辰鱼）、沈（璟）之余风，提倡乔（吉）、张（可久）之骚雅，如朱彝尊、沈谦、吴绮、厉鹗、许光治等，都是这一派的代表。他们虽然不乏揭露现实、讽刺官场、嬉笑怒骂、淋漓尽致的辛辣之作，不愧是清人散曲的珍品，却是有意模仿张可久的，有意学习徐再思的。厉鹗在《樊榭山房续集序》中自论其曲说："虽乏酸（贯云石，号酸斋）、甜（徐再思，号甜斋）风味，或不至贻笑伧父面目也。"前一句是谦辞，潜台词正好是说他的曲有"酸、甜风味"；后一句是自负，是贬低北曲之辞，实际上是说自己以词为曲，绝非伧父面目。所谓"伧父"，实际上是指有蒜酪味的北人。《世说新语·雅量》载："吏云：'昨有一伧父来寄亭中。'"注引《晋阳秋》云："吴人以中州人为伧。"不是很明显么？梁廷柟在《曲话》中赞美吴锡麒的散曲说："集中（指《有正味斋集南北曲》二卷）南北曲数套，妙墨淋漓，几欲与元人争席。"从任讷说他们"一味崇雅，虽未得元人之真味，要得雅之真味"（《散曲概论·派别》）来看，知这里所说的"元人"，乃清丽派之代表张小山、乔梦符辈。因为他们的曲，的确是清丽有余、本色不足的。只有写道情的徐大椿和清代散曲家的巨擘赵庆熺，或以闲适乐道之语，写民歌的情调，半为警世之谈，半为闲适之乐；或以铜琶铁板的高昂声调，写慷慨悲歌的激动感情，手法纯用白描，语言多为本色，风格豪爽，语意尖新，不在形式上模拟元人，而自有元人的韵度，才是豪放派（本色派）的殿军。任讷说得好："赵氏一派，自有其自己一代面目，并不貌袭元人，而实本元人之法，可以列于曲中正统之中也。"（《散曲概论·派别》）又说："曲之风格，始完全投合，斯乃曲人之曲。"《清人散曲提要》）所谓"曲中正统"，所谓"曲人之曲"，就是曲中的"本色派"，也就是偏于豪放一面的元代初期作家的风格。这是元、明、清三代散曲的概貌，粗略浅薄，给读者提供一个线索而已。

　　评注《元明清散曲三百首》成，谨就散曲之体制、作法与流派，作一简要之评述，至其内容与成就，已在拙编《元人散曲选》（湖南人民出版社 1982 年 10 月出版）的前言中有所论略，这里就不赘述了。本书的所述所论，有的吸收了前哲与时贤的研究成果，有的是个人读曲、教曲的实际体会。限于时间与水平，以偏概全、以劣充优的现象，自所难免，尚希海内外学人有以匡正是幸。

羊春秋

1991 年夏末于湘潭大学之迎旭轩

元明清散曲三百首

目录

元散曲选

4

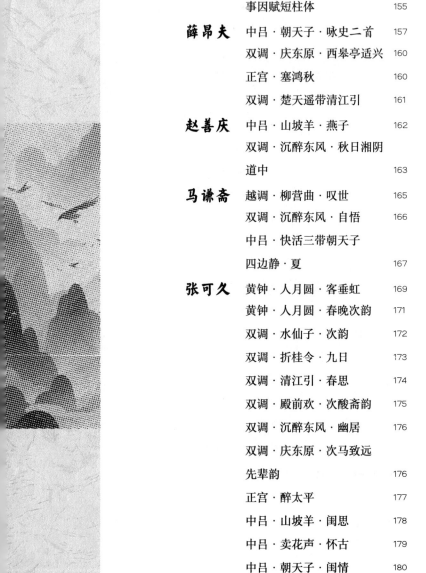

明散曲选

元散曲选

杨 果
(1195—1269)

字正卿，号西庵，祁州蒲阴（今河北安国）人。他幼失父母，流落异乡。金哀宗正大元年（1224）举进士，任偃师（今属河南）县令，以廉干著称。金亡，流浪江湖。入元，始在河南课税杨奂的幕下任经历。中统初，任北京宣抚使，明年拜参政，六年出任怀孟路总管。不久，以老致仕。卒谥文献。"果性聪敏，美风姿，工文章，尤长乐府"，著有《西庵集》。贯云石称他的曲子"平熟"（《阳春白雪序》），朱权称他的词"如花柳芳妍"（《太和正音谱》）。《元史》有传。

越调·小桃红[1] 三首

满城烟水月微茫，人倚兰舟唱[2]。常记相逢若耶上[3]，隔三湘[4]，碧云望断空惆怅。美人笑道，莲花相似，情短藕丝长。

采莲人和采莲歌[5]，柳外轻舟过。不管鸳鸯梦惊破，夜如何？有人独上江楼卧。伤心莫唱，南朝旧曲[6]，司马泪痕多[7]。

采莲湖上掉船回，风约湘裙翠[8]。一曲琵琶数行泪，望君归，芙蓉开尽无消息。晚凉多少，红鸳白鹭，何处不双飞。

◎ 注释

[1] 小桃红：越调中常用的曲牌之一，又名《武陵春》《采莲曲》《绛桃春》《平湖乐》。句式是七五、七三七、四四五。末三句有三式，或三句皆叶，或第一句不叶，或第二句

不叶。

[2] 兰舟：用木兰做的船。一般用以形容装饰精美的小船。

[3] 若耶：溪名，在浙江绍兴县东南。相传西施曾浣纱于此，故又名浣纱溪。李白《采莲曲》："若耶溪傍采莲女，笑隔荷花共人语。"

[4] 三湘：湖南的代称。因湘江为其境内最大的河流，它的三大支流是至永州与潇水汇合曰潇湘，至衡阳与蒸水汇合曰蒸湘，至沅江与沅水汇合曰沅湘。合称"三湘"。见《湖南通志》十三《长沙府》。

[5] 采莲歌：泛指我国江南地区的妇女在采莲时所唱的歌曲。它是乐府的旧曲，梁武帝所作《江南弄》七曲，《采莲曲》便是其中之一，后人仿作的很多。

[6] 南朝旧曲：指一向被斥为亡国之音的《玉树后庭花》曲，陈后主所作。《隋书·五行志》云："祯明初，后主作新歌，词甚哀怨，令后宫美人习而歌之。其辞曰：'玉树后庭花，花开不复久。'时人以为歌谶，此其不久兆也。"杜牧《夜泊秦淮》诗："商女不知亡国恨，隔江犹唱《后庭花》。"王安石《桂枝香·金陵怀古》袭其意云："至今商女，时时犹唱，《后庭》遗曲。"此曲的部分构思，脱胎于此。

[7] 司马泪痕多：诗人白居易于元和年间，被贬为江州司马，在浔阳江头听到了琵琶女的歌弹，引起"同是天涯沦落人"的共鸣，作《琵琶行》以自解。诗末有"凄凄不似向前声，满座重闻皆掩泣。座中泣下谁最多，江州司马青衫湿"之句。

[8] 约：折叠。此言风把裙子掀起成折叠状。

◎ 评析

　　作者写了十一支《小桃红》，见于《阳春白雪》者八支，没有题名；见于《太平乐府》者三支，题作《采莲女》。这里选的是第二、第三和第十一支。第二支是歌颂男女爱情的。诗人以江南水乡为背景、采莲唱歌为媒介，巧妙地表达了青年男女互相爱慕的情怀。尤其善于运用乐府民歌的艺术手法，以生动形象的比喻、含蓄委婉的语言，让女主人公表明：自己对于爱情，像莲花一样，出污泥而不染；对方则像"怜（莲）花"一样，色衰而爱弛。自己对于旧情，像藕丝一样，连绵不断；对方则重利轻别，远隔三湘。一喻两譬，一言多意，包含了很多的信息量，充分体现了语言的密度美。

　　第三支是以陈后主的荒淫喻金宣宗、哀宗的无道，以鞭挞陈的亡国哀悼金的覆灭。它在艺术上有两个值得注意的地方。一是反衬法，即以后段之冷反衬上段之热，以后段之凄凉反衬前段之欢笑。冷热相间，悲喜交错，使冷者愈见其冷，凄凉者愈形其凄凉。这正是王夫之所说的"以乐景写哀，以哀景写乐，一倍增其哀乐"(《诗绎》)。二是倒装法，即是变化语言的常态性秩序，使之化板为活，化平淡为奇突。"独上江楼卧"是为了寻梦；"夜如何"是"惊梦"以后的呼问，而诗人却把它的语序颠倒了过来。这正是王骥德所说的"意常则造语贵新，语常则倒换须奇"(《曲律·论句法》)。这是诗歌语言艺术的一个重要手法。

第十一支是写少妇忆远的情怀。"一曲琵琶数行泪"，包含极其丰富的意蕴，她本来是想凭借琵琶，一倾积愫，却又把自己的命运跟琵琶女联系了起来。一腔离恨，满腹闲愁，都在"芙蓉开尽无消息"一句中倾泻了出来。结尾三句，以鸳鸯的双飞，反衬自己的独宿，以它们的"何处不双飞"，反衬自己的无时不在孤独寂寞之中。言有尽而意无穷，篇虽终而神自远。

以上三曲，在语言和表现的手法上，既散发了民歌的芬芳，又带着词的蕴藉特点，可以说是在学习民歌的基础上，使词逐渐向散曲过渡的一个里程碑。

刘秉忠
（1216—1274）

初名侃，字仲晦，邢州（今河北邢台）人。十七岁被任命为邢台节度使府令史，愤然叹曰："吾家累世衣冠，乃汩没为刀笔吏乎！丈夫不遇于世，当隐居以求志耳。"乃弃吏为僧，为武安山天宁寺书记，法名子聪，人称为"聪书记"。海云禅师应元世祖忽必烈之召，知其博学多才，邀与俱行。忽必烈激赏他"论天下事，如指诸掌"。为其所留，因从征大理，攻南宋，"参帷幄之密谋，定社稷之大计"，对于元政权的建设，作出了重大的贡献。至元元年（1264），始还俗拜官，易名秉忠，为光禄大夫，位居太保，"凡有关于国家大体者，知无不言"，忽必烈亦对其"言无不听"。是元曲家中爵位最高、恩遇最隆的人。他虽身居要职，仍然斋居蔬食，每以吟咏自适。能诗工曲，擅长书法，兼善天文、算术。当时的著名学者王恂、郭守敬、张文谦等，都是他的学生。著有《刘秉忠诗文集》三十二卷，《藏春散人集》六卷。《元史》有传。

南吕·干荷叶

春 感二首

干荷叶，色苍苍，老柄风摇荡。减了清香，越添黄。都因昨夜一场霜，寂寞秋江上。

干荷叶，色无多，不耐风霜剉[1]。贴秋波[2]，倒枝柯。宫娃齐唱《采莲歌》[3]，梦里繁华过。

◎ 注释

[1] 剉：同"挫"。折磨，挫伤。出自《淮南子·原道训》："秋风下霜，倒生挫伤。"

[2] 秋波：秋天的水波。李白《鲁郡东石门送杜二甫》诗："秋波落泗水，海色明徂徕。"

[3] 宫娃：宫女。

◎ 评析

　　《干荷叶》又名"翠盘秋"。据杨慎《词品》云："此秉忠自度曲。"《乐府群珠》收录它时，题作"即名漫兴"，即认为曲名"干荷叶"，便咏干荷叶。从表面上看，第一支曲是写荷叶在风欺霜虐下，翠减香消，憔悴在秋江之上。第二支曲写残荷禁不起深秋的风欺霜虐，最终枯死在秋江之中。但它的象喻意义是十分丰富的。诗人既借以抒发了个人的迟暮之感，又借以寄寓了朝代的兴亡之叹，所以杨慎说它"凄凉感慨，千古寡和"（《词品》卷一）。刘秉忠生活的时代，是散曲刚刚形成的时代，因而具有民间小曲本色自然、即物起兴的特点。

✦ 杜仁杰

字仲梁，号止轩，原名之元，字善夫，济南长清人。学识渊博，工诗善曲。时人无不敬仰。元好问说他的诗"气锐而笔健，业专而心精"。胡紫山赞美他是"百年放适诗千首，四海交游酒一樽"（《赠杜止轩》）。王恽推崇他说："赋方庾信才华壮，诗到樊川气格清。"（《挽杜止轩》）他淡漠名利，不屑仕进，金正大中，与友人麻革、张澄隐于内乡山中，以诗相唱和。元至元中，屡徵不起，并上表辞谢说："俾献言于乞言之际，敢尽其忠；若求仕于致仕之年，恐无此理。"（见蒋子正《山房随笔》）他的"善谑"，在当时是很有名的。《宦门子弟错立身》的戏文中就有"你课牙比不得杜善夫"的话，即此可见他的谈锋之敏捷、赋性之诙谐了。他的诗词和散曲，散佚很多。现存《善夫先生集》一卷，见《元诗选》三集甲集。《全元散曲》收了他的小令一首，散套三首。

般涉调·耍孩儿 [1]

庄家不识构阑 [2] （套）

【耍孩儿】风调雨顺民安乐，都不似俺庄家快活。桑蚕五谷十分收，官司无甚差科 [3]。当村许下还心愿，来到城中买些纸火 [4]。正打街头过，见吊个花碌碌纸榜 [5]，不似那答儿闹穰穰人多 [6]。

【六煞】 [7] 见一个人手撑着椽做的门，高声的叫"请请"，道"迟来的满了无停坐"。说道"前截儿院本《调风月》 [8]，

背后幺末敷演《刘耍和》"^[9]。高声叫："赶散易得，难得的妆合。"^[10]

【五煞】要了二百钱放过咱，入得门上个木坡^[11]，见层层叠叠团圆坐。抬头觑是个钟楼模样^[12]，往下觑却是人旋窝^[13]。见几个妇女向台儿上坐^[14]，又不是迎神赛社^[15]，不住的擂鼓筛锣。

【四煞】一个女孩儿转了几遭，不多时引出一伙。中间里一个央人货^[16]，裹着枚皂头巾顶门上插一管笔，满脸石灰更着些黑道儿抹。知他待是如何过？浑身上下，则穿领花布直裰^[17]。

【三煞】念了会诗共词，说了会赋与歌，无差错。^[18]唇天口地无高下，巧语花言记许多。临绝末，道了低头撮脚，爨罢将幺拨^[19]。

【二煞】一个妆做张太公，他改作小二哥，行行行说向城中过。见个年少的妇女向帘儿下坐，^[20]那老子用意铺谋待取做老婆^[21]。教小二哥相说合，但要的豆谷米麦，问甚布绢纱罗。

【一煞】教太公往前挪不敢往后挪，抬左脚不敢抬右脚，翻来覆去由他一个。太公心下实焦燥，把一个皮棒槌则一下打做两半个^[22]。我则道脑袋天灵破，则道兴词告状，划地大笑呵呵^[23]。

【尾】则被一胞尿爆的我没奈何。刚捱刚忍更待看些儿个，枉被这驴颓笑杀我^[24]。

◎ 注释

[1] 般涉调：古代戏曲音乐名词。它的所属曲牌，《北词广正谱》有九只，《南词新谱》仅有三只。耍孩儿：是般涉调中的一个曲调，只在套数里运用，没有单独作为小令用的。它的句式一般是七七、七四、七七五、四四，共九句。用这个调作套数时，后面一般不用别的曲调，只连用几支【煞】曲，加上【尾声】作结。套曲，通称为套数，亦名散套，也有称为大令的。它是由两支以上同宫调的曲牌联合而成的，短的只有三四调，长的可达几十调，但须一韵到底，一般要有尾声，以表示首尾的完整和音乐的结束。

[2] 庄家：即庄稼汉。构阑：即勾栏。演出的场所往往用栅栏勾连围绕，所以叫作勾栏。

[3] 差科：差役和赋税。

[4] 纸火：纸钱香烛。

[5] 花碌碌纸榜：花花绿绿的演出广告。碌碌，"绿绿"的错别字。这种情况，为演出脚本所习见。

[6] 那答儿：那边，那里，宋元时的方言。闹穰穰：即闹攘攘，闹哄哄。

[7]【煞】：是套曲中煞尾的曲调。为了充分表达曲的内容，可以增加调数。调数的次序习惯上为倒数。这个套曲便是从【六煞】到【一煞】的。

[8] 院本：古代戏曲名。一般由末泥、引戏、副净、副末、装孤五人组成，而以副净、副末为主。见元陶宗仪《辍耕录》。《调风月》是当时流行的一种院本，与关汉卿写的杂剧《诈妮子调风月》无关。

[9] 幺末：即杂剧。刘耍和是金、元间著名的演员，在教坊里担任过"色长"（领班），见《录鬼簿》及《辍耕录》。大概他的故事当时已被编为杂剧。高文秀就编过杂剧《黑旋风敷演刘耍和》，可惜今已不传。

[10] "赶散"二句：赶散，指赶场的散乐。妆合，指勾栏的演出。

[11] 木坡：指观众坐的看台。

[12] 钟楼模样：指演出的戏台。

[13] 人旋窝：指拥挤的观众。

[14] 台儿：这里乐床，犹今之乐池，是伴奏乐曲的女艺人坐的。

[15] 迎神赛社：用仪仗、箫鼓、杂戏，迎神出庙，周游乡社，以还愿酬神，叫作迎神赛社。宋陆游《春尽记可喜数事》诗："邻家赛神会，自喜亦能来。"

[16] 央人货：殃人货，犹今言害人精。

[17] 则：只的意思。元曲中的"则"，多作"只"讲。直裰：长褂，长袍。

[18] "念了会"三句：指开演时一段小演唱，俗称等客戏，当时叫作艳段，演的是寻常的故事。等到客来齐后，再演正戏，即上文所说的《调风月》与《刘耍和》。

[19] 临绝末：临了，快结束的时候。爨：戏曲名。宋杂剧、金院本中某些简短表演的名称。也称爨弄。幺：即幺末，指杂剧。

［20］"一个妆做"四句：写《调风月》中的三个角色，即扮张太公的副净，扮小二哥的副末，扮帘儿下坐的旦。

［21］铺谋：设计，想方。

［22］皮棒槌：也叫搕瓜、磕瓜，是副末用以扑击副净的用具，用软皮包棉絮做成。元李伯瑜《小桃红·磕瓜》云："木胎毡观要柔和，用最软的皮儿裹。手内无它煞难过。得来呵，普天下好净应难躲。兀的砌末，守着个粉脸儿色末，浑广笑声多。"（见杨朝英《朝野新声太平乐府》）对它作了很细致的描绘。

［23］划地：亦作"划的"。依旧、照样、一味儿的意思。《周公摄政》剧："从今后划地拖带着一身疾病，从今后划地使得心碎了。"都作"一味儿"或"照样"讲。

［24］驴颓：公驴的生殖器，骂人的话。

◎ 评析

　　这个套曲，真实地记录了金、元之际勾栏演出的情况，为后世留下了宝贵的戏曲表演资料。它借一个庄稼汉的口吻，用口语方言把演出的场景和人物生动活泼地再现出来。说明作者善于运用活在群众口头中的语言，并已熟练地掌握刚刚形成的散曲的表达艺术。特别是作者抓住"不识"两个字来做文章，使读者在"庄家"的一系列误解中，得到极大的轻松感和诙谐感。

❖ 王和卿

大名人,是关汉卿的挚友,元初著名的散曲家。钟嗣成《录鬼簿》将他列入"前辈名公",称为"学士"。朱权《太和正音谱》亦列其名于"词林英杰"之中。陶宗仪说他"滑稽佻达,传播四方",因《咏大蝴蝶》而"名益著",又说:"时有关汉卿者,亦高才风流人也。王常以讥谑加之,关虽极意还答,终不能胜。"(《辍耕录》卷二十三)说明王是滑稽善谑、放荡不羁的。他的【双调】《拨不断·大鱼》的"万里夕阳锦背高,翻身犹恨东洋小,太公怎钓?"就寄托了他那非凡的抱负和不受名利束缚的狂放精神。《全元散曲》收其小令二十一首,套曲一首,残套两首。

仙吕·醉中天[1]

咏大蝴蝶

弹破庄周梦[2],两翅驾东风。三百座名园,一采一个空。难道风流种[3]?吓杀寻芳的蜜蜂。轻轻的飞动,把卖花人扇过桥东[4]。

◎ 注释

[1] 醉中天:属仙吕宫的一个曲调。它又入双调与越调,每句皆叶。首二句,一般要求对偶。句式为五五、七五、六四四,共七句。此曲从第三句起,加了一些衬字。

[2] 弹破庄周梦:《庄子·齐物论》:"昔者庄周梦为胡蝶,栩栩然胡蝶也……俄然觉,则蘧蘧然周也。不知周之梦为胡蝶与?胡蝶之梦为周与?"此用其典,是以庄周梦的被弹破,来形容蝴蝶两个翅膀鼓动的风力之大,纯系夸张。

[3] 风流种:指有才华而不拘小节的人。

[4] 把卖花人扇过桥东:言蝴蝶摆动翅膀,鼓动空气,就把卖花人吹过桥东去了。自然是

大胆的夸张。这是袭用宋谢无逸《蝴蝶》诗"江天春暖晚风细，相逐卖花人过桥"的句意。

◎ 评析

《辍耕录》卷二十三云："中统初，燕市有一蝴蝶，其大异常。王赋《醉中天》小令云……由是其名益著。"《徐氏笔精》卷六亦云："元王和卿与关汉卿俱以北调相高，偶见大蝴蝶飞过，和卿赋云云，汉卿遂罢咏。"为什么这支小令能使和卿的"名益著"，能使汉卿"遂罢咏"呢？就是因为它运用了隐喻、象征和夸张的手法，以大蝴蝶作为"权豪势要""花花太岁""浪子丧门"的化身，"三百座名园，一采一个空"，正是那些家伙糟蹋妇女的真实写照。关汉卿笔下的鲁斋郎、葛皇亲、杨衙内，不就是那个大蝴蝶吗？

胡祗遹
(1227—1295)

字绍开，号紫山，磁州武安（今河北磁县）人。幼年丧父，既长，刻苦读书，受到当时名流的赏识。中统初，张文谦宣抚大名，辟为员外郎。至元元年，任翰林文字兼太常博士，累转左右司员外郎。时阿合马当政，官冗事烦，群小弄权，胡建议省官莫如省吏，省吏莫如省事，因而触怒权奸，出为太原路治中，荆湖北道宣慰副使，所以《录鬼簿》把他列于"前辈名公"，并称"胡紫山宣慰"。后又提升为济宁路总管、山东东西道提刑按察使，所至抑豪强，扶寡弱，以敦教化，以厉士风。王恽说他"作牧名藩，吏畏民爱"，"文章气节，振荡一时"（《故翰林学士紫山胡公祠堂记》）。他的诗文词曲，都有很高的造诣，书法亦妙绝一世，自成一家。著有《紫山大全集》。《全元散曲》收其小令十一首。《太和正音谱》说他的曲"如秋潭孤月"。《元史》有传。

中吕·阳春曲[1]

春 景二首

几枝红雪墙头杏[2]，数点青山屋上屏，一春能得几晴明[3]。三月景，宜醉不宜醒。

残花酝酿蜂儿蜜，细雨调和燕子泥。绿窗春睡觉来迟。谁唤起，窗外晓莺啼。

◎ 注释

[1] 阳春曲：系中吕宫的曲牌之一，又名《喜春来》或《惜芳春》，可与《普天乐》为带过曲。句式为七七、七三五，一二句要求对偶。

[2] 几枝红雪墙头杏：脱胎于陆游《马上作》的"杨柳不遮春色断，一枝红杏出墙头"和叶绍翁《游园不值》的"春色满园关不住，一枝红杏出墙来"。但陆、叶的诗，在于突出"一枝红杏"，而这支小令，则在于描绘红杏如雪、繁花似锦。

[3] 一春能得几晴明：点化苏轼《东栏梨花》"惆怅东栏一株雪，人生看得几清明"之句。

◎ 评析

　　这两支小令，渲染出一派蝶翻蜂狂、莺啼花明的烂漫春光，给人一种美的享受。第一支写"春晴"。首二句写景，后三句抒情。"三月景，宜醉不宜醒"，是赞美暮春三月的醉人景色，在醉眼蒙眬中，将会显得更加美好，流露了作者爱好自然和向往未来的审美情趣。第二支写"春睡"。诗人巧妙地把孟浩然的"春眠不觉晓，处处闻啼鸟"（《春晓》）和金昌绪的"打起黄莺儿，莫教枝上啼"（《春怨》）的诗意，融为一个有机的整体，形成自己新的意境。"残花酝酿蜂儿蜜，细雨调和燕子泥"，是脍炙人口的名句。意思是说花残了，蜜蜂却从残花中酿出蜜来；雨来了，燕子却从春雨中衔得泥来。不但写出了春的生意，春的旖旎，而且寄寓了人生的哲学。所以大戏剧家关汉卿在《诈妮子调风月》中引用它说："你又不是残花酝酿蜂儿蜜，细雨调和燕子泥。"清李调元在《雨村曲话》卷上也说它"皆人不能道也"。但他将它误作马致远的曲了。

❀ 王 恽
(1227—1304)

字仲谋，号秋涧，汲县（今属河南）人。擅长诗文，工于书画，时人王德渊说他"文章字画世争传，四海飞声自早年"，刘敏中说他"文章早无敌，字画晚愈神"，说明他是具有多方面的才能的。曾与东鲁王博文、渤海王旭齐名，时人称为"三王"，所以刘赓有诗曰："畴昔闻淇上，三王藉有声。"中统初，姚枢宣抚东平，辟为详议官。至京中，历任翰林修撰，监察御史、提刑按察等，颇有直声。著有《秋涧先生大全文集》一百卷，其中有《秋涧乐府》四卷。《全元散曲》从中录其小令四十一首。《元史》有传。

正宫·黑漆弩[1]

游金山寺

邻曲子严伯昌[2]，尝以【黑漆弩】侑酒[3]。省郎仲先谓余曰[4]："词虽佳，曲名似未雅。若就以'江南烟雨'目之何?"余曰："昔东坡作《念奴曲》[5]，后人爱之，易其名曰《酹江月》，其谁曰不然!"仲先因请余效颦[6]。遂赋《游金山》一阕，倚其声而歌之。昔汉儒家蓄声伎[7]，唐人例有音学[8]，而今之乐府，用力多而难为工。纵使有成，未免笔墨劝淫为狭耳[9]。渠辈年少气锐，渊源正学，不致费日力于此也[10]。

其词曰：

苍波万顷孤岑矗[11]，是一片水面上天竺[12]，金鳌头满咽三杯[13]，吸尽江山浓绿。　　蛟龙虑恐下燃犀[14]，风起浪翻如屋。任夕阳归棹纵横，待赏我平生不足。

◎ 注释

[1] 黑漆弩：正宫的一个曲调，系北宋田不伐所制之曲。他人所作，皆次其韵。惜原作已佚，仅传卢挚的和作。因白贲次韵的首句为"侬家鹦鹉洲边住"，故又名《鹦鹉曲》。又因白氏曾为学士，故又名《学士吟》。它分为前后二片，句式是前片七七、七六，后片七六、七七。共八句五韵，即第三、五、七句可不叶韵。

[2] 邻曲子：邻人。严伯昌：疑为东平行台严实之子侄。元好问曾与杜善夫俱游齐鲁，同依严实，而王恽则尝从元氏游。

[3] 尝以【黑漆弩】侑酒：从《序》中的"就以'江南烟雨'目之"来看，诗人在"邻曲子"那里所听到的侑酒歌，当是白贲所作的《鹦鹉曲》，因曲中有"睡煞江南烟雨"之句。

[4] 省郎：中书省的郎官或员外郎。仲先：疑为伯昌之弟。

[5] 东坡作《念奴曲》：指苏轼所作的《念奴娇·赤壁怀古》，因其末句为"一樽还酹江月"，后人因以《酹江月》名《念奴娇》。

[6] 效颦：美女西施因有心痛病而捧着心口、皱着眉头，同村的丑女见了以为美，于是模仿着西施皱起眉头、抚着胸口，就显得更加丑了。典出《庄子·天运》。后人因以"东施效颦"比喻以极丑模仿极美。

[7] 汉儒家蓄声伎：如东汉马融，为世通儒，常坐高堂，施绛帐，前授生徒，后列女乐。见《后汉书·马融传》。

[8] 唐人例有音学：如王维就是最好的音乐家，他们的诗一般都可以入乐。故朱孝臧《疆村丛书》本，疑为"音乐"之误。

[9] 笔墨劝淫：用文字来鼓励别人去干淫秽的事。

[10] 费日力：浪费时间。

[11] 苍波万顷孤岑亘：言金山亘立于万顷苍波之中。孤岑，指金山，位于江苏镇江西北，原在江中，后被泥沙淤积，渐与南岸连接起来。

[12] 天竺：山名。浙江杭州有上、中、下三天竺，分布在南、北高峰下，风景极其秀丽。宋康伯可《长相思》、元刘秉忠《干荷叶》，皆以"南高峰，北高峰"六字起句来描绘它。

[13] 金鳌头：金山的最高处是金鳌峰。

[14] 蛟龙虑恐下燃犀：晋温峤至牛渚矶，闻水底有音乐之声，水深不可测。人云下多怪物，峤乃燃犀角而照之，须臾，见水族覆火，奇形异状，有乘车马着赤衣者。峤夜梦有人对他说："与君幽明道别，何意相照也？"事见《晋书·温峤传》及刘敬叔《异苑》七。

◎ 评析

　　此曲写金山风光，以极度夸张的手法，写山高水阔的景色。三、四句以下，驰骋丰富的想象：先写自己豪情满怀，恍惚像一只巨大的金鳌，能够吸尽一江的绿波；次写蛟龙怕他燃犀，翻起如屋的巨浪。这么大胆的夸张、奇特的想象，作者自谓其"效颦"东坡，洵非虚语。

✦ 卢 挚
（1242?—1315?）

字处道，一字莘老，又号嵩翁，涿州（今河北涿州）人。是元代早期散曲的代表作家。《全元散曲》收录其小令一百二十首，风格多样，具典雅、本色两派之长；题材广阔，有怀古、纪游、咏物、写景、抒情之作。贯云石说他的曲"妩媚，如仙女寻春，自然笑傲"（《阳春白雪序》）。且工诗善文，不仅有创作业绩，而且有理论著作。所以清顾嗣立说："推能文辞有风致者曰姚（燧）卢（挚），推诗家必以刘因静修与疏斋为首。"（《元诗选》）他在至元五年举进士，累迁少中大夫、河南路总管。大德初，持宪湖南，迁江东道廉访使，复入为翰林学士，为近臣三十年，颇著政声。在当时的政界文坛，交游极广，影响甚大。与著名的诗人姚燧、吴澄、刘因、揭傒斯、张之翰等相唱和；与著名的散曲家白朴、马致远、张可久、刘时中等相交往，与著名的女艺人朱帘秀、张怡云、解语花、杜妙隆等相赠答。著有《文心选诀》《文章宗旨》和《疏斋集》。《新元史》将其补入《文苑传》。

黄钟·节节高 [1]

题洞庭鹿角庙壁 [2]

雨晴云散，满江明月。风微浪息，扁舟一叶 [3]。半夜心 [4]，
三生梦 [5]，万里别。闷倚蓬窗睡些。

◎ 注释

[1] 节节高：黄钟宫的一个曲牌。句式是四四、四四、三三三、六。

[2] 鹿角：即鹿角镇，在今湖南岳阳南洞庭湖滨。

[3] 扁舟一叶：综合运用苏轼《前赤壁赋》的"驾一叶之扁舟"和张孝祥《念奴娇·过洞
庭》的"玉鉴琼田三万顷，着我扁舟一叶"的意境。

[4] 半夜心：夜阑人静时所引起的离愁别恨。

[5] 三生：佛家前生、来生、今生为三生。白居易《赠张处士山人》诗："世说三生如不
谬，共疑巢许是前身。"

◎ 评析

这首小令当是大德年间，诗人离京外放，持宪湖南，途经洞庭湖时
所作。前四句写景，描绘了一幅月明如昼、水波不兴的洞庭夜色。后四
句抒情，向读者展示了心潮起伏、百感交集的内心世界。它是以洞庭的
谧静反衬内心的波动，以明月的清辉反衬他内心的一片阴云。以欢乐的
景，反衬悲伤的情，更具艺术感染力。

中吕·朱履曲 [1]

雪中黎正卿招饮，赋此五章命杨氏歌之 [2]

数盏后兜回吟兴，六花飞惹起歌声 [3]，东道西邻富才情。
这其间听鹤唳 [4]，再索甚趁鸥盟 [5]，不强如孟襄阳干受冷 [6]。

◎ 注释

[1] 朱履曲：中吕宫的常用曲牌，又名《红绣鞋》，可与《醉高歌》为带过曲。句式是六六七、三三五（或五五五），首二句宜对。

[2] 赋此五章命杨氏歌之：这里只选了第一章。杨氏，即歌妓杨娇娇。作者曾写过《喜春来》《朱履曲》赠给她、赞美她。

[3] 六花飞：雪花飞。雪花六角，因以"六花"为雪花的别名。《宋书·符瑞志》："草木花多五出，雪花独六出。"

[4] 这其间：这时候。《红梨花》剧二："这其间倚定鸳鸯枕头儿等。"鹤唳：鹤鸣。《晋书·陆机传》："华亭鹤唳，岂可复闻乎？"

[5] 索甚：真须。鸥盟：指过隐逸生活。言与鸥鸟结盟，同住在水云乡里。辛弃疾《水调歌头》："富贵非吾事，归与白鸥盟。"

[6] "不强如"句：不比孟浩然挨冻受冷强么？孟襄阳，即唐代著名的诗人孟浩然。马致远曾经写过杂剧《风雪骑驴孟浩然》。又在小令《拨不断》中说："孟襄阳。兴何狂。冻骑驴灞陵桥上。"都是写孟浩然"踏雪寻梅"的故事的。

◎ 评析

　　这支小令写把酒赏雪的闲情逸致，"听鹤唳""趁鸥盟"，流露出他对隐逸生活的向往，对官场生活的厌倦。语言清丽，风格典雅，曲意深沉，用词的笔法来写曲，开典雅一派的先声。

双调·沉醉东风[1]

秋　景

挂绝壁枯松倒倚[2]，落残霞孤鹜齐飞[3]。四围不尽山，一望无穷水。散西风满天秋意。夜静云帆月影低[4]，载我在潇湘画里[5]。

◎ 注释

[1] 沉醉东风：双调的常用曲牌。句式是六六、三三七、七七。共七句六韵。一、二句须对，三、四两句亦须对。

[2]"挂绝壁"句：点化李白《蜀道难》的"连天去峰不盈尺，枯松倒挂倚绝壁"的句意。

[3]"落残霞"句：出自王勃《滕王阁序》："落霞与孤鹜齐飞，秋水共长天一色。"郎瑛《七修类稿》二一，言落霞是鸟，形如鹦哥。鹜，野鸭。

[4]云帆：一片白云似的船帆。一说，挂得很高的船帆。李白《行路难》："长风破浪会有时，直挂云帆济沧海。"

[5]潇湘画里：潇、湘，湖南境内的两大水名。二水在零陵相汇。这里极言潇、湘两岸的风景如画。宋代的著名画家宋迪曾画过"潇湘八景"，马致远曾用《寿阳曲》写过"潇湘八景"，即山市晴岚、远浦归帆、平沙落雁、潇湘夜雨、烟寺晚钟、渔村夕照、江天暮雪、洞庭秋月。

◎ 评析

此曲亦当作于大德初年，作者出任湖南廉访使时。通首以喜悦的心情、清丽的笔致，写他在潇湘行舟时，看到两岸景色的感受。前四句写昼景，后二句写夜景，在时、空推移的动态画面中，传达出作者悠然自得、潇洒出尘的谧静心态。

双调·沉醉东风

春　情

残花酿蜂儿蜜脾，细雨和燕子香泥。[1]白雪柳絮飞[2]，红雨桃花坠[3]，杜鹃声里又春归。纵有新诗赠别离，医不可相思病体[4]。

◎ 注释

[1]"残花"二句：与胡祗遹《阳春曲·春景》、关汉卿《诈妮子调风月》的"残花酝酿蜂儿蜜，细雨调和燕子泥"略有出入，说明它是很受诗人喜爱的。蜜脾，亦叫蜂脾。蜜蜂酿蜜的巢房，连成一片，其形如脾，叫作蜜脾。王禹偁《蜂记》："其酿蜜如脾，谓蜂脾。"李商隐《闺情》诗："红露花房白蜜脾，黄蜂紫蝶两参差。"

[2]白雪柳絮飞：柳的种子带有白色的绒毛，细软洁白如雪，叫作柳絮，亦即杨花。苏轼《少年游》："今年春尽，杨花似雪，犹不见还家。"

[3] 红雨桃花坠：红雨比喻落花。李贺《将进酒》："况是青春日将暮，桃花乱落如红雨。"

[4] 医不可：医不好。赵长卿《诉衷情》词："疮儿可后，痕儿尚在，见后思量。"无名氏《云窗梦》第三折："这搭儿再能见俺可憎（俺那可恨的冤家），便医可了天样般相思病。"可，均为"好"的意思。

◎ 评析

　　诗人以蜂儿酿蜜、燕子和泥、柳絮飘雪、桃花落红、杜鹃催归等，组织成一幅春意盎然、有声有色的图画，烘托出一个独守空闺、病恹恹的少妇对心上人的相思之情，自然贴切，情真语挚，具有极大的感染力。

双调·沉醉东风

闲　居

恰离了绿水青山那答[1]，早来到竹篱茅舍人家[2]。野花路畔开，村酒槽头榨。直吃的欠欠答答[3]，醉了山童不劝咱，白发上黄花乱插[4]。

◎ 注释

[1] 那答：那块，那边，元方言。贯云石《蟾宫曲》："随柳絮吹归那答。"

[2] 早来：已经。张矩《水龙吟》："问晓山亭下，山茶经雨，早来开么？""早来开么"犹言"已经开么？"

[3] 欠欠答答：疯疯颠颠，糊糊涂涂。

[4] 白发上黄花乱插：合杜牧《九日齐山登高》"尘世难逢开口笑，菊花须插满头归"和苏轼《吉祥寺赏牡丹》"人老簪花不自羞，花应羞上老人头"两诗的意蕴，来表达自己此时的复杂心情。

◎ 评析

　　这支小令，纯用口语方言，写隐居之乐，具有本色派的风格特征。作者把自己信步出游的所见、所感娓娓道来，充满了欢悦之情，流露出对田园生活的向往和对自由生活的追求。

双调·折桂令[1]

田　家

沙三伴哥来嗏[2]，两腿青泥，只为捞虾。太公庄上，杨柳阴中，磕破西瓜。[3]小二哥细涎刺塔，碌轴上淹着个琵琶。[4]看荞麦开花，绿豆生芽。无是无非，快活煞庄家。

◎ 注释

[1] 折桂令：双调中最常用的一个曲牌。又名《蟾宫曲》《步蟾宫》《蟾宫引》《折桂回》《天香引》《广寒秋》《秋风第一枝》，可与《水仙子》合为带过曲。句式变化较多，一般是六四四、四四四、七七、四四四，共十一句七韵。第二节四四四，要求作鼎足对。又有《百字折桂令》一体，仍是原格，不过衬字特多。

[2] 沙三伴哥来嗏：沙三、伴哥是元剧中称呼青年农民的习惯语。嗏，语尾助词。

[3] "太公庄上"三句：意思是在太公庄上的杨柳阴中破了个西瓜。磕破，撞破，击破。

[4] "小二哥"二句：意思是说小二哥因吃不到西瓜，流着涎水，挺着个像琵琶似的大肚子，躺在碌轴上。细涎刺塔，垂着涎水，肮脏不堪。碌轴，即碌碡，脱粒用的滚子。淹着个琵琶，形容小二哥身子瘦、肚子大，像个琵琶。

◎ 评析

　　这支小令，用生动的语言、活泼的形象、幽静的景物，描绘了一幅农村生活的画卷，富有泥土味和农村生活气息。伴哥、沙三的粗犷，小二哥的痴憨，又富有滑稽感和戏剧性，也具有本色派的风格特征。

双调·寿阳曲 [1]

别朱帘秀

才欢悦，早间别，痛煞煞好难割舍。画船儿载将春去也，空留下半江明月。 [2]

◎ 注释

[1] 寿阳曲：双调的一个曲牌。又名《落梅风》。句式三三七、七七。五句五韵或四韵，一句可叶可不叶。第三、五两个七字句，须上三下四句法，不可变易。

[2] "画船儿"二句：春，美好事物的象征，这里用代朱帘秀。语出俞国宝《风入松》的"画船载取春归去，余情付湖水湖烟"。

◎ 评析

　　曲的前三句，纯用白描手法，不作渲染，不加雕琢，是质朴的、明朗的；后两句用象征的手法，通过具体的形象，表现与之相似或相近的概念与思想，是婉曲的、含蓄的。在极熟极俗的声口之后，继之以极新极雅的曲词，是"变熟为新""化俗为雅"的重要手法。

双调·殿前欢 [1]

酒杯浓，一葫芦春色醉山翁 [2]，一葫芦酒压花梢重。随我奚童 [3]，葫芦干、兴不穷。谁人共，一带青山送。乘风列子 [4]，列子乘风。

◎ 注释

[1] 殿前欢：双调中的一个曲牌。又名《凤将雏》《燕引雏》《小妇孩儿》《小凤孙儿》。句式是三七七、四五三五、四四（或三三），共九句八韵（第八句不用韵），末二句作回文，或作对仗。

[2] 葫芦：形似葫芦的酒器。春色："洞庭春色"的缩语，酒名。苏轼《洞庭春色赋序》：

"安定郡王以黄柑酿酒，名之曰洞庭春色。"山翁：指晋代的山简。他经常在外喝得酩酊大醉。时人为之歌曰："山公时一醉，径造高阳池。日暮倒载归，酩酊无所知。"李白《襄阳歌》："旁人借问笑何事？笑杀山翁醉似泥。"这里是作者以山简自况。

[3] 奚童：小仆人。"奚"为古代奴隶的一种称呼。《周礼·天官》："奚三百人。"郑玄注："古者从坐男女没入县官为奴，其少才知可以为奚。"说明"奚"是年少伶俐的仆人。

[4] 乘风列子：名御寇，战国时的哲学家。《庄子·逍遥游》："夫列子御风而行，泠然善也。"《列子·黄帝篇》："列子师老商氏，友伯高子，进二子之术，乘风而归。"

◎ 评析

　　借山简的狂饮，消自己的磊块，让自己徜徉于大自然的怀抱之中，没有尘俗的干扰，没有宦海的波涛，实际上是要摆脱污浊的官场，回到自由冲虚的境界中去。曲亦清新可爱。

✦ **珠帘秀**　　本姓朱，排行第四，元代著名的女艺人。她姿容秀丽，"杂剧独步一时"，其弟子赛帘秀、燕山秀等，亦为当时的名演员（见《青楼集》）。她不仅善歌，而且工曲。除此曲外，《词林白雪》还存其《正宫·醉西施》一套，缠绵悱恻，感人至深。弟子们皆尊称其为"朱娘娘"。当时的著名诗人、曲家王恽、胡祗遹、卢挚、关汉卿、冯子振等，都与她有很好的交情。

双调·寿阳曲

答卢疏斋

山无数，烟万缕，憔悴煞玉堂人物[1]。倚篷窗一身儿活受苦，恨不得随大江东去[2]。

[1] 玉堂人物：指卢挚。宋以后称翰林院为玉堂。大德八年，卢挚被召还京，为翰林学士，故曰"玉堂人物"。

[2] 随大江东去：一死了之的意思。苏轼《念奴娇》："大江东去，浪淘尽，千古风流人物。"

◎ 评析

　　此曲当作于大德八年，卢挚被召复入为翰林学士时。首三句从对方着墨，说无数青山遮断了送别者的视线，万缕云烟模糊了送别者的眼睛。"憔悴煞"一句，是珠帘秀眼中的卢疏斋，当与卢疏斋《别珠帘秀》的"痛煞煞好难割舍"对照来读。卢挚为什么与她相别时会如此"憔悴煞""痛煞煞"呢？因为她在卢挚眼里有"林下风姿，云外歌声"（《蟾宫曲》），在王恽眼里，她又是"绿云红艳逐春生，卷帘一顾未忘情"（《浣溪沙》）。后两句从对方写到自己。卢挚说"难割舍"，她就说"活受苦"；卢挚说"画船儿载将春去也"，她就说"恨不得随大江东去"。既是心愿的表白，又是感情的高潮。《顾曲麈谈》卷四云，珠帘秀答卢疏斋的曲，"风致婉妙，有如此者"。可谓知言。

❀ 陈草庵
（1245—?）

名英，字彦卿，析津（今北京）人。《录鬼簿》列其名于前辈名公，称"陈草庵中丞"。《全元散曲》录其小令【中吕】山坡羊二十六首。

中吕·山坡羊[1]

叹 世

晨鸡初叫，昏鸦争噪，那个不去红尘闹[2]。路遥遥，水迢迢，功名尽在长安道[3]。今日少年明日老。山，依旧好；人，憔悴了。

◎ 注释

[1] 山坡羊：中吕的一个最常用的曲牌。又名《山坡里羊》《苏武持节》，可与《青哥儿》为带过曲。句式是四四七、三三、七七、一三、一三。共十一句九韵。末四句分做两组，形成尖锐的对比。如张养浩的"兴，百姓苦；亡，百姓苦！"乔吉的"身，已至此；心，犹未死"。作者的另一首"兴，也任他；亡，也任他"是这支曲调的特点。

[2] 红尘：飞扬的尘土，这里指繁华热闹的地方。徐陵《洛阳道》诗："绿柳三春暗，红尘百戏多。"

[3] 长安道：自秦至唐，多建都于长安，因以长安代指京城，以长安道代指入京求取功名富贵的大道。

◎ 评析

讽刺热衷功名、追求富贵是我国文学作品的传统主题。但这支小令在艺术构思和传达手法上颇有新意。首二句，突出了从侵晨到黄昏的时间跨度；四、五句，突出了山长水阔的空间跨度。把那些在"红尘闹"，在"长安道"上奔走的"禄蠹"们的心态和丑态活画了出来。末四句，以青山的不老，反衬人生之短促，与苏轼的"哀吾生之须臾，羡长江之无穷"(《前赤壁赋》)同样具有发人深省的理趣，对汲汲于富贵者来说，是暮鼓，是晨钟。

❖关汉卿

号已斋，一说名一斋，大都（今北京）人，一说祁州（今河北安国）人。约生于金宣宗兴定年间，卒于元成宗大德初年。《录鬼簿》说他曾任太医院尹，《青楼集序》说他是"金遗民，入元不仕"。《析津志》说他"生而倜傥，博学能文，滑稽多智，蕴藉风流，为一时之冠"。贾仲明说他是"驱梨园领袖，总编修师首，捻杂剧班头"。这些零星的资料，概括了他的性格、才能、仕履和遭际，是可信的。

他是我国伟大的古典戏剧家，有"中国的莎士比亚"之称。著有杂剧六十多种，现存《窦娥冤》《救风尘》《望江亭》《单刀会》等十余种，代表了我国古典戏剧的最高成就，在我国戏剧发展史上有着深远的影响和崇高的地位。他同时还是杰出的表演家。他自己说："我也会围棋、会蹴鞠、会打围、会插科、会歌舞、会吹弹、会咽作、会吟诗、会双陆。"（【南吕】一枝花·不伏老）明人臧晋叔也说他"躬践排场，面傅粉墨，以为我家生活，偶倡优而不辞"（《元曲选序》）。说明他是有多方面的艺术才能的。

他的散曲，丰富多彩，自然当行，具有很高的艺术价值。今存套数十三，小令五十七。贯云石序《阳春白雪》中说他"造语妖娇，如少女临杯"。朱权《太和正音谱》说他的词"如琼筵醉客"。这些评论虽然不免抽象浮泛，但也把握了他的艺术风格。

仙吕·一半儿[1]

题　情

碧纱窗外静无人[2]，跪在床前忙要亲。骂了个负心回转身[3]。虽是我话儿嗔，一半儿推辞一半儿肯[4]。

◎ 注释

[1] 一半儿：是仙吕宫的一个常用的曲牌，与《忆王孙》同，但多"一半儿"三字。且《忆王孙》只用平煞，而《一半儿》则往往用上煞。句式为七七七、三九。末句的"一半儿……一半儿……"是它的定格。

[2] 碧纱窗：用绿纱做的窗帘。李白《乌夜啼》："碧纱如烟隔窗语。"

[3] 负心：指爱情不坚贞的男子，犹今言"没良心的"。《敦煌曲子词·望江南》："为奴吹散月边云，照见负心人。"

[4] 肯：答应，许可。

◎ 评析

　　这曲写一对青年情侣之间的一场小风波。一个"跪"，一个"转身"；一个要"亲"，一个要"骂"，这中间浓缩了多少恼人的往事。结句的"一半儿推辞一半儿肯"，把一个少女的内心世界裸露无遗，既有羞涩矜持的一面，又有深情大胆的一面。原来"骂"是假，"回转身"来是假，是做戏的；而接受他的"亲"，才是真的，发自内心的。《顾曲塵谈》卷下云：关汉卿有《一半儿·题情》"亦佳"，诚然。

南吕·四块玉[1]

自送别，心难舍，一点相思几时绝。凭栏袖拂杨花雪[2]。溪又斜，山又遮，人去也。

◉ 注释

[1] 四块玉：南吕宫的一个曲牌。句式是三三七七、三三三。共七句五韵。第一、第五两句可不叶韵。

[2] 杨花雪：像雪一样洁白的杨花。苏轼《少年游》："去年相送，余杭门外，飞雪似杨花。今年春尽，杨花似雪，犹不见还家。"这里是暗用苏词的语意。

◉ 评析

　　这曲以寻常的语言，写真挚的相思。在回忆中透露了相思之情。"凭栏袖拂杨花雪"一句，双绾当年送别和此日望远的季节和情景。末三句，韵密调促，声咽情哀，把送别和望远时的所见所感，一齐表现了出来。这种"意义的不确定性"，给读者留下了广阔的联想天地，包含着丰富而深沉的艺术容量。

双调·沉醉东风

咫尺的天南地北，霎时间月缺花飞[1]。手执着饯行杯，眼阁着别离泪[2]。刚道得声保重将息[3]，痛煞煞叫人舍不得，好去者前程万里[4]。

◉ 注释

[1] 霎时间：一会儿。黄庭坚《两同心》："霎时间，雨散云归，无处追寻。"花飞：花落。晁补之《行香子·梅》："向未开时，愁花放，恐花飞。"这是以"月缺花飞"喻人的离散。

[2] 阁着：噙着，含着。阁，同"搁"。

[3] 将息：调养，保护。李清照《声声慢》："乍暖还寒时候，最难将息。"

[4] 好去者：安慰行者的套语，犹言"好好走着"。白居易《南浦送别》："一看一肠断，好去莫回头。"马致远《耍孩儿·借马》："道一声好去，早两泪双垂。"

◉ 评析

　　这首曲写离情别绪，真挚动人，梁乙真认为它使柳永的《雨霖铃》

"不能专美于前"（《元明散曲小史》）。首二句从极小的空间和极短的时间中所发生的极大变化，来形容分离时一瞬间的感情负荷。结句的道声"将息"是真情，是人情之正；接着又祝福"前程万里"，就有些矫情，有些故作豁达之语，既以掩饰自己内心的"痛煞煞叫人舍不得"，又以安慰行者已经破碎了的心。可谓描绘人情，丝丝入微。

双调·沉醉东风

忧则忧鸾孤凤单[1]，愁则愁月缺花残。为则为俏冤家[2]，害则害谁曾惯[3]。瘦则瘦不似今番，恨则恨孤帏绣衾寒[4]，怕则怕黄昏到晚[5]。

◎ 注释

[1]"忧则忧"句：担忧的是夫妻分离。鸾凤，旧时用来比喻夫妇。典出《左传》庄公二十二年："初，懿氏卜妻敬仲，其妻占之曰：'吉，是谓凤凰于飞，和鸣锵锵。'"这是后世鸾凤比喻夫妻的起源。卢绪《催妆》诗："今日幸为秦晋会，早教鸾凤下妆楼。"

[2]冤家：对所爱的亲昵称呼。唐无名氏《醉公子》："门外狲儿吠，知是萧郎至。划袜下香阶，冤家今夜醉。"也称"俏冤家""劣冤家""死冤家""小冤家"。张可久《一半儿》："劣冤家，一半儿真情一半儿假。"《董西厢》四："短命的死冤家，甚不怕神夭折。"

[3]"害则害"句：害，病。则，这里作"虽"讲，下句的"瘦则瘦"的"则"同。《金钱记》三："害则害，甘心儿为他僝僽。"意即"病虽病，也甘心受他折磨"。

[4]孤帏绣衾：孤单的罗帐，绣花的被子。

[5]"怕则怕"句：这是从周邦彦《庆宫春》词"生怕黄昏，离思牵萦"中点化出来的。

◎ 评析

　　此曲用重叠、比喻、对偶等修辞手法，层层递进，步步深化，把曲中女主人公一系列的内心活动：忧、愁、害、瘦、恨、怕，淋漓尽致地渲染了出来，字字带血，语语含泪，具有极大的感人力量。

双调·大德歌[1]

春

子规啼[2]，不如归。道是春归人未归。几日添憔悴，虚飘飘柳絮飞。一春鱼雁无消息[3]，则见双燕斗衔泥[4]。

◎ 注释

[1] 大德歌：双调中的一个曲牌。句式是：三三、五五五、七五。

[2] 子规：即杜鹃。据说它的叫声有些像"不如归去，不如归去！"晁补之《满江红·寄内》："归去来，莫叫子规啼，芳菲歇。"

[3] 鱼雁：书信。古乐府《饮马长城窟行》："呼儿烹鲤鱼，中有尺素书。"又《汉书·苏武传》："教使者谓单于，言天子射上林中，得雁，足有系书。"这就是"鱼雁"的出处。秦观《鹧鸪天》："一春鱼雁无消息，千里关山劳梦魂。"

[4] "则见"句：这是以"燕双"衬托"人独"，以"燕归"衬托"人未归"。秦观《蝶恋花》："晓日窥窗双燕语，似与佳人，共惜春将暮。"又《夜游宫》："巧言呢喃向人语，何曾解，说伊家些子事，况是伤心绪，念个人久成睽阻。"此句似包括这两层意思。

◎ 评析

　　此曲用"兴"的手法开篇，以子规之啼，勾起少妇思人怀远的情绪；中以"虚飘飘柳絮飞"，象征少妇的心绪不宁，无所归宿；结句又以"双燕斗衔泥"反衬少妇的孤居独处，郁郁寡欢。全曲未着一"思"字、一"春"字，而少妇伤春怀远的炽烈感情溢于言表。

双调·大德歌

夏

俏冤家，在天涯[1]。偏那里绿杨堪系马[2]。困坐南窗下，数对清风想念他[3]。蛾眉淡了教谁画[4]，瘦岩岩羞对石榴花[5]。

◎ 注释

[1] 天涯：天边，指极远的地方。《古诗十九首》："相去万余里，各在天一涯。"晏殊《蝶恋花》："独上高楼，望尽天涯路。"

[2] "偏那"句：偏偏只有那里留得住。王维《少年行》："相逢意气为君饮，系马高楼垂柳边。"张耒《风流子》："遇有时系马，垂杨影下。"此袭其意。

[3] 数对：多次对着，频频地对着。

[4] "蛾眉淡了"句：《汉书·张敞传》："又为妇画眉，长安中，传张京兆眉妩。"此用其事。蛾眉，指女子弯弯的修眉。《诗·卫风·硕人》："螓首蛾眉。"

[5] 瘦岩岩：瘦削的样子。石榴花：泛指红色的花。白居易《题孤山寺山石榴花》："山榴花似结红巾。"苏轼《贺新郎》："石榴半吐红巾蹙。"山石榴花，即杜鹃花，春初盛开。

◎ 评析

此写少妇多疑善感的矛盾心态。在猜疑埋怨中，流露出真挚的爱情。以"俏冤家"在外的拈花惹草、寻欢作乐，衬托自己的"困坐南窗"，"为伊消得人憔悴"，怨而不怒，真切感人。

双调·大德歌

秋

风飘飘[1]，雨潇潇[2]，便做陈抟睡不着[3]。懊恼伤怀抱，扑簌簌泪点抛[4]。秋蝉儿噪罢寒蛩儿叫[5]，渐零零细雨打芭蕉[6]。

◎ 注释

[1] 风飘飘：形容回旋的风。《诗·桧风·匪风》："匪风飘兮。"《毛传》："回风为飘。"又形容风吹的样子。陶潜《归去来辞》："风飘飘而吹衣。"

[2] 雨潇潇：形容雨骤的样子。《诗·郑风·风雨》："风雨潇潇。"《毛传》："潇潇，暴疾也。"柳永《雨霖铃》："对潇潇暮雨洒江天，一番洗清秋。"

[3] 陈抟：陈抟（？—989），五代末、北宋初的著名道士。曾修道于华山，宋太宗赐号"希夷先生"。见《宋史·隐逸传》。大戏剧家马致远曾写杂剧《陈抟高卧》，说宋太祖

尚未登极的时候，在汴梁的竹桥边，向陈抟占卜前途的否泰，抟预太祖日后必为天子。及即位，乃派人至华山迎接陈抟出山，陈抟高卧华山，不肯应召。

[4] 扑簌簌：流泪的样子。苏轼《贺新郎》："共粉泪，两簌簌。"《京本通俗小说·志诚张主管》："那时小夫人开疏看时，扑簌簌两行泪下。"

[5] 秋蝉、寒蛩：秋天容易唤起人们愁思的两种昆虫，诗人们往往用它们来渲染离人的愁思。蝉，又名知了。柳永《雨霖铃》："寒蝉凄切。"蛩，即蟋蟀，又名促织。《诗·豳风·七月》："十月蟋蟀入我床下。"这是我国诗歌中最早用蟋蟀渲染离愁的诗。

[6] "渐零零"句：形容下着濛濛的细雨。《诗·豳风·东山》："我来自东，零雨其濛。"细雨打芭蕉，概括了温庭筠的"梧桐树，三更雨，不道离情正苦；一叶叶，一声声，空阶滴到明"（《更漏子》）和李煜的"秋风多，雨相和，帘外芭蕉三两窠，夜长人奈何"（《长相思》）的词意。

◎ 评析

此曲以景结情，把深深的离愁融入寂寞的景中，情景相生，物我一体，哀感顽艳，令人不忍多读。

双调·大德歌

冬

雪纷纷，掩重门，不由人不断魂。瘦损江梅韵，那里是清江江上村[1]！香闺里冷落谁瞅问？好一个憔悴的凭阑人[2]！

◎ 注释

[1] 那里是清江江上村：辛弃疾《菩萨蛮》："郁孤台下清江水，中间多少行人泪。"这是化用此词的语意，言那不是她所思念的"行人"思乡怀归的地方。清江，在赣江和袁江的合流处。

[2] 凭阑人：凭栏望远的人，曲中的少妇自指。

◎ 评析

这个组曲，描写了一个少妇自春徂冬的刻骨相思。她春天里听到

"子规啼"而"添憔悴"，夏天里怀疑心上人"系马"绿杨边而瘦损腰肢，秋天里听到蝉声、蛩声、雨打芭蕉声，而"懊恼"，而"扑簌簌泪点抛"，冬天里看到"雪纷纷"而"不由人不断魂"。随着时序的变迁，感情的波涛也越来越汹涌澎湃。终于在感情波涛的激荡中，意识到自己的存在和价值，提出了"香闺里冷落谁瞅问"的诘责，嘲笑了自己是"好一个憔悴的凭阑人"！表现了这位少妇对爱情的执着追求和坚强性格。她的多情与泼辣，与关汉卿笔下所塑造的许多妇女形象，如《调风月》中的诈妮子、《救风尘》中的赵盼儿、《望江亭》中的谭记儿等，似乎有着某种血缘关系。

商调·梧叶儿[1]

别　情

别离易，相见难[2]，何处锁雕鞍[3]？春将去，人未还[4]，这其间，殃及煞愁眉泪眼[5]。

◎ 注释

[1] 梧叶儿：商调中的一个曲牌，又名《碧梧秋》《知秋令》。起句可叶韵，亦可不叶韵。句式是三三五、三三六。首二句宜对。

[2] 别离易，相见难：语本李商隐《无题》的"相见时难别亦难"。

[3] 锁雕鞍：锁住了华丽的马鞍。柳永《定风波》："早知恁么，悔当初，不把雕鞍锁。"

[4] 春将去，人未还：这里是化用刘安《招隐士》的"王孙游兮未归，春草生兮萋萋"和秦观《千秋岁》的"春去也，飞红万点愁如海"的语意。

[5] 殃及煞：元人方言，连累太多的意思。煞，程度副词，犹现代汉语中的"很""甚"。刘时中《新水令·代马诉冤》套："则索扭蛮腰将足下殃及。""殃及"亦作"央及"。

◎ 评析

　　寥寥数语，把女主人公隐曲的感情的发展过程，很有层次地表现了出来。使人感到这情是从肺腑里流出来的，这语是从心坎里说出来的，因而具有强大的感人的艺术力量。周德清在《中原音韵·作词十法》中把它作为"定格"。并说"如此方是乐府，音如破竹，语尽意尽，冠绝诸词"。王世贞在《曲藻》中把"春将去"以下三句，作为"情中悄语"的适例。说明它在立意、造语诸方面，达到了很高的艺术境界。

南吕·一枝花[1]

不伏老（套）

【一枝花】攀出墙朵朵花[2]，折临路枝枝柳[3]。花攀红蕊嫩，柳折翠条柔。浪子风流，凭着我折柳攀花手，直熬到花残柳败休。半生来折柳攀花，一世里眠花卧柳。

【梁州第七】我是个普天下郎君领袖，盖世界浪子班头。愿朱颜不改常依旧，花中消遣，酒内忘忧；分茶攧竹[4]，打马藏阄[5]，通五音六律滑熟[6]，甚闲愁到我心头。伴的是银筝女，银台前理银筝笑倚银屏；伴的是玉天仙，携玉手并玉肩同登玉楼；伴的是金钗客，歌金缕捧金樽满泛金瓯。你道我老也暂休，占排场风月功名首，更玲珑又剔透。我是个锦阵花营都帅头，曾玩府游州。

【隔尾】子弟每是个茅草岗沙土窝初生的兔羔儿乍向围场上走[7]，我是个经笼罩受索网苍翎毛老野鸡蹅踏的阵马儿熟[8]。经了些窝弓冷箭蜡枪头[9]，不曾落人后。恰不道"人到中年万事休"，我怎肯虚度了春秋。

【尾】我是个蒸不烂煮不熟捶不扁炒不爆响珰珰一粒铜豌豆，恁子弟每谁教你钻入他锄不断斫不下解不开顿不脱慢腾腾千层锦套头[10]。我玩的是梁园月[11]，饮的是东京酒，赏的是洛阳花[12]，攀的是章台柳[13]。我也会吟诗，会篆籀；会弹丝，会品竹；我也会唱鹧鸪，舞垂手[14]；会打围，会蹴鞠[15]；会围棋，会双陆[16]。你便是落了我牙，歪了我口，瘸了我腿，折了我手，天赐与我这几般儿歹症候，尚兀自不肯休[17]。则除是阎王亲唤取，神鬼自来勾，三魂归地府，七魄丧冥幽[18]，天哪，那其间才不向烟花路儿上走[19]。

◎ 注释

[1] 南吕·一枝花：南吕宫常用的套数。通常由《一枝花》《梁州第七》和《尾声》组成。如果意有未尽，须多写几枝曲子，那就把《尾声》改成《隔尾》。本套即是如此处理的。

[2] 攀出墙朵朵花：宋陆游《马上作》："杨柳不遮春色断，一枝红杏出墙头。"叶绍翁《游园不值》："春色满园关不住，一枝红杏出墙来。"后人便以"出墙花"作为妓女的代称。

[3] 折临路枝枝柳：《敦煌曲子词·望江南》："莫攀我，攀我太心偏。我是曲江临池柳，这人折了那人攀。恩爱一时间。"后人因以"临路柳"代指妓女。

[4] 分茶攧竹：品茶画竹。《百花亭》第一折："攧兰攧竹，写字吟诗。"

[5] 打马藏阄：古代的两种博戏。打马，即打双陆，双陆棋子称马，所以叫作"打马"。李清照《打马赋》："打马爱兴，搅蒲遂废。实博奕之上流，乃深闺之雅戏。"藏阄，古人在饮宴时设阄，探得的饮酒。司马光《夫人阁》词之二："藏阄新过蜡，习舞竞裁衣。"

[6] 五音：即宫、商、角、徵、羽。六律：即黄钟、太簇、姑洗、蕤宾、夷则、无射。都是音乐方面的术语，或指音阶，或指音律。

[7] 子弟每：一般指嫖客们。每，犹现代汉语中的"们"。兔羔儿：兔崽子，喻未经世故的青年。围场：猎场，此指妓院。

[8] 阵马儿熟：烂熟的狩猎技术，此指狎妓的经验。

[9] 窝弓：冷箭。蜡枪头：喻好看不中用。

[10] 锦套头：锦绳结成的套头，喻妓女笼络客人的伎俩。

[11] 梁园月：汉代梁孝王所经营的兔园。此指汴京。

[12] 洛阳花：牡丹的别名。牡丹是洛阳的名产，因称为"洛阳花"。欧阳修《洛阳牡丹记》："牡丹……出洛阳者，今为天下第一。"

[13] 章台柳：诗人韩翃有爱姬柳氏，在"安史之乱"中奔散，柳出家为尼。后来韩在平卢

节度使幕下任书记，使人寄以书云："章台柳，章台柳，昔日青青今在否？纵使长条似旧垂，也应攀折他人手。"见孟棨《本事诗·情感一》。后因以"章台柳"喻妓女。

[14] 唱鹧鸪：唱《瑞鹧鸪》《鹧鸪天》等词曲。舞垂手：跳大垂手、小垂手的舞蹈。此皆当时流行的歌舞。

[15] 打围：打猎。打猎时要合围，所以叫"打围"。《新五代史·四夷附录·契丹》："我在上国，以打围食肉为乐。自入中国，心常不快。"蹴鞠：踢球。《后汉书·梁冀传》："性嗜酒，能挽满、弹棋、格五、六博、蹴鞠之戏。"

[16] 双陆：古代一种赌博的游戏。《续事始》："陈思王曹子建制双陆，置投子二。"后来逐渐加至六，其法今已失传。

[17] 尚兀自：尚自，还自。元曲中常见的方言。《雍熙乐府》十三《斗鹌鹑》套："尚兀自留恋当初枕边话。"亦作"尚古子""犹兀自""兀自。"

[18] 幽冥：阴间，地府。

[19] 烟花路儿：指勾栏妓院。

◎ 评析

　　这是关汉卿的一个有名的散套，他极度夸张自己在妓院中的浪漫生活，毫不掩饰地赞赏自己是"郎君领袖""浪子班头""锦阵花营都帅头"，夸耀自己是"经笼罩，受索网""经了些窝弓冷箭蜡枪头"的"老野鸡"，宣布自己是"蒸不烂煮不熟捶不扁炒不爆响珰珰一粒铜豌豆"，表示自己即使是"落了我牙，歪了我口，瘸了我腿，折了我手"，也要向"烟花路儿上走"的决心，表现了不怕重压、不甘屈伏的铮铮硬骨头精神，并以蔑视礼教、玩世不恭的形式，与元代的黑暗统治进行不妥协的抗争。这在当时的具体条件下，是有一定的积极意义的。至其语言的泼辣、诙谐，句式的排比、对偶，衬字的大量运用，气势的纵横、奔放，尤非他人所能企及。然曲中过分渲染了"风流""浪子"的生活，不免带来一些消极影响。

白朴
（1226—1307？）

字仁甫，又字太素，号兰谷，隩州（今山西河曲）人。是金枢密院判白华的第二个儿子，也是著名诗人元遗山的通家侄。蒙古兵攻陷金的首都汴京（今河南开封）时，适其父因事外出，其母在乱军中失散，那时白朴才七岁，遗山携之北渡避难，在元遗山的培育下，掌握了丰富的文化知识，遗山尝赠以诗云："元白通家旧，诸郎独汝贤。"说明他一直是受到元遗山的器重的。故其父白华北归，以诗谢元氏云："顾我真成丧家狗，赖君曾护落巢儿。"朴幼经丧乱，淡泊功名。至元统一后，徙居金陵（今南京），放情山水，以诗酒自娱。后以子贵，赠嘉议大夫，掌礼仪院太卿。著有杂剧十六种，今存《梧桐雨》《墙头马上》《东墙记》三剧，或缠绵清丽，或尖新泼辣，都有较高的艺术成就。与关汉卿、马致远、郑光祖号称元剧四大家。王国维认为他的《梧桐雨》"沉雄悲壮，为元曲冠冕"。

他的词曲，以绮丽婉约见长，而又有豪放雄浑之气。著有《天籁集》二卷，后面附有散曲《摭遗》。其友王博文说他的词"辞语遒严，情寄高远，音节协和，轻重稳惬。凡当歌对酒，感事兴怀，皆自肺腑流出"（《天籁集序》）。朱彝尊说他的词"源出苏、辛，而绝无叫嚣之气，自是名家"（《跋天籁集》）。《太和正音谱》评其曲"如鹏抟九霄"。说明他的词曲，兼有豪放清丽之长。

仙吕·寄生草[1]

饮

长醉后方何碍，不醒时有甚思。[2]糟腌两个功名字，醅淹千古兴亡事，曲埋万丈虹霓志。[3]不达时皆笑屈原非[4]，但知音尽说陶潜是[5]。

◎ 注释

[1] 寄生草：仙吕宫的常用曲牌。首句可以不用韵，也可以用韵。中间三句须作鼎足对。句式是三三、七七七、七七。共七句五韵。按此曲一作范康的作品，为其"酒、色、财、气"四首之一。

[2]"长醉后"二句：长期昏醉有何挂碍，老是不醒有何思虑。这两句是融合屈原《渔父》的"举世皆浊我独清，世人皆醉我独醒"、王绩《过酒家》的"眼看人尽醉，何忍独为醒"，以及李白《将进酒》的"钟鼓馔玉不足贵，但愿长醉不愿醒"的语意而成的。

[3]"糟腌"三句：言酒把个人的功名、千古的兴亡、无限的壮志都给埋葬了。腌，玷污。《西厢记》五本三折："枉腌了他金屋玉屏，枉污了他锦衾绣裀。""腌""污"对举，可证。曲，酒糟。虹霓志，气贯长虹的豪情壮志。

[4] 屈原（前339？—前278）：战国时代的伟大爱国诗人。为了实现其举贤授能、修明法度的"美政"，曾与楚国的反动贵族统治集团进行过坚决的斗争，宣称"亦余心之所善兮，虽九死其犹未悔"（《离骚》），最终献出了自己宝贵的生命。然自班固以来，就有指责屈原"露才扬己，竞乎危国群小之间，以离谗贼"（《离骚序》）的。

[5] 陶潜（365—427）：字渊明，江州柴桑（今江西九江西南）人。曾经出任江州祭酒、镇军参军、建威参军和彭泽令。感到"有志不获骋"，而又"素襟不可易"，更不愿"为五斗米折腰"，于是拂袖辞归，隐居田园。这支小令赞美他、肯定他，是因为他不愿富贵，不慕荣利，而又寄迹于酒，以酒浇愁。他说："偶有名酒，无夕不饮。顾影独尽，忽焉复醉。"（《饮酒》序）又说："造饮辄尽，期在必醉。既醉而退，曾不吝情去留。"（《五柳先生传》）这些思想，正是这支小令所要表达的，所以诗人引他为"知音"。

◎ 评析

此曲肯定了长睡不醒的消极避世态度，嘲笑了尽忠竭智、自沉汨罗的爱国诗人屈原，自然是以愤世嫉俗的狂态，表达他对现实的极端不满。曲中提到要用酒来排除"功名字""兴亡事""虹霓志"，正好说明他何尝淡然忘怀于个人的功名、国家的兴亡、凌云的壮志！不过是"强为旷达"（郑振铎语）之辞，抒其愤懑之意而已。周德清说它"命意、造语、下字，俱好"（《中原音韵·作词十法》）。王世贞说它是"浑中奇语"（《艺苑卮言》附录一）。李调元说它"命意造词，俱臻绝顶"（《雨村曲话》卷上）。可谓卓具慧眼。

中吕·阳春曲

题　情三首

从来好事天生俭[1]，自古瓜儿苦后甜。妳娘催逼紧拘钳[2]，甚是严，越间阻越情忺[3]。

笑将红袖遮银烛[4]，不放才郎夜读书。相偎相抱取欢娱。止不过迭应举[5]，及第待何如[6]？

百忙里铰甚鞋儿样，寂寞罗帏冷篆香[7]。向前搂定可憎娘[8]，止不过赶嫁妆，便误了又何妨！

◎ 注释

[1] 好事：指男女间的爱情。《琵琶记·几言谏父》："谁知好事多磨起风波。"《墙头马上》第二折："几时得好事奔人来？"俭：少，不足。

[2] 妳娘：即亲娘。紧拘钳：管教得紧，严加约束和钳制。

[3] 间阻：从中阻拦。情忺：情投意合。忺，惬意。

[4] 红袖：红色的衣袖。欧阳修《玉楼春》："栏干倚遍重来凭，粉泪偷将红袖印。"银烛：雪亮的蜡烛。温庭筠《七夕》："银烛有光妨宿燕，画屏无睡待牵牛。"

[5] 迭应举：屡次参加科举考试。白居易《自劝》诗："忆昔羁贫应举年，脱衣典酒曲江边。"

[6] 及第：科举应试中选。宋高承《事物纪原·学校贡举》十六："隋、唐以来，进士诸

科，遂有'及第'之目。"

[7] 篆香：盘香，香的烟缕。苏轼《宿临安净土寺》："闭门群动息，香篆起烟缕。"

[8] 可憎娘：最亲爱的美人，表示男女极度相爱的反语。乔吉《金钱记》一："那姐姐怕不待庞儿俊俏可人憎，知他那眉儿淡了教谁画。"这是男方对女方的称呼。女方称男方则为"可憎才"。《西厢记》四本一折："只为这可憎才熬得心肠耐，办一片志诚心，留得形骸在。"

◎ 评析

　　这组言情的散曲，体现了宋、元以来市民阶层蔑视礼教、冲破封建网罗的爱情要求，也体现了白朴鲜明泼辣、坦率质朴的散曲风格。第一支塑造了一个大胆、热烈，敢爱、敢说的叛逆女性，她有自己的人生哲学，有敢于冲破一切封建堤防的反抗精神。第二支仍是以女子的口吻，把科举功名看作粪土，不让她的心上人走仕途经济的老路。第三支以男子的声口，鄙视尘俗的传统观念，不愿对方在"百忙里"去"赶嫁妆"。生动活泼，声情逼真。《柳塘词话》卷一说它"情致不减于词"，《顾曲麈谈》卷下说它"可谓妙绝"。都是切中肯綮的审美判断。

越调·天净沙[1]

春

春山暖日和风，阑干楼阁帘栊，杨柳秋千院中[2]。啼莺舞燕，小桥流水飞红[3]。

◎ 注释

[1] 天净沙：越调的常用曲，又名《塞上秋》。句式是六六六、四六，共五句五韵。头两句宜对，也有前三句作鼎足对的。

[2] 秋千：我国传统的游戏，相传春秋时齐桓公从北方的山戎引入的。冯延巳《上行杯》："罗幕遮香，柳外秋千出画墙。"俞国宝《风入松》："红杏香中歌舞，绿杨影里秋千。"曲语本此。

[3] 飞红：落红，落花。辛弃疾《祝英台近》："断肠片片飞红，都无人管，更谁劝流莺声住。"

◉ 评析

　　白朴有两组《越调·天净沙》八首，分写春、夏、秋、冬四时的景色，或欢快，或细腻，善于捕捉四时的景物特征，给人一种审美的愉悦。这支小令是写春景，远处有春山、暖日、和风，近处有楼阁掩映，柳枝轻袅，秋千慢摇，落英缤纷，莺燕翻飞，构成一幅春意盎然的画面，使人油然产生一种青春的活力。

双调·沉醉东风

渔　夫

　　黄芦岸白蘋渡口，绿杨堤红蓼滩头[1]。虽无刎颈交[2]，却有忘机友[3]，点秋江白鹭沙鸥。傲杀人间万户侯[4]，不识字烟波钓叟[5]。

◉ 注释

[1] 红蓼滩：长满了开着红花的水蓼滩头。蓼，生长在水边的叫作水蓼。秋日开花，呈淡红色。薛昭蕴《浣溪沙》："红蓼渡头秋正雨。"

[2] 刎颈交：同生死共患难的朋友。《史记·廉颇蔺相如列传》："卒相与欢，为刎颈之交。"

[3] 忘机友：没有机心、坦诚相交的朋友。李白《下终南山过斛斯山人宿置酒》："我醉君复乐，陶然共忘机。"

[4] 万户侯：泛指高官厚禄。汉代分封诸侯的制度，大者食邑万户，小者仅五百户。《史记·李将军列传》："惜乎！子不遇时。如令子当高帝时，万户侯岂足道哉？"

[5] 烟波：形容水波浩渺，从远处看去有如烟雾笼罩。崔颢《黄鹤楼》诗："烟波江上使人愁。"

◉ 评析

　　此曲《中原音韵·作词十法》把它作为"定格"。《艺苑卮言》附录一说它是"意中爽语"。《顾曲麈谈》说它是"前人不能道也。'曲中赞美那个"傲杀人间万户侯"的渔夫，羡慕那个"不识字"的渔父，正好说明"渔夫"就是作者的化身，正好表达了当时知识分子被压抑的心态，因而赢得了人们的无限喜爱。著名散曲家卢挚在【双调·蟾宫曲】中，命意遣辞。几乎原封不动地搬用了它；赵明远《范蠡归湖》第四折《新水令》一套中，也借用了这支曲子。

双调·庆东原[1]

叹　世

忘忧草[2]，含笑花[3]，劝君及早冠宜挂[4]。那里也能言陆贾[5]？那里也良谋子牙[6]？那里也豪气张华[7]？千古是非心，一夕渔樵话[8]。

◉ 注释

[1] 庆东原：双调中的一个曲牌，又名《庆东园》《郓城春》。句式是三三七、四四四、五五，共八句六韵。起句及第七句可不协。首二句宜对，中间三句一般作鼎足对。

[2] 忘忧草：即萱草，古人认为它可以忘忧。嵇康《养生论》："合欢蠲忿，萱草忘忧，愚智所共知也。"

[3] 含笑花：生南海，每当日入则开，初开香尤扑鼻，开时常不满，像含笑的样子，故名。

[4] 冠宜挂：即宜挂冠。《后汉书·逢萌传》："时王莽杀其子宇……（逢萌）即解冠挂东都城门，归，将家属浮海，客于辽东。"后因以挂冠为辞官归隐的代语。

[5] 陆贾：汉高祖刘邦的智囊之一，著有《新语》，曾说服南越尉赵佗归汉。《史记·陆贾郦生列传》："以客从高祖定天下，名为有口辩士，居左右，常使诸侯。"

[6] 子牙：通称姜太公，名尚，后改姓吕，名望。西周初年，为师尚父，辅佐文王、武王，灭商有功，封于齐，为齐国的始祖，兵书《六韬》，相传为他所作。

[7] 张华：字茂先，范阳方城（今河北固安南）人。西晋的大文学家，著有《博物志》和《张司空集》。曾力劝晋武帝排除众议，定灭吴之计。统一后，持节都督幽州诸军事，加强了对东北地区的统治。惠帝时，历任侍中、中书监、司空等高级职务。后为赵王伦和孙秀所杀。

[8] 渔樵话：渔人樵夫所说的闲话。张升《离亭燕》："多少六朝兴废事，尽入渔樵闲话。"

◎ 评析

借史叹世，伤时寓慨，是我国诗词的传统手法。功成须退，挂冠宜早，是我国古代知识分子的共同心态。但作者的叹世，深深地打上了自己的时代烙印。曲中通过连续三个"那里也"的发问，说明陆贾、子牙、张华，固一世之雄也，而今却成了渔樵们茶余饭后的闲话。这就是他们的历史价值。虽然不免消极，却是元代黑暗政治的曲折反映。

双调·得胜乐^[1]

红日晚，残霞在，秋水共长天一色^[2]。寒雁儿呀呀的叫天外，怎生不捎带个字儿来^[3]？

◎ 注释

[1] 得胜乐：【双调】中的一个曲牌。句式是三三六、六六。

[2] "秋水"句：此王勃《滕王阁序》的"落霞与孤鹜齐飞，秋水共长天一色"语，但将"孤鹜"变成"寒雁"，因而联想到"雁足传书"的故事，生起下文。

[3] "怎生"句：此化用《尊前集》列于李白名下之《菩萨蛮》词："举头忽见衡阳雁，千声万字情何限。叵耐薄情夫，一行书也无。"

◎ 评析

曲一开始，就在读者面前展现出一幅深秋日晚的景色。这是她独倚危楼、盼望归舟时所见到的。正当她在"过尽千帆皆不是"的绝望中，蓦然听到"寒雁儿呀呀的叫天外"，希望的火花又重新在她内心里燃烧起来。等到她再一次失望时，却把满腔哀怨发泄在"寒雁儿"身上。"怎生不捎带个字儿来？"这一问，问得多么的无理，又问得多么的痴情！然而正是这种痴情烘托出她的有情，这种无理反衬出她的有理，因而更能勾起读者的同情，这就是所谓"无理而妙。"

中吕·阳春曲

知 几二首[1]

知荣知辱牢缄口[2]，谁是谁非暗点头。诗书丛里且淹留[3]。
闲袖手，贫煞也风流。[4]

不因酒困因诗困[5]，常被吟魂恼醉魂[6]。四时风月一闲身[7]。
无用人，诗酒乐天真[8]。

◎ 注释

[1] 知几：了解事物发生变化的关键和先兆。《易·系辞下》："知几，其神乎？……几者动
之微，吉之先见者也。"

[2] 知荣知辱：要懂得"持盈保泰""知足不辱"的道理。《老子》二十八章："知其荣，守
其辱，为天下谷。"缄口：把嘴巴缝起来。《说苑·敬慎》："孔子之周，观于太庙，右
陛之前，有金人焉，三缄其口而铭其背曰：'古之慎言人也'。"后因以缄口表示闭口
不言。

[3] 淹留：滞留，停留。《离骚》："时缤纷其变易兮，曾何足以淹留。"

[4] "闲袖手"二句：融合了苏轼《沁园春》的"袖手何妨闲处看"和元好问《阮郎归》的
"诗家贫煞也风流"的句意。贫煞，穷到了极点。风流，这里作荣幸和光彩讲。李顾
《寄綦毋三》："顾盼一过丞相府，风流三接令公香。"

[5] 酒困：谓饮酒过多，为酒所困。李商隐《崇尚宅东亭醉后沔然有作》："新秋仍酒困，
幽兴暂江乡。"诗困：谓搜索枯肠，终日苦吟。

[6] 吟魂：指作诗的兴致和动机。也叫"诗魂"。乔吉《红绣鞋·书所见》："凉风醒醉眼，
明月破诗魂。"醉魂：谓饮酒过多，以致神志不清的精神状态。

[7] 四时：一指春、夏、秋、冬四季。《尔雅·释天》："春为发生，夏为长赢，秋为收成，
冬为安宁。"一指朝、夕、昼、夜。《左传》昭公元年："君子有四时，朝以听政，昼以
访问，夕以修令，夜以安身。"风月：指清风明月等自然景物。欧阳修《玉楼春》："人
生自是有情痴，此恨不关风与月。"苏轼《赤壁赋》："惟江上之清风，与山间之明月，
耳得之而为声，目遇之而成色。"

[8] 天真：指没有做作和虚伪、纯任自然的天性。杜甫《寄李白》诗："剧谈怜野逸，嗜酒
见天真。"

◎ 评析

　　这两支小令表现了白朴的生活态度和处世哲学。在那个政治黑暗、官场险恶的社会里，他只好一头钻到"诗书丛里"，寻求"诗酒乐天真"的生活，至于"谁是谁非""知荣知辱"，就只有"暗点头"和"牢缄口"了。这种"全身远祸"的人生态度，虽不免有些消极，但对于那些汲汲于功名富贵像"蚁争穴、蝇竞血"的人来说，却是一帖"醍醐灌顶"的清凉剂。

❀ 姚 燧
（1238—1313）

字端甫，号牧庵，洛阳人。少孤，长从名儒许衡学。大德五年，为江东廉访使。至大元年，入为太子宾客，进承旨学士，寻拜太子少傅。次年授荣禄大夫翰林学士承旨，知制诰，兼修国史。他提倡古文，时人比之唐代的韩愈、宋代的欧阳修。张养浩称其文"纵横开阖，纪律惟意，约要于繁，出奇于腐"（《牧庵集序》）。《元史》称其文"闳肆该洽，豪而不宕，刚而不厉，春容盛大，有西汉风。"著有《牧庵集》。他的散曲，语言浅白，笔致流畅，写了不少儿女风情的作品，在文坛上有着很大的影响。吴澄曾说"众推能文辞有风致者，曰姚（燧）、曰卢（挚）"。王举之亦有"采燕赵天然丽语，拾姚卢肘后明珠"（《折桂令·赠胡存善》)的赞语，说明"姚卢"并称，当时已有定评。《元史》有传。

中吕·醉高歌[1]

感　怀

十年燕月歌声[2]，几点吴霜鬓影[3]。西风吹起鲈鱼兴[4]，
已在桑榆暮景[5]。

◎ 注释

[1] 醉高歌：是中吕的曲牌之一，又名《最高楼》，可与《喜春来》《摊破喜来》《红绣鞋》等
为带过曲。句式是六六、七六。

[2] 燕月：燕地的岁月。燕，古国名，在今河北北部和辽宁西部，战国时成为"七雄"之
一。作者曾任翰林学士、太子少傅等，宦游于大都多年，故云。

[3] 吴霜：吴地的风霜。吴，古国名，拥有今江苏大部及浙江、安徽的一部分。作者曾于
大德年间，出任江东廉访使，时年已六十余，故云。李贺《还自会稽吟》："吴霜点归
鬓，身与塘蒲晚。"此用其意。

[4] 鲈鱼兴：《晋书·张翰传》："翰见秋风起，乃思吴中菰菜、莼羹、鲈鱼脍，曰：'人生
贵适志，何能羁宦数千里以要名爵乎？'遂命驾而归。"后人因以"鲈鱼兴"喻倦宦思
归。辛弃疾《水龙吟》："休说鲈鱼堪脍，尽西风，季鹰（张翰的字）归未？"

[5] 桑榆暮景：比喻一个人的晚景。《后汉书·冯异传》："失之东隅，收之桑榆。"东隅，
指日出处；桑榆，指日落处。

◎ 评析

　　这是作者抒发年老思归的情怀，寥寥数语，真挚动人。《中原音
韵·作词十法》把它作为"定格"。《词品》卷五说："此词高古，不减
东坡、稼轩也。"《雨村曲话》卷上说："人不能道也。"说明它的艺术成
就早已得到学术界的公认。

中吕·普天乐[1]

浙江秋[2]，吴山夜[3]。愁与潮去，恨与山叠。塞雁来，
芙蓉谢。冷雨青灯读书舍[4]，怕离别又早离别。今宵醉也，

明宵去也，宁耐些些^[5]。

◉ 注释

[1] 普天乐：中吕宫的常用曲牌，即正宫的《黄梅雨》。句式是三三、四四、三三、七七、四四四，共十一句七韵，其中的奇句，除第七句外，可不协韵，第八句须作上三下四句法，三四句、五六句宜对，后三句往往作鼎足对。

[2] 浙江：指新安江流经杭州入海的那一段，又叫钱塘江，秋天多潮，以壮观著称。

[3] 吴山：在杭州西湖东南，左瞰钱塘江，右瞰西湖。

[4] 青灯：油灯，其光青荧。陆游《雨夜》："幽人听尽芭蕉雨，独与青灯话此心。"

[5] 宁耐：忍耐。《朱子语类》七〇《易·需》："需者，宁耐之意，以刚遇险，时节如此，只当宁耐以待之。"一本作"留恋"。些些：一些儿，一点点，元人方言。

◉ 评析

　　这是作者的代表作之一，是一首送别之作。由景入情，以情结景，前半极雅，结尾纯用口语，所谓雅而能俗，俗不伤雅，最是元曲本色。《中原音韵·作词十法》说它"造语、音律、对偶、平仄皆好"。

中吕·阳春曲

笔底风月时时过^[1]，眼底儿曹渐渐多^[2]。有人问我事如何，人海阔^[3]，无日不风波^[4]。

◉ 注释

[1] 笔底风月：笔头描绘的清风明月，指用文艺形式所描绘的美好景色。杜甫《日暮》诗："风月自清夜，江山非故园。"即以"风月"代美好的景色。

[2] 儿曹：儿女们，这里指晚一辈的青年。张元干《贺新郎》："目尽青天怀今古，肯儿曹恩怨相尔汝。"

[3] 人海：比喻人类社会。司空图《与李生论诗》："鲸人海涸，魑魅棘林高。"

[4] 风波：这里用来比喻人事的纠葛和仕途的艰险。白居易《除夜寄微之》："家山泉石寻常忆，世路风波仔细谙。"

◉ 评析

　　这支小令从美景易逝、人事渐非,想到宦海险恶,时时都在惊涛骇浪之中,表现了诗人对政治的厌倦和现实的不满,反映了在元代黑暗统治下,知识分子的共同心态。

越调·凭阑人[1]

马上墙头瞥见他[2],眼角眉尖拖逗他[3]。论文章他爱咱,睹妖娆咱爱他[4]。

◉ 注释

[1] 凭阑人:越调的一个曲牌。句式是七七、五五。此曲的三、四句,"论"和"睹"都是衬字。

[2] 马上墙头:白居易《井底引银瓶》:"墙头马上遥相顾,一见知君即断肠。"后来白朴根据诗意,写了杂剧《墙头马上》,演李千金与裴少俊越墙相恋、私自结合的故事。苏轼《蝶恋花》词也有"墙里秋千墙外道,墙外行人,墙里佳人笑"的话,此语应是概括上述古典诗词的意境而成的。

[3] 眼角眉尖:男女互相传情的官能。李清照《浣溪沙》:"斜飞宝鸭衬香腮,眼波才动被人猜。"范仲淹《御街行》:"都来此事,眉间心上,无计相回避。"拖逗:同"迤逗"勾引的意思。

[4] 妖娆:形容一种媚态。李清照《庆清朝慢》:"妖娆艳态,妒风笑月。"《西厢记》一本四折:"妖娆,满面儿扑堆着俏。"

◉ 评析

　　这曲形象地描绘了才子佳人互相爱慕的神态和心态。前两句写墙头马上的戏剧性场面,后两句写才子佳人的内心世界。纯是天籁,饶有兴致。不期如此艳曲,竟出自一位道貌岸然的名儒之手。

越调·凭阑人

寄征衣[1]

欲寄君衣君不还，不寄君衣君又寒。寄与不寄间，妾身难上难[2]。

◎ 注释

[1] 征衣：征戍在外者的衣服。许浑《塞下》："朝来有乡信，犹自寄征衣。"
[2] 妾：旧时妇女的谦称。《孔雀东南飞》："妾不堪驱使，徒留无所施。"

◎ 评析

　　此曲构思新巧，表情真切，纯用生活中的口语，把征妇的矛盾心理，在"寄与不寄"的一刹那间，淋漓尽致地表现出来，从而成为脍炙人口的名篇。《顾曲麈谈》卷下说："姚牧庵燧，以古文词名世，曲则不经见。顾其所作，亦婉丽可诵。其寄征衣《凭阑人》曲云云，深得词人三昧。"这话既充分地肯定了此曲在艺术上的成就，也说明它是文人的手笔，更多的像词，而非曲的本色。

✿ 庾天锡

　　字吉甫，大都（今北京）人。曾官中书省掾。所著杂剧《骂上元》《琵琶怨》等十五种，今俱不存。《录鬼簿》把他列入"前辈已死名公才人，有所编传奇行于世者"之列。他的散曲，"造语妖娇"，颇富文采，贯云石在《阳春白雪》的序言中把他与关汉卿并提。《全元散曲》收其小令六支、散套四首，其中的《商角调·黄莺儿·怀古》两套，《顾曲麈谈·论北曲作法》认为《商角调》"所遗之曲，止有五支，庾吉甫《怀古》词，最为著名"。

双调·蟾宫曲[1] 二首

环滁秀列诸峰[2]。山有名泉，泻出其中。[3]泉上危亭，僧仙好事，缔构成功。[4]四景朝暮不同，宴酣之乐无穷，饮酒千钟。[5]能醉能文，太守欧翁。[6]

滕王高阁江干[7]。佩玉鸣鸾，歌舞阑珊。[8]画栋朱帘，朝云暮雨，南浦西山。[9]物换星移几番[10]？阁中帝子应笑，独倚危阑。[11]槛外长江，东注无还。[12]

◎ 注释

[1] 蟾宫曲：即《折桂令》。两曲分别概括欧阳修《醉翁亭记》和王勃《滕王阁》的语意而成。作者把欧文、王诗搬到散曲中，完全是一种艺术的再创造。

[2] "环滁"句：此句概括了《醉翁亭记》的"环滁皆山也，其西南诸峰，林壑尤美，望之蔚然而深秀者，琅琊也"五句。滁，今安徽滁县。

[3] "山有"二句：这是欧文中"山行六七里，渐闻水声潺潺而泻出于两峰之间者，酿泉也"四语的概括。

[4] "泉上"三句：这是"峰回路转，有亭翼然临于泉上者，醉翁亭也。作亭者谁？山之僧智仙也。名之者谁？太守自谓也"七句的缩写。

[5] "四景"三句：这是"若夫日出而林霏开，云归而岩穴暝，晦明变化者，山间之朝暮也。野芳发而幽香，佳木秀而繁阴，风霜高洁，水落而石出者，山间之四时也。朝而往，暮而归，四时之景不同，而乐亦无穷也"一段的浓缩。

[6] "能醉"二句：这是"醉能同其乐，醒能述以文者，太守也。太守谓谁？庐陵欧阳修也"五句的语意。

[7] "滕王"句：这是在王诗"滕王高阁临江渚"的原句上，略加删易而成的。滕王阁，故址在今江西省新建县西章江口，下临赣江。唐高祖之子滕王元婴为洪州（今江西南昌）都督时所建。后来阎伯屿任洪州牧，九月九日，在阁上举行宴会，王勃在会上作了《滕王阁序》和这首诗。

[8] "珮玉"二句：这是"珮玉鸣鸾罢歌舞"一句的改写。佩玉鸣鸾，都是歌妓衣物上的妆饰品。鸾，响铃。阑珊，形容衣裙上玉饰的颜色和声音。

[9] "画栋"三句：这是"画栋朝飞南浦云，朱帘暮卷西山雨"的概括。画栋，绘有彩画的

梁栋。西山，在豫章县（今南昌）二十一公里的地方。此写滕王去后高阁冷落的情况。

[10]"物换"句：这是"物换星移几度秋"的改写。物换，言景物在变化；星移，言星辰在运行。

[11]"阁中"二句：这是点窜王诗"阁中帝子今何在"的原句。帝子，指滕王元婴。危阑：高高的栏干。

[12]"槛外"二句：这是"槛外长江空自流"一语的改写。长江，这里指赣江。东注，向东奔流。

◎ 评析

　　用词曲来概括历史上的名文名篇，是我国文人的习尚。《醉翁亭记》表现出当时士大夫怡情山水、悠然自适的情调，骈散兼行，音韵铿锵，一连用了二十一个"也"字，是一篇很有特色的文章。《滕王阁》是一篇抚今思昔的吊古之作，抒发了作者年华易逝、好景不常的感慨，而又气势雄放，格调高昂，没有丝毫纤巧消极的意味。作者把它们压缩成一支小令，而又能保持精粹，不失原意，确实具有很高的艺术才能。收录于此，以备一格。

刘敏中
（1243—1318）

　　字端甫，号中庵，济南章丘人。少怀大志，颖异好学，为文理顺辞明，深得乡先生杜仁杰的赏识。至元中，拜监察御史。大德间，宣抚辽东山北，授集贤学士。武宗时，出为淮南肃政廉访使，转山东宣抚使，召为翰林学士承旨。史称其"身不怀币，口不论钱，义不苟进，进必有所匡救"。这是他几十年的宦海生涯，所赢得的历史声誉。文学上的建树也很大，著有《中庵集》二十五卷，诗、词、曲都有一些不朽之作。《录鬼簿》将其列入散曲名家，《元史》有传。

正宫·黑漆弩

村居遣兴

长巾阔领深村住，不识我唤作伧父[1]。掩白沙翠竹柴门，听彻秋来夜雨[2]。闲将得失思量，往事水流东去[3]。便宜教画却凌烟[4]，甚是功名了处[5]？

◎ 注释

[1] 伧父：犹言鄙夫、野老。《晋书·左思传》："陆机与弟云书曰：此间有伧父，欲作《三都赋》，须其成以覆酒瓮耳！"又南人对北人的贱称。陆游《老学庵笔记》九："南朝谓北人曰伧父。"两解在这里均可通。

[2] "听彻"句：言过惯了伤春悲秋、哀时感世的生活。蒋捷《虞美人》："少年听雨歌楼上，红烛昏罗帐。壮年听雨客舟中，江阔云低，断雁叫西风。 而今听雨僧庐下，鬓已星星也，悲欢离合总无情，一任阶前点滴到天明。"

[3] "往事"句：过去的一切已经一去不复返了。刘过《六州歌头》："兴亡梦，荣枯泪，水东流，甚时休。"

[4] 画却凌烟：凌烟阁是唐太宗图画开国功臣的地方，入画的有长孙无忌、杜如晦、魏徵、尉迟敬德等二十四人，太宗亲自作赞，褚遂良题字，阎立本绘像，是统治阶级对功臣的最高奖赏。但庾信在《周柱国大将军纥干弘神道碑》中已有"天子画凌烟之阁，言念旧臣"的话，说明此事不始于唐太宗。

[5] 甚：犹言"正""真"。欧阳修《锦香囊》："一寸相思无着处，甚夜长难度。"辛弃疾《满江红》："叹当年，寂寞贾长沙，伤时哭。"

◎ 评析

　　此曲表面上是写隐居的逸兴，实际上是抒发作者对时事的愤慨。大约作于至元二十六年左右。其时权臣桑哥秉政，卖官鬻爵，贪赃枉法，苛征厚敛，瞒上欺下，弄得"天下骚然，百姓失业"。敏中忧形于色，劾其奸邪，把个人的得失置之度外，因而遭到压抑，愤而辞官归里。从曲中的思量得失、否定功名的牢骚语来看，当是此时心情的写照。

❖ 马致远
(1250? —1324?)

字千里，号东篱，大都（今北京）人。是元贞书会的中坚人物，有"曲状元"之称，与关汉卿、白朴、郑光祖合称"元曲四大家"。在蒙古贵族统治集团推行的民族歧视和对知识分子的排斥打击政策下，使他的"佐国心，拿云手"，都化作了一场"风波梦"。于是在出任过江浙省务提举的官以后，就走出了名利场，过着"酒中仙，尘外客，林间友"的散诞生活。但他不甘寂寞，从不满现实的感情出发，在他所写的十五种杂剧中，以知识分子为题材的就有《荐福碑》《青衫泪》《陈抟高卧》以及与艺人花李郎等合编的《黄粱梦》等，对于"这壁拦住贤路，那壁又挡住仕途"的不合理社会，作了一番暴露和抨击。这些剧中的主人公，若隐若现地有着他自己的影子，使得他赢得"姓名香贯满梨园"的声誉。

在前期的散曲作家中，他被誉为"元人第一"，"宜列群英之上"。涵虚子论曲，说他的词"典雅清丽"，"有振鬣长鸣，万马皆喑之意"。今存散套二十一，小令一百十五，近人把它辑为《东篱乐府》。纵观他的散曲，大多是抒发个人怀才不遇的悲哀，对于"争功名，夺富贵"的庸俗风气，也给予了嘲笑和批评。作品意境幽美，语言本色自然，有很高的艺术造诣。

越调·天净沙

秋 思

枯藤老树昏鸦，小桥流水人家，古道西风瘦马[1]。夕阳西下，断肠人在天涯[2]。

◎ 注释

[1] 古道：古老的驿路。李白《忆秦娥》："乐游原上清秋节，咸阳古道音尘绝。"张炎《念奴娇》词："老柳官河，斜阳古道，风定波犹直。"

[2] 断肠人：指漂泊天涯、百无聊赖的游子。此作者自谓。

◎ 评析

此曲以极少的词语，表现了丰富的意象。前三句以九种景物，编织成一幅绝妙的秋景图；后二句，以"夕阳西下"为背景，以流落"天涯"的"断肠人"为抒情主人公，写下了一首绝妙的秋思赋。感人至深，韵味无穷，一直活在人们的口里。《中原音韵·作词十法》说它是"秋思之祖"。《艺苑卮言》附录一说它是"景中雅语"。《宋元戏曲考·元剧之文章》说它"纯是天籁，仿佛唐人绝句"。《人间词话》卷上说它"寥寥数语，深得唐人绝句妙境。有元一代词家，皆不能办此也"。《顾曲麈谈》卷下亦说它"直空今古"，"明人最喜摹仿此曲，而终无如此自然，故余以为不可及者此也"。可见从元人周德清到近人王国维、吴梅，无不为之拍案叫绝。

南吕·四块玉

恬 退

酒旋沽[1]，鱼新买，满眼云山画图开[2]。清风明月还诗债[3]。

本是个懒散人，又无甚经济才[4]，归去来。

◎ 注释

[1] 旋沽：刚才买了酒。旋，刚才，刚好。沽，同"酤"，买的意思。

[2] "满眼"句：映入眼中的碧云青山，像图画似的展现了出来。辛弃疾《沁园春·带湖新居将成》："甚云山自许，平生意气。"这里的"云山自许"，就是以隐居山林自期。

[3] 诗债：没有把应该描写的景物和应该抒发的感情，用诗的形式表现出来，心里像欠了债似的，叫作"诗债"。又别人索诗或索和，没有及时酬答，也叫"诗债"。白居易《晚春欲携酒寻沈四著作》诗："顾我酒狂久，负君诗债多。"

[4] 经济才：经世济民的才华。杜甫《上水遣怀》："古来经济才，何事独罕有？"

◎ 评析

　　这曲以强作旷达之语，写怀才不遇之感，"本是个懒散人，又无甚经济才"，是反语，是他追求功名、到处碰壁之后的深沉反思，是对压抑人才的黑暗现实表示消极的反抗。他隐居山林，寄情诗酒，成为一个玩世不恭的名士，是不得已的，并不是真的"人间宠辱都参破"了。这字里行间流露出来的不平之鸣，正是这种心态的反映。

南吕·四块玉

叹　世

两鬓皤[1]，中年过，图甚区区苦张罗[2]。人间宠辱都参破[3]。种春风二顷田，远红尘千丈波，倒大来快活[4]。

◎ 注释

[1] 两鬓皤：两边的鬓毛已经白了。皤，素白的颜色。金完颜璹《临江仙》："卢郎心未老，潘令鬓先皤。"

[2] "图甚"句：贪图甚么小小的功名富贵，要去苦苦地钻营呢！区区，渺小辛苦的意思。柳永《满江红》："游宦区区成底事，平生况有林泉约。"苏轼《蝶恋花》："底事区区，

057

要为官去?"张罗,料理、筹划、钻营。

[3] 参破:看破,看透,大彻大悟。

[4] 倒大来:极大啊。赵必豫《贺新凉》:"户外红尘飞不到,受人间倒大清闲福。"不忽麻《点绛唇·辞朝》:"学耕耨,种田畴,倒大来无虑无忧。"

◎ 评析

　　这是诗人的自我解剖,他在"两鬓皤,中年过"之后,回首往事,感慨万端,既无力与罪恶的现实作抗争,又不愿与它同流合污,便只好远离红尘,归隐林泉,以全身远祸,孤芳自赏,表面上是旷达的,骨子里则是苦闷的。

南吕·金字经[1]

夜来西风里,九天鹏鹗飞[2],困煞中原一布衣[3]。悲,故人知未知?登楼意[4],恨无上天梯[5]。

◎ 注释

[1] 金字经:南吕宫的一个曲牌。又名《阅金经》《西番经》。句式是五五七、一五三五。共七句六韵,起句可协可不叶。

[2] 九天:极高的天空。《孙子·形篇》:"善攻者,动于九天之上。"李白《望庐山瀑布》:"飞流直下三千尺,疑是银河落九天。"鹏鹗:大鸟,此以自喻。

[3] 中原:泛指黄河中、下游地区。布衣:指没有做官的知识分子。诸葛亮《出师表》:"臣本布衣,躬耕南阳。"

[4] 登楼意:汉末王粲以西京丧乱,避难荆州,未能得到刘表的赏识,于是作《登楼赋》以抒发其才能不得施展而产生的思乡情绪。此以喻自己要求援引的愿望。

[5] 天梯:登天的梯子。范成大《奠唐少梁晋仲兄墓下》诗:"青云何处用天梯。"此以喻有力的引荐者。

◎ 评析

　　此曲以极其豪放的语言,写极其沉痛的感情。鹏鹗铩羽,燕雀刺天，群小飞扬于上京，才士沉抑于下僚，此作者之所以不能不"悲"、不能不"恨"，表面上是对功名的追求，实际上是对社会的抗争。它和作者大量歌颂"风月主""园林趣"的情调，以及对人间的荣辱、得失、是非，完全失去了热情的心态，是很不一致的。

双调·寿阳曲

云笼月，风弄铁[1]，两般儿助人凄切[2]。剔银灯欲将心事写[3]，长吁气一声吹灭。

◎ 注释

[1] 风弄铁：晚风刮响了挂在檐间的铃铛。铁，铁马儿，即悬挂在檐边的小铁片或小铃铛。《西厢记》二本五折："莫不是铁马儿檐前骤风。"

[2] 两般儿：指"云笼月，风弄铁"。凄切：极其凄凉伤感。

[3] 剔银灯：把银制的油灯挑亮。按署名卢挚的一支《寿阳曲·夜忆》云："窗间月，檐外铁，这凄凉对谁分说。剔银灯欲将心事写，长吁气把灯吹灭。"词情与此基本相同，但含蓄韵味，就有上下床之别了。

◎ 评析

　　这支曲子用极其幽静孤寂的景色，烘托出思妇的千愁万恨。"长吁气一声吹灭"，这出人意表的简单的动作，反映了她丰富的内心世界，从而扩大了它的艺术容量，增强了它的艺术感染力，给读者提供了极其宽广的联想余地。她这一"吹"，到底是因为"商人重利轻别离"，还是"名成翻恐误归期"，还是"异乡花草留人住"呢？都在这无可奈何的极其简单的动作中，淋漓尽致地表现了出来。因为作者在这里所裁取的那个生活侧面，最富于生活气息，最接近感情的高潮，最能表现人物内心世界的契机。

双调·拨不断[1]

布衣中，问英雄，王图霸业成何用[2]？禾黍高低六代宫，楸梧远近千官冢[3]，一场恶梦。

◎ 注释

[1] 拨不断：双调中的一个曲牌。又名《续断弦》。句式是三三七、七七四。末句也有作七字句的。四、五句宜对。如末句作七字句，则宜作鼎足对。

[2] 王图霸业：即王业和霸业。儒家谓以德行仁者为王，以力假仁者为霸。

[3] "禾黍高低"句：言六朝的宫殿已经成了禾田，千官的坟墓已经长了梧楸。此系颠倒地引用许浑《金陵怀古》诗的颔联。

◎ 评析

化用前人的诗句、诗境入曲，本是习见的手法。但化用时，必须创新意，开新境，进行艺术的再创造。此曲虽然一字不动地引用许浑《金陵怀古》诗中的一联，但许诗是通过吊古来抒发兴亡之感；马曲则是通过对历史人物的否定，来否定功名事业，以求在宁静恬适的退隐生涯中，得到心理上的平衡。所以作者只是在这里借用许诗的外壳，而注进了自己的精神，是艺术上的"借尸还魂"，因而能够与原作双峰并峙，二水分流，同样放出炫人耳目的艺术光辉。

双调·拨不断

归 隐

菊花开，正归来。伴虎溪僧、鹤林友、龙山客[1]，似杜工部、陶渊明、李太白[2]，有洞庭柑、东阳酒、西湖蟹[3]。哎，楚三闾休怪[4]。

⊙ **注释**

[1] 虎溪僧：指晋代高僧慧远。他住在庐山东林寺，寺前有虎溪。相传他影不出山，迹不入俗，送客不过溪。一日与诗人陶潜、道士陆静修共话，不觉过溪，虎大吼，三人相视，大笑而别。鹤林友：指五代时道士殷七七。相传镇江鹤林寺有杜鹃花，天下奇绝。道士应镇帅周宝之请，于重九日在此作法，使杜鹃花盛开，烂熳如春。龙山客：指晋代的孟嘉。他曾于九月九日随桓温登湖北江陵之龙山，风把他的帽子吹落了，他泰然自若，不以为意。

[2] 杜工部：即大诗人杜甫，作过检校工部员外郎。他的诗反映了社会的动乱和人民的疾苦，揭露了藩镇割据、宦官弄权和统治集团的横征暴敛，有"诗史"之称。陶渊明：即诗人陶潜，他不为五斗米折腰，挂冠归隐，是"隐逸诗人之宗"。李太白：即大诗人李白。他傲慢王侯，蔑视权贵，对贪官、腐儒，给予了无情的批判和嘲笑。他以豪迈的情怀、奇特的想象、奔放的热情、惊俗骇世的笔墨，在读者面前展现出一幅幅雄奇瑰丽的神仙世界，表现了他对自由、光明的渴望与追求。而陶、李、杜，正是作者所倾倒的。

[3] 洞庭柑：江苏的太湖，有东西两洞庭山，以盛产柑橘著称。东阳酒：即金华酒。东阳，指浙江金华地区，当时以产酒著称。西湖蟹：杭州西湖所产之螃蟹，肥美异常。

[4] 楚三闾：指屈原。屈原曾任楚国的三闾大夫。《后汉书·孔融传》："忠非三闾，智非晁错。"

⊙ **评析**

　　这是作者把自己的隐逸生活加以诗化、净化和美化，以自我欣赏、自我陶醉、自我解嘲，求得心灵上的补偿和平衡。中间一个鼎足对，集中了历史上的高人、韵士和人世间的美好事物，在他生活的小天地里，相与徜徉，相与啸傲，相与饮啖，自然是写意的，令人神往的，较之社会上的倾轧、宦海中的风波，有着不可比拟的优越性。这就是他向往陶潜的隐逸生活，嘲笑屈原的用世态度的原因。曲中的消极避世思想，是黑暗的政治、坎坷的仕途，作用于他头脑里的产物。

双调·蟾宫曲

叹 世

咸阳百二山河[1]，两字功名，几阵干戈。项废东吴[2]，刘兴西蜀[3]，梦说南柯[4]。韩信功兀的般证果[5]，蒯通言那里是风魔[6]？成也萧何，败也萧何[7]，醉了由他。

◎ 注释

[1] 咸阳：秦国的都城，在今陕西咸阳东北二十里。因它位于九嵕山之南，渭水之北而得名。百二山河：喻山河的险固。《史记·高祖本纪》："秦，形胜之国，带山河之险，县隔千里，持戟百万，秦得百二焉。"

[2] 项废东吴：项，项羽（前232—前202），名籍，秦末农民起义军领袖。灭秦后，自立为西楚霸王，王九郡，都彭城。彭城，在今江苏徐州市，为古东吴之地。后为刘邦击败，被困垓下（今安徽灵璧南），自刎乌江，故曰："项废东吴"。

[3] 刘兴西蜀：刘，指刘邦（前256—前195），西汉王朝的创建者。曾经率领军队攻占咸阳，摧毁秦的统治。秦亡后，项羽分封诸侯，不愿刘邦在关中立足，乃立之为汉王，"王巴蜀、汉中，都南郑"（见《史记·项羽本纪》），终于战胜项羽，统一天下，故曰："刘兴西蜀"。

[4] 梦说南柯：李公佐《南柯记》叙述淳于棼梦至槐安国，国王妻以公主，任命他做南柯太守，享尽了荣华富贵，醒来才知道是一场大梦。这是感叹刘、项的兴废，也不过是一场幻梦罢了。

[5] 韩信：西汉的大将。在推翻秦政权和楚汉战争中，立下了汗马功劳，最后击灭项羽于垓下，使刘邦能够统一全国。但最后却被吕后杀害。兀的：这么。证果：果报，结果。

[6] 蒯通：即蒯彻，汉初的谋士。曾劝韩信背汉，"三分天下，鼎足而居"。韩信以刘邦对他有"解衣衣之，推食食之"的知遇之恩，没有听他的劝告，乃佯狂为巫。事见《史记·淮阴侯列传》。无名氏据此写了《隋何赚风魔蒯通》的杂剧，说隋何识破蒯通诈妆风魔，赚来京城准备杀害，那蒯通历数韩信十大功劳，不当得此恶报，自己甘愿油炸火烹，和他生死相伴，终于得到刘邦的赦免。

[7] 萧何：汉初大臣，曾经向刘邦推荐韩信为大将，说韩信是"国士无双"。汉政权建立以后，又觉得韩信"军权太重"，欲"剪除此人"。洪迈《容斋续笔》："信之为大将，实萧何所荐，今其死也，又出其谋。故俚语有'成也萧何，败也萧何'之语。"后人因以此语喻出尔反尔，反复无常。

　　作者通过"咏史"来达到"叹世"的目的，实际上反映了他怀才不遇、仕途偃塞的悲愤，并不完全是天道无常、人生如梦的哀叹。这样的借古喻今，更足以表现作者文心的狡狯，更可以容纳作者深层的思想内涵，更便于宣泄作者对现实的不满。这就使我们在读了这支小令之后，总觉得在历史虚无主义的面纱下，掩藏着他对现实的不满和抗争。所以与其说它是消极低沉，毋宁说它是牢骚愤慨。

双调·夜行船[1]

秋　思（套）

百岁光阴如梦蝶[2]，重回首往事堪嗟。今日春来，明朝花谢。急罚盏夜阑灯灭[3]。

【乔木查】想秦宫汉阙[4]，都做了衰草牛羊野。不恁渔樵无话说[5]。纵荒坟横断碑，不辨龙蛇[6]。

【庆宣和】投至狐踪与兔穴[7]，多少豪杰。鼎足三分半腰里折，魏耶？晋耶[8]？

【落梅风】天教富，莫太奢，没多时好天良夜[9]。看钱奴硬将心似铁[10]，空辜负了锦堂风月[11]。

【风入松】眼前红日又西斜，疾似下坡车。晓来清镜添白雪[12]，上床与鞋履相别[13]。莫笑鸠巢计拙[14]，葫芦提一向装呆[15]。

【拨不断】利名竭，是非绝。红尘不向门前惹，绿树偏宜屋角遮，青山正补墙头缺，竹篱茅舍。

【离亭宴煞】蛩吟一觉方宁贴[16]，鸡鸣万事无休歇。争名利，何年是彻[17]。密匝匝蚁排兵，乱纷纷蜂酿蜜，闹攘攘蝇争血。裴公绿野堂[18]，陶令白莲社[19]。爱秋来那些：和露摘黄花，带霜烹紫蟹，煮酒烧红叶。人生有限杯，几个登高节。嘱咐俺顽童听者：便北海探吾来[20]，道东篱醉了也[21]。

◎ 注释

[1] 双调·夜行船：双调中常用的套曲。《夜行船》不单独作小令用。中间各曲使用的频率最多的有《风入松》《落梅风》《庆宣和》《拨不断》《新水令》等。

[2] 梦蝶：用庄子梦为蝴蝶的故事，说明人生就像一场幻梦。详见王和卿《仙吕·醉中天·咏大蝴蝶》注。

[3] "急罚盏"句：赶快行令罚酒，直到夜深灯残。夜阑，夜深，夜残。

[4] 秦宫汉阙：秦代的宫殿和汉代的陵阙。这是泛指前代的宫阙。《史记·高祖本纪》："高祖还，见宫阙壮甚，怒。"

[5] 不恁：不如此，不这么。恁，这样。无名氏《九张机》词："不言愁恨，不言憔悴，只恁寄相思。"

[6] 龙蛇：这里指刻在碑上的文字。古人常以龙蛇喻笔势的飞动。李白《草书歌行》："时时只见龙蛇走，左盘右蹙如惊电。"苏轼《西江月》："十年不见老仙翁，壁上龙蛇飞动。"

[7] 投至：及至，等到。无名氏《陈州粜米》四："投至的分尸在市街，我看你一灵儿先飞在青霄外。"

[8] "鼎足"句：言魏、蜀、吴三国鼎立的形势，中途便夭折了。最后的胜利到底是属于魏呢，还是属于晋？这是化用陶潜《桃花源记》"问今是何世，乃不知有汉，无论魏晋"的语意。

[9] 好天良夜：好日子，好光景。

[10] 看钱奴：元代杂剧家郑廷玉根据神怪小说《搜神记》，关于一个姓周的贫民在天帝的恩赐下，以极其悭吝、极其刻薄的手段，变为百万富翁的故事，塑造的一个为富不仁、视财如命的悭吝形象——看钱奴。

[11] 锦堂风月：指富贵人家的豪华陈设与美好生活。《汉书·项籍传》："富贵不归故乡，如衣锦夜行。"后来韩琦以武康节度使知相州，相州是他的故乡，他便筑了一所房子，叫作"昼锦堂"。欧阳修为他作的《昼锦堂记》中有"堂开昼锦"的话，因以"锦堂"代指富贵人家。

［12］添白雪：添白发。李白《将进酒》："君不见高堂明镜悲白发，朝如青丝暮成雪。"

［13］上床与鞋履相别：言卧床不起，永远与鞋子告别了。

［14］鸠巢计拙：指不善于经营生计。《诗·召南·鹊巢》："维鹊有巢，维鸠居之。"朱熹注："鸠性拙不能为巢，或有居雀之成巢者。"

［15］葫芦提：糊糊涂涂。《花草粹编》十一李屏山《水龙吟》："但尊中有酒，心中无事，葫芦提过。"

［16］蛩：蟋蟀。宁贴：安适，熨贴。

［17］彻：了结，到头。

［18］裴公：唐代的裴度。他曾历仕德宗、宪宗、穆宗、敬宗、文宗五朝，以一身系天下安危者二十年。眼见宦官当权，国事日非，便在洛阳修了一座别墅叫作"绿野堂"，与白居易、刘禹锡等在那里饮酒赋诗。

［19］陶令：陶潜，因为他曾经做过彭泽令，所以被称为陶令。相传他曾经参加晋代慧远法师在庐山虎溪东林寺组织的白莲社。

［20］北海：指东汉的孔融。他曾任过北海相，所以后世称他为孔北海。他尝说："座上客常满，樽中酒不空，吾无忧矣。"

［21］东篱：作者自指。他羡慕陶潜的隐逸生活，因陶潜《止酒》诗有"采菊东篱下，悠然见南山"之句，因自号为"东篱"。他所著的散曲集，就叫作《东篱乐府》。

◎ 评析

这是马致远的代表作之一。周德清对它赞美备至说："此方是乐府，不重韵，无衬字，韵险语俊。谚云百中无一，余曰万中无一"（《中原音韵，作词十法》）。王世贞也说它"放逸宏丽，而不离本色，押韵尤妙""结尤疏俊可咏，元人称为第一，真不虚也"（《艺苑卮言》附录一）。它之所以赢得很高的评价，是因为它形象鲜明，语言秀丽，对仗工整，色彩绚烂。诚如王世贞所指出的"红尘不向门前惹"与"和露摘黄花"两个鼎足对，"俱入妙境"。这个散套乍一看来，似乎是在鼓吹消极避世、及时行乐的处世哲学，仔细玩味，又觉得它在愤世嫉俗，是在使酒骂座，发牢骚，讲怪话，正如《蟫庐曲谈》卷四所说的："马东篱之《秋思》散套……襟期高远，寄托遥深，亦系深于故国之思者。"

般涉调·耍孩儿

借　马（套）

近来时买得匹蒲梢骑[1]，气命儿般看承爱惜[2]。逐宵上草料数十番[3]，喂饲得膘息胖肥。但有些污秽却早忙刷洗，微有些辛劳便下骑。有那等无知辈，出言要借，对面难推。

【七煞】懒设设牵下槽[4]，意迟迟背后随，气忿忿懒把鞍来鞴。我沉吟了半晌语不语，不晓事颓人知不知[5]。他又不是不精细，道不得"他人弓莫挽，他人马莫骑"[6]。

【六煞】不骑啊，西棚下凉处栓。骑时节、拣地皮平处骑，将青青嫩草频频的喂。歇时节、肚带松松放，怕坐的困尻包儿款款移[7]。勤觑着鞍和辔，牢踏着宝镫，前口儿休提。

【五煞】饥时节喂些草，渴时节饮些水，着皮肤休使粗毡屈[8]。三山骨休使鞭来打[9]，砖瓦上休教稳着蹄。有口话你明明记：饱时休走，饮时休驰。

【四煞】抛粪时教干处抛，尿绰时教净处尿，栓时节拣个牢固桩橛上系。路途上休要踏砖块，过水处不要践起泥。这马知人义，似云长赤兔，如翼德乌骓[10]。

【三煞】有汗时休去檐下栓，渲时节休教浸着颓[11]，软煮料草铡底细。上坡时款把身来耸，下坡时休教走得疾。休道人忒寒碎[12]，休教鞭彪着马眼[13]，休教鞭擦损毛衣。

【二煞】不借时恶了弟兄，不借时反了面皮。马儿行嘱咐叮咛记：鞍心马户将伊打，刷子去刀莫作疑。[14]则叹的一声长吁气，哀哀怨怨，切切悲悲。

【一煞】早晨间借与他，日平西盼望你，倚门专等来家内。柔肠寸寸因他断，侧耳频频听你嘶。道一声好去[15]，早两泪双垂。

【尾】没道理，没道理；忔下的，忔下的[16]。恰才说来的话君专记：一口气不违借与了你。

◎ 注释

[1] 蒲梢骑：古代的良马名。《史记·乐书》："后伐大宛，得千里马，马名蒲梢。"《汉书·西域传赞》："蒲梢、龙文、鱼目、汗血之马，充于黄门。"

[2] 气命儿般：性命儿似的，言看得极重。

[3] 逐宵：每夜，夜夜。

[4] 懒设设：形容懒洋洋的样子。设设，亦作"煞煞"，表程度的副词。

[5] 頹人：犹言"鸟人""鸟汉"。骂人的话。《对玉梳》剧二："不晓事的頹人，认些回和。"《勘头巾》剧二："则被你探爪儿的頹人，将我来带累死。"

[6] 道不得：犹言"可不道""岂不知"。用于引用成言作反语语气时。《西厢记》五本四折："那里有此理！道不得个'烈女不更二夫'。"

[7] 尻包儿：指骑马人的屁股。款款：慢慢地。杜甫《曲江》诗："穿花蛱蝶深深见，点水蜻蜓款款飞。"

[8] 休使粗毡屈：不要把粗毡儿折叠起来。屈，折叠。

[9] 三山骨：马屁股上的骨骼。

[10] 云长赤兔、翼德乌骓：三国时关羽的坐骑叫"赤兔追风马"，张飞的坐骑叫"乌骓"。云长，即关羽；翼德，即张飞。

[11] "渲时节"句：替马洗刷时，不要让冷水浸着它的生殖器。渲，洗刷。頹，雄性生殖器。

[12] 忔寒碎：过分地寒酸与啰唆。忔，太，过分。辛弃疾《金菊对芙蓉·重阳》词："叹少年胸襟，忔煞英雄。"

[13] 髟着：挥击着。

[14] "鞍心"二句："马户"乃"驴"的拆字，"刷子去刀"乃"吊"字。合起来是"驴吊"，乃骂人的话。

[15] 好去：安慰行者的话，犹今言"好好走"，有"一路顺风"之意。杜甫《送张十二参军赴蜀州》："好去张公子，通家别恨添。"白居易《待漏入阁书事》："好去鸳鸯侣，冲

天便不还。"

[16] 忒下的：犹言"太下作""太不值钱"。

◎ 评析

这曲以尖新泼辣的语言，活画出一个悭吝而又朴质的可笑形象。他爱马如命，不愿把马借给人家，却又怕"恶了兄弟""反了面皮"，不好当面推辞。于是颠来倒去的把喂马、刷马、骑马、赶马的种种要求，向借马的千叮咛、万嘱咐，还说"一口气不违借与了你！"其实他那"懒设设""意迟迟""气忿忿"的样子，以及他那"无知辈""不晓事颓人"和"忒下的，忒下的"的独白，所形成的矛盾反差，早已淋漓尽致地把他那十分悭吝的神态和心态刻画了出来，使之成为一个喜剧性的人物。作者正是通过夸张的语言，漫画式的勾勒，细致而逼真的心理刻画，塑造了这个栩栩如生的艺术形象，使这套散曲放出永不息灭的艺术光辉。

❖ 王实甫

名德信，大都（今北京）人。约与关汉卿同时。从他的《商调·集贤宾·退隐》中的"百年期六分甘到手，数支干周遍又从头"来看，知道他至少活到六十岁以上；从"想着那红尘黄阁昔年羞，到如今白发青衫此地游"的曲词来看，知道他曾经做过官，后来才挂冠归隐的；从"有微资堪赡赒，有林园堪纵游"的自白来看，知道他一直过着比较优裕的士大夫生活。他写过杂剧十四种，现存《西厢记》《破窑记》《丽春堂》三种，以及《贩茶船》《芙蓉亭》两个残剧，尤以《西厢记》获得"天下夺魁"的声誉。贾仲明在《凌波仙》中赞美他说："作词章，风韵美，士林中等辈伏低。"《太和正音谱》说他的词"如花间美人，铺叙委婉，深得骚人之趣"。可惜他的散曲流传下来的很少，《全元散曲》仅收其小令一首，套曲两套，皆意境优美，音调和谐，给人以很好的美感享受。

中吕·十二月带尧民歌[1]

别 情

自别后遥山隐隐，更那堪远水粼粼[2]。见杨柳飞绵滚滚[3]，对桃花醉脸醺醺[4]。透内阁香风阵阵[5]，掩重门暮雨纷纷[6]。怕黄昏不觉又黄昏[7]，不销魂怎地不销魂[8]。新啼痕压旧啼痕，断肠人忆断肠人[9]。今春，香肌瘦几分，裙带宽三寸。[10]

⊙ 注释

[1] 十二月带尧民歌：是中吕常见的带过曲，它们都不能单独用作小令。《十二月》六句，通体皆四字句。"自别后""更那堪"等皆系衬字。《尧民歌》的句式是七七七七、二五五，共七句七韵，句句都要叶韵。

[2] 粼粼：水清纹细的样子。翁卷《题东池》诗："一池寒水绿粼粼。"

[3] "见杨柳"句：形容柳絮不断的飞扬。飞绵，飞絮，柳絮。这是融化王昌龄《闺怨》的"忽见陌头杨柳色，悔教夫婿觅封侯"和曾布妻《菩萨蛮》"三见柳绵飞，离人犹未归"的语意而成的。

[4] "对桃花"句：醺醺，形容醉态很浓。这是暗用崔护的"去年今日此门中，人面桃花相映红"的语意。

[5] 内阁：深闺，内室。

[6] 重门：庭院深处之门。纷纷：形容雨之多。李清照《念奴娇》："萧条庭院，又斜风细雨，重门须闭。"李重元《忆王孙》："欲黄昏，雨打梨花深闭门。"都为这个意境提供了思想资料。

[7] 怕黄昏：黄昏，容易引起人们寂寞孤独之感，故曰"怕黄昏"。李清照《声声慢》："梧桐更兼细雨，到黄昏点点滴滴，这次第，怎一个愁字了得？"周邦彦《庆宫春》："生怕黄昏，离思牵萦。"都是描写"怕黄昏"的心态。

[8] 销魂：因过度刺激而呈现出来的痴呆之状。江淹《别赋》："黯然魂销者，唯别而已矣。"陈亮《水龙吟·春恨》："正销魂，又是疏烟淡月，子规声断。"

[9] 断肠人：悲愁到了极点的人。马致远《天净沙·秋思》："断肠人在天涯。"

[10] "香肌瘦"二句：形容为离愁而憔悴、消瘦。《古诗十九首》："相去日以远，衣带日以缓。"柳永《蝶恋花》："衣带渐宽终不悔，为伊消得人憔悴。"《西厢记》四本三折："昨日今日，清减了小腰围。"都是这种感情生活的体验，可以对照来看。

⊙ 评析

《中原音韵·作词十法》把这个带过曲作为"定格"，并说："对偶、音律、平仄、语句皆妙。"《艺苑卮言》附录一说它是"情中悄语"，《柳塘词话》卷一说它的"情致不减于词"。它的成功处就在于它把女主人公的内心世界写得很活，很细腻，很深刻，塑造了一个"少女怀春"的美好形象。前一支曲子写景，句中多用叠字，把景中的情很好地传达了出来；后一支曲子抒情，句式多用连环，把情中的景又很好地融化进去，情景相生，妙合无垠，表现了作者深厚的功底和熟练的技巧。

赵孟頫
（1254—1322）

字子昂，号松雪道人。湖州（今浙江吴兴）人。宋代的宗室，曾袭父荫为真州司户参军。宋亡，家居力学，"文章书画，人号三绝"。在程巨夫的推荐下，任兵部郎中，历任江浙等省儒学提举，拜翰林学士承旨。著有《松雪斋文集》。兼擅散曲，《全元散曲》仅收其小令二首。其载于《尧山堂外纪》卷七十、《词苑丛谈》卷十一、《历代诗余》卷百十九、《坚瓠癸集》卷二、《顾曲麈谈》卷下的散曲"赵管唱和"，流传甚广，却未收入。《元史》有传。

黄钟·人月圆[1]

一枝仙桂香生玉，消得唤卿卿[2]。缓歌金缕[3]，轻敲象板[4]，倾国倾城[5]。　　　几时不见，红裙翠袖，多少闲情。想应如旧，春山澹澹，秋水盈盈。[6]

◎ **注释**

[1] 人月圆：黄钟宫的一个曲牌，它与词调全同。盖自吴激作此词后，北人喜欢拿来入歌，遂以入曲。句式是上片七五、四四四，下片四四四、四四四。共十一句四韵，即第二、五、八、十一句须叶韵，三组四字句宜作鼎足对。

[2] 消得：值得。柳永《蝶恋花》："衣带渐宽终不悔，为伊消得人憔悴。"卿卿：一种亲昵的称呼。《世说新语·惑溺》："王安丰妇常卿安丰。安丰曰：'妇人卿婿，于礼为不敬，后勿复尔。'妇曰：'亲卿爱卿，是以卿卿。我不卿卿，谁当卿卿。'遂恒听之。"韩偓《偶见》："小叠红笺书恨字，与奴方便寄卿卿。"

[3] 金缕：指《金缕曲》，亦即《贺新郎》的别名。张元干《贺新郎》："举大白，歌《金缕》。"辛弃疾《满江红·建康史帅致道席上赋》："佳丽地，文章伯。《金缕》唱，红牙拍。"

[4] 象板：我国民族音乐中，用来打拍子的板。有的形如象牙，有的镶以象牙，放曰象板。

[5] 倾国倾城：形容极其美丽的女子。《汉书·孝武李夫人传》：李延年起舞而歌云："北方

有佳人，绝世而独立。一顾倾人城，再顾倾人国。"

[6]"春山"二句："春山"，比喻美人的眉毛；"秋水"，比喻美人的眼波。王观《卜算子》："水是眼波横，山是眉峰聚。"澹澹，浅淡的颜色。盈盈，美好的仪态。许多诗人习惯用此来形容美人的眉色和眼神，如《西厢记》二本二折："望穿他盈盈秋水，蹙损他淡淡春山。"

◎ 评析

　　这是怀念旧欢之词。上片写回忆。"一枝仙桂香生玉"，把人和花、香和色融合在一起，使人很容易联想起李白《清平调》的"一枝红艳露凝香"的诗句来。下片写想象，"几时不见"，对方是否花容依旧、风情似昔呢？回忆是由形象到歌舞，是当时最甜蜜的生活。想象是从闲情到媚态，是此日最关注的心事。因而能够集中丰富的生活，表达深厚的感情，给予读者以美的愉悦和情的感染。

◈ **滕　斌**　　一作滕宾，字玉霄，黄冈（今属湖北）人。曾师事翰学士承旨徐琰。大德间，官翰林应奉学士，至大、延祐间，出为江西儒学提举。后来目睹官场黑暗，弃家入天台为道士。著有《玉霄集》。他风流倜傥，不拘礼法，其游戏笔墨，多为世所传诵。时人刘诜称其"名满天下"，吴澄说他"玉霄山人通身酒，淋漓醉墨龙蛇走""一望茶坊酒肆中，壁上家家玉霄字"。说明他能诗善书，到处都有他的翰墨，是元初著名的诗人、散曲家和书法家。

中吕·普天乐

归去来兮四时辞

柳丝柔，莎茵细[1]。数枝红杏，闹出墙围。[2]院宇深，秋千系，[3]好雨初晴东郊媚。看儿孙月下扶犁。黄尘意外[4]，青山眼里，归去来兮。

◎ 注释

[1] 莎茵：像席子一样平坦的草地。

[2] "数枝"二句：这是化用宋祁《玉楼春》"绿杨烟外晓寒轻，红杏枝头春意闹"和叶绍翁《游园不值》"春色满园关不住，一枝红杏出墙来"的意境。

[3] "院宇深"二句：这是从冯延巳《上行杯》"罗幕遮香，柳外秋千出画墙"和欧阳修《蝶恋花》"庭院深深深几许""乱红飞过秋千去"等诗句中脱胎出来的。

[4] 黄尘意外：言厌倦宦游，不愿再在车马扬起的黄尘中奔走。这是暗用晋陆机《为顾彦先赠妇二首》之"京洛多风尘，素衣化为缁"和唐令狐楚《塞下曲》之"黄尘满面长须战，白发生头未得归"的句意。

◎ 评析

　　这曲以细腻的笔致，绘明丽的春景，画面生动，佳境迭出，纤柔的柳丝、碧绿的莎草、闹出围墙的红杏、静系深院的秋千，红绿相映，动静交错，一幅生机蓬勃、情趣盎然的画卷展现在读者的面前。好雨如酥，青山满眼，儿孙扶犁于月下，尘氛忘怀于胸中，笔端常带感情，表现了诗人对隐逸生活的向往。

✤ **邓玉宾**　　生平不详。曾官同知。《录鬼簿》将其列入"前辈已死名公有乐府行于世者"。《太和正音谱》评他的词"如幽谷芳兰"，说明他的艺术风格是清丽高雅的。《全元散曲》收录其小令四首，散套四首。

正宫·叨叨令[1]

道　情

一个空皮囊包裹着千重气[2]，一个干骷髅顶戴着十分罪[3]。为儿女使尽些拖刀计[4]，为家私费尽担山力[5]。你省的也么哥，你省的也么哥[6]，这一个长生道理何人会[7]？

◎ 注释

[1] 叨叨令：正宫的一个曲调，可与《折桂令》为带过曲。句式是七七七七、五五七。共七句五韵，两个五字句的末尾，一定要用"也么哥"，这是它的定格，这两句也不必叶韵。道情，是散曲的一种体式。主要是抒发饭真返朴、修心养性的情志。《太和正音谱·乐府体式》说："神游广漠，寄情太虚，有餐霞服日之思，名曰道情。"又说："志在冲漠之上，寄傲宇宙之间，慨古感今，有乐道徜徉之情，故曰道情。"

[2] 空皮囊：比喻人的肉体、躯壳。刘克庄《寓言》诗云："赤肉团终当败坏，臭皮袋死尚贪痴。"道家和佛家都把人的肉体看作一个"空皮囊"或"臭皮囊"。

[3] 干骷髅：形容人的干瘪的骨架，这是化用《庄子·至乐》的典故。言"庄子之楚，见空骷髅，髐然有形，橛以马捶，因而问之，曰：'夫子贪生失理而为此乎？将子有亡国之事，斧钺之铁，而为此乎？将子有不善之行，愧遗父母妻子之丑而为此乎？将子有冻馁之患而为此乎？将子之春秋故及此乎？'于是语卒，援髑髅枕而卧。"庄子所举各条，都是"生人之累"，也是曲中所说的"十分罪"。黄公望《醉中天·李嵩骷髅纨扇》："没半点皮和肉，有一担苦和愁"，也是这个意思。

[4] 拖刀计：本是古人战斗中的一种诱敌之计。此以喻父母为了儿女的利益，使尽机谋。

[5] 担山力：比喻花很大的力气去搬掉一座大山。这是暗用"愚公移山"的故事。

[6] 也么哥：表示感叹的语气词。省：领悟。

[7] 长生道理：道家主张屏除贪欲，保持内心的恬静淡泊，才是真正的长生不老之道。

◎ 评析

　　这是沉痛语，牢骚语，愤激语，说明人生的艰苦、尘海的险恶，也包含着对黑暗现实的深刻揭露。语言本色，比喻贴切，看似信手拈来，不假雕饰；实则落尽铅华，始见本真。在思想上，对贪婪者来说，是当头棒喝。在艺术上，尖新老辣，很有特色。

✥ 王伯成

涿州（今河北涿州）人。与马致远、张仁卿为忘年交。所著《天宝遗事诸宫调》，颇负时名。现与《董解元西厢记诸宫调》《刘知远诸宫调》为仅存的三种"诸宫调"。著有杂剧三种，今存《贬夜郎》杂剧。《全元散曲》录其小令二支，散套三首。

中吕·阳春曲

别　情

多情去后香留枕[1]，好梦回时冷透衾。闷愁山重海来深[2]。独自寝，夜雨百年心[3]。

◎ 注释

[1] 多情：指恋人、情人。苏轼《蝶恋花》："笑渐不闻声渐悄，多情却被无情恼。"

[2] 山重海深：极言其愁之深重。张先《木兰花》："人生无物比多情，江水不深山不重。"此用其意。

[3] 夜雨百年心：夜来淅沥的雨声，引起无限的感慨。这是化用李商隐《夜雨寄北》"何当共剪西窗烛，却话巴山夜雨时"和黄庭坚《寄黄复几》"桃李春风一杯酒，江湖夜雨十年灯"的诗意。

◎ 评析

　　这是一首写离情别绪的小令。前三句写恋人去后所引发的依恋、孤零和愁苦的心情。"香留枕"是昨宵的缱绻；"冷透衾"是今晚的凄凉。二者形成强烈的反差对比，逼出了"愁闷山重海来深"的极度夸张之语，把主人公无法承受的精神痛苦，真切地表达了出来。后二句是感情的进一步深化。那淅沥的夜雨，唤醒了他的梦，也滴碎了他的心，勾起了他对往事的回忆，也引起他对未来的思虑。一夜雨与"百年心"形成时间上的巨大反差，给读者留下了一个广阔的联想的天地，从而丰富了这支小令的艺术容量。

◈ **白　贲**　字无咎，号素轩，钱塘（今杭州）人。至治间任平阳州教授，历常州路知事，后官文林郎，南安路总管府经历。能曲善画，有名于时。所作小令《鹦鹉曲》，意境高远，纷纷传唱，著名散曲家王恽、卢挚、刘敏中、冯子振、张可久等纷纷和作，终不能胜，遂使其名远播大江南北。《太和正音谱》将其曲列入"最上品"，并说他的词"如太华孤峰，孑然独立，岿然挺出，若孤峰之插青昊，使人莫不仰视也。宜乎高荐"。《全元散曲》收其小令二，套数三，残套一。

正宫·鹦鹉曲[1]

侬家鹦鹉洲边住[2]，是个不识字渔父[3]。浪花中一叶扁舟[4]，睡煞江南烟雨[5]。　【幺】觉来时满眼青山，抖擞绿蓑归去[6]。算从前错怨天公，甚也有安排我处[7]。

◎ **注释**

[1]鹦鹉曲：原名"黑漆弩"，系北宋田不伐所作。原作今已不传。因白氏起句为"侬家鹦鹉洲边住"，故改名《鹦鹉曲》。

[2]侬家：我家，吴地的方言。李白《秋浦歌》："寄言向江水，汝意忆侬不？"鹦鹉洲：在汉阳西南长江中，后来被江水淹没。因以作《鹦鹉赋》著称的祢衡，被黄祖杀害于此而得名。

[3]不识字渔父：此化用陆游《鹊桥仙》："时人错把比严光，我自是无名渔父"的语意。

[4]"浪花"句：张孝祥《念奴娇·过洞庭》："玉鉴琼田三万顷，着我扁舟一叶。"

[5] 烟雨：烟雾般的蒙蒙细雨。陆游《鹊桥仙》："一竿风月，一蓑烟雨，家在钓台西住。"

[6] 抖擞：这里作抖动、打点讲。辛弃疾《沁园春·和吴子似县尉》："直须抖擞尘埃。"这句的意思是从张志和《渔父》"青箬笠，绿蓑衣，斜风细雨不须归"和朱敦儒《好事近·渔父词》"摇首出红尘，醒醉更无时节。活计绿蓑青笠，惯披霜冲雪"中生化出来的。

[7] 甚也有：真也有，正也有。在词、曲中，"甚"往往作"真""正"讲。张炎《甘州词》："甚消磨不尽，惟有古今愁。"安排：安置。李煜《蝶恋花》："一片芳心千万绪，人间没个安排处。"

◎ 评析

　　《顾曲麈谈》卷上说："此词亦不减'西塞山'（按指唐张志和《渔父》词）风致也。"的确，这支散曲在继承我国传统的"渔父词"的基础上，塑造了一个远离尘俗、不慕荣利的高士形象，但又在淡泊寡欲、强作豁达之中，透露出一股不平之气，透露出对现实的不满，在传统的渔父形象中，打上了时代的烙印，加进了一些新的东西。"甚也有安排我处"，与其说是自嘲，毋宁说是讥刺；与其说是自适，毋宁说是诅咒。这讥刺，这诅咒，无疑是指向"不读书有权，不识字有钱"（无名氏《朝天子·志感》）和"这壁厢拦住仕途，那壁厢挡住贤路"（马致远《荐福碑》）的元代黑暗社会的。言近意远，耐人寻味，因而成为脍炙人口的作品。

◆ **冯子振**

（1257—1325？）

字海粟，自号怪怪道人，又号瀛洲客，攸州（今湖南攸县）人。曾官承事郎集贤待制。博学多闻，才气横溢，下笔万言，倚马可待。时人贯云石称其词"豪辣灏烂，不断古今"（《阳春白雪序》）。宋濂称其词"横厉奋发""真一世之雄"（《宋学士文集·题冯子振居庸赋后》）。所和白无咎《鹦鹉曲》四十二首，极为有名。《全元散曲》收录其小令四十四首。著有《海粟集》。《元史》有传。

正宫·鹦鹉曲[1]

山亭逸兴

嵯峨峰顶移家住[2]，是个不唧嵧樵父[3]。烂柯时树老无花[4]，叶叶枝枝风雨。　【幺】故人曾唤我归来，却道不如休去。指门前万叠云山，是不费青蚨买处[5]。

◎ 注释

[1] 鹦鹉曲：作者自序云："余壬寅岁留上京，有北京伶妇御园秀之属，相从风雪中，恨此曲（按指白无咎之《鹦鹉曲》）无续之者。且谓：前后多亲炙士大夫，拘于韵度，如第一个'父'字，便难下语。又'甚也有安排我处'，'甚'字必须去声，'我'字必须上声字，音律始谐，不然不可歌，此一节又难下语。诸公举酒，索余和之；以汴、吴、上都、天京风景试续之。"（见《太平乐府》卷一）

[2] 嵯峨：高峻的样子。杜甫《江梅》诗："巫山郁嵯峨。"

[3] "是个"句：是一个纯朴的砍柴老汉。唧嵧，亦作"洳嵧""即留"，唐宋以来的方言，有"伶俐""精细"的意思。卢仝《送伯龄过江》诗："不唧溜钝汉，何由通姓名。"

[4] 烂柯：腐朽了的树枝。这里暗用了《述异记》中王质的故事。相传晋人王质上山打柴，看到两个童子在那里下棋，等到终局时一看，手里的斧柄已经烂了。回到家里，才知道已经过了一百年。这句话是说他跳出红尘，移家青山，愿意永远过着隐逸的生活。

[5] 青蚨：指钱。《搜神记》十三："（南方有虫）名青蚨……取其子，母即飞来，不以远近。虽潜取其子，母必知处。以母血涂钱八十一文；每市物，或先用母钱，或先用子钱，皆复飞归，轮转不已。"后人因以"青蚨"作为钱的代称。

◎ 评析

　　邓子晋称这支散曲，"字按四声，字字不苟，辞壮而丽，不淫不伤"（《朝野新声太平乐府序》）。我们认为它除了音乐美之外，还以生动的语言，刻画了一个丰满而有个性的艺术形象。他遗世弃俗，超然物外；又不满现实，感慨万千，是一个隐于渔樵的封建士大夫典型，给人一种高雅的审美愉悦。

正宫·鹦鹉曲

农夫渴雨

年年牛背扶犁住[1]，近日最懊恼杀农父[2]。稻苗肥恰待抽花，
渴杀青天雷雨。　　【幺】恨残霞不近人情，截断玉虹
南去[3]。望人间三尺甘霖[4]，看一片闲云起处[5]。

◎ 注释

[1] 扶犁住：把犁为生。住，过活，生活。

[2] 懊恼杀：悔恨极了，烦闷极了。杀，亦作"煞""嗏"，都是程度副词，有"很"的意
思。李煜《望江南》词："满城飞絮混轻尘，愁杀看花人。"下文的"渴杀"，也是"渴
望得很"的意思。

[3] 玉虹：色彩绚丽的长虹。俗有"晚虹日头朝虹雨"的谚语，"截断玉虹"，就是说不会
下雨。

[4] 甘霖：好雨，及时雨。桑悦《感怀》诗："甘霖被郊原。"

[5] 看一片闲云起处：这是从来鹄《云》的"无限旱苗枯欲尽，悠悠闲处作奇峰"的句意
脱化出来的。

◎ 评析

　　这曲句句是农民眼中看到的情况，口中道出的语言，心中燃烧的
希望，已足引起人们的同情。作者又以农民的渴望甘霖与天公的截断玉
虹，形成鲜明的对比，一面是"渴杀"，一面是"闲煞"，使得对立双方
的矛盾更加突出，表现了诗人对旱区劳动人民的极大关怀，进一步引起
了读者的共鸣。

正宫·鹦鹉曲

赤壁怀古

茅庐诸葛亲曾住，早赚出抱膝梁父。[1]谈笑间汉鼎三分[2]，不记得南阳耕雨[3]。　　【幺】叹西风卷尽豪华，往事大江东去[4]。彻如今话说渔樵[5]，算也是英雄了处[6]。

◎ 注释

[1]"茅庐诸葛"二句：诸葛亮（181—234），字孔明，三国蜀的大政治家。他曾经躬耕南阳，好为《梁父吟》。刘备三顾茅庐，请他出山。他从报答知遇之恩出发，终于在危难之际，接受了辅弼的任务。赚，诓骗。《窦娥冤》："将他赚到荒村。"《赚蒯通》："果然赚的韩信回朝，将他斩了。"梁父，指《梁父吟》，一首讽刺齐相晏婴阴谋杀贤的古诗。

[2]"谈笑"句：诸葛亮在《隆中对》中，确立了三分鼎立、联吴抗魏的方针，又在"赤壁之战"中把这个方针变成了现实。苏轼《念奴娇·赤壁怀古》："羽扇纶巾，谈笑间樯橹灰飞烟灭。"关汉卿《单刀会》三："一年三谒卧龙冈，却又早鼎足三分汉家邦。"

[3]南阳耕雨：诸葛亮《出师表》："臣本布衣，躬耕南阳。"南阳，在今湖北襄阳之西。

[4]"往事"句：苏轼《念奴娇·赤壁怀古》："大江东去，浪淘尽千古风流人物。"言历史上的英雄已经被历史的波涛所吞没了。是此语所本。

[5]彻如今：直到如今。彻，直到。话说渔樵：成了渔樵们的闲话。

[6]了处：结局。

◎ 评析

　　诸葛亮是"鞠躬尽瘁，死而后已"的忠贞典型，历代诗人都对他进行由衷的歌颂和赞美。本曲一反传统的蹊径，对之采取非议、嘲笑的态度，对他被刘备"赚"了出来，把"躬耕南阳""不求闻达"的素志忘得一干二净，提出了异议。结句的"彻如今话说渔樵，算也是英雄了处"，是对诸葛亮的辛辣的讽刺，也是对诸葛亮的深切的同情；是对建功立业者的虚无主义态度，也包含对自己宦途失意、理想破灭的愤激情绪。

✦ 贯云石
（1286—1324）

本名小云海涯，字浮岑，号酸斋，别号芦花道人。维吾尔族人，祖籍北庭（今新疆吉木萨尔县），父名贯只哥，因以"贯"为氏。稍长，折节读书，从姚燧学。文章乐府，皆能变化古人，形成自己的独特风格。杨维桢称其为"一代词伯"。曾袭父荫为两淮万户府达鲁花赤，但不久便让给了他的弟弟忽都海涯。仁宗时，拜翰林侍读学士，知制诰，同修国史。不久称病辞去，变易姓名，卖药钱塘市中。相传钱塘士人游虎跑泉，饮间赋诗，以"泉"字为韵，中有一人但哦"泉、泉、泉"，久不能就。他应声便说："泉泉泉，乱迸珍珠个个圆。玉斧斫开顽石髓，金钩搭出老龙涎。"遂邀同饮，尽醉而去。其才思之敏捷，有如此者。后人把他和同时代人徐再思甜斋的散曲合编为《酸甜乐府》。

正宫·塞鸿秋[1]

代人作

战西风几点宾鸿至[2]，感起我南朝千古伤心事[3]。展花笺欲写几句知心事[4]，空教我停霜毫半晌无才思[5]。往常得兴时，一扫无瑕疵[6]。今日个病厌厌刚写下两个伤心字[7]。

◎ 注释

[1] 塞鸿秋：正宫的常用曲牌。此调亦可入仙吕及中吕。凡叶韵处皆须作平平去。句式是七

七七七、五五七，凡七句六韵，第五句可不叶。

[2] 宾鸿：鸿是一种候鸟，每秋到南方来越冬。《礼记·月令》："季秋之月，鸿雁来宾。"
故称"宾鸿。"

[3] 南朝：指宋、齐、梁、陈四朝，它们都是建都在南方的建康（今南京）。杜牧《江南
春》："南朝四百八十寺，多少楼台烟雨中。"吴激《人月圆》："南朝千古伤心事，还唱
《后庭花》。"

[4] 花笺：精致华美的信笺。徐陵《玉台新咏序》："五色花笺，河北胶东之纸。"

[5] 霜毫：洁白如霜的兔毛所做成的笔。

[6] 一扫无瑕疵：一挥而就，没有毛病。瑕疵，玉器上的斑点，这里指诗文中的小毛病。
韩愈《进学解》："忘己量之所称，指前人之瑕疵。"

[7] 病厌厌：病得精神萎靡不振的样子。《世说新语·品藻》："曹蜍、李志虽现在，厌厌如
九泉下人。"又作"恹恹"。《西厢记》二本一折："恹恹瘦损，早是伤神，那值残春。"

◎ 评析

《中原音韵·作词十法》指责这曲的末句，衬字太多，斥为"此何
等句法！"《词谑》亦讥之为"成尾大不掉之势。此则如吃蒙汗药，头重
脚轻，蓦的向后便倒矣"。未免失之皮相，且不说此曲将兴亡之感，打
入艳情，摆脱了一般"悲秋""恨别"的窠臼，即气势之豪放，对比之
鲜明，造语之工整，亦超群轶伦，诚如《太和正音谱》所说的："贯酸
斋之词，如天马脱羁。"邓文原为其文集作序所说的："宜其词章驰骋上
下，如天骥摆脱絷羁，一踔千里，而王良、造父为之愕眙却顾。吁，亦
奇矣。"这支散曲，完全体现了他的这种艺术特色，善夫任讷之言曰：
"论气势，则末句非有十四字，收煞不住也。"（《曲谐》）

南吕·金字经 二首

蛾眉能自惜[1]，别离泪似倾，休唱阳关第四声[2]。情，
夜深愁寐醒。人孤另，萧萧月三更[3]。

泪溅描金袖^[4]，不知心为谁。芳草萋萋人未归^[5]。期，一春鱼雁稀^[6]，人憔悴，愁堆八字眉^[7]。

◎ 注释

[1] 能：只，徒。杜甫《月》诗："只益丹心苦，能添白发明。"惜：哀伤、苦闷。《楚辞·惜誓》："惜余年老而日衰兮，岁忽忽而不反。""惜"作"哀"或"苦"讲。

[2] 阳关第四声：即作为送别曲的《阳关三叠》。这是用白居易《对酒》："相逢切莫推辞醉，听唱阳关第四声"的诗句。

[3] 萧萧：形容月色的轻柔疏淡。

[4] 描金袖：用金丝绣上花纹的衣袖。

[5] "芳草"句：《楚辞·招隐士》："王孙游兮不归，春草生兮萋萋。"李重元《忆王孙》："萋萋芳草忆王孙，柳外楼高空断魂。"此用其意。萋萋，草茂盛的样子。

[6] 鱼雁：代指书信。晏几道《生查子》："关山魂梦长，鱼雁音尘少。"秦观《鹧鸪天》："一春鱼雁无消息，千里关山劳梦魂。"

[7] 八字眉：唐宋以来流行的形像"八"字的眉式。韦应物《送宫人入道》诗："金丹拟驻千年貌，宝镜休匀八字眉。"吴昌龄【正宫】《端正好·美妓》套："秋波两点真，春山八字分。"

◎ 评析

两曲刻画了一个多愁善感的少妇形象。前曲写初别，后曲写怀远。初别则怕唱《阳关》，感到孤另，以至于寝不安席，对着二更的冷月发呆。怀远则泪溅彩袖，心怀王孙，而春事阑珊，鱼雁无凭，于是愁上眉梢，貌渐憔悴。感情的发展，层次分明，刻画之细，构思之巧，尤见功力。

中吕·红绣鞋

挨着靠着云窗同坐，偎着抱着月枕双歌^[1]，听着数着愁着怕着早四更过^[2]。四更过情未足，情未足夜如梭^[3]。天哪，更闰一更儿妨甚么^[4]！

[1] 月枕：形如月牙的枕头。

[2] 听着数着愁着怕着：听谯鼓，数更筹，愁分离，怕天亮。

[3] 夜如梭：比喻光阴飞快地过去。赵德麟《侯鲭录》二："织乌，日也，往来如梭之织。"

[4] 闰一更：延长一个时辰。

◎ 评析

　　这曲生动、泼辣，饶有情趣。前三句把"偎红倚翠"的情态，"伊其相谑"的欢笑，淋漓尽致地描写了出来。四、五两句，用"顶真"的修辞手法，把"欢娱嫌夜短"的矛盾心情，加以渲染和强调，产生了强烈的艺术效果。末二句想入非非，直呼苍天，提出"更闰一更儿妨甚么"的无理要求，看似违反常识，却是至性的流露，是感情的高潮。语常而意新，思巧而情挚，给人以极新极美的快感。

双调·蟾宫曲

送　春

问东君何处天涯[1]？落日啼鹃，流水落花。淡淡遥山，萋萋芳草，隐隐残霞。随柳絮吹归那答，趁游丝惹在谁家？[2]倦理琵琶[3]，人倚秋千[4]，月照窗纱。

◎ 注释

[1] "问东君"句：问春之神到遥远的何处去了。东君，春之神。这是化用黄庭坚《清平乐》："春归何处？寂寞无行路。若有人知春去处，唤取归来同住"的词意。

[2] "随柳絮"二句：这是化用冯延巳《鹊踏枝》"满眼游丝兼落絮，红杏开时，一霎清明雨"和秦观《望海潮》"正絮翻蝶舞，芳思交加，柳下桃蹊，乱分春色到人家"的意境。游丝，虫类所吐的丝缕，常在明媚的春天里，飘游空中。

[3] 琵琶：我国的民族乐器。"琵琶"乃"批把"的谐音。刘熙《释名·释乐器》："批把本出于胡中，马上所鼓也。推乎前曰批，引乎却曰把。象其鼓时，因以为名也。"

◎ 评析

　　此曲纯用白描的手法，采用问答的形式，抓住最具特征的暮春景色：啼鹃、落花、芳草、柳絮、游丝，来表现"春"将去的踪影，别有一番伤春、惜春的情趣。题为"送春"，通篇不着一个"送"字、一个"春"字，而"送春"的意绪，却在字里行间洋溢出来。

双调·清江引

弃微名去来心快哉[1]！一笑白云外[2]。知音三五人，痛饮何妨碍？醉袍袖舞嫌天地窄[3]。

◎ 注释

[1]"弃微名"句：诗人弱冠袭父荫，为两淮万户府达鲁花赤，坐镇永州，旋即让其弟。二十七岁拜翰林侍读学士，中奉大夫，知制诰，同修国史，旋即挂冠归隐。这是他"弃微名去来心快哉"的具体内容。

[2]一笑白云外：言其放浪形骸，啸傲林泉，来往于青山白云之间，投身于大自然的怀抱，过着自由自在的生活。

[3]"醉袍袖"句：这是从刘伶《酒德颂》的"以天地为一朝，万期为斯须，日月为扃牖，八荒为庭除"的"细宇宙、齐万物"的思想中脱化出来的。

◎ 评析

　　这曲当作于延祐元年（1314）诗人辞官归隐时。前四句极言其脱离宦海、归隐林泉的欢快之情。末句以大胆的想象和夸张，表现了诗人广阔的襟怀、豪迈的感情，风格豪放，笔致俊逸，让读者从中看到浮云富贵、粪土功名的高士形象。

双调·清江引

惜 别

若还与他相见时，道个真传示[1]。不是不修书，不是无才思，绕清江买不得天样纸[2]。

◎ **注释**

[1] 真传示：真消息，真情况，真话。

[2] "绕清江"句：言围绕清江打个转，也买不到一张像天那么大的纸。清江，在江西，赣江和袁江的汇合处，此地以产纸著称。这是把《吕氏春秋·明理》的"不能胜数，尽荆越之竹犹不能书"、《汉书·公孙贺传》"南山之竹不足受我辞，斜谷之木不足为我械"、《后汉书·隗嚣传》"楚越之竹，不足以书其恶"等思想资料，变为正面的夸张，加以点化的。

◎ **评析**

　　这曲构思别致，以极平淡的语言，写极深厚的感情。以极夸张的手法，写极微妙的心曲。鱼沉雁杳，本来在两人的感情上蒙上了一层阴影；却说成纸短情长，没有一张天大的纸是诉说不了的。把感情的裂痕，在幽默诙谐中弥缝起来。立意之新，措辞之妙，是富有创造性的。

双调·殿前欢

怕秋来，怕秋来秋绪感秋怀[1]，扫空阶落叶西风外[2]。独立苍苔，看黄花谩自开。人安在？还不彻相思债。朝云暮雨，都变了梦里阳台。[3]

◎ **注释**

[1] 秋绪：愁绪。《礼记·乡饮酒义》："秋之为言愁也。"王勃《秋日宴季处士宅序》："悲

夫秋者，愁也。"吴文英《唐多令》："何处合成愁，离人心上秋。"

[2]"扫空阶"句：贾岛《忆江上吴处士》："秋风吹渭水，落叶满长安。"刘翰《立秋》："睡起秋声无觅处，满阶梧叶月明中。"此化用其意。

[3]"朝云暮雨"二句：喻男女欢会。宋玉《高唐赋序》言楚襄王与神女会于高唐，神女自谓："妾朝为行云，暮为行雨。朝朝暮暮，阳台之下。"后人因以男女合欢为"云雨"，合欢的处所为"阳台"。

◎ 评析

此曲写男女久别的相思情绪。诗人把落叶、西风、黄花等足以引起离人愁绪的深秋景色，加以渲染，用来衬托离人凄凉、寂寞的感情。独立苍苔，独赏黄花，反衬出过去"双栖""共赏"的情景，使之在无可奈何之中，发出"人安在"的呼问，这是感情的第一次升华。结句，又在无可奈何的现实面前，只好通过"惊梦""忆梦""寻梦"的方式，来还却自己在现实生活中无法偿还的"相思债"。这是感情的第二次升华。情真而切，语苦而悲，给人以极新极深的感受。

🔶 鲜于必仁　　字去矜，号苦斋，大都（今北京）人。著名文学家鲜于枢之子。在其父的熏陶下，成为著名的散曲家，《太和正音谱》称其词"如奎璧腾辉"。杨梓的儿子杨国材、杨少中跟他交往很密，尽得其所善南北歌调，逐渐形成影响很大的"海盐腔"。《全元散曲》收其小令二十九首。

越调·寨儿令[1]

隐　逸

汉子陵[2]，晋渊明[3]，二人到今香汗青[4]。钓叟谁称？

农夫谁名？去就一般轻。五柳庄月朗风清[5]，七里滩浪稳潮平[6]。折腰时心已愧[7]，伸脚处梦先惊[8]。听，千古圣贤评。

◉ 注释

[1] 寨儿令：又名《柳营曲》，越调中常用的一个曲牌。句式是三三七、四四五、六六五五、一五，共十二句十一韵，第九句不叶韵。字数相同的相邻两句宜对。

[2] 汉子陵：即严光，会稽余姚（今浙江绍兴）人。曾与光武帝一同游学，及光武即位，他便变易姓名隐于富春山，是我国历史上有名的高士。

[3] 晋渊明：即晋诗人陶潜。见白朴《寄生草·饮》"但知音尽说陶潜是"注。

[4] 汗青：史册，史书。古人把字书写或刻划在竹简上，为了避免虫蛀，先用火炙简令汗，故称为"汗青"。文天祥《过零丁洋》诗："人生自古谁无死，留取丹心照汗青。"

[5] 五柳庄：陶渊明隐居的地方。陶曾作《五柳先生传》："宅边有五柳树，因以为号焉。"后人因称之为"五柳先生"，称其住处为"五柳庄"。卢挚《双调·折桂令·箕山感怀》："五柳庄瓷瓯瓦钵，七里滩雨笠烟蓑。"

[6] 七里滩：亦叫严滩、七里濑、七里泷。在今浙江桐庐县严陵山之西。相传是严陵的垂钓处。

[7] "折腰"句：《晋书·陶潜传》："郡遣督邮至县，吏白应束带见之，潜叹曰：'吾不能为五斗米折腰，拳拳事乡里小人。'义熙二年，解印去县。"后遂以屈身事人为折腰。李白《梦游天姥吟留别》："安能摧眉折腰事权贵，使我不得开心颜。"

[8] "伸脚处"句：《后汉书·逸民传·严光》："复引光入，论道旧故，相对累日……因共偃卧，光以足加帝腹上。明日，太史奏客星犯御坐甚急。帝笑曰：'朕故人严子陵共卧耳'。"这是说，把脚伸到君王的腹上，也要心惊肉战的。

◉ 评析

《顾曲麈谈》卷下：鲜于必仁"工诗好客，所作乐府，亦多行家语。其《寨儿令》一支尤妙"。到底妙在哪里呢？在于作者赞美严光与陶潜时，有合有分，有扬有抑。"二人到今香汗青"，是合论，以下便是分叙。叙中有议，议时以"扬"为主，表现了作者对隐逸生活的向往。"折腰时心已愧，伸脚处梦先惊"，是以"抑"为主，是"春秋责备贤者"，认为陶潜的出任彭泽令，严光的应召人见，已经是"见事迟"了，已经是有愧于心、有惊于梦了，表现了作者摆脱羁绊、向往自由的决心。

◈邓玉宾子　　生平事迹不详。他们父子都以散曲擅长。他的《雁儿落带得胜令》与他父亲的《叨叨令》都很有特色。在元人散曲中是不可多得的艺术珍品。《全元散曲》收录其小令三首。

双调·雁儿落带得胜令[1]

闲 适

乾坤一转丸[2]，日月双飞箭[3]。浮生梦一场[4]，世事云千变。　　万里玉门关[5]，七里钓鱼滩[6]。晓日长安近[7]，秋风蜀道难[8]。休干，误杀英雄汉。看看，星星两鬓斑[9]。

◎ 注释

[1] 雁儿落带得胜令：双调中常用的带过曲。雁儿落，又名《平沙落雁》，常与《得胜令》《清江引》合为带过曲。亦可与《清江引》《碧玉箫》合为带过曲。但不能单独作小令用。句式是五五、五五。得胜令，又名《阵阵赢》《凯歌回》。既可独用，又可与《雁儿落》合为带过曲。句式是五五、五五、二五二五。

[2] "乾坤"句：无限的宇宙像一个能够运转的小小圆球。乾坤，代指天地。《易·乾象》："大哉乾元，万物资始，乃统天。"故以乾为天。《易·坤象》："至哉坤元，万物资生，乃顺承天。"故以坤为地。

[3] "日月"句：太阳和月亮是两支飞出的箭。常语："光阴似箭，日月如梭。"言时间过得飞快。

[4] "浮生"句：人生不过是一场大梦。浮生，古人认为人生是虚幻的，富贵是无定的，因以人生为"浮生"。《庄子·刻意》："其生若浮，其死若休。"李白《春夜宴从弟桃花园序》："浮生若梦，为欢几何？"

[5] "万里"句：东汉名将班超（32—102），从永平十六年（73）至永元六年（94），陆续平定莎车、龟兹、焉耆等贵族的叛乱，并击退了月支的入侵，保护了西域各族人民的安

全和"丝绸之路"的畅通，任西域都护，封定远侯。后以久在绝域，年老思乡，乃上疏曰："臣不敢望到酒泉郡，但愿生入玉门关。"见《后汉书·班超传》。以上便是此语所本。

[6]"七里"句：见鲜于必仁《越调·寨儿令·隐逸》注。

[7]"晓日"句：言气运好，就可以得到君主的信任。长安，汉、唐时代的首都，故以"长安日"代君主。《世说新语·夙慧》："晋明帝数岁，坐元帝膝上，有人从长安来……因问明帝，'汝意长安何如日远？'答曰：'日远，不闻人从日边来，居然可知。'明日集群臣宴会，告以此意，更重问之，乃答曰：'日近。'元帝失色曰：'尔何故异昨日之言耶？'答曰：'举目见日，不见长安。'"后人因以"长安近"表示官运亨通，仕途得意。

[8]"秋风"句："蜀道难"，是乐府古曲，历代作者，皆写其艰险之状。李白在《蜀道难》中，曾以"噫吁嚱，危乎高哉！蜀道之难难于上青天"来描写其地形之险阻。这里是喻人生的艰苦历程。

[9]星星：形容鬓发斑白。左思《白发赋》："星星白发，生于鬓垂。"

◎ 评析

　　这是抒发年华易逝、浮生若梦的感慨。开篇四句，连续运用四个形象的比喻，表达了作者对空间、时间、人生、社会的基本看法，奠定了它消极虚无的思想倾向。中间四句，把四个反差对比的意象叠加在一起，使之互相作用、互相影响，说明无论出仕与归隐、得意与失意，结果同归虚幻，显示出更加强烈的艺术效果。结句像暮鼓晨钟，发人深省。指出多少英雄好汉被功名所误，落得个悲惨的下场。即使春风得意，纡朱拖紫，然而曾几何时，两鬓飞霜，更何况沉沦宦海、偃蹇仕途呢！语带烟霞，意含悲愤，反映了元代知识分子的共识和共感。作者就这么通过形象的比喻、叠加的意象、强烈的反差、深沉的感叹，没有作出任何主观的判断，而把人生的艰险、尘海的风波揭示了出来，在艺术上很有创造性。

❖张养浩
（1270—1329）

字希孟，号云庄，山东济南人。初被荐为御史台掾，选授唐邑县尹。武宗朝，拜监察御史，累官翰林直学士、礼部尚书，参议中书省事。旋即弃官归隐，屡召不赴。元文宗天历二年（1329），关中大旱，特拜陕西行台中丞。到任后，即赈饥馁，抑豪猾，勤政亲民，改革政事，积劳成疾，四月而卒。明人尹旻题其墓碑曰："风绰高致，节全始终。名留天地，齐鲁一人。"足以概括其一生的行谊。

他的散曲集《云庄休居自适小乐府》，是他对人生社会的认识，对黑暗现实的批判，对民生疾苦的关怀，跟其他的散曲家颇异其趣。艾俊序其曲曰："言真理到，和而不流。依腔按歌，使人名利之心都尽。"《全元散曲》收录其小令一百六十一首、散套二首。是元代散曲家中作品最多的一个，仅次于张可久与乔吉。《太和正音谱》评其词"如玉树临风"。《元史》有传。

中吕·喜春来

路逢饿殍须亲问[1]，道遇流民必细询[2]，满城都道好官人。还自哂，只落的白发满头新[3]。

◎ 注释

[1] 饿殍：饿毙的人。《孟子·梁惠王》："民有饥色，野有饿殍。"问：慰问，存恤。

[2] 流民：因天灾人祸而流离失所的人。《汉书·食货志》："流民稍还，四野益辟，颇有蓄积。"

[3]只落的：竟弄到这一步。也作"只落得""只落来"。杨万里《夜泊平望终夕不寐》诗："一生行路便多愁，落得星星两鬓秋。"

◎ 评析

　　此曲当作于天历二年（1329），作者任陕西行台中丞时。史称其临行前"散其家之所有，与乡里之贫者"，在途中"遇饿者即赈之，死者则埋之"，到官后"出赈饥民，终日无少息"，卒以积劳成疾，四月而卒，"关中之人，哀之如失父母"。（见《元史》本传）可见曲中所言，都是实录，而在"还自哂"中，却作出深沉的自责，表现了一种民胞物与、悲天悯人的广阔胸怀。

中吕·朱履曲

那的是为官荣贵[1]，止不过多吃些筵席，更不呵安插些旧相知。家庭中添些盖作[2]，囊箧里攒些东西[3]。叫好人每看做甚的[4]。

◎ 注释

[1]的是：确是，真个是。贺铸《点绛唇》词："掩妆无语，的是销凝处。"

[2]盖作：铺盖器皿。

[3]攒：积聚，蓄积。

[4]每：相当于现代汉语中的"们"。也写作"门"，元曲中习见。

◎ 评析

　　这是作者所作九首《朱履曲》中的第一首，它采取反语正说的手法，在肯定中见否定，把"为官荣贵"的实质，通过吃筵席、安亲知、添盖作、攒东西等极琐屑极庸俗的内涵揭示出来，极尽嬉笑怒骂之能事。"叫好人每看做甚的"，一笔千钧，一语破的，不愧有"画龙点睛"之技。

双调·沉醉东风

班定远飘零玉关[1]，楚灵均憔悴江干[2]。李斯有黄犬悲[3]，陆机有华亭叹[4]。张柬之老来遭难[5]，把个苏子瞻长流了四五番[6]，因此上功名意懒。

◎ 注释

[1] 班定远：见邓玉宾子《雁儿落带得胜令》"万里玉门关"注。

[2] 楚灵均：即屈原。原字灵均，楚人，故称"楚灵均"。《楚辞·渔父》："屈原既放，游于江潭，行吟泽畔，颜色憔悴，形容枯槁。"最后投江而死。

[3] 李斯有黄犬悲：李斯，秦国的丞相。他在秦统一六国、巩固地主阶级专政的斗争中起过很大的作用，后被二世所杀，临刑时顾谓其子说："吾欲与若复牵黄犬，俱出上蔡东门，逐狡兔，岂可得乎？"遂父子相哭，而夷三族。事见《史记·李斯传》。

[4] 陆机有华亭叹：陆机，字士衡，华亭（今上海松江）人，西晋的著名文学家。所作《文赋》，为我国古代重要的文论。他在随司马颖讨伐司马乂时，被谗遭杀，临刑叹曰："华亭鹤唳，岂可复闻乎？"遂遇害于军中。事见《晋书·陆机传》。

[5] "张柬之"句：张柬之（625—705），字孟将，襄阳（今属湖北）人。中进士，因狄仁杰之荐由监察御史擢至宰相，首谋迫使武后归政，恢复中宗帝位，后被武三思所排挤，贬为新州（今广东新兴）司马，再流泷州（今广东罗定），时年八十，愤恨而死。

[6] 苏子瞻：即苏轼，北宋的大文学家、大书画家。在政治上偏于保守，以反对王安石变法，神宗时，被贬为黄州（今湖北黄冈）团练副使。哲宗时，新党再度执政，又被谪贬到惠州（今广东惠州市惠阳区）。六十三岁时，被远徙儋州（今海南儋县）。赦还的第二年，死于常州（今属江苏）。

◎ 评析

　　这是作者的组曲《双调·沉醉东风》七首中的第二首，每首都以"因此上功名意懒"作结，阐述其厌倦官场、向往林泉的七个原因。此曲在写法上很有特色：首六句列举六个历史人物的共同遭遇，班超之武功、屈原之忠贞、李斯之勋业、陆机之文名、张柬之之老谋深算、苏东坡之天才绝伦，而皆不免于"飘零""憔悴""遭难""长流"，甚至于临刑时的"悲""叹"，作者不加评论，不作渲染，却能在血的历史教训中，收到强烈的艺术效果。前六句是因，是铺垫，是蓄势，后一句是果，是点睛，是结穴。

双调·折桂令

过金山寺

长江浩浩西来，水面云山，山上楼台。山水相连，楼台相对，天与安排[1]。诗句成风烟动色，酒杯倾天地忘怀。醉眼睁开，遥望蓬莱[2]。一半儿云遮，一半儿烟霾。

◎ 注释

[1] 天与安排：上天给（我们）安排好的。辛弃疾《临江仙》："青山却自要安排。"与，给，替。秦系《山中赠张正则》："流水闲过院，春风与闭门。"

[2] 蓬莱：《汉书·郊祀志》："自威宣、燕昭，使人入海求蓬莱、方丈、瀛洲，此三神山者，其传在渤海中。"后因以泛指想象中的仙境。这里当指金山寺的蓬莱宫。

◎ 评析

《中原音韵·作词十法》将它列为"定格"，并说"此词称赏者众"。《艺苑卮言》附录一说它是"景中壮语"，《雨村曲话》卷上说它是"金山寺俊语"（按李调元既误其为马致远作，又误读误记为"天地安排诗句就，云山失色酒杯宽"）。可见此曲在艺术上的成就是有目共睹的。

双调·折桂令

中　秋

一轮飞镜谁磨[1]？照彻乾坤，印透山河。玉露泠泠[2]，洗秋空银汉无波[3]，比常夜清光更多[4]，尽无碍桂影婆娑^[5]。老子高歌，为问嫦娥^[6]，良夜恹恹^[7]，不醉如何。

◎ 注释

[1] "一轮"句：一轮明月像新磨过的铜镜那么明亮。飞镜，喻月亮。李白《渡荆门送别》：
　　"月下飞天镜，云生结海楼。"辛弃疾《太常引》："一轮秋影转金波，飞镜又重磨。"此
　　用其意。

[2] 玉露泠泠：洁白的露珠显得格外清凉。玉露，澄澈透明的露珠。李世民《秋日》："菊
　　散金风起，荷疏玉露圆。"秦观《鹊桥仙》："金风玉露一相逢，便胜却人间无数。"泠
　　泠，清凉的样子。《楚辞·七谏·初放》："下泠泠而来风。"

[3] 银汉：即银河。苏轼《阳关曲》："暮云收尽溢清寒，银汉无声转玉盘。"

[4] "比常夜"句：言中秋之月比平常更明亮。这是化用杜甫《一百五日夜对月》诗句"斫
　　却月中桂，清光应更多"辛弃疾《太常引》"斫去月婆娑，人道是清光更多"的语意。

[5] 桂：传说中月中的桂树。婆娑：形容桂影的舞动和桂树的枝叶扶疏。

[6] 嫦娥：传说中月宫里的仙女。《淮南子·览冥训》：后羿从西王母那里得到不死之药，
　　嫦娥偷吃以后，奔入月宫。

[7] 恹恹：亦作"恹恹"，精神不振的样子。《西厢记》二本一折："恹恹瘦损，早是伤神。"

◎ 评析

　　此曲利用李白、杜甫、辛弃疾的语言资料，翻出新的意境，渲染出
一种宁静的氛围，体现了诗人热爱自然、向往恬静生活的襟怀。

中吕·朝天曲^[1]

挂冠，弃官，偷走下连云栈^[2]。湖山佳处屋两间，掩映
垂杨岸。满地白云，东风吹散，却遮了一半山。严子陵
钓滩^[3]，韩元帅将坛^[4]，那一个无忧患？

◎ 注释

[1] 朝天曲：又名《朝天子》《谒金门》，是中吕的一个常用曲调。既可单独使用，又可与《快活
三》合为带过曲。句式是二二五、七五、四四五、二二五。句句叶韵。

[2] 连云栈：本指横贯秦岭的一条险峻的栈道。《读史方舆纪要·陕西》："鸡头关，县北八
里，关口有大石，状如鸡头。自此入连云栈，最为险峻。"这里是喻仕途的艰险。查德
卿《寄生草》："如今凌烟阁一层一个鬼门关，长安道一步一个连云栈。"

[3] "严子陵"句：参见邓玉宾子的《雁儿落带得胜令》"七里钓鱼滩"句。

[4] 韩元帅：指韩信。萧何向汉高祖推荐韩信乃"国士无双"，"必欲争天下，非信无所与计事
者"，于是"择良日，斋戒，设坛场，具礼"，拜韩信为大将。及至项羽被灭，天下统一，又
以谋反罪，杀韩信于长乐宫。见《史记·淮阴侯列传》。

◎ 评析

　　前三句，着一"偷"字，把诗人摆脱官场险恶的心态，刻画得淋
漓尽致。末以"严子陵钓滩"与"韩元帅将坛"作鲜明的对比，并提出
"那一个无忧患"的呼问，让读者从中作出选择性的判断，以达到肯定
"挂冠，弃官"的目的。但结合诗人一生的经历来考察，致用、济世是
他的初志，归隐、避世，是他"看了些荣枯，经了些成败"之后所萌发
出来的消极思想。与其说是抒发其恬退的怀抱，毋宁说是曲折地传达出
一种愤世嫉俗的感情。

中吕·普天乐

看了些荣枯，经了些成败。子猷兴尽[1]，元亮归来[2]。
把翠竹栽，黄茅盖。你便占尽白云无人怪[3]。早子收心
波竹杖芒鞋[4]，游山玩水，吟风弄月，其乐无涯。

◎ 注释

[1] 子猷兴尽：子猷，即王徽之。《晋书·王徽之传》："尝居山阴，夜雪初霁，月色清
朗，四望皓然……忽忆戴安道，戴时在剡，便夜乘小舟就之，经宿方至，造门不前而
返。人问其故，徽之曰：'本乘兴而来，兴尽而返，何必见安道耶'？"又见《世说新

语·任诞》。

[2] 元亮：即陶渊明。他只做了八十多天的彭泽令，便以不为五斗米折腰，辞官归隐，赋《归去来辞》以见志。

[3] "你便"句：唐皎然《诗式》曾批评"大历十子"的诗歌，"窃占青山、白云、春风、芳草，以为己有"。此用其典，但又不着痕迹。

[4] 子：犹"则"，"只"。波：犹"啊""吧"。均系元曲中所习见。竹杖芒鞋：竹杖草鞋。苏轼《定风波》："竹杖芒鞋轻胜马。"

◉ 评析

　　这是诗人《中吕·普天乐》组曲的十首之四。每首都以"其乐无涯"作结，以赞美其"片帆烟雨，一竿风月"的渔樵生活，展示其"神游八表，眼高四海"的豁达情怀。把"烟水间，乾坤大"跟"是非海，风波恶"对立起来，实际上是对污浊官场的批判。

中吕·山坡羊

潼关怀古

峰峦如聚[1]，波涛如怒，山河表里潼关路[2]。望西都[3]，意踌躇[4]。伤心秦汉经行处[5]，宫阙万间都做了土[6]。兴，百姓苦；亡，百姓苦！

◉ 注释

[1] 峰峦如聚：形容重岩叠嶂，群山密集，绵亘不断。

[2] "山河"句：言潼关外有黄河，内有华山，形势十分险要。《左传》僖公二十八年："表里山河，必无害也。"杜预注："晋国外河而内山。"潼关，在今陕西潼关县北，历代皆为军事要地。《元和郡县志·潼关》："上跻高隅，俯视洪流，盘纡峻极，实为天险。"

[3] 西都：指关中一带。周、秦、汉、北朝、隋、唐等朝，都在这里建都。

[4] 踌躇：原指犹豫不决，徘徊不前。《诗·邶风·静女》："爱而不见，搔首踌躇。"这里形容思潮起伏，陷入沉思。

"伤心"句：言经过秦、汉的故都，想起那"你方唱罢我登场"的兴亡往事，引起无穷的伤感。

[6]"宫阙"句：言在无数的战乱中，过去的宫殿已经化成了一片焦土。宫，宫殿；阙，王宫前的望楼。

◎ 评析

　　这支万口流传的小令，以深邃的历史眼光，揭示出一条颠扑不破的真理："兴，百姓苦；亡，百姓苦！"即不管封建王朝如何更迭，在他们争城夺地的战争中蒙受灾难的，还是那些无辜的老百姓。它像一支高烧的红烛，照亮了人们的眼睛，使之认识到象征封建政权的"宫阙"，它的兴建，是无数老百姓的白骨垒起来的；它的倒塌，也有无数老百姓的白骨做了它的殉葬品。这便是它所闪耀的思想光辉。至于铸辞精当，造形生动，有强烈的抒情色彩，乃其余事。

中吕·山坡羊

述　怀

无官何患，无钱何惮！休教无德人轻慢。你便列朝班[1]，铸铜山[2]，止不过只为衣和饭，腹内不饥身上暖。官，君莫想；钱，君莫想。

◎ 注释

[1] 列朝班：言排列班行，举行朝拜。指朝官。

[2] 铸铜山：《史记·佞幸列传》：汉文帝有宠臣邓通，尝赐通巨万以十数，官至上大夫。"上使善相者相通，曰：'当饿死。'文帝曰：'能富通者在我也，何谓贫乎？'于是赐邓通蜀严道铜山，得自铸钱，邓氏钱布天下，其富如此。"至景帝时，有人告邓通盗出徼外铸钱者，乃籍没其家，"竟不得名一钱，寄死人家"。

◎ 评析

是格言，是座右铭，是诗人的处世哲学。这种"理过其辞，淡乎寡味"的作品之所以能感人，全在于一个"真"字。因为这不是他欺世盗名的宣言，而是他身体力行的实录；不是他板起面孔训人的说教，而是他约束自己的规范。在这个组曲中，他要求自己"莫亏心，莫贪名"，"休学诌佞，休学奔竞，休学说谎言无信"，在他的宦海生涯中，在他的隐逸生活中，都较好地实践了自己的箴言。

双调·沽美酒带太平令[1]

在官时只说闲，得闲也又思官，直到教人做样看。从前的试观，那一个不遇灾难：楚大夫行吟泽畔[2]，伍将军血污衣冠[3]，乌江岸消磨了好汉[4]，咸阳市干休了丞相[5]。这几个百般，要安，不安，怎如俺五柳庄逍遥散诞[6]？

◎ 注释

[1] 沽美酒带太平令：是双调中较常见的带过曲。沽美酒，又名《琼林宴》，可与《太平令》《快活三》为带过曲。句式是五五七、四七。太平令的句式是六六六六、二二六。可与《沽美酒》为带过曲。两曲都不能独用。

[2] 楚大夫：指屈原，因其曾官楚国的三闾大夫，故称"楚大夫"。

[3] 伍将军：指伍子胥。他是春秋时吴国的大夫，曾协助阖闾刺杀吴王僚，夺取王位，整军经武，国势强盛，不久，攻入楚国的郢都。后被太宰嚭所谗，吴王赐以属镂之剑，乃自刭而死。见《史记·伍子胥列传》。

[4] "乌江"句：指项羽垓下被围，在乌江自刎而死。

[5] "咸阳"句：指秦丞相李斯被赵高所谗，杀于咸阳市。

[6] 五柳庄：指陶潜的隐居处。陶曾作《五柳先生传》言："五柳先生闲静寡言，不慕荣利。"散诞：放荡不羁。

　　这是作者抒发其厌倦官场、毅然归隐的心情。前三句用质朴无华的语言，真实地解剖了自己辞官归隐的矛盾心态，全是从肺腑中流出的。"楚大夫"以下四句，用两组对仗工整而又富于变化的偶句，通过屈原、伍员、项羽、李斯的悲惨下场，揭露了仕途的险恶，表达了归隐的决心。全曲的句式，在参差中见整饬，于整饬中寓变化，给人以美的享受。

双调·雁儿落带得胜令

退　隐

云来山更佳，云去山如画。山因云晦明[1]，云共山高下。　　倚杖立云沙[2]，回首见山家[3]。野鹿眠山草，山猿戏野花。云霞，我爱山无价。看时行踏，云山也爱咱。[4]

⊙ 注释

[1] 山因云晦明：言云来山就昏暗，云去山就显露。这是化用王维《终南山》"阴晴众壑殊"和杜甫《望岳》"阴阳割昏晓"的句意。

[2] 云沙：犹云海。

[3] 山家：山那边。家，同"价，"助词。

[4] "我爱山"三句：这是从李白《独坐敬亭山》"相看两不厌，只有敬亭山"以及辛弃疾《贺新郎》"我见青山多妩媚，料青山见我应如是"等意境中脱胎出来的。行踏，行走。

⊙ 评析

　　这曲运用连绵对的形式，把"云"和"山"放在相应的位置，反复交错地嵌在句子中，让云的动势、山的变化，互相映衬所造成的奇观，像画卷像影视似的浮现在读者面前，真是"诗中有画"，美不胜收。结句是人看山、山看人，人陶醉于云山之中，山献媚于诗人之前，物我交融，浑然一体，体现了诗人超然物外、怡然自得，忘却了一切烦恼与忧愁的快感。

双调·雁儿落带得胜令

往常时为功名惹是非，如今对山水忘名利；往常时趁鸡声赴早朝[1]，如今近晌午犹然睡。　　往常时秉笏立丹墀[2]，如今把菊向东篱，往常时俯仰承权贵，如今逍遥谒故知；往常时狂痴，险犯着笞杖徒流罪[3]；如今便宜，课会风花雪月题[4]。

◎ 注释

[1] 早朝：封建时代，百官于破晓前集于殿廷，等着朝拜皇帝，叫作早朝，也叫待漏。王禹偶的《待漏院记》，对此作了细致的描写。

[2] 秉笏：拿着朝笏。笏，朝笏，又叫手版，用以记事。丹墀：王官前的红色石阶。

[3] 笞杖徒流罪：古代的刑法。笞，用竹杖或藤条打人的背部或臀部。杖，用木棍打人的背脊、臀部或腿部。徒，没收为奴隶。流，放逐，流放。

[4] 风花雪月：这里指描写四时景色的诗文。蠡勺居士《昕夕闲谈·小叙》："使徒作风花雪月之词，记儿女缠绵之事。"也指男女情爱。乔吉《金钱记》三："本是些风花雪月，都做了笞杖徒流。"

◎ 评析

　　这曲全用"往常"与"如今"相对比的手法，表现官场的险恶、屈辱与退隐的安适、自得，使读者从鲜明的对比中，强烈地感到退隐的生活有着无比的优越性。其实诗人是一个勤政爱民的清官，在他三十年的宦海生涯中，为国为民"用了无穷的气力，使了无穷的见识，费了无限的心机"（《双调·庆东原》），可见他在讴歌隐逸生活的后面，隐藏着对官场的黑暗与污浊的不满。

双调·雁儿落带得胜令

也不学严子陵七里滩[1]，也不学姜太公磻溪岸[2]，也不学贺知章乞鉴湖[3]，也不学柳子厚游南涧[4]。 俺住云水屋三间，风月竹千竿，一任傀儡棚中闹[5]，且向昆仑顶上看。身安，倒大来无忧患；游观，壶中日月宽[6]。

◎ 注释

[1]"严子陵"句：东汉的高士严光，不愿依附光武，隐居于富春山畔的七里滩。

[2]姜太公：即吕尚，又名吕望，通称姜子牙。相传他在磻溪（今陕西宝鸡市东南）垂钓，到八十岁才遇上了文王，并辅助他灭了商朝，为师尚父，封于齐。

[3]贺知章：字季真，号四明狂客，官至秘书监。《新唐书·隐逸传》称贺"求周官湖数顷为放生池，有诏赐镜湖剡川一曲"。鉴湖：即镜湖。陆游《鹊桥仙》："镜湖原自属闲人，又何必官家赐与。"此用其意。

[4]柳子厚：即唐代的大文家柳宗元，因参与"永贞革新"，被贬为永州（今湖南零陵）司马后，纵情山水，写有《石涧记》等著名的"永州八记"。因涧在石渠之南，故名"南涧"。又有《南涧中题》诗，苏东坡尝题此诗云："南涧诗忧中有乐，乐中有忧，盖妙绝古今矣。"

[5]傀儡棚：即戏棚，此指人生大舞台。

[6]壶中日月：《云笈七签·二十八治》："（施存）学大丹之道……后遇张申为云台治官，常悬一壶，如五升器大，变化为天地，中有日月，如世间。夜宿其内，自号'壶天'。"后因以指道家生活。李白《下途归石门旧居》："何当脱屣谢时去，壶中别有日月天。"此用其意。

◎ 评析

　　严子陵、姜太公、贺知章以及柳宗元这些著名的历史人物，都曾以各自的不同原因，徜徉于山水之间，托迹于渔樵之中，赢得了人们的赞誉。而诗人却在这支曲中，连续以四个"也不学"，抹掉了他们头上的灵光，难道不是因为严光还曾应召入见，吕尚终于应聘出山，贺老乞求鉴湖，柳公心怀忧乐么？所以他在这曲的后半幅，以极其欣慰、极其自豪的心情，绘制出一幅令人神往的山中行乐图，体现了诗人摆脱羁勒、向往自然的超脱精神。

南吕·一枝花

咏喜雨（套）

【一枝花】用尽我为民为国心，祈下些值玉值金雨[1]。数年空盼望，一旦遂沾濡[2]。唤省焦枯[3]，喜万象春如故，恨流民尚在途[4]。留不住都弃业抛家，当不的也离乡背土[5]。

【梁州】恨不的把野草翻腾做菽粟，澄河沙都变化做金珠，直使千门万户家豪富，我也不枉受了天禄[6]。眼觑着灾伤教我没是处[7]，只落的雪满头颅[8]。

【尾声】青天多谢相扶助，赤子从今罢叹吁[9]。只愿的三日霖霪不停住[10]，便下的来当街似五湖[11]，都淹了九衢[12]，犹自洗不尽从前受过的苦。

◎ 注释

[1]"祈下些"句：苏轼《喜雨亭记》："使天而雨珠，寒者不得以为襦；使天而雨玉，饥者不得以为粟。"极言雨之珍贵，比珠玉还可喜，此以"值玉值金"来比喻雨的可贵，看似反其意，实是继其心。

[2]沾濡：滋润，言干裂的土地滋润了。

[3]唤省焦枯：焦枯的禾苗又复活了。省，醒，复活。焦枯，指枯黄的庄稼。

[4]流民：流浪外地的人。《宋史·郑侠传》：熙宁六年，关中大饥，流民扶老携幼入京师者，日有千人，时郑侠监安上门，因绘流民图以献。

[5]当不的：受不了。亦作"当不过。"《古今小说》一："老身家里当不过嘈杂，象宅上又太清闲了。"

[6]天禄：本指天赐的福禄。《书·大禹谟》："四海困穷，天禄永终。"此指国家给的俸禄。

[7]没是处：没办法，不得了，有"狠"的意思。《冻苏秦》二："头里我劝你时，抢白的

我没是处。"

[8] 雪满头颅：白发满头。

[9] 赤子：此指子民百姓。《汉书·龚遂传》："其民困于饥寒而吏不恤，故使陛下赤子，盗
弄陛下之兵于潢池中耳。"

[10] 霖霪：连绵不断的久雨。

[11] 五湖：指洞庭、鄱阳、洪泽、太湖、巢湖，此为夸张之辞。

[12] 九衢：四通八达的道路。《三辅皇图》："长安城面三门，四面十二门，皆通达九衢，以
相经纬。"

◎ 评析

这是诗人出赈陕西旱灾时的真实写照。对旱情严重时的焦虑心情，
对久旱得雨后的欣慰神态，都跃然纸上。这种与民同忧患、共欢乐的
精神，是非常难能可贵的。与杜甫《春夜喜雨》、苏轼《喜雨亭记》的
关心民瘼，在精神上是相通的。当与作者《双调·得胜令·四月一日喜
雨》："万象欲焦枯，一雨足沾濡。天地回生意，风云起壮图。农夫，舞
破蓑衣绿；和余，欢喜的无是处。"对照来读，更能领悟诗人民胞物与
的高尚情怀。

❀ 郑光祖

字德辉，平阳襄陵（今山西临汾附近）人。他做过杭州路吏，死在杭州。他在元代后期的杂剧作家中，作品的数量最多，名声也最大。所著杂剧十八种，今存七种，《倩女离魂》《王粲登楼》和《㑳梅香》是他的代表作。钟嗣成在吊他的曲中说："锦绣文章满肺腑，笔端写出惊人句。"并在《录鬼簿》中说他："名香天下，声振闺阁，伶伦辈称'郑老先生'，皆知其为德辉也。"周德清在《中原音韵自序》里把他和前期的关汉卿、白朴、马致远并列，说是："自关、郑、白、马一新制作，韵共守自然之音，字能通天下之语；字畅语俊，韵促音调……诸公已矣，后学莫及。"明代的何良俊甚至说："马之词老健而乏媚姿，关之词激厉而少蕴藉，白颇简淡，所欠者俊语，当以郑为第一。"这不免有所偏爱。

他的散曲不多，《全元散曲》收录其小令六首、套数二个。但词藻典雅清丽，涵虚子论曲说："其词出语不凡，若咳唾落于九天，临风而生珠玉，诚杰作也。"

正宫·塞鸿秋

金谷园那得三生富[1]，铁门限枉作千年妒[2]，泪罗江空，把三闾污[3]，北邙山谁是千钟禄[4]。想应陶令杯[5]，不到刘伶墓[6]。怎相逢不饮空归去。

[1] 金谷园：晋石崇所建，在洛阳城西。石崇以豪富著称，经常在金谷园中宴宾取乐，行令罚酒。石崇《金谷诗序》："遂各赋诗，以叙中怀，或不能者，罚酒三杯。"

[2] 铁门限：铁门槛，言谁也逃不出死那一关。范成大《重九日行营寿藏之地》诗："纵有千年铁门限，终须一个土馒头。"

[3] 三闾：即屈原，曾任三闾大夫。屈原放逐以后，于五月五日自沉于汨罗江。贾谊《吊屈原赋》："侧闻屈原兮，自沉汨罗。"

[4] 北邙山：在洛阳市北，东汉及魏的王侯公卿多葬于此。后人常用来泛指一般的墓地。千钟禄：指高官厚禄。钟，古代量器。《左传》昭公三年："釜十则钟。"杜预注："（钟）六斛四斗。"

[5] 陶令杯：陶渊明曾为彭泽令，又性嗜酒，故云"陶令杯。"

[6] 刘伶：西晋沛国（今安徽宿县）人，字伯伦，"竹林七贤"之一。性嗜酒，作《酒德颂》。《晋书·刘伶传》："尝乘鹿车，携一壶酒，使人荷锸而随之，谓曰：'死便埋我！'其遗形骸如此。"李贺《将进酒》："劝君终日酩酊醉，酒不到刘伶坟上土。"

◎ 评析

　　这是作者抒发人生有限、富贵无常的感慨，反映了元代知识分子的共同心态，在思想内容上，没有什么新的东西。但在表现手法上，更加注重形式，讲究典雅，琢炼之工，对仗之巧，有着很深的功力，为乔吉、张可久的清丽派开辟了道路。

双调·折桂令

梦中作

半窗幽梦微茫，歌罢钱塘[1]，赋罢高唐[2]。风入罗帏，爽入疏棂[3]，月照纱窗。缥缈见梨花淡妆[4]，依稀闻兰麝余香[5]。唤起思量，待不思量，怎不思量？

[1] 歌罢钱塘：此用钱塘名妓苏小小的故事。《乐府诗集》卷八五《苏小小歌序》引《乐府广题》云："苏小小，钱塘名倡也，盖南齐时人。"她能歌善诗，宋何蓬《春渚纪闻》载其《蝶恋花》词有云："妾本钱塘江上住，花落花开，不管流年度。"李贺、温庭筠、张祜都写过《苏小小歌》。

[2] 赋罢高唐：《高唐赋》，楚宋玉所作。其序云："昔者楚襄王与宋玉游于云梦之台，望高唐之观。"盖写楚襄王在梦中与神女欢会的故事。

[3] 疏棂：稀疏的窗格。

[4] "缥缈"句：白居易《长恨歌》："玉容寂寞泪阑干，梨花一枝春带雨"，本以形容杨妃的泪容，这里借以形容妇女的淡妆。缥缈，隐约，依稀。

[5] "依稀"句：《史记·滑稽列传》：淳于髡说："日暮酒阑，合尊促坐。男女同席，履舄交错……罗襦襟解，微闻芗泽。当此之时，臣心最乐。"这里暗用其事。

◎ 评析

　　前三句写梦中的欢会，中五句写醒时的环境与回忆，结三句写醒后的思量。写得迷离惝恍，似真似幻，缠绵悱恻，一往情深，颇似温、李的艳词艳诗，逐渐失去了前期散曲的本色美，开了清丽一派的先声。

✤ **曾　瑞**　　字瑞卿，自号褐夫，河北大兴（今属北京）人，后移家杭州。他不慕荣利，洒然如神仙中人。林景熙说："挹其貌，冰悬雪峙，莹然而清也。聆其论，蛟腾虎跃，轩然而异也。"（《孤竹斋记》）著有《才子佳人误元宵》，即《王月英元夜留鞋记》，今尚存。其散曲集《诗酒余音》，今已佚。《全元散曲》收其小令九十五，套数十七。他的散曲风格多样，往往在本色自然中，糅合着清丽典雅的韵味，具有元散曲由北而南、由民间而文人的过渡性的特点。

南吕·骂玉郎带感皇恩采茶歌[1]

闺中闻杜鹃

无情杜宇闲淘气[2]，头直上耳根底，声声聒得人心碎。你怎知，我就里[3]，愁无际？　　帘幕低垂，重门深闭。曲栏边，雕檐外，画楼西。把春酲唤起[4]，将晓梦惊回。无明夜[5]，闲聒噪，厮禁持[6]。　　我几曾离、这绣罗帏？没来由劝我道"不如归"！狂客江南正着迷，这声儿好去对俺那人啼。

◎ 注释

[1] 骂玉郎带感皇恩采茶歌：南吕常见的带过曲。骂玉郎，又名《瑶华令》，可与《感皇恩》《采茶歌》合为带过曲。句式是七五七、三三三，共六句六韵。感皇恩的句式是四四、三三三、四四、三三三，共十句五韵。与词中之《感皇恩》不同。采茶歌，又名《楚江秋》，句式是三三七、七七，共五句五韵。三曲都无单独用作小令的例。

[2] 杜宇：即杜鹃，又名子规。传说古蜀国国王名杜宇，号望帝，失位死去，魂化杜鹃，夜夜泣血。事见《蜀王本纪》及《华阳国志·蜀志》。俗谓它的叫声，好像"不如归去"。其声哀怨，人不忍闻。故诗人多用它的啼声来寄托离愁别恨。李中《钟陵禁烟寄从弟》："忍听黄昏杜宇声。"

[3] 就里：内心，内情。纪君祥《赵氏孤儿》四："那屠岸贾将我的孩儿十分见喜，他岂知就里的事？"

[4] 春酲：春困，春慵，即春天困倦得像喝醉了酒似的。酲，酒后困倦的样子。

[5] 无明夜：无昼无夜，不分昼夜，无论白天黑夜。

[6] 厮禁持：相纠缠，相折磨。《雍熙乐府》四无名氏《翠裙腰·闺思》套："郁闷长萦系，鬼病厮禁持。"又无名氏《点绛唇·庆朔堂》："更撞着村沙子弟，将俺这不自由的身躯苦禁持。"禁持，折磨，捉弄，纠缠。

◎ 评析

　　这支带过曲写思妇的春天情思，把她听到杜鹃啼声的心理感受，淋漓尽致地描绘了出来。结尾的"我几曾离、这绣罗帏"以下四句，李开先认为它是"豹尾","急并响亮，含有余不尽之意"(《词谑·词尾条》)。正是因为它写得真切自然，细腻感人，活脱脱地画出了思妇又嗔又爱的心态，而又俗不伤雅，显露中有含蓄，朴质中有诙谐，才能给人以极大的审美享受。

南吕·骂玉郎带感皇恩采茶歌

闺　情

才郎远送秋江岸[1]，斟别酒唱阳关[2]。临歧无语空长叹[3]。酒已阑，曲未残，人初散。　　月缺花残，枕剩衾寒。脸消香，眉蹙黛，髻松鬟。心长怀去后，信不寄平安。拆鸾凤，分莺燕[4]，杳鱼雁。　　对遥山、倚阑干，当时无计锁雕鞍，去后思量悔应晚，[5]别时容易见时难[6]。

◎ 注释

[1] 秋江：秋天的江面。此曲对后世的影响很大，明高濂《玉簪记》中的《追别》，即今天舞台上演出的《秋江》，便是敷演此曲成文的。中间的许多词语都相同或相近。

[2] 唱阳关：唱着送别的歌。王维《送元二使西安》有"劝君更尽一杯酒，西出阳关无故人"的话，后人把它反复重叠的歌唱，叫作"阳关三叠"，又叫"阳关曲"。阳关，故址在今甘肃敦煌西南。因在玉门关之南而得名。

[3] 临歧：临近分别的时候。

[4] 鸾凤、莺燕：喻夫妻或情侣。

[5] "当时"二句：这是从柳永《定风波》"早知恁么，悔当初，不把雕鞍锁"中脱胎出来的。

[6] "别时"句：移用李煜《浪淘沙》中语。

◎ 评析

　　此曲写少妇的离愁别恨。《骂玉郎》写送别的心情，《感皇恩》写初别的愁思，《采茶歌》写别后的悔恨。层层深化，<u>丝丝入扣</u>，把女主人公那种自怨自艾的复杂心情，非常细腻地表达了出来。

南吕·四块玉

闺　情

簪玉折[1]，菱花缺[2]。旧恨新愁乱山叠[3]，思君凝望临台榭[4]。鱼雁无[5]，音信绝，何处也？

◎ 注释

[1] 簪玉折：插髻的玉簪折损了。古代妇人往往用簪篦在壁上划数归期，划之既久，簪篦为之磨损。范居中《正宫·金殿喜重重·秋思》："拔金钗，划损在雕墙上。"这是表示盼望之久。

[2] 菱花缺：喻情人的分散。孟棨《本事诗·情感》：南朝陈将亡时，驸马徐德言与其妻乐昌公主破一铜镜，各执一半，以为凭信，并约定正月十五日卖镜于市，以相探讯。后来果得破镜重圆，偕老江南。此用其事。菱花，铜镜。《埤雅·释草》："旧说，镜谓之菱花。以其面平，光影所成如此。"

[3] 乱山叠：形容眉毛皱起来像乱山一样。这是化用温庭筠《菩萨蛮》"小山重叠金明灭"的语意。一说，此以"乱山叠"喻新愁旧恨之多，系化用赵嘏的"夕阳楼上山重叠，未抵闲愁一倍多"的句意。

[4] "思君"句：这是化用温庭筠《望江南》"梳洗罢，独倚望江楼"和姜夔《翠楼吟》"玉梯凝望久，叹芳草萋萋千里"的语意。凝望，注视着远方，聚精会神地望着远方。

[5] 鱼雁无：音书断绝，参见贯云石《南吕·金字经》"一春鱼雁稀"注。

◎ 评析

　　这是写少妇怀远盼归的情思。前幅写相思之深，盼望之切。语语含愁，字字带泪。下幅写行人未归，音书久绝，嗔中含情，怨而不怒，足见曲中的女主人公是深于情、忠于情的。

中吕·山坡羊

自 叹

南山空灿，白石空烂，[1]星移物换愁无限[2]。隔重关，困尘寰，几番眉锁空长叹，百事不成羞又赧。闲，一梦残；干，两鬓斑。

◎ 注释

[1]"南山空灿"二句：借宁戚的得遇齐桓公，来抒发自己怀才不遇之感。《史记·邹阳传》"宁戚饭牛车下"《集解》引应劭云："桓公夜出迎客，而宁戚疾击其牛角商歌曰：'南山矸，白石烂，生不遭尧与舜禅，短布单衣适至骭，从昏饭牛薄夜半，长夜漫漫何时旦？'"桓公因命后车载与俱归。此用其事。

[2]星移物换：言景物变化，寒暑更易。参见庾天锡《双调·蟾宫曲》"物换星移几番"注。

◎ 评析

这是对年华易老、事业无成的感叹。其中有伤感，有愤慨，有怀才不遇之悲，有遭世罔极之叹。结句感喟遥深，抒发了"闲"与"干"的矛盾心情。这是诗人向往"诗里乾坤、杯中日月"（《正·端正好·自序》）的又一个侧面。

❖ **范居中**　字子正，号冰壶，名儒玉壶之子，杭州人。居中精神秀爽，学问赅博，善操琴，工书法，远近皆知其名。曾与施君美、黄德润、沈珙之合著杂剧《鹔鹴裘》，今不传。又擅长散曲，在运用"南北合套"这一形式上，作出了自己的贡献。《全元散曲》仅收其散套一首。

正宫·金殿喜重重

秋　思（南北合套）^[1]

【金殿喜重重】（南）风雨秋堂，孤枕无眠，愁听雁南翔。风也凄凉，雨也凄凉，节序已过重阳。盼归期，何事归未得？料天教暂尔参商^[2]。昼思乡，夜思乡，此情常是悒怏^[3]。

【赛鸿秋】（北）想那人妒青山、愁蹙在眉峰上，泣丹枫、泪滴在香腮上，拔金钗、划损在雕墙上^[4]，托瑶琴、哀诉在冰弦上。无事不思量，总为咱身上。争知我懒贪书，羞对酒，也只为他身上。

【金殿喜重重】（南）凄怆，望美人兮天一方^[5]。漫想象、赋高唐^[6]。梦到他行，身到他行，甫能得一霎成双。是谁将好梦惊破，被西风吹起啼螀^[7]。恼刘郎^[8]，害潘郎^[9]，折倒尽旧日豪放。

【货郎儿】（北）想着和他相偎厮傍，知他是千场万场。我怎司空见惯当寻常^[10]？才离了一时半刻，恰便是三暑十霜^[11]。

【醉太平】（北）恨程途渺茫，更风波零瀼^[12]。我这里千回北转自彷徨，撇不下多情数桩：半真半假乔模样，宜嗔宜喜娇情况，知疼知热俏心肠。但提来暗伤。

【尾声】往事后期空记省^[13]，我正是桃叶桃根各尽伤^[14]。

【赚】（南）终日悬望，恰原来捣虚撇亢^[15]。到此才知言是谎。把当初花前宴乐，星前誓约，真个崔张不让^[16]，命该凋丧。险些儿病染膏肓^[17]，此言非妄。

【怕春归】（北）白发陡然千丈，非关明镜无情，缘愁似个长。[18]相别时多，相见时难，天公自主张。若能够相见，我和他对着灯儿深讲。

【春归犯】（南）自想：但只愁年华老，容颜改，添惆怅。蓦然平地，反生波浪。最莫青春弃掷，他时难算风流帐[19]。怎辜负银屏绣褥朱幌？才色相当，两情契合非强，怎割舍眉南面北成撇漾[20]？

【尾声】（南）动止幸然俱无恙，画堂内别是风光，散却离忧重欢畅。

◎ 注释

[1] 南北合套：在套曲之中，兼用南曲和北曲。并在同一宫调内选取南北曲调交错排列，求得音律的和谐。这一形式到元人沈和才定了型。《录鬼簿》称其"能词翰，善谈谑，天性风流，兼明音律，以南北调合腔，自和甫始"。这是对散曲的一大发展。但他只有《仙吕·赏花时·潇湘八景》一套流传下来，在艺术表现上不及与之同时的范居正，故选范作为代表。

[2] 暂尔参商：即暂时分离。参商，两星宿名。参宿在西，商（辰）宿在东，天体上的距离约一百八十度。此出彼没，永不相见，故以喻分离。杜甫《赠卫八处士》："人生不相见，动如参与商。"尔，语助词，无义。

[3] 悒怏：忧郁不乐的样子。《西厢记》一："听说罢心怀悒怏，把一天愁都抓在眉尖上。"

[4] "拔金钗"句：古代妇人往往以簪钗划壁计算丈夫的归期。

[5] "望美人"句：言其所思的人远在天涯。美人，指所思的人。《诗·秦风·蒹葭》："所谓伊人，在水一方。"

[6] 赋高唐：楚宋玉所作，写楚襄王梦中与神女欢会的事。参见郑光祖《双调·折桂令·梦中作》"赋罢高唐"注。

[7] 啼螀：寒蝉在叫。

[8] 刘郎：此指东汉的刘晨。刘义庆《幽明录》：传说汉永平年间，浙江剡县人刘晨、阮肇到天台山采药迷路，遇到两个仙女，被邀至家中，半年后回家，子孙已过七代。明人王子一写了以此为题材的杂剧《刘晨阮肇误入天台》。

[9] 潘郎：此指晋代的潘岳。《世说新语·容止》"潘岳妙有姿容"引裴启《语林》："安仁至

美，每行，老妪以果掷之满车。”亦见《晋书·潘岳传》。徐陵《洛阳道》：“潘郎车欲满，无奈掷如何。”

[10] 司空见惯：比喻事情屡见不鲜。唐孟棨《本事诗·情感》：司空李绅宴请刘禹锡，让歌女劝酒，刘即席赋诗，有“司空见惯浑闲事，断尽江南刺史肠”的句子。为此典的出处，至今活在人们口中。苏轼《满庭芳·佳人》词：“人间何处，有司空见惯，应谓寻常。”

[11] 三暑十霜：喻时间之久，言经历了三个暑天、十个霜季。

[12] 零瀼：零落，沦落。

[13] “往事”句：张先《天仙子》词：“临晚镜，伤流景，往事后期空记省。”此用其句。

[14] 桃叶桃根：晋人王献之的妾叫桃叶，其妹曰桃根。《乐府诗集·吴声曲辞·桃叶歌》引《古今乐录》云：“桃叶歌者，王子敬（即王献之）之所作也。桃叶，子敬妾名，缘于笃爱，所以歌之。”

[15] 捣虚撇亢：语出《史记·孙武传》“批亢捣虚，形格势禁”。本言抓住薄弱的环节，乘虚而入。撇亢，即批亢。

[16] 崔张不让：言不减崔莺莺与张君瑞的爱情。崔，崔莺莺；张，张君瑞。

[17] 膏肓：喻病情严重。《左传》成公十年：“医至，曰：‘疾不可为也，在肓之上，膏之下，攻之不可，达之不及，药不至焉，不可为也。”古代医学称心脏下部为膏，隔膜为肓。

[18] “白发”三句：系化用李白《秋浦歌》：“白发三千丈，缘愁似个长”的诗意。

[19] 风流帐：亦称风流债，即男女间的纠葛。

[20] 撇漾：抛撇，扔弃。戴善夫《风光好》剧二：“你休将容易恩情，等闲撇漾。”

◉ 评析

　　这套《秋思》抒发作客他乡的游子，在一个风雨交加的秋夜，对故乡情人或妻子的思念。抒情主人公从自己和对方、现实和想象、正面和侧面，刻画了双方的复杂心理和细腻的感情，展示了丰富的想象力和高水平的写作技巧。它以南北套的方法，把北方的粗犷、壮伟的音乐和南方的清丽、浮艳的音乐融合成为一个有机体，使之具有更好的音乐美，是元人散曲一个大的发展。但在元代只沈和甫、范居正等少数作者运用这种配套方法，到了明代，才蔚然成风，涌现了大量的好作品。

❀ 施　惠

字君美，杭州人。与钟嗣成等相友善，曾与范居中、黄天泽、沈珙合作杂剧《鹔鹴裘》，已佚。现存所著南戏《幽闺记》。这里所选的一个散套，是他流传下来的唯一的散曲。《录鬼簿》说他"巨目美髯，好谈笑"，"诗酒之暇，惟以填词和曲为事"。著有《古今砌话》，今亦不传。

南吕·一枝花

咏　剑（套）

离匣牛斗寒[1]，到手风云助。插腰奸胆破，出袖鬼神伏。正直规模，香檀把、虎口双吞玉[2]，鲨鱼鞘、龙鳞密砌珠[3]。挂三尺壁上飞泉[4]，响半夜床头骤雨[5]。

【梁州第七】金错落盘花扣挂[6]，碧玲珑镂玉妆束[7]，美名儿今古人争慕。弹鱼空馆[8]，断蟒长途[9]；逢贤把赠[10]，遇寇即除。比莫邪端的全殊，纵干将未必能如[11]。曾遭遇诤朝谏烈士朱云[12]，能回避叹苍穹雄夫项羽[13]，怕追陪报私仇侠客专诸[14]。价孤，世无[15]，数十年是俺家藏物。吓人魂，射人目，相伴着万卷图书酒一壶，遍历江湖。

【尾声】笑提常向尊前舞，醉解多从醒后赎，只为俺未遂封侯把他久担误[16]。有一日修文用武，驱蛮靖虏，好与清时定边土[17]。

◎ 注释

[1]离匣牛斗寒：言剑一出鞘，那闪闪发亮的寒光便直射斗牛。牛，牵牛星；斗，北斗星。

雷次宗《豫章记》:"吴未亡,恒有紫气见牛斗之间。张华闻雷孔章妙达纬象,乃要宿,问天文。孔章曰:'惟牛斗之间有异气,是宝物也,精在豫章丰城。'张华遂以孔章为丰城令,至县,掘深二丈,得玉匣,长八尺,开之得二剑,其夕斗牛气不复见。"又见《晋书·张华传》。

[2] 香檀把、虎口双吞玉:香檀木做的剑柄,虎口两边镶着宝玉。虎口,在大拇指与食指的歧骨之间,即手握剑把的地方。

[3] 鲨鱼鞘、龙鳞密砌珠:鲨鱼皮做的鞘,像龙鳞一样的皮上密密地嵌着珍珠。郭璞《山海经》注:"鲛鱼(鲨鱼)皮有珠文而坚……皮可饰刀剑。"

[4] 挂三尺壁上飞泉:把剑挂在墙上,发出一道寒光,好像一条飞流而下的清泉。三尺,剑的代称。《汉书·高帝纪》:"吾以布衣,提三尺取天下。"

[5] 响半夜床头风骤雨:床头的剑半夜响起来像骤雨一样。传说宝剑遇到有事的时候,常在匣中发出鸣声。钱起《适楚次徐城》诗:"感激念知己,匣中孤剑鸣。"

[6] 金错落:金饰的花纹,交错缤纷。班固《西都赋》:"隋侯明月,错落其间。"

[7] 镂玉:雕刻玉石以为装饰。

[8] 弹鱼空馆:《战国策·齐四》:孟尝君的食客冯谖(《史记·孟尝君传》作"冯谖"),因不满于他所得到的待遇,于是弹铗而歌曰:"长铗归来乎!食无鱼。"此用其典。

[9] 断蟒长途:《史记·高祖本纪》:"高祖被酒,夜径泽中,令一人行前。行前者还报曰:'前有大蛇当径,愿还。'高祖醉,曰:'壮士行,何畏!'乃前,拔剑击斩蛇。蛇遂分为两,径开。"此用其事。

[10] 逢贤把赠:《史记·吴太伯世家》:"季札之初使,北过徐君。徐君好季札剑,口弗敢言。季札心知之,为使上国,未献。还至徐,徐君已死,于是乃解其宝剑,系之徐君冢树而去。"

[11] 莫邪、干将:两宝剑名。古代传说:春秋时吴王阖闾令干将在匠门铸剑,铁汁不下,其妻莫邪自投炉中,铁汁乃出,遂成二剑,雄剑名干将,雌剑名莫邪。《淮南子·说山》:"所以贵镆铘者,以其应物而断割也。"

[12] 朱云:汉成帝时,槐里令朱云上书,愿借上方剑,斩佞臣安昌侯张禹头,帝怒,欲杀之,御史将云去,云攀折殿槛,大呼曰:"臣得从龙逢、比干游地下足矣'!以左将军辛庆忌力谏,帝意解,得免。后命保存原槛,以表彰朱云的直谏。事见《汉书·朱云传》。朝谗:朝中的谗臣,此指张禹。

[13] 叹苍穹雄夫项羽:《史记·项羽本纪》:项羽被困垓下,自度不得脱,谓其骑曰:"吾起兵至今八岁矣,身七十余战,所当者破,所击者服,遂霸有天下。然今卒困于此,此天之亡我,非战之罪也。"遂拔剑自刎而死。此用其事。

[14] 报私仇侠客专诸:春秋时吴国的公子光想篡夺王位,乃优待侠客专诸,因具酒请吴王僚,"使专诸置匕首鱼炙之腹中而进之,既至王前,专诸擘鱼,因以匕首刺王僚,王僚立死。左右亦杀专诸,王人大乱。"光遂自立为王,是为阖闾,乃封专诸之子为上卿。

事见《史记·刺客列传》。

[15] 价孤、世无：价值无比，世上没有。楚昭王梦得欧冶子所铸的宝剑湛卢，召风胡子问之："此剑值几何？"对曰："赤堇之山已合，若耶之溪深而不测，欧冶子已死，虽有倾城量金珠玉，犹不可与，况骏马万户之都乎？"事见《吴越春秋》，此用其典。

[16] 封侯：《汉书·班超传》：超投笔叹曰："大丈夫无它志略，当效傅介子、张骞立功异域，以取封侯，安能久事笔砚间乎？"后果以军功封定远侯。

[17] 清时：清明的时代，此指作者生活的那个时代。

◎ 评析

　　前两曲写剑的外形和作用，层层铺排，节节用典，极尽渲染之能事，文气跌宕，情绪热烈，虽没有一字一语赞美宝剑的锋利，却巧妙地运用了艺术的定向思维原理，使人仍然在字里行间感到它能够"陆断玄犀，水截轻羽""照人如照水，切玉如切泥"。后一曲由写剑转到写人，深恨自己没有凭借宝剑之力，干出一番"驱蛮靖虏"的伟大事业。"只为俺未遂封侯把他久担误"，一句话把作者郁积胸中的远大抱负和盘托出，让怀才不遇和为国立功的思想恰当地表露出来，是咏物和抒情的完美统一，是层次分明、人物交融的完整结构。

◈ **睢景臣**　　一作舜臣，字景贤，又字嘉贤。大德七年自扬州寓居杭州，与钟嗣成相交善。自幼刻苦读书，酷嗜音律。钟嗣成称他"吟髭捻断为诗魔，醉眼慵开为酒酡"。曾作杂剧《千里投人》《莺莺牡丹记》和《屈原投江》，惜皆不存。《全元散曲》收其散套三首，残曲一首。

般涉调·哨遍

高祖还乡[1]（套）

【哨遍】社长排门告示[2]，但有差使无推故[3]。这差使不寻俗[4]。一壁厢纳草也根[5]，一边又要差夫，索应付[6]。又言是车驾，都说是銮舆[7]，今日还乡故。王乡老执定瓦台盘[8]，赵忙郎抱着酒胡芦[9]。新刷来的头巾，恰糨来的绸衫[10]，畅好是妆么大户[11]。

【耍孩儿】瞎王留引定火乔男女[12]，胡踢蹬吹笛擂鼓[13]。见一彪人马到庄门[14]，匹头里几面旗舒[15]。一面旗白胡阑套住个迎霜兔[16]，一面旗红曲连打着个毕月乌[17]。一面旗鸡学舞[18]，一面旗狗生双翅[19]，一面旗蛇缠葫芦[20]。

【五煞】红漆了叉，银铮了斧[21]，甜瓜苦瓜黄金镀[22]。明晃晃马镫枪尖上挑[23]，白雪雪鹅毛扇上铺[24]。这些个乔人物[25]，拿着些不曾见的器仗，穿着些大作怪的衣服。

【四煞】辕条上都是马，套顶上不见驴，黄罗伞柄天生曲[26]，车前八个天曹判[27]，车后若干递送夫。更几个多娇女[28]，一般穿着，一样妆梳。

【三煞】那大汉下的车，众人施礼数，那大汉觑得人如无物。众乡老展脚舒腰拜，那大汉挪身着手扶[29]。猛可里抬头觑[30]，觑多时认得，险气破我胸脯。

【二煞】你身须姓刘[31]，你妻须姓吕[32]，把你两家儿根脚从头数[33]。你本身做亭长耽几杯酒[34]，你丈人教村学读几卷书。曾在俺庄东住，也曾与我喂牛切草，拽垻扶锄[35]。

【一煞】春采了桑，冬借了俺粟，零支了米麦无穷数。换田契强称了麻三秆[36]，还酒债偷量了豆几斛，有甚糊突处[37]。明标着册历[38]，见放着文书[39]。

【尾声】少我的钱差发内旋拨还[40]，欠我的粟税粮中私准除[41]。只道刘三谁肯把你揪捽住[42]，白甚么改了姓[43]，更了名，唤做汉高祖。

◎ 注释

[1] 高祖还乡：《史记·高祖本纪》："高祖还归，过沛，留。置酒沛宫，悉召故人父老子弟纵酒，发沛中儿得百二十人，教之歌。酒酣，高祖击筑，自为歌诗曰：'大风起兮云飞扬，威加海内兮归故乡，安得猛士兮守四方'！令儿皆和习之。高祖乃起舞，慷慨伤怀，泣数行下。"历代文人多据此写诗、度曲、编剧，以歌颂刘邦威加海内、不忘故土的情怀，作者却从他"不事家人生产作业""好酒及色，尝从王媪、武负贳酒"等记载，大胆设计了刘邦的无赖形象，加以辛辣的嘲讽。

[2] 社长排门告示：社长挨家挨户的通知。社，古时地方的基层单位。元代以五十家为一社。选年高望重的人为社长。

[3] 无推故：不要借故推托。

[4] 不寻俗：不平常，不一般。

[5] "一壁厢"句：一边要供给马饲料。一壁厢，一边。也，衬字，无义。

[6] 索应付：须认真对待。应付，这里是"对待"的意思。索，同"须"。

[7] 车驾、銮舆：都是帝皇乘的车子，因以作为皇帝的代称。

[8] 乡老：乡村中的头面人物。

[9] 忙郎：一般农民的称谓。

[10] 糨来：浆好，刷洗好。用米汁给洗净的衣服上浆，叫作"糨"。

[11] "畅好"句：正好充装有身分的阔老。畅好，又作畅好是、畅是、唱道。作"真是""正是"讲。妆么，装模作样。

[12] "瞎王留"句：爱出风头的青年领着一伙装模作样的坏家伙。瞎，坏，胡来。王留，元曲中常用来指好出风头的农村青年。火，同"伙""夥"。乔男女，坏家伙，丑东西。

[13] 胡踢蹬：胡乱、胡闹。踢蹬，语助词，起强调的作用。

[14] 一彪人马：一大队人马。周密《癸辛杂识》别集下："一彪"条："虏中谓一聚马为彪，或三百匹，或五百匹。"

[15] 匹头里：犹"劈头里""打头里""当头里"。

[16] "白胡阑"句：指月旗。胡阑合音即"环"，即圆圈。迎霜兔，玉兔。古代神话谓月中有玉兔捣药。

[17] "红曲连"句：指日旗。曲连，合音即"圈"。即红圈，像日的形状。毕月乌，古传说日中有三足乌。后来的星历家又以七曜（日、月、火、水、木、金、土）及各种鸟兽配二十八宿，如"昴日鸡""毕月乌"等。

[18] 鸡学舞：这里指舞凤旗。

[19] 狗生双翅：这里指飞虎旗。

[20] 蛇缠葫芦：这是指蟠龙戏珠旗。这些旗帜都是乡下人没有看到过的，只是根据自己的生活经验，随意加以解释的。形象既生动，又滑稽可笑。

[21] "银铮"句：镀了银的斧。铮，这里是"镀"的意思。

[22] "甜瓜"句：这是说金瓜锤，帝王的仪仗。

[23] "明晃晃"句：这是指朝天镫，帝王的仪仗。

[24] "白雪雪"句：这是指鹅毛宫扇。

[25] 乔人物：怪人物，装模作样的人。

[26] 黄罗伞：指帝王仪仗中的"曲盖"。它的形像伞，柄是曲的。

[27] 天曹判：天上的判官。形容威风凛凛、表情呆板的侍从人员。按元代的制度，那是由御史大夫、御史中丞、侍御史、翰林学士、中书侍郎、黄门侍郎等达官贵人组成的"导驾官"，因为他们在皇帝面前呆若木鸡，毫无表情，所以乡里人称他们为"八个天曹判。"

[28] 多娇女：指美丽的宫娥。

[29] 挪身：挪动身躯。

[30] 猛可里：猛然间，忽然间。觑：偷看。上文"觑得人如无物"的"觑"当"斜视"讲。

[31] "你身"句：你本人当姓刘。身，本人。

[32] 你妻须姓吕：刘邦的妻子叫吕雉，"好相人"的吕公的女儿，就是后来的吕后，孝惠帝和鲁元公主的母亲。

[33] 根脚：根基，犹今言出身

[34] 亭长：《史记·高祖本纪》："高祖为人……不事家人生产作业，及壮，试为吏，为泗上亭长，廷中吏无所不狎侮。"按秦制，十里为亭，十亭为乡，亭有亭长。

[35] 拽坝扶锄：泛指平整土地之类的农活。两牛并耕为一坝。

[36] 麻三秆：麻三十斤。乡间以十斤为一秆。

[37] 有甚糊突处：有什么糊涂的地方，意即十分清楚。糊突，糊涂，含混不清。

[38] 明标着册历：明白地记载在账簿上。标，记载。册历，账簿。

[39] 见放着文书：现在还放着借据在那儿。文书，契约，借条。

[40] 差发内旋拨还：在官差项内立即扣除。差发，差拨，官家派的差役和钱粮。旋，随即，马上。

[41] 私准除：暗地里扣除。准除，抵偿，折算。

[42] 刘三：刘邦，排行当为第三。因为他有一个哥哥排行第二，所谓"某业所就，孰与仲多？"(《高祖本纪》)仲，即老二。揪捽：揪住，抓着。

[43] 白甚么：说甚么。白，陈说。《史记·西门豹传》："巫妪弟子是女子也，不能白事，烦三老为入白之。"又传统戏剧中的说白部分，都标上"白"字，表示那是"说白。"

◉ 评析

　　《录鬼簿》卷下说："维扬诸公俱作《高祖还乡》套数，惟公（指睢景臣）《哨遍》制作新奇，皆出其下。"这主要表现在巧妙的构思，辛辣的语言，以一个乡民的口吻，生动地勾勒了那个流氓皇帝衣锦还乡的排场和神情，以及微贱时的丑恶行径，从而揭露了封建最高统治者的本来面目，否定了他的无上权威，把传统的歌颂变为辛辣的嘲讽，具有强烈的幽默感和艺术魅力，是元人散曲中的珍品。

✿ **周文质**
（1284? —1334）

字仲彬，祖籍建德（今属浙江），徙居杭州。与钟嗣成交二十余年，过从甚密。《录鬼簿》说他"学问该博"，"性尚豪侠"，"体貌清癯"，"文笔新奇"，"善丹青"，"明曲调"，是散曲大家。曾经做过路吏，年仅中寿。所著杂剧《苏武还朝》《春风杜韦娘》《孙武子教女兵》《戏谏唐庄宗》四种，除《苏武还朝》尚有残本外，余均不存。《全元散曲》收录其小令四十三，套数五。

正宫·叨叨令

自 叹

筑墙的曾入高宗梦[1]，钓鱼的也应飞熊梦[2]，受贫的是
个凄凉梦，做官的是个荣华梦。笑煞人也么哥，笑煞人
也么哥，梦中又说人间梦[3]。

◎ 注释

[1] 筑墙的：传说是一个从事版筑的奴隶，在傅岩那个地方当泥水匠。高宗"夜梦得圣人，
名曰说，以梦所见视群臣百吏，皆非也。于是乃使百工营求之野，得说于傅险（岩）
中……得而与之语，果圣人，举以为相，殷国大治。"见《史记·殷本纪》。

[2] 钓鱼的：指吕尚，即姜太公。《史记·齐太公世家》："西伯将出猎，卜之，曰：'所获
非龙非彲，非虎非罴，所获霸王之辅。'于是周西伯猎，果遇太公于渭之阳，与语大
说……载与俱归，立为师。"西伯，即周文王。按"非虎"《宋书·符瑞志》作"非熊"，
后又由"非熊"讹为"飞熊"，因有"飞熊入梦"的传说。

[3] "梦中"句：这是化用《庄子·齐物论》中的"梦之中又占其梦焉"的意思。

◎ 评析

这是作者抒发自己的身世之感，表面上以一切皆梦，阐述其"齐贵
贱，一荣辱"的虚无主义哲学；实际上则是对那些"取富贵青蝇竞血，进
功名白蚁争穴"的"蠹儿禄贼"的嘲讽和鞭挞。幽默中有愤激，笑声中有
眼泪，虚中有实，叹中有规，自然流畅，明白易懂，收到了很好的艺术
效果。

越调·寨儿令

挑短檠[1]，倚云屏[2]，伤心伴人清瘦影。薄酒初醒，好
梦难成，斜月为谁明？闷恹恹听彻残更，意迟迟盼煞多
情[3]。西风穿户冷，檐马隔帘鸣[4]。叮，疑是佩环声[5]。

◎ 注释

[1] 短檠：矮的灯座，代指灯。韩愈有《短灯檠歌》。

[2] 云屏：云母屏风。李商隐《为有》诗："为有云屏无限娇，凤城寒尽怕春宵。"

[3] 多情：本意为富于情感。柳永《雨霖铃》："多情自古伤离别，更那堪、冷落清秋节。"此指男女间相互的昵称。犹言"多才""多娇"。

[4] 檐马：悬于檐间的小铃铛，被风吹动，互相撞击，则发出响声。宋王洋《七月八日小雨》诗："日影弄帘纤，檐马鸣细碎。"亦称"铁马"。

[5] 佩环：玉佩。常建《古意》："窈窕见神女，金纱鸣佩环。"古代贵族妇女多佩玉，移步则铿锵有声。

◎ 评析

　　这是写对恋人的一片深情。抒情主人公酒醒之后，挑着残灯，倚着云屏，望着斜月，听着檐铃，恍惚是恋人所佩的服饰发出的响声，巧妙地把视觉形象和听觉形象所表现出来的心理活动，细腻而含蓄地传达了出来，具有很强的表现力和感染力。

❀乔 吉
（1280—1345）

字梦符，号鹤笙翁，又号惺惺道人。原籍太原（今山西省会），移居杭州。一生潦倒，寄情山水，以题《西湖梧叶儿》一百篇，蜚声词坛。所著杂剧十一种，今仅存《扬州梦》《两世姻缘》《金钱记》三种。

他的散曲雅俗兼该，风流自喜，以清丽为归，以出奇制胜，与张小山齐名，号称"乔张"。明人辑有《惺惺道人乐府》《乔梦符小令》。《全元散曲》录其小令二百零九首，套数十一套，在数量上仅次于张小山。《太和正音谱》评他的词说："乔梦符之词，如神鳌鼓浪，若天吴跨神鳌，喷沫于大洋，波涛汹涌，有截断众流之势。"李开先则加以修正说："此特言其雄健而已，要之未尽也。以予论之，蕴藉包含，风流调笑，种种出奇，而不失之怪；多多益善，而不失之繁；句句用俗而不失其文。"甚至说"乐府之有乔、张，犹诗家之有李、杜"（《乔梦符小令序》）。刘熙载亦说："元张小山、乔梦符为曲家翘楚""梦符虽颇作杂剧、散套，亦以小令为最长"（《艺概·词曲概》）。王骥德略持异议，认为"李中麓（开先）刻元乔梦符、张小山二家小令，以方唐之李、杜。夫李则实甫，杜则东篱始当；乔、张盖长吉（李贺）、义山（李商隐）之流"《曲律·杂论》）。不管其所论如何，都给予了他的散曲以很高的评价。

正宫·绿幺遍[1]

自 述

不占龙头选[2]，不入名贤传[3]。时时酒圣[4]，处处诗禅[5]。
烟霞状元[6]，江湖醉仙[7]，笑谈便是编修院[8]。留连，
批风抹月四十年[9]。

◎ 注释

[1] 绿幺遍：即《柳梢青》，句式是三三四四、四四七二七。九句八韵，第三句不叶韵。邻
句字数相等的宜对。

[2] 龙头选：状元的别称。王禹偁《寄状元孙学士何》诗："惟爱君家棣华榜，登科记上并
龙头。"

[3] 名贤传：名士贤人的传略。如《登科记》《名人年谱》《名人录》之类。杜甫《春日江
村》之五："宅入先贤传，才高处士名。"

[4] 酒圣：酒之清者，好酒。《三国志·魏志·徐邈传》："渡辽将军鲜于辅进曰：'平日醉
客，谓酒清者为圣人，浊者为贤人。'"后因以称好酒为"酒圣"。李白《月下独酌》：
"所以知酒圣，酒酣心自开。"这句话的意思就是时时喝酒。

[5] 诗禅：以诗谈禅，以禅喻诗。即以禅语、禅趣入诗或论诗。苏轼《夜直玉堂携李之仪
诗百余首读至夜半书其后》云："暂借好诗消永昼，每逢佳处辄参禅。"后来严羽在
《沧浪诗话》中说："论诗如论禅，禅道唯在妙悟，诗道亦在妙悟。"于是以禅喻诗，以
禅论诗的，一时蔚为风气。

[6] 烟霞状元：放浪形骸于山水中的头号闲人。他的《双调·折桂令》"不应举江湖状元，
不思凡风月神仙"，可以作为它的注脚。烟霞，即指山林、江湖。

[7] 醉仙：酒中之仙。杜甫《饮中八仙歌》："李白斗酒诗百篇，长安市上酒家眠；天子呼
来不上船，自称臣是酒中仙。"

[8] 编修院：即翰林院，编修国史的机关。这是说在嬉笑怒骂之间，对当时的人作出月旦
评来，就等于参加编修国史的工作。

[9] 批风抹月：犹言吟风弄月。即生活在风花雪月之中。

◎ 评析

　　从这首散曲中，可以看到作者放浪山水、纵情诗酒的疏狂性格。他

以"烟霞状元，江湖醉仙"作为与"蜗角虚名，蝇头微利"相抗衡的精神力量，既表明了自己的生活态度，又抒发了愤世嫉俗的感情，蕴藉包含，风流调笑，是一首脍炙人口的佳作。

中吕·满庭芳[1]

渔父词

秋江暮景，胭脂林障[2]，翡翠山屏[3]。几年罢却青云兴[4]，直泛沧溟[5]。卧御榻弯的腿疼[6]，坐羊皮惯得身轻[7]。风初定，丝纶慢整，牵动一潭星。[8]

◎ 注释

[1] 满庭芳：一名《满庭霜》，中吕宫的常用曲牌。句式是四四四、七四、七七、三四五，共十句九韵，第二句不用韵。二三句和六七句宜对。

[2] 胭脂林障：形容经霜后的枫林，红得像胭脂一样。王禹偁《村行》："棠梨叶落胭脂色，荞麦花开白雪香。"便是以"胭脂"来形容红叶。

[3] 翡翠山屏：形容青翠的山峦，像一面翡翠的屏风。

[4] 青云兴：做官的兴趣。《史记·范雎传》："须贾顿首言死罪，贾不意君能自致于青云之上。"后因以喻高官显爵。

[5] 沧溟：喻烟水浩渺的湖海。梁简文帝《昭明太子集序》："沧溟之深，不能比其大。"

[6] 卧御榻弯的腿疼：这是化用严光与汉光武"论道旧故，相对累日……因共偃卧"（《后汉书·逸民传》）的故事。见鲜于必仁《越调·寨儿令·隐逸》"伸脚处梦先惊"注。

[7] 坐羊皮惯得身轻：《后汉书·逸民传》："严光……少有高名，与光武同游学。及光武即位，乃变名姓，隐身不见。帝思其贤，乃令以物色访之。后齐国上言：'有一男子，披羊裘钓泽中。'帝疑其光，乃备安车玄纁，遣使聘之，三反而后至。"此用其事。

[8] "风初定"三句：丝纶，钓丝。秦观《满庭芳》词："金钩细，丝纶慢卷，牵动一潭星。"此用其意，并袭其句。

◎ 评析

这是借渔人的生活，写隐逸的情趣，抒发了厌弃功名、向往林泉的愿望。"卧御榻"两句，活用了高士严光伴君的受拘束与垂钓的闲适自由，形成鲜明的对比，增强了艺术的表现力。末三句，情与景合，心共水闲，给读者以无穷的韵味。

中吕·山坡羊

寓 兴

鹏抟九万[1]，腰缠十万，扬州鹤背骑来惯。[2] 事间关[3]，景阑珊[4]，黄金不富英雄汉。一片世情天地间。白，也是眼；青，也是眼。[5]

◎ 注释

[1] 鹏抟九万：喻远大的前途。《庄子·逍遥游》："鹏之徙于南溟也，水击三千里，抟扶摇而上者九万里。"

[2] "腰缠十万"二句：喻幻想中的巨富。《说郛》载《商芸小说》："有客相从，各言所志：或愿为扬州刺史，或愿多资财，或愿骑鹤上升，其一人曰：'腰缠十万贯，骑鹤上扬州。'欲兼三者。"此事又见《五灯会元》卷十九《中筑中仁禅师》的偈语："秤锤搦出油，闲言长语休。腰缠十万贯，骑鹤上扬州。"言不择手段，先富起来；然后修身养性，寻求超脱。

[3] 事间关：喻事情有曲折，不顺利。《后汉书·邓骘传》："遂逃使者，间关诣阙。"李贤注："间关，犹崎岖也。"

[4] 景阑珊：喻前景不妙。阑珊，衰落。白居易《咏怀》诗："白发满头归得也，诗情酒兴渐阑珊。"

[5] "白，也是眼"二句：《晋书·阮籍传》："籍又能为青白眼，见礼俗之士，以白眼对之。"按青眼，眼睛正视，表示对人的尊重或喜爱。白眼，眼睛向上，表示对人的轻蔑或憎恶。

◎ 评析

　　这支小令反映了作者玩世不恭的态度和愤世嫉俗的感情。这种置世态炎凉于不顾，置人间毁誉于不计的处世哲学，正是基于对黑暗现实的清醒认识，对污浊社会的高度蔑视，才以调侃的语调，对凌云壮志、万贯家财、世间荣辱，做了彻底的否定。语冷而心热，意淡而情浓，当于冷热、浓淡的反差中，求其言外之意，弦外之音。

越调·天净沙

即 事

莺莺燕燕春春[1]，花花柳柳真真[2]。事事风风韵韵[3]，娇娇嫩嫩，停停当当人人[4]。

◎ 注释

[1] 莺莺燕燕：比喻天真活泼的少女。姜夔《踏莎行》："燕燕轻盈，莺莺娇软，分明又向华胥见。"

[2] 真真：《太平广记·画工》：唐代进士赵颜得一美女图，画工告之：此女名叫真真，若昼夜呼其名，至百天必应声而出。颜如其言，至百日，美人果然从画中走出，与颜结为夫妻。这是以"画中美人"形容少女的艳丽。

[3] 风风韵韵：形容一个人很有风度和韵致。李白《赠宣州灵源寺仲浚公》："风韵逸江左，文章动海隅。"

[4] 停停当当：端端正正，恰到好处。人人：人儿

◎ 评析

　　《白雨斋词话》卷七评曰："'寻寻觅觅，冷冷清清，凄凄惨惨戚戚'，易安隽句也，并非高调。""乔梦符效之，丑态百出矣。"陈廷焯是按风雅的传统标准，即贵寄托、尚蕴藉，来衡量散曲，不知尖新、直露、说尽，正是散曲的艺术特色。"丑态百出"之讥，未免胶着，似非通人之论。

越调·凭阑人

金陵道中[1]

瘦马驮诗天一涯[2]，倦鸟呼愁村数家[3]。扑头飞柳花[4]，
与人添鬓华[5]。

◎ 注释

[1] 金陵道中：金陵，即今南京。三国吴，南朝宋、齐、梁、陈，以及明洪武均建都于此。所以谢朓的《鼓吹曲》有"江南佳丽地，金陵帝王州"，李白的《金陵歌送别范宣》诗有"金陵昔时何壮哉！席卷英豪天下来"的壮语。此曲当是作者浪迹江南、行经金陵时所作。

[2] 瘦马驮诗：此暗用李贺的故事。李商隐《李长吉小传》："恒从小奚奴，骑距驴（《新唐书》本传作作"骑弱马"），背一破古锦囊，遇有所得，即书投囊中。"

[3] 倦鸟：倦于飞行的归鸟。陶渊明《归去来辞》："鸟倦飞而知还。"

[4] 扑头：迎面扑来。柳花：柳絮。

[5] 添鬓华：增添了两鬓的白发。鬓华，两鬓花白。

◎ 评析

　　这曲的首联以"合璧对"的偶句，塑造了一个浪迹天涯、乡思无限的游子形象。"瘦马驮诗"是诗人的形象描绘；"倦鸟呼愁"是诗人的心曲展露。两者相对相成，构成一种孤寂凄清的意境。后两句构思新奇，好像因为柳絮扑头，才增添了他两鬓的白发。画面是那样的鲜明，形象是那样的活脱，感情是那样的深沉，语言是那样的经济，给人以极大的审美愉悦。

双调·沉醉东风

题扇头隐括古诗

万树枯林冻折，千山高鸟飞绝[1]。兔径迷，人踪灭[2]，载梨云小舟一叶[3]。蓑笠翁耐冷的别[4]，独钓寒江暮雪[5]。

◎ 注释

[1]"千山"句：柳宗元《江雪》诗："千山鸟飞绝。"

[2]人踪灭：看不到人的踪迹。这是《江雪》诗中"万径人踪灭"的句意。

[3]梨云：将要下雪的黑云。《释名·释长幼》："九十曰骀背，或曰冻梨，皮有斑黑如冻梨色也。"

[4]"蓑笠"句：此用《江雪》诗"孤舟蓑笠翁"句，而略加变化。

[5]"独钓"句：此用《江雪》诗的"独钓寒江雪"句。

◎ 评析

　　就扇头上的画面，隐括前人的名篇，既不失原意，又能创新境，自然妥贴，不啻若自其口出，足征功力之深。

双调·折桂令

自　述

华阳巾鹤氅蹁跹[1]，铁笛吹云[2]，竹杖撑天。伴柳怪花妖[8]，麟祥凤瑞[4]，酒圣诗禅[5]。不应举江湖状元，不思凡风月神仙。断简残篇[6]，翰墨云烟[7]，香满山川。

◎ 注释

[1]华阳巾：道冠。鹤氅：道服。《新五代史·卢程传》："程戴华阳巾，衣鹤氅，据几决事。"宋王禹偁《黄冈竹楼记》："公退之暇，披鹤氅，戴华阳巾，手执《周易》一卷，

焚香默坐，消遣世虑。"说明着道士服装，乃是南北朝以来高人雅士的一种风尚。

[2] 铁笛吹云：朱熹《铁笛亭诗序》："侍郎胡明仲尝与武夷山隐者刘君兼道游。刘善吹铁笛，有穿云裂石之声。"

[3] 柳怪花妖：代指歌妓。

[4] 麟祥凤瑞：代指异人。

[5] 酒圣诗禅：代指狂士。

[6] 断简残篇：残缺不全的书。亦作"断编残简"。《宋史·欧阳修传》："好古嗜学，凡周、汉以降，金石遗文，断编残简，一切掇拾，研稽异同。"《西厢记》一本一折："空雕虫篆刻，缀断简残编。"

[7] 翰墨云烟：喻书法或绘画的飞动之势。《宋史·米芾传》："特妙于翰墨，沉着飞翥，得王献之笔意"。杜甫《饮中八仙歌》："张旭三杯草圣传，脱帽露顶王公前，挥毫落笔如云烟。"

◎ 评析

　　此曲表现了作者风流倜傥、狂放不羁的性格。前三句，自述其潇洒飘逸的形象，是"凤头"；中五句，自述其与歌妓、异人、酒徒、诗友滚在一起，过着"江湖状元""风月神仙"的散诞生活，是"猪肚"；末三句，自述其对书籍、翰墨的爱好，充满了一挥千纸、满眼云烟的自豪感，是"豹尾"。

双调·折桂令

寄　远

云雨期一枕南柯[1]，破镜分钗[2]，对酒当歌[3]。想驿路风烟，马头星月，雁底关河。往日个殷勤访我，近新来憔悴因他[4]。淡却双蛾[5]，哭损秋波[6]。台候如何[7]，忘了人呵。

◎ 注释

[1] 云雨期：喻男女欢会之期，典出宋玉《高唐赋序》。南柯：喻虚幻的梦境，典出唐李公

佐《南柯记》，叙述淳于芬梦到槐安国，娶了公主，做了南柯太守，享尽了荣华富贵，后以率师出征，兵败妻死。一梦觉醒，原来槐安国是庭前槐树下的一个蚁穴，南柯郡是槐树南枝下的另一个蚁穴。

[2] 破镜分钗：喻夫妻分离。破镜，指南朝陈驸马徐德言与妻乐昌公主的故事。见曾瑞《南吕·四块玉·闺情》"菱花缺"注。分钗，言唐明皇与杨贵妃的爱情悲剧。白居易《长恨歌》："惟将旧物表深情，钿合金钗寄将去。钗留一股合一扇，钗擘黄金合分钿。"

[3] 对酒当歌：此曹操《短歌行》中的原句。

[4] 憔悴因他：这是化用柳永《蝶恋花》"衣带渐宽终不悔，为伊消得人憔悴"的语意。

[5] 双蛾：两条蛾眉。史达祖《双双燕》："愁损翠黛双蛾，日日画栏独凭。"

[6] 秋波：喻美女的眼睛，言其像秋水一样的明亮澄澈。朱德润《对镜写真》诗："两面秋波随彩笔，一奁冰影对钿花。"

[7] 台候：犹言贵体。台，旧时书信常用来对人的敬称，如台甫、台端之类。

◎ 评析

　　这是曲中的女主人公寄给浪迹天涯的心上人的。"驿路风烟"三个鼎足对，从对方着想，写尽羁旅行役之苦；然后由"往日"的殷勤，转到"近新来"的愁思，句句是带泪写成的。末二句，既表示自己的相爱之诚，又怀疑对方的爱情不专，俗不伤雅，怨而不怒，最是当行本色。

双调·折桂令

登姑苏台 [1]

百花洲上新台，檐吻云平 [2]，图画天开 [3]。鹏俯沧溟 [4]，蜃横城市 [5]，鳌驾蓬莱 [6]。学捧心山颦翠色 [7]，怅悬头土湿腥苔 [8]。悼古兴怀，休近阑干，万丈尘埃。

◎ 注释

[1] 姑苏台：在今苏州市西南。《越绝书》说吴王阖闾起姑苏台，三年聚材，五年乃成，高

见三百里。《述异记》说姑苏台为吴王夫差所建。周旋诘屈，横亘五里，聚宫女数千人于其上为长夜之饮。

[2] 檐吻云平：檐角的兽头瓦当，高与云平。檐吻，飞檐上突出的部分。

[3] 图画天开：形容自然景色的美好。叶梦得《石林诗话》上："蜀人石异，黄鲁直（山谷）在黔中时从游最久。尝言见鲁直自矜诗一联云：'人得交游是风月，天开图画即江山'。"

[4] 鹏俯沧溟：大鹏鼓翼，俯瞰着浩瀚无际的大海。鹏，乃《庄子·逍遥游》中所塑造的壮伟形象，它能"水击三千里，抟扶摇而上者九万里"。

[5] 蜃横城市：像"蜃景"横亘于姑苏城一样。"蜃景"是光线经过不同的密度云层，把远方的景物折射在空中或地面所成的奇异幻景。《史记·天官书》："海旁蜃气象楼台，广野气成宫阙然，云气各象其山川人民所聚积。"

[6] 鳌驾蓬莱：《列子·汤问》谓渤海中有五山：岱舆、员峤、方壶、瀛洲、蓬莱。"巨鳌十五，举首而戴之，六万岁一交焉。"为此语所本。鳌，传说中的大龟。

[7] "学捧心"句：《庄子·天运》："故西施病心而膑其里，其里之丑人见而美之，归而捧心而膑其里。其里之富人见之，坚闭门而不出；贫人见之，挈妻子而去之走。"这是把山拟人化，言山之苍翠是在学习美人的眉黛。

[8] "怅悬头"句：《史记·伍子胥传》："（吴王）乃使使赐伍子胥属镂之剑，曰：'子以此死。'……（伍子胥）乃告其舍人曰：'必树吾墓上以梓，令可以为器；而抉吾眼悬吴东门之上，以观越寇之入灭吴也。'"这里是下文所说的"悼古伤怀"的主要内容。

◉ 评析

　　这是作者的悼古伤今之作。"鹏俯沧溟"三句，纯借传说和想象，来写姑苏台的高峻和雄伟，构思新巧，造形具体，铸词险怪，给人一种极新极奇的美感。然后转入发生在此间的历史往事，西施沼吴，子胥抉眼，着一"怅"字，则为往事而惆怅，为现实而忧伤的感情，隐约地在字里行间表现出来。

双调·折桂令

丙子游越怀古[1]

蓬莱老树苍云，禾黍高低[2]，狐兔纷纭[3]。半折残碑，空余故址，总是黄尘。东晋亡也再难寻个右军[4]，西施去也绝不见甚佳人[5]。海气长昏，啼鸪声干[6]，天地无春。

◎ 注释

[1] 丙子：元至元二年（1336），上推六十年，为宋德祐二年（1276），正是元兵攻破临安（今杭州）的那一年。则此曲当为作者"故宋六十年祭"，宜本曲中包含着"黍离之悲"。

[2] 禾黍高低：《诗·王风·黍离》序：言西周亡后，周大夫行故宗庙宫室，尽为禾黍，彷徨不忍去，乃作此诗。许浑《金陵怀古》："楸梧远近千官冢，禾黍高低六代宫。"

[3] 狐兔纷纭：言野狐狡兔纷纷出没其间。马致远《双调·夜行船·秋思》："投至狐踪与兔穴，多少豪杰！"

[4] 王右军：即王羲之，字逸少，晋临沂（今属山东），世居会稽山阴（今浙江绍兴），官至右军将军、会稽内史，所以习称"王右军"。曾从卫夫人学书法，博采众长，备精诸体，号为"书圣"。《晋书》有传。

[5] 西施：春秋时的绝代美人，家在苎萝（今浙江诸暨之南）。一作先施，又称夷子。相传越人败于会稽，命范蠡求得美女西施，进于吴王夫差。吴王许和。越王经过"十年生聚，十年教训"，终得灭吴。其后西施归范蠡，从游五湖而去。事见《越绝书》及《吴越春秋》。明梁辰鱼以此为题材，写了传奇《浣纱记》。

[6] 啼鸪声干：《离骚》："恐鹈鴃之先鸣兮，使夫百草为之不芳。"张衡《思玄赋》："恃已知而华予兮，鹈鴃鸣而不芳"。鴃，鹈鴃，即杜鹃。《临海异物志》："鹈鴃，一名杜鹃，至三月鸣，昼夜不止，夏末乃止。"

◎ 评析

　　这曲展现在人们眼前的图画是：老树枯枝，禾黍纵横，狐兔出没，海雾迷漫，啼鸪声嘶，没有春天，没有生机，一切都是暗淡的、荒凉的，弥漫着历史的、人生的悲剧气氛，把黍离之悲和陆沉之感，隐藏在深沉的历史意识和人生价值中，让人们去思考，去求索。

双调·折桂令

荆溪即事^[1]

问荆溪溪上人家：为甚人家，不种梅花？老树支门，荒蒲绕岸，苦竹围笆。^[2] 庙不灵狐狸漾瓦^[3]，官无事乌鼠当衙^[4]。白水黄沙，倚遍阑干^[5]，数尽啼鸦^[6]。

◎ 注释

[1] 荆溪：溪名，在江苏宜兴县南，流入太湖。苏轼欲买田阳羡，终老于此。其《种橘帖》云："吾来阳羡，船入荆溪，意思豁然，如惬平生之欲，逝将归老，殆是前缘。"说明荆溪是一个很好的地方。

[2] "老树支门"三句：与梅尧臣《东溪》（荆溪东向的支流）诗恰好相反。梅诗云："野凫眠岸有闲意，老树着花无丑枝。短短蒲茸齐似剪，平平沙石净于筛。"曾被元人方回赞为"当世名句"（《瀛奎律髓》）。

[3] 漾瓦：摔瓦，抛掷瓦块。孟汉卿《魔合罗》四："漾一个瓦块儿在虚空里，怎生注的？"

[4] 乌鼠当衙：衙门里乌雀乱飞，狐鼠横行。喻法纪败坏，官府无能。

[5] 倚遍阑干：辛弃疾《水龙吟》："把吴钩看了，阑干拍遍，无人会，登临意。"德祐太学生《祝英台近》"倚危栏，斜日暮，蓦蓦甚情绪"。此化用其意。

[6] 数尽啼鸦：形容独立苍茫，百无聊赖。此从秦观的《望海潮》"但倚楼极目，时见栖鸦"和《满庭芳》"斜阳外，寒鸦数点，流水绕孤村"的意境中脱胎出来的。

◎ 评析

　　此曲通过荆溪两岸荒凉破败的景象，揭露元代社会的民生凋敝和吏治黑暗。"老树支门"以下五句，展现了农村经济崩溃、官府法纪败坏的现实，与宋代诗人梅尧臣所描绘的游荆溪《东溪》诗的情景，形成鲜明的对比，表达了诗人怀恋过去、不满现实的情怀。末三句，以无限的惆怅和伤感，进一步表达了诗人无可奈何的失落感。

中吕·卖花声[1]

悟 世

肝肠百炼炉间铁[2]，富贵三更枕上蝶[3]，功名两字杯中蛇[4]。尖风薄雪，残羹冷炙[5]，掩青灯竹篱茅舍。

◎ 注释

[1] 卖花声：即《昇平乐》，中吕宫的常用曲。句式是七七七、四四七，六句五韵，第四句不叶韵。此曲在乔吉《文湖州集词》中亦称为《秋云冷》或《秋云冷孩儿》。

[2] "肝肠"句：言屡经锻炼，备尝艰苦。刘琨《重赠卢谌》："何意百炼钢，化为绕指柔"。

[3] "富贵"句：言富贵是一场虚幻的梦。《庄子·齐物论》："昔者庄周梦为蝴蝶，栩栩然蝴蝶也。"

[4] "功名"句：言功名中充满了猜疑。《晋书·乐广传》，乐广有个亲密的朋友，长期没有来了。乐广问其故。答以前承设宴，看到杯中有蛇，回去就病了。乐广告诉他，那是墙上的弓影，才豁然明白，沉疴顿愈。

[5] 残羹冷炙：剩余下来的酒菜。杜甫《奉赠韦左丞丈》："残羹与冷炙，到处潜悲辛"。

◎ 评析

开篇以鼎足对的形式，连用三个比喻，用"炉间铁""枕上蝶""杯中蛇"比喻自己的"肝肠"和人间的"富贵""功名"，既贴切形象，又铢两悉称，使人强烈地感到它的对称美和韵律美。

双调·清江引

有 感

相思瘦因人间阻[1]，只隔墙儿住。笔尖和露珠，花瓣题诗句，倩衔泥燕儿将过去[2]。

◎ 注释

[1] 间阻：阻难，作梗。

[2] 倩：请，请求。

◎ 评析

　　这是一支写爱情被阻、相思无限的小令。在艺术构思上，出奇制胜，富有想象力。首两句，抒发了"人远天涯近"的怅惘；中二句，勾画了富有诗情画意的"离恨天"；尤其是它的结句："倩衔泥燕儿将过去"，为明人传奇《燕子笺》提供了优美的艺术启迪。

双调·殿前欢

里西瑛号懒云窝自叙有作奉和[1]

懒云窝，静看松影挂长萝。半间僧舍平分破[2]，尘虑消磨[3]。听不厌隐士歌[4]，梦不喜高轩过[5]，聘不起东山卧[6]。疏慵在我，奔竞从他[7]。

◎ 注释

[1] 里西瑛：阿里耀卿的儿子，名木八剌，字西瑛，父子都是著名的散曲家，回族人。后来隐居杭州，名其所居曰"懒云窝"。他写的《殿前欢·懒云窝》三首，曾经引起许多诗人的共鸣，如贯云石、乔吉、吴西逸、杨朝英等都有和作。

[2] 平分破：犹言平分着。破，在词曲中往往当"着"字讲。《董西厢》三："听说破，听说破，张生低告道，姐姐言语错。"《货郎旦》一："他那里闹镬铎，我去那窗儿前瞧破。"

[3] 尘虑：俗虑，也就是功名富贵的念头。颜真卿《夜集联句》："兹夕无尘虑，高云共片心。"

[4] 隐士歌：隐士们所唱的歌。如《楚狂接舆歌》："凤兮凤兮，何德之衰？往者不可谏，来者犹可追。已而已而，今之从政者殆而。"渔父《沧浪歌》："沧浪之水清兮，可以濯我缨；沧浪之水浊兮，可以濯我足。"

137

[5] 高轩过：言贵宾乘着华贵的车子前来拜访。《新唐书·李贺传》："（贺）七岁能词章，韩愈、皇甫湜始闻未信，过其家，使贺赋诗。援笔辄就，如素构，自目曰《高轩过》。"

[6] 东山卧：东晋政治家谢安曾经隐居会稽东山，不肯出仕。《世说新语·排遣》："卿（指谢安）屡违朝旨，高卧东山。"

[7] 奔竞：为名利而到处奔走，拚命竞争。《南史·颜延之传》："外示寡求，内怀奔竞。干禄祈迁，不知极已。"卢照邻《五悲文》："夸耀时俗，奔竞功名。"

◎ 评析

　　这是作者奉和阿里西瑛《殿前欢·懒云窝》"懒云窝，醒时诗酒醉时歌"的。都是以貌似旷达的语言，表示对功名富贵的忘怀；实则对自己的怀才不遇，表示深沉的愤懑，这是元代知识分子的共同心态。厉鹗为这组小令作跋云："西瑛善吹箜篥，所居懒云窝，在吴城（今江苏吴县）东北隅，去天如禅师惟则师子林半里许。天如作《箜篥引》赠之。"可见阿里西瑛是一个多才多艺的人，与作者同时流寓在杭州。

❖ 刘时中

名致，号逋斋，石州宁乡（今山西平阳）人。因曾寓居太原、长沙、南昌、杭州等地，故时人又称为太原居士、湘人、古洪人等。大德二年（1298）为翰林学士姚燧所赏识，被荐为湖南宪府吏。至大三年（1310），又被荐为河南省椽。延祐间，得官翰林待制。与杨仲弘、张翥、张可久、马祖常等为文字交。他用散曲干预当时的政治，一扫曲坛吟风月、弄花草的脂粉气息和弃红尘、傲轩冕的隐逸思想，扩大了曲的题材，提高了曲的战斗作用。正如他的朋友杨仲弘赠他的诗说："先生意气非常流，有如雕鹗厉九秋。读书不肯守章句，经济可许斯人俦……"马祖常也有赠他的诗说："江海归来气尚豪，立谈便合拥旌旄。""才大岂能期世用，数奇还不救名高。"《全元散曲》收录其小令七十四，套数四。

仙吕·醉中天

花木相思树[1]，禽鸟折枝图[2]。水底双双比目鱼[3]，岸上鸳鸯户[4]。一步步金厢翠铺[5]。世间好处，休没寻思[6]，典卖了西湖[7]。

◎ 注释

[1] 相思树：左思《吴都赋》："楠榴之木，相思之树。"又晋干宝《搜神记》：宋康王夺其舍人韩凭妻何氏，夫妇皆自杀，两冢相望，夙夕之间，冢顶各生大梓木，旬日长大盈抱，两树屈体相就，根交于下，枝错于上。又有鸳鸯一对，恒栖树上，晨夕不去。宋人哀之，因号其木为相思树。这是赋予西湖以美丽的神话传说色彩。

[2] 折枝图：折枝是古代的一种花卉画法，不带根而绘花，形同折枝，故名。韩偓《已凉》

诗:"碧阑干外绣帘垂,猩色屏风画折枝。"此言西湖沿岸繁花似锦,看不见花的根株。

[3] 比目鱼:《尔雅·释地》:"东方有比目鱼焉,不比不行,其名谓之鲽。"徐干《室思》诗:"故如比目鱼,今隔如参辰。"此以比目鱼喻形影不离的爱侣。

[4] 鸳鸯户:喻情侣之家。鸳鸯偶居不离,因以喻情侣。《诗·小雅·鸳鸯》:"鸳鸯于飞,毕之罗之。"《毛传》:"鸳鸯,匹鸟。"

[5] 金厢翠铺:黄金镶边,翠玉铺成。这是形容杭州的豪华。厢,通"镶"。

[6] 没寻思:没有仔细考虑,没有头脑。

[7] 典卖了西湖:《乐府群玉》卷一刘时中《醉中天》附记:"宋谚有'典卖西湖'之语,台谏谓之'卖了西湖',既卖则不可复;省院谓之'典了西湖',典犹可赎也。无官守言责,则无往不可,此古人所以轻视轩冕者欤?"按台谏掌弹劾和规谏,所谓有"言责"者;省院主司法和行政,所谓有"官守"者。自然都是高级官员(轩冕)。

◎ 评析

　　这支散曲是讽刺那些权贵们在西湖醉生梦死,寻欢作乐,总有一天要把美丽的西湖也给糊里糊涂地葬送的。它既嘲弄了前代的误国君臣,也是对现实的一个针砭。语意双关,构思巧妙。

南吕·四块玉

泛彩舟,携红袖[1],一曲新声按伊州[2]。樽前更有忘机友[3]:
波上鸥,花底鸠,湖畔柳。

◎ 注释

[1] 红袖:代指穿着艳色衣裳的美女。韩偓《边上看猎赠元戎》诗:"红袖拥门持烛炬。"

[2] 伊州:曲调的名称。唐天宝以后的乐曲,常以地方命名。如凉州、甘州、伊州之类。白居易《伊州》诗:"老去将何散老愁,新教小玉唱伊州。"

[3] 忘机友:没有机心的朋友,此指下文的鸥、鸠和柳。

◎ 评析

　　这是作者看到仕途的险恶、人心的机诈,跳出是非海,走向安乐窝后的一种愉悦心情。与红袖女浅斟低唱，与忘机友结盟作伴，一半是解嘲、一半是警世，但也不难看出他是用表面的欢乐，遮盖内心的痛苦；用豁达的语言，掩饰辛酸的眼泪。这是元代的丑恶现实，造成知识分子的一种共同心态。

双调·清江引

春光荏苒如梦蝶[1]，春去繁华歇[2]。风雨两无情，庭院三更夜，明日落红多去也[3]。

◎ 注释

[1] 荏苒：形容时光渐渐消逝。潘岳《悼亡》，诗："荏苒冬春谢，寒暑忽流易。"梦蝶：喻人生之虚幻，见马致远《双调·夜行船·秋思》"百岁光阴一梦蝶"注。

[2] 繁华歇：万花零落。繁华，繁荣。白居易《游平泉宴浥涧宿香山石楼》诗："金谷太繁华，兰亭缺丝竹。"

[3] 落红：落花。辛弃疾《摸鱼儿》："惜春常怕花开早，何况落红无数。"

◎ 评析

　　这是一首惜春、伤春的小令。是从孟浩然《春晓》的"夜来风雨声，花落知多少"和韩偓《懒起》的"昨夜三更雨，临明一阵寒。海棠今在否？侧卧卷帘看"的意境中脱胎出来的。但在惜春、伤春中，流露出"美人迟暮"之感。

双调·殿前欢

醉颜酡[1]，太翁庄上走如梭。门前几个官人坐，有虎皮驮驮[2]。呼王留唤伴哥[3]，无一个，空叫得喉咙破。人踏了瓜果，马践了田禾。

[1] 醉颜酡：醉得满脸通红，喝得醉醺醺的。宋玉《招魂》："美人既醉，朱颜酡些。"白居易《与诸客空腹饮》："促膝才飞白，酡颜已渥丹。"

[2] 虎皮驮驮：虎皮包，虎皮袋子，是游牧民族用来装东西的。驮驮，形容沉重得很。张可久《越调·寨儿令·题昭君出塞图》："羽盖峨峨，虎皮驮驮。"

[3] 王留、伴哥：元、明剧曲中，习惯地把王留、沙三、牛表、牛觔、赵二、伴哥作为农村少年的通称。《病刘千·混江龙》："我相伴的是沙三赵二，更和这伴哥王留。"

◎ 评析

　　这曲把元代的官吏下乡、百姓遭殃的情景，作了生动的描绘。他们"叫嚣乎东西，隳突乎南北"，掠夺财物，糟踏庄稼，弄得鸡犬不宁。写得通俗醒豁，生动传神，是元代社会的一面镜子。

双调·雁儿落带得胜令

送　别

和风闹莺燕，丽日明桃杏。长江一线平，暮雨千山静。载酒送君行，折柳系离情[1]。梦里思梁苑[2]，花时别渭城[3]。长亭[4]，咫尺人孤另；愁听，阳关第四声[5]。

◎ 注释

[1] 折柳系离情：古人送行，多折柳赠别。周邦彦《兰陵王·柳》："长亭路，年去年来，应折柔条过千尺。"据诸人获《坚瓠广集》四说："柳"谐音"留"，赠柳表示留客，这是一个意义。又说：柳随地可活，因以祝愿行者随处皆安。这又是一个意义。还说：杨柳依依，似有惜别之情，以喻人之依依难舍。这又是一个意义。

[2] 梁苑：在今河南开封东南，又名梁园、兔园。汉梁孝王所筑，是他游赏和宴宾之所。司马相如、枚乘、邹阳都曾在这里做过客。李白《梁园吟》："梁王宫阙今安在？枚、马先归不相待。"说明梁苑已早废。

[3] 渭城：即秦的咸阳（今属陕西）。因王维《送元二使安西》诗有"渭城朝雨挹清尘"的话，后人因以"渭城"泛指送别之地，如本曲的"花时别渭城"，就不一定是实指。又

因为人们将王诗谱为"阳关三叠"，故又以"渭城"作为乐曲名。白居易《南园试小乐》诗："高调管色吹银字，慢拽歌声唱渭城。"

[4] 长亭：行人休息及亲朋送别的地方。秦汉时代的驿路国道，每隔十里置一长亭。庾信《哀江南赋》："水毒秦泾，山高赵陉。十里五里，长亭短亭。"《唐宋白孔六帖》九："十里一长亭，五里一短亭。"

[5] 阳关第四声：即王维的《渭城曲》，亦即《送元二使安西》。白居易《对酒》："相逢切莫推辞饮，听唱阳关第四声。"

◎ 评析

　　此曲前半写景，后半抒情。"和风""丽日"一联，是近景、小景，写得很明媚；"长江""暮雨"两语，是远景、大景，写得很壮阔。大小相形，远近相衬，构成一幅完美的江南春色图。后半幅的"载酒""折柳"一联，是铺叙，是实，是当时的送别情景；"梦里""花时"一联，是抒情，是虚，是设想别后的思念。结尾两句，把惜别的盛情推向一个高潮。前一句是视觉形象所引起的心理感受，后一句是听觉形象所引起的心理感受。

正宫·端正好[1]

上高监司[2]（套）

众生灵遭磨障[3]，正值着时岁饥荒。谢恩光[4]，拯济皆无恙，编作本词儿唱。

【滚绣球】去年时正插秧，天反常，那里取若时雨降[5]？旱魃生四野灾伤[6]。谷不登，麦不长，因此万民失望，一日日物价高涨。十分料钞加三倒[7]，一斗粗粮折四量[8]，煞是凄凉。

【倘秀才】殷实户欺心不良[9]，停塌户瞒天不当[10]。吞象心肠歹伎俩[11]，谷中添秕屑，米内插粗糠，怎指望他儿孙久长。

【滚绣球】甑生尘老弱饥[12]，米如珠少壮荒[13]。有金银那里每典当[14]？尽枵腹高卧斜阳[15]。剥榆树餐，挑野菜尝。吃黄不老胜如熊掌[16]，蕨根粉以代粮糠[17]。鹅肠苦菜连根煮[18]，荻笋芦蒿带叶啌[19]，则留下杞柳株樟[20]。

【倘秀才】或是捶麻柘稠调豆浆，或是煮麦麸稀和细糠，他每日早合掌擎拳谢上苍[21]。一个个黄如经纸[22]，一个个瘦似豺狼，填街卧巷。

【滚绣球】偷宰了些阔角牛，盗斫了些大叶桑。遭时疫无棺活葬，贱卖了些家业田庄。嫡亲儿共女，等闲参与商[23]。痛分离是何情况？乳哺儿没人要撇入长江。那里取厨中剩饭杯中酒，看了些河里孩儿岸上娘，不由我不哽咽悲伤。

【倘秀才】私牙子船弯外港[24]，行过河中宵月朗，则发迹了无徒米麦行[25]。牙钱加倍解[26]，卖面处两般装，昏钞早先除了四两[27]。

【滚绣球】江乡相，有义仓[28]，积年系税户掌。借贷数补搭得十分停当，都侵用过将官府行唐[29]。那近日劝粜到江乡，按户口给月粮。富户都用钱买放，无实惠尽是虚桩[30]。充饥画饼诚堪笑[31]，印信凭由却是慌[32]，快活了些社长知房[33]。

【伴读书】磨灭尽诸豪壮，断送了些闲浮浪[34]。抱子携男扶筇杖，尪羸伛偻如虾样[35]，一丝游气沿途创，阁泪汪汪。

【货郎儿】见饿殍成行街上[36]，乞丐拦门斗抢。便财主每也怀金鹄立待其亡[37]。感谢这监司主张，似汲黯开仓[38]。披星带月热中肠，济与粜亲临发放。见孤孀疾病无皈向，差医煮粥分厢巷。更把赃输钱分例米，多般儿区处的最优长[39]。众饥民共仰，似枯木逢春[40]，萌芽再长。

【叨叨令】有钱的贩米谷置田庄添生放[41]，无钱的少过活分骨肉无承望；有钱的纳宠妾买人口偏兴旺，无钱的受饥馁填沟壑遭灾障[42]。小民好苦也么哥，小民好苦也么哥，便秋收鬻妻卖子家私丧。

【三煞】这相公爱民忧国无偏党[43]，发政施仁有激昂[44]。恤老怜贫，视民如子，起死回生，扶弱摧强。万万人感恩知德，刻骨铭心，恨不得展草垂缰[45]。覆盆之下，同受太阳光。[46]

【二煞】天生社稷真卿相，才称朝廷作栋梁。这相公主见宏深，秉心仁恕，治政公平，莅事慈祥。可与萧曹比亚[47]，伊傅齐肩[48]，周召班行[49]。紫泥宣诏[50]，花衬马蹄忙[51]。

【一煞】愿得早居玉笋朝班上[52]，伫看金瓯姓字香[53]。入阙朝京，攀龙附凤[54]，和鼎调羹[55]，论道兴邦[56]。受用处貂蝉济楚[57]，衮绣峥嵘[58]，珂珮丁当[59]。普天下万民乐业，都知是前任绣衣郎[60]。

【尾声】相门出相前人奖[61]，官上加官后代昌。活被生灵恩不忘，粒我烝民德怎偿[62]。父老儿童较细量，樵叟渔夫曾论讲，共说东湖柳岸旁[63]，那里清幽更舒畅，靠着云卿苏圃场[64]，与徐孺子流芳挹清况[65]。盖一座祠堂人供养，立一统碑碣字数行[66]，将德政因由都载上，使万万代官民见时节想。

◎ 注释

[1] 端正好：正宫套数的第一个曲牌，与词牌略异。它的句式是三三三、五四。《滚绣球》是套数的第二个曲牌，与下曲的《倘秀才》连用，并回环重复地使用。但第九、十两句须对。

[2] 监司：监察州郡的官。元朝从至元年间开始，设置江南行御史台，"监临东南诸省，统制各道宪司"，故行御史台的官员也可称监司。

[3] 磨障：即"魔障"，折磨、障碍的意思。本佛家语，言魔王设置的障碍。宋董嗣杲《近苦多故坐病乏药》诗："魔障在前无妄念，饥寒随处肯言贫。"

[4] 恩光：犹言"恩德"。此指高监司放赈。

[5] 取：语助词，相当于现代汉语中的"得"和"着"。时雨：即及时雨。《荀子·议兵》："若时雨之降，莫不说（悦）喜。"这是指高监司的教化。

[6] 旱魃：旱神。《神异经》："魃所见之国大旱，赤地千里。"

[7] 料钞：元初发行的新币，它是以丝料作本的，故名"料钞"。加三倒：旧钞兑换新钞，要加三成。这是说钞票贬值。倒，兑换。

[8] 折四量：打四折计算。这是因为钞币贬值，买粮时只能打个四折。

[9] 殷实户：富裕户。殷实，富裕，厚实。《后汉书·寇恂传》："今河内带河为固，户口殷实。"

[10] 停塌户：囤粮户，囤积粮食、抬高粮价的商户。元代有"塌仓"，即堆栈。停塌，就是囤积起来的意思。

[11] 吞象心肠：比喻贪得无厌的心。《山海经·海内南经》："巴蛇食象，三岁而吐其骨。"因有"人心不足蛇吞象"之谚。

[12] 甑生尘：形容断炊已久的贫苦人家。典出《后汉书·范冉传》："（冉）所止单陋，有时绝粒……闾里歌之曰：'甑中生尘范史云'（即范冉）。"

[13] 米如珠：形容生活资料十分昂贵。《战国策·楚策三》："楚国之食贵如玉，薪贵于桂。"《古今小说》："但长安乃米珠薪桂之地，先生资斧既空，将何存立？"

[14] 那里每：犹言"怎么""何处"。《㑇梅香》二："揣着吟稿呀，那里每不见了。"

[15] 枵腹：空着肚皮，饿着肚子。范成大《次韵陈季陵求砚》："宝砚何曾救枵腹。"

[16] 黄不老：疑即黄檗，"不老"即"檗"的音转。一种落叶乔木，果实可食。熊掌：一种

珍贵的食品。《孟子·告子上》："鱼，我所欲也；熊掌，亦我所欲也。"

[17] 糇粮：干粮。《诗·大雅·公刘》："乃裹糇粮。"

[18] 鹅肠：一种野菜。

[19] 荻笋芦蒿：生长在水边的草本植物，其笋或叶可食。吐：同"咥"，吞、咽的意思。

[20] 杞柳株樟：皆植物，不可食。

[21] 上苍：上天，上帝。

[22] 黄如经纸：佛教徒写经的纸都是黄色的。这里是形容人的颜色枯黄。

[23] 等闲参与商：随随便便地分离了。等闲，轻易，随便。参、商，二星名。一西一东，此出彼入，永远不能相见。

[24] 私牙子：私贩，走私的商人。

[25] 发迹：旧谓一个人由贫穷而富贵的转折点。《后汉书·耿弇传》："昔韩信破历下以开基，今将军攻祝阿以发迹。"无徒，无赖之徒。关汉卿《望江亭》四："没来由遇着无徒，使尽威权。"

[26] 牙钱：佣钱，买卖介绍人从中得到的行佣钱。

[27] 昏钞：破烂了的纸币。

[28] 义仓：旧时为防荒防灾设立起来的积谷仓。

[29] 将官府行唐：对官府那边进行搪塞。行，这边、那边。柳永《木兰花》词："若言无意向咱行，为甚梦中频梦见。""咱行"，犹言"我这边"。周邦彦《风流子》："最苦梦魂，今宵不到伊行。""伊行"，犹言"他那边"。可见"官府行"，即"官府那边"。唐，同"搪"。

[30] 实惠：实实在在的好处。虚桩：空事，虚假的行为。

[31] 充饥画饼：画个饼子来解饿。比喻徒有虚名而无实惠。《三国志·魏志·卢毓传》："选举莫取有名，名如画地作饼，不可啖也。"李清照《打马赋》："说梅止渴，稍苏奔竞之心；画饼充饥，亦寓蹄腾之志。"

[32] 印信凭由：指单据、关防，可以作凭据的证件。

[33] 社长、知房：乡村基层组织和氏族基层组织的负责人。社长，见睢景臣《哨遍·高祖还乡》注。知房，氏族中的首领。

[34] 闲浮浪：此指逃荒流浪在外的人。

[35] 尪羸伛偻：瘦弱驼背。

[36] 饿莩：饿死的人。《孟子·滕文公下》："民有饥色，野有饿莩，此率兽而食人也。"

[37] 鹄立：谓如鹄之延颈而立，形容焦切的期待。《后汉书·袁绍传》："今整饬士马，瞻望鹄立。"

[38] 汲黯开仓：汲黯，字长孺，西汉有名的直臣。《史记·汲黯列传》："河南贫人伤水旱

万余家，或父子相食，臣（汲黯）谨以便宜，持节发河南仓粟以振贫民。"这里指的是这件事。

[39] 区处：分别处置。《汉书·黄霸传》："鳏寡孤独有死无以葬者，乡部书言，霸具为区处。"

[40] 枯木逢春：枯树到了春天，又恢复了活力。《敦煌变文集·庐山远公话》："是日远公犹如临崖枯木，再得逢春。"

[41] 生放：放债，放高利贷。

[42] 填沟壑：言倒毙野外。《孟子·梁惠王下》："凶年饥岁，君之民，老弱转乎沟壑。"

[43] 无偏党：没有偏私，不搞小圈子。《墨子·尚贤中》："不党父兄，不偏富贵。"

[44] 发政施仁：行仁政，施仁义。《孟子·梁惠王下》："文王发政施仁，必先斯四者。"按"斯四者"指鳏、寡、孤、独。

[45] 展草垂缰：言变犬马以报恩德。按展草的故事，讲的是李信纯醉卧在草地上，不巧草地上起了火，他的爱犬黑龙往返水池，用自己的皮毛沾水以浸草地，隔断火路，以救其主。事见《搜神记》卷五。垂缰的故事，讲的是前秦苻坚被慕容冲追逐，跌落水中，其马跪于前足，使之援缰上马，登岸逃走。事见刘敬叔《异苑》卷三。

[46] "覆盆之下"二句：喻政治黑暗，见不到光明。《抱朴子·辨问》："日月有所不照，圣人有所不知，岂可以圣人所不为，便云天下无仙，是责三光（日、月、星）不照覆盆之内也。"元曲习惯用来比喻难以申辩的冤屈。

[47] 萧、曹：指西汉的贤相萧何与曹参。

[48] 伊、傅：指伊尹和傅说。伊尹是商汤的贤相，傅说是殷高宗的贤相。

[49] 周、召：指周公旦和召公奭，他们都是周成王的贤相。

[50] 紫泥宣诏：古代皇帝的诏书要用紫泥封固，加上印信。

[51] 花衬马蹄忙：形容春风得意。孟郊《登科后》："春风得意马蹄疾，一日看尽长安花。"这里是预祝高监司可以平步青云，指日高升。

[52] 玉笋朝班：赞誉朝班中的大臣出类拔萃。《新唐书·李宗闵传》："（闵）典贡举，所取多知名士，若唐冲、薛庠、袁都等，世谓之玉笋。"又孙光宪《北梦琐言》卷五："沈询侍郎清粹端美，神仙中人也……此唐末朝士中有人物者，时号'玉笋班'。"

[53] 金瓯姓字香：本指皇帝即将任命的宰相。此以预祝高监司将要得到重用。《新唐书·崔琳传》："初，玄宗每命相，皆先书其名，一日，书琳等名，覆以金瓯，会太子入，帝谓曰：'此宰相名，若自意之，谁乎？即中，且赐酒'。太子曰：'非崔琳、卢从愿乎？'帝曰：'然'。赐太子酒。"

[54] 攀龙附凤：这里喻依靠君主以建立功业。《后汉书·光武纪》："（士大夫）从大王于矢石之间者，其计固望其攀龙鳞、附凤翼，以成其所志耳。"

[55] 和鼎调羹：喻宰相处理政事，犹厨师烹调食物，咸得其宜。《书·说命下》："若作和

羹，尔维盐梅。"言商王武丁立傅说为相，希望他治理国家，像调和鼎中之味一样。

[56] 论道兴邦：为国家的兴旺出主意。《周礼·冬官·考工记》："坐而论道，谓之王公；作而行之，谓之士大夫。"

[57] 貂蝉：达官贵人的代称。《后汉书·舆服志下》："侍中、中常侍加黄金珰，附蝉为文，貂尾为饰。"济楚：严整的样子。

[58] 衮绣：古代皇帝及上公所穿的卷龙袍。《诗·豳风·九罭》："我觏之子，衮衣绣裳。"峥嵘：非凡的气象。杜荀鹤《送李镡游新安》："邯郸李镡才峥嵘。"

[59] 珂珮：玉制的装饰品。丁当：佩玉的响声。

[60] 绣衣郎：御史的代称。《汉书·百官公卿表》："侍御史有绣衣直指，出讨奸猾，治大狱。"师古注曰："衣以绣者，尊宠之也。"

[61] 相门出相：言后继有人。《史记·孟尝君列传》："文闻将门必有将，相门必有相。"

[62] 粒我丞民：使老百姓有饭吃。《书·益稷》："丞民乃粒。"丞民，众民，亿万民众。粒，动词，言以谷物为食。"

[63] 东湖：湖名，在今江西南昌市东南。

[64] 云卿苏圃场：《宋史·隐逸传下》："苏云卿，广汉人。绍兴间，来豫章东湖，结庐独居，待邻曲有恩礼，无良贱老稚皆敬爱之，称曰苏翁……披荆畚砾为圃，艺植耘芟，灌溉堵壅，皆有法度。虽隆暑极寒，土焦草冻，圃不绝蔬，滋郁畅茂，四时之品无缺者。"

[65] 徐孺子：名稚，东汉豫章（今江西南昌）人，因不满宦官专政，不应征聘。世称"南州高士"。

[66] 一统碑：一块碑。

◎ 评析

　　这是一套很有特色的散曲，它突破了以个人的穷通和隐逸的情趣为题材的框子，塑造了一个清官的形象，反映了人民的爱憎和愿望。语言平实自然，生动形象，采用层层对比的手法，具有较强的艺术感染力。《文学述林》卷二说："元人散曲，其内容较剧曲尤狭。如王伯成、睢景臣之敷衍古事（指王的《天宝遗事诸宫调》和睢的《哨遍·汉高祖还乡》），刘时中之《上监司》，甚为罕见。十之八九为黄冠、草堂、香奁，虽其间嘲笑之作，可见民风，亦其细耳。此固由元人风气颓惰，亦因本起散乐，未经推扩。"这评论是比较公允的。

✿ 阿鲁威

汉译又作阿鲁翚或阿鲁灰，字叔重（又作叔仲），号东泉，是元代著名的蒙古族诗人和散曲家。延祐间宫延平路总管，至治间官泉州路总管，泰定间任翰林侍讲学士，同知经筵事。后遂挂冠南游，家于杭州。与虞集、张雨等人有唱和。虞集有"问讯东泉老，江南又五年"（《寄阿鲁翚学士》)之诗，张雨有"古来宰相神仙，有谁似得东泉老"（《水龙吟·贺东泉学士自寿之作》)之词。《全元散曲》收其小令十九首，《太和正音谱》评其词"如鹤唳青霄"。

双调·蟾宫曲

咏 史

问人间谁是英雄？有酾酒临江，横槊曹公。[1]紫盖黄旗[2]，多应借得，赤壁东风[3]。更惊起南阳卧龙[4]，便成名八阵图中[5]。鼎足三分[6]，一分西蜀，一分江东。

◎ **注释**

[1]"酾酒临江"二句：苏轼的《前赤壁赋》："（曹操）酾酒临江，横槊赋诗，固一世之雄也。"

[2]紫盖黄旗：古人认为天空出现黄旗紫盖的云气，是降生帝王的兆头。《三国志·吴志·吴主传》黄武四年裴松之注引《吴书》曰："旧说紫盖黄旗，运在东南。"又《三国志·吴志·三嗣主传》建衡三年裴松之注引《江表传》曰："黄旗紫盖见于东南，终有天下者，荆、扬之君乎？"

[3]赤壁东风：《三国志·吴志·周瑜传》：周瑜用部将黄盖计，以轻便战船数十艘，载着满灌油脂的干柴，外盖帷幕，诈称投降。等到接近曹船时，冷不防放起火来，恰巧这时东南风大起，向西北延烧，曹兵大败。

[4]南阳卧龙：《三国志·蜀志·诸葛亮传》：徐庶对先主说："诸葛孔明者，卧龙也，将军

岂愿见之乎？"又诸葛亮《出师表》说："臣本布衣，躬耕南阳。"

[5] 成名八阵图：《三国志·诸葛亮传》："推演兵法，作八阵图。"据说诸葛亮曾于永安县
（今四川奉节县东南）永安宫前的平沙上，聚石垒成天、地、风、云、龙、虎、鸟、蛇
八阵。吴蜀会战江陵（今湖北宜昌），蜀兵败退，吴军统帅陆逊追逐至此，看到了八阵
图，惊叹诸葛亮的军事才能，就退了兵。杜甫《八阵图》诗："功盖三分国，名成八阵
图。"高度概括了诸葛亮的历史功绩。

[6] 鼎足三分：言魏、蜀、吴三方对峙，犹如鼎之三足。参见马致远《双调·夜行船·秋
思》"鼎足三分半腰里折"注。

◎ 评析

此曲以昂扬的气概、大开大合的笔墨，再现了曹操、孙权、诸葛亮
的风采，歌颂了他们的英雄业绩，表达了自己由衷的仰慕之情和建功立
业的愿望。

双调·蟾宫曲

烂羊头谁羡封侯[1]！斗酒篇诗[2]，也自风流。过隙光阴[3]，
尘埃野马[4]，不障闲鸥[5]。离汗漫飘蓬九有[6]，向壶山
小隐三秋[7]。归赋《登楼》[8]，白发萧萧[9]，老我南卅[10]。

◎ 注释

[1] "烂羊头"句：《后汉书·刘玄传》："其所授官爵者，皆群小贾竖，或有膳夫庖人，多
着绣面衣、锦袴、襜褕、诸于，骂詈道中。长安为之语曰：'灶下养，中郎将；烂羊胃，
骑都尉；烂羊头，关内侯'。"后因以喻滥授官爵。这是诗人讽刺元代官场那些窃踞高位
的，都是一些不学无术之徒。

[2] 斗酒篇诗：杜甫《饮中八仙歌》："李白斗酒诗百篇，长安市上酒家眠，天子呼来不上
船。"这是诗人对李白的仰慕，也是诗人的自负。

[3] 过隙光阴：《庄子·知北游》："人生天地之间，若白驹之过隙，忽然而已。"

[4] 尘埃野马：《庄子·逍遥游》："野马也，尘埃也，生物之以息相吹也。"注："野马者，
游气也。"即田野间蒸腾浮游的水气。

[5] 不障闲鸥：言与鸥鹭相处，毫无机心，毫无隔阂。李白《赠王判官时予归隐居庐山屏

风叠》：“明朝拂衣去，永与海鸥群。”辛弃疾《水调歌头·盟鸥》：“凡我同盟鸥鹭，今日既盟之后，来往莫相猜。”此用其意。

[6]"离汗漫"句：汗漫，喻虚无缥缈，无边无际。语出《淮南子·俶真》："甘暝乎溷澜之域，而徙倚于汗漫之宇。"九有、九州，全国。《诗·商颂·玄鸟》："方命厥后，奄有九有。"

[7]"向壶山"句：《后汉书·方术列传·樊英》："樊英字季齐，南阳鲁阳（今河南鲁山）人也。少受业三辅，习京氏《易》，兼明《五经》。又善风角、星算、河洛七纬、推步灾异。隐于壶山之阳，受业者四方而至。州县前后礼请不应；公卿举贤良方正、有道，皆不行。"壶山，又叫大狐山，在今河南鲁山县南。

[8]归赋《登楼》：三国王粲，字仲宣，"建安七子"之一。深得蔡邕器重，曾经倒屣相迎。有诏除黄门侍郎，以西京扰乱，不就，乃至荆州依刘表，表因为他容状短小，通侻简易，没有受到重视，便作了一篇《登楼赋》，抒发其不遇思乡之感。《三国志·魏志》有传。

[9]萧萧：头发稀疏的样子。陆游《杂赋》："觉来忽见天窗白，短发萧萧起自梳。"

[10]南州：泛指南方地区。屈原《九章·远游》："嘉南州之炎德兮，丽桂树之冬荣。"这是指诗人后来移家杭州，居于城东。

◎ 评析

这是诗人看到政治黑暗，用人不当，又没有力量改变现实，于是愤而归隐，不与当道者同流合污。表面上是参破人生，否定功名，向往无拘无束的隐逸生活；骨子里则是对现实的无比憎恨，对理想的热烈憧憬，思想是矛盾的，感情是丰富的，意境是高雅的。

❖王元鼎

官翰林学士，与阿鲁威同时，与杨显之交往，跟名妓顺时秀的关系很密切。《说集》本《青楼集》记载王氏与顺时秀初见时所赠的一首藏头诗云："郭外寻芳景物新，顺溪流水碧粼粼，时时啼鸟催人去，秀领花开别是春。"以"郭、顺、时、秀"，冠于句首，盖顺时秀原姓郭氏。《辍耕录·妓聪敏》条也记载了顺时秀（一作辛文秀）品评王元鼎与阿鲁威的得失说："调和鼎鼐，燮理阴阳，则学士（王元鼎）不如参政（阿鲁威）；论惜玉怜香，嘲风咏月，则参政不及学士。"说明诗人长期以来过着"有花有酒有相识，不吃呵图甚的"的散诞生活。《全元散曲》收其小令七、套数二。

正宫·醉太平[1]

寒 食[2]

声声啼乳鸦，生叫破韶华[3]。夜深微雨润堤沙，香风万家。画楼洗净鸳鸯瓦[4]，彩绳半湿秋千架，觉来红日上窗纱。听街头卖杏花[5]。

◎ 注释

[1] 醉太平：一名《凌波曲》，正宫的常用曲牌。句式是四四七四、七七七四，共八句八韵。七言三句须作鼎足对。

[2] 寒食：节气名。在农历三月初，清明前一二日。相传为了纪念介之推，大家禁火一日。

[3] 生叫破韶华：生生地叫残了美好的春光。生，生生地、活活地。《汉宫秋》三："锦貂裘，生改尽汉宫装。"元代方言，含有"勉强""强行"之意。韶华，美好的春光。戴叔

伦《暮春感怀》："东皇去后韶华尽，老圃寒香别有秋。"

[4] 鸳鸯瓦：因盖在屋上的瓦只能是一仰一俯相配合，故言鸳鸯瓦。白居易《长恨歌》："鸳鸯瓦冷霜华重，翡翠衾寒谁与共？"

[5] 听街头卖杏花：此从陆游《临安春雨初霁》的"小楼一夜听春雨，深巷明朝卖杏花"的语意中生化出来的。

◎ 评析

　　画面清丽，富有生气；音调流走，富有旋律感，故虽未直接抒情，流露出赏春、惜春、留春之意，却创造了一种欢快的气氛，传达出诗人内心的喜悦。

虞　集
（1272—1348）

　　字伯生，号道园，世称邵庵先生，别署青城山樵。祖籍仁寿（今属四川），生于崇仁（今属江西），曾从吴澄学，大德初至京，官国子助教、集贤修撰、翰林待制、国子祭酒。文宗时任奎章阁侍书学士，与赵世炎修撰《经世大典》。与柳贯、黄溍、揭傒斯，号称"儒林四杰"。与杨载、范德机、揭傒斯号称"元诗四大家"。《辍耕录》卷四云："尝有问于虞先生曰：'仲弘（杨载）诗如何？'先生曰：'仲弘诗如百战健儿'。'德机诗如何？'曰："德机诗如唐临晋帖。'曼硕（揭傒斯）如何？'曰'曼硕诗如美女簪花。''先生诗如何？'笑曰：'虞集乃汉廷老吏。'盖先生未免自负，公论以为然。"其后沈德潜便说："虞、杨、范、揭四家，诗品相敌，中又以'汉廷老吏'为最"（《说诗晬语》）。著有《道园学古录》，散曲仅此一首。《元史》有传。

双调·折桂令

席上偶谈蜀汉事因赋短柱体[1]

銮舆三顾茅庐[2]，汉祚难扶[3]。日暮桑榆[4]。深渡南泸[5]，长驱西蜀[6]，力拒东吴[7]。美乎周瑜妙术[8]，悲夫关羽云殂[9]。天数盈虚[10]，造物乘除[11]。问汝何如，早赋归欤[12]。

◎ 注释

[1] 短柱体：词曲中"巧体"的一种，一句两韵或三韵，一韵到底。因为用韵极密，故不易作。

[2] 銮舆三顾茅庐：诸葛亮《出师表》："先帝不以臣卑鄙，猥自枉屈，三顾臣于草庐之中。"銮舆，皇帝的代称。见《哨遍·高祖还乡》"都说是銮舆"注。

[3] 汉祚难扶：《三国志·蜀志·诸葛亮传》：刘备屏人对诸葛亮说："汉室倾颓，奸臣窃命，主上蒙尘。孤不度德量力，欲信（伸）大义于天下。"说明刘备的目的是要恢复汉祚的。然亮南平孟获，北伐中原，夙兴夜寐，鞠躬尽瘁，蜀汉政权终究失败，故曰"汉祚难扶。"

[4] 日暮桑榆：比喻汉室如日薄西山，气数将尽。桑榆，日落时余光所在的地方。曹植《赠白马王彪》："年在桑榆间，影响不能追。"

[5] 深渡南泸：诸葛亮《出师表》："故五月渡泸，深入不毛。"指"七擒孟获"事。泸，今金沙江。

[6] 长驱西蜀：《三国志·蜀志·诸葛亮传》："先主自葭萌关还攻（刘）璋，亮与张飞、赵云等溯江，分定郡县，与先主共围成都。成都平，以亮为军师将军，署左将军府事。""建兴元年，封亮武乡侯，开府治事。顷之，又领益州牧。政事无巨细，咸决于亮。"句指此事。

[7] 力拒东吴：《三国志·蜀志·先主传》："初，先主忿孙权之袭关羽，将东征，秋七月，遂帅诸军伐吴。孙权遣书请和，先主盛怒不许。"

[8] 周瑜妙术：《三国志·吴志·周瑜传》：周瑜用部将黄盖计，诈降火攻，大败曹军。又认为刘备枭雄，资以土地，恐蛟龙得云雨，终非池中物，宜进取西蜀，并吞张鲁，而后北方可图。这便是周瑜的"妙术"。

[9] 关羽云殂：《三国志·蜀志·关羽传》：关羽都督荆州，破于禁，斩庞德，威震华夏，孙权内不自安，诱降南郡太守糜芳、将军傅士仁，伏精兵于 朧之中，使白衣摇橹，作商贾服，遂破江陵，尽虏羽士众妻子，迎击关羽，斩之于临沮。

[10] 天数盈虚：言消长、伸屈、进退都是天数所定。典出《易·丰》："天地盈虚，与时消息。"《庄子·秋水》："消息盈虚，终则有始。"这是古人的宿命论观点。

[11] 造物乘除：言大自然主宰着此消彼长的变化。造物，宇宙的主宰；乘除，抵消，折算。韩愈《三星行》："名声相乘除，得少失有余"。"天数""造物"两句，即《诸葛亮传》之"盖天命有归，不可以智力争也"的意思。

[12] 早赋归欤：言不如早一点归隐。陶渊明《归去来辞序》："余家贫，又心惮远役，彭泽县去家百里，故便求之。及少日，眷然有归欤之情。"此用其事。

◎ 评析

　　《辍耕录》卷四云："虞邵庵先生集在翰苑时，宴散散学士家。歌儿郭氏顺时秀者，唱今乐府，其《折桂令》起句云：'博山铜细袅香风'。一句两韵，名曰'短柱'，极不易作。先生爱其新奇，席上偶谈蜀汉事，因命纸笔，亦赋一曲曰：'銮（同鸾）舆三顾'云云，盖两字一韵，比之一句两韵者为尤难。先生之学问该博，虽一时娱戏，亦过人远矣。"其后蒋一葵《尧山堂外纪》、王骥德《曲律》、赵翼《陔余丛考》等，都就其难度和创新两个方面交口赞誉。吴梅还说他的"文章道义，照耀千古，出其绪余，尤能工妙如此，洵乎天才，不可多得也"（《顾曲麈谈》卷下）。王季烈也认为此"'短柱格'，语妙天成"（《螾庐曲谈》卷四）。不能以其有宿命论思想，而否定其在艺术上的成就，故录之以备一格。

❖ 薛昂夫

本名薛超兀儿，一作超吾，维吾尔族人。汉姓马，字九皋。其祖仕至御史大夫，父为御史中丞，封覃国公，故赵孟頫说他是"西戎贵种"。他善篆书，有诗名，与虞集、杨载、萨都剌相唱和，自命为"千古一人"（见《南曲九宫正始序》）。做过江西行中书省令史、三衢路达鲁花赤。所作诗曲，赵孟頫推之为"激越慷慨，流丽闲婉"（《九皋诗集序》）。王德渊称其"诗词清严飘逸，如龙驹奋迅，有并驱八骏、一日千里之想"（《九皋诗集序》）。《太和正音谱》评他的词"如秋兰独茂"，"如松阴鹤鸣""如雪窗翠竹"。《全元散曲》收录其小令六十五，套数三。其中《朝天子·咏史》二十首，颇能独出心裁，一反传统的观点。

中吕·朝天子

咏　史二首

一

沛公，大风，也得文章用[1]。却教猛士叹良弓，多了游云梦。[2] 驾驭英雄，能擒能纵，无人出彀中。[3] 后宫，外宗[4]，险把炎刘并[5]。

◎ 注释

[1] 沛公、大风：刘邦于秦二世元年（前209）以帛书射城上，号召沛县父老杀沛令，举义旗，"众莫敢为，乃立季（刘邦）为沛公"。高祖十二年（前195）十月，击破淮南王鲸布，还归故乡，置酒沛宫，自为歌诗曰："大风起兮云飞扬，威加海内兮归故乡，安得

猛士兮守四方。"这就是有名的《大风歌》。以上均见《史记·高祖本纪》。《史记·陆贾传》："高帝骂之曰：'乃公马上而得之，焉事诗书？'陆生曰：'居！马上得之，宁可以马上治之乎'？""也得文章用"，正是针对这话而加以嘲讽的。

[2]"却教猛士"二句：《史记·淮阴侯列传》："汉六年（前201），有人上书告楚王信反。高祖以陈平计，天子巡狩会诸侯，南方有云梦，发使告诸侯会陈……（信）谒高祖于陈，上令武士缚信，载后车。信曰：'果若人言：狡兔死，良狗烹；高鸟尽，良弓藏；敌国破，谋臣亡。今天下已定，我固当烹。'"这是讽刺刘邦一面慨叹"安得猛士兮守四方"，另一方面又杀功臣，戮猛士。

[3]"驾驭英雄"三句：五代王定保《唐摭言·述进士》："（唐太宗）尝私幸端门，见新进士缀行而出，喜曰：'天下英雄尽入吾彀中矣。'"此用其事，以喻天下英雄尽在掌握之中。

[4]后宫：指吕后。《史记·吕太后本纪》：孝惠帝崩，以吕台、吕产、吕禄为将，将兵居南北军，及诸吕皆入宫，居中用事。吕氏权由此起。自此太后称制，封诸吕为王，实际上篡夺了刘氏的天下。外宗：指诸吕。太后封吕台为吕王、吕产为赵王、吕禄为胡陵侯、吕婴为临光侯、吕他为俞侯、吕更始为赘其侯、吕忿为吕城侯。从此诸吕聚兵严威，矫制以令天下。及高后崩，诸吕欲为乱，朱虚侯刘章在大臣的支持下击杀吕产，捕斩吕禄，笞杀吕婴，悉捕诸吕男女，无少长皆斩之。事见《史记·吕太后本纪》。

[5]炎刘：汉代的别称。汉自称为火德王，姓刘氏，故曰"炎刘"。元方回《汉》诗："灯前闲覆孟坚（班固）书，瞬息炎刘四百余。"这是以"炎刘"代汉。

◉ 评析

　　这曲讽刺刘邦玩弄权术，诛戮功臣，让天下英雄都在他的掌握之中。不料吕后称制，大权旁落，险些儿断送了炎刘的天下，辛辣地讽刺了这个"威加海内"的开国皇帝。

二

董卓，巨饕[1]，为恶天须报。一脐燃出万民膏，谁把逃亡照？[2]谋位藏金，贪心无道，[3]谁知没下梢[4]。好教，火烧，难买棺材料。[5]

[1] 董卓：东汉临洮人，有膂力，能左右射。被大将军何进召至京师，谋诛阉宦，从而掌握了京都的兵权，于是杀少帝及何太后，挟献帝迁都，自称太师，威震天下，赞拜不名，剑履上殿。据有武库甲兵，天下珍宝。事见《三国志·魏志·董卓传》。巨饕：古代传说中一种贪残的野兽。《左传》文公十八年："缙云氏有不才子，贪于饮食，冒于货贿，侵欲崇侈……天下之民以比三凶，谓之饕餮。"《淮南子·兵略》："贪昧饕餮之人残贼天下，万人骚动。"

[2] "一脐然出"二句：司徒王允及卓将吕布，共谋诛卓，夷其三族。裴松之《三国志》注引《英雄记》曰："卓素肥，膏流浸地，草为之丹。守尸吏暝以为大炷，置卓脐中以为灯，光明达旦，如是积日。"苏轼《郿坞》诗："衣中甲厚行何惧，坞里金多退足凭。毕竟英雄谁得似？脐膏自照不须灯"。逃亡照，卓法令苛酷，冤死者无数，百姓嗷嗷，道路以目。裴松之《三国志》注引华峤《汉书》曰："卓部将烧洛阳城外百里，又自将兵烧南北宫及宗庙、府库、民家，城内扫地以尽"。故诗人化用聂夷中《咏田家》诗的"我愿君王心，化作光明烛。不照绮罗筵，但照逃亡屋"的语意。

[3] "谋位藏金"二句：《三国志·魏志·董卓传》："卓至西京，为太师，号尚父……卓弟旻为左将军，封鄠侯；兄子璜为侍中中军校尉典兵；宗族内外，并列朝廷。"又裴注引《英雄记》曰："卓侍妾怀抱中子，皆封侯，弄以金紫。孙女名白，时尚未笄，封为渭阳君。"这是"谋位"的具体内容。本传又说："(卓) 筑郿坞，高与长安城埒，积谷为三十年储，云事成，雄据天下；不成，守此足以毕老。"又裴注引《英雄记》曰："坞中金有二三万斤，银有八九万斤，珠玉锦绮、奇玩杂物，皆山崇阜积，不可知数。"这是"藏金"的具体内容。

[4] 没下梢：没有好下场，没有好结果。《古今小说》一："你好短见，二十多岁的人，一朵花还没有开足，怎做这没下梢的事？"

[5] "好教"三句：《董卓传》裴注引《英雄记》曰："卓故部曲收所烧者灰，并以一棺棺之，葬于郿。"此用其事以讥之。

◎ 评析

　　《三国志·董卓传》评曰："董卓狠戾贼忍，暴虐不仁，自书契以来，殆未之有也。"诗人正是痛恨董卓的残暴贪婪，对他的可耻下场，以十分快意的口吻，给以辛辣的讽刺和无情的鞭挞，同时也是对一切贪婪残暴的统治者敲响了警钟，因而具有较强的人民性。

双调·庆东原

西皋亭适兴[1]

兴为催租败[2]，欢因送酒来[3]。酒酣时诗兴依然在，黄花又开[4]，朱颜未衰，正好忘怀。管甚有监州，不可无螃蟹。[5]

◎ 注释

[1] 西皋亭：杭县东北有皋亭山。诗人晚年退居杭州，宜在此附近。

[2] 兴为催租败：《冷斋夜话》载：谢无逸写信给潘大临，问有新诗否？潘答曰："昨日得'满城风雨近重阳'句，忽催租人至，遂败意，只一句奉寄。"

[3] 欢因送酒来：《宋书·陶潜传》："（潜）尝九月九日无酒，出宅边菊丛中坐久，值弘（江州刺史王弘）送酒至，即便就酌，醉而后归。"这是作者以陶潜自比。

[4] 黄花：菊花。李清照《醉花阴》："帘卷西风，人比黄花瘦。"刘克庄《贺新郎》："若对黄花孤负酒，怕黄花，也笑人岑寂。"

[5] "管甚"二句：宋代各州置通判，称为监州，每与知州争权。有钱昆少卿，家世杭州，喜食蟹，求补外郡官，人问所欲，他说："但得有螃蟹、无监州处足矣。"苏轼《金门寺中见李西台与二钱唱和四绝句，戏用其韵跋之》诗："欲向君王乞符竹，但忧无蟹有监州。"

◎ 评析

　　乐观豪放，快人快语，抒发了对官场横征暴敛、争权夺利的不满，对饮酒赏花、无拘无束的隐逸生活的向往。

正宫·塞鸿秋

功名万里忙如燕[1]，斯文一脉微如线[2]，光阴寸隙流如电[3]，风雪两鬓白如练。尽道便休官，林下何曾见？[4]至今寂寞彭泽县[5]。

[1]"功名万里"句：《后汉书·班超传》："大丈夫无他志略，犹当效傅介子、张骞，立功异域，以取封侯，安能久事笔砚间乎？"晁补之《摸鱼儿》："功名浪语，便似得班超，封侯万里，归计应迟暮。"

[2]斯文：指旧时代的礼乐制度、文化道统。《论语·子罕》："天之将丧斯文也，后死者不得与于斯文也。"

[3]光阴寸隙：形容光阴过得飞快。《庄子·知北游》："人生天地之间，若白驹之过隙，忽焉而已。"

[4]"尽道"二句：僧灵彻《东林寺酬韦丹刺史》："相逢尽道休官去，林下何曾见一人？"此用其意。林下，指山林隐逸的地方。

[5]寂寞彭泽县：言隐居的人很少。彭泽县，代指陶渊明。

◎ 评析

　　这曲以冷峻的语言，强烈的嘲讽，撕掉了热衷功名而要高唱归隐者的假面具。与元曲中那些"沉抑下僚，志不得伸"的文人，以挂冠归隐，抒发其愤世嫉俗、叹老嗟卑之情，大异其趣。

双调·楚天遥带清江引[1]

　　花开人正欢，花落春如醉。春醉有时醒，人老欢难会。一江春水流[2]，万点杨花坠。谁道是杨花，点点离人泪。[3]　　回首有情风万里[4]，渺渺天无际。愁共海潮来，潮退愁难退。[5]更那堪晚来风又急[6]。

◎ 注释

[1]楚天遥：此曲与《清江引》合为带过曲，无独用者。通首皆五字句，隔句一韵，全部协仄声。《清江引》，见贯云石曲注。

[2]一江春水流：喻愁之无尽。李煜《虞美人》："问君能有几多愁，恰似一江春水向东流。"此用其句。

[3]"谁道"二句：苏轼《水龙吟·次韵章质夫杨花词》："细看来不是杨花，点点是离人

泪。"此用其句。

[4]"回首"句：苏轼《八声甘州寄参寥子》："有情万里送潮来，无情送潮归。"此话用苏词的意境。

[5]"愁共"二句：这是活用辛弃疾《祝英台近·晚春》的"是他春带愁来，春归何处？却不解带将愁去"的词意。

[6]"更那堪"句：此用李清照《声声慢》"三杯两盏淡酒，怎敌他晚来风急"的句意。更那堪：又何况，又加之。

◎ 评析

　　此曲采用联绵对的形式，回环往复，反义成偶，扣合无间，一脉贯通，具有极其优美的音乐性。又大量地融化了前人的诗词，毫无镌钉拚凑的痕迹，浑然一体，若自己出，增加了深沉而典雅的审美趣味，是元散曲中的珍品。

❖ **赵善庆**　　一作赵孟庆，字文贤，一作文宝，饶州乐平（今属江西）人。《录鬼簿》说他"善卜术，任阴阳学政"。所著《教女兵》《村学堂》《七德舞》《满庭芳》等杂剧八种，今俱不传。《全元散曲》录其小令二十九首。

中吕·山坡羊

燕　子

来时春社，去时秋社[1]，年年来去搬寒热。语喃喃，忙劫劫[2]，春风堂上寻王谢[3]，巷陌乌衣夕照斜[4]。兴，多见些；亡，都尽说。[5]

◎ 注释

[1]春社：在立春后第五个戊日。相传燕子这时从南方飞来。晏殊《破阵子》："燕子来时

新社，梨花落后清明。"新社，即春社。秋社：在立秋后第五个戊日，相传燕子在这个时候回南方去。韩偓《不见》诗："此身愿作君家燕，秋社归时也不归"。

[2] 喃喃：燕子的叫声。白居易《燕诗示刘叟》："喃喃教言语，一一刷毛衣。"劫劫：犹"汲汲"。韩愈《贞曜先生墓志铭》："人皆劫劫，我独有余。"

[3] 王谢：代指高门贵族。《南史·侯景传》："景请婚于王、谢。帝曰：王、谢门高，可于朱、张以下求之'。刘禹锡《乌衣巷》诗："旧时王谢堂前燕，飞入寻常百姓家。"

[4] 苍陌乌衣：在金陵城内，是王、谢两家贵族聚居的地方。刘禹锡《乌衣巷》诗："乌衣巷口夕阳斜。"汪元量《莺啼序·重过金陵》："乌衣巷口青芜落，认依稀王谢旧邻里。"此用其句意。

[5] "兴，多见些"二句：辛弃疾《酒泉子》："春声何处说兴亡，燕双双。"邓剡《唐多令》："乌衣日又斜，说兴亡，燕入谁家。"这里用了他们的语意。

◎ 评析

　　这是一首寄慨今古、感叹兴亡的小令。它从刘禹锡的《乌衣巷》诗脱胎出来，但从燕子生发开去，说它见了许多兴亡，论了多少是非，让兴亡之感，古今之慨，从喃喃的燕语中诉说出来，显得更加委婉含蓄。"年年来去搬寒热"，想象十分奇特、新鲜，着一"搬"字，把燕子拟人化了，好像"寒热"的变化，是它"搬"的结果，朝代的更迭，也是它"搬"的结果。结尾两句，直抒胸臆，感慨遥深。这就在刘诗的意境上，有了创新，有了更加丰富的义蕴。

双调·沉醉东风

秋日湘阴道中 [1]

山对面兰堆翠岫 [2]，草齐腰绿染沙洲。傲霜橘柚青 [3]，濯雨蒹葭秀 [4]。隔沧波隐隐江流 [5]。点破潇湘万顷秋 [6]，是几叶儿传黄败柳 [7]。

◎ 注释

[1] 湘阴：县名，今属湖南。南朝宋元徽二年置。以地在湘江之阴而得名。

[2] 翠岫：绿色的山峦。

[3] 傲霜橘柚青：橘柚耐寒，经霜犹绿。张九龄《感遇》之七："江南有丹橘，经冬犹绿林。"

[4] 蒹葭：芦荻，常见的水草。《诗·秦风·蒹葭》："蒹葭苍苍，白露为霜。"

[5] 沧波：辽阔而碧绿的水面。

[6] 潇湘：在诗文中往往代指湘水。如谢朓《新亭渚别范零陵》诗"洞庭张乐地，潇湘帝子游"即是。

[7] 败柳：凋残的柳树。

◎ 评析

把悲凉的秋景，写得生气勃勃，充满了活力。"傲霜橘柚青，濯雨蒹葭秀"，简直是一幅"橘青芦白"的早秋风景画，它与李白的"人烟寒橘柚，秋色老梧桐"(《秋登宣城谢朓北楼》)、杜甫的"青惜峰峦过，黄知橘柚来"(《放船》)所写的深秋景色是不同的。结句才以"几叶儿传黄败柳"，"点破"了潇湘的无限秋色，使之意识到已经又是"草木摇落而变衰"了。这种瞬间的发现，给这支小令增添了无穷的韵味。颜色由明朗而变成灰暗，调子由欢悦而变为低沉，文情变化，波浪顿生，使读者从中获得审美愉悦的心灵满足。

◈ 马谦斋

生平无考。张可久说他是"簪缨席上团圞，杖藜松下盘桓"(《天净沙·马谦斋园亭》)，说明他过的是亦官亦隐的生活。他自己也说："辞却公衙，别了京华，甘分老农家"(《柳营曲·太平即事》)，说明他是辞官归隐的。《全元散曲》收录其小令十七首。

越调·柳营曲

叹　世

手自搓，剑频磨，^[1]古来丈夫天下多。青镜摩挲，白首蹉跎，^[2]失志困衡窝^[3]。有声名谁识廉颇^[4]，广才学不用萧何^[5]。忙忙的逃海滨^[6]，急急的隐山阿^[7]。今日个，平地起风波^[8]。

◎ 注释

[1] "手自搓"二句：喻胸怀壮志，准备大显身手。贾岛《述剑》诗："十年磨一剑，霜刃未曾试。今日把示君，谁有不平事？"

[2] "青镜"二句：言功业未就，年华已老，唯有对镜自叹而已。此从杜甫《江上》"勋业频看镜，行藏独倚楼"脱胎而来。青镜，青铜镜。摩挲，抚摩。蹉跎，虚度光阴。

[3] 衡窝：简陋的居处。《诗·陈风·衡门》："衡门之下，可以栖迟。"衡窝，即衡门。

[4] 廉颇：战国时赵的良将，被谗逃至魏国。赵以屡次受到秦兵的侵略，想重新起用他，打发使者去了解他的健康情况。"廉颇为之一饭斗米，肉十斤，被甲上马，以示可用。赵使者还报王曰：'廉将军虽老，尚善饭，然与臣坐顷之，三遗矢矣。'赵王以为老，遂不召。"事见《史记·廉颇列传》。辛弃疾《永遇乐·京口北固亭怀古》："凭谁问，廉颇老矣，尚能饭否？"此用其意。

[5] 萧何：汉高祖的开国元勋。《史记·萧相国世家》说：他"以文无害"，显露其才学；楚汉相争，他"转漕关中，给食不乏"；高祖"失军亡众"，他尝以"数万之众，会上之乏绝"。故曰"广才学"。

[6] 忙忙的逃海滨：指逢萌一类的高士。《后汉书·逸民传》："时王莽杀其子宇，萌谓友人曰：'三纲绝矣，不去，祸将及人。'即解冠挂东都城门，归，将家属浮海，客于辽东。"

[7] 急急的隐山阿：如梁鸿与妻子"共入霸陵山中，以耕织为业"，襄阳庞公"携其妻子登鹿门山，因采药不反。"陶弘景之"谢职隐茅山。山是金陵洞穴，周回一百五十里，名曰华阳洞天……由是自称华阳隐居"。事见《后汉书·逸民传》及《太平广记·高逸》。山阿，大的山谷。《诗·卫风·考槃》："考槃在阿。"

[8] 风波：借指仕途的凶险。白居易《除夜寄微之》："家山泉石寻常忆，世路风波仔细谙。"辛弃疾《鹧鸪天·送人》："江头未是风波恶，别有人间行路难。"

◎ 评析

　　这支散曲，艺术地概括了元代知识分子的共同心态和共同遭遇。他们始则怀着伟大的抱负，要干一番轰轰烈烈的事业；继则受到压抑，志不得伸，虽有廉颇之勇，萧何之才，也没有人过问，一种怀才不遇的愤懑之情，洋溢在字里行间。及其入世愈深，阅历愈富，看到宦途的风波，官场的险恶，最后不得不隐居山阿，逃祸海滨，以期苟全性命于乱世。这求仕、不遇、归隐，便成了元代知识分子的三部曲。全曲夹叙夹议，亦俗亦雅，思想性和艺术性得到比较完美的统一。

双调·沉醉东风

自　悟

取富贵青蝇竞血[1]，进功名白蚁争穴[2]。虎狼丛甚日休[3]，是非海何时彻[4]？人我场慢争优劣[5]。免使旁人做话说，咫尺韶华去也[6]。

◎ 注释

[1] 青蝇竞血：像苍蝇一样争着去吮血。马致远《双调·夜行船·秋思》套："看密匝匝蚁排兵，乱纷纷蜂酿蜜，急攘攘蝇争血。"

[2] 白蚁争穴：李公佐《南柯太守传》：言槐安国与檀萝国为了争夺蚁穴，大动干戈，伏尸无数。后来汤显祖把它敷衍成《南柯记》，说是"纷纷蚁阵重围解，冉冉尘飞杀气开""穿东洞，抢南柯"，真是一场恶战。

[3] 虎狼丛：比喻残暴贪婪的官场。

[4] 是非海：比喻没完没了的世间纠纷。是非，矛盾，纠纷。《庄子·盗跖》："摇唇鼓舌，擅生是非。"

[5] 人我场：比喻互相倾轧、排挤的人际关系。慢：同"漫""谩"，与"空""徒"同义。全句的意思与关汉卿《四块玉·闲适》"闲将往事思量过：贤的是他，愚的是我，争甚么"同意。

[6] 咫尺韶华：犹言短暂的光阴。咫尺，很短的长度。徐干《答刘公干》诗："虽路在咫

尺，难涉如九关。"咫，长度名，周制八寸。韶华，美好的年华。李贺《嘲少年》诗："莫道韶华镇长在，发白面皱专相待。"

◎ 评析

刻画官场的丑态，入木三分。"虎狼丛""是非海"和"人我场"三个排比句，尖新辛辣，足以发人深省。一结，是大彻大悟语，是洞察世情的棒喝语，沉郁有致，感慨万端。

中吕·快活三带朝天子四边静[1]

夏

恰帘前社燕忙[2]，正枝头楚梅黄[3]。当空畏日炽炎光[4]，杨柳阴迷深巷。　　北堂，草堂[5]，人在羲皇上[6]。亭台潇洒近池塘，睡足思新酿。竹影横斜，荷香飘荡，一襟满意凉。醉乡，艳妆[7]，《水调》谁家唱[8]？　　红尘千丈，岂羡功名纸半张？渔樵闲访，先生豪放。诗狂酒狂，志不在凌烟上[9]。

◎ 注释

[1] 快活三带朝天子四边静：中吕带过曲。《快活三》可带《朝天子》一调，又可带《朝天子》《四换头》，或《朝天子》《四边静》两调，但不宜单独作小令用。它的句式是五五七五，四句四韵。四边静，可与《快活三》《朝天子》合为带过曲，无独用者。它的句式是四七、四四、四五，六句六韵。

[2] 社燕：燕为候鸟，"春社来，秋社去"，所以人们叫它作"社燕"。周邦彦《满庭芳》："年年如社燕，飘流瀚海，来寄修椽。"

[3] 楚梅：酸梅，青梅。梅子在旧历四、五月间成熟。晏殊《诉衷情》："青梅煮酒斗时新，天气欲残春。"

[4] 畏日：夏天的太阳。《左传》文公十七年："酆舒问于贾季曰：'赵衰、赵盾孰贤？'对曰：'赵衰，冬日之日也；赵盾，夏日之日也。'"杜预注："冬日可爱，夏日可畏。"

[5]北堂：秘书省的后堂。虞世南为秘书侍郎时所编的书，叫《北堂书抄》。此言官居。草堂：文人隐居避世所住的房子。如杜甫的浣花草堂，白居易的庐山草堂。孔稚圭《北山移文》："钟山之英，草堂之灵。"此指隐居。

[6]人在羲皇上：言古朴自然，像伏羲时代以上的人。陶渊明《与子俨等疏》："五、六月中，北窗下卧，遇凉风暂至，自谓是羲皇上人。"辛弃疾《鹧鸪天》："自是羲皇以上人。"

[7]醉乡：进入神志不清的中酒状态。聂夷中《饮酒乐》诗："安得阮步兵，同入醉乡游"？辛弃疾《添字浣溪沙》："总把平生入醉乡，大都三万六千场。"

[8]水调：曲调名。相传为隋炀帝开发运河时所作。张先《天仙子》："《水调》数声持酒听，午醉醒来愁未醒。"

[9]凌烟：指凌烟阁，封建王朝为了表彰功臣而建筑的楼阁的通称。唐太宗曾图画开国功臣的像于此。庾信《周柱国大将军纥干弘神道碑》："天子画凌烟之阁，言念旧臣。"可见图画功臣于凌烟阁，不始于唐太宗。

◉ 评析

　　这支带过曲，是抒发诗人"志不在凌烟阁"的生活情趣。《快活三》是写景，用社燕、楚梅、畏日、柳阴，构成一幅动静相形、色彩相映的江南夏景，烘托出他那隐居的"深巷"。《朝天子》是写人，是写散诞不羁的隐居生活。那里有亭台、池塘、竹影、荷香；还有美酒，引他入"醉乡"；有美人，为之歌《水调》，自然是一种亦官亦隐的写意生活。《四边静》是主题，是全曲的中心。说他厌倦了"红尘千丈"的宦海风波，不羡功名，不图凌烟，只想做个无忧无虑的"羲皇以上人"。全曲层次井然，脉络分明，雅中有俗，语外含讽，给人以深婉高雅的美感。

❖张可久

（1270？—1349？）

字伯远，号小山。一作字仲远，庆元（今浙江鄞县）人。以路史转首领官，又曾为橡史、桐庐典史。至正初，年七十余，犹为昆山幕僚。仕途很不得志，足迹遍于江南诸省，与卢挚、马致远、贯云石、倪瓒、张雨、钱惟善等皆有唱和。晚年久居杭州。专写散曲，不作杂剧，著有《吴盐》《苏堤渔唱》《小山北曲联乐府》等散曲集，在当时就得到了诗人们很高的评价。李祁说"其词雅正，非近世所传妖淫艳丽之比"（《云阳集·跋贺元忠遗墨卷后》）。刘时中说"小山《今乐府》行于世久矣，《吴盐》稿最后出，流沙构白，熬波出素，实化神奇"（《跋小山乐府》）。贯云石说"予寓武林，小山以乐府示予，临风清玩，击节而不自知，何其神也"（《今乐府序》）！钱惟善还说"君家乐府号《吴盐》，况是风姿美笑谈。公干才名倾邺下，小山词赋擅江南"（《送小山之桐庐典史》）。《全元散曲》收其小令八百五十五，套数九，是元代散曲作家中，最多产的一个作家。

诗词造诣亦高，《元诗选》《全金元词》都录其作品。

黄钟·人月圆

客垂虹

三高祠下天如镜[1]，山色浸空濛[2]。莼羹张翰[3]，渔舟范蠡[4]，茶灶龟蒙[5]。故人何在，前程那里，心事谁同？

黄花庭院^[6]，青灯夜雨^[7]，白发秋风。

◎ 注释

[1] 三高祠：在吴县（今江苏苏州）垂虹桥东，祀越范蠡、晋张翰、唐陆龟蒙。三人皆吴县
的高士。

[2] 空濛：迷茫，若有若无。苏轼《饮湖上初晴后雨》："水光潋滟晴方好，山色空濛雨亦
奇。"此用其句意。

[3] 莼羹张翰：《晋书·张翰传》：张翰官洛阳，"因见秋风起，乃思吴中菰菜、莼羹、鲈鱼
脍，曰：'人生贵得适志，何能羁宦数千里，以邀名爵乎！'遂命驾而归"。

[4] 渔舟范蠡：范蠡辅佐越王勾践灭吴后，知勾践长颈鸟喙，可与共患难，不可与共安乐，
"乃乘扁舟浮于江湖，变名易姓，适齐为鸱夷子皮，之陶为朱公"（《史记·货殖列传》）。

[5] 茶灶龟蒙：唐诗人陆龟蒙，隐居松江甫里，"不喜与流俗交，虽造门不肯见。不乘马，
升舟设蓬席，赍束书、茶灶、笔床、钓具往来，时谓江湖散人"（《新唐书·隐逸传》）。

[6] 黄花庭院：遍栽菊花的院落。陶潜《归去来辞》："三径就荒，松菊犹存。"又《饮酒》
诗之五："采菊东篱下，悠然见南山。"后因以为隐士的居处。

[7] 青灯夜雨：言灯下听雨，容易引起思乡怀旧的感情。李商隐《夜雨寄北》："何当共剪
西窗烛，共话巴山夜雨时。"黄庭坚《寄黄几复》："桃李春风一杯酒，江湖夜雨十年
灯。"此化用其意。

◎ 评析

这是作者自伤其仕途坎坷、前程渺茫的悲凉心境。三个鼎足对，或
借古人的淡泊名利、知几退隐以见志；或连发三问，以抒发其失意不平
之感；或以黄花、青灯、白发、庭院、夜雨、秋风，组成一幅色彩相
映、动静相间的秋景，以烘托其悲秋嗟老之思。意象的组合，极具匠
心。《词林纪事》卷二十二评此曲说："今录《人月圆》一阕，鼎尝一
脔，未为不知味，孰谓张小山不如晏小山耶？"《易余吁录》卷十七说：
"又《人月圆》一首云：'故人何在，前程那里，心事谁同'？彝尊改作
'前程莫问'，以音调推之，可谓削圆方竹杖矣。"这些评论，是值得重
视的。

黄钟·人月圆

春晚次韵

萋萋芳草春云乱[1]，愁在夕阳中[2]。短亭别酒[3]，平湖画舫，垂柳骄骢。一声啼鸟，一番夜雨，一阵东风。桃花吹尽，佳人何在，门掩残红。[4]

◎ 注释

[1] 萋萋芳草：刘安《招隐士》赋："王孙游兮不归，春草生兮萋萋。"谢灵运《悲哉行》："萋萋春草生，王孙游有情。"此用其意。

[2] 愁在夕阳中：洛阳市西有夕阳亭，是唐人送行饯别的地方。赵嘏有"夕阳楼外山重叠，不抵闲愁一倍多"，汪元量有"夕阳一片寒鸦外，目断东南四百州"（《湖州歌》），此合用其意。

[3] 短亭别酒：旧时于城外五里处设短亭，十里处设长亭，以为饯别送行及行人休息之所。

[4]"桃花吹尽"三句：崔护《题都城南庄》诗："去年今日此门中，人面桃花相映红。人面不知何处去，桃花依旧笑春风。"此用其意。

◎ 评析

　　此曲以当年依依送别的情景，烘托此日恹恹相思之离恨，以浓墨重彩写其对过去的回忆，就是为了突出眼前的深情密意。通篇寓情于景，以景起，以景结，中间都作景语，而缠绵悱恻之情，溢于言表，令人悄焉动容。《词征》卷六评此曲云："丰约中度，旋复回环，宜其居关、马诸人之上。"虽不免过于偏爱，但可以说明这支小令的艺术成就是很高的。

双调·水仙子

次 韵

蝇头老子五千言[1]，鹤背扬州十万钱[2]。白云两袖吟魂健[3]，赋庄生《秋水》篇[4]。布袍宽风月无边[5]。名不上琼林殿[6]，梦不到金谷园[7]，海上神仙。

◎ 注释

[1] 蝇头：小字。《南史·衡阳元王道度传》："殿下家自有坟素，复何须蝇头细书，别藏巾箱中。"老子五千言：《史记·老子列传》："（老子）至关，关令尹喜曰：'子将隐矣，强为我著书'。于是乃著书上下篇，言道德之意五千言而去。"按老子为春秋时代的大思想家，是道家的创始人。五千言，即老子所著的《道德经》。

[2] "鹤背扬州"句：喻幻想中的财富。见乔吉《中吕·山坡羊·寓兴》注。

[3] 白云两袖：言除了天上的白云，一无所有。白云，喻洁白无瑕，纤尘不染。吟魂：诗魂，作诗的灵感。

[4] 庄生《秋水》篇：《庄子·外篇》的一个篇名，它是以齐万物、一生死为主体的。

[5] 风月无边：言无限美好的景色。朱熹《六先生画像赞·濂溪先生》："风月无边，庭草交翠。"

[6] 琼林殿：欢宴新及第进士的场所，即琼林苑，在开封城西。《宋史·礼乐志》："政和二年，赐贡士闻喜宴于辟雍，罢琼林苑宴。"

[7] 金谷园：晋石崇在洛阳城西所建的亭园。详见郑光祖《正宫·塞鸿秋》"金谷园那得三生富"注。

◎ 评析

　　这是诗人抒发其淡泊功名、向往自然的生活态度和生活情趣。"名不上琼林殿，梦不到金谷园"与乔吉的"不占龙头选，不入名贤传"，都是敝屣功名、浮云富贵的清高表现，也是元代知识分子受到压抑后的一种抗争精神。

双调·折桂令

九 日

对青山强整乌纱[1]，归雁横秋[2]，倦客思家。翠袖殷勤[3]，金杯错落[4]，玉手琵琶[5]。人老去西风白发，蝶愁来明日黄花[6]。回首无涯，一抹斜阳，数点归鸦。[7]

◎ 注释

[1] 强整乌纱：乌纱，帽子。这里用孟嘉重九登高、落帽于龙山的故事。杜甫《九日蓝田崔氏庄》："羞将短发还吹帽，笑倩旁人为整冠。"此化用其意。

[2] 归雁横秋：赵嘏《长安秋望》"残星几点雁横塞"。

[3] 翠袖：代指穿着碧绿色服妆的美女。晏几道《鹧鸪天》"彩袖殷勤捧玉钟"，此用其句。

[4] 错落：交错缤纷的样子。班固《西都赋》："隋侯明月，错落其间。"

[5] 玉手琵琶：洁白的纤手，抚弄着琵琶。这里暗用白居易《琵琶行》中"琵琶女"的故事。

[6] 明日黄花：喻过时的事物。宋胡继宗《书言故事·花木类》："过时之物，曰明日黄花。"苏轼《九日次韵王巩》："相逢不用忙归去，明日黄花蝶也愁。"

[7] "一抹斜阳"二句：此用秦观《满庭芳》"斜阳外，寒鸦数点，流水绕孤村"的句意。

◎ 评析

　　佳节思亲，倦客思归，是诗人所要抒发的一怀愁绪。起结的情调，都比较凄惋，中间忽然插入"翠袖殷勤"三个排句，化眼前之景物，为温馨之旧梦，对比鲜明，感喟遥深。刘熙载说他的小令"翛然独远"，明朱权说他的散曲"清而且丽"，在这支散曲中，都得到了充分的体现。

双调·清江引

春 思

黄莺乱啼门外柳[1]，细雨清明后[2]。能消几日春[3]，又
是相思瘦。梨花小窗人病酒。[4]

◎ 注释

[1]"黄莺"句：此系化用金昌绪《春怨》"打起黄莺儿，莫教枝上啼。啼时惊妾梦，不得到
辽西"的诗意。

[2]"细雨"句：此系浓缩杜牧《清明》诗的"清明时节雨纷纷，路上行人欲断魂"的句意。

[3]"能消"句：这是从辛弃疾《摸鱼儿》的"更能消几番风雨，匆匆春又归去"的词意中
脱胎出来的。

[4]"又是"二句：这是从冯延巳《蝶恋花》的"日日花前常病酒，不辞镜里朱颜瘦"和李
清照《凤凰台上忆吹箫》的"新来瘦，非干病酒，不是悲秋"的词意中点化出来的。可
以与作者《庆宣和·春思》的"总是伤春，不似年时镜中人，瘦损，瘦损"参照来读。

◎ 评析

　　此曲不着痕迹地化用前人的诗词，形成新的意境，已属难能可贵。
结句的"梨花小窗人病酒"，是俊语，饶有余味。它既照应了前文的
"清明后"和"几日春"，又概括了"相思瘦"的种种原因，使读者很容
易联想起郑谷的"落尽梨花春又了"（《下第退居》）和汪元量的"更落
尽梨花，飞尽杨花，春也成憔悴"（《莺啼序》）等诗词来。"诗头曲尾"，
古人是极为重视的。陶宗仪说"结要响亮"（《辍耕录·作新乐府法》），
李开先说结语"必须急并响亮，含有余不尽之意"（《词谑·词尾》），王
骥德也说"末句更得一极俊语收之，方妙"（《曲律·论尾声》）。这些都
在这支散曲中得到了充分体现。

双调·殿前欢

次酸斋韵[1]

钓鱼台，十年不上野鸥猜[2]。白云来往青山在，对酒开怀。
欠伊周济世才[3]，犯刘阮贪杯戒[4]。还李杜吟诗债[5]。
酸斋笑我，我笑酸斋。

◎ 注释

[1] 酸斋：即贯云石。贯的原作是："畅悠哉，春风无处不楼台。一时怀抱俱无奈，总对天开。
就渊明归去来，怕鹤怨山禽怪，问甚功名在。酸斋是我，我是酸斋。"

[2] "十年"句：辛弃疾《水调歌头·盟鸥》："凡我同盟鸥鹭，今日既盟之后，来往莫相
猜。"此反其意而用之。

[3] 伊周：伊，伊尹，曾经放太甲于桐，摄行政事。周，周公，曾经在成王年幼时，摄行
政事。后世并称"伊周"。辛弃疾《水调歌头》："诗书万卷，致身须到古伊周。"

[4] 刘阮：指刘伶和阮籍。《晋书·刘伶传》说他："常乘鹿车，携一壶酒，使人荷锸随之，
谓曰：'死便埋我'。"他的妻子劝他戒酒，他说："天生刘伶，以酒为命。妇人之言，
切不可听。"《晋书·阮籍传》："籍本有济世之志，属魏、晋之际，天下多故，名士少有
全者，籍由是不与世事，遂酣饮为常。"他听说"步兵厨中有储酒数百斛，乃求为步兵
校尉"。

[5] 李：李白，被人称为"诗仙"。杜：杜甫，被人尊为"诗圣"。

◎ 评析

借诗酒豪情抒发避世归隐的思想，是这支小令的主旋律。作者与酸
斋均欲同盟白鸥，来往青山，故能相视而笑，莫逆于心。此曲的独到之
处，正是中间的鼎足对和结尾的连环句，完满地表达了他们的高尚情操
和生活情趣。

双调·沉醉东风

幽 居

脚到处青山绿水，兴来时白酒黄鸡[1]。远是非，绝名利，腹便便午窗酣睡[2]。鹦鹉杯中昼日迟[3]，到强似麒麟画里[4]。

◉ 注释

[1]"兴来时"句：言兴来时便吃点喝点。辛弃疾《水调歌头》："黄鸡白酒，君去村社一番秋。"

[2]"腹便便"句：这里用了边韶的故事。《后汉书·文苑传·边韶》："韶口辩，曾昼日假卧，弟子私嘲之曰：'边孝先，腹便便，懒读书，但欲眠。'韶潜闻之，应时对曰：'边为姓，孝为字。腹便便，五经笥。但欲眠，思经事。'"

[3]鹦鹉杯：形似鹦鹉嘴的酒杯。薛道衡《和许给事》："共酌琼酥酒，同倾鹦鹉杯。"

[4]"到强似"句：言比把像画在麒麟阁里要强得多。麒麟阁，在未央宫内，汉武帝时所建。宣帝甘露三年（前51），画功臣霍光、张安世、韩增、赵充国、魏相、丙吉、杜延年、刘德、梁丘贺、萧望之、苏武十一人图像于阁上。见《汉书·苏建传附苏武》。

◉ 评析

极写隐居之乐，白酒黄鸡，午窗酣睡，免得惹起人间的是非，宦海的风波。"到强似麒麟画里"，是伤心语，是牢骚语，是自我解嘲语，不可作真情实语看。

双调·庆东原

次马致远先辈韵

门长闭，客任敲，山童不唤陈抟觉[1]。袖中六韬[2]，鬓边二毛[3]，家里箪瓢[4]。他得志笑闲人，他失脚闲人笑。[5]

[1] 陈抟：北宋初著名的道士。他在《睡答》中说："常人无所重，惟睡乃为重。举世此为息，魂离神不动。觉来无所知，知来心愈用。堪笑尘世中，不知梦是梦。"真可谓得睡乡的三昧。马致远曾写过《陈抟高卧》的杂剧。

[2] 六韬：古代的兵书，相传为吕尚所作。

[3] 鬓边二毛：两鬓的花白头发。庾信《哀江南赋序》："信年始二毛，即逢丧乱。"

[4] 箪瓢：喻清贫的生活。《论语·雍也》："一箪食，一瓢饮，在陋巷，人不堪其忧，回也不改其乐。""袖中"以下三句为鼎足对，这里是借"箪"为"单"，以与上文的"六"与"二"为对，叫借对。

[5] "他得志"二句：作者共有九首和马致远的《庆东原》，每首都用这两句结尾，表现出他对人情冷暖、世态炎凉的不满。

◎ 评析

此曲刻画了一个胸有甲兵、家无斗石的高士形象，怀才不遇之感在字里行间流露了出来。应该说是元代知识分子的共识、共相和共同的遭遇。

正宫·醉太平

人皆嫌命窄，谁不见钱亲？水晶环入面糊盆，才沾粘便滚。[1]
文章糊了盛钱囤[2]，门庭改作迷魂阵[3]，清廉贬入睡馄饨[4]。
葫芦提倒稳[5]。

◎ 注释

[1] "水晶环"二句：意谓本来是洁白无瑕的东西，一旦掉进面糊盆里，也会沾染坏的气味。水晶环（一作"丸"），喻玲珑剔透、洁白无瑕的人；面糊盆，喻一塌糊涂的官场。

[2] "文章"句：言文章一钱不值，只能拿去给有钱有势的作装璜。盛钱囤，钱库，储存银钱的仓库。

[3] "门庭"句：言那些豪门势要的门庭，变成了坑害别人的陷阱。迷魂阵，喻设置的圈套和陷阱。

[4]"清廉"句：言清正廉明的人，被说成是扶不起来的孬种。睡馄饨，喻糊涂透顶的家伙。《陈抟高卧》二："执着这白象笏似睡馄饨。"

[5]葫芦提：糊里糊涂。亦作"葫芦题""葫芦蹄"。《赚蒯通》四："想起那韩元帅葫芦，提斩在法场，将功劳薄都做招伏状。"

◉ 评析

　　此曲被《中原音韵·作词十法》列为"定格"，并说："窘'字若平，属第二着：平仄好。务头在三对，末句收之。"周德清是从音调和对偶对它做出的很高的评价。其实它全用俗语方言，尖辛泼辣，嬉笑怒骂，对元代污浊的社会风气、腐败的官场政治，进行了尖锐的讽刺，与其清丽的风格，有着明显的区别，这是小山乐府中的别调，也是小山乐府中的珍品。

中吕·山坡羊

闺　思

云松螺髻[1]，香温鸳被[2]，掩春闺一觉伤春睡。柳花飞，小琼姬，[3]一声"雪下呈祥瑞"[4]，团圆梦儿生唤起。谁，不做美？呸，却是你！

◉ 注释

[1]云松螺髻：螺壳形的发髻蓬松了。云，代指乌发。

[2]香温鸳被：温润的玉体拥着绣有鸳鸯的锦被。香，代指芳香的玉体。

[3]"柳花飞"二句：美丽的小丫环欢叫着雪花飘了。柳花，即柳絮，此指纷纷扬扬的雪花。《世说新语·言语》：晋谢安在下雪的时候，问子侄辈说："大雪纷纷何所似？"他的侄儿谢朗说："撒盐空中差可拟。"侄女谢韫说道："未若柳絮因风起。"后因以"柳絮"喻雪。琼姬，泛指美好的丫头。

[4]雪下呈祥瑞：我们民间有"雪兆丰年"的谚语，所以称之为"瑞雪"。罗隐《雪》诗："尽道丰年瑞。"

◎ 评析

　　小丫头欢快地叫着"雪下呈祥瑞"，冷不防把少妇的"团圆梦儿生唤起"，于是一场戏剧性的小冲突，便在作者笔下穷形极相地刻画了出来。"谁？不做美？呸！却是你。"寥寥八字，活画出少妇的懊恼的心态和神态。这也是小山乐府中的另一种风格。王世贞以为是"情中悄语"（《艺苑卮言》附录一）。

中吕·卖花声

怀　古

美人自刎乌江岸[1]，战火曾烧赤壁山[2]，将军空老玉门关[3]。伤心秦汉，生民涂炭[4]，读书人一声长叹！

◎ 注释

[1]"美人"句：《史记·项羽本纪》："项王军壁垓下……夜闻汉军四面皆楚歌，项王乃大惊曰：'汉皆已得楚乎？是何楚人之多也'！项王则夜起，饮帐中。有美人名虞，常幸从；骏马名骓，常骑之。于是项王乃悲歌慷慨，自为诗曰：'力拔山兮气盖世，时不利兮骓不逝。骓不逝兮可奈何，虞兮虞兮奈若何？'歌数阕，美人和之，项王泣数行下，左右皆泣，莫能仰视。"最终在乌江自刎而死。

[2]"战火"句：曹操以船步兵数十万，顺流而下，与吴兵及刘备遇于赤壁。周瑜用部将黄盖计，"取蒙冲斗舰数十艘，实以薪草，膏油灌其中，裹以帷幕，上建牙旗，先书报曹公，欺以欲降……盖放诸船，同时发火，时风盛猛，悉延烧岸上营落。顷之，烟炎张天，人马烧溺死者甚众"。曹军大败。事见《三国志·吴志·周瑜传》。

[3]"将军"句：后汉定远侯班超曾使"西域五十余国，悉皆纳质内属"，后以久在绝域，年老思乡，乃上书要求内调曰："臣不敢望到酒泉郡，但愿生入玉门关。"见《后汉书·班超传》。

[4]生民涂炭：老百姓陷入极端困苦的境地。《书·仲虺之诰》："有夏昏德，民坠涂炭。"孔安国《传》："民之危险，有若陷泥坠火。"

◎ 评析

　　曲首用一个鼎足对的形式，分别以霸王别姬、吴蜀破曹和班超从戎的故事，说明他们的勋名虽则是万古不可磨灭的，但作为他们勋名的奠脚石则是"生民涂炭"。作者没有对他们的成败和得失，作出正面的评论，却在"读书人一声长叹"中寄寓着惋惜、赞美和批评的深意。这"一声长叹"，有"大江东去，浪淘尽千古风流人物"的叹惋；有"兴，百姓苦；亡，百姓苦"的责难；有"争弱争强，天丧天亡，都一枕梦黄粱"的感伤。如此丰富的感情，都浓缩在这寥寥七个字中。可见它是凝炼、含蓄的典型，是意在言外，情余意中的高手。

中吕·朝天子

闺　情

与谁、画眉，猜破风流谜。[1]铜驼巷里玉骢嘶[2]，夜半归来醉。小意收拾，怪胆禁持，不识羞谁似你！自知、理亏，灯下和衣睡。

◎ 注释

[1]"与谁、画眉"二句：《汉书·张敞传》："（敞）又为妇画眉，长安中传张京兆眉怃。有司以奏敞。上问之，对曰：'臣闻闺房之内，夫妇之私，有过于画眉者。'上爱其能，弗备责也。"后因以为夫妻相爱的典故。风流谜，指隐瞒着的男女关系。

[2]铜驼巷：晋陆机《洛阳记》："洛阳有铜驼街，汉铸铜驼二枚，在宫南四会道相对。俗语曰：'金马门外集众贤，铜驼陌上集少年。'"后因以"铜驼巷"为少年冶游的地方，如秦观《望海潮》的"金谷俊游，铜驼巷陌"。

[3]灯下和衣睡：这是从无名氏《醉公子》"划袜下香阶，冤家今夜醉。扶得入罗帏，不肯脱罗衣"的词意中脱胎出来的。

◎ 评析

　　这曲写得生动活泼，情深意曲。女主人公的娇嗔、狡黠、敏感、多疑，丈夫的装模作样，前硬后软，神态毕肖，呼之欲出。完全从唐无名氏《醉公子》一词脱胎而来，但把他们爱情生活中的"风流谜"写得更细腻、更曲折，如嗔如喜，如怨如诉。真境实感，令人咀嚼不尽。

中吕·红绣鞋

西湖雨

删抹了东坡诗句[1]，糊涂了西子妆梳[2]，山色空濛水模糊[3]。行云神女梦[4]，泼墨范宽图[5]，挂黑龙天外雨[6]。

◎ 注释

[1]"删抹了"句：苏轼《饮湖上初晴后雨》诗："湖光潋滟晴方好，山色空濛雨亦奇。"这里只有雨，只有"山色空濛"的景象，没有晴，没有"湖光潋滟"的景色，所以说"删抹了东坡诗句"。

[2]"糊涂了"句：苏轼《饮湖上初晴后雨》诗："若把西湖比西子，淡妆浓抹总相宜。"这时也只有"浓抹"而没有"淡妆"，故曰"糊涂了西子妆梳"。

[3]山色空濛：形容雨幕笼罩下缥缈的山容岚影。此用苏诗"山色空濛雨亦奇"的原句。

[4]行云神女梦：宋玉《神女赋序》言楚襄王尝游高唐，梦一妇人对他说："妾在巫山之阳，高丘之阻，旦为行云，暮为行雨。"

[5]泼墨范宽图：汤垕《画鉴》："范宽名中立，以其豁达大度，人故以宽名之。画山水初师李成，既乃叹曰：'与其师诸人，不若师诸造化。'乃脱旧习，游秦中，遍观奇胜。落笔雄伟，老硬真得山骨。"泼墨，中国画法的一种。笔势豪放，墨如泼出，故名。此以西湖雨景，比作范宽的泼墨山水画。

[6]挂黑龙天外雨：形容云厚雨浓。这是化用苏轼《有美堂暴雨》"天外黑风吹海立，浙东飞雨过江来"的诗意。

◎ 评析

　　此曲构思新颖，写景如绘，觑定一个"雨"字，在苏轼《饮湖上初晴后雨》诗上做文章，既描绘了西湖的貌，也刻画了西湖的神。

中吕·齐天乐带红衫儿^[1]

道 情

人生底事辛苦^[2]？枉被儒冠误^[3]。读书，图，驷马高车^[4]，
但沾着者也之乎^[5]。区区^[6]，牢落江湖^[7]，奔走在仕途^[8]。
半纸虚名，十载工夫，人传《梁甫吟》^[9]，自献《长门赋》^[10]，
谁三顾茅庐^[11]？白鹭洲边住^[12]，黄鹤矶头去^[13]，唤奚奴^[14]，
鲙鲈鱼，何必谋诸妇？^[15]酒葫芦，醉模糊，也有安排我处。

◎ 注释

[1] 齐天乐：例与《红衫儿》为带过曲。没有单独用的。句式是六五、二一四、七二四、四
四四、三三四。共十四句十二韵。红衫儿：只能与《齐天乐》相连为带过曲，亦无独用
的。句式是：五五、三三五、三三六。共八句八韵。

[2] 底事：何事。杜荀鹤《蚕妇》诗："年年道我蚕辛苦，底事浑身着苎麻？"

[3] 儒冠：古时读书人戴的帽子。《史记·郦食其传》："沛公不好儒，诸客冠儒冠来者，
沛公辄解其冠，溲溺其中。"杜甫《奉赠韦左丞文二十二韵》："纨袴不饿死，儒冠多
误身。"

[4] 驷马高车：古代显贵者所乘的车。驷，一车四马。《太平御览》卷七十三引《华阳国
志》："升迁桥在成都县北十里，即司马相如题桥柱云：'不乘驷马高车，不过此桥。'"

[5] 者也之乎：古汉语中的虚词、助词。柳宗元《复杜温夫书》："但见生用助词，不当律
令。惟以此奉答。所谓乎欤耶哉夫者，疑辞也；矣耳焉也者，决辞也。"这是嘲讽旧知
识分子白首穷经，连几个虚字、助字也不会运用。

[6] 区区：微小。《左传》襄十七年："宋国区区。"

[7] 牢落：没有寄托、四处奔走貌。陆机《文赋》："心牢落而无偶。"

[8] 仕途：做官的道路。《新唐书·隐逸传序》："然放利之徒，假隐自名，以诡禄仕，肩相
摩于道，至号终南、嵩、少为仕途捷径，高尚之节丧焉。"

[9]《梁甫吟》：乐府楚调曲名。一作《梁父》，今所传古辞，写齐相晏婴以二桃杀三士，传
为诸葛亮所作。《三国志·蜀志·诸葛亮传》："亮躬耕垄亩，好为《梁甫吟》。"李商隐

《筹笔驿》诗："他年锦里经祠庙，《梁父吟》成恨有余。"

[10]《长门赋》：司马相如《长门赋序》："孝武皇帝陈皇后，时得幸，颇妒，别在长门宫，愁闷悲思。闻蜀郡成都司马相如天下工为文，奉黄金百斤，为相如、文君取酒，因为解悲愁之辞，而相如为文以悟主上，陈皇后复得亲幸。"按史传没有陈皇后复得亲幸的记载，此序虽见于《昭明文选》，疑为后人伪托。

[11] 三顾茅庐：言刘备三次到诸葛亮家中，请他出山，商量国家大事。诸葛亮《出师表》："先帝不以臣卑鄙，猥自枉屈，三顾臣于草庐之中，咨臣以当世之事。"参见虞集《双调·折桂令·席上偶谈蜀汉事因赋短柱体》"銮舆三顾茅庐"注。

[12] 白鹭洲：在南京市水西门外。李白《登金陵凤凰台》："两水中分白鹭洲。"

[13] 黄鹤矶：在武昌市蛇山麓。相传三国时费文祎在此乘黄鹤登仙而去，因而得名。

[14] 奚奴：小仆人。

[15]"鲙鲈鱼"二句：把鲈鱼切成细片。这是化用苏轼《后赤壁赋》的"客曰：'今者薄暮，举网得鱼，状似松江之鲈，顾安所得酒乎？'归而谋诸妇。妇曰：'我有斗酒，藏之久矣，以待子不时之须。'"

◎ 评析

　　这支带过曲，抒发了知识分子的不幸遭遇和满腔愤懑，虽有诸葛之智、相如之才，也得不到统治者的赏识，因而只好纵情诗酒，放浪山水，过着隐逸的生活，这是天公为知识分子安排的归宿。说明作者不是消极避世，而是报国无门；不是自暴自弃，而是自我解嘲。这是人生的悲剧、时代的悲剧！

越调·寨儿令

鉴湖上寻梅[1]

贺监宅[2]，放翁斋[3]，梅花老夫亲自栽。路近蓬莱[4]，地远尘埃，清事恼幽怀。雪模糊小树莓苔，月朦胧近水楼台[5]。竹篱边沽酒去，驴背上载诗来[6]。猜，昨夜一枝开[7]。

[1] 鉴湖：又名镜湖，在浙江绍兴市南。

[2] 贺监宅：贺知章，唐代的诗人，官至秘书监，因被冒为"贺监"。晚年归老于鉴湖。
《新唐书·隐逸传》：言贺知章还乡为道士，"求周官湖数顷为放生池，有诏赐镜湖剡川
一曲"。知章《回乡偶书》有"惟有门前镜湖水，春风不改旧时波"之句。

[3] 放翁斋：陆游，宋代的大诗人，自号放翁。晚年，卜居三山，筑有龟堂，取龟贵、龟
闲、龟寿之义，与鉴湖邻近。

[4] 蓬莱：指旧址在浙江绍兴龙山下的蓬莱阁。

[5] 近水楼台：俞文豹《清夜录》："范文正公（范仲淹）镇钱塘，兵官皆被荐，独巡检苏
麟不见录，乃献诗云：'近水楼台先得月，向阳花木早逢春。'"

[6] 驴背上载诗来：《唐诗纪事》卷六十五引《古今诗话》："有人问郑綮近为新诗否？答
曰：'诗思在灞桥风雪中驴背上，此处何以得之？'"

[7] "昨夜"句：陶岳《五代史补》卷三："齐己《早梅》诗有'前村风雪里，昨夜数枝开'
句，郑谷改'数枝'为'一枝'，齐下拜，时人称郑谷为'一字师'。"此用其句。

◎ 评析

　　此曲前半幅扣紧鉴湖，用典、写景，都是围绕鉴湖来写。后半幅扣
紧寻梅，用典、抒情，都是围绕梅来写的。清丽典雅，是小山乐府的艺
术特色。这支小令，恰好体现了他的这一艺术风格。

南吕·一枝花

湖上晚归（套）

长天落彩霞[1]，远水涵秋镜[2]。花如人面红[3]，山似佛头青[4]。
生色围屏[5]，翠冷松云径，嫣然眉黛横[6]。但携将旖旎
浓香[7]，何必赋横斜瘦影[8]。
【梁州】挽玉手留连锦英[9]，据胡床指点银瓶[10]。素娥
不嫁伤孤另[11]。想当年小小[12]，问何处卿卿[13]？东坡才调，
西子娉婷，总相宜千古留名。[14]吾二人此地私行，六一

泉亭上诗成[15]，三五夜花前月明[16]，十四弦指下风生[17]。
可憎、有情[18]，捧红牙合和伊州令[19]。万籁寂。四山静，
幽咽泉流水下声[20]。鹤怨猿惊[21]。

【尾】岩阿禅窟鸣金磬[22]，波底龙宫漾水精[23]。夜气清，
酒力醒，宝篆消[24]，玉漏鸣[25]。笑归来仿佛二更[26]，
煞强似踏雪寻梅灞桥冷[27]。

◎ 注释

[1] 长天落彩霞：长空中呈现一片五彩缤纷的晚霞。这是王勃《滕王阁序》"落霞与孤鹜齐
　　飞，秋水共长天一色"两语的浓缩。

[2] 远水涵秋镜：形容秋水像镜面一样的澄澈。这是从杜牧《九日登齐山》"江涵秋影雁初
　　飞"的句意中点化出来的。

[3] 花如人面红：这是反用崔护"人面桃花相映红"的诗意，比喻显得更为活脱。

[4] 山似佛头青：佛教传说，如来的毛发为绀色，即天青色，所以叫作"绀发"或"绀
　　顶"。这是形容山色的青苍。

[5] 生色围屏：形容群山环列像一块着了色的屏风。生色，着色，设色。

[6] 嫣然：美好的样子。宋玉《登徒子好色赋》："嫣然一笑，惑阳城，迷下蔡。"眉黛横：
　　王观《卜算子》："水是眼波横，山是眉峰聚。"此化用其意。言四围的山色美丽得像少
　　女的眉黛一样。

[7] 旖旎浓香：指艳妆的美人。旖旎，轻盈柔顺的样子。

[8] 横斜瘦影：指梅花。典出林逋《山园小梅》："疏影横斜水清浅，暗香浮动月黄昏。"

[9] 留连锦英：依恋不舍地观赏着似锦的繁花。留连，留滞，乐而忘返的样子，亦作"流
　　连"。锦英，锦绣似的鲜花。

[10] 指点银瓶：这是化用杜甫《少年行》"不通姓字粗豪甚、指点银瓶索酒尝"的句意。银
　　　瓶，银制的酒器。

[11] 素娥：即嫦娥，传说中的月中仙子。《淮南子·览冥》："譬若羿请不死之药于西王母，
　　　姮娥窃以奔月。"后多以喻美人。

[12] 小小：指苏小小，南齐时钱塘的名妓。《乐府解题》曰："苏小小，钱塘名倡也，盖南
　　　齐人。"杭州有苏小小墓。

[13] 卿卿：对所爱的人的一种亲昵的称呼。《世说新语·惑溺》："王安丰妇常卿安丰，安
　　　丰曰：'妇人卿婿，于礼为不敬，后勿复尔。'妇曰：'亲卿、爱卿，是以卿卿；我不卿

卿，谁当卿卿？'遂恒听之。"

[14] "东坡才调"三句：苏轼《饮湖上初晴后雨》诗："欲把西湖比西子，淡妆浓抹总相宜。"这三句是化用苏轼的诗意，认为美人才子合当流芳千古。西子，此指西湖；娉婷，姿态好的样子。

[15] 六一泉：在孤山之南，是苏轼为了纪念其师欧阳修而命的名。欧阳修晚年，自号六一居士，所作《六一居士传》云："吾家藏书一万卷，集录三代以来金石遗文一千卷，有琴一张，有棋一局，而常置酒一壶……以吾一翁，老于此五物之间，是岂不为'六一'乎？"

[16] 三五夜花前月明：农历十五日夜，在月色照耀下的花前观赏。梁萧绎《登颜园故阁》诗："高楼三五夜，流影入丹墀。"李清照《永遇乐》："中州盛日，闺门多暇，记得偏重三五。"可见旧诗词中经常以"三五夜"或"三五"代指农历十五日夜或元宵节。

[17] 十四弦：古代的一种弦乐器。宋孟珙《蒙鞑备录》："国王出师，亦以女乐随行，率十七八美女，极慧黠，多以十四弦等弹大官乐，拍子为节，甚低，其舞甚异。"

[18] 可憎、有情：言那可爱的是个多情种。可憎，可爱的人。这是反义为训。《西厢记》一之三："若是回廊下没揣的见俺可憎，将他来紧紧的搂定。"亦写作"可憎才""可憎人"。

[19] 红牙：调节乐曲用的拍板，多用红色的檀木做成。司马光《和王少卿》诗："红牙板急弦声咽"。辛弃疾《满江红·建康史帅致道席上赋》："《金缕》唱，红牙拍。"伊州令：曲调名，属商调大曲。白居易《伊州》诗："老去将何散老愁，新教小玉唱《伊州》。"

[20] 幽咽泉流水下声：形容乐声像清幽的泉水一样呜咽低沉。化用白居易《琵琶行》"幽咽泉流水下滩"。

[21] 鹤怨猿惊：言山中猿鹤也要产生哀怨的心情。典出孔稚圭《北山移文》："蕙帐空兮夜鹤怨，山人去兮晓猿惊。"后来人们都拿"鹤怨猿惊"表达自己没有及时归来，惹起猿鹤的惊怨。如胡铨《好事近》"何事故乡轻别，空使猿惊鹤怨"。辛弃疾《沁园春·带湖新居将成》："三径初成，鹤怨猿惊，稼轩未来。"

[22] 岩阿：山岩的幽曲处。禅窟：指佛寺。

[23] "波底"句：以龙宫在水中的荡漾，形容湖上豪华建筑的倒影。水精：即水晶。李白《玉阶怨》："却下水精帘，玲珑望秋月。"温庭筠《菩萨蛮》："水精帘里颇梨（玻璃）枕，暖香惹梦鸳鸯锦。"

[24] 宝篆消：曲折上升的香烟也消失了。秦观《海棠春》："翠被晚寒轻，宝篆沉烟袅。"

[25] 玉漏鸣：玉制的计时器也响起来了。苏味道《正月十五日》诗："金吾不禁夜，玉漏莫相催。"

[26] "笑归来"句：这是化用苏轼《临江仙·夜归临皋》"夜饮东坡醒复醉，归来仿佛三更"的句意。

[27] "煞强似"句：比孟浩然踏雪寻梅要好得多。程羽文《诗本事》："孟浩然诗思在灞桥

风雪中驴子背上。"参见马致远《双调·拨不断》"孟襄阳，兴何狂，冻骑驴灞陵桥上"注。

◎ 评析

李开先《词谑·词套》云："张小山《湖上晚归》，当为古今绝唱。世独重马东篱《北夜行船》，人生有幸不幸耳。"沈德符《顾曲杂言》说："若散套，虽诸人皆有之，惟马东篱'百岁光阴'，张小山'长天落彩霞'为一时绝唱，其余俱不及也。"他们之所以对这个套曲评价如此之高，是因为它音调和谐，对仗工整，善于融化前人的诗词入曲，构成一种高雅的生活情趣，让人在水光、山色、天容、月华中，带着满意的心情观赏，又带着满意的心情归来，使景物和人物的活动和谐地融合在一起，表现了诗人宁静淡泊的心境，不愧为诗人清丽风格的代表作。

✤ **任　昱**　字则明，四明（今浙江宁波）人。与张小山、曹明善同时。少时好作狎斜游，所作散曲小令，在歌妓间流传。晚年锐志读书，工于七言，与杨维桢等相唱和。《全元散曲》收其小令五十九，套数一。《太和正音谱》列其名于"词林英杰"之中。

中吕·上小楼[1]

隐　居

荆棘满途[2]，蓬莱闲住[3]。诸葛茅庐，陶令松菊[5]，张翰莼鲈[6]。不顺俗，不妄图[7]，清高风度。任年年落花飞絮。

◎ 注释

[1] 上小楼：中吕的一个曲牌，句式是四四，四四四，三三四七，九句七韵，第三、四句可不叶韵。

[2] 荆棘满途：比喻艰险的处境和坎坷的道路。白居易《伤唐衢》："天高未及闻，荆棘生满地。"此用其意。

[3] 蓬莱闲住：在浙江绍兴龙山下的蓬莱阁隐居起来。诗人是浙江宁波人，蓬莱，当指此。

[4] 诸葛茅庐：诸葛亮在南阳躬耕时，所居的那座简陋的房子。参见张可久《中吕·齐天乐带红衫儿》"谁三顾茅庐"注。

[5] 陶令松菊：陶渊明在《归去来辞》中所提到的"三径就荒，松菊犹存"。

[6] 张翰莼鲈：张翰官洛阳时，见秋风起，想起家乡的莼羹、鲈鱼鲙，便弃官而归。

[7] 妄图：非分之想，不能实现的打算。

◎ 评析

"不顺俗，不妄图，清高风度"，是这支小令所要抒发的思想感情。中间一组鼎足对，成了诗人清高宁静的追求和象征；结尾的"任年年落花飞絮"，又成了诗人忘怀世事、不慕荣利的心境写照。铺叙是充分的，余韵是悠长的。但从起句的"荆棘满途"来看，又分明流露出一股抑郁不平之气。

双调·沉醉东风

信 笔

有待江山信美[1]，无情岁月相催。东里来，西邻醉[2]，听渔樵讲些兴废。依旧中原一布衣[3]，更休想麒麟画里[4]。

◎ 注释

[1] "有待"句：杜甫《后游》诗："江山如有待，花柳更无私。"此用其句意。信美，的确很美。王粲《登楼赋》："虽信美而非吾土兮，曾何足以少留。"

[2] 东里：东边的邻里，与下句的"西郊"为对，"邻""里"互文。

[3]"依旧"句：岑参《戏题关门》："来亦一布衣，去亦一布衣。羞见关城吏，还从旧道归。"马致远《金字经》"困杀中原一布衣"。此用其意。中原，中土，中州，对边塞而言，是广义的。布衣，平民。

[4]麒麟画：图画功臣于麒麟阁。详见张可久《双调·沉醉东风·幽居》"到强似麒麟画里"注。

◎ 评析

　　这支小令，抒发了年华易逝、功业无成的感慨。语淡情浓，外宽内紧，"更休想麒麟画里"，淡淡一结，便把诗人的压抑之感、愤懑之情，从心底深处流露了出来。

双调·清江引

题　情

南山豆苗荒数亩[1]，拂袖先归去[2]。高官鼎内鱼[3]，小吏罝中兔[4]。争似闭门闲读书[5]？

◎ 注释

[1]"南山"句：杨恽《报孙会宗书》："田彼南山，荒秽不治；种一顷豆，落而为萁。"陶潜《归田园居》："种豆南山下，草盛豆苗稀。晨兴理荒秽，带月荷锄归。"这里并用其意。

[2]拂袖先归去：谓及早归隐。宋李曾伯《送周晌仲大卿归江西》诗："历阶而上公卿易，拂袖以归韦布难。"此用其意。

[3]高官鼎内鱼：喻处境极其危险。典出《后汉书·张纲传》："若鱼游釜中，喘息须臾间耳。"丘迟《与陈伯之书》："而将军鱼游于沸鼎之中，燕巢于飞幕之上，不亦惑乎？"

[4]小吏罝中兔：喻小吏身不由己，受人羁绊。典出《诗·周南·兔罝》，"肃肃兔罝，椓之丁丁"。扬雄《羽猎赋》："放雄兔，收罝罘。"罝，捕兽的网。

[5]争似：怎能比得，怎么能像。争，怎。白居易《题峡中石上》诗："诚知老去风情少，见此争无一句诗。"

◎ 评析

以"鼎内鱼""罝中兔"分别比喻高官的危在旦夕，小吏的受人制约，既新鲜，又深刻，既形象，又贴切。是封建社会的历史教训，也是元代政治生活的一面镜子。

双调·清江引

钱塘怀古

吴山越山山下水[1]，总是凄凉意。江流今古愁[2]，山雨兴亡泪[3]。沙鸥笑人闲未得[4]。

◎ 注释

[1] 吴山：在浙江杭州市城南钱塘江北岸。越山：指浙江绍兴市以北钱塘江南岸的山。因为这一带旧属越国。林逋《长相思》："吴山青，越山青，两岸青山相送迎。"

[2] 江流古今愁：秦观《江城子》："便做春江都是泪，流不尽，许多愁。"与此同意。

[3] 山雨兴亡泪：言山中的雾雨像在为衰亡而流泪。"雨"与上句的"流"为对，是动词，落的意思。兴亡，这里是偏义词，偏在"亡"。

[4] "沙鸥"句：言沙鸥之无拘无束，自由自在。杜甫《奉赠韦左丞丈》："白鸥没浩荡，万里谁能驯？"辛弃疾《水调歌头》："二年鱼鸟江上，笑我往来忙。"此用其意。

◎ 评析

借山水之美，发兴亡之感；以沙鸥之悠闲自在，反衬个人的鞅掌劬劳。情景相融，感慨遥深，是怀古的佳作。

❋ 钱　霖

字子云，松江（今属上海）人。后弃俗为道士，更名抱素，号素庵。晚居嘉兴，筑室鸳湖，名曰"藏六窝"，自号泰窝道人。与徐再思、杨维桢、钱惟善、邵亨贞等俱有唱酬。《录鬼簿》说他的散曲"词语极工"。《辍耕录》亦称其善词曲，有集行于世。《太和正音谱》列其名于"词林英杰"之中。所编《江湖清思集》及词集《渔樵谱》、散曲《醉边余兴》，今皆亡佚。《全元散曲》收其散曲四，套数一。

般涉调·哨遍

看钱奴[1]（套）

试把贤愚穷究，看钱奴自古呼铜臭[2]。徇己苦贪求[3]，待不教泉货周流[4]。忍包羞，油铛插手[5]，血海舒拳[6]，肯落人后？晓夜寻思机彀[7]，缘情钩距[8]，巧取旁搜。蝇头场上苦驱驰[9]，马足尘中厮追逐[10]，积攒下无厌就。舍死忘生，出乖弄丑。

【耍孩儿】安贫知足神明佑[11]，好聚敛多招悔尤[12]。王戎遗下旧牙筹，夜连明计算无休。[13]不思日月搬乌兔[14]，只与儿孙作马牛[15]。添消瘦，不调鼎鼎[16]，恣趁戈矛[17]。

【十煞】渐消磨双脸春[18]，已雕飕两鬓秋[19]。终朝不乐眉长皱，恨不得柜头钱五分息招人借，架上袍一周年不放赎[20]。狠毒性如狼狗，把平人骨肉，做自己膏油。

【九煞】有心待拜五侯[21]，教人唤甚半州[22]。忍饥寒攒得家私厚。待垒做钱山儿倩军士喝号提铃守[23]，怕化作

191

钱龙儿请法官行罡布气留[24]。半炊儿八遍把牙关叩[25]，只愿得无支有管，少出多收。

【八煞】亏心事尽意为，不义财尽力掊[26]，那里问亲兄弟亲姊妹亲姑舅。只待要春风金谷骄王恺[27]，一任教夜雨新丰困马周[28]。无亲旧，只知敬明眸皓齿[29]，不想共肥马轻裘[30]。

【七煞】资生利转多[31]，贪婪意不休，为锱铢舍命寻争斗。田连阡陌心犹窄，架插诗书眼不瞅。也学采菊东篱，子是个装啊元亮[32]，豹子浮丘[33]。

【六煞】恨不得扬子江变作酒[34]，枣穰金积到斗[35]。为几文赙贝钱受了些旁人咒[36]，一斗粟与亲眷分了颜面[37]，二斤麻把相知结下寇仇[38]。真纰缪[39]，一味的骄而且吝[40]，甚的是乐以忘忧[41]。

【五煞】这财曾燃了董卓脐[42]，曾枭了元载头[43]，聚而不散遭殃咎。怕不是堆金积玉连城富[44]，眨眼早野草闲花满地愁。干生受[45]，生财有道[46]，受用无由。

【四煞】有一日大小运并在命宫[47]，死囚限缠在卯酉[48]，甚的散得疾子为你聚来得骤。恰待调和新曲歌金帐，逼临得佳人坠玉楼。[49]难收救，一壁厢投河奔井[50]，一壁厢烂额焦头。

【三煞】窗槅每都飐飐的飞[51]，椅桌每都出出的走[52]，金银钱米都消为尘垢。山魈木客相呼唤[53]，寡宿孤辰厮趁逐[54]。喧白昼，花月妖将家人狐媚[55]，虚耗鬼把仓库潜偷[56]。

【二煞】恼天公降下灾，犯官刑系在囚，他用钱时难参透。待买他上木驴钉子轻轻钉[57]，吊脊筋钩儿浅浅钩[58]。便用杀难宽宥[59]魂飞荡荡，魄散悠悠。

【尾】出落他平生聚敛的情[60]，都写做临刑罪由。将他死骨头告示向通衢里甃[61]，任他日炙风吹慢慢朽。

◎ 注释

[1] 看钱奴：守财奴，吝啬鬼。马致远《双调·夜行船·秋思》："看钱奴硬将心似铁。"郑廷玉写有《看钱奴》杂剧。

[2] 铜臭：对富商的讥称。《释常谈》上："今以富者亦曰铜臭也。"因古钱币多用铜铸。

[3] 徇己：舍生为己，不择手段为个人牟取私利，贾谊《鹏鸟赋》："贪夫徇财兮，烈士徇名。"

[4] 泉货周流：货币流通。泉，古代钱币的名称。《汉书·食货志》："故货，宝于金，利于刀，流于泉。"注："流行如泉也。"

[5] 油铛：油锅。这里言极危险之境。

[6] 血海：比喻地狱中的惨境。《昆奈耶杂事》："今我今者，枯竭血海，超越骨山，闭恶趣门，开涅槃路，置人天道。"

[7] 机彀：机关、圈套。也写作"机勾"。《金钱池》二："寻些虚脾，使些机勾。"

[8] 缘情钩距：随着不同的情况而变换着手段，钩距，亦作"钩巨"，钩致的手段。《汉书·赵广汉传》："尤善为钩距，以得事情。"言善于旁敲侧击，以达到目的。

[9] 蝇头场上：指追逐小利的场合。苏轼《满庭芳》："蜗角虚名，蝇头微利。"

[10] 马足尘中：忙碌于车尘马迹之中，来往奔波走于道路之中。

[11] 安贫知足：安于贫贱，知道满足。《后汉书·韦彪传》："安贫乐道，恬于进趣。"《老子》四十四章："知足不辱，知止不殆，可以长久。"这里合用其事。

[12] 聚敛：搜刮财富。《论语·先进》："季氏富于周公，而求也（冉有）为之聚敛而附益之。"悔尤：悔恨和过失。《论语·为政》："行寡悔，言寡尤。"白居易《忠州刺史谢上表》："不能周慎，自取悔尤。"

[13] "王戎"二句：《晋书·王戎传》："（戎）性好利，广收八方园田，水碓周遍天下，积宝聚钱，不知纪极，每自执牙筹，昼夜算计，恒若不足。"此以王戎的贪吝，形容"看钱奴"的贪鄙。

[14] 日月搬乌兔：言时光在日没月升中流失。乌兔，代指日月，古代神话传说，日中有乌，

月中有兔。

[15] 只与儿孙作马牛：言为儿女作牛作马。谚语："儿孙自有儿孙福，莫为儿孙作马牛。"

[16] 不调裰鼎：不讲究穿和吃。裰，夹衣。鼎，古代烹饪的器具。

[17] 恣趁戈矛：放肆地争夺。戈矛，兵器，这里代指斗争、争夺。

[18] 双脸春：两颊的红润。春，春色，欢喜的颜色。宋陶毂《清异录》："娄师德位贵而性通豁，尤善捧腹大笑，人谓师德笑为齿牙春色。"

[19] 雕飕两鬓秋：两鬓的毛发已经凋残了。雕飕，凋零、凋残。秋，秋霜，言其白如霜。陆游《诉衷情》："胡未灭，鬓先秋。"

[20] 裯：字书无此字，一本作"裯"，亦为字书所无。当指典当的衣物。

[21] 五侯：泛指权贵之家。韩翃《寒食》诗："日暮汉宫传蜡烛，轻烟散入五侯家。"

[22] 甚半州：什么"半州"。言占有半个州县的土地。元代有些大地主田连阡陌、跨州连郡，往往被称为什么"半州"。

[23] 喝号：大声呵斥。提铃：掌管锁钥。

[24] 钱龙儿：《南史·梁元帝纪》："梁元帝与宫人游玄洲苑，见大蛇盘屈于前，群小蛇绕之，并黑色，绎（梁元帝）恶之，宫人曰：'此非怪也，恐是钱龙。'绎命取钱数千万镇于蛇处以厌之。"法官：道士的敬称。行罡布气：道士所作的法术。

[25] 半炊儿：煮半顿饭的工夫。把牙关叩：开口向人乞求，说情。牙关，口，口以齿动开合，故称牙关。孟郊《懊恼》诗："好诗更相嫉，剑戟生牙关。"

[26] 不义财：不应得的钱财，非法所得。掊：搜刮，聚敛。

[27] 只待要春风金谷骄王恺：只想自己春风得意，向别人摆阔气。春风，得意的神态。金谷，园名，晋石崇所建，故址在今河南洛阳东北。王恺，晋代的贵戚。《晋书·石苞传》载：石崇巨富，"与贵戚王恺、羊琇之徒以奢靡相尚。恺以饴澳釜，崇以蜡代薪；恺作紫丝布步障四十里，崇作锦步障五十里以敌之；崇涂屋以椒，恺用赤石脂。崇、恺争豪如此"。此用其事。

[28] 一任教夜雨新丰困马周：不管落魄的英雄。新丰：在陕西临潼东北，汉高祖因其父思念故乡，遂按丰县的格局改筑骊邑，并把丰县的居民迁来，让其父住在那里，故曰新丰。马周，唐初大臣，孤贫落拓，不为州里所重。《新唐书·马周传》："（周）留客汴，为浚仪令崔贤所辱，遂感激而西，舍新丰，逆旅主人不之顾，周命酒一斗八升，悠然独酌，众异之。"此用其事。

[29] 明眸皓齿：明亮的眼睛，洁白的牙齿。此以代指美人。杜甫《哀江头》："明眸皓齿今何在，血污游魂归不得。"

[30] 不想共肥马轻裘：不想把肥马轻裘借给朋友们。典出《论语·公冶长》："子路曰：愿车马，衣轻裘，与朋友共，敝之而无憾。"

[31] 资生：经营产业的办法，生活的凭借。

[32] 子是个装啊元亮：只是一个伪装清高的陶渊明。子，即"只"，元曲中习见。下文
"甚的散得疾子为你聚来得骡"的"子"，亦作"只"讲。元亮，陶潜的字。

[33] 豹子浮丘：假装的道士。豹子，元代称冒牌货为豹子。浮丘，传说中的道士。《列仙
传》："王子乔好吹笙，道人浮丘公接以上嵩山。"

[34] 扬子江变作酒：此从李白《襄阳歌》的"遥看汉水鸭头绿，恰似葡萄初泼醅，此江若
变作春酒，垒曲便筑糟丘台"和辛弃疾《粉蝶儿·和晋臣赋落花》的"把春波都酿作
一江醇酎"的大胆夸张中得到的启发。

[35] 枣穰金积到斗：让赤金堆到北斗边。形容积累的财物极多。《新唐书·尉迟敬德传》：
"隐太子常以书招之，赠金皿一车，敬德以闻。王曰：'公之心如山岳然，虽积金至斗，
岂能移之'。"枣穰金，赤金，金条。《荐福碑》二："俺那相公认的你，着我与你十两
枣穰金"。

[36] 赚贝钱：预付的钱，买青苗的钱。

[37] "一斗粟"句：汉文帝的弟弟淮南厉王谋反，送蜀中安置，中途不食而死，民间为歌谣
以讥之曰："一尺布，尚可缝；一斗粟，尚可舂。兄弟二人不相容。"此用其典。

[38] 寇仇：仇敌。《孟子·离娄下》："君之视臣如土芥，则臣视君如寇仇。"

[39] 纰缪：错误，荒唐。裴松之《上三国志注表》："若乃纰缪显然，言不附理，则随违矫
正，以惩其失。"

[40] 骄而且吝：又骄纵又吝啬。典出《论语·学而》"贫而无谄，富而无骄"和《孟子·滕
文公上》："为富不仁矣，为仁不富矣。"

[41] 乐以忘忧：以得道为乐，忘记了贫贱之忧。语出《论语·述而》："其为人也，发愤忘
食，乐以忘忧。"

[42] 燃了董卓脐：董卓为丞相，曾经把聚敛来的金银珠宝，贮藏在他所筑的郿坞中。后被
吕布所杀，"守尸吏燃火置卓脐中，光明达曙，如是积日"。详见薛昂夫《中吕·朝天
子·咏史》"一脐燃出万民膏"注。

[43] 枭了元载头：元载，唐肃宗时为户部侍郎、江淮转运使，他刻薄聚敛，富甲天下。《新
唐书》本传载："(载)膏腴别墅，疆畛相望，且数十区。名姝异妓，虽禁中不逮。"《太
平广记》卷二百四十三引《尚书故实》说："唐元载破家，籍胡物，得胡椒九百石。"

[44] 堆金积玉连城富：形容占有的财富极多。李贺《嘲少年》："堆金积玉夸豪毅。"连城
富，财富抵得连成一片的许多城池。

[45] 干生受：白白地辛苦一场。《单鞭夺槊》二："将军你莫仇，从今后休辞生受，则要你
分破帝王忧。"

[46] 生财有道：这里是讽刺不择手段地聚敛财富。语出《礼记·大学》："生财有大道"，
本来是说开发财源要根据一定的规律。

[47] 命宫：星命术士的术语，即以本人生时加太阳宫，顺数遇卯为命宫。命宫决定一个人
的寿夭、贫富和贵贱，这是迷信的说法。

［48］卯酉：对立，不和。据星相家的说法，卯为东，酉为西，卯酉相冲，所以把"卯酉"作为"对敌"。《陈州粜米》二："我偏和那有势力的官人每卯酉，谢大人向朝中保奏。"

［49］"恰待"二句：正要在金帐内歌舞新曲时，祸事便来了。此暗用"绿珠坠楼"的典故。《晋书·石崇传》："崇有妓曰绿珠，美而艳，善吹笛。孙秀使人求之……崇竟不许。秀怒，乃劝（赵王）伦诛崇……崇正宴于楼上，介士到门。崇谓绿珠曰：'我今为卿得罪'。绿珠泣曰：'当效死于官前。'因自投于楼下而死。"

［50］一壁厢：一面，一边。

［51］颭颭：摇曳的样子。

［52］出出：突然地，猝然地。

［53］山魈：山林中的妖怪。白居易《霓裳羽衣舞》诗："溢城但听山魈语，巴峡惟闻杜鹃哭。"木客：传说是山中的怪兽，形似人而手爪如钩。皮日休《寄琼州杨舍人》："行遇竹王因设奠，居逢木客又迁家。"

［54］寡宿孤辰：古代星算家认为天干为日，地支为辰，日辰不全叫作"寡宿孤辰"。占卜得此，主事不利。

［55］花月妖：指妖姬艳妇。

［56］虚耗鬼，指败家子弟。

［57］木驴：古代一种惨酷的刑具。在执行死刑时，把罪犯钉在木驴上游街示众，凌迟处死。关汉卿《窦娥冤》曰："押付市曹中，钉上木驴，剐一百二十刀处死。"

［58］吊脊筋钩儿：古代一种残酷的刑具。用铁梳把脊筋钩了出来。

［59］便用杀难宽宥：即便用尽了钱财也得不到宽恕。

［60］出落：显出，表现。《西厢记》四之二："出落得精神，别样的风流。"

［61］将他死骨头告示向通衢里鳌：拿他的尸骨放在大街上示众。通衢，大街。鳌，修饰，装点。

⊙ 评析

　　《南村辍耕录》卷十七："某人以善经纪，积资至巨万计，而既鄙且吝，不欲书其姓名。其尊行钱素庵者抱素，逸士也，多游名公卿间，善诗曲，有集行于世。某尝以富贵骄之，故作今乐府一阕讥警焉。"又说；"此曲虽为某而作，然亦可以为世劝。"这个套曲把看钱奴的悭吝刻薄，刻画得入木三分，淋漓尽致，足抵鲁褒的《钱神论》一文、郑廷玉的《看钱奴》一剧，是一篇喻世、警世的杰作。

徐再思

字德可，号甜斋，嘉兴（今属浙江）人，曾经做过嘉兴路吏，与贯云石、张可久同时。贯号酸斋，世有"酸甜乐府"之称，近人将他们的散曲合为一帙，名之曰《酸甜乐府》。其实两人的风格迥异，贯以豪放为主，徐以清丽为本。《全元散曲》收录其小令一百零三首，半为艳情之什。

黄钟·红锦袍[1] 二首

一

那老子陷身在虎狼穴[2]，将夫差仇恨雪[3]，进西施计谋拙[4]。若不早去些，鸟喙意儿别[5]。驾着一叶扁舟，披着一蓑烟雨，望他五湖中归去也。[6]

◎ 注释

[1] 红锦袍：黄钟宫的一个曲牌，又名《红衲袄》。句式是：六五五、五五、四四六。八句六韵，第六、七两句可不叶韵。

[2] 那老子：指范蠡。虎狼穴：喻危险的境地。关汉卿《单刀会》四："又不比九重龙凤阙，可正是千丈虎狼穴。"

[3] 夫差：春秋末年吴的国君，曾经大败越军，迫使越国屈服。后来越王勾践用范蠡等人"十年生聚、十年教训"的政策，终于转弱为强，灭了吴国。

[4] "进西施"句：《吴越春秋》卷五《勾践阴谋外传》："越王谓大夫种曰：'孤闻吴王淫而好色，惑乱沉湎，不领政事，因此而谋可乎？'种曰：'可，夫吴王淫而好色，宰嚭佞以曳心，往献美女，其必受之。惟王选择美女二人而进之。'越王曰：'善。'乃使相诸国中，得苎萝山鬻薪之女，曰西施、郑旦，饰以罗縠，教以容步，习于土城，临于都巷，三年学成而献于吴。"此用其事，但以大夫种为范蠡。

[5] 鸟喙：指越王勾践。《史记·越王勾践世家》："范蠡遂去，自齐遗大夫种书曰：'越王为人，长颈鸟喙，可与共患难，不可与共安乐，子何不去？'"鸟喙，亦作"鸟咮"。

[6] "驾着"三句：《史记·越王勾践世家》："（范蠡）乃装其轻宝珠玉，自与其私徒属乘舟

浮海以行，终不反。"辛弃疾《摸鱼儿·观潮上叶丞相》："谩教得陶朱，五湖西子，一舸弄烟雨。"

◎ 评析

　　这是借范蠡的急流勇退，泛舟五湖，离开了那"虎狼穴"，在"一蓑烟雨"中过着自由自在的生活，来表达自己的生活情趣和处世哲学。在淡淡的语言中，寄寓着深深的感喟。

二

那老子觑功名如梦蝶[1]，五斗米腰懒折[2]，百里侯心便舍[3]。十年事可嗟，九日酒须赊[4]。种着三径黄花[5]，栽着五株杨柳[6]，望东篱归去也[7]。

◎ 注释

[1] 那老子：指陶渊明。梦蝶：虚幻的景象。详马致远《双调·夜行船·秋思》"百岁光阴一梦蝶"注。

[2] "五斗米"句：言不能为了微薄的俸禄向人卑躬屈节。梁萧统《陶潜传》："吾岂能为五斗米，折腰向乡里小儿？即日解印绶去职，赋《归去来》。"

[3] 百里侯：即县令，因其管辖之地不过百里。陶渊明曾经作过彭泽令，故云。典出《三国志·蜀志·庞统传》："庞士元非百里之才也，使处治中、别驾之任，始当展其骥足耳。"

[4] "九日"句：《续晋阳秋》："陶潜九月九日无酒，于宅边菊丛中摘盈把，坐其侧，望见白衣人，乃王弘送酒，即便就酌而后归。"此用其事。

[5] "种着"句：种了满院的菊花。典出陶潜《归去来辞》："三径就荒，松菊犹存。"黄花：即菊花。李清照《醉花阴》："帘卷西风，人比黄花瘦。"

[6] 栽着五株杨柳：晋陶潜《五柳先生传》："先生不知何许人也，亦不详其姓氏，宅边有五柳树，因以为号焉。"萧统《陶渊明传》说："(潜) 尝著《五柳先生传》以自况，时人谓之实录。"这是借以写隐居生活的情趣。参见鲜于必仁《越调·寨儿令》"五柳庄月朗风轻"注。

[7] 东篱：喻隐士的庄园。典出陶渊明《饮酒》诗的"采菊东篱下，悠然见南山"。

这是以陶渊明自况，极写隐逸生活的情趣。曲中用渊明一生的事迹，概括了作者的人生哲学。表面上是写渊明，骨子里是写自己，亦人亦我，人我俱化，是一支脍炙人口的佳作。

仙吕·一半儿

病 酒

昨宵中酒懒扶头[1]，今日看花惟袖手[2]，害酒愁花人问羞[3]。病根由，一半儿因花一半儿酒。

◎ 注释

[1]扶头：古人于卯时饮酒，称为"扶头酒"。白居易《早饮湖州酒寄崔使君》："一榼扶头酒，澄泓泻玉壶。"贺铸《南乡子》："易醉扶头酒，难逢敌手棋。"

[2]"今日"句：此从前人"老去看花惟袖手"的诗句中脱胎而来。花：这里喻美人。

[3]害酒：伤酒，病酒，即因酒醉而感到不适。《金钱记》三："（王府尹白）既不为思乡，你莫不害酒么？"

◎ 评析

这是写诗人醉酒迷花的散诞生活。写得清新细腻，委曲动人。

中吕·朝天子

西 湖

里湖，外湖[1]，无处是无春处。真山真水真画图[2]，一片玲珑玉[3]。宜酒宜诗，宜晴宜雨[4]。销金锅[5]，锦绣窟[6]。老苏，老逋[7]，杨柳堤梅花墓。

◎ 注释

[1] 里湖外湖：杭州西湖以孤山、白堤、苏堤分隔为里湖、外湖、后湖、南湖。湖光山色，十分绮丽。

[2] "真山真水"句：极言西湖的风光如画。历代诗人题咏西湖的甚多，柳永《望海潮》的"三秋桂子，十里荷花。羌管弄晴，菱歌泛夜"，苏轼《饮湖上初晴后雨》的"湖光潋滟晴方好，山色空濛雨亦奇"，并此而三。

[3] 一片玲珑玉：澄澈透明像玉一样。玲珑，透明。李白《玉阶怨》："却下水晶帘，玲珑望秋月。"

[4] 宜晴宜雨：无论晴天和雨天都是很美的。这是从苏轼《饮湖上初晴后雨》诗的"晴方好""雨亦奇"点化出来的。

[5] 销金锅：喻挥金如土。《武林旧事·西湖游幸》载："西湖景，朝昏晴雨皆宜……日糜金钱，靡有纪极。故杭谚有'销金锅儿'之号。"

[6] 锦绣窟：言西湖的游人衣锦披绣，两岸的艳妓穿金戴银，一眼看去，简直像堆积锦绣的窟穴。

[7] 老苏：指苏轼。他在做杭州刺史时，曾经主持疏浚西湖，灌溉良田，又利用葑泥筑起一道堤防，后人叫它"苏堤"，因为堤上杨柳成荫，所以又叫作"杨柳堤"。老逋：指林逋。他隐居西湖孤山，终生不娶，与梅花、仙鹤为伴，人称"梅妻鹤子"，死葬孤山，即所谓"梅花墓"，亦称"和靖墓"。

◎ 评价

　　写西湖的景色，是"一句一世界"；写西湖的胜迹，是"一字一春秋"，酣畅淋漓，自然巧妙，不避复，不使事，而西湖之豪奢，历历如绘，具有极强的艺术概括力。

中吕·阳春曲

闺　怨

妾身悔作商人妇[1]，妾命当逢薄幸夫[2]。别时只说到东吴[3]，三载余，却得广州书[4]。

◎ 注释

[1] 妾身悔作商人妇：此从白居易《琵琶行》的"门前冷落车马稀，老大嫁作商人妇。商人重利轻别离，前月浮梁买茶去"中化出。

[2] 薄幸夫：负心的丈夫，薄情的汉子。

[3] 东吴：古地区名，泛指太湖流域全境。因三国时的吴，地处江东，号称东吴。又明代周祁《名义考》：以苏州为东吴，润州为中吴，湖州为西吴。

[4] 广州：在珠江三角洲北部，唐以后置市舶司于此，向为外商海舶凑集之地。

◎ 评价

　　此曲全从刘采春《罗唝曲》："那年离别日，只道住桐庐。桐庐人不见，今得广州书"化出，仅把"桐庐"改为"东吴"，把整齐的五言句，改成参差错落的长短句，便显得更尖新，更直率，更富于曲的韵味，大有"点睛欲飞"之妙，足见诗人的冶炼工夫。

双调·蟾宫曲

春　情

平生不会相思，才会相思，便害相思。身似浮云[1]，心如飞絮[2]，气若游丝[3]。空一缕余香在此，盼千金游子何之[4]。证候来时[5]，正是何时？灯半昏时，月半明时。

◎ 注释

[1] 身似浮云：言像飘浮在天空的云彩，来去无定。李白《送友人》："浮云游子意，落日故人心。"

[2] 心如飞絮：言像柳絮之飞舞，到处牵情。晏殊《破阵子》："池上碧苔三四点，叶底黄莺一两声，日长飞絮轻。"

[3] 气若游丝：言像蜘蛛昆虫等所吐的丝，飘游空中。庾信《春赋》："一丛香草足碍人，数尺游丝即横路。"辛弃疾《卜算子》："只共梅花语，懒逐游丝去。"

[4] 千金游子：喻高贵的羁旅在外的人。即曲中女主人公的恋人。

[5] 证候：病状，发病的症状。元曲中一般用以指相思病。《西厢记》三之二："请个好太医看他证候咱。"作者《天净沙·题情》："不重不轻证候。"

◎ 评析

　　徐再思是言情的高手，曲折尽致，细腻入微，自然本色，纯乎天籁。《坚瓠壬集》卷三说这首曲"其得相思三昧者与"？《顾曲麈谈》卷下说这首曲"正镂心刻骨之作，直开玉茗（汤显祖），粲花（吴炳）一派矣"。

双调·沉醉东风

春　情

　　一自多才间阔[1]，几时盼得成合[2]？今日猛见他门前过，待唤着怕人瞧科[3]。我这里高唱当时《水调歌》[4]，要识得声音是我。

◎ 注释

[1] 多才：男女对所欢的一种亲昵的称呼。《西厢记》四之一："数着他脚步儿行，倚着窗棂儿待，寄语多才。"间阔：长期间的别离。陆游《久雨》："邻舍相逢惊间阔，通宵不寐听淋浪。"

[2] 成合：结合。

[3] 瞧科：看见，清楚地察觉到。《对玉梳》二："你与我打睃，有甚不瞧科？"

[4] 水调歌：即《水调歌头》，当时流行的歌曲。相传为隋炀帝开汴河时所制，唐人把它演为大曲，声调最为怨切。杜牧《扬州》诗："谁家歌《水调》？明月满扬州。"张先《天仙子》："《水调》数声持酒听，午醉醒来愁未醒。"说明它在唐、宋时代也是很流行的。

◎ 评析

　　这是一支饶有风趣的小曲，它塑造了一个机智、热情、大胆、纯真的少女形象，把冷酷的封建礼教在欢声笑语中给以无情的践踏，声口毕肖，神情如画，让女主人公的心理活动一步一步地展现在读者的面前。

双调·清江引

相　思

相思有如少债的[1]，每日相催逼。常挑着一担愁，准不了三分利[2]。这本钱见面时才算得。

◎ 注释

[1] 少债的：负债的，欠债的。

[2] 准不了：折不了，抵不得。准，抵偿。《窦娥冤》楔子："我有心看上他，与我家做个媳妇，就准了这四十两银子，岂不两得其便。"

◎ 评析

　　这支小曲，设喻新奇，以负债的沉重压力，喻相思的无法解脱；以债务的日日催逼，喻相思的时时纠缠。将无形之愁，化为具体的人际间的债务关系，使生活在元代的感人受特别深刻。元代有一种羊羔息，据元好问《顺天万户张公勋德第二碑》云："岁有倍称之积，如羊出羔，今年而二，明年而四，又明年而八，至十年则累而千。"

双调·水仙子

夜　雨

一声梧叶一声秋[1]，一点芭蕉一点愁[2]，三更归梦三更后。落灯花棋未收[3]，叹新丰逆旅淹留[4]。枕上十年事[5]，江南二老忧[6]，都到心头。

◎ 注释

[1]"一声"句：温庭筠《更漏子》："梧桐树，三更雨，不道离情正苦。一叶叶，一声声，空阶滴到明。"这是概括其词意。

[2]"一点芭蕉"句：杜牧《芭蕉》诗："芭蕉为雨移，故向窗前种。怜渠点滴声，留得归乡梦；梦远莫归乡，觉来一番动。"李煜《长相思》："秋风多，雨如和。帘外芭蕉三两棵，夜长人奈何！"此取其意境。

[3]落灯花、棋未收：赵师秀《有约》诗："有约不来过夜半，闲敲棋子落灯花。"

[4]"叹新丰"句：暗用马周在新丰被店主冷落的故事。此以唐初大臣马周自比。详见钱霖《般涉调·哨遍》注。

[5]枕上十年事：言伏枕回忆往事。此用黄庭坚《虞美人·宜州见梅作》："平生个里愿深杯，去国十年老尽少年心"的词意。

[6]"江南"句：言生活在遥远的江南的双亲为他飘零异乡而担忧。二老，指双亲。庾信《王祥扣冰鱼跃赞》："二老同膳，双鱼共浮。"

◎ 评析

　　此曲写客中夜雨，乡思倍增，自然贴切，警策动人。所以《中原音韵·作词十法》将它列为"定格"，《艺苑卮言》附录一说它是"情中紧语"，《雨村曲话》卷上称道它是"人不能道"。

双调·水仙子

春　情

九分恩爱九分忧[1]，两处相思两处愁，十年迤逗十年受[2]。
几遍成几遍休[3]，半点事半点惭羞。三秋恨三秋感旧[4]，
三春怨三春病酒[5]，一世害一世风流[6]。

◎ 注释

[1]"九分"句：极言其恩爱之深，相思之甚。盖古人以九喻多。清汪中《述学·释三九》："凡一二之所不能尽者则约之以三，以见其多；三之所不能尽者则约之以九，以见其极多。"

[2]"十年"句：言十年中饱尝了相思的痛苦。迤逗，勾引、引诱。也写作"拖逗""拖斗"。《东墙记》三："我想来，都是这小贱人拖逗的来"。受，受苦，活受熬煎。

[3]"几遍"句：屡次结合，又屡次告吹。成，成合，结合；休，罢休，告吹。

[4]三秋：秋季的第三个月。王勃《滕王阁序》："时维九月，序属三秋。"

[5]"三春"句：整个春天里都靠酒来浇愁。三春，此指春季的三个月。即农历正月的孟春，二月的仲春，三月的季春。病酒，伤了酒，即饮酒过度而感到不舒适。李清照《凤凰台上忆吹箫》："新来瘦，非干病酒，不是悲秋。"

[6]"一世"句：言一辈子为情所累。害，累倒，病倒。《金钱记》三："害则害，甘心儿为他僝僽。"僝僽，烦恼、忧愁的意思。

◎ 评析

　　这是一个思妇的内心自白，写得细腻缠绵，口吻毕肖。数量词的反复运用；首尾两鼎足对，工稳自然；句句用韵，增加了它的对称美和音乐感，是徐再思乐府中的佳作。

✦**孙周卿**　　《太平乐府》称他为古邠（今陕西彬县）人，孙楷第《元曲家考略》又说他是古汴（今河南开封）人。曾经流寓江西、湖南。近人据江西傅若金《绿窗遗稿序》："故妻孙氏蕙兰，早失母，父周卿先生。"推断其即傅氏之岳父。《全元散曲》收录他的小令二十三首。

双调·水仙子

山居自乐

西风篱菊粲秋花，落日枫林噪晚鸦，数椽茅屋青山下。是山中宰相家[1]，教儿孙自种桑麻[2]。亲眷至煨香芋，宾朋来煮嫩茶，富贵休夸。

◎ 注释

[1] 山中宰相：指隐士陶弘景。《南史·陶弘景传》："陶隐句曲山（即江苏西南部之茅山），武帝时，礼聘不出。国有大事，辄就咨询，时称'山中宰相'。"

[2] 教儿孙自种桑麻：典出杨恽《报孙会宗书》："长为农夫以没世矣，是故率妻子，戮力耕桑，灌园治产。"桑麻，泛指农事。陶潜《归田园居》："但道桑麻长。"孟浩然《过故人庄》："把酒话桑麻。"

◎ 评析

　　此曲以陶弘景自比，抒发其亦官亦隐的生活情趣。既能隐居高卧，不受任何羁绊；又有政治影响，受到最高统治者的礼遇，这是封建文人所向往、所追求的社会地位。孛罗御史的"山中闲宰相，林外野人家"（《南吕·一枝花》套曲），马致远的"会作山中相，不管人间事，争什么半张名利纸"（《双调·清江引·野兴》）！都流露出这样的思想感情。

◈ 顾德润　　字君泽，一作均泽，号九山，一作九仙，松江（今属上海）人。仕途失意，只做过杭州路吏。他把自己的才情，全部倾注在诗和曲的创作上，著有《诗隐》和《九山乐府》，并镂板刊行，自售于市。钱惟善称赞他是"风流见逸才"，"歌章大雅声"（《送顾君泽移平江》），朱晞颜称赞他是"谑浪笑傲，睨世而不废啸歌者"（《顾君泽赞》），《全元散曲》收其小令八支、套曲二首，《太和正音谱》说他的曲"如雪中乔木"。

南吕·骂玉郎过感皇恩采茶歌

述　怀

蛛丝满甑尘生釜[1]，浩然气尚吞吴[2]。并州每恨无亲故[3]。

三匝乌^[4]，千里驹^[5]，中原鹿^[6]。　　走遍长途，反下乔木^[7]。若立朝班^[8]，乘骢马^[9]，驾高车^[10]。常怀卞玉^[11]，敢引辛裾^[12]。羞归去，休进取，任揶揄^[13]。暗投珠^[14]，叹无鱼^[15]。十年窗下万言书^[16]，欲赋生来惊人语^[17]，必须苦下死工夫。

◎ 注释

[1]"蛛丝满甑"句：此用东汉范冉甘守清贫的典故，以表现其藐屣功名、浮云富贵的傲岸性格。详见刘时中《正宫·端正好》套"甑生尘老翁饥"注。

[2]浩然气尚吞吴：言正大刚正之气尚足以吞并东吴。浩然气，刚正之气。语出《孟子·公孙丑上》："我善养吾浩然之气。"吞吴，喻有宏图，有远大的理想。语出杜甫《八阵图》："江流石不转，遗恨失吞吴。"

[3]并州每恨无亲故：言他乡没有亲戚故旧。此用贾岛《渡桑干》"客舍并州已十霜，归心日夜忆咸阳"的诗意。

[4]三匝乌：喻无枝可依，无家可归。此用曹操《短歌行》："月明星稀，乌鹊南飞，绕树三匝，无枝可依"的诗意。

[5]千里驹：比喻英俊有为的人。屈原《卜居》："宁昂昂若千里之驹乎?"又鲁仲连、刘德、曹休，都有"千里驹"的称号。

[6]中原鹿：喻竞争权力，奔走功名。《史记·淮阴侯列传》："秦失其鹿，天下共逐之，于是高才疾足者先得焉。"魏徵《述怀》诗："中原方逐鹿，投笔事戎轩。"此用其事。

[7]反下乔木：言愈出愈下，越来越低。《诗·小雅·伐木》："出自幽谷，迁于乔木"，《孟子·滕文公上》："吾闻出于幽谷，迁于乔木者，未闻下乔木而入于幽谷者。"都是说应由低处走向高处，这是反其意而用之。

[8]朝班：高级官员朝拜时的位次。杜甫《秋兴》之五："一卧沧江惊岁晚，几回青琐点朝班。"

[9]乘骢马：此用东汉桓典的故事。《后汉书·桓荣传附桓典》：桓典拜侍御史，是时宦官秉权，典执政无所回避，常乘骢马（青白色的马），京师畏惮，为之语曰："行行且止，避骢马御史。"后因以为执法严正之典·骆宾王《幽絷书情通简知己》："骢马刑章峻，苍鹰狱吏猜。"

[10]驾高车：此用汉于公的故事《汉书·于定国传》："其父于公，为县狱吏，郡决曹。决狱平，罗文法者，于公所决，皆不恨……其闾门坏，父老方共治之。于公曰：'少高大门闾，令容驷马高盖车。我治狱多隐德，未尝有所冤，子孙必有兴者。'至定国为丞

相，永为御史大夫，封侯传世云。"

[11] 常怀卞玉：喻自己怀才不遇，依然赤胆忠心。《韩非子·和氏》：楚人和氏得玉璞楚山中，先后献之厉王、武王，皆以为诳而刖其左、右足。"文王即位，和乃抱其璞而哭于楚山之下，三日三夜泪尽而继之以血。王闻之，使人问其故，曰：'天下之刖者众矣，子奚哭之悲也？'和曰：'吾非悲刖也，悲夫宝玉而题之以石，贞士而名之以诳，此吾所以悲也。'王乃使玉人理其璞而得宝矣，遂命曰'和氏之璧'。"

[12] 敢引辛裾：言敢于像辛毗一样直言谏诤。《三国志·魏书·辛毗传》：辛毗与朝臣欲谏，"帝不答，起入内，毗随而引其裾，帝遂奋衣而还，良久乃出，曰：'佐治（即辛毗），卿持我何太急耶？'毗曰：'今徙，既失民心，又以无食也。'帝遂徙其半（士家十万户之半）。"

[13] 揶揄：嘲笑；捉弄。白居易《东南行》："时遭人指点，数被鬼揶揄。"

[14] 暗投珠：喻贵重的东西落到不识货的人手里。《史记·鲁仲连邹阳传》："臣闻明月之珠，夜光之璧，以暗投人于道路，人无不按剑相眄者，何则？无因而至前也。"此用其事。

[15] 叹无鱼：言怀才不遇，没有受到重视。《战国策·齐四》：冯谖（《史记·孟尝君传》作"冯谖"）客孟尝君，弹其铗而歌曰："长铗归来乎！食无鱼。"此用其事。

[16] "十年"句：言经过长期的考虑，写下了万言长策。李白《答五十二寒夜独酌有怀》："吟诗作赋北窗里，万言不值一杯水。"辛弃疾《鹧鸪天》："却将万字平戎策，换得东家种树书。"此合用其意

[17] 惊人语：李白有"恨不携惊人谢朓句来"的话，杜甫有"为人性僻耽佳句，语不惊人死不休"的诗，此用其意。

◎ 评析

　　这是一个怀才不遇、仕途坎坷的正直知识分子的解嘲语、愤激语。他虽然"甑生尘"，却仍然有一种"浩然正气"；他虽然"叹无鱼"，却仍然"常怀卞玉，敢引辛裾"。正是这样的知识分子，构成了中华民族的脊梁，却往往"明珠暗投"，得不到统治阶级的赏识和重视。所以作者的述怀，既是处于社会低层的知识分子的共同心态，也是他们对"黄钟毁弃、瓦釜雷鸣"的不合理现象的控诉。

❈ 曹 德

字明善，曾官衢州路吏，后又为山东宪使。与薛昂夫、任昱有唱和。伯颜擅权时，他曾写《清江引》二首，对他进行讽刺，以此得罪，避居吴中一僧舍。至伯颜败，方再入京。《全元散曲》录其小令十八首。《录鬼簿》称其乐府"华丽自然，不在小山下"。

双调·清江引 二首

一

长门柳丝千万结[1]，风起花如雪[2]。离别复离别，攀折更攀折[3]，苦无多旧时枝叶也。

二

长门柳丝千万缕，总是伤心树[4]。行人折嫩条[5]，燕子衔轻絮，都不由凤城春作主[6]。

◎ 注释

[1] 长门：汉宫名，武帝妃陈皇后被幽禁于此，这里借指元宫。《元史·唐其势传》：伯颜尽杀皇后党羽，幽禁皇后伯牙吾氏于冷官。后被执时，向顺帝求救，大呼"陛下救我"，顺帝慑于伯颜的权势，违心地说："汝兄弟为逆，岂能相救耶？"这里暗指此事。

[2] 风起花如雪：这里以雪的飘扬，形容柳絮的纷飞。韩愈《晚春》诗："杨花榆荚无才思，惟解漫天作雪飞。"苏轼《少年游·闰州作代人寄远》词："去年相送，余杭门外，飞雪似杨花。今年春尽，杨花似雪，犹不见还家。"

[3] 攀折更攀折：这是化用周邦彦《兰陵王》："长亭路，年去岁来，应折柔条过千尺"的语意，以喻元顺帝的宗室和外戚被伯颜杀戮殆尽。

[4] 伤心树：有着许多创伤的树。《战国策·秦三》："木实繁者披其枝，披其枝者伤其心。"《史记·灌夫传》："此所谓枝大于本，胫大于股，不折必披。"这是以树枝被折，暗喻

顺帝的孤立无援。

[5] 行人折嫩条：柳氏《杨柳枝》："杨柳枝，芳菲节，苦恨年年伤离别。"杜牧《送别》："溪边杨柳色参差，攀折年年赠别离。"

[6] 凤城：京城的别称。相传秦穆公女弄玉善吹箫，凤降其城，因号为丹凤城。其后乃泛指京城为凤城。沈佺期《古意呈乔补阙知之》诗："白狼河北音书断，丹凤城南秋夜长"。

◎ 评析

《辍耕录》卷八云："太师伯颜擅权之日，剡王彻彻都、高昌王帖木儿不花，皆以无罪杀。山东宪使曹明善时在都下，作《岷江绿》（即《清江引》）二词以讽之，大书于五门之上。伯颜怒，令左右暗察得实，肖形捕之，明善出避吴中一僧舍。居数年，伯颜事败，方再入京。"说明作者是自觉地运用这种雅俗共赏的散曲，去和孤立王室的权奸作斗争的。今人认为它除了讽刺杀戮宗室以外，还讽刺了伯颜诛戮后党，幽禁皇后，与"长门""凤城"两典，联系更为密切，似亦可取。故贾仲明在《凌波曲》中赞美作者说："神京独赋《长门柳》，士林中逞俊流，万人内占了鳌头。"也高度评价了这一义举。

◈ **吕止庵**　　生平不详，疑即吕止轩。《阳春白雪》《太平乐府》及《太和正音谱》均收录其作品，署名吕止庵。而《雍熙乐府》《北词广正谱》则署为吕止轩或止轩。《全元散曲》收录其小令三十三，套数四。

仙吕·后庭花

孤身万里游，寸心千古愁[1]。霜落吴江冷[2]，云高楚甸秋[3]。认归舟，风帆无数，斜阳独倚楼。[4]

[1]寸心：区区之心。典出《三国志·蜀志·诸葛亮传》："（徐）庶辞先主而指其心曰：'本欲与将军共图王霸之业者，以此方寸之地也。今已失老母，方寸乱矣。'"后因以诚心为"寸心"。何逊《夜梦故人》："相思不可寄，直在寸心中。"

[2]霜落吴江冷：这是用唐人崔信明的断句"枫落吴江冷"，而易"枫"为"霜"。

[3]楚甸：楚地。这里泛指江南地区。

[4]"认归舟"三句：谢朓《宣城郡出新林浦向板桥》："天际识归舟，云中辨烟树。"刘采春《罗唝曲》："朝朝江口望，错认几人船。"温庭筠《望江南》："梳洗罢，独倚望江楼。过尽千帆皆不是，斜晖脉脉水悠悠，肠断白蘋洲。"柳永《八声甘州》："想佳人妆楼颙望，误几回天际识归舟。"都是这支小令的粉本。

◎ 评析

此曲写天涯游的秋思。霜落江冷，风高楚秋，把时间的跨度和空间的跨度有机地结合起来，既以显示时间之长，又以显示道路之远，在时空的设计上是卓具匠心的。结尾三句，忽从对方设想，进一步表现出作者的悲秋心情。不着痕迹地运用前人的诗词意境，尤见功力。

中吕·醉扶归

有意同成就，无意大家休[1]。几度相思几度愁，风月虚遥授[2]。你若肯时肯，不肯时罢手，休把人空迤逗[3]。

◎ 注释

[1]大家休：言彼此作罢，不要再纠缠了。

[2]风月："风花雪月"的缩语，旧以喻男女的情爱。乔吉《金钱记》三："本是些风花雪月，都做了笤杖徒流。"遥授：虚授，与实授相对。过去任命官吏，有所谓"遥授""遥领"，借用到这里，就显得很俏皮。

[3]迤逗：勾引，逗引。详见徐再思《双调·水仙子·春情》"十年迤逗十年受"注。

◎ 评析

　　此曲塑造了一个大胆、泼辣而又热情的少女形象，在关键时刻向对方提出断然的要求。曲词纯用俗语，本色自然，声口毕肖，令人捧腹绝倒。

❖ 亢文苑

生平事迹不详。《青楼集》说他曾写过《南吕·一枝花》套赠给"姿艺并佳"之京师旦色周人爱的儿媳玉叶儿，说明他曾经在大都与歌妓们有着密切的交往。《全元散曲》收录其散套三首。

南吕·一枝花

咏　怀（套）

琴声动鬼神[1]，剑气冲牛斗[2]；西风张翰志[3]，落日仲宣楼[4]。潘鬓成秋[5]，渐觉休文瘦[6]，卧元龙百尺楼[7]。自扶囊拄杖挑包，醉濯足新丰换酒。[8]

【梁州】尽是些喧晓日茅檐燕雀[9]，故意困盐车千里骅骝[10]，英雄肯落儿曹彀[11]？乾坤倦客，江海扁舟[12]；床头金尽[13]，壮志难酬。任飘零身寄南州[14]，恨黄尘敝尽貂裘[15]。看别人苦眼铺眉[16]，笑自己缄舌闭口[17]，但只索向寒窗袖手藏头。如今，更有，那屠龙计策干生受[18]。慢劳攘，慢奔走，顾我真成丧家狗[19]，计拙如鸠[20]。

【尾】蛟龙须待春雷吼，雕鹗乘风万里游；[21]大丈夫峥嵘恁时候[22]，扶汤佐周[23]，光前耀后，直教万古清名长不朽。

◎ 注释

[1] 琴声动鬼神：喻才情甚高。典出《淮南子·览冥训》："昔者师旷奏《白雪》之音，而神物为之下降。"白雪：雅调。

[2] 剑气冲牛斗：用晋张华发现斗牛之间常有异气，果在丰城地下掘得龙泉、太阿两柄宝剑。详见施惠《南吕·一枝花·咏剑》"离匣牛斗寒"注。

[3] 西风张翰志：用张翰因秋风起，思吴中莼菜鲈鱼，弃官归隐的故事。详见张可久《黄钟·人月圆·客垂虹》"莼羹张翰"注。

[4] 落日仲宣楼：王粲因中原丧乱，南投刘表，没有得到重用，便在当阳城楼作《登楼赋》，以抒发其飘零他乡、志不得伸的感慨。中有"步栖迟以徙倚兮，白日忽其将匿"之句，言徘徊楼上，不觉白日将落。仲宣，王粲的字。

[5] 潘鬓成秋：言年华易老。典出潘岳《秋兴赋序》："晋十有四年，余春秋三十有二，始见二毛。"又赋中有"斑鬓髟以承弁兮，素发飒以垂领"之句。

[6] 渐觉休文瘦：言日益消瘦。《南史·沈约传》："(约)与徐勉素善，遂以书陈情于勉，言己老病：'百日数旬，革带常应移孔；以手握臂，率计月小半分。'欲谢事。"休文，即沈约。

[7] 卧元龙百尺楼：《三国志·魏志·陈登传》："陈登者，字元龙，在广陵有威名……(许)氾曰：'昔遭乱过下邳，见元龙。元龙无客主之意，久不相与语，自上大床卧，使客卧下床。'(刘)备曰：'君有国士之名，今天下大乱，帝主失所，望君忧国忘家，有救世之意，而君求田问舍，言无可采，是元龙所讳也，何缘当与君语？如小人，欲卧百尺楼上，卧君于地，何但上下床之间耶？'"此用其事。

[8] "自扶囊"二句：唐初的大臣周У，少不得志，为地方官所辱，独自拄杖挑包从故乡茌平来到长安新丰镇一家大酒店，受到店主人的冷遇，他便叫来五斗酒，独饮了三斗多，将剩下来的酒用来洗脚。店里的人见了，无不惊异。事见《古今小说》。

[9] 茅檐燕雀：喻没有大志。典出《史记·陈涉世家》："陈涉少时，尝与人佣耕，辍耕之垄上，怅恨久之，曰：'苟富贵，无相忘。'佣者笑而应之曰：'若为佣耕，何富贵也？'陈涉太息曰：'嗟乎，燕雀安知鸿鹄之志哉！'"

[10] 困盐车千里骅骝：《战国策·楚四》："夫骥骤服盐车，上太山中坂，迁延负辕不能上，伯乐下车攀之哭。"《韩诗外传》："骥罢盐车，此非形容也，莫知之也；使骥不得伯乐，安得千里之足？"贾谊《吊屈原赋》："骥垂两耳，驾盐车兮。"《盐铁论·讼贤》："骐骥之挽盐车，垂头于太行之坂。"都是它的出典。骅骝，即骐骥，也就是千里马。

[11] 英雄肯落儿曹彀：喻在他人的掌握之中。王定保《唐摭言》："(唐太宗)见进士缀行而出，喜曰：'天下英雄入吾彀中矣。'"儿曹，犹言"竖子""小子"。彀，本指弓弩所及的射程范围，这里喻指掌握、圈套。

[12] 江海扁舟：《史记·货殖列传》："范蠡既雪会稽之耻……乃乘扁舟浮于江湖。"此用其事。

[13] 床头金尽：形容陷入贫困之境。张籍《行路难》："君不见床头黄金尽，壮士无颜色。"

[14] 南州：泛指南方地区。屈原《九章·远游》："嘉南州之炎德兮，丽桂树之冬荣。"又《后汉书·徐稚传》："及林宗（郭泰）有母忧，（徐）稚往吊之，置生刍一束于庐前而去。众怪，不知其故。林宗曰：'此必南州高士徐孺子也。'"此以高士徐稚自比。

[15] 敝尽貂裘：此以苏秦自比。《战国策·秦策》：苏秦以连横游说于秦王不用，"黑貂之裘敝，黄金千斤尽，资用乏绝，去秦而归。"

[16] 苫眼铺眉：装模作样。元时的方言。《风光好》二："想昨日在坐上那些势况，苫眼铺眉，尽都是谎。"

[17] 缄舌闭口：喻一言不发。亦作"钳口结舌"。王符《潜夫论·贤难》："此智士所以钳口结舌，括囊共默而已者也。"

[18] 屠龙计策干生受：典出《庄子·列御寇》："朱泙漫学屠龙于支离益，殚千金之家，三年技成，而无所用其巧。"这是说空有一身本事而派不上用场。干生受，犹言白白地辛苦一番。

[19] 丧家狗：形容无家可归，到处流浪。《史记·孔子世家》："郑人或谓子贡曰：'东门有人，其颡似尧，其项类皋陶，其肩类子产，然自腰以下，不及禹三寸，累累若丧家之狗。'子贡以实告孔子。孔子欣然笑曰：'形状，末也，而谓似丧家之狗，然哉！然哉！'"

[20] 计拙如鸠：这是以笨拙自谦。《禽经》："鸠拙而安。"张华注："《方言》云：蜀谓拙鸟，不善营巢，取乌巢居之，虽拙而安也。"参见马致远《双调·夜行船·秋思》："休笑巢鸠计拙"注。

[21] "蛟龙"二句：言终有大显身手的时候。《三国志·吴志·周瑜传》："刘备以枭雄之姿，得张、关为之辅。蛟龙得云雨，终非池中物也。"《淮南子·原道训》："秋风下霜，倒生挫伤。鹰雕搏鸷，昆虫蛰藏。"这是合用两典。杜甫《奉赠严八阁老》："蛟龙得云雨，雕鹗在秋天。"当是此语的直接运用。

[22] 峥嵘：超越寻常。杜荀鹤《送李镡游新安》："邯郸李镡才峥嵘，酒狂诗逸难干名。"恁时候：那时候。

[23] 扶汤佐周：像伊尹扶持商汤王，吕尚辅佐周文王，成为开国的元勋。

◎ 评析

　　李开先说：此曲亢文苑所作，"是亦元人，是亦元词"（《词谑·词套》）。认为它是本色自然的，它用典设喻，铺排敷衍，而酣畅淋漓，毫无堆砌之嫌，结尾复昂扬奋发，充满了信心。与一般抒发怀才不遇的悲愤，迥异其趣。

❀ 查德卿

生平不详。《太平乐府》《尧山堂外纪》《乐府群珠》《北曲拾遗》，都收有他的作品。《全元散曲》共录其小令二十三首。

仙吕·寄生草

感　叹

姜太公贱卖了磻溪岸[1]，韩元帅命博得拜将坛[2]。羡傅说守定岩前版[3]，叹灵辄吃了桑间饭[4]，劝豫让吐出口中炭[5]。如今凌烟阁一层一个鬼门关[6]，长安道一步一个连云栈[7]。

◎ 注释

[1]"姜太公"句：言吕尚离开磻溪去扶周是不值得的。相传姜太公八十岁还在磻溪垂钓，后来在这里遇到周文王，才施展他的才华，扶周灭商，被尊之为"师尚父"。姜太公，即吕尚。磻溪，水名，在今陕西宝鸡市东南的渭水边。

[2]"韩元帅"句：言韩信拼了性命博得个登坛拜将也不值得。汉高祖在萧何的建议下，筑坛斋戒，拜韩信为大将，在"灭项兴刘"的斗争中，建立了十大功劳，后来落得个"狡兔死，走狗烹"的悲惨结局。

[3]"羡傅说"句：言傅说真能坚守版筑才是值得羡慕的。傅说：殷高宗的贤相，相传他曾隐居于傅岩（今山西平陆）做泥木工。后来高宗梦见傅说，任之为相。

[4]"叹灵辄"句：言灵辄为了报一饭之恩而豁出性命实在不值得。灵辄，春秋时晋人。《左传》宣公二年：晋灵公设下埋伏，想刺杀赵宣子。伏兵中有一个人倒戟以御公徒，使宣子得免于难。宣子问其故，那人说：我就是在翳桑救的那个饿人。原来赵宣子在翳桑打猎，看到灵辄饿了，给了他饭吃，还让他带一份给他的母亲。

[5]"劝豫让"句：言豫让吞炭为哑，以报智伯，也是愚蠢的。豫让，原是智伯的家臣。后来智氏被韩、赵、魏三家所灭，他从"士为知己者死"的思想出发，"漆身为癞，吞炭为哑"，毁形变容，为智伯报仇，事败被杀。事见《史记·刺客列传》。

[6]凌烟阁：唐太宗图画功臣的地方。详见刘敏中《正官·黑漆弩·村居遣兴》"便宜教画却凌烟，甚是功名了处"注。

[7] 连云栈：高入云霄的栈道，比喻仕途的险恶。栈在褒斜谷（今陕西褒城一带），是在悬
　　岩峭壁上，凿孔、架木、铺板而成的。

◎ 评析

　　这支散曲以更加彻底的批判精神，否定为统治阶级的利益而豁出自
己的性命，对传统的封建伦理、道德观念，提出了尖锐的挑战。特别是
结尾两句，浑灏流转，悲歌慷慨，形成感情发展的高潮，其思想的深度
和批判的力度，远不是感叹仕途、否定功名的一般作品所能比拟的。

越调·柳营曲

江 上

烟艇闲[1]，雨蓑干，渔翁醉醒江上晚。啼鸟关关[2]，流
水潺潺[3]，乐似富春山[4]。数声柔橹江湾[5]，一钩香饵
波寒[6]。回头观兔魄[7]，失意放渔竿。看，流下蓼花滩[8]。

◎ 注释

[1] 烟艇：烟雾笼罩下的小船。

[2] 关关：鸟鸣的声音。《诗·周南·关雎》："关关雎鸠，在河之洲。"

[3] 潺潺：水流的声音。欧阳修《醉翁亭记》："山行六七里，渐闻水声潺潺。"

[4] 乐似富春山：富春山，在浙江桐庐县西。相传严子陵曾经在此垂钓，钓处叫严陵濑，
　　其上有子陵钓台。此言其隐居之乐，像东汉的严光一样。

[5] 柔橹：船桨轻轻的划声。宋释道潜《秋江》诗："数声柔橹苍茫外，何处江村人夜归。"

[6] 香饵：垂钓时所用的诱饵。《三略·上略》："香饵之下，必有悬鱼。"

[7] 兔魄：月亮。范德机《赠郭判官》："慈乌夜夜向人啼，几度纱窗兔魄低。"

[8] 蓼花滩：开满蓼花的浅滩。蓼，生长在水边的叫水蓼，秋日开淡红色的花。薛昭蕴
　　《浣溪纱》："红蓼渡头秋正雨。"白朴《双调·沉醉东风·渔父》："绿杨堤红蓼滩头。"

◎ 评析

　　此曲《中原音韵·作词十法》列为定格,《雨村曲话》说是"他人不能道"。因为它把渔父恬然自适、悠然独往的生活,写得很有情致。

◈ **吴西逸**　　生平不详,但影响很大。《太平乐府》《乐府群珠》和《北词广正谱》都收录了他的作品。《全元散曲》共录其小令四十七首。

越调·天净沙

闲　题二首

一

长江万里归帆,西风几度阳关[1],依旧红尘满眼。夕阳新雁,此情时拍阑干。[2]

二

江亭远树残霞,淡烟芳草平沙,绿柳荫中系马[3]。夕阳西下,水村山郭人家。

◎ 注释

[1] 阳关:这里当指战国时巴子国的阳关,故址即今重庆市的石洞关,它与扞关、江关,并称三关,所以说"长江万里归帆"。非王维《送元二使安西》"西出阳关无故人"的"阳关",那在甘肃敦煌县西南。

[2]"夕阳新雁"二句:欧阳修《蝶恋花》:"草色山光残照里,无人会得凭阑意。"辛弃疾《水龙吟·登建康赏心亭》:"落日楼头,断鸿声里,江南游子,把吴钩看了,栏干拍遍,无人会,登临意。"正好是这两句曲词的注脚。

[3] 绿柳荫中系马：王维《少年行》："相逢意气为君饮，系马高楼垂柳边。"辛弃疾《念奴娇·书东流村壁》："曲岸持觞，垂杨系马，此地曾轻别。"此句化用其意。

◎ 评析

这是作者所写的《越调·天净沙·闲题》四首组曲中的两首，都是写飘零江南、奔走道路，面对夕阳西下，残霞满眼时所引起的离愁，同时也流露了诗人忧时失意的感慨。"此情时拍阑干"，就是王禹偁《点绛唇》"平生事，此时凝睇，谁会凭栏意"的感情，就是辛弃疾《水龙吟》"把吴钩看了，栏干拍遍，无人会，登临意"的悲愤。后一首全从马致远《天净沙·秋思》脱胎出来，但取景的角度与抒情的重点是不同的。

❀ **李致远**　　生平不详。至元中，曾客居溧阳，与仇远相交甚密，大概是一个不得意的知识分子，所以仇远在《金渊集》卷二《和李致远君深秀才》一诗中，说他"有才未遇政何损""子亦固穷忘怨尤""一瓢陋巷誓不出，孤云野鹤心自由"。著有杂剧《还牢末》，《全元散曲》收录其小令二十六，散套四。

中吕·红绣鞋

晚　秋

梦断陈王罗袜[1]，情伤学士琵琶[2]，又见西风换年华[3]。数杯添泪酒[4]，几点送秋花[5]，行人天一涯[6]。

◎ 注释

[1] "梦断"句：言梦不到想象中的美人。陈王，指曹。他在《洛神赋》中形容宓妃的神态是"凌波微步，罗袜生尘"。

218

[2]"情伤"句：言有沦落天涯之感。学士，指白居易，他在《琵琶行》中说："同是天涯沦落人，相逢何必曾相识？""就中泣下谁最多？江州司马青衫湿。"

[3]"又见"句：此从苏轼《洞仙歌》"但屈指、西风几时来，又不道流年暗中偷换"邓剡《唐多令》"懊恨西风催世换"等脱胎而来。

[4]数杯添泪酒：范仲淹《苏幕遮》："酒入愁肠，化作相思泪。"又《御街行》："酒未到，先成泪。"所以说是"添泪酒"。

[5]送秋花：送走秋天的几点残花。

[6]行人：外出的游子。《诗·齐风·载驱》："汶水滔滔，行人儦儦"。

◎ 评析

这是一首抒写离情别绪的小令。西风又至，秋花已残，而行人远在天涯，连梦也不到伊边，对酒伤怀，不免有"举杯消愁愁更愁"之感。凄惋惆怅，意在言外。

✿ 张鸣善

名择，号顽老子。原籍平阳（今山西临汾），家于湖南，流寓扬州，做过宣慰司令史。至正二十六年（1366），曾为夏庭芝《青楼集》作序，说明这时他正在文坛活动。著有杂剧《烟花鬼》《瑶琴怨》《草园阁》三种，今已失传。《录鬼簿》说他有《英华集》行于世。《全元散曲》收录其小令十三首，散套二首。所作散曲，富有文采。杨廉夫、苏昌龄"拱手服其才"，涵虚子说他的词"藻思富赡，烂若春葩；郁郁焰焰，光彩万丈，可以为羽仪词林者也，诚一代之作手"。

双调·水仙子

讥　时

铺眉苦眼早三公^[1]，裸袖揎拳享万钟^[2]，胡言乱语成时用^[3]。
大纲来都是哄^[4]。说英雄谁是英雄？五眼鸡岐山鸣凤^[5]，
两头蛇南阳卧龙^[6]，三脚猫渭水飞熊^[7]。

◎ **注释**

[1] 三公：辅助君主掌握军政大权的高级官员。周以太师、太傅、太保为三公；西汉以大司马、大司徒、大司空为三公；东汉以太尉、司徒、司空为三公。唐、宋仍有三公之名，但已没有实权。

[2] 裸袖揎拳：捋起袖子、挥着拳头、蛮横无理的样子。万钟：优厚的俸禄。钟，古代的量器。《孟子·告子上》："万钟则不辩礼义而受之，万钟于我何加焉。"

[3] 胡言乱语：瞎说一气，胡说八道。《渔樵记》二："你则管哩便胡言乱语，将我厮花白。"花白，即抢白、奚落的意思，元人方言。《东堂老》四："对着这众人，则管花白我。早知道，不来也罢。"

[4] 大纲来：总之，概而言之。元人方言。也作"大古来""大古里""大刚来""大刚嗜"。《玉镜台》一："大纲来阴阳偏有准，择日要端详。"哄：胡闹，哄骗。

[5] 五眼鸡：即忤眼鸡、乌眼鸡，鸡在相斗前怒目而视的样子。《神奴儿》一："则你那状本儿如瓶注水，俺亲弟兄看成做了五眼鸡。"岐山鸣凤《国语·周上》："周之兴也，鷟鸑鸣于岐山。"注"鷟鸑，凤之别名"。故岐山又叫作"凤凰堆"。它是周的发源地，在今陕西岐山县东北。

[6] 两头蛇：状似两头的蛇，不祥之物。贾谊《新书》："孙叔敖为儿时，出道上，见两头蛇，杀而埋之。归见其母，泣，问其故？对曰：'夫见两头蛇者必死，今出见之，故尔。'"南阳卧龙：即诸葛亮，这是徐庶对诸葛亮的敬称。见《三国志·蜀志·诸葛亮传》。

[7] 三脚猫：不中用的家伙。宋缺名《百宝总珍集·解卖》："物不中谓之三脚猫。"渭水飞熊：指吕尚。相传周文王有一次在出猎之前占了一卦，卦辞说："非龙非彨，非虎非罴，所获霸主之辅。"果然于渭水之阳遇到了吕尚。事见《史记·齐太公世家》。《宋书·符瑞志》"非虎"作"非熊"，后又在传说中把"非熊"讹为"飞熊"。

◎ 评析

作者以辛辣的讽刺艺术、夸张的漫画手法，对元代那些欺世盗名、为非作歹的官僚集团，作了无情的揭露与批判。指出那些似凤非凤的"五眼鸡"、似龙非龙的"两头蛇"、似熊非熊的"三脚猫"，竟然被美化成为那个时代的周公、吕尚和诸葛亮，岂非咄咄怪事？冷嘲热讽，痛快淋漓，给人以极大的快感。结尾的鼎足对，冶俗语、雅词于一炉，似连弩，似排炮，具有强大的艺术感染力，"乃一篇之警策"。

❖ **杨朝英**　字英甫，号澹斋，青城（今属四川，一说指山东高青县）人。寓居江西龙兴，做过郡守、郎中，后来归隐，与贯云石、阿里西瑛相唱酬，是一个"灭除是非心，消落忧喜意"（张之翰《西岩集·杨英甫郎中澹斋》）的高士。编有《阳春白雪》《太平乐府》两个散曲集，保存了元人散曲的许多精华。《全元散曲》收录其小令二十七首。《太和正音谱》说他的词"如碧海珊瑚"。杨维桢亦将其并入关汉卿、庾吉甫、卢疏斋"奇巧莫如"之列。

商调·梧叶儿

客中闻雨

檐头溜，窗外声，直响到天明。[1] 滴得人心碎，刮得人梦怎成？[2] 夜雨好无情，不道我愁人怕听[3]。

[1]"檐头溜"三句：檐头的水滴，窗外的雨，不停地响到天亮。温庭筠《更漏子》："梧桐树，三更雨，不道离情正苦，一叶叶，一声声，空阶滴到明。"这三句曲词是从这里脱胎出来的。

[2]"滴得"二句：这是从曾瑞《南吕·骂玉郎带感皇恩采茶歌·闺中闻杜鹃》"无情杜宇闲淘气，头直上耳根底，声声聒得人心碎""把春醒唤起，将晓梦惊回"和李煜《长相思》"秋风多，雨如和，帘外芭蕉三两棵，夜长人奈何"等曲词中脱胎出来的。

[3]不道：不知，不管。元人方言。《董西厢》一："一向痴迷，不道其间，是谁住处？"

◎ 评析

此曲运用前人的语意，写眼前之景，抒心中之情，不啻若自其口出，毫无蹈袭的感觉，说明作者的冶炼工夫是很出色的。

双调·水仙子

灯花占信又无功[1]，鹊报佳音耳过风[2]。绣衾温暖和谁共，隔云山千万重，因此上惨绿愁红[3]。不甫能博得团圆梦[4]，觉来时又扑个空，杜鹃声又过墙东[5]。

◎ 注释

[1]灯花占信：古人迷信，认为灯芯结成花瓣，便是行人归、钱财来的吉兆。《西京杂记》三："夫目瞤得酒食，灯火华得钱财。"杜甫《独酌成诗》："灯花何太喜，酒绿正相亲。"

[2]鹊报佳音：《淮南子·氾论训》高诱注："乾鹊，鹊也，人将有来客、忧喜之征，则鸣。"《开元天宝遗事》："时人之家闻鹊声皆以为喜兆，故谓灵鹊报喜。"耳过风：比喻事不相干。典出《吴越春秋·王寿梦传》："富贵之于我，如秋风之过耳。"

[3]惨绿愁红：言由于思妇心头的苦闷，把红花绿叶等美好的东西都看成愁惨的景象。柳永《定风波》："自春来惨绿愁红，芳心是事可可。"

[4]不甫能：元人方言，犹言"方才""刚才"。《西厢记》五之四："不甫能离了心上，又早眉头。"也写作"不付能"。

[5]"杜鹃声"句：言叫着"不如归去"的杜鹃，一忽儿又飞过了墙东。苏轼《西江月》：

"解鞍倚枕绿杨桥，杜宇一声春晓。"秦观《踏莎行》："可堪孤馆闭春寒，杜鹃声里斜阳暮。"陆游《鹊桥仙》："林莺巢燕总无声，但月夜常啼杜宇。"辛弃疾《婆罗门引》："落花时节，杜鹃声里送君归。"听的时间虽然有的在"春晓"，有的在"斜阳暮"，有的在"月夜"，有的在"落花时节"，但引起人们的愁思则是一致的。

◎ 评析

　　这是写少妇思念远人的离情别绪。夜占灯花，朝卜鹊喜，都没有凭信，连一个"团圆梦"，也被杜鹃唤醒了。真是"没来由劝道我不如归，狂客江南正着迷，这声儿好去对俺那人啼"（曾瑞《闺中闻杜鹃》）。它纯用民风俗语，抒发闺情春思，口吻毕肖，心态如画，是元人散曲中的佳作。

❖ **宋方壶**　　名子正，华亭（今上海松江县）人。与贝琼相交甚笃。贝琼《清江集》卷五《方壶记》云："今子正居莺湖之要，甲第连云，膏腴接壤，所欲既足而无求于外，日坐方壶中，或觞或奕，又非若余之所称而已。"说明他是一个家计富裕的隐士。《太平府》《太和正音谱》《词林摘艳》都收录了他的作品，涵虚子还列其名于"词林英杰"之中。《全元散曲》录其小令十三，套数五。

中吕·山坡羊

道　情

青山相待，白云相爱，梦不到紫罗袍共黄金带。[1]一茅斋，野花开，管甚谁家兴废谁成败？陋巷箪瓢亦乐哉[2]！贫，气不改；达，志不改。[3]

◎ 注释

[1]"青山相待"三句：言志在隐居青山、高卧白云，不愿高官厚禄。青山相待，出自杜甫《后游》"江山如有待，花柳自无私"和辛弃疾《沁园春》"青山意气峥嵘，似为我归来妩媚生"、《贺新郎》"我见青山多妩媚，料青山见我应如是"等诗词。紫罗袍共黄金带，高级官员的服饰。语本《北齐书·杨愔传》："愔自尚公主后，衣紫罗袍，金缕大带。"

[2]陋巷箪瓢亦乐哉：言甘守清贫，《论语·雍也》："一箪食，一瓢饮，在陋巷，人不堪其忧，回也不改其乐。"此以颜回的安贫乐道自比。

[3]"贫，气不改"四句：即《论语·学而》"贫而无谄，富而无骄"和《孟子·滕文公下》："富贵不能淫，贫贱不能移，威武不能屈，此之谓大丈夫"的语意。

◎ 评析

　　这是作者的言志之作，表现了他"贫贱不能移"和"富贵不能淫"的"大丈夫"精神。结尾四句，斩金截铁，铿锵有声，是思想高度和感情力度的升华。

双调·清江引

托　咏[1]

剔秃圞一轮天外月[2]，拜了低低说：是必常团圆，休着些儿缺，愿天下有情人都似你者[3]。

◎ 注释

[1]托咏：托物咏怀。这里是嘱托明月实现其美好的祝愿。

[2]剔秃圞：亦作"剔团圞""剔团团"，圆圆的意思。"剔"，助字，无义。《董西厢》一："觑着剔团团的明月。伽伽地拜。"《西厢记》一之三："剔团圞明月如悬镜。"

[3]愿天下有情人都似你者：希望天下有情的人都跟你一样团圆。这是从《西厢记》"愿天下有情的都成了眷属"一语化出来的。

◎ 评析

　　此曲生动、活泼，饶有情致，体现了"本色自然"的艺术特色。它是从冯延巳《长命女》"春日宴，绿酒一杯歌一遍，再拜陈三愿：一愿郎君千岁，二愿妾身常健，三愿如同梁上燕，岁岁长相见"的艺术构思中得到启发的。自唐以来，往往以美好的祝愿，来抒发自己内心深处的活动，如白居易《赠梦得》诗云："为我尽一杯，与君发三愿：一愿世清平，二愿身强健，三愿临老头，数与君相见。"冯词似又从这里脱胎出来的。白诗、冯词、宋曲的因袭之迹虽然可寻，但都在继承的基础上有所创新，有所发展。

越调·斗鹌鹑

送　别（套）

落日遥岑[1]，淡烟远浦[2]。萧寺疏钟[3]，戍楼暮鼓[4]。一叶扁舟，数声去橹，那惨戚，那凄楚，恰待欢娱，顿成间阻[5]。

【紫花儿】瘦岩岩香消玉减[6]，冷清清夜永更长，孤另另枕剩衾余。羞花闭月，落雁沉鱼[7]。踌躇，从今后谁寄萧娘一纸书[8]？无情无绪，水淹蓝桥[9]，梦断华胥[10]。

【调笑令】肺腑，恨怎舒，三叠阳关愁万缕[11]。幽期密约欢爱处[12]，动离愁暮云无数。今夜月明何处宿？依依古岸黄芦。[13]

【秃厮儿】欢笑地不堪举目，回首处景物萧疏。星前月下谁共语？漫嗟吁，何如！

【圣药王】别太速，情最苦，松金减玉瘦了身躯[14]。鬼病添[15]，神思虚。心如刀剜泪如珠，意儿里懒上香车[16]。

【尾】眼睁睁怎忍分飞去，痛杀我也吹箫伴侣[17]。不付能恰住了送行客一帆风[18]，又添起助离愁半江雨。

[1] 遥岑：远山，远处的小而高的山。韩愈孟郊《城南联句》："遥岑出寸碧，远目增双明。"辛弃疾《水龙吟》："遥岑远目，献愁供恨。"

[2] 远浦：远处的江滨。《梦溪笔谈·书画》："度支员外郎宋迪工画，尤善为平山远水，其得意者有'平沙落雁''远浦归帆'……"

[3] 萧寺：佛寺。相传梁武帝萧衍建造佛寺，命萧子云飞白大书曰"萧寺"，后因以佛寺为萧寺。李贺《马》诗："萧寺驮经马，元从竺国来。"

[4] 戍楼：边防驻军的瞭望楼。庾信《和宇文内史春日游山》诗："戍楼侵岭路，山村落猎围。"

[5] 间阻：间隔很久，障碍很多。

[6] 瘦岩岩：瘦骨嶙峋的样子。香消玉减：容光憔悴了，身体消瘦了。

[7] 羞花闭月，落雁沉鱼：形容少女的美丽。沉鱼落雁典出《庄子·齐物论》："毛嫱、丽姬，人之所美也；鱼见之深入，鸟见之高飞，麋鹿见之决骤，四者孰知天下之正色哉？"后又常与闭月羞花连用。《宦门子弟错立身》戏文："有沉鱼落雁之容，闭月羞花之貌。"

[8] 谁寄萧娘一纸书：此用杨巨源《崔娘》诗："风流才子多春思，肠断萧娘一纸书。"萧娘，代指所爱的美人。

[9] 水淹蓝桥：喻夫妻或情侣分离。这里合用尾生与裴航的故事。《庄子·盗跖》：战国鲁人尾生与女子约于桥下，女子未来，河水暴涨，尾生坚守信约，抱桥柱而死。《太平广记·裴航》：秀才裴航落第归来，途经蓝桥驿，遇到仙女云英，结为夫妻。蓝桥，在陕西蓝田县东南蓝溪之上。后人以此代情人约会之所。

[10] 梦断华胥：此喻梦中也不能与情人相会。典出《列子·黄帝》："(黄帝)昼寝而梦，游于华胥氏之国……其国无帅长，自然而已；其民无嗜欲，自然而已；不知乐生，不知恶死，故无夭殇；不知亲己，不知疏物，故无爱憎；不知背逆，不知向顺，故无利害。"本来比喻理想中的国家，后来泛指梦境。

[11] 三叠阳关：别离时唱的歌曲。典出王维《送元二使安西》："劝君更尽一杯酒，西出阳关无故人。"

[12] 幽期密约：秘密的约会。宋曾规《传信玉女》："幽期密约，暗想浅颦轻笑，良时莫负，玉山倾倒。"

[13] "今夜"二句：此从岑参《碛中作》"今夜未知何处宿，平沙莽莽绝人烟"和柳永《雨霖铃》"今宵酒醒何处？杨柳岸晓风残月"等诗词中化出来的。

[14] 松金减玉：松了金钏，减了玉肌，形容消瘦憔悴。《西厢记》四之三："听得道一声去

也，松了金钏；遥望见十里长亭，减了玉肌。"

[15] 鬼病：相思病，不可告人之病。《董西厢》五："十分来的鬼病，九分来痓瘵。"

[16] 香车：华美的车子。李清照《永遇乐》："香车宝马，谢他诗朋酒侣。"

[17] 吹箫伴侣：情侣，恩爱夫妻。《列仙传》：秦穆公的女儿弄玉，喜听箫史吹箫，终于结成夫妇。后因以"吹箫"作为婚娶的典故。

[18] 不付能：方才，刚才。见杨朝英《双调·水仙子》"不甫能博得团圆梦"注。

◎ 评析

　　这是一支抒发离情别绪的套曲，它以女子的口吻，十分细腻地描绘了她那缠绵悱恻的情思，既热情奔放，又委婉曲折；既细致入微，又真诚坦率。娓娓道来，层层铺叙，沁人心脾，动人肺腑，使人从中得到美的享受。

✥ 王举之
（生平不详）　　生活在元代后期，并在杭州活动过，与胡存善有交往。《全元散曲》收录其小令二十三首。

双调·折桂令

赠胡存善[1]

问蛤蜊风致何如[2]？秀出乾坤，功在诗书。云叶轻盈，灵华纤腻[3]，人物清癯。采燕赵天然丽语[4]，掇姚卢肘后明珠[5]，绝妙功夫。家住西湖，名播东都[6]。

◎ 注释

[1] 胡存善：胡正臣之子，杭州人。一生从事散曲的搜集、编辑工作。《录鬼簿》"胡正臣"条：正臣善唱词曲，"其子存善能继其志"，又说他"哀集诸公所作，编次有伦……亦士林之翘楚也"。对他编辑元人乐府，评价很高。王举之这支小令，也是赞美他编辑散曲的功绩的。

[2] 蛤蜊风致：喻浅薄鄙陋。《南史·王弘传附王融》："不知许事，且食蛤蜊。"这是沈昭略瞧不起王融的话。后来因以不合时宜的偏爱或嗜好叫"蛤蜊风致"。钟嗣成《录鬼簿序》："若夫高尚之士，性理之学，余有得罪于圣门者。吾党且啖蛤蜊，别与知味者道。"

[3] 云叶轻盈，灵华纤腻：形容胡存善所创作的及其所编辑的乐府像绿叶一样的轻盈，鲜花一样的纤柔。

[4] 采燕赵天然丽语：燕、赵皆春秋时代的国名，在今河北、河南、山西。其地出英雄，出美女，善讴歌，善舞蹈。所谓"燕赵古称多感慨悲歌之士"（韩愈《送董邵南游河北序》），"佳冶窈窕赵女不立于侧也"（李斯《谏逐客书》）。天然丽语，指未经加工的方言俗语。

[5] 拾姚卢肘后明珠：姚卢，指元初散曲家姚燧和卢挚。明珠，明月之珠，喻珍贵的东西。

[6] 名播东都：名扬洛阳。此暗用"洛阳纸贵"的故事。《晋书·左思传》：左思构思十年，作了《三都赋》，抢着抄写的人很多，引起洛阳的纸价暴涨。后因以"洛阳纸贵"喻著作影响很大，风行一时。东都，指洛阳。

◎ 评析

　　这是一首题赠之作，对胡存善搜集、编辑元人乐府，给予了很高的评价。一则曰"秀出乾坤，功在诗书"；二则曰"采燕赵天然丽语，拾姚卢肘后明珠"；三则曰"家住西湖，名播东都"。分别对他编选乐府的功绩、标准和影响，作了具体的分析和论述，层次分明，条理清晰，具有很高的艺术概括力。

✤ 周德清
（1277—1365）

字日湛，号挺斋，高安（今属江西）人。宋词人周邦彦的后裔。著有《中原音韵》和《作词十法》，开拓了今音韵学一派的研究领域，对后世的影响极为深远。他的散曲，音节流畅，词采俊茂。属律必严，比字必切，审律必当，择字必精。虞集在《中原音韵序》中说他"工乐府，善音律"，涵虚子在《太和正音谱》中评他的曲"如玉笛横秋"。《全元散曲》收录其小令三十一，套数三。

正宫·塞鸿秋

浔阳即景

长江万里白如练[1]，淮山数点青如淀[2]，江帆几片疾如箭，
山泉千尺飞如电。晚云都变露[3]，新月初学扇[4]，塞鸿
一字来如线[5]。

◎ 注释

[1]"长江万里"句：谢朓《晚登三山还望京邑》："余霞散成绮，澄江静如练。"练，白色的
　　绸子。

[2]淮山：淮水两岸的山。淀：同"靛"，青翠的颜色。

[3]晚云都变露：言向晚的彩霞，都变成朵朵的白云。露：这里是"白"的意思。杜甫
　　《月夜忆舍弟》的"露从今夜白"，可资参证。

[4]新月初学扇：言新出的月亮，圆得像团扇似的。班婕妤《怨歌行》："裁成合欢扇，团
　　团似明月。"

[5]"塞鸿"句：边地的鸿雁。雁在长空中，常作"一字形"飞向南方。鲍照《代陈思王京
　　洛篇》："春吹回白日，霜歌落塞鸿。"

◎ 评析

　　这是作者傍晚登浔阳（今江西九江）城楼即兴写景之作，一句一
景，一景一喻，形成一幅具有立体感的风景画卷。其中远近明暗，声光
色态，极尽铺排变化之能事。真不愧是"篇篇句句灵芝，字字与人为样
子"（见作者所存的残曲）。

中吕·满庭芳

看岳王传

披文握武[1]，建中兴庙宇，载青史图书。[2]功成却被权臣妒，

正落奸谋。[3]闪杀人望旌节中原士夫[4]，误杀人弃丘陵南渡銮舆[5]。钱塘路，愁风怨雨，长是洒西湖。[6]

◎ 注释

[1] 披文握武：言抗金名将岳飞才兼文武。宗泽称他的"勇智力气，古良将不能过"。《宋史》本传说他"好贤礼士，览经史，雅歌投壶，恂恂如书生"。

[2] "建中兴庙宇"二句：指宋孝宗为中兴名将岳飞建庙赠谥，将其功勋载入史册。青史，史书。古人用竹简记事，在刻写之前，先须用火加以处理，叫作"杀青"，所以叫作"青史"。

[3] "功成"二句：宋高宗绍兴十年（1140），岳飞大败金兵于朱仙镇，本欲指日渡河北上，直捣黄龙；而权臣秦桧于绍兴十一年，一日用十二道金牌召回岳飞，并与万俟卨等勾结，以"莫须有"的罪名，杀害岳飞于风波亭上，时飞年三十九岁。权臣：掌握权势的大臣，多指利用职权、专横跋扈的奸臣。此指秦桧。

[4] "闪杀人"句：言中原沦陷区的人民日夜盼望宋师北伐，恢复中原。张孝祥《六州歌头》："闻道中原遗老，常南望、翠葆霓旌。"闪杀人，害死人，抛撇人。《西厢记》四之三："兀的不闪杀人也么哥。"

[5] 弃丘陵：抛弃祖宗的坟墓。銮舆：皇帝的车子，因以代指皇帝。此言靖康元年（1126），金兵攻陷汴京，掳徽、钦二帝北去，宋高宗赵构仓忙逃到杭州，偏安一隅，不思恢复。

[6] "钱塘路"三句：岳飞被害后，狱卒隗顺将其尸体窃葬于钱塘门外九曲丛祠处，后又改葬于西湖边上，来往凭吊，无不唾骂秦桧欺天误主，妒害功臣。但明代有个文徵明写了一首《满江红》，指出岳飞的含冤而死，咎在高宗。其词的下片云："岂不念疆圻蹙？岂不念徽钦辱？念徽钦既返，此身何属？千载休谈南渡错，当时自怕中原复。笑区区一桧亦何能，逢其欲。"是很有见解的。

◎ 评析

此曲以极大的热情和激愤，讴歌了民族英雄岳飞，谴责了权臣秦桧和屠王赵构，褒贬咸宜，爱憎分明，是进行爱国主义教育的好教材。

中吕·朝天子

庐　山

早霞，晚霞，妆点庐山画。仙翁何处炼丹砂[1]，一缕白云下。客去斋余，人来茶罢。叹浮生，数落花。[2]楚家，汉家，做了渔樵话。[3]

◎ **注释**

[1]丹砂：朱砂。道家用加热的方法，将丹砂与其他的物质冶炼成药，言服之可以长生不老，显然是欺世之谈。

[2]"叹浮生"二句：言虚幻的人生很快就像花一样的凋残了。浮生，虚浮无定的人生。语出《庄子·刻意》："其生若浮，其死若休。"后因以称"人生"为"浮生"。李白《春夜宴从弟桃李园序》："而浮生若梦，为欢几何？"

[3]"楚家，汉家"三句：言楚也好，汉也罢，都成了渔樵的闲话。

◎ **评析**

　　此曲《全元散曲》未收，但《尧山堂外纪》说"周德清过庐山，赋《朝天子》词云云"。自后李调元、吴梅都把它归之于周德清。并称赞它"通首完称，对偶音律俱好。末句'楚家，汉家'，与'鼎三分半腰折，魏耶？晋耶？'同一格律"（《雨村曲话》卷上）。"此调字字稳恰，移动不得一丝，固是老斫轮手"（《顾曲麈谈》卷下）。说明这支小令在曲学界是很受重视的。

双调·蟾宫曲

自　嗟

倚篷窗无语嗟呀[1]，七件儿全无[2]，做甚么人家？柴似灵芝，油如甘露，米若丹砂。[3]酱瓮儿恰才梦撒[4]，盐瓶儿又告消乏。茶也无多，醋也无多，七件事尚且艰难，怎生教我攀桂折花[5]？

◎ 注释

[1] 篷窗：用篾席遮盖起来的窗户，犹言"蓬门""蓬户"，形容穷苦人家。

[2] 七件儿：指每日生活的必需品油、盐、柴、米、酱、醋、茶。《留青日记》卷二十六："谚云：'开门七件事，柴米油盐酱醋茶。'盖言人家之所必用，缺一不可也。"

[3] "柴似灵芝"三句：言米珠薪桂，生活资料十分昂贵。此从《战国策·楚策三》："楚国之食贵于玉，薪贵于桂"的话扩充而来。灵芝，仙草，古人认为食之可以长寿。甘露，甜美的露水，古人认为天下太平，上天才降甘露。丹砂，即朱砂。古人认为服之可以延年。所以灵芝、甘露、丹砂，都是极珍贵的东西。

[4] 梦撒：缺乏。《雍熙乐府》无名氏《斗鹌鹑》套："待去啊，青蚨又梦澈；不去呵，寸心又牵挂。"

[5] 攀桂折花：古人谓中科举曰"攀桂"，中状元，要戴宫花，饮御柳。意即从事于科举事业。攀桂，原作"攀柳"，兹据卢前《元曲别裁集》卷下校改，于义为长。

◎ 评析

此曲采用夸张的手法，既以自嗟其困穷的生活，又为下层知识分子呐喊，在元人散曲中是不可多得的。吴梅在《顾曲麈谈》卷下说："挺斋家况奇窘，时有断炊之虞。戏咏开门七件事，《折桂令》(即《蟾宫曲》)云云，其贫可想见也。余尝谓天下最苦之事，莫若一'穷'字。饥寒交迫，而犹能歌声出金石者，即原（原宪）、思（子思）在今日，恐亦未必能如斯。"可谓借题发挥，感慨万端。

钟嗣成

字继先，号丑斋。原籍大梁（今河南开封），寄居杭州，曾师事名儒邓文原、曹鉴、刘声，又与同辈曲家廖毅、周文质、乔吉、王晔等切磋曲艺，因而成为当时很有影响的剧曲家和散曲家。看到那些"门第卑微，职位不振"的曲家，"岁月弥久，湮没无闻，遂传其本末，吊以乐章"，名之曰《录鬼簿》，成为研究中国戏曲史的重要资料。他曾以明经屡试于有司，不第，遂杜门家居，从事戏曲研究和创作活动。著有杂剧《章台柳》《斩陈余》《诈游云梦》《冯谖烧券》《钱神论》《蟠桃会》等七种，今俱不传。《全元散曲》录其小令五十九，套数一。《太和正音谱》评其词"如腾空宝气"。

正宫·醉太平

落　魄三首

一

绕前街后街，进大院深宅。怕有那慈悲好善小裙钗[1]，请乞儿一顿饱斋[2]，与乞儿绣副合欢带[3]，与乞儿换副新铺盖，将乞儿携手上阳台[4]，救贫咱波奶奶。

二

俺是悲田院下司[5]，俺是刘九儿宗枝[6]。郑元和当日拜为师[7]，传留下莲花落稿子[8]。捣竹杖绕遍莺花市[9]，提灰笔写遍鸳鸯字，打爻槌唱会鹧鸪词^[10]。穷不了俺风流敬思^[11]。

三

风流贫最好，村沙富难交^[12]。拾灰泥补砌了旧砖窑，开一个教乞儿市学。裹一顶半新不旧乌纱帽^[13]，穿一领半长不短黄麻罩^[14]，系一条半联不断皂环绦^[15]，做一个穷风月训导^[16]。

◎ 注释

[1] 小裙钗：犹言小女子、小妇人。因为女子着裙插钗，故以裙钗代指女子。

[2] 饱斋：饱饱地吃一顿斋饭。旧时施给道士僧尼的饭食叫作"斋"。

[3] 合欢带：联幅较大、一带双穗的绣带，象征男女合欢偕老。

[4] 上阳台：到男女合欢的地方。典出宋玉《高唐赋》："妾旦为朝云，暮为行雨，朝朝暮暮，阳台之下。"

[5] 悲田院：乞丐收留所。《两世姻缘》："拖着条黄桑棒，直轮磨到悲田院。"

[6] 刘九儿宗枝：刘九儿是元人杂剧中乞丐的共名。宗枝，即宗支，同宗的子孙。杜甫《奉赠李八丈判官》："我丈时英特，宗枝神尧后。"

[7] 郑元和：即白行简《李娃传》中的郑生，元石君宝《曲江池》杂剧、明薛近兖《绣襦记》传奇中的人物。他因买笑青楼，曾经流落街头为乞丐。

[8] 莲花落：旧时乞儿所歌的一种俗曲。以槌鼓或以竹四片，摇之以为节。《合汗衫》一："……没奈何，我唱个《莲花落》，讨些饭儿吃咱。"

[9] 莺花市：妓院，妓女集中的地方。《风光好》四："我自离了莺花市，无半星儿点污，一抹儿瑕疵。"也作"莺花寨""莺花阵"。

[10] 打爻槌：即打三棒鼓。用三只鼓槌交替着上下抛接，边抛边打，是旧时乞丐行乞时所玩的技艺。爻槌：也叫"叫化棒"。《金线池》一："投奔我的都是那矜儿害娘，冻妻饿子，拆屋卖田，提瓦罐爻槌。"

[11] 风流敬思：风流可敬。《西厢记》三之一："忒聪明，忒敬思：忒风流，忒浪子。"

[12] 村沙：粗野，鄙俗。《青衫泪》三："觑不的村沙样式，也是我前缘厮堪对。"

234

[13] 乌纱帽：本为官员所着之帽，其后逐渐流行于民间，贵贱皆服。李白《答友人赠乌纱帽》："领得乌纱帽，全胜白接䍦。"

[14] 黄麻罩：用麻布做的短褂，贱者所服。

[15] 皂环绦：黑色的围带。

[16] 穷风月训导：穷开心的学官。训导，教官。元、明、清时代，在府里设教授，州里设学正，县里设教谕，掌管教育所属生员，其副职都叫训导。

◉ 评析

　　此曲以玩世不恭的态度，化庄为谐，化俗为雅，塑造了一个风流乞丐的艺术形象。这个形象，与其说是"乞儿"，毋宁说是落魄的文人。显然是元代那种"九儒十丐"的不合理的社会所产生的"怪胎"，也是作者所说的"搜奇索怪，而以文章为戏玩者"的表现。苦笑中有愤激之情，诙谐中寓不平之气，是元代散曲中大放异彩的佳作。

南吕·一枝花

自叙丑斋（套）

生居天地间，秉受阴阳气[1]。既为男子身[2]，须入世俗机[3]。所事堪宜[4]，件件可咱家意[5]。子为评跋上惹是非[6]，折莫旧友新知[7]，才见了着人笑起。

【梁州】子为外貌不中抬举，[8]因此内才儿不得便宜[9]。半生未得文章力[10]，空自胸藏锦绣[11]，口唾珠玑[12]。争奈灰容土貌[13]，缺齿重颏[14]，更兼着细眼单眉[15]，人中短髭鬢稀稀[16]。那里取陈平般冠玉精神[17]，何晏般风流面皮[18]？那里取潘安般俊俏容仪[19]？自知，就里[20]，清晨倦把青鸾对[21]，恨杀爷娘不争气。有一日黄榜招收丑陋的[22]，准拟夺魁[23]。

【隔尾】有时节软乌纱抓扎起钻天髻[24]，干皂靴出落着敧地衣[25]。向晚乘闲后门立，猛可地笑起[26]，似一个甚的？恰便是现世钟馗謔不杀鬼[27]。

【牧羊关】冠不正相知罪[28]，貌不扬怨恨谁，那里也尊瞻视貌重招威[29]！枕上寻思，心头怒起，空长三十岁，暗想九千回，恰便似木上节难镂刨[30]，胎中疾没药医。

【贺新郎】世间能走的不能飞，饶你千件千宜[31]，百伶百俐。闲中解尽其中意，暗地里自恁解释。倦闲游出塞临池，临池鱼恐坠，出塞雁惊飞，入园林宿鸟应回避。[32]生前难入画，死后不留题。[33]

【隔尾】写神的要得丹青意[34]，子怕你巧笔难传造化机[35]。不打草两般儿可同类[36]：法刀鞘依着格式[37]，妆鬼的添上嘴鼻[38]，眼巧何须样子比。

【哭皇天】饶你有拿雾艺冲天计[39]，诛龙局段打凤机[40]，近来论世态，世态有高低。有钱的高贵，无钱的低微。那里问风流子弟？折末颜如灌口[41]，貌赛神仙，洞宾出世[42]，宋玉重生[43]，设答了镘的[44]，梦撒寮丁[45]。他睬你也不见得，枉自论黄数黑[46]，谈是说非。

【乌夜啼】一个斩蛟秀士为高第[47]，升堂室今古谁及[48]？一个射金钱武士为夫婿[49]韬略无敌[50]，武艺深知，丑和好自有是和非，文和武便是傍州例[51]。有鉴识，无噴讳，自花白寸心不昧，若说谎上帝应知。

【收尾】常记得半窗夜雨灯初昧[52]，一枕秋风梦未回。见一人，请相会，道咱家，必高贵。既通儒，又通吏，既通疏，又精细。一时间，失商议，既成形，悔不及。子教你，请俸给^[53]，子孙多，夫妇宜，货财充，仓廪实^[54]，福禄增，寿算齐，我特来，告你知。暂相别，恕请罪。叹息了几声，懊悔了一会。觉来时记得，记得他是谁？原来是不做美当年的捏胎鬼。

◎ **注释**

[1] 秉受：天赋，承受。指受于自然的体性或气质。《论衡·气寿》："非天有长短之命，而人各有秉受也。"

[2] 既为男子身：《列子·天瑞》：荣启期对孔子曰："天生万物，唯人为贵，而吾得为人，是一乐也；男女之别，男尊女卑，故以男为贵。吾既得为男矣，是二乐也；人生有不见日月，不免襁褓者，吾既已行年九十矣，是三乐也。"这里暗用这个典故，说是既然做了男子，就应该珍惜这种自然的赐予。

[3] 须入世俗机：就要落入世俗的机巧中去。机，机巧，机心。《庄子·天地》："有机械者必有机事；有机事者必有机心。机心存于胸中，则纯白不备。"

[4] 所事：凡事，事事。《东窗事犯》二："所事违天理，休言神明不报，只是来早来迟。"

[5] 可咱家意：合我的意。可，合，称。杨万里《题金山妙高台》："老夫平生不奈事，点检风光难可意。"

[6] "子为"句：只为在品评世事或人物方面惹起了麻烦。子：在元曲中往往作"只"讲，下文的"子怕你巧笔难传造化机"的"子"同。评跋：评论，批评。《曲江池》四："这的是万古纲常，众口评跋，畅道罪逆滔天，何时解脱。"

[7] 折莫：尽管。也作"折末""者莫""遮莫"，宋、元方言。

[8] 不中抬举：经不起夸奖、提拔。不中，不合，不宜。《李逵负荆》一："呆老子，常言道，女大不中留。"抬举，夸奖，推荐，提拔。

[9] 内才儿：内部的才华、品德，犹今言"心灵美。"

[10] 半生未得文章力：此从杜甫《旅夜书怀》"名岂文章著"、《天末怀李白》"文章憎命达"和高适《淇上酬薛三据兼寄郭少府微》"十年守章句，万事空寥落"。孟郊《叹命》"本望文字达，今因文字穷"等思想资料中概括出来的。

[11] 胸藏锦绣：喻文思优美，辞藻华丽。李白《冬日于龙门送从弟令之淮南序》："胸心肝五脏皆锦绣耶？不然，何开口成文，挥翰雾散？"柳宗元《乞巧文》："骈四俪六，锦心绣口。"

[12] 口唾珠玑：言开口便成佳制。赵壹《刺世疾邪赋》："势家多所宜，咳唾自成珠。"又

《晋书·夏侯湛传》："咳唾成珠玉，挥袂出风云。"

[13] 灰容土貌：形容尘土满面，精神颓丧。也作"灰头土面"。《景德传灯录·昭化禅师》："问'如何是尘中子？'师曰：'灰头土面。'"

[14] 重颏：下巴过于肥大，显出两层折叠起来的皮肉。颏，下巴。

[15] 细眼单眉：眼睛小，眉毛稀。

[16] 人中：人的上唇正中的凹痕。

[17] 陈平般冠玉精神：《汉书·陈平传》："平虽美丈夫，如冠玉耳。"

[18] 何晏般风流面皮：《世说新语·容止》："(晏)面至白，魏明帝疑其傅粉。"

[19] 潘安般俊俏容仪：《世说新语·容止》："潘岳妙有姿容，好神情，少时挟弹出洛阳道，妇人遇者，莫不连手共萦之。"

[20] 就里：内情，内幕，底细。《赚蒯通》："我说知就里，想蒯彻也无他意。"

[21] 青鸾：镜子。典出《异苑》三："罽宾国王买得一鸾，欲其鸣，不可致……夫人曰：'尝闻鸾见类则鸣，何不悬镜照之？'王从其言，鸾睹影悲鸣，冲霄一奋而绝。"后因称"镜"为"青鸾"。徐贲《上阳宫词》："妆台尘暗青鸾掩，宫树月明黄鸟啼。"

[22] 黄榜：皇帝的文告，常以黄纸书写而成。苏轼《与潘彦明书》："不见黄榜，不敢驰贺，想必高捷也。"

[23] 夺魁：夺取第一名。贾仲明《凌波仙》："《西厢记》，天下夺魁。"

[24] 钻天髻：很高的发髻。

[25] 出落：显得，呈现。籔地衣：拖到地面上的长衣。

[26] 猛可地：忽然，突然，蓦地。亦作"猛可的""猛可里""猛可"。见睢景臣《般涉调·哨遍·高祖还乡》："猛可里抬头觑"注。

[27] 钟馗：传说中捉鬼、啖鬼的神，样子长得很丑陋，把他的像挂在门首，可以避邪。相传唐玄宗病疟，昼梦一大鬼，破帽、蓝袍、角带、朝靴，捉小鬼啖之。自称终南进士钟馗，尝应举不第，触阶死。玄宗觉而瘳，诏吴道子画其像。关于钟馗的传说，从此盛行于世。

[28] 冠不正相知罪：帽子没有戴端正，相礼的便要自责没有尽到责任。

[29] 尊瞻视：注意仪表。语出《论语·尧曰》："君子正其衣冠，尊其瞻视，俨然人望而畏之。"貌重招威：言容貌庄重，才能有威望。语出《论语·学而》："君子不重则不威。"

[30] 木上节难镑刨：言树上的疖疤，难以刮削得光滑。镑刨，刮削使平。

[31] 饶你：任凭你，尽管你。《风光好》一："饶你便会使悭彻骨奸，则俺这女娘们寄信的鸳鸯简，便是招子弟的引魂幡。"

[32] "临池恐鱼坠"三句：《庄子·齐物论》："毛嫱、丽姬，人之所美也，鱼见之深入，鸟见之高飞，麋鹿见之决骤。"这里反用其意，言丑恶到了极点，连鱼、雁、鸟也不愿意

看到他。

[33]"生前"二句：活着，无人绘入画中；死了，无人写入题咏。留题：将题咏留在名胜古迹或字画上。陆游《客怀》："道左忽逢曾宿驿，壁间闲看旧留题。"

[34]"写神的"句：古人论画，重在"神似"，而把"形似"视为次要的。苏轼《书鄢陵王主簿所为折枝》诗："论画以形似，见与儿童邻。"这里所说的"写神"，就是要写出客观事物的真精神。丹青，绘画的艺术。《汉书·苏武传》："虽古竹帛所载，丹青所画，何以过子卿？"

[35]"巧笔"句：言生花的妙笔，也难写出自然的奥妙。造化，自然的创造力和化育功。《庄子·大宗师》："今一以天地为大炉，以造化为大冶。""天地"与"造化"对举，知"造化"即"天地"。

[36]不打草：不打草稿，即没有经过修改和着色的画稿。两般儿：指钟馗的像和钟嗣成的像。

[37]法刀：本指刽子手行刑和法师降魔时所用的刀，此代画师所用的笔。格式：规格和样式。此指画人和画鬼的态势。

[38]"妆鬼的"句：言要装得活灵活现。嘴巴和鼻头是最能突出鬼的特点的部位。

[39]拿雾艺冲天计：极言技艺高超、才智卓越。因为雾是拿不到的，天是冲不垮的。也作"握雾拿云手"。《连环计》一："这其间多亏了张子房说地谈天口，韩元帅握雾拿云手。"

[40]诛龙局段打凤机：喻出类拔萃的手段。诛龙局段，即屠龙的身手。《庄子·列御寇》："朱泙漫学屠龙于支离益，殚千金之家，三年技成，而无所用其技。"后又转为说得天花乱坠的骗局。《窦娥冤》二："说一会不明白打凤的机关，使了些调虚嚣捞龙的见识。"

[41]颜如灌口：颜面像灌口的二郎神。自宋以来，各地都有二郎神庙。朱熹《朱子语录》："蜀中灌口二郎庙，当时是李冰因开离堆有功立庙……乃是他第二儿子。"

[42]洞宾出世：神仙吕洞宾降临世间。吕岩，字洞宾，号纯阳，后修道于终南山，不知所终。民间流传他在"江淮斩蛟""岳阳弄鹤""城南度柳""客店醉酒"，元、明以来，号为"八仙"之一，俗称"吕祖"。

[43]宋玉：战国时楚国的大文学家，或说他是屈原的弟子。作品流传至今的有《九辩》《招魂》《高唐赋》《神女赋》《登徒子好色赋》等。

[44]设答：疑为"没得"。"设""没"形近，"答""得"音似。镘的：指钱。

[45]梦撒寮丁：浪费金钱，大量地挥霍金钱。《对玉梳》一："有一日使的来赤手空拳，梦撒寮丁。""梦撒"即"猛撒"，"寮丁"，指钱。

[46]论黄数黑：说长道短，谈是说非。《团圆梦》一："一任你数黑论黄，我子是恶紫夺朱。"

[47]斩蛟秀士：疑指周处斩蛟的故事。《晋书·周处传》：周处少时横行乡里，当地人把他

239

同南山白额虎、长桥下蛟并称为"三害"。周处闻知后，即射虎杀蛟，从陆机、陆云兄弟学，后来官至御史中丞。秀士，泛指读书人。高第：此指吏治优良，成绩卓异。

[48] 升堂室：即升堂入室，意即有很深的造诣。《论语·先进》："由也，升堂矣，未入于室也。"

[49] "一个射金钱"句：元杂剧家杨显之有《丑驸马射金钱》杂剧，疑即指剧中人的故事。

[50] 韬略无敌：言出谋划策，没有敌手。

[51] 文和武：指上文的"秀士"和"武士"。傍州例：榜样，例子。《窦娥冤》二："劝普天下前婚后嫁婆娘每，都看取我这般傍州例。"

[52] 灯初昧：灯刚熄灭。昧，黑。

[53] 俸给：薪水，即官吏所得的俸钱和禄米。

[54] 货财充，仓廪实：钱多粮足。货财，钱币。《管子·权修》："商贾在朝，则货财上流。"仓廪，储藏谷米的仓库。《礼记·月令》：季春之月，"命有司发仓廪"。孔颖达疏："谷藏曰仓，米藏曰廪。"

◎ 评析

　　此曲以"反言若正""歪打正着"的手法，漫画式地丑化了自己，在苦笑中蕴藏着多少辛酸的眼泪，对统治阶级"以貌取人"的做法，提出了严正而又含蓄的抗争。在他丑化自己的铺排中，巧妙地否定了世俗的偏见，把自己的"外表丑"转化为"心灵美"，从而取得了意想不到的艺术效果。

汪元亨　　字协贞，号云林，别号临川佚老。饶州（今江西鄱阳）人，后来徙居常熟。曾经做过浙江省掾，累官尚书。《录鬼簿》说他著有杂剧《斑竹记》《桃源洞》《仁宗认母》三种，今皆不传。又说他"有《归田录》一百篇行世，见重于人"。今存《云林小令》恰符此数，内容多为警世归隐之作，是他对宦海生涯的反思和总结，疑即《归田录》百篇。

正宫·醉太平

警 世

憎苍蝇竞血[1]，恶黑蚁争穴[2]，急流中勇退是豪杰[3]，
不因循苟且[4]。叹乌衣一旦非王谢[5]，怕青山两岸分吴越[6]，
厌红尘万丈混龙蛇[7]，老先生去也。

◎ 注释

[1] 苍蝇竞血：像苍蝇争舔血腥的东西一样。喻官场中的争权夺利，丑态百出。

[2] 黑蚁争穴：典出李公佐《南柯记》，言大槐安国与檀萝国争夺领土引起战争的故事。以
上两句从马致远《双调·夜行船·秋思》的"密匝匝蚁排兵，乱纷纷蜂酿蜜，闹穰穰
蝇争血"浓缩而来。

[3] 急流勇退：比喻做官的人在顺利或得意时及早引退，明哲保身。苏轼《赠善相程杰》：
"火色上腾虽有数，急流勇退岂无人？"

[4] 因循苟且：墨守成规，得过且过。白居易《为人上宰相书》："因循苟且之心作，强毅
久大之性亏。"

[5] "叹乌衣"句：言繁华易歇，好景不常。典出刘禹锡《乌衣巷》诗："朱雀桥边野草花，
乌衣巷口夕阳斜。旧时王谢堂前燕，飞入寻常百姓家。"

[6] "怕青山"句：吴、越是两个互相敌对的国家，因以喻山水相连而成为仇敌。程垓《摸
鱼儿》："又谁料，而今好梦分吴越。"关汉卿《单刀会》："有意说孙刘，你休目下翻成
吴越。"

[7] "厌红尘"句：言社会上乌烟瘴气，好坏不分，贤愚莫辨，不如归隐的好。《易·系辞》：
"龙蛇之蛰，以存身也。"后因以"龙蛇"喻退隐。《汉书·扬雄传》："以为君子得时则
大行，不得时则龙蛇。"

◎ 评析

　　此曲是作者对宦海生涯的反思，前四句写官场争权夺利的丑恶现
象，自己决定断然隐退，不愿与之同流合污。接着用一组工整的鼎足
对，从人世沧桑、官场险恶和林泉归隐三个方面，将自己的思想进行深
入的解剖，寓庄于谐，长歌当哭，表现出鲜明的愤激感情和批判精神，

与一般消极避世的人生态度是大异其趣的。

中吕·朝天子

归 隐

长歌咏楚辞[1]，细赓和杜诗[2]，闲临羲之字[3]。乱云堆
结茅茨[4]，无意居朝市[5]。珠履三千[6]，金钗十二[7]，
朝承恩暮赐死。采商山紫芝[8]，理桐江钓丝[9]，毕罢了
功名事。

◎ 注释

[1] 楚辞：用楚地的方言、风物和文学样式写的诗歌，它具有浓厚的地方色彩，而以屈原的
作品为它的代表。

[2] 赓和：续和，唱和。杨万里《洮湖和梅诗序》：“吟咏之不足，则尽取古今诗人和梅之
作而赓和之。”杜诗：杜甫的诗歌。

[3] 闲临羲之字：有空闲就临摹王羲之的书法。临，临摹，模仿。王羲之，东晋的大书法
家。他博采众长，精研体势，推陈出新，一变汉、魏以来质朴的书法风格，形成流丽
美好的新体，为历代书法家所宗尚。

[4] 乱云堆里结茅茨：言在高山深处盖一座草房。茅茨，茅屋。白居易《效陶潜体》诗之
九：“榆柳百余树，茅茨十数间。”

[5] 无意居朝市：不想住在繁华的闹市区。朝市，犹言都会。《史记·张仪列传》：“今山川
周室，天下之朝市也。”

[6] 珠履三千：形容势家豪门的奢华。《史记·春申君列传》：“春申君客三千余人，其上客
皆蹑珠履。”李白《寄韦南陵冰》诗：“堂上三千珠履客，瓮中百斛金陵春。”珠履，缀
有明珠的鞋子。

[7] 金钗十二：言姬妾甚多。语本梁武帝《河中之水歌》：“头上金钗十二行。”《山堂肆
考·角集》二三：“白乐天尝言牛思黯（即牛僧孺）自夸前后服钟乳三千两，而歌
舞之妓甚多，故答思黯诗云：‘钟乳三千两，金钗十二行。’”又见白居易《白氏长庆
集·酬思黯戏赠同用狂字》诗。

[8] 采商山紫芝：言要隐居不仕。此用“商山四皓”的故事。“四皓”即东园公、绮里季、
夏黄公、甪里先生，皆以刘邦侮谩知识分子，义不为汉臣，隐居商山，年皆八十有

余，须眉皓白，后被惠帝卑礼重金请了出来。事见《史记·留侯世家》及晋皇甫谧《高
士传》。

[9] 理桐江钓丝：指严子陵隐居不仕，钓于桐江的事。详见鲜于必仁《越调·寨儿
令》注。

◎ 评析

　　此曲采取倒叙的手法，先写"毕罢了功名事"的果，即高雅恬淡的
隐逸生活；后写"毕罢了功名事"的因，即朝不保夕的宦海生活。结构
新颖，不落恒蹊。用事虽多，但"引得的确，用得恰好"（王骥德《曲
律·论用事》)，故不觉得堆砌，不觉得是掉书袋。

双调·雁儿落带得胜令

归　隐

山翁醉似泥[1]，村酒甜如蜜。追思莼与鲈[2]，拨置名和
利。　　鸡鹜乱争食[3]，鹬蚌任相持[4]。风雪双蓬鬓，
乾坤一布衣。[5]驱驰，尘事多兴废；[6]依栖，云林少是非。

◎ 注释

[1] 山翁醉似泥：李白《襄阳歌》："旁人借问笑何事？笑杀山翁醉似泥。"李白诗中的"山
翁"，指山简。此则泛指隐居山林的人。

[2] 追思莼与鲈：此指张翰见秋风起，便想起家乡的莼羹和鲈鱼脍，于是挂冠归田的故事。
详见张可久《黄钟·人月圆·客垂虹》"莼羹张翰"注。

[3] 鸡鹜乱争食：比喻小人争权夺利。屈原《卜居》："宁与黄鹄比翼乎？将与鸡鹜争
食乎？"

[4] 鹬蚌任相持：喻双方争持不下，第三者得了利益。《战国策·燕二》："赵且伐燕，苏代
谓燕惠王曰：'今者臣来过易水，蚌方出曝，而鹬啄其肉，蚌合而拊其喙。鹬曰：今日
不雨，明日不雨，即有死蚌。蚌亦谓鹬曰：今日不出，明日不出，即有死鹬。两者不
肯相舍，渔者得而并禽（擒）之。'"

[5] "风雪"二句：杜甫《暮春题瀼西新赁草屋五首》之三："身世双蓬鬓，乾坤一草亭。"

此用其句而略加变易。

[6]"驱驰"二句：言奔走效命也改变不了兴亡的国运。诸葛亮《出师表》："三顾臣于草庐之中，咨臣以当世之事，由是感激，遂许先帝以驱驰。"尘事，世俗之事。陶潜《辛丑岁七月赴假还江陵夜行途中》诗："闲居三十载，遂与尘事冥。"

◎ 评析

此曲以隐居的自由生活与官场的拘束生活相对比，以隐居山林的"少是非"与名利场中的"多兴废"相对比，来说明自己"拨置名和利"的正确选择，是有说服力和感染力的。

杨维桢
（1296—1370）

字廉夫，号铁崖，自号东维子，因善铁笛，又自称铁笛道人，会稽（今浙江绍兴）人。泰定四年（1327）进士，曾任江西等处儒学提举官。晚年住在松江，张士诚据浙西，屡召不赴。洪武二年（1369），明太祖召纂修礼、乐书，作《老客妇谣》，以明不仕两朝之意。他是元代诗坛上一位很有影响的作家，号为"铁崖体"。著有《铁崖古乐府》《东维子文集》行世。《全元散曲》录存其小令、套数各一首。《新元史》《明史》均入文苑传。

双调·夜行船

吊 古（套）

霸业艰危，叹吴王端为、苎萝西子[1]。倾城处，妆出捧心娇媚[2]。奢侈，玉液金茎，宝凤雕龙，银鱼丝脍；[3]游戏，沉溺在翠红乡，忘却卧薪滋味[4]。

【前腔】乘机，勾践雄图，聚干戈要雪、会稽羞耻。[5]怀奸计，越赂私通伯嚭[6]。谁知，忠谏不听，剑赐属镂，灵胥空死，[7]狼狈，不想道请行成，北面称臣不许。[8]

【斗蛤蟆】堪悲，身国俱亡，把烟花山水，等闲无主。叹高台百尺，顿遭烈炬。[9]休觑，珠翠总劫灰[10]，繁华只废基。动情的，叵耐范蠡扁舟，一片太湖烟水。[11]

【前腔】听启，檇李亭荒[12]，更夫椒树老[13]，浣花池废[14]。问铜沟明月，美人何处？[15]春去，杨柳水殿欹[16]，芙蓉池馆摧[17]。恼人意，只见绿树黄鹂，寂寂怨谁无语。

【锦衣香】馆娃宫[18]，荆棘蔽；响屧廊[19]，莓苔蠚。可惜剩水残山，断崖高寺，百花深处一僧归。[20]空遗旧迹，走狗斗鸡[21]。想当年借祭，望郊台凄凉云树，[22]香水鸳鸯去[23]。酒城倾坠[24]，茫茫练渎[25]，无边秋水。

【浆水令】采莲泾红芳尽死[26]，越来溪吴歌惨凄[27]。宫中鹿走草萋萋[28]，黍离故墟[29]，过客伤悲。离宫废，谁避暑，琼姬墓冷苍烟蔽[30]。空园滴，空园滴，梧桐秋雨[31]。台城上，台城上，乌夜啼[32]。

【尾声】越王百计吞吴地，归去层台高起，只今亦是鹧鸪飞。[33]

◎ 注释

[1] 苎萝西子：即西施，她生于苎萝山，在今浙江诸暨县南。《吴越春秋·勾践阴谋外传》："乃使相诸国中，得苎萝山鬻薪之女，曰西施。"

[2] 捧心娇媚：言西施的病态美。《庄子·天运》："故西施病心而颦其里，其里之丑人，见而美之，归亦捧心而颦其里。"

[3] "玉液金茎"三句：形容吴王生活的极端奢侈。玉液，美酒。白居易《效陶潜体诗》之

三：“开瓶泻尊中，玉液黄金卮。”金茎，本指擎着承露盘的铜柱，这里借指盛酒的器皿。宝凤雕龙，雕刻在酒器上的龙凤花纹。银鱼丝脍，细切的白鱼脍。

[4]卧薪滋味：《史记·吴太伯世家》：“越因伐吴，败之姑苏，伤吴王阖庐指，军却七里。吴王病伤而死。阖庐使立太子夫差，谓曰：‘尔而忘勾践杀汝父乎？’对曰：‘不敢！’三年，乃报越。”当指此事。“卧薪尝胆”，本为越王勾践不忘国耻、励精图治的故事，见《史记·越王勾践世家》。这里借以说明吴王夫差在打败越国之后，就忘了以前的艰难岁月。

[5]“勾践雄图”二句：指越王勾践困于会稽之后，“身自耕作，夫人自织，食不加肉，衣不重采，折节下贤人，厚遇宾客，振贫吊死，与百姓同其劳”，终于雪了会稽之耻。见《史记·越王勾践世家》。

[6]越赂私通伯嚭：《史记·越王勾践世家》：“于是勾践乃以美女宝器令（大夫）种间献吴太宰嚭。嚭受，乃见大夫种于吴王……嚭因说吴王曰：‘越以服为臣，若将赦之，此国之利也。’卒赦越，罢兵而归。

[7]“忠谏不听”三句：指吴王不听相国伍子胥的忠谏，不信“勾践为人能辛苦，今不灭，后必悔之”，最终答应了越国的请求，跟越订立了和约（见《史记·吴太伯世家》）。后来吴王欲伐齐，子胥谏曰：“未可。臣闻勾践食不重味，与百姓同苦乐。此人不死，必为国患。吴有越，腹心之疾；齐与吴，疥癣也，愿王释齐先越。”又不听。及至越使大夫种前去贷粟，以观吴国的虚实，“吴王欲与，子胥谏勿与”。又不听。“子胥言曰：‘王不听谏，后三年吴其墟乎！’吴王大怒，使人赐子胥属镂剑以自杀”（见《史记·越王勾践世家》）。属镂，剑名。亦作“属卢”“属鹿”“属娄”。灵胥，指伍子胥。左思《吴都赋》：“习御长风，狎玩灵胥。”刘渊林《文选》注此云：“灵胥，伍子胥神也。”

[8]“狼狈”三句：《史记·越王勾践世家》：越大破吴，复栖吴王于姑苏之山。“吴王使公孙雄肉袒膝行而前，请成越王曰：‘孤臣夫差敢布腹心，异日尝得罪于会稽，夫差不敢逆命，得与君王成以归。今君王举玉趾以诛孤臣，孤臣惟命是听，意者亦欲如会稽之赦孤臣之罪乎’？勾践不忍，欲许之。范蠡以为不可，乃击鼓进兵，吴使者泣而去。

[9]“叹台高”二句：言百尺高台一下化作了灰烬。台：指姑苏台。《吴越春秋》卷五：吴王“遂受而起姑苏之台，三年聚材，五年乃成，高见二百里。”

[10]珠翠：盛妆的少女。王维《寓言》：“曲陌车骑盛，高堂珠翠繁。”

[11]“动情的”三句：《史记·越王勾践世家》：“范蠡事越王勾践，既苦身戮力，与勾践深谋二十余年，竟灭吴，报会稽之耻……乃装其轻宝珠玉，自与其私徒属乘舟泛海以行，终不反。”

[12]檇李亭荒：《史记·越王勾践世家》：“越因袭击吴师，吴师败于檇李，射伤吴王阖庐。”檇李，在浙江嘉兴西南七十里，是勾践击败吴王阖庐的地方。

[13]夫椒树老：《史记·吴太伯世家》：“吴王（夫差）悉精兵以伐越，败之夫椒，报姑苏也。”夫椒，山名，在今江苏吴县西南太湖中。

[14]浣花池废：苏州市有浣花里。吴梅村《圆圆曲》：“家本姑苏浣花里，圆圆小字娇罗

绮"。疑"浣花池"即在此地。

[15]"铜沟明月"二句：此借李白《苏台览古》"只今惟有西江月，曾照吴王宫里人"的诗意。铜沟：铜做的沟渠。任昉《述异记》："吴王于宫中作海灵馆、馆娃宫，铜沟玉槛，宫之楹皆珠玉饰之。"

[16]水殿欹：建筑在水面上的殿宇也倾斜了。任昉《述异记》："夫差作天池，池中造青龙舟，舟中盛陈妓乐，日与西施为水嬉。"当指此。

[17]芙蓉池馆摧：豪华的池馆也倒塌了。秦在曲江所建的宜春苑，汉所建的乐游苑，苑内都有芙蓉池。这是借秦、汉的名园来形容吴王夫差所建的楼馆。

[18]馆娃宫：吴王夫差专为西施所建的宫苑，吴人谓美女为娃，所以叫作"馆娃"。遗址在今江苏苏州西南的灵岩山。

[19]响屧廊：馆娃宫的长廊。范成大《吴郡志》八："响屧廊在灵岩山寺，相传吴王令西施辈步屧，廊虚而响，故名。"

[20]"断崖高寺"二句：言当年繁华之地如今已变成荒凉的寺宇了。断崖高寺，馆娃宫原建于江苏苏州的灵岩山，后人在其遗址上建立岩寺。

[21]走狗斗鸡：使鸡打架、让狗竞走以赌输赢的游戏，我国古代富贵人家的纨袴子弟所为。《史记·袁盎传》："盎病免居家，与闾里浮沉相随行，斗鸡走狗。"借此指吴王夫差的浪荡生活。

[22]"想当年借祭"二句：指吴王夫差会诸侯于黄池与晋定公争长；越王勾践平吴后，致贡于周。周元王使人赐勾践胙，命为伯的事。借祭：超越本分的祭祀。因为诸侯会盟，要杀牛歃血，由霸主执牛耳。赐胙：把祭祀用的肉赏给他。郊台：祭祀天地的地方。

[23]香水鸳鸯去：香水溪的鸳鸯已经飞去了。香水溪，在吴宫内，相传是西施沐浴的地方。

[24]酒城倾坠：可资畅饮的楼馆已经倒塌了。酒城，泛指可以畅饮寻欢之处。皮日休《酒中十咏》中的《酒城》诗云："万仞峻其城，沈酣浸其俗。香侵井干过，味染濠波绿"可证。此指吴王夫差"别列春宵宫为长夜之饮，造千石酒钟"（见任仿《述异记》）。

[25]练渎：在江苏境内。疑即江苏丹阳之练湖，纳丹徒、长山诸水，注于运河。

[26]采莲泾：即若耶溪，相传西施曾在这里采过莲。

[27]越来溪：在今江苏吴县西南，因越兵由此入吴而得名。

[28]宫中鹿走：吴王夫差拒绝伍子胥的忠谏，子胥曾经预言说今见"麋鹿游于姑胥之台，荆棘漫于宫阙"的凄凉景象。见《吴越春秋》。

[29]黍离故墟：《诗·王风·黍离》的诗序说："黍离，悯宗周也。周大夫行役至于宗周，过故宗庙宫室，尽为禾黍，悯周之颠覆，彷徨不忍去而作此诗。"这里借以哀叹吴国的衰亡。

[30]琼姬墓：《吴郡志》："阳山（今江苏吴县西）有琼姬墓，吴王女也。"

[31] 梧桐秋雨：此借白居易《长恨歌》"春风桃李花开日，秋雨梧桐叶落时。西宫南内多秋草，落叶满阶红不扫"的诗，来形容吴宫旧址的凄凉。

[32] 台城上，乌夜啼：台城，又名苑城，乃战国时吴的后院城，在今江苏南京玄武湖侧。乌夜啼，此借李白《乌栖曲》"姑苏台上乌栖时，吴王宫里醉西施"的诗意，来反衬吴宫的衰败。

[33] "越王百计吞吴地"三句：此用李白《越中览古》"越王勾践破吴归，义士还家尽锦衣。宫女如花满春殿，只今惟有鹧鸪飞"的诗意，来说明当时的胜利者也像失败者一样完蛋了。

◎ 评析

此曲揭示了"骄必败""哀者胜"的历史规律。特别是《锦衣香》《浆水令》两曲，悲凉慷慨，文采斐然，完满地抒发了吊古伤怀的感情，具有较强的艺术魅力。梁辰鱼《浣纱记·泛湖》一出，借用它并加以敷衍扩展作为西施的唱词，使得"'霸业艰危'一曲，犹脍炙人口"（王骥德《曲律·杂论下》）。当然，它也并不是没有缺点，《曲律》亦指出"盖此曲之病：用韵杂出，一也；对偶不整，二也；尘语、俗语、生语、重语叠出，三也"。

倪　瓒
（1301—1374）

字元镇，号云林，无锡（今属江苏）人。本为西夏人，因其先人出使于宋，被留，定居江南。家中多聚古鼎名琴，藏书甚富。善操琴，精音律，清秀美髯，吴人称为"神仙"。《录鬼簿续编》说他："群书博极，爱作诗，不事雕琢，善写山水小景，自成一家，名重海内。"至正初，忽散家赀给亲故，弃家泛舟五湖。自号风月主人、沧浪漫士、净名庵主、幻霞子、荆蛮民等。与虞集、张雨相友善。著有《清阁阁集》。《新元史》《明史》有传。《全元散曲》收录其小令十二首。

双调·水仙子

送　行二首

一

东风花外小红楼[1]，南浦山横眉黛愁[2]。春寒不管花枝
瘦，无情水自流。檐间燕语娇柔[3]，惊回幽梦，难寻旧游，
落日帘钩。

二

吹箫声断更登楼[4]，独自凭栏独自愁[5]。斜阳绿惨红消瘦[6]，
长江天际流[7]。百般娇千种温柔，金缕曲新声低按[8]，
碧油车名园共游[9]，绛纱裙罗袜如钩[10]。

◎ 注释

[1] 红楼：旧时豪门富家的少女住所。白居易《秦中吟》："红楼富家女，金缕绣罗襦。"韦
　　庄《长安春》："长安春色本无主，古来尽属红楼女。"

[2] 南浦山横眉黛愁：南浦泛指送别的地方。屈原《九歌·河伯》："子交手兮东行，送美
　　人兮南浦。"江淹《别赋》："送君南浦，伤如之何。"山横眉黛，形容女子秀丽的眉毛。
　　《西京杂记》二："（卓）文君姣好，眉色如望远山。"杜牧《少年行》："豪持出塞节：
　　笑别远山眉。"

[3] 檐间燕语娇柔：这是综合运用刘兼《春燕》"多时窗外语呢喃，只要佳人卷绣帘"，姜夔
　　《踏莎行》"燕燕轻盈，莺莺娇软，分明又向华胥见"和史达祖《双双燕》"还向雕梁藻
　　井，又软语商量不定"的意境而成的。

[4] 吹箫声断：《列仙传》上：箫史善吹箫，能致孔雀白鹤于庭。穆公遂以女妻焉。"日教
　　弄玉作凤鸣。居数年，吹作凤声，凤凰来止其屋。公为作凤凰台，夫妇止其上，一旦
　　皆随凤凰飞去。"这里是说吹箫的人已经走了，更那堪去登楼远望呢？

[5] "独自"句：李煜《浪淘沙》："独自莫凭栏，无限江山，别时容易见时难。"

[6] "斜阳"句：这是写送别的人由于情感的作用，把红花绿叶看成愁惨的景象。此从柳永
　　《定风波》的"惨绿愁红"、李清照《如梦令》的"绿肥红瘦"中，获得新的艺术意境。

[7]长江天际流：李白《送孟浩然之广陵》："孤帆远影碧空尽，惟见长江天际流。"此用其句。

[8]金缕曲：这里应指一种爱情歌曲。杜牧《杜秋娘》诗："劝君莫惜金缕衣，劝君惜取少年时。"应该是这个曲的内容。后来辛弃疾《满江红·建康史帅致道席上赋》"佳丽地，文章伯。金缕唱，红牙拍"中所提到的"金缕"，也是这种歌曲。

[9]碧油车：油成青绿色的有篷的车子。《南齐书·舆服志》："两宫用车，皆绿油幢……其公主则碧油幢。"因以碧油车代指华贵的车子。

[10]绛纱裙：红色丝质的裙。罗袜如钩：形容足之小。曹植《洛神赋》："罗袜生尘。"

◎ 评析

　　这是两首写离情别绪的小令。两曲用韵完全相同，意脉一贯相连，当是一时之作。前一首写别后的苦闷，后一首着重写别后的回忆。都写得蕴藉含蓄，缠绵悱恻，看似写景，实则景中含情，情景相融，浑然无垠，充分体现了作者将绘画艺术引进诗歌艺术的特点。《录鬼簿续编》说他"所作乐府，有送行《水仙子》二篇，脍炙人口"。

✿ **刘廷信**　　原名廷玉，益都（今属山东）人。因他排行第五，身长而黑，所以人们叫他"黑刘五舍"。《录鬼簿续编》说他"风流蕴藉，超出伦辈，风晨月夕，惟以填词为事"。他的曲辞新鲜活泼，能够将街谈巷语，化为新奇的曲文，能发人之所不能发的俊语，能刻画人之所不能刻画的内心活动，在后期散曲作家中，最能体现出"本色自然"的艺术特色。《全元散曲》收录他的小令三十九，套数七。

双调·折桂令

忆 别二首

一

想人生最苦离别，三个字细细分开[1]，凄凄凉凉无了无歇。
别字儿半响痴呆，离字儿一时折散，苦字儿两下里堆叠。
他那里鞍儿马儿身子儿劣怯[2]，我这里眉儿眼儿脸脑儿
乜斜[3]。倾着头叫一声"行者"[4]，阁着泪说一句"听者"，
得官时先报期程[5]，丢丢抹抹远远的迎接[6]。

二

想人生最苦离别，唱到阳关，休唱三叠。[7]急煎煎抹泪
揉眵[8]，意迟迟揉腮搋耳[9]，呆答孩闭口藏舌[10]。"情
儿分儿你心里记者，病儿痛儿我身上添些，家儿活儿既
是抛撇，书儿信儿是必休绝，花儿草儿打听得风声[11]，
车儿马儿我亲自来也？"

◎ 注释

[1] 三个字：即文中的"别字儿""离字儿"和"苦字儿"。

[2] 劣怯：虚弱，萎靡不振的样子。

[3] 乜斜：朦朦胧胧，糊里糊涂。《望江亭》三："那厮也忒懵懂、玉山低趄，着鬼祟、醉
　　眼乜斜。"

[4] 行者：犹言"走着"。者，助词，"着"的意思。《太平乐府》二李爱山《寿阳曲》："弹
　　者舞者唱者，只吃到杨柳岸晓风残月。"三"者"字，都当"着"讲。下句的"听者"，
　　也是"听着"的意思。

[5] 期程：时间和路程。张说《蜀道后期》："客心争日月，来往预期程。"

[6] 丢丢抹抹：羞羞答答，扭扭捏捏。也作"丢抹"。

[7]"唱到阳关"二句：别离时唱的歌曲。详见曾瑞《南昌·骂玉郎带感皇恩采茶歌·闺情》注。

[8] 抹泪揉眵：拭泪，抹着眼泪。也作"抹泪揉眼"。《罗李郎》三："则我这眉尖闷锁无钥匙，空教我抹泪揉眵。"眵，即今之所谓"眼屎"。

[9] 揉腮揪耳：形容内心矛盾的状态、慌乱焦急的样子。《黄粱梦》二："听说罢，揪耳揉腮，我这里伤心空跌脚，低首自惭皮。"

[10] 呆答孩：呆呆地。《西厢记》四之一："则索呆答孩，倚定门儿待。"闭口藏舌：沉默无语，一言不发。

[11] 花儿草儿：代指出卖色相的女人。《西厢记》四之三："此一节君须记，若见了那异乡花草，再休似此处栖迟"。

◎ 评析

　　组诗共十二首，除第一首以"想离别怎捱今宵"开篇外，各首均以"想人生最苦离别"开端，这是组诗的第二首和第三首。它以一个少妇的口吻，唱出在送别丈夫时的矛盾心情和依恋状态。声情毕肖，神态如绘，既缠绵悱恻，又尖新泼辣，体现了女主人公的刚强性格。这里所选的第二首纯从《西厢记》四之三的《二煞》一曲中脱化出来。但加上"车儿马儿我亲自来也"一句，便大大增添了"蒜酪气"和"蛤蜊味"。

❀ **汤 式**　字舜民，号菊庄，元末象山（今属浙江）人。曾补县吏，后落魄江湖。《录鬼簿续编》说他曾著杂剧《瑞仙亭》《娇红记》，今俱不传。所作乐府，语多工巧，驰名当时，号为《笔花集》。《全元散曲》录存其小令一百七十，套数六十八。

双调·天香引

西湖感旧

问西湖昔日如何？朝也笙歌，暮也笙歌。[1]问西湖今日如何？朝也干戈，暮也干戈。[2]昔日也二十里沽酒楼香花绮罗[3]，今日个两三个打鱼船落日沧波[4]。光景蹉跎，人物消磨[5]。昔日西湖，今日南柯[6]。

◎ 注释

[1] "朝也笙歌"二句：言朝朝暮暮都在歌舞。林升《题临安邸》："山外青山楼外楼，西湖歌舞几时休？"俞国宝《风入松》："玉骢惯识西冷路，骄嘶过沽酒垆前。红杏香中歌舞，绿杨影里秋千。"可为此语疏证。

[2] "朝也干戈"二句：言天天在战火中生活。干戈，指战争。据《续资治通鉴》载：元顺帝至正十六年（1356），张士诚部袭杀元朝守将，占领杭州，与朱元璋的部队形成对峙拉锯的局面，自此杭州陷于战乱之中，长达十年之久。至正二十五年，朱元璋始获得全胜。

[3] "昔日也"句：形容西湖的繁华。柳永《望海潮》："市列珠玑，户盈罗绮，竞豪奢。"可做此语的注脚。

[4] "今日个"句：形容西湖的荒凉。言只有几只打鱼船在夕阳西下时出没在碧波上。张炎《高阳台·西湖春感》："更凄然，万绿西冷，一抹荒烟。"可为此语参证。

[5] 人物消磨：言人们的意志消沉。辛弃疾《兰陵王》："恨之极，恨极消磨不得。"这里的"消磨"，便是"消沉"的意思。

[6] 今日南柯：言西湖的繁华，在今日看来不过是一场黄粱美梦而已。南柯，言盛衰无常，像梦一样的虚幻。详见马致远《双调·蟾宫曲·叹世》"梦说南柯"注。

◎ 评析

　　此曲开门见山，提出问题，然后通过鲜明的对比，把今昔之感深沉地抒发了出来。纯用白描，不加雕饰，却自然隽永，哀恸动人，使读者感情的波涛，随着这首哀歌的旋律，长期宁静不了，起伏不已。

双调·蟾宫曲

冷清清人在西厢，叫一声张郎，骂一声张郎[1]。乱纷纷花落东墙，问一会红娘，絮一会红娘[2]。枕儿余，衾儿剩，温一半绣床，闲一半绣床。风儿斜，月儿细，开一扇纱窗，掩一扇纱窗。[3]荡悠悠梦绕高唐[4]，萦一寸柔肠，断一寸柔肠。

◎ 注释

[1] 骂一声张郎：《西厢记》三之三："我道你文学海样深，谁知你那色胆有天来大"？"你本是个折桂客，做了偷花汉。不想去跳龙门，学骗马。"这一句话便是从这里浓缩而成的。张郎，指《西厢记》中男主角张君瑞。

[2] 絮一会红娘：《西厢记》三之二：红娘将张生的简帖儿放在妆盒上，只见莺莺"厌的早挖皱了眉头，忽的波低垂了粉颈，氲的呵改变了朱颜，"然后大骂红娘，"谁敢将这简帖儿来戏弄我？"当红娘揭了她的底，她又絮絮叨叨地问红娘，"张生近日如何？""请个好太医看他症候咱！"就是此语的具体说明。

[3]"开一扇纱窗"二句：莺莺写给张生的诗云："待月西厢下，迎风户半开。拂墙花影动，疑是玉人来。"就是它的概括。

[4]"荡悠悠"句：言魂梦悠悠忽忽好像成就了男女之间的好事。《西厢记》二之四："便做道十二巫峰，他也曾赋高唐来梦中。"高唐：宋玉《高唐赋序》中言楚襄王与神女幽会之事，后因以喻男女欢会。详见张可久《中吕·红绣鞋·西湖雨》注。

◎ 评析

这支小令借人们所熟知的《西厢记》中的人物，表现在热恋中的少女的内心活动，刻画细腻，声口逼真，如见其人，如闻其声。尤其善于运用《西厢记》的情节和语言，融合在自己的创作中，如盐着水，有其味而无其形。

❀ 无名氏

无名氏的作品，在元人散曲中，数量不少，质量较高。在内容上对当时的社会病态，讽刺得比较深刻；写爱情也比较大胆泼辣；在风格上，比较本色自然，生动形象，与一般文人的作品迥异其趣。

正宫·醉太平

堂堂大元[1]，奸佞当权。开河变钞祸根源[2]，惹红巾万千[3]。官法滥、刑法重、黎民怨。人吃人[4]，钞买钞[5]，何曾见？贼作官，官做贼，混愚贤。[6]哀哉可怜！

◎ **注释**

[1] 堂堂：伟大，强大。《史记·滑稽列传》："以楚国堂堂之大，何求不得？"大元：元朝的尊称。这里是反语。

[2] 开河：元顺帝至正十一年（1351），为了把江南的粮食运到北京，以治理黄河为名，派贾鲁为工部尚书兼总治黄河使，征发民伕十五万，戍卒二万，开挖黄河故道，贪官污吏层层克扣工粮，民伕不堪饥饿，怨声载道。韩山童等白莲教人预先凿个单眼石人，埋在开挖的地下，上有谣云："石人一只眼，挑动黄河天下反。"于是大家拥护韩山童、刘福通等起义。变钞：元代统治者，改硬币为纸币。至元二十四年（1287），正式发行"至元钞"，强迫百姓使用。到至正十年又改变原来的币制，发行票面大而纸质劣的"至正钞"，弄得物价暴涨，民怨沸腾。

[3] 惹红巾万千：此指韩山童、刘福通领导的红巾军。这支部队开始推举韩山童为小明王，才三千人。起义失败后，刘福通又在他的家乡颍州重新组织起义，队伍迅速发展到十余万众。

[4] 人吃人：《草木子·克谨篇》："元京饥穷，人相食。"说明这句话是写实的。

[5] 钞买钞：用"至正钞"倒换"至元钞"，要打折补现，加收工本费。

[6] "贼作官"三句：当时流行在社会上的民谣云："丞相造假钞，舍人做强盗，贾鲁要开河，搞得天下闹。"又云："解贼一金并一鼓，迎官两鼓一声锣。金鼓看来都一样，官人与贼不争多。"

◎ 评析

　　这是一支"切中时弊"的散曲名篇，陶宗仪《辍耕录》说："《醉太平》一阕，不知谁所造。自京师以至江南，人人能道之，以其有关于世教也。"它之所以能受到广大人民如此的喜爱，是因为它再现了元末统治者乱政虐民的黑暗现实，愤怒地唱出了被压迫被剥削者的心声。

正宫·醉太平

讥贪小利者

夺泥燕口，削铁针头，刮金佛面细搜求，[1] 无中觅有。鹌鹑嗉里寻豌豆，鹭鸶腿上劈精肉，蚊子腹内刳脂油。[2] 亏老先生下手[3]。

◎ 注释

[1]"夺泥燕口"三句：形容搜刮不择手段，极斥其贪。

[2]"鹌鹑嗉里"三句：形容搜刮不看对象，极斥其残。

[3]老先生：唐、宋以来，称呼达官显宦为"老先生"，元代称京官为"老先生"。说明本曲所"讥"的对象，实际上是元代那些掌握生杀大权的高级官吏。

◎ 评析

　　这是一首有名的讽刺小曲，它用极度夸张的手法、嬉笑怒骂的文词，揭露了到处伸手、无孔不入的贪官污吏的本质，具有深刻的社会意义。题目是"讥贪小利者"，明李开先在《词谑》中说是"讥贪狠小取者"，我以为李说是深有见地的。

256

正宫·叨叨令

咏疟疾

热时节热的在蒸笼里坐，冷时节冷的在冰凌上卧，颤时节颤的牙关错[1]，痛时节痛的天灵破[2]。兀的不害杀人也么哥，兀的不害杀人也么哥，寒来暑往都经过。

◎ 注释

[1] 牙关错：上下牙床的牙齿交相碰撞，形容其颤抖得厉害。

[2] 天灵破：脑盖都破了。天灵，即颅顶骨，又叫脑盖。《李逵负荆》四："想着你兄弟十年故友，旧日恩情，今都罢了，则早砍取我半壁天灵盖。"

◎ 评析

此曲用比喻和夸张的手法，把疟疾的症候形容得淋漓尽致，妙不可言。其意义已经超出了它所咏的范围，人们常常拿它来讽刺犯政治上的冷热病和人际关系上的冷暖态度。

中吕·朝天子

志　感二首

一

不读书有权，不识字有钱，不晓事倒有人夸荐。老天只恁忒心偏[1]，贤和愚无分辨。折挫英雄，消磨良善，越聪明越运蹇[2]。志高如鲁连[3]，德过如闵骞[4]，依本分只落的人轻贱。

二

不读书最高，不识字最好，不晓事倒有人夸俏。老天不肯辨清浊，好和呆没条道[5]。善的人欺，贫的人笑，读书人都累倒。立身则《小学》[6]，修身则《大学》[7]，智和能都不及鸭青钞[8]。

◎ 注释

[1] 只恁：只这么，只这样。忒：太，过于。

[2] 运蹇：命运艰苦。

[3] 鲁连：即鲁仲连，战国时齐人。他曾说服辛垣衍义不帝秦，并解了赵国之围。平原君欲以千金为寿，鲁连笑曰："所贵于天下之士者，为人排患、释难、解纷乱而无所取也。即有取者，是商贾之事也，而连不忍为也。"事见《战国策·齐策》及《史记·鲁仲连列传》。李白《古风五十九》之十："齐有倜傥生，鲁连特高妙。""却秦振英声，后世仰末照。"

[4] 闵骞：即闵子骞。性至孝，后母虐待他，冬天只给他着芦衣，父怒欲出其母，他说："母在一子寒，母去三子单。"终于感悟了后母。所以孔子说："孝哉闵子骞，人不间于其父母昆弟之言"。参见《史记·仲尼弟子列传》。

[5] 没条道：没有个路子，没有个标准。

[6]《小学》：宋朱熹、李子澄以封建的伦理道德为标准所编的少年教育课本，包括"立教""明伦""嘉言""善行"等内容。

[7]《大学》：儒家的经典之一，原为《礼记》中的一篇，朱熹把它抽出来与《论语》《孟子》《中庸》合称为"四书"或"四子书"。

[8] 鸭青钞：元代用鸭青色的纸印制的钞票。

◎ 评析

　　这两首散曲，愤怒地控诉了元代统治者摧残文化、迫害知识分子的暴行。第一首批判的锋芒，直指元代的政治制度；第二首则是轻蔑地批判当时的道德观念和价值观念。谢枋得《送方伯载归三山序》云："我大元制典，人有十等，一官二吏，先之者贵之也，贵之者谓有益于国也。七匠八娼、九儒十丐，后之者贱之也，贱之者谓无益于国也。嗟乎卑哉，介乎娼之下、丐之上者，今之儒也。"一向为"四民之首"的知识分子，到了元代，受到如此的歧视，贬入社会的底层，自然要以自身的遭遇来鸣其不平之鸣的。

中吕·红绣鞋

一两句别人闲话，三四日不把门踏，五六日不来呵在谁家？七八遍买龟儿卦。久已后见他么？十分的憔悴煞。

◎ 注释

[1] 买龟儿卦：买卦占卜。古人以龟为灵，灼龟甲，观其拆裂之纹，以卜其吉凶。《左传》僖公四年："筮短龟长，不如从长。"又昭公五年"龟兆告吉"。后人因以占卦为"龟卦"或"龟卜"。

◎ 评析

　　这曲写一个热恋中的少女，在爱情受到挫折时所表现出来的内心矛盾。描写细腻，声口毕肖。尤其是善于运用数字，从曲的首句到末句，十分自然地构成一个完整的数序系列，从而突出了曲的连贯性和完整性，增强了曲的艺术感染力。

双调·清江引

讥士人

皂罗辫儿紧扎捎[1]，头戴方檐帽。穿领阔袖衫，坐个四人轿。又是张吴王米虫儿来带了[2]。

[1] 皂罗辫：指方檐帽后系的黑纱飘带。紧扎捎：张得很开，也作"扎煞"，元人方言。

[2] 张吴王：张士诚于至正二十三年九月，自称吴王。米虫儿：吃米的蛀虫。《坚瓠甲集》
  卷三："元末吴人呼秀才为米虫。"

◎ 评析

　　明代瞿佑《归田诗话》卷下云："张氏据有浙西富饶地，而好养士，
凡不得志于时者，争趋赴之。美官丰禄，富贵赫然，有为北乐府以讥之
云云。"《尧山堂外纪》卷七十四亦有完全相同之记载，说明这支散曲是
讽刺张士诚所养之"士"的。曲中以幽默的语言、漫画的手法，给这些
"米虫儿"画了一幅肖像，越是道貌岸然，威风凛凛；越显出那狐假虎
威、狗仗人势的讨厌相。

越调·小桃红

别　忆

断肠人寄断肠词[1]，词写心间事。事到头来不由自，自寻思，
思量往日真诚志。志诚是有，有情谁似，似俺那人儿。

◎ 注释

[1] 断肠人寄断肠词：极度悲伤的人写着极度相思的词。曹丕《燕歌行》："念君客游思断
  肠，慊慊思归恋故乡。"

◎ 评析

　　这是用"顶真格"写的一支刻骨相思的情曲，即每一句前一个字，
要和它的前一句的最后一个字相同。首尾相衔，如绳贯珠，是词曲中的
巧体。又叫"顶针续麻格"，或"联珠体"。但要求词语的回环往复与情
思的缠绵真挚，配合得自然浑成，方为上乘。否则，便要坠入文字游戏

的魔道中去。

商调·梧叶儿

嘲谎人

东村里鸡生凤，南庄上马变牛。六月里裹皮裘[1]，瓦垄
上宜栽树[2]，阳沟里好驾舟[3]。瓮来大的肉馒头，俺家
的茄子大如斗。

◉ 注释

[1] 裹皮裘：穿上毛皮大褂。
[2] 瓦垄：屋上的瓦脊。
[3] 阳沟：屋檐下流水的明沟。

◉ 评析

　　曲中历举了七件在现实生活中绝对不可能有的事，而说谎者却
像煞有介事地乱吹一顿，从亲耳所闻到亲眼所见，从东村、南庄到俺
家，愈说愈神，愈吹愈奇，说者是"姑妄言之"，但谁也不会"姑妄听
之"，这就有力地揭穿了谎言的实质。虽是游戏之作，却有一定的社会
意义。

商调·梧叶儿

嘲贪汉

一粒米针穿着吃，一文钱剪截充[1]，但开口昧神灵[2]。
看儿女如衔泥燕[3]，爱钱财似竞血蝇。无明夜攒金银[4]，

都做充饥画饼^[5]。

◎ 注释

[1] 剪截充：剪成碎片来充家用。

[2] 昧神灵：昧着良心。神灵，良心，魂魄。《大戴礼·曾子天圆》："神灵者，品物之本也。"

[3] 如衔泥燕：就像燕子一口一口地衔着春泥，筑起巢来。极言其不辞辛苦。

[4] 无明夜：无日无夜，不分昼夜。

[5] 充饥画饼：比喻有虚名而无实惠。《三国志·魏志·卢毓传》："选举莫取有名，名如画地作饼，不可啖。"这里说贪汉的昧着良心，积攒金银，全是徒劳。无名氏《梧叶儿·贪》说得好："头枕着连城玉，脚踏着遍地金。有一日死来临，问贪公，那一件儿替得您？"可作此语的注脚。

◎ 评析

　　此曲用漫画的手法，画出贪汉的可笑可鄙的嘴脸。"看儿女如衔泥燕"一联，比喻形象，恰切通俗，而又能使全曲化俗为雅，是曲中的警策。结语如暮鼓晨钟，发人深省。

明散曲选

❋ 康 海

（1475—1540）　字德涵，号对山，自号沜东渔父，武功（今陕西兴平）人。弘治十五年状元，授翰林院编修。明代"前七子"之一。刘瑾专政时，招之不往，会李梦阳下狱，请他出面营救，李因获释。及瑾败，坐瑾党落职，遂放浪自恣，挟妓酣饮，制乐造曲，以寄其怫郁之意。著有诗文集《对山集》、散曲《沜东乐府》及杂剧《中山狼》。他的散曲本色豪放，颇多愤世之作。

双调·水仙子

怀 友

旧时知己几人存，此日飘零独此身。西风又报黄花信[1]，越思量越怆神，见如今玉碎花分。秦赋长杨殿[2]，吟诗五柳村[3]，怎生能尊酒论文[4]？

◎ 注释

[1]"西风"句：言秋天又到了。黄花：菊花。李清照《醉花阴》："莫道不消魂，帘卷西风，人比黄花瘦。"

[2]秦赋长杨殿：汉扬雄著有《长杨赋》，此以扬雄自比。长杨殿，即长杨宫，故址在今陕西周至县东南。《三辅皇图·宫》："长杨宫在今盩屋县东南三十里，本秦旧宫，至汉修饰之，以备行幸。宫中有垂杨数亩，因为宫名。"

[3]吟诗五柳村：此以陶潜自比。五柳村，代隐士的庄园，因陶潜尝著《五柳先生传》以自况。详鲜于必仁《越调·寨儿令》注。

[4]"怎生能"句：此化用杜甫《春日忆李白》"何时一樽酒，重与细论文"的句意。

◎ 评析

　　此曲友情洋溢，感慨遥深。"秦赋长杨殿"一联，时间的跨度很长，今昔之感，尤难为怀。前一句写中状元、授编修的春风得意神态，后一句写被削职、被放逐的落魄心情。这一联的艺术容量也很大，前一句写友人的青云得意，后一句写自己的穷途无聊，正因为分隔云泥，所以有"怎生能尊酒论文"之叹。

仙吕·寄生草

读史有感二首

一

天应醉，地岂迷？青霄白日风雷厉。昌时盛世奸谀蔽，忠臣孝子难存立。朱云未斩佞人头[1]，祢衡休使英雄气[2]。

二

千株柳，二顷田，疏狂果遂男儿愿。功名怕入麒麟殿[3]，糟糠且耐这穷酸面[4]，披头跣足有余欢[5]，吟风弄月情何倦[6]。

◎ 注释

[1] "朱云"句：言忠臣朱云并没能砍掉奸佞张禹的头颅。《汉书·朱云传》："云曰：'今朝廷大臣，上不能匡主，下无以益民，皆尸位素餐，孔子所谓鄙夫不可与事君，苟患失之，无所不至者也。臣愿赐尚方斩马剑，断佞臣一人，以厉其余。'上问：'谁也？'对曰：'安昌侯张禹。'上大怒曰：'小臣居下讪上，廷辱师傅，罪死不赦！'御史将云下，云攀殿槛，槛折。云呼曰：'臣得从龙逢、比干游于地下，足矣，未知圣朝何如耳？'"此用其事。

[2] 祢衡休使英雄气：《后汉书·文苑传·祢衡》："祢衡，字正平，平原般（今属河南）人也，少有才辩，而尚气刚傲，好矫时慢物。"曾经大骂曹操，侮慢刘表，折辱黄祖，最终被黄祖杀害，年止二十六岁。

[3] 麒麟殿：《汉书·苏武传》："上思股肱之美，乃图画其人于麒麟阁，法其形貌，署其官爵姓名。"后因以代功勋卓著的人。

[4] 穷酸：穷读书人，穷知识分子。《裴度还带》一："你每日只是读书，我写来你那读书的穷酸饿醋，有甚么好处？"

[5] 跣足：赤着脚，光着脚丫子。

[6] 吟风弄月：言以自然景物为题材来抒发其闲适的心情。范传正《李翰林白墓志铭》："吟风弄月，席地幕天。"

◎ 评析

两曲从历史的教训中，认识到奸邪蔽主、忠孝难存，不如隐居山林，过着自由自在的闲适生活。在恬淡之中，有愤激之意；在用俗之处，有高雅之致，此其可贵者也。

双调·雁儿落带得胜令

数年前也放狂，这几日全无况。闲中件件思，暗里般般量[1]。　　真个是不精不细丑行藏，怪不得没头没脑受灾殃。从今后花底朝朝醉，人间事事忘。刚方，徙落了膺和滂[2]；荒唐，周全了籍与康[3]。

◎ 注释

[1] 暗里般般量：暗地里一桩一桩地思量过。般般，犹言件件，事事。

[2] 徙落了膺和滂：冷落了李膺和范滂。李膺，字元礼，颍川襄城（今属河南）人。初举孝廉，再迁青州刺史，寻迁渔阳太守，所至有政声。桓帝时，复征为度辽将军，皆望风惧服，声振远域。士有被其容接者，名为"登龙门"。及党锢之祸，膺被拷死，妻子徙边，门生故吏，并被禁锢。事见《后汉书·党锢传·李膺》。范滂，字孟博，汝南征羌（今属河南）人。少厉清节，为州里所服。举孝廉，署功曹，严整疾恶，其有行违孝悌、不轨仁义者，皆斥逐之。及党锢祸起，钩捕甚急，滂自诣狱，与其母别。母曰："汝今得与李（膺）杜（密）齐名，死亦何恨！"死时年三十三。见《后汉书·党锢传·范滂》。

[3] 周全了籍与康：成全了阮籍与嵇康。阮籍，字嗣宗，曾为步兵校尉，世称"阮步兵"。因生活于魏、晋易代之际，不满当时的现实，于是纵酒谈玄，不评论时事，不臧鄙人物，以求自全。事见《三国志·魏志》及《晋书》本传。嵇康，字叔夜，"竹林七贤"

267

之一。美词气，有风仪，恬静寡欲，弹琴咏诗，自足于怀。认为导养得理，以尽性命，若安期、彭祖之伦，可以养求而得也。著有《养生论》。《三国志·魏志》有传。

◎ 评析

　　作者以刚直方正的李膺和范滂，反而受到了僇落；荒唐放荡的阮籍和嵇康，反而得到了保全，因而要醉倒花底，忘怀世事，不平之鸣，愤激之气，溢于言表，不当以消极退隐的思想，看成作品的主旋律。郑振铎说得好："他盛年被放，一肚子牢骚，皆发之于乐府，故处处都盈溢着愤慨不平之气。"（《插图本中国文学史》）

中吕·朝天子

遣　兴

杖藜[1]，步畦[2]，不作功名计。青山绿水绕柴扉，日与儿曹戏。问柳寻花[3]，谈天说地，无一事萦胸臆。丑妻，布衣[4]，自有天然味[5]。

◎ 注释

[1] 杖藜：扶着用藜茎做的手杖漫步。杜甫《漫兴九绝》："肠断春江欲尽头，杖藜徐步立芳洲。"

[2] 步畦：在田垄间漫步。畦，田垅。《汉书·食货志上》："环庐树桑，菜茹有畦。"

[3] 问柳寻花：言尽情地玩赏春景。杜甫《严中丞枉驾见过》："元戎小队出郊坰，问柳寻花到野亭。"

[4] 丑妻：宋赵明叔常言："薄薄酒，胜茶汤；丑丑妇，胜空房。"苏轼以为其言虽俚而近乎达，因申其意作《薄薄酒》二首。布衣：粗布之衣。《汉书·王吉传》："去位家居，亦布衣蔬食。"

[5] 天然味：自然的风味。《三国志·管辂传》注引《管辂别传》："少引圣籍，多发天然。"

◎ 评析

此曲自写其隐居之乐，那里有青山绿水，翠柳红花；那里可以杖藜步畦，谈天说地，一切都纯任自然，不受官场的拘束。表面上看来很豁达，骨子里则仍然有牢骚。

❀ 王九思
(1468—1551)

字敬夫，号渼陂。陕西鄠县（今西安市区）人，弘治进士，授翰林院检讨。明代"前七子"之一。正德中，刘瑾伏诛，被牵连去职。日与康海谈宴、征歌、度曲于鄠杜之间。著有诗文集《渼陂集》、散曲《碧山乐府》和杂剧《杜子美沽酒游春》等。所作散曲，充满着牢骚与感慨。王世贞在《艺苑卮言》中评他的散曲说："秀丽雄爽，康大不如也。评者以敬夫声价，不在关汉卿、马东篱下。"

双调·水仙子带折桂令

归 兴

一拳打脱凤凰笼[1]，两脚蹬开虎豹丛[2]，单身撞出麒麟洞[3]。望东华人乱拥[4]，紫罗襕老尽英雄[5]。参详破邯郸一梦[6]，叹息杀商山四翁[7]，思量起华岳三峰[8]。思量起华岳三峰，掉臂淮南[9]，回首关中[10]。红雨催诗[11]，青春作伴[12]，黄卷填胸[13]。骑一个寒卫儿南村北垄[14]，过几处古庄儿汉阙秦宫。酒盏才空，鼾睡方浓。学得陈抟[15]，笑杀石崇[16]。

269

◎ 注释

[1] 凤凰笼：喻羁縻人才的牢笼。作者曾任翰林院检讨，以瑾党牵连，被勒令致仕，故曰"打脱凤凰笼"。

[2] 虎豹丛：喻险恶的官场。宋玉《招魂》："虎豹九关，啄害下人些。"

[3] 麒麟洞：喻铭功纪勋的地方。汉宣帝曾画功臣霍光、苏武等十一人于麒麟阁。

[4] 东华：即东华门，明代北京紫禁城的东门。

[5] 紫罗襕：达官的公服。

[6] 邯郸一梦：喻荣华富贵的虚幻。典出唐沈既济传奇小说《枕中记》。故事说卢生在邯郸道上的客舍遇到吕翁，吕翁授以青瓷枕。卢生梦举进士，官至中书令，封燕国公，生五子，皆显要。一觉醒来，主人蒸黍尚未熟。卢生从此领悟了荣辱之理，穷通之运，乃拜辞吕翁而去。

[7] 商山四翁：又称商山四皓，秦末的四位高士，名叫东园公、甪里先生、绮里季、夏黄公，隐于商山，年皆八十有余，须眉皓白。汉初，高祖敦聘不至，吕后用张良策招之，始出山。

[8] 华岳三峰：即西岳华山，又名太华山。在今陕西华阴县境内。崔颢《行经华阴》："岹峣太华俯咸京，天外三峰削不成。"作者在这里是说要隐居山林。

[9] 掉臂淮南：淮南王刘安曾经作《招隐士》赋，以招致天下文士。作者说他将不顾别人的招请，挥手而去。掉臂，摆动手臂，不顾而去。《史记·孟尝君传》："日暮之后，过市朝者，掉臂而不顾。"

[10] 回首关中：表示对关中的依恋。关中，今陕西之地，这是作者的故乡。

[11] 红雨：喻落花。刘禹锡《百舌吟》："花枝满空迷处所，摇动繁英坠红雨。"又代指桃花。沈义父《乐府指迷》说词中应用代字，"如说桃，不可直说破桃，须用'红雨'、'刘郎'等字"。

[12] 青春作伴：此用杜甫《闻官军收河南河北》诗"青春作伴好还乡"句。

[13] 黄卷：书籍。古人用黄檗染纸，以防止蠹虫，故名。《抱朴子·疾谬》："盖是穷巷诸生、章句之士，吟咏而向枯简，匍匐以守黄卷者所宜识。"

[14] 蹇卫儿：跛驴。卫，驴的别称。范摅《云溪友议》八："南中丞卓吴楚游学十余年，衣布缕，乘牝卫，薄游上蔡。"

[15] 陈抟：字图南，隐居华山，自号扶摇子，宋太宗赐号希夷先生。抟著有《先天图》《指玄篇》，是宋人象数之学的创始人。《宋史》有传。

[16] 石崇：字季伦，历任散骑常侍、荆州刺史，谄事贾谧，家巨富，在河阳置金谷园，日与爱姬绿珠及宾客歌宴其中，与贵戚王恺、羊琇竞奢斗富。后为孙秀所谮，被杀。《晋书》有传。

◎ 评析

　　本曲以豪放之笔，写抑郁之怀，以极冷极达之语，抒极热极怨之情，奇而不怪，俗而能雅，豪丽参用，雅俗兼备，是明代散曲中的珍品。

双调·雁儿落带得胜令

醉后作

沉醉了花间鹦鹉卮[1]，倒写了笔底龙蛇字[2]。酒淹了销金翡翠衫[3]，墨溅了腕玉蜂蝶使[4]。歌一曲风雪子瞻词[5]，赠一首锦绣李白诗[6]。舌吐尽磊落胸中气[7]，除非那、飘摇天样纸[8]。参差，笑万古兴亡事；寻思，不如咱、饮三杯快乐时。

◎ 注释

[1] 鹦鹉卮：即海螺做的杯子，或用银或用金镶足，作酒杯用。一般叫作鹦鹉杯。骆宾王《荡子从军赋》："凤凰楼上罢吹箫，鹦鹉杯中休劝酒。"

[2] 龙蛇字：狂草的字。古人常以"龙蛇"形容草书的笔势，如李白《草书歌》："恍恍如闻鬼神惊，时时只见龙蛇走。"

[3] 销金翡翠衫：华贵的衣衫，用黄金和碧玉装饰起来的。销金，谓以金饰物。翡翠，碧绿色的美玉。

[4] 腕玉蜂蝶使：比喻珍贵的美人画。腕玉，手腕上佩着玉环。蜂蝶使，传播花粉的使者。张昱《织锦词》："蝶使蜂媒无定栖，万蕊千花动衣袖。"后又转为比喻男女间进行撮合或书信递简的人。《张天师》三："偏是你瘦影疏枝，不受那蜂媒蝶使。"

[5] 风雪子瞻词：苏轼《蝶恋花》序云："微雪，客有善吹笛击鼓者。方醉中，有人送《苦寒》诗求和，遂以此答之。"词有云："帘外东风交雨霰。帘里佳人，笑语如莺燕。"按曲意当指这一类的苏词。

[6] 锦绣李白诗：言李白的诗灿如锦绣。李白《冬日于龙门送从弟令问参军至淮南觐省序》："兄心肝五脏皆锦绣耶？不然，何开口成文，挥翰雾散？"

[7] 磊落胸中气：胸中的不平之气。磊落，高大奇伟的样子。《文心雕龙·明诗》："慷慨以任气，磊落以使才。"

◎ 评析

此曲写醉后的狂态，如见其人；写胸中的磊块，如闻其声。以豪放之词，写恬淡之思；在恬淡之中，寓愤激之情。令人一唱三叹，引起极大的共鸣。

双调·沉醉东风

西村晚归

明暮野西山彩霞，绕孤村流水桃花[1]。天生成杜甫诗[2]，雨染就王维画[3]，落东风数点栖鸦。本待还归兴转加，因此上垂杨系马[4]。

◎ 注释

[1] "绕孤村"句：此合用秦观《满庭芳》"斜阳外，寒鸦数点，流水绕孤村"和杜甫《绝句漫兴九首》之五"颠狂柳絮随风去，轻薄桃花逐水流"的诗意而成。

[2] 天生成杜甫诗：言西村的晚景，就是杜甫在《绝句漫兴九首》中所描绘的"江亭"景色。

[3] 雨染就王维画：王维工诗擅画，他把水墨山水画的技艺巧妙地运用到诗歌艺术中来，又把诗的意境带进画的创作。故历来论者以为王维诗中有画，画中有诗。此言西村的晚景，美丽像王维的水墨山水画一样。

[4] 因此上垂杨系马：于是又把马系在垂杨边，兴致勃勃地观赏着西村的晚景。

◎ 评析

此曲写景如画，画中有人。青山、彩霞、孤村、流水、桃花、栖鸦，构成了杜甫的诗，王维的画。而把这醉人的景色移到这画面上来的，正是"垂杨系马"的那个人。

仙吕·寄生草

杂　咏

吃紧的丹心在[1]，打熬的两鬓白[2]。朱门休惹英雄怪[3]，黄虀怎改贫穷态[4]，青山且了登临债。韩退之枉作《送穷文》[5]，苏子瞻苦犯吟诗戒[6]。

◎ 注释

[1] 吃紧的：实在的，当真的。《误入桃源》三："吃紧的理不服人，言不谙典，话不投机。"丹心：赤诚的心。文天祥《过零丁洋》诗："人生自古谁无死，留取丹心照汗青。"

[2] 打熬的：锻炼得，元人方言。《渔樵记》："误杀我者也之乎，打熬成这一副穷皮骨。"

[3] 朱门：红漆大门，指豪门。杜甫《赴奉先咏怀五百字》："朱门酒肉臭，路有冻死骨。"

[4] 黄虀：黄色的菜叶做成的咸菜，穷苦的知识分子所食。朱松《招友生》诗："读书有味虀盐好，对境无情梦寐清。"

[5] 韩退之：即韩愈，唐代古文运动的领袖，曾作《送穷文》，以期送走穷鬼，迎来财神。按宗懔《荆楚岁时记》记正月晦日送穷鬼之俗，唐以后，每于正月下旬送穷。

[6] 苏子瞻苦犯吟诗戒：叶梦得《石林诗话》卷中："文同，字与可，蜀人，与苏子瞻（即苏轼）为中表兄弟……时子瞻数上书论天下事，退而与宾客言，亦多以时事为讥诮，同极以为不然，每苦口力戒之，子瞻不能听也。出为杭州通判，同送行诗有'北客若来休问事，西湖虽好莫吟诗'之句。及杭州之谪，正坐杭州诗语，人以为知音。"又赵翼《瓯北诗话》卷五："东坡一生，以才得名，亦以才得祸。当熙宁初，王安石初行新法，举朝议论沸腾，刘贡父出倅海陵，坡送之诗云：'君不见阮嗣宗，臧否不挂口；莫夸舌在齿牙牢，是中唯可饮醇酒。'是固知当时语言文字之必得祸矣。及自身判杭，则又处处讥讪新法，见之吟咏，致有'乌台诗案'，几至重辟……《答赵景贶》云：'或劝莫作诗，儿辈工织纹。'盖至是始悔其得祸之由，已无及矣。"

◎ 评析

　　此曲愤世嫉俗之情，洋溢于字里行间。中间的鼎足对，层次分明，属对工丽，概括力很强。一结，尤有性情，足叹观止。

商调·梧叶儿

对 酒

斗来大黄金印[1]，瓢样多白玉瓯[2]，珊瑚树似车轴。走珠履三千客[3]，聚春风十二楼[4]。终日家锁眉头[5]，怎似我吟诗吃酒。

◎ 注释

[1] 斗来大黄金印：喻指大官。辛弃疾《西江月·为范南伯寿》："留君一醉意如何？金印明年斗大。"任昱《越调·小桃红》："漫劳神，何须斗大黄金印?"

[2] 白玉瓯：白玉制成的酒杯，代指美酒。

[3] 珊瑚树似车轴：珊瑚，热带海中的腔肠动物。骨骼相连，形如树枝，故又名珊瑚树。《世说新语·汰侈》："武帝，(王)恺之甥也，每助恺。尝以一珊瑚树高二尺许赐恺，枝柯扶疏，世罕其比。恺以示(石)崇，崇视讫，以铁如意击之，应手而碎。恺既惋惜，又以为疾己之宝，声色甚厉。崇曰：'不足恨，今还卿。'乃命左右悉取珊瑚树，有三尺、四尺，条干绝世，光彩溢目者六七枚，如恺许比甚众。恺惘然自失。"又《广志》曰："珊瑚，大者可为车轴。"

[3] 珠履三千客：言显宦人家的宾客甚多。《史记·春申君传》："春申君客三千人，其上客皆蹑珠履。"参见汪元亨《中吕·朝天子·归隐》"珠履三千，金钗十二"注。

[4] 春风十二楼：喻构造精美的楼阁。《汉书·郊祀志下》："方士有言：黄帝时为五城十二楼"。应劭注："昆仑、玄圃，五城十二楼，仙人之所常居。"可见原指神仙所居的仙境。后来转指豪富家的楼阁。无名氏《双调·水仙子》："望故国三千里，倚秋风十二楼。"此用其句。

[5] 终日家：整日价，成天里。

◎ 评析

　　此曲极言大贵大富、极豪极奢的人，免不了要患得患失，畏谗畏讥，镇日价愁眉深锁，不得宁贴，倒不如吟几句诗、喝两杯酒，过着无忧无虑、自由自在的生活好。言虽豁达，心实沉郁；外似恬淡，内实愤激；在粗豪的风格中，寄寓沉郁的情调，因而感人极深。

◆ 王磐
（1470？—1530）

字鸿渐，号西楼，高邮（今属江苏）人。他生于仕宦之家，独厌绮罗之习；鄙弃科举，纵情于山水诗画间。家于城西，有楼三楹，日与胜流，觞咏其间。他擅长散曲，著有《王西楼乐府》，警策豪健，谑而不虐，有小令六十五首，套曲九首，有讥讽时事的，有吟咏山水的，都写得尖新豪辣，沁人心脾，在明人散曲中有很高的地位。

中吕·朝天子

咏喇叭

喇叭，锁哪，曲儿小，腔儿大。官船来往乱如麻，全仗你抬身价。军听了军愁，民听了民怕，那里去辨什么真共假。眼见的吹翻了这家，吹翻了那家，只吹的水尽鹅飞罢[1]。

◎ 注释

[1] 水尽鹅飞：形容被骚扰得家破人亡，妻离子散。《望江亭》二："你休等的我恩断意绝，眉南面北，怎时节水尽鹅飞。"

◎ 评析

《尧山堂外纪》云："正德间，阉寺当权，往来河下者无虚日。每到，辄吹号头，齐丁夫，民不堪命。王西楼有《咏喇叭·朝天子》一首"。姚燮在《今乐考证》中也指出："《咏喇叭》盖言百姓之家，致于贫困，皆此宦监往来之故也。"说明这支小令是讽刺当时的现实的。于幽默之中，见沉痛之致。是明代散曲的珍品。

中吕·朝天子

瓶杏为鼠所啮

斜插，杏花，当一幅横披画[1]。《毛诗》中谁道鼠无牙[2]，却怎生咬倒了金瓶架。水流向床头[3]，春拖在墙下[4]，这情理宁甘罢。那里去告他，何处去诉他，也只索细数着猫儿骂[5]。

◎ 注释

[1] 横披：长条形的横幅书画，其轴在左右两端。宋米芾的《画史·唐画》附五代："荆浩画，毕仲愈处有一轴，段缄家有横披。"

[2] 毛诗中谁道鼠无牙：毛诗：即毛亨、毛苌所传之《诗经》。东汉郑玄作笺以后，齐、鲁、韩三家诗皆废，独存《毛诗》。鼠无牙：《诗·召南·行露》："谁谓鼠无牙，何以穿我墉？"此用其句。

[3] 床头：此指安放瓶杏的架子。如琴床，笔床。

[4] 春拖在墙下：杏花被拖到墙根下去了。春，春色，春意。此指瓶杏。如叶绍翁《游园不值》诗"春色满园关不住，一枝红杏出墙来"，白居易《西省对花》诗："花含春意无分别，物感人情有浅深。"

[5] 只索：只得，元人方言。《鸳鸯被》二："我和他乍相逢难说知心话，只索羞答答手抵着门牙。"细数着：一一地斥责着。数，数落，斥责。《对玉梳》三："不合将他千般数落十分怒，料应来命在须臾。"

◎ 评析

　　这曲看似游戏诙谐之作，鼠啮了瓶杏，却去数落着猫儿，真是"丈母娘牙疼，去炙女婿的脚跟"，找错了对象。但《诗经》中的《硕鼠》曹邺的《官仓鼠》，都是以老鼠喻官吏，从曲中的"那里去告他，何处去诉他"来看，似乎有着更深层次的寓意。

中吕·满庭芳

失　鸡

平生淡薄，鸡儿不见，童子休焦。家家都有闲锅灶，任
意烹炮。煮汤的贴他三枚火烧[1]，穿炒的助他一把胡椒，
到省了我开东道[2]。免终朝报晓[3]，直睡到日头高。

◎ 注释

[1] 火烧：饼子，烧饼。宋张端义《贵耳集》下："发合取食，但见两枚火烧而已。"明缺名
《墨娥小录·市语声嗽》："火烧，饼。"

[2] 东道：主人，东道主之省。《左传》僖公三十年：烛之武说秦穆公曰："若舍郑以为东
道主，行李之往来，共（供）其乏困，君亦无所害。"

[3] 终朝：此指早晨。《诗·小雅·采绿》："终朝采绿，不盈一掬。"《传》云："自旦及食时
为终朝。"

◎ 评析

　　写得极诙谐，极通达，富有乐观精神。他的外甥张守中在《王西
楼先生乐府序》中说得好："洋洋焉不知老之将至，此其襟度有过人者。
故所作冲融旷达，类其人也。"可谓知言。

双调·沉醉东风

携酒过石亭会友

顶半笠黄梅细雨[1]，携一篮红蓼鲜鱼。正青山酒熟时，
逢绿水花开处。借樵夫紫翠山居，请几个明月清风旧钓
徒[2]，谈一会羲皇上古[3]。

◎ 注释

[1] 黄梅细雨：夏初梅子黄熟时所下的雨。《风土记》："夏至雨名黄梅雨，沾衣服皆败黦。"
　　贺铸《青玉案》："梅子黄时雨。"

[2] 明月清风旧钓徒：清闲无事的老钓徒。明月清风，比喻清闲无事。《南史·谢譓传》：
　　"有时独醉曰：'入吾室者，但有清风；对吾饮者，唯当明月。'"欧阳修《会堂致语》：
　　"金马玉堂三学士，清风明月两闲人。"

[3] 羲皇上古：太古之世。羲皇，伏羲氏。曹植《汉三祖优劣论》："敦睦九族，有唐虞之
　　称；高尚纯朴，有羲皇之素。"晋皇甫谧《帝王世纪》："故号曰伏羲氏，是为羲皇。"

◎ 评析

　　这曲清丽俊秀，颇有乔（吉）张（可久）之趣。任中敏在《散曲概
论·派别》中说：王磐"不仅工雅，兼能出奇"。这支小令，正好体现
了这种艺术特色。

双调·沉醉东风

蝶　拍

庄子梦轻轻按醒[1]，谢公诗句句敲成[2]。窜断的燕舞娇[3]，
供亲的莺歌应[4]。俏知音千载韩凭[5]，独占了梨园板色名[6]，
难怪那滕王阁图形画影[7]。

◎ 注释

[1] "庄子梦"句：虚幻的梦被轻轻地拍了醒来。典出《庄子·齐物论》："昔者庄周梦为蝴
　　蝶"的寓言，详见王和卿《仙吕·醉中天·咏大蝴蝶》"弹破庄周梦"注。

[2] 谢公：谢灵运，袭封康乐公，工书画，好山水，既不得意，便肆意遨游，各处题咏，
　　成为我国山水诗的开山。

[3] 窜断：搬弄，表演。《乐府新声》下无名氏《一锭银》："傀儡棚当时伙伴，鼓儿笛儿休
　　窜断。"也作"窜掇"。

[4] 供亲：亦作"供顿"，张罗的意思。

[5] 韩凭：战国宋人，妻何氏，甚美，康王夺之，并罚凭去筑长城。凭夫妇相继自杀。一夜之间，

有梓木生于夫妻两冢之端，旬日而盈抱，根交于下，枝错于上。又有鸳鸯雌雄各一，栖于树上，晨夕不离，交颈悲鸣，声音极为感人。事见干宝《搜神记》卷十一。后因以韩凭代指"鸳鸯"。庾信《鸳鸯赋》："佳栖梓树，堪是韩凭。"

[6] 梨园：《新唐书·礼乐志》：唐明皇曾逸乐工三百人，宫女数百人，教授乐曲于梨园，亲自订正声误。后因称戏班为梨园。板色：各种不同的乐曲，用不同的节拍，所打的不同的板眼。

[7] 滕王阁图形画影：唐滕王李元婴，善绘画，所画蜂蝶，尤其著名。王建《宫词》之六十："内中数日无呼唤，榻得滕王蛱蝶图。"

◎ 评析

　　曲写蝶拍，所用之典，处处不离"蝶"和"拍"，而又自然浑成，全无堆垛雕镂的痕迹：既有南曲的清丽，又有北曲的爽朗；既有广阔的题材，又有多变的风格，不愧为明代散曲的大家。

❀ **金　銮**　　字在衡，号白屿，陇西（今属甘肃）人。侨寓南京，往来于淮扬两浙，与盛时泰、吴怀梅等交谊甚笃。工诗善曲，钱谦益称其诗"风流婉转，得江左清华之致"（《列朝诗集小传》丁集上）。散曲有《萧爽斋乐府》二卷，存小令一百余首，套曲二十余首。风格有些接近王磐。何元朗说："南都自徐髯仙后，惟金在衡最为知音，善填词，嘲调小曲极妙。每诵一篇，令人绝倒。"（《曲论》）。

双调·新水令

送吴怀梅归歙

暖风芳草遍天涯[1]，带沧江远山一抹。六朝堤畔柳[2]，三月寺边花。离绪交杂，说不尽去时话。

[1] 暖风芳草遍天涯：此暗用江淹《别赋》："闺中风暖，陌上草熏"的句意，含蓄地抒发了送别之情。

[2] 六朝堤畔柳：韦庄《台城》诗："江雨霏霏江草齐，六朝如梦鸟空啼。无情最是台城柳，依旧烟笼十里堤。"可为这句曲词的注脚。六朝：吴、东晋、宋、齐、梁、陈，相继建都于建康（今南京市），史称为"六朝"。

◎ 评析

　　此曲词语清丽，风流婉转。首言送别的环境，次点话别的时令，结抒送别的心情。情融于景，情溢于词，真有"每涌一篇，令人绝倒"的艺术魅力。

双调·河西六娘子

闺　情

海棠阴轻闪过凤头钗[1]，没人处款款行来[2]，好风儿不住的吹罗带[3]。猜也么猜，待说口难开，待动手难抬，泪渍儿和衣暗暗的揩。

◎ 注释

[1] 凤头钗：钗头作凤形的妇女首饰。后唐马缟《中华古今注》中："钗子，盖古笄之遗象也……始皇以金银作凤头，以玳瑁为脚，号曰凤钗。"

[2] 款款：慢慢地，缓缓地。杜甫《曲江》之二："穿花蛱蝶深深见，点水蜻蜓款款飞。"

[3] 好风儿不住的吹罗带：此从李白《春思》的"春风不相识，何事入罗帷"和《与夏十二登岳阳楼》的"醉后凉风起，吹人舞袖回"的句意中脱化出来。

◎ 评析

　　作者捕捉了"好风儿不住的吹罗带"那一刹那间的心理活动，既表现了女主人公情思缠绵、独守空闺的寂寞情怀；又表现了女主人公忠于所爱，不为外物所动的高尚情操。

双调·沉醉东风

夏 旱

我则见赤焰焰长空喷火[1]，怎能够白茫茫平地生波[2]！望一番云雨来，空几个雷霆过，只落得焦煿煿煮海煎河[3]。料着这露水珠儿有几多，也难与俺相如救渴[4]。

◎ 注释

[1]赤焰焰：火势逐渐旺盛的样子。《孔子家语·观周》："焰焰不灭，炎炎若何！"

[2]白茫茫：形容广阔的水面。阮籍《咏怀》诗之十二："绿水扬洪波，旷野莽茫茫。"

[3]焦煿煿：形容干燥得很。煮海煎河：河海里的水都干了。

[4]也难与俺相如救渴：《史记·司马相如传》："相如口吃而善著书，尝有消渴疾。"

◎ 评析

　　这曲埋怨只打雷、不下雨，反映出作者关心旱情、渴望下雨的焦急心理，有着同情人民的火热心肠。结语的"料着这露水珠儿有几多，也难与俺相如救渴"似乎寄寓着更加深层的意思，已经从自然现象转到社会生活和政治生活了。

✦ 陈 铎

（1488？—1521）　字大声，号秋碧，下邳（今江苏邳县）人。世袭指挥，工诗善画，尤长于散曲，著有《秋碧乐府》《梨云寄傲》等散曲集，多写"风情""丽情"，但他的《滑稽余韵》一百三十六首，却是明人散曲中别开生面之作，主要描写的对象是生活在社会底层的小手工业者，喜怒哀乐，曲尽其情，绘出了万有不齐的人间百态，反映了明代中叶的社会面貌。

南双调 · 锁南枝[1]

风　情

肠中热，心上痒，分明有人闲论讲。他近日恩情，又在他人上，要道是真，又怕是谎。抵牙儿猜，皱眉儿想。

◎ 注释

[1] 锁南枝：曲牌名，属南曲双调，它的正格是三三、七五五、三三、三三九句。第四句可变为四字句或六字句（据《九宫大成谱》），可单独用作小令，或用作过曲。

◎ 评析

　　纯用白描手法，把曲中女主人公的内心活动，细腻地刻画了出来，声情逼真，呼之欲出。岂止"字句流丽，可入弦索三弄"（王世贞《曲藻》）和"审宫节羽，不差毫末"（钱谦益《列朝诗集》乙集）而已。

中吕·朝天子

归　隐

仿邵平种瓜[1]，学卢仝煮茶[2]，喜春雨全禾稼。数椽茅屋近鸥沙[3]，志不在陶朱下[4]。诗酒关情，琴书消暇。放会顽，撒会耍。黄金印手拿[5]，琼林花帽插[6]，祸到有天来大。

◎ 注释

[1] 邵平瓜：邵平，即召平，秦时封东陵侯。秦亡后，家贫，种瓜于长安城东，瓜美，俗称为"东陵瓜"或"邵平瓜"。宋文同《春日即事》诗："入夏杯盘须准备，绕畦亲灌邵平瓜。"

[2] 卢仝煮茶：卢仝，号玉川子，家贫，好读书，不求仕进，后为宦官所杀。他曾有《走笔谢孟谏议新茶》诗："一碗喉吻润，两碗破孤闷。三碗搜枯肠，唯有文字五千卷。四碗发轻汗，平生不平事，尽向毛孔散。五碗肌骨轻，六碗通仙灵。七碗吃不得也，唯觉两腋习习清风生。"极力赞美饮茶的效果。

[3] 鸥沙：海鸥栖息的沙滩上，以喻隐居生活的自由自在。作者作品中"鸥沙"一词多见。

[4] 陶朱：春秋时越国的范蠡。他在辅佐越王勾践灭吴后，认为越王不可与共安乐，乃弃官游于五湖。至陶，称朱公。以经商致富，十九年三致千金。子孙繁衍，富致巨万。见《史记·货殖列传》。

[5] 黄金印手拿：比喻显赫的官位。《晋书·周𫖮传》："(𫖮) 顾左右曰：'今年杀诸贼奴，取金印如斗大系肘后。'"任昱《越调·小桃红》："汉水秦关古今恨，漫劳神，何须斗大黄金印？"

[6] 琼林花帽插：从宋初以来，皇帝在琼林苑赐宴新科进士，进士在帽檐上都插着宫花，被看作极大的荣幸。《金钱记》一："博得个名扬天下，才能够宴琼林，饮御酒，插宫花。"

◎ 评析

　　此曲用对比的手法。极言"诗酒关情，琴书消暇"的隐居生活的无忧无虑，高名显宦的祸福无常，来表示自己"仿邵平""学卢仝"和"志不在陶朱下"的恬淡思想。虽无更多的新意，然而用典恰切，措词清丽，犹有元人之风。

双调·水仙子

瓦　匠

东家壁土恰涂交，西舍厅堂初竟了，南邻屋宇重修造。弄泥浆直到老，数十年用尽勤劳。金张第游麋鹿[1]，王谢宅长野蒿[2]，都不如手镘牢[3]。

◎ 注释

[1] 金张第：世族豪门之家的代称。汉代的金日磾，自武帝至平帝，七世为内侍。张汤家自宣帝以来，为侍中、中常侍者十余人。左思《咏史》诗之二："金张藉旧业，七世珥汉貂。"

[2] 王谢宅：也是高门世族的代称。六朝时，王、谢两家，世为望族。《南史·侯景传》："（侯景）请娶于王、谢，帝曰：'王、谢门高非偶，可于朱、张以下访之。'"曲语当从刘禹锡《乌衣巷》诗"旧时王谢堂前燕，飞入寻常百姓家"化来。

[3] 手镘：手拿着泥墙的工具。镘：《尔雅·释宫》："镘，谓之圬。"《疏》："镘者，泥镘也。一名圬，涂工之作具也。"韩愈《圬者王承福传》："吾操镘以入富贵之家有年矣。"

◎ 评析

　　此曲歌颂了瓦匠的辛勤劳动，同情他们的生活遭遇，具有较高的思想性。"金张第"一联，发人深省，足抵韩愈的《圬者王承福传》。

正宫·醉太平

挑　担

麻绳是知己，扁担是相识，一年三百六十回，不曾闲一日，担头上讨了些儿利，酒房中买了一场醉，肩头上去了几层皮，常少柴没米。

　　用俗语，满蘸着血和泪，倾诉了劳动人民的痛苦生活，富有"民胞物与"之怀。

✦ 杨　慎
（1488—1559）

字用修，号升庵，四川新都人。散曲家杨廷和之子。正德六年（1511）状元，授翰林院修撰。嘉靖时，因议大礼，与同列极谏，谪戍云南永昌卫。"红颜而出，华颠未归，几三十稔"（简绍芳《陶情乐府序》）。杨氏投荒多暇，书无不览，记诵之博，著述之富，推为明代第一。诗文有《升庵集》，散曲有《陶情乐府》。还有《丹铅余录》《谭苑醍醐》等，皆传于世。

双调·水仙子

花枝似脸脸如花[1]，娇脸无瑕玉有瑕[2]，黄金有价春无价。论风流、谁似他？惜分飞、明日天涯[3]。冷落了秦筝银甲[4]，寂寞了金莲翠笋[5]，空闲了玉笋琵琶[6]。

◎ 注释

[1] 花枝似脸脸如花，形容少女的美貌。此从王昌龄《采莲曲》的"芙蓉向脸两边开"崔护《题都城南庄》的"人面桃花相映红"、白居易《长恨歌》的"芙蓉如面柳如眉"等诗句中脱胎而来。

[2] 娇脸无瑕玉有瑕：这里翻用"白玉微瑕"的成语，以加倍烘托出美人的秀丽。瑕，玉的斑点。

[3] 分飞：喻离别，系"劳燕分飞"之缩语。语出古词《东飞伯劳歌》的"东飞伯劳西飞燕"。李白《忆旧游寄谯郡元参军》："星离雨散不终朝，分飞楚关山水遥。"

[4] 秦筝：瑟一类的弦乐器，相传为秦蒙恬所造，故名。潘岳《笙赋》："晋野悚而投琴，

况齐瑟与秦筝。"银甲：银制的假指甲，用以弹筝一类的弦乐器。杜甫《陪郑广文游何将军山林》之五："银甲弹筝用，金鱼换酒来。"

[5] 金莲翠斝：金饰莲花形的玉杯。翠斝，青绿色的玉杯。翠，碧玉。曹植《洛神赋》："戴金翠之首饰，缀明珠以耀躯。"斝，古代的酒器，有三足两柱，圆口平底。夏叫盏，殷叫斝，周叫爵。

[6] 玉笋：喻美人的手指。韩偓《咏手》诗："暖白肤红玉笋芽，调琴抽线露尖斜。"

◎ 评析

曲从眼前写到别后。写眼前是实笔，用一个鼎足对，描绘了女主人公的花容月貌；写别后是虚拟，也用了一个鼎足对，表现了女主人公的寂寞生活。前半的调子是欢快的，后半的旋律是低沉的。抑扬起伏，具见匠心。

商调·黄莺儿 [1]

客枕恨邻鸡，未明时，又早啼。[2] 惊人好梦回千里，星河影低 [3]，云烟望迷 [4]，鸡声才罢鸦声起。冷凄凄，高楼独倚，残月挂天西。

◎ 注释

[1] 黄莺儿：曲牌名。又名《金衣公子》。南曲商调、北曲商角调，均有这个曲牌，但字句与格律不同。南曲可用作过曲或小令，北曲则只能用在套曲中。这里是南曲。

[2] "客枕恨邻鸡"三句：作者喜欢用"鸡声"来表现自己的愁绪，如《醉高歌》的"五更离话正匆匆，又被鸡声断送"、《驻马听》的"五更归梦岭云边，一声苦被邻鸡唤"，《庆宣和》的"窗前不知鸡声晓，到好时好"。

[3] 星河：银河，天河。杜甫《阁夜》："五更鼓角声悲壮，三峡星河影动摇。"

[4] 云烟：远处之云气与烟雾。谢灵运《入华子岗是麻源第三谷》诗："遂登群峰首，邈若升云烟。"

此曲当是作者远谪云南后所写的别情。"鸡声才罢鸦声起"，时间的
跨度是从朝至暮。"邻鸡惊梦"，已觉难堪；"昏鸦噪晚"，更增惆怅。不
言别离之苦，相思之深，而缠绵悱恻之情，洋溢于字里行间，这便是它
的不可及处。

南吕·罗江怨[1]

空亭月影斜，东方亮也，金鸡惊散枕边蝶[2]。长亭十里[3]，
阳关三叠[4]，相思相见何年月？泪流襟上血，愁穿心上结，[5]
鸳鸯被冷雕鞍热[6]。

◎ 注释

[1] 罗江怨：曲牌名，属南曲南吕宫的集曲。它是以《香罗带》的首至四句，《一江风》的
   六至九句，加上《怨别离》的末句而成，共九句。取《香罗带》之"罗"、《一江风》之
   "江"和"怨别离"之"怨"而成新的曲牌《罗江怨》。

[2] 金鸡：本为传说中的神鸡。东方朔《神异经·东方经》："扶桑山有玉鸡，玉鸡鸣则金
   鸡鸣，金鸡鸣则石鸡鸣，石鸡鸣则天下之鸡悉鸣。"此代指司晨的雄鸡。枕边蝶：喻
   梦，典出《庄子·齐物论》"昔者庄周梦为蝴蝶"。

[3] 长亭十里：秦汉十里置亭，其后五里有短亭，供行人休息和亲友送别。《西厢记》四之
   三："今日送张生赴京，就十里长亭安排下筵席。"

[4] 阳关三叠：送别时所唱的离歌，即王维所作的《渭城曲》。

[5] "相思相见"三句：言不知何时才能相见，因而别泪盈襟，泪尽而继之以血；愁积心中，
   愁重而形成一个解不开的结。此可与作者《江陵别内》的"此时话离情，羁心忽自惊。
   佳期在何许？别恨转难平"对照来读。

[6] 鸳鸯被：绣有鸳鸯的被。《古诗十九首》之十八："文彩双鸳鸯，裁为合欢被"。后来也
   省称为"鸳被"。骆宾王《军中行路难》诗："雁门迢递尺书稀，鸳被相思双带缓"。雕
   鞍：雕了花的华丽的马鞍。柳永《定风波》："悔当初、不把雕鞍锁。"

◎ 评析

　　此曲的节奏由缓到急，色调由淡到浓，情绪由静到动，恰当地表现了作者的内心活动。末句的"鸳鸯被冷雕鞍热"，情系两地，心注一人，闺中被冷，马上鞍热，通过一冷一热的强烈对比，而郁结愤懑之情，见于言外。不能以"气益平宕，言益温藻"（简绍芳《陶情乐府序》）八个字来概括作者的散曲特色。

双调·驻马听

和王舜卿舟行之咏

明月中天[1]，照见长江万里船。月光如水，江水无波，色与天连。[2]垂杨两岸净无烟[3]，沙禽几处惊相唤。丝缆停牵，乘风直上银河畔[4]。

◎ 注释

[1] 明月中天：此从杜甫《宿府》的"永夜角声悲自语，中天月色好谁看？"脱化出来。

[2] "月光如水"三句：此从赵嘏《江楼感旧》的"独上江楼思悄然，月光如水水如天"和宋无名氏《御街行》"云淡碧天如水"中变化而来。

[3] 垂杨两岸净无烟：古人常常把"烟""柳"放在一个画面上，以描摹其朦胧迷离之状，如温庭筠《菩萨蛮》之"江上柳如烟"、宋祁《玉楼春》之"绿杨烟外晓寒轻"、欧阳修《蝶恋花》之"杨柳堆烟"、柳永《望海潮》之"烟柳画桥"等等。

[4] 乘风直上银河畔：这是从李清照《渔家傲》的"九万里风鹏正举，风休住，蓬舟吹取三山去"的意境中脱胎出来的。

◎ 评析

　　论曲者对于作者化用古人成句，颇多讥弹。王世贞谓其"一字不改，掩为己有"（《艺苑卮言》）。钱谦益谓其"窜改古人，假托往籍，英雄欺人，亦时有之"（《列朝诗集小传·丙集》）。这些批评，当然不是信口雌黄，但他有借古人成句，反其意而用之者；有点化前人诗句，熔铸无迹者。因而有新意，有新境，非一般剿袭雷同者所可比。

✦黄　峨
（1498—1569）

字秀眉，尚书黄珂之第二女，状元杨修的继室。夫人通经史，工诗词。诗不多作，亦不存稿。存者惟《杨夫人乐府》，皆伤其夫远戍之幽怀怨致，为艺林所传诵，酣畅泼辣，描写细腻，论者以为李清照、朱淑贞无以过之。徐渭说她的散曲"旨趣闲雅，风致翩翩，填词用韵，天然合律"（《杨夫人乐府序》），杨慎也说："易求海上琼枝树，难得闺中锦字书"（《列朝诗集小传·闰集》引）。

双调·落梅风

春寒峭[1]，春梦多[2]。梦儿中和他两个，醒来时空床冷被窝。不见你，空留下我。

◎ 注释

[1] 春寒峭："春寒料峭"之省，形容春天的微寒。《五灯会元》卷五十三："春寒料峭，冻死年少。"

[2] 春梦多：喻世事无常，繁华易逝。刘禹锡《春日书怀》："眼前名利同春梦，醉里风情敌少年。"

◎ 评析

　　此曲纯用俗语，写梦里的欢娱，醒后的凄凉，尖新泼辣，饶有元曲韵味。

双调·清江引

容易来时容易舍,寂寞千金夜[1]。花好防花残,月圆愁月缺。[2]
怕离别、如今真个也。

◎ 注释

[1] 寂寞千金夜:让宝贵的时间在寂寞中度过。千金夜,喻宝贵的时间。苏轼《春夜》诗:
"春宵一刻值千金,花有清香月有阴。"

[2] "花好防花残"二句:花好月圆,喻事物的美好圆满;花残月缺,喻美好事物遭到摧残。
此从温庭筠《和友人伤歌姬》的"月缺花残莫怆然,花须终发月终圆"和辛弃疾《摸鱼
儿》的"惜春常怕花开早,何况落红无数"的句意中变化出来。

◎ 评析

　　此曲当写于杨慎远戍云南之后。当其结褵之初,闺门肃穆,琴瑟
和谐,赌棋斗诗,猎奇竞巧,虽李易安之于赵明诚,不是过也。生活在
这样的美好家庭里面,自然是值得珍惜和回忆的。不意大礼议起,毁灭
了她的美满生活,一种凄凉的身世之感,深深地影响了她的创作。"怕
离别、如今真个也",真可谓一字一泪,使人自然联想起元稹《遣悲怀》
之二"昔日戏言身后事,今朝都到眼前来"的诗句。

双调·雁儿落带得胜令

俺也曾娇滴滴徘徊在兰麝房[1],俺也曾香馥馥绸缪在鲛
绡帐[2]。俺也曾颤巍巍擎他在手掌儿中[3],俺也曾意悬
悬阁他在心窝儿上[4]。谁承望忽剌剌金弹打鸳鸯[5],支
楞楞瑶琴别凤凰[6]。我这里冷清清独守莺花寨[7],他那
里笑吟吟相和鱼水乡[8],难当,小贼才假莺莺的娇模样[9];
休忙,老虔婆恶狠狠做一场[10]。

◎ 注释

[1] 兰麝房：香气馥郁的闺房。鲍照《中兴歌》：“彩墀散兰麝，风起自生芳。”《晋书·石崇传》：“崇尽出其婢妾数十人，皆蕴兰麝，被罗縠。”

[2] 香馥馥：浓烈的香气。嵇康《酒会诗》之七：“馥馥蕙芳，顺风而宣。”鲛绡帐：用鲛人所织之绡做成的帷帐。鲛绡，鲛人所织，细腻透彻。温庭筠《张静婉采莲曲》：“掌中无力舞衣轻，剪断鲛绡破春碧。”

[3] 颤巍巍：形容娇嫩的样子。擎在手掌儿中：比喻极其珍贵，十分钟爱。傅玄《短歌行》：“昔君视我，如掌中珠。”

[4] 意悬悬：心里惦记着。蔡琰《胡笳十八拍》之十四：“身归国兮儿莫知随，心悬悬兮长如饥。”

[5] 忽剌剌：忽然，突然。亦作“忽剌八”“忽剌巴儿”，宋、元以来的方言。金弹打鸳鸯：比喻拆散恩爱的夫妻。亦作“棒打鸳鸯”。孟称舜《鹦鹉墓·死要》：“他一双儿女两情坚，休得棒打鸳鸯作话传。”

[6] 支愣愣：失神的样子。别凤凰：喻夫妻分离。从“凤求凰”的琴曲转来。司马相如《琴歌》中有：“凤兮凤兮归故乡，遨游四海求其凰。”《西厢记》二之四：“我将弦改过，弹一曲，就歌一遍，名曰《凤求凰》。昔日相如得此曲成事，我虽不及相如，愿小姐有文君之意。”

[7] 莺花寨：妓院。《玉壶春》四：“也只为莺花寨声名非是美，情愿作从良正妻”。也作“莺花市”“莺市阵”。

[8] 笑吟吟：笑哈哈，笑哈哈。鱼水乡：形容夫妇和好，像鱼与水一样。刘庭信《双调·新水令·春恨》：“几时能够单凤成双，锦鸳作对，鱼水和谐。”

[9] 贱才：贱人，骂人的话。《货郎旦》二：“这贱才敢道辞生受”。假莺莺：《西厢记》中的莺莺，在“掷书”“赖简”的一系列言行中有许多“假意儿”，既是受到封建礼教的束缚，又是先发制人，对红娘的提防。

[10] 老虔婆：行为恶劣的老婆子，也指妓院的鸨母。周祁《名义考》：“方言谓贼为虔，虔婆即贼婆也。”《曲江池》一：“虽然那爱钞的虔婆，他可也难恕免；争奈我心坚石穿，准备着从良弃贱。”做一场，搬弄一场，假惺惺地闹一场。

◎ 评析

　　此曲写一个浪子的遭遇。前半幅回忆当年的欢乐，把自己的爱心全都倾注在她身上；后半幅抒发此时的懊恼心情，棒打鸳鸯，各自东西；琵琶别抱，另有新欢。曲折尽情。形神俱肖，才情之富，真不让易安、淑贞。

商调·梧叶儿

衾如铁[1]，信似金[2]，玉漏静沉沉[3]。万水千山梦，三
更半夜心[5]，独枕孤眠分，这愁怀那人争信。

◎ 注释

[1] 衾如铁：这是杜甫《茅屋为秋风所破歌》"布衾多年冷似铁"的浓缩。

[2] 信似金：这是杜甫《春望》"烽火连三月，家书抵万金"的句意。

[8] 玉漏：玉制的计时器。苏味道《正月十五日》诗："金吾不禁夜，玉漏莫相催。"沉沉：
深沉的样子。杜甫《醉时歌》："清夜沉沉动春酌，灯前细雨檐花落。"

[4] 万水千山梦：形容梦到遥远的地方。此语在意境上是从岑参《春梦》"枕上片时春梦中，
行尽江南数千里"和赵佶《燕山亭》"天遥地远，万水千山，知他故宫何处？怎不思量，
除梦里有时曾去"中点化出来的。在字面上是从贾岛《送耿处士》"万水千山路，孤舟
几日程"、宋之问《至端州驿见杜五审言……题壁慨然成咏》"岂意南中岐路多，千山万
水分乡县"等诗句中撷取而来。

[5] 三更半夜心：夜深的相思。这是点化崔涂《春夕》"蝴蝶梦中家万里，子规枝上月三更"
的句意而成。

◎ 评析

　　杨禹声《杨夫人乐府词余引》说："存者惟词余五卷，皆因其太史
远戍，写其幽怀怨致，盖三百篇中旨也。"这支小令，正是作者抒发其
对所亲的"幽怀怨致"，缠绵悱恻，令人不忍卒读。

✦ 常 伦
(1493—1526)

字明卿，自号楼居子，山西沁水人。幼随父宦秦陇间，日取官库纸跳掷挥洒，纸为之尽，父奇爱之，曰："此吾家汗血驹也。"十四岁作《笔山赋》，论者比之杜牧的《阿房宫赋》。正德间举进士，授大理寺评事。因庭詈御史，弃官而归。常醉衣绯衫，舞刀跃马，驰骋平林，颇多北方健儿气概。后以乱流济河，马惊堕水而死，时年三十三。其藏骨之所，乡人至今犹呼为"才子坟"。著有《写情集》。

中吕·朝天子

爱闲的没权，揽权的不闲，两件儿曾经惯。烟波名利大家难，更险似连云栈[1]。洒泪江州[2]，行吟泽畔[3]，笑黄犬东门叹[4]。总不如挂冠住山[5]，到大来无祸患[6]。

◎ 注释

[1] 连云栈：栈道名，在陕西汉中地区，为古时川陕的通道，全长四百七十里。这里是喻官场的险恶。元查德卿《仙吕·寄生草·感叹》："如今凌烟阁一层一个鬼关，长安道一步一个连云栈。"

[2] 洒泪江州：元和十年（815），白居易贬江州司马。第二年秋天，他在送客溢浦口时，听到舟中有在夜里弹琵琶，便作了一首《琵琶行》，以抒发其"同是天涯沦落人"的感慨。它的结尾云："凄凄不似向前声，满座重闻皆掩泣。座中泣下谁最多？江州司马青衫湿。"此用其事。

[3] 行吟泽畔：屈原《渔父》："屈原既放，游于江潭，行吟泽畔，颜色憔悴，形容枯槁。"此用其事。

[4] 笑黄犬东门叹：《史记·李斯传》：斯在临刑前，"顾谓其中子曰：'吾与若复牵黄犬俱出上蔡东门逐狡兔，岂可得乎？'遂父子相哭，而夷三族。"见张养浩《双调·沉醉东风》"李斯有黄犬悲"注。

[5] 挂冠：弃官归隐。孟浩然《游云门寄越府包户曹徐起居》诗："迟尔同携手，何时方

挂冠?"

[6] 到大来:犹云"到头来""反过来""结果是"。《忍字记》二:"深山中将一个养家心来按捺,僧房中将一个修行心来自发,到大来无是无非快活杀。"也写作"倒大来"。《㑇梅香》二:"恁的般好门庭,倒大来惹人笑。"

◎ 评析

一起便把"爱闲的"和"揽权的"加以鲜明的对比,然后通过白居易、屈原和李斯的遭遇,说明官场"更险似连云栈",从而肯定"挂冠住山"那种"无祸患"的生活,这虽是前人写作的传统主题,但它的对比鲜明,用事恰切,词语俊朗,具有较好的艺术感染力。

双调·沉醉东风

但得个欢娱纵酒,又何须谈笑封侯[1]。拙生涯,乐眼前;虚名誉,抛身后。两眉尖不挂闲愁,一日深浮三百瓯[2],亦可度天长地久[3]。

◎ 注释

[1] 谈笑封侯:言在谈笑之间便取得了封侯的富贵。形容博取功名十分容易。杜甫《复愁》诗:"闾阎听小子,谈笑觅封侯。"
[2] 一日深浮三百瓯:李白《将进酒》:"烹羊宰牛且为乐,会须一饮三百杯。"又《襄阳歌》:"百年三万六千日,一日须倾三百杯。"这是从李诗的意境中点化出来的。
[3] 度天长地久:形容经历极长的时间。《老子》七章:"天长地久。天地所以能长且久者,以其不自生,故能长生。"本以言天地的永恒不灭。后来转为形容时间之长。白居易《长恨歌》:"天长地久有时尽,此恨绵绵无尽期。"

◎ 评析

作者是个豪放不羁的狂士。他在《双调·折桂令》中说:"平生好肥马轻裘,老也疏狂,死也风流。不离金樽,常携红袖。"这支小令,所抒发出来的思想感情,正好说明他所追求的是美酒美人和自由自在的生活。在奔放与豪迈的风格中，流露出不满现实的感喟，绝非一般消极避世者所可比拟。

✣ 沈　仕
（1488—1565）

字懋学，又字子登，号青门山人，仁和（今浙江杭州）人。他工曲善画，著有散曲集《唾窗绒》，开曲中"香奁体"一派，以"青门体"轰动一时，成为散曲中突起的异军。他的画很有名，冯惟敏在《双调·新水令·访沈青门乞画》中，推崇他是"五岳遨游，山水都归摩诘手；两都驰骤，文章直与班马俦。"他的语言尖新，刻画入微，受到民间俗曲的影响甚深。

南双调·锁南枝

咏所见

雕栏畔[1]，曲径边[2]，相逢蓦然丢一眼。教我口儿不能言，腿儿扑地软。他回身去一道烟[3]，谢得腊梅枝把他来抓个转。

◎ 注释

[1] 雕栏：雕了花的栏干。李煜《虞美人》："雕栏玉砌应犹在，只是朱颜改。"

[2] 曲径：偏僻的小路。

[3] 一道烟：形容飞快的样子。《救风尘》三："那个妇人是我平日间打怕的，若与了一纸休书，那妇人就一道烟去了。"也作"一溜烟"。

◎ 评析

写得生动贴切，冶艳之中，有清新之致，饶有民间小曲的风味。任讷在《散曲概论》卷二中说："其失在偶摹元人淫亵之作，而后人踵之者又变本加厉，皆标其题曰'效沈青门体'，沈氏遂受谤无穷矣。"这话是公允的。

南南吕·懒画眉

春闺即事

东风吹粉酿梨花[1]，几日相思闷转加。偶闻人语隔窗纱，不觉猛地浑身乍[2]，却原来是架上鹦哥不是他[3]。

◎ 注释

[1] 酿梨花：逐渐地让梨花开放。梨花是二十四番花信中较晚的一番，即春分节三信中之一。言春已过半，而人犹未归，故曰"几日相思闷转加"。李重元《忆王孙》："欲黄昏，雨打梨花深闭门。"

[2] 浑身乍：全身都像炸裂了一样。浑身，全身。杜荀鹤《蚕妇》："年年道我蚕辛苦，底事浑身着苎麻？"乍，"炸"的借字。炸裂的意思，冲动的意思。《盆儿鬼》四："直被你諕得人心慌胆乍。"

[3] 鹦哥：即鹦鹉。舌柔软，经过训练，能作人语。《礼·曲礼》上："鹦鹉能言，不离飞鸟。"

◎ 评析

刻画入神，惟妙惟肖。"偶闻人语"，便觉冲动，这是一惊；是"架上鹦哥"，而不是魂牵梦萦的"他"，又是一阵失望。曲折细腻，把女主人公内心的活动淋漓尽致地描摹了出来。

296

❖ 刘效祖

字仲修，号念庵，滨州（今山东惠民）人。嘉靖间进士，官至陕西按察副使。坐事免职，年才四十。悒郁之怀，往往寄托在所作的词曲中。所作小曲，多蒜酪体，盛传一时。所著有《都邑繁华》《闲中一笑》《混俗陶情》《裁冰剪雪》《良辰乐事》《莲云新声》《云林稿》《空中语》等八种，惜皆已散佚，仅存辑本《词脔》一卷。他的外曾孙胡介祉《词脔跋》云："念庵公负才不偶，龃龉于时……间为词曲小令，以抒其怀抱而寄其牢骚，当时艳称，至达宫禁，历世浸远，散逸遂多，外王父少保公尝集而传之，颜曰《词脔》，仅百一耳。"

南商调·黄莺儿

堪笑世情薄，百般的都弄巧。李四戴着张三帽[1]：歪行货当高[2]，假东西说好，哄杀人那里辨青和皂。许多遭科范总好[3]，到底被人瞧。

◎ 注释

[1] 李四戴着张三帽：比喻弄错了对象或事实。明田艺蘅《留青札记》卷二十二《张公帽赋》："俗谚云：'张公帽掇在李公头上。'有人作赋云：'物各有主，貌贵相宜；窃张公之帽也，假李老而戴之。'"

[2] 歪行货：伪劣商品，次货。张国宾《合汗衫》二："元来他将着些价高的行货。"《水浒传》第二十七回："那厮当是我手里行货。"说明"行货"当"货物"讲。

[3] 科范：规格，样品。《金瓶梅》第三十三回："春梅做定科范。"

这是对当时社会病态的辛辣讽刺，以假乱真，以次充好，已经形成一种风气，不是一朝一夕之间可以扭转过来的。作者用活在人民群众中的口头语言，写尖新而通俗的小曲，有着浓厚的民歌色彩。

南商调·黄莺儿

门巷外旋栽杨柳，池塘中新浴沙鸥。半湾水绕村，几朵云生岫。爱村居景致风流，闲啜卢仝茗一瓯[1]，醉翁意何须在酒[2]。

◎ 注释

[1] 卢仝茗：唐诗人卢仝，号玉川子，喜饮茶，认为饮茶可以破闷忘忧，超然于尘俗之外。他的《走笔谢孟谏议茶歌》中有云："一碗喉吻润；两碗破孤闷；三碗搜枯肠，惟有文字五千卷；四碗发轻汗，平生不平事，尽向毛孔散。五碗肌骨轻；六碗通仙灵；七碗吃不得也，惟觉两腋习习清风生。"极言茶的功能。这里是作为隐居田园的自由自在生活来加以赞美的。

[2] 醉翁意何须在酒：宋欧阳修，自号醉翁。他曾于仁宗庆历六年（1046）以支持以范仲淹为代表的革新派，被贬为滁州太守，滁州在今安徽山滁县。当时他的心情非常抑郁，于是放情山水，常常在滁县琅玡幽谷的醉翁亭宴请宾客，并写了传诵千古的《醉翁亭记》，中有"醉翁之意不在酒，在乎山水之间也。山水之乐，得之心而寓之酒也"的话。后人因以比喻别有用心，别有怀抱。

◎ 评析

这支小曲属对工整，立意清新，读起来令人产生快意的美感。《静志居诗话》说刘效祖的"小令可入元人之室"，"杂之小山（张可久）乐府中，不能辨也"从这支小令中可以得到印证。

南双调·锁南枝[1]

团圆梦，梦不差。眼见他归来，悄声儿诉咱。"非是我失业抛家，非是我恋酒贪花，非是我负义忘恩，两头骑马。为只为书剑飘零[2]，因此上负却临行话。"吐胆倾心[3]，全无虚假。欲开言再问个端的[4]，猛抬身那得个冤家！

◎ 注释

[1] 锁南枝：一作"琐南枝"，本为民间的曲调。据《九宫大成谱》的定格为三、三、七、五、五、三、三、三、三共九句。第四句可作四字或六字句，可以用作小令或带过曲。

[2] 书剑飘零：言文不成，武不就。孟浩然《自洛之越》诗："遑遑三十载，书剑两无成。"

[3] 吐胆倾心：比喻坦诚地说出心里的话。《京本通俗小说·冯玉梅团圆》："承信方敢吐胆倾心。"也作"倾心吐胆"。秦简夫《东堂老》四："我只待倾心吐胆教。"

[4] 端的：究竟、原委。柳永《征部乐》："凭谁去，花衢觅，细说此中端的。"《西游记》二十四："那所在不是观宇，定是寺院。我们走动些，到那厢方知端的。"

◎ 评析

　　作者曾经写了一百首《锁南枝》，都是写艳情的。这支小曲，通过一个团圆的梦，把一个思妇的内心世界刻画得十分逼真，体现了她对恋人的真挚而深切的感情，笔致细腻，韵味深远，给人以"真"和"善"的美感享受。

中吕·朝天子

惜花、爱花，转眼春光罢[1]。猛然想起俏冤家，半晌丢不下。月底闲情，枕边私话，你如何都当耍？休夸你滑？除死甘休罢[2]！

◎ 注释

[1] 春光：春天的风光。《玉台新咏》八南朝宋吴孜《春闺怨》诗："春光太无意，窥窗来见参。"

[2] 甘休罢：心甘情愿地罢休。唐李咸用《和彭进士感怀》诗："人生谁肯便甘休，遇酒逢花且共游。"

◎ 评析

　　这支小曲，用第一人称的独白手法，从女主人公看到春事阑珊，忽然想起那个"俏冤家"来，然后以嗔责的口吻，历数其将"月底闲情，枕边私话"都当作儿戏，并表示决不善罢甘休，让他"滑"了过去。这样的艺术构思，虽然是从王昌龄《闺怨》的"闺中少妇不知愁，春日凝妆上翠楼。忽见陌头杨柳色，悔教夫婿觅封侯"中得到启发的。但作者用明白如话的语言，塑造了一个爽朗、泼辣、热烈、坦诚的女主人公形象，给人一种新鲜的感觉，具有浓厚的生活气息和泥土气息。

✿ **赵南星**
(1550—1627)
　　字梦白，号侪鹤，又号清都散客，高邑（今河北元氏）人。万历二年（1574）进士。历任户部主事、吏部尚书等。他是东林党的重要人物，以进贤疾恶，反对权奸擅政，得罪了魏忠贤，削籍戍代州。时人以他与顾宪成、邹元标比于汉季的"三君"。他擅长小曲。著有《芳茹乐府》一卷，多为当日民间流行的小调。足见他受民间文学影响之深。

劈破玉[1]

俏冤家我咬你个牙厮对[2]，平空里撞见你，引得我魂飞，无颠无倒，如痴如醉[3]。往常时心如铁，到而今着了迷。

舍生忘死只是为你[4]。

◉ 注释

[1] 劈破玉：民间曲调名。流行于明中叶以后，一般为九句五十一字，颇与《挂枝儿》相似。唱时最后一句要重叠一次。

[2] 咬牙厮对：就近打了个照面。

[3] 如痴如醉：形容精神专注或受到刺激而发愣的神态。《张协状元》三十二："胜花娘子病得厉害，服药一似水泼石中，汤浇雪上，似病非病，如醉如痴。"

[4] 舍生忘死：不把个人的生死放在心上。关汉卿《哭存孝》二："说与俺能争好斗的番官，舍生忘死家将。"

◉ 评析

　　这支小曲，采用民歌的独白手法，刻画了一个陷入情网的少女形象。她爽朗、坦诚，热烈、泼辣，敢于把自己的内心活动和盘托出，性格活脱，呼之欲出。

一口气[1]

朝入衙门，夜寻红粉[2]，行动之间威凛凛。唬的妓者们似猴仔，呼唤一声跑得紧。先儿们[3]，纵然有王孙公子，公子王孙[4]，沥丁拉丁[5]，都不如恁先儿们[6]。

◉ 注释

[1] 一口气：流行于明代的民间小曲。

[2] 红粉：这里代指美女。李商隐《马嵬》之二："冀马燕犀动地来，自埋红粉自成灰。"

[3] 先儿：先生，对人的尊称。《小尉迟》二："老先儿，想为臣子要尽忠报国。"

[4] 公子王孙：泛指官宦人家的子弟。《战国策·楚策》四："不知公子王孙，左挟弹，右摄丸，将加己乎十仞之上。"

[5] 沥丁拉丁：亦作"寮丁""辽丁"，即"钱"。

[6] 恁：您。《西厢记》三之四："来时节肯不肯尽由他，见时节亲不亲在于恁。"

◎ 评析

　　这是用俗曲来反映现实，揭露丑恶。尤侗说作者善于"取村谣俚谚、耍弄打诨，以泄其肮脏（刚直倔强）不平之气"。这支小曲正好反映了这一艺术特色。

✿ 冯惟敏
（1511—1580?）

字汝行，号海浮，山东临朐人。自幼聪敏好学，才华横溢，"八岁间奇字，十岁谐宫商"。可在中乡试后，屡举进士不第，做了涞水知县、镇江府学教授、保定府通判等几任小官后，便弃官归隐，寄情山水，与兄惟健、弟惟讷同以诗文蜚声于齐鲁间。他的散曲集《海浮山堂词稿》四卷，共收小令一百六十七首、套曲四十九首，题材广泛，内容丰富，语言通俗，气韵生动，继承和发展了元代前期散曲作家的优良传统，是明代散曲的第一大家。

南正宫·玉芙蓉[1]

喜　雨

　　初添野水涯，细滴茅檐下，喜芃芃遍地桑麻[2]。消灾不数千金价，救苦重生八口家。都开吧，乔花豆花，眼见的葫芦棚结了个赤金瓜[3]。

◎ 注释

[1] 玉芙蓉：南曲调名。

[2] 芃芃：草木茂密的样子。《诗·鄘风·载驰》："我行其野，芃芃其麦。"

[3] 赤金瓜：金黄色的大瓜。

◎ 评析

　　这支小曲写雨后的农作物欣欣向荣、生机勃勃，一片丰收在望的景象，表现了作者久旱逢甘雨的喜悦心情。曲子紧紧围绕一个"喜"字来写，尽管"喜"自"雨"来，但通篇却找不出一个"雨"字。诗人全是用雨后的物象和想象，来表现自己与民同乐的感情，或明点，或暗写，或直抒胸臆，或融情景中，都渗透了作者喜雨换金秋的深刻含义。寥寥数语，足抵苏东坡一篇《喜雨亭记》。

南商调·玉江引[1]

农家苦

倒了房宅，堪怜生计蹙[2]。冲了田园，难将双手朳。陆地水平铺，秋禾风乱舞。水旱相仍[3]，农家何日足！墙壁通连，穷年何处补！往常时不似今番苦，万事由天做。又无糊口粮，那有遮身布，几桩儿不由人不叫苦。

◎ 注释

[1] 玉江引：南曲调名。

[2] 生计：谋生的计划。白居易《首夏》诗："料钱随月用，生计逐日营。"

[3] 相仍：连接，跟随。屈原《九章·悲回风》："观炎气之相仍兮，窥烟液之所积。"

◎ 评析

　　这支小曲以极朴素的民间口语、富有特征的典型形象，描绘了一幅农村水灾图。在"千弦只是一声，千语只是一意，左右离不开男女的恋情，而他们的歌声又往往是那样的凡庸和陈旧"（郑振铎《插图本中国文学史》）的文风中，作者继承和发扬了诗骚、乐府以来的现实主义传统，将农家生活、人民疾苦纳入散曲之中，一新天下人的耳目，难怪明代后七子的领袖王世贞赞扬他说："近时冯通判惟敏，独为杰出"（《曲藻》）了。

中吕·满庭芳

书 虫

蠹鱼虽小[1]，咬文嚼字[2]，有甚才学。绵缠纸裹书中耗，占定窝巢。俺看他一生怕了，你钻他何日开交[3]。听吾道：轻身儿快跑，捻着你命难饶。

◎ 注释

[1] 蠹鱼：蛀书的虫。白居易《伤唐衢》："今日开箧看，蠹鱼损文字。"这是以"蠹鱼"代指辛勤苦读的穷书生。

[2] 咬文嚼字：过分地死抠文字。《杀狗劝夫》四："哎！使不的你咬文嚼字。"

[3] 开交：摆脱，分解，了结。

◎ 评析

这是以虫喻人，开篇便以嘲笑的口吻，极写寻章摘句、皓首穷经的知识分子，自以为能够在故纸堆中"占定窝巢"，自得其乐，没有想到如果不"轻身儿快跑，捻着你命难饶"的厄运在等着自己。这与韩愈的"岂殊蠹书虫，生死文字间"（《杂诗》）的构思是相似的。作者把一个穷知识分子埋头古籍而不得一展抱负的愤激之情，在弦外之音中淋漓尽致地表现了出来，不即不离，亦人亦物，堪称咏物词曲的上乘之作。

双调·折桂令

下第嘲友人乘独轮车二首

一

问先生归计如何？也不张旗，也不鸣锣。小小车儿，低低篷子，款款折磨[1]。踡的个腿偎腮软瘫做一朵，敦的个手捶胸世不得通活[2]。怕待奔波，且谩腾挪[3]，只落的两眼迷离[4]，四鬓婆娑[5]。

二

问先生何处安歇？刚要宁帖[6]，又上摇车[7]。休说才华，莫谈星命[8]，总是饶舌。赤紧的状元花状元红让了人也[9]，安排着将军来将军去怎肯亏折！未了的冤业，终有个结绝。投至得卷土重来[10]，那其间再辨龙蛇[11]。

◎ 注释

[1] 款款：缓缓地，慢慢地。杜甫《曲江》之二："穿花蛱蝶深深见，点水蜻蜓款款飞。"

[2] 世不得：一辈子不得。也作"世不曾"。《潇湘雨》二："世不曾见这等蹊跷事，哭的我气噎声嘶。"通活：全活，存活。

[3] 腾挪：移动。《醒世恒言》三十五："这番不专于贩漆，但闻有利息的便做。家中收下米谷，又将来腾挪。"

[4] 迷离：模糊。《木兰辞》："雄兔脚扑朔，雌兔眼迷离。"

[5] 婆娑：散乱，纷披。《世说新语·黜免》："槐树婆娑，无复生理。"

[6] 宁帖：安定平静，舒适安静。《贞观政要·慎终》："恐百姓之心，不能如前日之宁帖。"

[7] 摇车：本即摇篮。郭晟《家塾事亲》："古人制小儿睡车曰摇车，以儿摇则睡故也。"这里是借以指摇摇晃晃的破车。

[8] 星命：按照星辰的位置和运行，附会到人事上去，借以推算人的命运，叫作星命。

[9] 状元花状元红：科举时代的新科状元，皇帝赐宴时所戴的宫花叫状元花，所赐的茜袍叫状元红。一说，所饮的御酒叫状元红。

[10] 投至得：等到，待到。因为"投"是"等候"二字的合音。《赚蒯通》二："投至得国无争，家无讼，端的是非同容易。"

[11] 龙蛇：龙和蛇。龙指非常之人，蛇喻没有出息的人。

◉ 评析

　　这个组曲一共四首，这里选的是第一首和第四首。每一首都是用问语发端。前一首以强烈的讽刺手法，刻画了一个落第知识分子的狼狈处境和羞辱心情，流露了对科举制度的不满，对落第友人的同情。这个丧魂落魄的狼狈相，就有作者屡试不中的影子在里面，所以能够刻画得如此人木三分。后一首以深厚的同情，对落第友人作了宽解，要他"休说才华，莫谈星命"，"投至得卷土重来，那其间再辨龙蛇"。对于友人的才华，给予了充分的肯定；对于友人的金榜题名，充满了信心。把安慰和期望坦诚地向友人倾吐出来，不支不蔓，令人感奋。值得特别指出的是，作者对科举制度的揭露与批判，较之《儒林外史》及《聊斋志异》的有关篇章要早两百年。

正宫·塞鸿秋

乞　休二首

论形容合不着公卿相[1]，看丰标也没有挡搜样[2]，量衙门又省了交盘账[3]，告尊官便准了归休状[4]。广开方便门[5]，大展包容量，换春衣直走到东山上[6]。

坐时节颤巍巍高挑严陵钓[7]，行时节咿呀呀远泛山阴棹[8]，闷时节韵悠悠忽听的苏门啸[9]，闲时节消停停遍采天台药[10]。石坛晒道书[11]，童子看丹灶[12]，那时节冷清清白没个人来到。

◎ 注释

[1] 公卿相：富贵相。公，为五等爵的第一等。卿，亦官名，秦汉时代设有九卿，即太常、光禄勋、卫尉、廷尉、太仆、大鸿胪、大司农、宗正、少府。

[2] 挡搜样：勇悍的样子。《楚昭公》二："俺只道他两个都一般状貌挡搜，都一般武艺滑熟。"

[3] 交盘账：办理移交的清单。

[4] 归休状：辞官还乡的奏章。

[5] 方便门：给予各种便利的门路。《全唐文·道会〈狱中乞施舍书〉》："赤髭青眼，大开方便之门；白脚漆身，广示皈依之路。"

[6] 东山：指隐居的地方，因为谢安早年曾经隐居于浙江上虞县之东山。王维《戏赠张五弟湮》诗："吾弟东山时，心尚一何远！"

[7] 严陵钓：严光，字子陵，不受光武的征召，隐居富春山，垂钓于七里滩。详见鲜于必仁《越调·寨儿令》注。

[8] 山阴棹：《世说新语·任诞》："王子猷（徽之）居山阴，夜大雪，眠觉，开室命酌酒，四望皎然。因起彷徨，咏左思《招隐诗》，忽忆戴安道。时戴在剡，即便夜乘小船就之。经宿方至，造门不前而返。人问其故，王曰：'吾本乘兴而来，兴尽而返，何必见戴！'"

[9] 苏门啸：阮步兵（籍）善啸，声闻数百步。一日，游苏门山，与隐士孙登相对长啸。阮还归半山，闻山上䠥然有声，如数部鼓吹，空谷传响。乃孙登所作之长啸。事见《世说新语·栖逸》《晋书·阮籍传》。后因以喻隐士的情趣。孟浩然《宿终南翠微寺》诗："风泉有清音，何必苏门啸。"

[10] 天台药：东汉永平年间，刘晨、阮肇到天台山采药，遇二仙女，被邀至家中，食以胡麻饭、山羊脯，甚美。半年后回家，子孙已过七代。事见《太平广记》。后因以天台喻仙境。

[11] 道书：道家的书籍。《三国志·张鲁传》："祖父陵，学道鹄鸣山中。造作道书，以惑百姓。"

[12] 丹灶：道家炼丹的灶。江淹《别赋》："守丹灶而不顾，炼金鼎而方坚。"

◎ 评析

两支小曲表现了作者的人生志趣。从表面看，不免有些消极避世的思想，骨子里则充满了愤世嫉俗之情。第一首言自己没有"飞而食肉"

的骨相，不如早日离开宦海的风波，过着自由自在的隐士生活。第二首，以高人雅士的生活情趣，写山林隐居的自得之乐。对仗工整，语言活泼，变俗为雅，雅而能俗，最具元人散曲本色。

双调·殿前欢

归　兴二首

想归来，十年奔走困尘埃。何如散步云林外[1]，笑傲诙谐。穷通命运该[2]，山水平生爱，诗酒寻常债[3]。情怀浩荡，浩荡情怀。

自评论，功名富贵似浮云[4]。从来世路多危峻[5]，祸福无门[6]。青山且负薪[7]，绿水好垂纶[8]，白屋堪肥遁[9]。乾坤有我，我有乾坤。

◎ 注释

[1] 云林：指高山深林，或白云深处的山林，意即隐居之处。

[2] 穷通：贫困与通显。《庄子·让王》："古之得道者，穷亦乐，通亦乐，所乐非穷通也。"李白《笑歌行》："男儿穷通当有时，曲腰向君君不知。"

[3] 诗酒寻常债：此从杜甫《曲江二首》之二的"酒债寻常行处有"中浓缩出来的。

[4] 富贵似浮云：把富贵看得像浮云那样轻微。语出《论语·述而》："不义而富且贵，于我如浮云。"

[5] 世路：世间人事的经历，亦指社会的风气、宦海的风波。刘禹锡《酬乐天偶题酒瓮见寄》诗："从君勇断抛名后，世路荣枯见几回？"

[6] 祸福无门：言祸福的降临没有定准。语出《左传》襄公二十三年："祸福无门，唯人自召。"

[7] 负薪：背柴火。这是暗用"买臣负薪"的故事，来说明"穷通皆命"的思想。《汉书·朱买臣传》："朱买臣，字翁子，吴人也。家贫，好读书，不治产业，常艾薪樵，

卖以给食，担束薪，行且诵书。其妻亦负载相随，数止买臣毋歌讴道中。买臣愈益疾歌，妻羞之，求去。买臣笑曰：'我年五十当富贵，今已四十余矣。汝苦日久，待我富贵报汝功。'妻恚怒曰：'如公等，终饿死沟中耳，何能富贵？'买臣不能留，即听去。"

[8] 垂纶：垂钓。这是暗用严光的故事。《后汉书·逸民传》："严光，字子陵，一名遵，会稽余姚人也。少有高名，与光武同游学……除为谏议大夫，不屈，乃耕于富春山，后人名其钓处为严陵濑焉。"

[9] 白屋：平民住的屋子。《汉书·吾丘寿王传》："三公有司，或由穷巷，起白屋，裂地而封。"肥遁：隐居避世。《易·遁》："上九，肥遁，无不利。"晋石崇《思归引序》："晚节更乐放逸，笃好林薮，遂肥遁于河阳别业。"

◎ 评析

这两支小曲，流露了作者仕途坎坷、志不得伸的感慨。一腔压抑不平之气，在无所谓、不在乎的口吻中委婉曲折地传达出来，更加突出了他内心深处的无穷悲愤。特别是两曲后段的鼎足对和回环句，或以本色自然见长，或以典雅清新称奇，俗而不俚，雅而不文，不愧是"曲中的辛弃疾"。

仙吕·点绛唇

改官谢恩（套）

拜命天朝[1]，敬敷五教[2]。兴学校，辅翼唐尧[3]，立天德行王道[4]。

【混江龙】钦承明诏[5]，县郎官新改郡文学[6]。前程万里，仕路千条[7]。常言道今日不知明日事，俺怎肯这山望见那山高？脱离了簿书期会[8]，攘攘劳劳[9]。乐得些英才教育[10]，摆摆摇摇。再休提徒流笞杖[11]，闹闹吵吵。单守着诗书礼乐，寂寂寥寥。子今日沐恩波海阔从鱼跃[12]，也是俺痴人有痴福，小可的无福也难消[13]。

【油葫芦】俺也曾宰制专城压势豪[14]，性儿又乔[15]，一心待锄奸剔蠹惜民膏。谁承望忘身许国非时调[16]，奉公守法成虚套。没天儿惹了一场，平地里闪了一交。淡呵呵冷被时人笑，堪笑这割鸡者用牛刀[17]。

【天下乐】俺也曾手把丝纶掣六鳌[18]，渔樵，气韵高。俺也曾醉上蓬莱看八表[19]，驾沧溟眼界空[20]，登泰岳众山小[21]；紧靠着孔孟宅邻舍好[22]。

【那吒令】七八岁勉学，淡斋盐一瓢[23]。二千里枉劳，路途债九遭。四十年苦熬，冷板凳两条。世不愁文运衰[24]，生不怕穷星照，打精神再把书教。

【鹊踏枝】圣天子重英豪，四海内集时髦[25]。则恁这宰辅公卿，都是俺功绩勋劳。虽是俺文章欠好，索强如立草为标[26]。

【寄生草】非是俺功名钝福分薄，盈虚消长天之道[27]；荣华富贵人之好，清平冷淡吾之乐。子俺这孤灯耿耿映书斋，一任他衮衮诸公登廊庙[28]。

【幺篇】尊经阁凌霄汉[29]，明伦堂跨赤霄[30]。诗书子史穷玄奥[31]，君臣父子全忠孝，齐家治国谙经略[32]；苏湖德业重真儒[33]，唐虞圣化存吾道[34]。

【后庭花】若不是那年时担懊恼[35]，怎博得这其间能凑巧[36]。且休提夕贬潮阳路[37]，子俺这谪黄州声价好[38]。恰上任立科条，幸遇着文衡考校[39]；旧题目撞了个着，老文章记的牢。唱名时取的高，赏呈文纸一刀，笔三枝五彩毫[40]。半截红缠满腰，插双花上马娇[41]，共生徒擞了一遭。

【青歌儿】呀，方显俺书生书生荣耀，不枉了平生平生才调[42]。虽不得万里封侯建羽旄[43]，子俺这燕颔班超，食肉丰标，[44]二八元宵，十月之交，乡饮嘉肴，祭品盈庖，亲友招邀，儿女支销。又子怕清白门第富而骄未若贫而乐[45]。

【赚尾】谨保守旧家声[46]，便看做无价宝。赤紧的脚跟儿立地实着[47]。世世清名答圣朝。甚的是富贵崇高，冷潇潇不染尘嚣[48]，尽有些暮史朝经道义交[49]。再不读律条[50]，誓不追粮草，馨丹心迎官接诏睦同僚。

◎ 注释

[1] 天朝：旧时对封建朝廷的尊称。《晋书·郑默传》："宫臣皆受命天朝，不得同之藩国。"

[2] 五教：五种封建伦理道德，即父义、母慈、兄友、弟恭、子孝。语出《尚书·尧典》："敬敷五教在宽。"

[3] 唐尧：五帝之一。帝喾之子，姓伊祁，名放勋，初封于陶，又封于唐，故名陶唐氏。因为他的儿子丹朱不肖，传位于舜。被儒家尊为圣君。事见《史记·五帝本纪》。

[4] 天德：天的本质，天的品德。《荀子·不苟》："变化代兴，谓之天德。"王道，以仁义治天下之道，与霸道相对。《孟子·梁惠王》："养生送死无憾，王道之始也。"

[5] 明诏：正确的命令。

[6] 县郎官新改郡文学：作者原任涞水知县，他看到当地的"县民富者为将军，为校尉，为力士，为执金吾，为中贵人，兼并地无算而逋租赋，惟敏摘其最负者惩之，贫民以为德，而豪右谤四起矣"（《大泌山房集·冯氏家传》）。上司给他的按语是"疏简不堪临民，文雅犹足训士"，于是改授为镇江府教授。

[7] 仕路：仕宦之路，做官的道路。王充《论衡·自纪》："时可悬舆，仕路隔绝。"

[8] 簿书：官府的文书。姚合《武功县居》诗："簿书销眼力，杯酒耗心神。"期会：指定的日期。《汉书·王吉传》："其务在于期会簿书，断狱听讼而已。"

[9] 穰穰：同"攘攘"，纷乱的样子。《盐铁论·毁学》："天下穰穰，皆为利往。"劳劳：担惊害怕的样子。《孔雀东南飞》："举手长劳劳，二情同依依。"

[10] 乐得些英才教育：得到天下的英才来进行教育是最大的快乐。语出《孟子·尽心上》："得天下英才而教育之，一乐也。"

[11] 徒流笞杖：封建时代的四种刑法。徒是拘禁罚使劳作，流是放逐远方，笞是用竹板或

荆条打人的背部或臀部，杖是用棍棒抽击人的背部、臀部或腿部。

[12] 恩波：指帝王的恩泽。刘长卿《狱中闻收东京有赦》诗："持法不须张密网，恩波自解惜枯鳞。"海阔从鱼跃：比喻人的前途广阔，可以大展才华。语出唐僧玄览诗："大海从鱼跃，长空任鸟飞。"（见阮阅《诗话总龟》前集卷三十引《古今诗话》）

[13] 小可：自称的谦词。《东堂老》三："小可是个卖茶的，今日早晨起来，我光梳了头，净洗了脸，开了这茶房，看有甚么人来。"

[14] 宰制专城：主宰一个地区的长官。《罗敷行》："三十侍中郎，四十专城居。"此言诗人曾任涞水知县。

[15] 乔：坏，恶劣。元明时代的方言。《合汗衫》四："母亲，你好乔也，丢了一个贼汉，又认了一个秃厮那！"

[16] 时调：时宜，潮流。

[17] 割鸡者用牛刀：比喻大材小用。典出《论语·阳货》："子之武城，闻弦歌之声。夫子莞尔而笑曰：'割鸡焉用牛刀！'"

[18] 手把丝纶掣六鳌：喻作者多次参加进士考试。封建时代科举进士发榜时，参加考试的人立在宫殿门前玉石台阶上的鳌鱼浮雕前迎榜，规定状元站在前面。丝纶：钓丝。宋范成大《戏题药裹》诗："卷却丝纶扬却竿，莫随鱼鳖弄腥涎。"六鳌，六个传说中的大龟。

[19] 蓬莱：原名大明宫，在陕西长安县东，唐高宗改为蓬莱宫。杜甫《莫相疑行》："忆献三赋蓬莱宫，自怪一日声辉赫。"八表：八方之外，指极远的地方。陶渊明《停云》诗："八表同昏，平路伊阻。"

[20] 沧溟：高远的天空。《汉武帝内传》："诸仙玉女聚居沧溟，其名难测，其实分明。"

[21] 登泰岳众山小：喻站得越高，眼界越大。语出《孟子·尽心上》："孔子登东山而小鲁，登泰山而小天下。"《扬子法言·吾子》："升东岳而知众山之峛崺也，况介丘乎？"

[22] 紧靠着孔孟宅邻舍好：从本套曲的原序中，知诗人任镇江府学教授时，与宣圣六十一代孙孔弘申相邻而居，故曲及之。

[23] 齑盐：细切的酱菜或腌菜之类。

[24] 世：既然，元、明时代的方言。《西厢记》四之二："世有，便休，罢乎，大恩人怎做敌头。"《任风子》三："世来到林下山间，再休提量前月底。"文运：文学盛衰的运会。

[25] 时髦：一时杰出的人物。《后汉书·顺帝纪赞》："孝顺之初，时髦允集。"髦，俊的意思。人中之俊，犹毛中之髦。见《尔雅·释言》郭注。

[26] 索强如：亦作"煞强如""赛强如"，元明方言。作"比……强"讲。《诤范叔》一："则俺这无忧无愁青衲袄，索强如你耽惊受怕紫罗袍。"立草为标：旧时不识文字的人，将准备出卖的东西，系几根草作为标记。

[27] 盈虚消长：谓盈和虚、消和长互相依存。《易·丰》："天地盈虚，与时消息。"《庄子·秋水》："消息盈虚，互为终始。"

[28] 衮衮：相继不断，一个接着一个。杜甫《醉时歌》："诸公衮衮登台省，广文先生官独冷。"廊庙：古代帝王与大臣议论政事的地方。《国策·秦策》："今君相秦，计不下席，谋不出廊庙，坐制诸侯。"

[29] 尊经阁：旧时学官的藏书楼。旧学以经为重，故称尊经。

[30] 明伦堂：旧时各地孔庙的大殿称明伦堂。典出《孟子·滕文公上》："夏曰校，殷曰序，周曰庠；学则三代共之，皆所以明人伦也。"

[31] 诗书子史：《诗经》《尚书》、诸子、各朝的历史。

[32] 经略：概要，纲要。《文心雕龙·附会》："故宜诎寸以信尺，枉尺以直寻，弃偏善之巧，学具美之绩，此命篇之经略也。"

[33] 苏湖德业：苏轼为代表的蜀党，胡瑗为代表的湖学。他们都能立德立言，为天下的表率。真儒：真正的学者。辛弃疾《水龙吟》："功名本是真儒事，君知否？"

[34] 圣化：圣人的教化。儒家称文、武、周公、孔子的教化为圣化。吾道：儒家的学术。《后汉书·郑玄传》："（马）融喟然谓门人曰：'郑生今去'吾道东矣。"

[35] 年时：当年。《误入天台》三："我年时同兄弟阮肇上天台上采药，日暮，迷其归路。"

[36] 这其间：这时间，这时候。《还牢末》二："那婆娘，这其间知他是醒也醉也。"

[37] 夕贬潮阳路：指韩愈以谏迎佛骨，被贬潮阳，他有《左迁至蓝关示侄孙湘》的诗云："一封朝奏九重天，夕贬潮阳路八千。"

[38] 子：只，下文的"又子怕清白门第富而骄"的"子"同。谪黄州声价好：苏轼于宋神宗时，反对王安石推行新法，出为杭州、湖州等处的地方官。有人又摘其诗语，罗织以讪谤朝政的罪名，被贬为黄州团练副使。

[39] 文衡：评判文章的好坏。因为评文如以秤称物，故曰"文衡"。

[40] 彩毫：五色笔。

[41] 缠红插花：科举时代经过府学考试中了举的，也要腰缠红、头插花，上马游行，以示荣耀。

[42] 才调：才华。李商隐《贾生》："宣室求贤访逐臣，贾生才调更无伦。"

[43] 万里封侯建羽旄：指立功异域，建节辕门。晁补之《摸鱼儿》："便似得班超，封侯万里，归计恐迟暮。"羽旄，羽旗。析羽为旌，乃贵者所坐之车。

[44] "燕颔班超"二句：旧时形容班超的富贵之相。《后汉书·班超传》："相者指曰：'燕颔虎颈，飞而食肉，此万里侯相也。'"

[45] 富而骄未若贫而乐：即使富贵了也不骄傲，赶不上能够在贫贱之中自得其乐。语出《论语·学而》："子贡曰：'贫而无谄，富而无骄，何如？'子曰：'可也，未若贫而乐，富而好礼者也。'"

[46] 家声：家世的声誉。司马迁《报任安书》："李陵既生降，坠其家声。"

[47] 赤紧的：真的，实实在在的。元、明方言。也写作"吃紧的""赤紧地"。《王粲登楼》

313

一：“赤紧的世途难，主人悭。”

[48] 尘嚣：世俗的纷扰喧嚣。陶渊明《桃花源记诗》：“借问游方士，焉测尘嚣外。”

[49] 暮史朝经：不知疲倦地在早晚攻读经史。道义交：讲道德讲信义的朋友。

[50] 律条：朝廷颁布的法令和条例。

◎ 评析

　　这是一篇反语正说的讽刺文字。诗人明明认为他的被“改官”，是“平地闪了一交”，却说他“脱离了簿书期会”，“也是俺痴人有痴福”；明明认为他“一心待锄奸剔蠹惜民膏”反而罢了官，是“忘身许国非时调，奉公守法成虚套”，却硬说“方显俺书生书生荣耀，不枉了平生平生才调”。真是长歌当哭，笑里含泪。我们完全可以从他语言的“冷”中，看到他内心的“热”；从他那自宽自解的豁达态度中，窥知他内心深处强烈的愤激和不平。

❀梁辰鱼

字伯龙，号少白，又号仇池外史，昆山（今属江苏）人，生卒年月不详。工词曲，精音律。时邑人魏良辅创为昆腔，他作《浣纱记》付之，一时曲家唱和。王世贞有“吴阊白面冶游儿，争唱梁郎雪艳词”的诗以纪其盛，可见他当时的声誉。他的散曲集有《江东白苎》二卷，文辞精美，妩媚蕴藉。任讷说他的曲，“文雅蕴藉，细腻妥帖，完全表现南方人之性格和长处”（《散曲概论》卷二）。

中吕·山坡羊

病奄奄难医疗的模样[1]，软怯怯难存坐的形状[2]，急煎煎难摆划的寸肠[3]，虚飘飘难按纳的情和况[4]。空白忙，

314

全然没主张，盟山誓海都成谎[5]。辗转思量，更无的当。凄凉，为甚更长似岁长？萧郎[6]，莫认他乡是故乡。

◎ 注释

[1] 奄奄：气息微弱的样子。李密《陈情表》：祖母刘"日薄西山，气息奄奄"。

[2] 怯怯：战战兢兢的样子。《赵礼让肥》二："他那里磣可可的人磨着带血刀，唬的我怯怯乔乔。"

[3] 摆划：擘划，策划。《西厢记》四之一："忧愁因间隔，相思无摆划。"

[4] 按纳：抑制，控制，一作"按捺"。《西厢记》三之三："这其间难按纳，一地里胡拿。"

[5] 盟山誓海：指着山海为誓，表示爱情要像山和海一样的永恒不变。

[6] 萧郎：泛指女子所恋的男子。崔郊《赠去婢》诗："侯门一去深如海，从此萧郎是路人。"

◎ 评析

　　这是一个少女在恹恹相思中的自画像和独白词。前四句描写自己的愁容病态，后四句表白自己的真情和愿望。其自怨自艾之情，亦嗔亦爱之态，渗透在字里行间，具有阴柔之美。

南中吕·驻云飞[1]

小小冤家，拖逗得人来憔悴杀。雅淡堪描画，举止多潇洒[2]。咱，曾记折梨花，在荼蘼东架[3]。忙询佳期，倒答着闲中话，一半嚣人一半耍[4]。

◎ 注释

[1] 驻云飞：南曲中吕宫的一个曲牌。字数定格据《九宫大成谱》是四、七、五、五、一、五、四、四、五、七共十句。末句复唱。

[2] 潇洒：清高脱俗。杜甫《饮中八仙歌》："宗之潇洒美少年，举觞白眼望青天。"

[3] 荼蘼：花名。也写作"荼蘼""酴醾"。苏轼《杜沂游武昌以酴醾花菩萨泉见饷》："酴醾不争春，寂寞开最晚。"

[4]嚣人：骗人。嚣，虚嚣，虚伪。

◎ 评析

　　这是从男主人的眼中，描绘出一个机灵、活泼的少女形象。曲子
通过一个"折梨花""询佳期"的生活细节，把他们之间的柔情蜜意
生动地表现了出来。刘大杰说他的曲"文辞精美，描摹精细，文雅蕴
藉，极妩媚之能事"（《中国文学发展史》下），从这支小曲中，可以得
到印证。

南中吕·驻马听[1]

寓居长沙客舍作

岁暮驰驱[2]，寂寞江城客寓居。正值雁鸿秋后，砧杵寒初，
木叶风余[3]。江东不见寄半行书[4]，关西正欲向前山去[5]。
倚剑踌躇，平原门下今何处[6]？

◎ 注释

[1]驻马听：南曲中吕宫的一个曲牌名。据《九宫大成谱》定格为四、七、四、七、七、
　　七、三、七共八句。此曲略有变化。

[2]驰驱：奔波。《诗·鄘风·载驰》："载驰载驱。"

[3]木叶风余：秋风之后剩下的几片木叶。这是化用《九歌·湘夫人》中的"袅袅兮秋风，
　　洞庭波兮木叶下"的句意。

[4]江东：一般泛指安徽芜湖以下长江下游的南岸地区。这里是指作者的故乡昆山。

[5]关西：泛指函谷关以西的地区。这是作者准备西游的目的地。诗人"幼有游癖""洞府
　　名山遍踪迹"。

[6]"平原门下"句：平原君赵胜，与齐孟尝（田文）、魏信陵（无忌）、楚春申（黄歇）号
　　称"四公子"，相传他的门下有食客三千人。这是作者的感慨。

这是一首抒情感怀的小曲。壮士悲秋,是我国传统的诗歌主题。作者用"鸿雁秋后"三个鼎足对的句子,把自己身居异地的凄凉景色刻画了出来,结以"平原门下今何处"?借古伤怀,感喟遥深。平原一去,养士风息,落魄江湖,无枝可依的惆怅,在字里行间流露了出来,使曲的主题思想得到了升华。

双调·夜行船

拟金陵怀古

万里涛回,看滔滔不断[1],古今流水。千年恨都化英雄血泪[2]。徙倚[3],故国秋余,远树云中,归舟天际。[4]山势依旧枕寒流[5],阅尽几多兴废。

◎ 注释

[1] 滔滔:水流不断的样子。《诗,大雅·江汉》:"江汉滔滔,南国之纪。"

[2] "千年恨"句:这是从苏轼《念奴娇·赤壁怀古》的"大江东去,浪淘尽、千古风流人物"和关汉卿《单刀会》四的"大江东去浪千叠""二十年流不尽的英雄血"的意境中生发出来的。

[3] 徙倚:徘徊,彷徨。王绩《野望》:"薄暮东皋望,徙倚欲何依。"

[4] "远树云中"二句:系从谢朓《元宣城郡出新林浦向板桥》的"天际识归舟,云中辨江树"中化出来的。

[5] 山势依旧枕寒流:此用刘禹锡《西塞山怀古》的"山形依旧枕寒流"原句,但将"形"字易为"势"字。

◎ 评析

这支小曲的题目是《拟金陵怀古》。刘禹锡的《金陵怀古》诗,抒发了"兴废由人事,山川空地形"的感慨,诗人在这里正是寄寓了风景不殊、人事全非的深沉的惆怅。寄兴深微，景与情合，是怀古伤今的佳作。

❀ 薛论道
（1531?—1600?）

字谈道，号莲溪居士，定兴（今河北徐水、易县间）人。他从军三十年，好谈兵，在抵御外患中屡立奇功，官至副将。是明代重要的散曲大家，著有散曲集《林石逸兴》十卷，每卷一百首。他的作品格调高昂，意境开阔，多讽喻世情、揭露现实之作。

双调·水仙子

卖狗悬羊

从来浊妇惯撇清^[1]，又爱吃鱼又道腥，说来心口全不应^[2]。貌衣冠，行市井^[3]，且只图屋润身荣^[4]。张布被诚何意，饭脱粟岂本情^[5]？尽都是钓誉沽名。

◎ 注释

[1] 浊妇：淫妇，贱货。撇清：装作清白，表示清白。《金线池》三："撇甚么清，投至得你秀才们太寡情，先接了冯魁定。"

[2] 心口全不应：心里想的和口里说的完全不一样。

[3] 貌衣冠，行市井：看起来衣冠整肃，道貌岸然，满嘴仁义道德；做起来却是市井无赖，唯利是图。衣冠，士大夫的穿戴。《论语·尧曰》："君子正其衣冠，尊其瞻视，俨然人望而畏之。"后因以代指士绅。市井，本为群众进行买卖的地方，后因以代指商贾。《史记·平准书》："天下初定，复弛商贾之律，然市井之子孙，亦不得仕宦为吏。"

[4] 屋润：言富有的人住的房子很华丽，语出《礼记·大学》："富润屋，德润身。"

[5] 张布被，饭脱粟：盖的是布被，吃的是糙米。《史记·平津侯列传》：公孙弘"以三公为布被""食一肉脱粟之饭"。汲黯曾揭露他的诈伪说："弘位在三公，奉禄甚多，然为布被，此诈也。"清阎若璩《潜邱札记》卷一说："公孙弘布被脱粟，不可谓不廉，而曲学阿世，何无耻也！"这是暗用《史记》的这个典故。

◎ 评析

　　"讽刺的生命是真实"（鲁迅《什么是讽刺》）。作者运用对比的讽刺手法，把那些"挂羊头，卖狗肉"的伪君子的嘴脸揭露得淋漓尽致，让读者从他的自相矛盾的言行中，认识到他的虚伪、奸诈的可笑，可鄙，进而引起严肃的思考，真是嬉笑怒骂，皆成文章。

双调·水仙子

愤　世

翻云覆雨太炎凉[1]，博利逐名恶战场，是非海边波千丈[2]。
笑藏着剑与枪[3]，假慈悲论短说长。一个个蛇吞象[4]，
一个个兔赶獐，一个个卖狗悬羊。

◎ 注释

[1] 翻云覆雨：比喻反复无常。杜甫《贫交行》："翻手作云覆手雨，纷纷轻薄何足数。"

[2] 是非海：比喻人世间的是是非非，恩恩怨怨，像大海一样没有尽头。马谦斋《双调·沉醉东风·自悟》："虎狼丛甚日休，是非海何时彻？"

[3] 笑藏着剑与枪：比喻表面和善而内心阴险狠毒。这是暗用《旧唐书·李义甫传》："义甫貌状温恭，与人言嬉怡微笑。但有忤意者，必加倾陷，故时人言其笑中有刀。"

[4] 蛇吞象：比喻贪得无厌。《山海经·海内南经》："巴蛇食象，三岁而出其骨。"《韩湘子升仙记》："人心不足蛇吞象，世事无穷水荡沙。"

◎ 评析

　　这是讽刺世风日下、人心叵测的社会病态的，它像一团烈火，烧毁了那些翻云覆雨、争名夺利、拨是弄非、两面三刀、阴恶阳善、贪得无厌、以假充真的种种伪君子的招牌、旗号，使之原形毕露，在众人面前大曝其光。它笔锋犀利，语言形象，活脱脱地描绘出了一幅令人作呕、令人喷饭的"百丑图"。

南商调·黄莺儿

塞上重阳

荏苒又重阳[1]，拥旌旄倚太行[2]，登临疑是青霄上。天长地长，云茫水茫，胡尘静扫山河壮[3]。望遐方[4]，王庭何处[5]？万里尽秋霜。

◎ 注释

[1] 荏苒：时光渐渐地流失。陶潜《杂诗》之十："荏苒经十载，暂为人所羁。"

[2] 拥旌旄：簇拥着军中的大旗，即统率着大军的意思。太行：山名，位于山西高原与河北平原之间，连亘数千里，是明代的边防要地。

[3] 胡尘：指边地少数民族入侵时所扬起的征尘。李白《永王东巡歌》之十一："南风一扫胡尘静，西入长安到日边。"

[4] 遐方：边远地方。

[5] 王庭：本为月支王及匈奴单于所居之地。司马迁《报任安书》："且李陵提步卒不满五千，深践戎马之地，足历王庭。"

◎ 评析

　　诗人通过登高时的所见所感，抒发了自己戍边御敌、静扫胡尘的豪情壮志。"登临疑是青霄上"一句，既以状太行之高，又以喻喜悦之情，把现实的描绘和心灵的憧憬巧妙地糅合在一起，意境开阔，读之令人鼓舞。

南商调·山坡羊

吊战场

拥旌麾鳞鳞队队[1]，度胡天昏昏昧昧[2]。战场一吊，多少征人泪？英魂归未归，黄泉谁是谁？森森白骨[3]，塞月常常会^[4]；冢冢碛堆^[5]，朔风日日吹^[6]。云迷，惊沙带雪飞；风催，人随战角悲。

◎ 注释

[1] 鳞鳞队队：形容队伍的密集和整齐。元诗人袁桷《忆双溪》诗："清溪明处水交流，万井鳞鳞冠盖稠。"

[2] 胡天：古代西北边境少数民族聚居的地区。岑参《白雪歌送胡判官归京》："北风卷地白草折，胡天八月即飞雪。"

[3] 森森：密集，堆积，高耸。杜甫《蜀相》："丞相祠堂何处寻，锦官城外柏森森。"

[4] 塞月：边塞上的月亮。

[5] 碛堆：沙石堆成的坟墓，沙漠上的坟堆。

[6] 朔风：北风。阮籍《咏怀》之十二："朔风厉严寒，阴气下微霜。"

◎ 评析

　　这是一支凭吊古战场的小曲，它以凄凉的情调、夸张的描写，成功地渲染了尸骸相撑、白骨遍野的惨象，反映了诗人的厌战和反战的情绪。朔风吹骨，塞月照坟，英魂含泪，战角生悲，是战场的实录，也是诗人的感想。其强烈的悲愤之情，足抵李华一篇《吊古战场文》。

❀ **冯梦龙**
（？—1646）

字犹龙，亦字子犹，号姑苏词客，又号顾曲散人，墨憨子，别署龙子犹，吴县人。他的著作非常丰富，特别对于民间文学的收辑整理，作出了很大的贡献。民歌及散曲方面有《宛转歌》《挂枝儿》及选辑的《太霞新奏》，小说方面有他编辑的《喻世明言》《醒世恒言》和《警世通言》，戏剧方面有他删订的《墨憨斋定本传奇》等，并传于世。他是明崇祯时代的贡生，做过寿宁县知县。清兵入关，他曾印发一些小册子，宣传抗清的主张和消息，明亡，殉难。

南仙吕入双调·玉抱肚

赠 书

频频书寄，止不过叙寒温[1]，别无他奇。你便一日间千遍书来，我心中也不嫌聒絮[2]。书啊，原非要紧好东西，为甚一日无他便泪垂。

◎ 注释

[1] 寒温：冷暖，互道问候的话。《搜神记》十六："忽有客通名诣（阮）瞻，寒温毕，聊谈名理。"

[2] 聒絮：啰嗦，唠叨。张国宾《薛仁贵》二："军师大人不嫌聒絮，听小将慢慢的说一遍咱。"

◎ 评析

　　这是一首民歌体的小曲，通过一个热恋中的姑娘的口吻，说出了问问冷暖、叙叙家常的普通情书，在其心目中的分量和地位，从而表达出她那深厚而纯朴的爱情。语至工而平，情至浓而淡，给人以极大的美感享受。

南双调·江儿水

郎莫开船者，西风又大了些，不如依旧还奴舍。郎要东西和奴说，郎身若冷奴身热。且受用而今这一夜[1]，明日风和[2]，便去也奴心安帖。

◎ 注释

[1] 受用：舒适。《陈州粜米》二："论官职我也不怕你，论家财我也受用似你。"

[2] 风和：形容天气晴好，风平浪静。

　　以极其通俗的语言，写极其细腻的感情，娓娓道来，只觉一片柔情蜜意，充溢在炽烈的恋情之中。曲中通过一个阻风留人的细节，把女主人公那种纯真之情、动人之爱，充分地表达出来，极富生活情趣和泥土气息。

❖ 施绍莘

　　字子野，号峰泖浪仙，松江华亭（今属上海）人。他少负俊才，屡试不中，竟以诸生终。他精通音律，擅长散曲，所著《花影集》，收套曲八十六首，小令七十二首，题材广泛，格调高雅，其怀古、赠别、模山范水之作，都能摆脱前人和时人的羁绊，自成一家。在明代散曲中，堪称巨擘。

南双调·清江引

荷　花二首

娇痴向人多腼腆[1]，欲夺芙蓉面[2]。尖尖舌暗舒，窄窄鞋偷荐[3]。芳心未明还半卷[4]。

双双并头情忒暖[5]，又一似相埋怨。偏容比目游[6]，只许鸳鸯伴。露珠的团圞也碎的罕。

◎ 注释

[1] 腼腆：害羞的样子。《西厢记》一之一："未语人前先腼腆。"

[2] 芙蓉面：像荷花一样鲜艳的脸孔。芙蓉，即荷花。此从王昌龄《采莲曲》之"芙蓉向脸两边开"和白居易《长恨歌》的"芙蓉如面柳如眉"中

[3] 窄窄鞋：三寸金莲的意思。这里暗用《南史·齐东昏侯本纪》："凿金为莲花以贴地，令潘妃行其上，曰：'此步步生莲花也。'"

[4] 芳心：一颗美丽的心。柳永《定风波》："芳心是事可可。"

[5] 双双并头：指并头莲。《花镜·花瓣名·并头莲》："红白俱有，一干两花。"

[6] 比目：即比目鱼。《尔雅·释地》："东方有比目鱼焉，不比不行，其名谓之鲽。"徐干《室思》诗："故如比目鱼，今隔如参辰。"

◎ 评析

　　这支组曲，一共有四首，这里选的是第一和第三首。都是以轻柔的笔致，把写人的仪态和情思，凝注在对荷花的刻画中，似花非花，亦人亦物，不即不离，物我一体，是咏物小曲的上乘之作。第一首写荷花的含苞待放、丽质天成，却不去刻意追求"形似"，而从楚楚可人的少女着墨。第二首写并头莲的韵致，忽发奇想，把并头莲比成一对热恋中的情侣，只愿像露珠一样的"团圞"，不愿在狂风中破裂。构思纤巧，造语尖新，突破了"出污泥而不染"的传统主题思想。沈德生在《花影集》序中说：子野"性灵颖慧，机锋自然，不觉吐而为词，溢而为曲，以故不雕琢而工，不磨涤而净，不粉泽而艳，不穿凿而奇，不拂拭而新，不揉摛而韵"。从这两支曲中，可以看出诗人艳、奇、新、韵的艺术特点。

南仙吕入双调·锁南枝

夜　寒

邻鸡叫，促织鸣[1]，青灯一篝寒背枕[2]。明月映人心，西风尖得紧。身孤另[3]，绵被轻，半边温，半边冷。

◎ 注释

[1] 促织：蟋蟀的别名。《古诗十九首》："明月皎夜光，促织鸣东墙。"

[2] 青灯：发出青荧之光的油灯。陆游《雨夜》："幽人听尽芭蕉雨，独与青灯话此心。"一

篝：一笼。古人为了防止风吹，以笼蔽灯。

[3] 孤另：孤独。《西厢记》二之二："天生聪俊，打扮素净，奈夜夜成孤另。"

◎ 评析

写游子孤馆、寒夜难眠的愁思。作者不言自己如何辗转不寐，寝不安席，但言"邻鸡叫，促织鸣"，而彻夜不眠之状毕见；作者不言自己如何久客思归，倦游思还，但言"明月映人心，西风尖得紧"，而低头思故乡、秋风思莼羹的心情如画；不言自己如何寂寥孤独，但言"半边温，半边冷"，而离情别绪横溢，是善于立言者。尤其是写深情而不涉庸俗，用俚语而更觉清新，不愧为明代散曲的大家。

南仙吕入双调·夜行船

金陵怀古（套）

【夜行船】虎踞龙蟠[1]，看江山妍秀，古今都会[2]。人间事，日夜潮来潮去。兴废，楚楚衣冠[3]，扰扰干戈，纷纷宅第[4]。如沸，今作了草头烟，寻得个断碑无字。

【前腔】痴儿凿破方山，笑区区人力。怎回天意？[5]无多日，楚汉龙蛇并起[6]。从兹，三世开基[7]，五马龙飞[8]，六朝更替[9]。惭愧，空费尽祖龙心[10]，依旧有人称帝。

【斗黑麻】残棋，赌罢输赢，把楸枰剩在[11]，再寻敌对。对齐梁陈宋[12]，总无长技。谁知，佛寺已劫灰[13]，高台是祸基。乌空啼，只见如梦前朝，在淮水东边月里。[14]

【前腔】堪嗤，天堑中分，尽长江设险，好图机会[15]。怎神州未复，楚囚流涕？[16]吁嘻，清谈岂事机[17]？偏安岂帝基[18]？总灰飞，说甚砥柱中流[19]，但挥麈风流而已[20]。

【锦衣香】叹前朝真儿戏，到如今英雄泪。还笑几许幺魔[21]，要窥神器[22]。谁知天命有攸归[23]，和阳一旅[24]，日月重辉。笑谈间万里扫腥膻，羯胡北去。雪尽中原耻，替古今争气。钟山呵护，别开天地。

【浆水令】竟谁如北平兵至，破金川天心暗移。[25]腐儒当国等儿嬉，纷更是非，不合时宜。周官制，成何济[26]？成王已挂袈裟去[27]，孤臣泪、孤臣泪、滔滔江水，年年化、年年化杜鹃啼[28]。

【尾文】渔樵话里成兴废[29]，叹古今暮三朝四[30]，向糊涂帐里大家痴睡。

◎ 注释

[1] 虎踞龙蟠：形容金陵（南京）的地势险要。《太平御览》引张勃《吴录》说：诸葛亮论金陵形胜云："钟阜龙蟠，石城虎踞。"意思是说，钟山像龙盘绕在东面，石城像虎蹲在西边。李白《永王东巡歌》："龙盘虎踞帝王州，帝子金陵访古丘。"

[2] 都会：政治经济的中心城市。柳永《望海潮》："东南形胜，江吴都会，钱塘自古繁华。"

[3] 楚楚衣冠：穿着鲜明整洁衣服的贵族和豪绅。

[4] 纷纷宅第：众多的华屋大厦。这里有杜甫《秋兴八首》之三的"王侯第宅皆新主，文武衣冠异昔时"和刘禹锡《乌衣巷》的"旧时王谢堂前燕，飞入寻常百姓家"的感慨。

[5] "痴儿凿破方山"三句：指秦始皇东巡，见金陵有"王者之气"，乃令"凿钟山、断金陵长陇以疏淮水"而破之。痴儿，指秦始皇。

[6] 楚汉龙蛇并起：楚项羽、汉刘邦先后起兵，破咸阳，阵子婴，很快就灭了秦朝。龙蛇，喻非常之人。《左传》襄二十一年："深山大泽，实生龙蛇。彼美，吾惧其生龙蛇以祸汝。"

[7] 三世开基：指吴、东晋及南朝皆建都于此。正如谢朓《鼓吹曲》所云："江南佳丽地，金陵帝王州。"

[8] 五马龙飞：以司马睿为代表的东晋王朝建都于金陵以后，许多王朝都兴起于此。正如李白《金陵歌送别范宣》云："金陵昔时何壮哉，席卷英豪天下来。"龙飞，比喻帝王的兴起。典出《易·乾》："飞龙在天，利见大人。"《疏》云："若圣人有龙德，飞腾而

居天位。”

[9] 六朝：指吴、东晋、宋、齐、梁、陈，皆相继建都于金陵，史称"六朝"。

[10] 祖龙：指秦始皇。因为"祖"是"始"，"龙"为"人君之象"。

[11] 残棋、楸枰：没有下完的棋局叫"残棋"，楸木做成的棋盘叫"楸枰"。

[12] 齐梁陈宋：统称为南朝，齐为萧道成所建，是为齐高帝；梁为萧衍所建，是为梁武帝；陈为陈霸先所建，是为陈武帝；宋为刘裕所建，是为宋武帝。皆未能完成统一中国的大业。

[13] 佛寺已劫灰：南朝的皇帝在中国历史上是以佞佛著称的，而以梁武帝萧衍为最。《南史·郭祖深传》："都下佛寺，五百余所，穷极宏丽，僧尼十余万，资产丰沃。"杜牧《江南春绝句》："南朝四百八十寺，多少楼台烟雨中！"这里暗用其意。

[14] "鸟空啼"三句：言从东晋到陈三百多年间，六个短促的王朝一个接一个地衰败覆亡，给人以如梦之感。这是从韦庄《台城》的"江雨霏霏江草齐，六朝如梦鸟空啼"和刘禹锡《石头城》的"淮水东边旧时月，夜深还过女墙来"的意境中点化出来的。

[15] "天堑"三句：天堑，天然的堑坑，言其险要不易越过。这是合用孙皓和陈后主两个末代君主的故事。孙皓想凭借长江的天险，在江中暗置铁锥，并用千寻铁链横锁长江，企图阻止晋师的东下，不知王濬用大筏数十，冲走铁锥，烧毁铁链，顺流鼓棹，直抵三山。事见《晋书·王濬传》。刘禹锡《西塞山怀古》的"千寻铁锁沉江底，一片降幡出石头"，就是咏这个历史故事的。又隋师快要渡江了，群臣劝陈后主赶快加强防御，孔范奏曰："长江天堑，古来限隔，虏军岂能飞渡？"遂不设防。事见《南史·孔范传》。

[16] "怎神州未复"二句："西晋末，中原战乱频仍。过江士大夫，每至暇日，相邀到新亭宴会。周𫖮中坐而叹曰：'风景不殊，举目有江河之异。'皆相视流涕。惟丞相王导愀然变色曰：'当共戮力王室，克复神州，何至作楚囚对泣耶？'"事见《世说新语·言语》及《晋书·王导传》。此用其事。

[17] 清谈岂事机：魏晋之间，竞尚清谈，不切实际，形成一种风气，以致贻误国家的政事。

[18] 偏安：指割据一方，不能统一全国的朝代。在金陵建都的六朝，都是偏安的局面。

[19] 砥柱中流：喻能够撑持危局的中坚力量。也写作"中流底柱"。朱熹《与陈侍郎书》："而二公在朝，天下望之，屹然若中流底柱，有所恃而不恐。"底柱，山名，屹立在三门峡附近的黄河中流。

[20] 挥塵风流：晋人在清谈时，往往挥动塵尾，以为谈助。塵，驼鹿尾做的拂尘。《世说新语·容止》："王夷甫（衍）容貌整丽，妙于谈玄，恒手执白玉柄塵尾。"便是"挥塵风流"之证。

[21] 幺麽：指小人，微不足道的人。《三国志·孙权传》："而（曹）睿幺麽，寻（曹）丕凶迹。"《鹖冠子·道端》："无道之君，任用幺麽。""麽"亦写作"魔"。

[22] 神器：喻帝位。班彪《王命论》："不知神器有命，不可以智力求也。"

[23] 天命：天神的意旨。《论语·季氏》："君子有三畏：畏天命，畏大人，畏圣人之言。"攸归：所归。

[24] 和阳一旅：明太祖朱元璋于元顺帝至正十五年（1355）抚定和阳（今安徽和县），统率郭子兴所部，拔采石矶，欲取金陵。耆儒陶安进曰："金陵帝王之都，龙蟠虎踞，限以长江之险，若据其形胜，出兵以临四方，何向不克，此天所以资明公也。"太祖大喜，遂进军，败元兵于蒋山，竟克金陵。太祖入城，召官吏父老谕之曰："元失其政，所在纷扰，生民涂炭。吾率众至此，为民除害耳。"于是城中军民皆大悦。

[25] "竟谁如北平兵至"二句：燕王棣从北平起兵，渡淮河，陷仪真，降镇江，进驻金川门，迫使建文皇帝逊位。

[26] "腐儒当国等儿嬉"五句：建文皇帝锐意文治，日与方孝孺等讨论《周官》法度，以北兵为不足忧。及燕兵破仪真，驻师江北，方孝孺始则以割地分南北为请，继则以"长江可当百万兵。江北船已遣人烧尽，北师岂能飞渡？"以自欺欺人。腐儒：指方孝孺等。

[27] 成王已挂袈裟去：燕王棣召见方孝孺曰："我法周公辅成王耳。"孝孺曰："成王安在？"燕王说："伊自焚死。"这里的"成王"乃指建文皇帝。其实建文在金川门失守以后，翰林院编修程济即亲为之祝发，披上袈裟，乘舟出太平门，取道溧阳走了。

[28] 年年化杜鹃啼，相传蜀主望帝被迫禅位于其相开明，隐居于西山，死后化为杜鹃，哀鸣不已，继之以血。事见《华阳国志·蜀志》及《太平御览》卷一六六扬雄《蜀王本纪》。这是以之来比建文皇帝。

[29] 渔樵话里成兴废：历代的兴亡故事，都成了渔父樵夫闲话的资料。宋张升《离亭燕》词："多少六朝兴废事，尽入渔樵闲话。"元人白朴《双调·庆东原·叹世》："千古是非心，都入渔樵话。"可为这句话的注脚。

[30] 暮三朝四：比喻反复无常。乔吉《中吕·山坡羊·冬日写怀》："朝三暮四，昨非今是，痴儿不解荣枯事。"

◎ 评析

　　这是借金陵的古今变迁，抒发腐儒误国、朝政衰败的吊古伤今之作。气势雄浑，蕴寄深沉，是咏史、论史中的杰构。前人对它的评价是："此关系大文字，非目空四海，胸藏万古，岂能雄浑如此！"是很有见地的。陈继儒还在他的《花影集序》中说："子野才太俊，情太痴，胆太大，手太辣，肠太柔，舌太纤"，所以能搔着痒处，写得逼真。不但他的艳曲如此，即使这样的大题材、大文章，也可以看出他的才俊、情痴、胆大、手辣的艺术风格来。

夏完淳
(1631—1647)

字存古，华亭（今属上海）人。夏允彝之子。七岁能诗文，年十三，拟庾信作《大哀赋》，文采斐然。曾官中书舍人。允彝殉难后二年，被逮下狱，作乐府数十首。临刑，谈笑自若，颜色不变，年仅十七岁。是我国历史上著名的少年民族英雄。

南仙吕·傍妆台

自　叙（套）

【傍妆台】客愁新，一帘秋影月黄昏。几回梦断三江月[1]，愁杀五湖春[2]。霜前白雁樽前泪[3]，醉里青山梦里人。（合）英雄恨，泪满巾，响丁东玉漏声频[4]。

【前腔】两眉颦，满腔心事向谁论。可怜天地无家客[5]，湖海未归魂[6]。三千宝剑埋何处[7]，万里楼船更几人[8]？（合）英雄恨，泪满巾，何年三户可亡秦[9]？

【不是路】极目秋云。老去秋风剩此身，添愁闷。闷杀我，楼台如水镜如尘。为伊人[10]，几番抛死。心头恨，勉强偷生。旧日恩，水鳞鳞。[11]雁飞欲寄衡阳信[12]，素书无准[13]，素书无准。

【掉角儿序】我本是、西笑狂人[14]。想那日、束发从军[15]。想那日、霸角辕门，想那日、挟剑惊风，想那日、横槊凌云[17]。帐前旗，腰后印。桃花马[18]，衣柳叶，惊穿胡阵。（合）流光一瞬，离愁一身。望云山，当时壁垒，蔓草斜曛。

【前腔】盼杀我、当日风云，盼杀我、故国人民，盼杀我、西笑狂夫，盼杀我、东海孤臣[19]。月轮空，风力紧。夜如年，花似雨，英雄双鬓。（合）黄花无分[20]，丹萸几人[21]。忆当年，吴钩月下[22]，万里风尘。

【余音】可怜寂寞穷途恨[23]，憔悴江湖九逝魂[24]，一饭千金敢忘恩[25]。

◎ 注释

[1] 梦断三江月：梦中回到了故乡。三江，指松江、娄江、东江，即夏完淳的故乡所在。

[2] 愁杀五湖春：言作者参加在太湖一带活动的吴志葵、吴易两支抗清义军都被镇压下去了。五湖这里特指太湖地区。

[3] 霜前白雁：霜信：《续墨客挥犀》："北方有白雁，似雁而小，色白，秋深则来，白雁至则霜降。河北人谓之霜信。"这里是喻故国沦亡的噩耗。

[4] 丁东：象声词，一般用来形容漏声、玉佩声。温庭筠《织锦词》："丁东细漏听琼瑟，转影高梧月初出。"玉漏：玉制的计时器。苏味道《正月十五》诗："金吾不禁夜，玉漏莫相催。"

[5] 天地无家客：作者自指。言其长年奔走国事，未遑宁处，像是无家可归的游客。

[6] 湖海未归魂：指牺牲了的抗清义军。他们的白骨蔽野，英魂未归。

[7] 三千宝剑埋何处：相传吴王阖闾曾用鱼肠、扁诸等宝剑各三千殉葬，秦始皇东巡时，曾在虎丘（在今江苏苏州）寻找这批埋藏的宝剑，挖掘的地方，叫作剑池。见唐陆广微《吴地记·虎丘山》、范成大《吴郡志·虎丘》。这是诗人慨叹抗清义军缺乏精锐的武器。

[8] 万里楼船更几人：此言吴易领导的太湖水军，进攻失败，几乎全军覆没，作者也是只身逃出来的。

[9] 三户亡秦：喻地小人寡，也可以推翻强大的敌人。典出《史记·项羽本纪》："楚虽三户，亡秦必楚也。"

[10] 伊人：这个人。代指以鲁王朱以海为代表的明王朝。

[11] "旧日恩"二句：言过去的恩泽像海水一样的深沉、明洁。鲁王曾遥授作者为中书舍人，故云。鳞鳞：深厚明亮的样子。

[12] 雁飞欲寄衡阳信：衡阳有回雁峰，相传雁飞至此而回。故王勃《滕王阁序》有"雁阵惊寒，声断衡阳之浦"的话。后人因以为传递消息的终点。

[13] 素书：即书信。因为古人把书信写在白色的绢上，故名。语出古诗《饮马长城窟行》："呼儿烹鲤鱼，中有尺素书。长跪读素书，书中意何如？"

[14] 西笑狂人：喻不求富贵的狂徒。桓谭《新论·祛蔽》："人间长安乐，则出门西向而笑。"此用其字面而略更其意。

[15] 束发：童年。古人成童时，便将头发束成一髻。《大戴礼·保傅》："束发而就大学，学大艺焉，履大节焉。"

[16] 霸角：杰出的未成年者。辕门：营门。"军行以车为阵，车辕相向为门，故曰辕门。"《史记·项羽本纪》："项羽召见诸侯将，入辕门，无不膝行而前，莫敢仰视。"

[17] 横槊凌云：形容一个人的豪气壮志。横槊，昔曹氏父子往往在马上横槊赋诗。苏轼《后赤壁赋》："酾酒临江，横槊赋诗，固一世之雄也。"凌云，喻志气高超。《史记·司马相如传》："飘飘有凌云之气，似游天地之间焉。"

[18] 桃花马：白毛红点的马。杜审言《戏赠赵使君美人》诗："红粉青娥映楚云，桃花马上石榴裙。"

[19] 东海孤臣：东部沿海的孤立无援之臣。东海，指作者的故乡。孤臣，失了势的没有救援的旧臣。柳宗元《黄溪闻猿》诗："孤臣泪已尽，虚作断肠声。"

[20] 黄花无分：言重阳节不能在家团聚。黄花，菊花。古人于重阳节赏菊饮酒、登高山、插茱萸。李白《九日龙山歌》："九日龙山饮，黄花笑逐臣。"

[21] 丹萸几人：丹萸，即茱萸。古人有重九登高的风俗。登高时，佩茱萸囊，用以避灾。王维《九月九日忆山东兄弟》："遥知兄弟登高处，遍插茱萸少一人。"此用其意。

[22] 吴钩月下：言在月下拿出宝刀来赏玩，希望有机会拿它来立功。吴钩，宝剑。张孝祥《水调歌头·闻采石战胜》："湖海平生豪气，关塞如今风景，剪烛看吴钩。"辛弃疾《水龙吟·登建康赏心亭》："江南游子，把吴钩看了，阑干拍遍，无人会登临意。"这是综合其意境而用之。

[23] 穷途：路的尽头，喻境遇的困窘。陆游《穷途》诗："穷途多感慨，老境少知闻。"

[24] 九逝魂：多次回到故乡的梦魂。屈原《九章·抽思》："惟郢路之辽远兮，魂一夕而九逝。"语意本此。

[25] "一饭千金"句：喻受恩必报。《史记·淮阴侯列传》：韩信少年家贫，垂钓淮阴城下，得一漂絮老妇给饭充饥。后来韩信封了楚王，便以千金相报。此言受到鲁王知遇之恩，不可不报。

◎ 评析

　　此曲选自夏完淳《狱中草》，当作于顺治四年（1647）八、九月间。时作者被捕，解至南京大狱。在狱中，他抱着必死决心，蘸着血泪，写下了这支沉郁悲壮、忠愤感人的套曲，表现了少年民族英雄的本色。

无名氏

明代的民间杂曲，清新本色，具有极大的艺术生命力。李梦阳、何景明等拟古派的首领，看了《锁南枝》《傍妆台》《山坡羊》之属，认为可以"上继国风"，公安派首领袁宏道也说，明人可传之诗，是《劈破玉》《打草竿》《银柳丝》《挂枝儿》一类的民歌。卓人月说："我明诗让唐，词让宋，曲让元，庶几《吴歌》《挂枝儿》《罗江怨》《打枣竿》《银铰丝》之类，为我明一绝耳"（陈鸿绪《寒夜录》引）。说明这些杂曲，是受到当时各阶层人士的欢迎的。因录数曲，以飨读者。

南双调·锁南枝

傻俊角

傻俊角[1]，我的哥，和块黄泥捏咱两个。捏一个儿你，捏一个儿我，捏的来一似活托[2]；捏的来同床上歇卧。将泥人儿摔碎，着水儿重和过，再捏一个你，再捏一个我。哥哥身上也有妹妹，妹妹身上也有哥哥。

◎ 注释

[1] 傻俊角：聪明的傻子，亲昵的称呼。一般作"傻角"。《西厢记》一之三："我不知他想甚么里，世界上有这等傻角。"

[2] 活托：活像，活脱脱地。也写作"活脱"。杨万里《冬暖》诗："小春活脱是春时，霜熟风酣日上迟。"

◎ 评析

语言清新，想象奇特，以捏泥人儿来表现心心相印、形影不离的纯真爱情，揭示出一个聪明而大胆的少女的内心世界。李开先《词谑·时调》云："有学诗文于李崆峒（梦阳）者，自旁郡而至汴省。崆峒教以若似得传唱《锁南枝》，则诗文无以加矣。"沈德符《野获编·时尚小令》条，亦记其事，甚至说它是"时调中状元"。说明它在当时的影响。但《尧山堂外纪》卷十七说是赵孟頫欲置妾，以小词调管夫人云："我为学士，你做夫人。岂不闻陶学士有桃叶桃根，苏学士有朝云暮云。我便多娶几个吴姬赵女何过分！你年纪已过四旬，只管占住玉堂春。"管夫人看了，便写了这支小曲作答，赵孟頫一笑而罢。疑为附会之词，非元初便有《锁南枝》也。

南中吕·驻云飞

荣华富贵

富贵荣华，奴奴身躯错配他[1]。有色金银价[2]，惹的旁人骂。嗏[3]，红粉牡丹花，绿叶青枝，又被严霜打，便做僧尼不嫁他。

◎ 注释

[1] 奴奴：旧时妇女的谦称。"我"的意思，是"侬"的声转。

[2] 有色金银价：有了美丽的姿色，便有金银般的价值。

[3] 嗏：感叹词，相当于"啊"。《玩江亭》二："员外，嗏！那里有那笙歌左右随。"

◎ 评析

不贪求荣华富贵，反对"以色事人"，把自己当作商品来出售，而去追求真正的爱情，追求自身的解放和幸福，这是一种极其可贵的求偶思想。"便做僧尼不嫁他"，何等泼辣！何等坚决！

民间曲调·劈破玉[1]

要分离，除非天做了地！要分离，除非东做了西！要分离除非是官做了吏！你要分时分不得我，我要离时离不得你，就死在黄泉，也做不得分离鬼[2]。

◎ 注释

[1] 劈破玉：民间曲调名，流行于明中叶以后。一般为九句五十一字。与《挂枝儿》相似，万历年间刻本《大明春》所载《挂枝儿》，实即《劈破玉》。

[2] 分离鬼：形容生死不渝，就是死了变成鬼，也决不分离。

◎ 评析

　　这显然受了敦煌曲子词《菩萨蛮》"枕前发尽千般愿，要休且待青山烂。水面称锤浮，直待黄河彻底枯。白日参辰现，北斗回南面。休即未能休，且待三更见日头"的影响。敦煌词一连提出了六件不可能出现的事来比喻他们之间的爱情是海枯石烂也不变心的。这里也列举了三件不可能的事来表现自己的坚贞不渝。反映了明代市民阶层反抗封建礼教追求个性自由的强烈愿望。

民间曲调·挂枝儿[1]

错　认

月儿高，望不见我的乖亲到[2]。猛望见窗儿外，花枝影乱摇，低声似指我名儿叫。[3]双手推窗看，原来是狂风摆花梢。喜变做羞来也。羞又变做恼。

[1] 挂枝儿：王骥德《曲律》云："小曲《挂枝儿》即《打枣竿》。"万历间流行于北方，传
　　到南方后，改名《挂枝儿》。又叫《童痴一弄》。

[2] 乖亲：乖乖的亲人。一种民间的亲昵称谓。

[3] "花枝影乱摇"二句：受到元稹《莺莺传》"待月西厢下，迎风户半开。拂墙花影动，疑
　　是玉人来"的影响。

◎ 评析

　　纯用白描手法，表现了女主人公由喜到羞、由羞到恼的心态变化，
观察细腻，层次分明，富有生活情趣。俗而能雅，乐而不淫，是一支思
想健康的言情小曲。

民间小曲·罗江怨[1]

纱窗外月正高，忽听得谁家吹玉箫。箫中吹的相思、相
思调[2]，诉出他离愁多少，反添我许多烦恼。待将心事
从头、从头告，告苍天不肯从人，阻隔着水远山遥。忽
听天外孤鸿、孤鸿叫，叫得我好心焦。进绣房泪点双抛，
凄凉诉与谁知、谁知道。

◎ 注释

[1] 罗江怨：民间曲调名。明代中叶，开始在湖广一带流行。一般十二句，四叠，每叠约二
　　十字。内容多表现对情人的怀恋。

[2] 相思调：诉说男女互相思慕的曲调。古乐府有《懊侬歌》，梁武帝敕改为《相思曲》。
　　梁王僧孺《春思》："复闻黄莺吟，今作相思曲。"

◎ 评析

　　曲中通过女主人公听到"吹玉箫"和"孤鸿叫"所引起的心理变
化，表现了她多情善感而又蕴藉风流的性格。它语言是那样的新鲜，设

意是那样的巧妙，感情又是那样的真挚，因而赢得了大众的喜爱。李开先在《词谑》中说：这些小曲"如十五《国风》，出诸里巷妇女之口者，情词婉曲，自非后世诗人墨客操觚染翰、刻骨流血所能及者，以其真也"。这些小曲的语言虽不那么文雅，音律也没有那么讲究，但它写了真性情，因而，具有极强的艺术生命力。

清散曲选

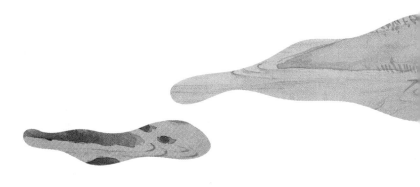

❖ 朱彝尊
(1629—1709)

字锡鬯，号竹垞，又号鸥舫，晚号金风亭长、小长芦钓鱼师，浙江秀水（今嘉兴）人。康熙十八年（1679），应试"博学鸿词科"，以布衣中选，除翰林院检讨，纂修《明史》，随后任日讲起居注，直南书房。他博极群书，勤于著述，以诗词古文名噪一时。诗与王士禛齐名，词与陈维崧并美，号称"朱陈"。著有《曝书亭集》等。亦善作散曲，有《叶儿乐府》。对于官场争权夺利的丑态，在曲中多有揭露。《清史稿》有传。

正宫·醉太平

野狐涎笑口[1]，蜜蜂尾甜头[2]。人生何苦斗机谋？得抽身便抽。散文章敌不过时髦手，钝舌根念不出摩登咒[3]，穷骨相封不到富民侯[4]。老先生去休！

◎ 注释

[1] 野狐涎：迷惑人的话。相传用小口的坛子，盛肉置于野外，狐欲食而喙不得入，馋涎滴入坛内，浸入肉中。取其肉晒干，碾为粉末，食之令人迷惑而生幻影。后蜀何光远《鉴戒录》六引杨德辉《嘲僧门》诗："说法漫称师子吼，魅人多使野狐涎。"

[2] "蜜蜂尾"句：嘴巴甜而尾带刺，喻口蜜腹剑的坏人。

[3] 钝舌根：笨拙的嘴巴。摩登咒：时髦的咒语。

[4] 穷骨相：穷苦的骨格和相貌。古人认为从人的骨相，可以推论人的命运。《隋书·赵绰传》："朕于卿无所爱惜，但卿骨相不当贵耳。"富民侯：《汉书·食货志》："武帝末年，悔征伐之事，乃封丞相为富民侯。"颜师古注："欲百姓之殷实，故取其嘉名也。"辛弃疾《水调歌头·舟次扬州和人韵》："莫射南山虎，直觅富民侯。"

◎ 评析

这是一支富有讽刺意味的小曲。诗人对于当时的政治现实和官场丑态，深致不满，因以犀利的笔致、辛辣的口吻，对那些魅人的"野狐涎"、刺人的"蜜蜂尾"，加以揭露和鞭挞，富有现实意义。

双调·折桂令

闹红尘衮衮公侯[1]，白璧黄金[2]，肥马轻裘[3]。蚁阵蜂衙[4]，鼠肝虫臂[5]，蜗角蝇头[6]。神仙侣淮王鸡狗[7]，衣冠队楚国沐猴[8]。归去来休，选个溪亭，作伴沙鸥。

◎ 注释

[1] 红尘：人世间。陆游《鹧鸪天》："插足红尘已是颠，更求平地上青天。"衮衮公侯：一个接一个上台的达官贵人。

[2] 白璧黄金：言近臣受到重视，得到赏赐无算。《史记·虞卿传》：虞卿"说赵孝成王，一见，赐黄金百镒，白璧一双；再见，为赵上卿"。又唐高适《别韦参军》："白璧皆言赐近臣，布衣不得干明主。"

[3] 肥马轻裘：骑着肥壮的骏马，穿着轻暖的皮袄。语出《论语·雍也》："赤（公西华）之适齐也，乘肥马，衣轻裘。"后转为形容豪门贵族的豪华生活。白居易《闲适》诗："肥马轻裘还粗有，粗歌薄酒亦相随。"《合汗衫》四："恁夺下的是轻裘肥马、他这不公钱。"

[4] 蚁阵蜂衙：形容官场中的纷纭杂乱、争权夺利。陆游《睡起至园中》诗："更欲世间同省事，勾回蚁战放蜂衙。"马致远《双调·夜行船》："看密匝匝蚁排兵，乱纷纷蜂酿蜜。"因为蚂蚁为了争夺地盘而伏尸百万，见《南柯太守传》。蜜蜂簇拥蜂王，如朝拜屏卫，故称"蜂衙"。见陆佃《埤雅·释虫》。

[5] 鼠肝虫臂：老鼠的肝，昆虫的腿，比喻微末卑贱。《庄子·大宗师》："伟哉造化，又将奚以汝为？将奚以汝适？以汝为鼠肝乎？以汝为虫臂乎？"

[6] 蜗角蝇头：蜗牛的角，苍蝇的头。比喻极小的利害。蜗角，典出《庄子·则阳》："有国于蜗之左角者，曰触氏；有国于蜗之右角者，曰蛮氏。时相与争地而战，伏尸数万，逐北旬有五日而后反。"又苏轼《满庭芳》："蜗角虚名，蝇头微利，算来着甚干忙！"

[7] 淮王鸡狗：比喻攀附别人而得势的。《神仙传·刘安》载，汉朝淮南王刘安白日升仙

340

后，剩下的丹药撒在庭院里，被鸡和狗吃了，也都升了天。

[8]"衣冠队"句：沐猴穿着衣冠，徒具人形，实无人性。以喻虚有其表，并无其实的人。《史记·项羽本纪》："人言楚人沐猴而冠耳，果然。"

◎ 评析

　　形象地绘出当日官场中的丑恶面貌，他们争权夺利，攀龙附凤，一人得势，鸡犬升天，构成一个庞大的官僚集团，擅作威福，颠倒是非，给国家造成了极大的危害。诗人不愿与这样的"淮王鸡狗""沐猴而冠"的家伙为伍，表示要"选个溪亭，作伴沙鸥"，说明他疾恶如仇的高尚品格。

双调·水仙子

半湖山上采樵夫，百步桥边垂钓徒，三家村里耕田父[1]。这生涯都不苦，要归与只便归与[2]。锦屏风苍厓红树，白雪滩金齑玉鲈[3]，绿杨湾赤米青菰[4]。

◎ 注释

[1] 三家村：指人烟稀少的偏僻小山村。苏轼《用旧韵送鲁元翰知洛州》："永谢十年旧，老死三家村。"

[2] 归与：回去吧。《论语·公冶长》："子在陈曰：'归与归与？吾党之小子狂简。'"后转为辞官归农的意思。"与"同"欤"。

[3] 金齑玉鲈：形容美好的食品。"玉鲈"亦作"玉脍"。隋杜宝《大业拾遗记》："吴郡献松江鲈鱼干脍，鲈鱼肉白如雪，不腥，所谓金齑玉脍，东南之佳味也。"因为吴中以鲈鱼作脍，莼菜为羹，鱼白如玉，菜黄如金，故曰"金齑玉鲈"。苏轼《和蒋夔寄茶》诗："金齑玉脍饭炊雪，海螯江柱初脱泉。"

[4] 赤米青菰：粗糙的米，新鲜的菜。《国语·吴语》："今吴民既罢，而大荒荐饥，市无赤米。"青菰，俗称茭白，生于水边，可作菜蔬。

诗人既不愿混迹官场,受物之汶汶;便要隐居山林,追求自由自在的生活情趣。他认为樵夫、钓徒、田父的生涯都不苦,那里有"苍厓红树"的幽雅环境,有"金虀玉鲈"的美味佳肴,有"赤米青菰"的淡泊生活,所以他毫不留恋地说:"要归与只便归与。"这里有慷慨之辞,愤激之意,不平之气。

中吕·山坡羊

饮池上

昏鸦初定,凉蝉都静,丝丝鱼尾残霞剩[1]。渚烟冷,露华凝,香箬笑卷青荷柄[2]。我醉欲眠君又醒[3]。等,帘内声;灯,花外影。

◎ 注释

[1] 丝丝鱼尾残霞剩:天空只剩下了鱼尾似的一丝一丝的红霞。

[2] 香箬:细长如竹尚未展开的莲叶。

[3] 我醉欲眠:形容人的自然真率,毫不做作。梁萧统《陶渊明传》:"贵贱造之者,有酒辄设。渊明若先醉,便语客:'我醉欲眠,卿可去。'其真率如此。"李白《山中与友人对酌》:"我醉欲眠卿且去,明朝有意抱琴来。"此用其句而略变其意。

◎ 评析

曲辞对池上的景观作了细致的描摹:从天空的残霞到洲渚的暮霭,从昏鸦、凉蝉到卷而未舒的荷叶,迤逦写来,把个人的听觉、视觉和感觉描绘在画面上,给人以时、空的具体印象,并烘托出一种高雅而幽静的气氛。结尾有声有色,若有若无,传达了一种朦胧的醉意。在淡雅的画面中,渗透了诗人的生活情趣。

越调·天净沙

一行白雁清秋，数声渔笛蘋洲^[1]，几点昏鸦断柳。夕阳时候，曝衣人在高楼^[2]。

◎ 注释

[1] 蘋洲：长满白蘋的小洲。

[2] 曝衣人：晒衣的人。储光羲《樵夫词》："清涧日濯足，乔木时曝衣。"

◎ 评析

作者是清代散曲"骚雅派"的领袖，"倡导乔（吉）张（可久）之清丽，而一味赏其骚雅"（任讷《散曲概论》）。这支小令，清新秀丽，韵高调雅，让"一行白雁""数声渔笛""几点昏鸦"，点染出一幅凄凉的气氛，传达出作客思乡的感情，大有乔、张风味。

✿ 吴 绮
(1619—1694)

字园次（一作菌次），号听翁、丰南、菰叟，亦称红豆词人，江都（今江苏扬州）人。五岁能诗，顺治间拔贡，以荐授秘书院中书舍人。后官浙江湖州知府，居官清介，敢于碰硬。因为他多风力、尚风雅、饶风味，被称为"三风太守"。罢官居家，有求诗文者，以花木为润笔，因名其圃为"种字林"，日读书坐卧其中。工诗善曲，著作极富，所作诗词骈文合编为《林蕙堂集》，并有传奇《啸秋风》《绣平原》《忠愍记》三种，后者系奉旨谱写杨椒山事迹的。

南中吕·尾犯序

赠苏昆生[1] (套)

【尾犯序】风雪打貂裘[2]，乡思惊梅，客心催柳。[3]古寺栖迟，见白发苏侯[4]，如旧。最喜是中原故老，犹记取霓裳雅奏[5]。相怜处，把繁华往事，灯下说从头。

【倾杯序】风流，忆少年，不解愁，游侠争驰骤。也曾向麋鹿台前[6]，貔貅帐里[7]，金谷留连[8]，玉箫迤逗[9]。把豪情倚月，逸气干云，西第南楼，都付与漆园蝴蝶老庄周[10]。

【玉芙蓉】沧桑一转眸[11]，云雨双翻手[12]。到如今萧萧、霜鬓如秋。那些个五侯池馆争相迓[13]，只落得六代莺花荞不收[14]。抛红豆[15]，叹知音冷落，向齐廷弹瑟好谁投[16]？

【小桃红】枉湿了浮江袖[17]，还剩得兰陵酒[18]。尽红牙拍断红珠溜[19]，青鞋踏遍青山瘦[20]，把黄冠撇却黄金臭[21]。管甚么蛟龙争斗无休[22]。

【尾声】狂歌一曲为君寿，同在此伤心时候，且劝你放眼乾坤做个汗漫游[23]。

◎ 注释

[1] 苏昆生：明末清初著名的昆曲表演艺术家，与秦淮名妓李贞丽、李香君交往甚密，也与东林党人有着密切的关系，并一度与柳敬亭在左良玉幕下奔走，是一位富于民族气节的爱国志士。他的演奏艺术造诣极高，当时有"昆生曲子敬亭书"之誉，词人陈维崧曾推崇他为"南曲当今第一"。

[2] 貂裘：珍贵的皮衣。此言经过风欺雪压，貂裘已经坏了，表示长期以来没有立功的机会。《战国策·秦策》："苏秦说秦王，书十上而不行，黑貂之裘敝，黄金百斤尽，资用乏绝，去秦而归。"后来陆游《诉衷情》词推广其意说："关河梦断何处，尘暗旧貂

裘。"此用其意。

[3] "乡思惊梅"二句：言见到梅花而引起思乡之情，看到柳色而想起作客之久。这是从张说《春思》的"拂黄光变柳，点素早惊梅"中变化出来的。

[4] 苏侯：指苏昆生。侯，古代士大夫之间的尊称。如杜甫尊称李白为"李侯"。他在《与李十二白同寻范十隐居》说："李侯有佳句，往往似阴铿。"

[5] 霓裳雅奏：即霓裳羽衣曲。传自西凉，经过唐明皇润色而成。刘禹锡《三乡驿楼伏睹玄宗望女几山诗小臣斐然有感》："开元天子万事足，惟惜当时光景促。三乡陌上望仙山，归作《霓裳羽衣曲》。"可证。这里是代指苏昆生昔日所奏的雅曲。

[6] 麋鹿台：即鹿台，商纣王所建。刘向《新序·刺奢》："纣为鹿台，七年而成，其大三里，高千尺。"故址在今河南汤阴朝歌镇南。一说，麋鹿台，即姑苏台，吴王夫差所筑，在今江苏吴县西南。《史记·淮南王安传》："臣闻子胥谏吴王，吴王不用，乃曰：'臣今见麋鹿游姑苏之台也。'"因有"麋鹿台"之称。这里是借指南明王朝的最后根据地南京。

[7] 貔貅帐里：战斗力很强的军营。古人往往以貔貅喻勇猛之士。刘禹锡《送唐舍人出镇闽中》诗："暂辞鸳鹭出蓬瀛，忽拥貔貅镇粤城。"这里是指苏昆生曾在左良玉幕中。

[8] 金谷：指金谷园，故址在洛阳城西，晋代的石崇所建。石崇以豪华著称，时常在金谷园中宴宾作乐。秦观《望海潮》："金谷俊游，铜驼巷陌，新晴细履平沙。"这里代指苏昆生当年在秦淮河畔的冶游生活。

[9] 玉箫迢逗：范摅《云溪友议》三：韦皋少游江夏，与侍婢玉箫有情。韦归，一别七年，玉箫遂绝食死。后来玉箫再世，做了韦的侍妾。元人乔吉作有《玉箫女两世姻缘》杂剧。这里是指苏昆生当年的风流生活。

[10] 漆园蝴蝶老庄周：像庄周梦为蝴蝶一样的虚幻。漆园，庄周为吏之处，在今山东曹县。蝴蝶：即梦为蝴蝶之省。详见王和卿《仙吕·醉中天·咏大蝴蝶》注。

[11] 沧桑一转眸：转眼之间世事就发生了巨大的变化。即"世事沧桑"的意思，详见白朴《中吕·阳春曲·知几》"回头沧桑又尘飞"注。

[12] 云雨双翻手：喻反复无常。杜甫《贫交行》："翻手为云覆手雨，纷纷轻薄何须数！"

[13] 五侯池馆：权贵之家。韩翃《寒食》诗："日暮汉宫传蜡烛，轻烟散入五侯家。"五侯，指东汉梁冀一门五人封侯。

[14] 六代莺花：形容六朝的繁华已经衰落了。六代：指吴、东晋、宋、齐、梁、陈。

[15] 红豆：相思树所结的果实。因以喻相思或爱情。王维《相思》诗："红豆生南国，春来发几枝。劝君多采撷，此物最相思。"

[16] 齐廷弹瑟：喻怀才不遇。详见施惠《南吕·一枝花·咏剑》套"弹鱼空馆"注。这里似综合运用了"弹铗""吹竽"两个故事。《韩非子·内储说上》：齐宣王好听吹竽的声音，每次都要三百人一齐演奏。一个根本不会吹竽的南郭处士冒充会吹竽的混了进来，得了很多的赏赐。后来齐宣王的儿子继承了王位，却要每个人单独给他听，南郭处士只好逃跑了。这个故事往往用为自谦之词。如韩愈《和席八十一韵》："倚玉难藏拙，

吹竽久混真。"竽，管乐器。

[17] 枉湿了浔江袖：喻沧落之感。典出白居易《琵琶行》的"浔阳江头夜送客""江州司马青衫湿"。浔江，即流经浔阳境内之长江。浔阳即今之江西九江。参见杨果《越调·小桃红》注。

[18] 兰陵酒：战国时荀卿曾被春申君任为兰陵令。又在齐国"三为祭酒"。兰陵，在今山东苍山县西南。祭酒，官名。因为荀卿"最为老师"，也就是资格最老，所以三次做了"祭酒"。这是借以恭维苏昆生的。

[19] 红牙：调节乐曲节拍的拍板。多用檀木做成，颜色是红的，故名。辛弃疾《满江红·建康史帅致道席上赋》："佳丽地，文章伯；金缕唱，红牙拍。"

[20] 青鞋：形容游山玩水。典出杜甫《奉先刘少府新画山水障歌》："若耶溪，云门寺，吾独胡为在泥滓，青鞋布袜从此始。"后来用它来表示登山临水的很多，如任昱《双调·沉醉东风·会稽怀古》："鉴水边，云门外，有谁布袜青鞋？"

[21] 黄冠：道士所戴之帽，用以代指道士。黄金臭：即所谓"铜臭"。《后汉书·崔实传》：崔烈入钱五百万，得为司徒，人皆嫌其铜臭。

[22] 蛟龙争斗：喻斗争十分激烈。《王粲登楼》四："收拾了龙争虎斗心。"

[23] 汗漫游：漫无边际地遨游。《淮南子·俶真》："甘暝于溷澜之域，而徙倚于汗漫之宇。"又《道应》篇："在今子始游于此，乃语穷观，不亦远哉！然子处矣，吾与汗漫期于九垓之外，吾不可以久驻。"

◎ 评析

　　曲中采取今昔对比的手法，表达了故国沧桑、云雨反覆之感；写出了苏昆生摔断红牙拍，入道遁世的凄凉晚景。字里行间，也透露了作者入仕清朝的矛盾心情。既对苏昆生的落魄遭遇表示深切的同情，民族思想作出崇高的评价；又对晚明灭亡的惨痛，微露黍离乔木之感，迥非一般唱酬之作所能同日而语。

❖ 沈　谦
（1620—1670）

字去矜，号东江，仁和（今浙江杭州）人。"西泠十子"之一，大戏曲家洪昇之师。六岁能辨四声，妙解音律，著有《东江草堂集》。其《东江别集》现存南、北曲各一卷。还著有《南曲韵》《南曲谱》《谱曲便稽》等。《清史稿》有传。

南仙吕入双调·江头金桂

孤山吊小青墓作[1]（集曲）

【五马江儿水】青山夕照，芳魂何处招？只见寒烟碧树，乱水斜桥，嫩桃花风外飘。

【金字令】想着你听雨无聊，临波独笑。直弄得红啼绿怨，翠减香消[2]。今来教人空泪抛。

【桂枝香】怪苍天恁狠，怪苍天恁狠！生他才貌，将他啰唣[3]。漫心焦，如今几个怜文采，只是卿卿没下梢[4]。

◎ 注释

[1] 小青：相传冯玄玄，字小青，能诗，善音律。年十六，嫁给冯千秋为妾，受到大妇排斥，避居孤山，忧愤而死，年仅十八。今杭州孤山有小青墓。明吴炳的《疗妒羹记》、朱宗藩的《小青娘风流院》等传奇，都是以小青的传说故事为题材的。

[2] 翠减香消：以花的凋零，比喻年轻女子的死亡。

[3] 啰唣：骚扰。《西游记》二十四："唐三藏虽是故人，须要防备他手下人啰唣，不可惊动他知。"

[4] 卿卿：人们对所爱的一种亲昵的称呼。详见赵孟頫《黄钟·人月圆》"消得唤卿卿"注。没下梢：没结局，没下场。《古今小说》一："你好短见，二十多岁的人，一朵花还没有开足，怎做这没下梢的事。"

◎ 评析

　　这是借小青的遭遇，发自己的感慨。"如今几个怜文采"，正是这种感情的抒发。全曲一气呵成，情景交融，感人至深，堪称杰作。

孔尚任
（1648—1718）

字聘之，又字季重，号东塘，别号岸塘、岸舫，自称云亭山人。山东曲阜人。孔子六十世代孙。是清代的大戏剧家，与洪昇齐名，有"南洪北孔"之称。所著《桃花扇》传奇，在剧坛享有盛名。康熙南巡，被召御前讲经，破格授予国子监博士，迁户部主事。著有《岸塘文集》《湖海诗集》等。

大石调·鹧鸪天

开 场

大抵人生聚散中，灞桥官道柳濛濛[1]。香消红袖登楼妓[2]，泪湿青衫对酒翁[3]。秋帐月，晓程风，纷纷淮蔡事兵戎。[4]一番霸业归流水，雪压南山无数峰。

◎ 注释

[1] 灞桥：即灞陵桥，在长安市东的灞水之上。唐人常在这里折柳送别。

[2] 香消红袖：形容美女憔悴，备受摧残。红袖，代指美女。白居易《对酒吟》："今夜还先醉，应烦红袖扶。"这里是说《小忽雷》传奇中的润娘受到郭煖的折磨。见《小忽雷·掷果街头》。

[3] 泪湿青衫：白居易听到琵琶女的演奏，感到同是天涯沦落人，而泪湿青衫。故《琵琶行》云："就中泣下谁最多，江州司马青衫湿。"这里是以郭府的润娘，充当当时的琵琶妓。见《小忽雷·快聚江船》。

[4] "秋帐月"三句：言梁厚本带着白居易的推荐信，到淮蔡前线去投奔裴度，不料误投到吴元济帐下。梁借机摸清了吴军情况，脱身投到裴度帐下，受到裴的重用。见《小忽雷》的"误投淮帐"和"挟策从军"两出。淮蔡：淮西节度使吴元济，以蔡州为根据地，举兵反。后来李愬雪夜下蔡州，生擒吴元济，淮西平。见《小忽雷·雪夜收城》。

◎ 评析

这是选自传奇《小忽雷》"开场"一出的第二支曲子。内容隐括了这部传奇的《分襟灞上》《掷果街头》《快聚江船》《误投淮帐》《挟策从军》和《雪夜收城》六出，而转折自然，一气呵成，没有一点斧凿的痕迹，自非大手笔莫办。

◈ **金 农** 字寿门，号冬心，别号稽留山民、曲江外史、之
(1687—1764) 江钓师、三百砚田富翁等，钱塘（今浙江杭州）人。
工书、善画，诗文有奇气。不屑仕进，客居扬州，与
郑板桥等，号称"扬州八怪"。好为山水游，足迹半
天下。著有《冬心集》。

自度曲·送远曲

津头车马[1]，柳边花下，鞭丝帽影太匆匆[2]，他日再相逢。
人折柳，花劝酒，柳生离别酒生愁[3]，不如不去觅封侯[4]。

◎ 注释

[1] 津头：渡口，渡头。杜甫《春水生》："南市津头有船卖，无钱即买系篱旁。"

[2] 鞭丝帽影：系在马鞭上的彩丝，映在阳光下的人影。

[3] 柳生离别酒生愁：此系化用李白《春夜洛城闻笛》的"此夜曲中闻折柳，何人不起故园情"及《宣州谢朓楼饯别校书叔云》的"抽刀断水水更流，举杯消愁愁更愁"的诗意。

[4] 不如不去觅封侯：此系化王昌龄《闺怨》的"忽见陌头杨柳色，悔教夫婿觅封侯"的诗意。

◎ 评析

　　见柳而生离别之情，因酒而洒离别之泪，这是人之常情，豁达如李太白，而有"此夜曲中闻折柳，何人不起故园情"的感慨；先忧后乐如范仲淹，而有"愁肠已断无由醉，酒未到，先成泪"的惆怅。诗人的

"柳生离别酒生愁，不如不去觅封侯"，正是情义值千金、富贵如浮云的思想的反映，正是理之所难解、情之所必至的纯真感情的表现。

自度曲·不见

忽有衣香[1]，吹来笑语，却隔着重重朱户[2]。朱户重重，那得人间别离苦！月竟长圆，花全不落，便日日醉倒月窟花丛[3]，也无些趣。

◎ 注释

[1] 衣香：衣服上散发出来的香气。形容少女的衣饰华丽整洁。庾信《春赋》："池中水影悬胜镜，屋里衣香不如花。"

[2] 朱户：朱红所漆的大门。泛指豪门贵族。李绅《过吴门二十四韵》："朱户千家室，丹楹百处楼。"

[3] 月窟花丛：美女聚居之所，吃喝玩乐之处。

◎ 评析

寓哲理于言情之中，甚有深意。豪门贵族，不懂得人间别离之苦，自然也不懂得真正的爱情。那么，他们虽然"日日醉倒月窟花丛"，也不过是一种低级庸俗的生活，有什么趣味呢？字里行间，表现了诗人的高情雅致。

厉鹗
（1692—1752）

字太鸿，号樊榭，浙江钱塘（今杭州）人。康熙举人，乾隆初，荐举博学鸿词。好读书，擅诗词，精熟辽宋史实，留心金石碑版，著有《樊榭山房集》《宋诗纪事》《秋林琴雅》《辽史拾遗》等。又与查为仁合撰《绝妙好词笺》。其《樊榭山房集》中收有北乐府一卷，约小令八十余首。《清史稿》有传。

黄钟·人月圆

长安某氏废园

行人指点城南路，往事半模糊。乌衣门巷[1]，平泉树石[2]，金谷笙竽[3]。当时深贮，娘名御史[4]，妾号尚书[5]。而今但有，空池飞燕，破瓦奔狐。

◎ 注释

[1] 乌衣门巷：原为三国吴的乌衣营所在地，东晋时，王、谢两大望族聚居于此。刘禹锡《乌衣巷》诗："朱雀桥边野草花，乌衣巷口夕阳斜。"后因以写世事沧桑之变。详见赵善庆《中吕·山坡羊·燕子》"巷陌乌衣夕照斜"注。

[2] 平泉树石：平泉庄的故址，在洛阳郊外三十里处，是唐朝宰相李德裕的别墅。辛弃疾《水龙吟·为韩南涧尚书寿》词："绿野风烟，平泉草木，东山歌酒。"

[3] 金谷笙竽：晋石崇的别馆，后人常用以喻豪华的私家园第。详见郑德辉《正官·塞鸿秋》"金谷园那得三生富"注。

[4] 娘名御史：吉妇女都有封爵。娘，多指青年妇女。《乐府诗集·子夜歌》之六："见娘喜容媚，愿得结金兰。"御史，官名。系朝廷亲近之官。

[5] 妾号尚书：侍妾也有封诰。女尚书，宫中女官名。东汉、三国魏时，都曾设置，掌批阅宫外奏章、文书。见《后汉书·陈蕃传》。

◎ 评析

　　通首有无限沧桑之感。前半幅极言其盛，以乌衣、平泉、金谷喻其豪华，"娘名御史，妾号尚书"喻其权势，真是炙手可热，权倾一时。然而曾几何时，而向时之显赫繁华，已经成为一场春梦，只剩下"空池飞燕，破瓦奔狐"的破败景象。语意凄惋，感慨遥深，是喻世之暮鼓，警世之晨钟。

越调·柳营曲

寻秦淮旧院遗址 [1]

支瘦筇 [2]，访城东，板桥夕阳依旧红 [3]。名士词工 [4]，狎客歌终 [5]，醉卧锦胭丛 [6]。闲愁埋向其中，温柔老却吴侬 [7]。香消南国尽 [8]，花落后庭空 [9]。风，吹梦去无踪。

◎ 注释

[1] 秦淮旧院：晚明名妓李香君的住所。孔尚任《桃花扇·余韵》："俺又一直走到秦淮……长桥已无片板，旧院剩了一堆瓦砾。"可以参照来读。

[2] 支瘦筇：扶着一条瘦长的竹杖。支，支撑，扶着。

[3] 板桥：横跨青溪的桥梁。青溪，发源于南京钟山西南，流入秦淮河。《桃花扇·余韵·沽美酒》："你记得跨青溪半里桥，旧红板没一条。秋水长天人过少，冷清清的落照，剩一树柳弯腰。"可参。

[4] 名士：知名之士。此指晚明"四公子"之一的侯方域，他工诗善文，著有《壮悔堂集》。《桃花扇》即以他与李香君的爱情故事为题材。

[5] 狎客：十分亲近、共同游乐饮宴的人。此指柳敬亭与苏昆生。他们曾经编了一曲《哀江南》，揭示了南明亡国的原因，抒发了深沉的故国之思，表达了浓厚的民族感情。见《桃花扇·余韵》。

[6] 锦胭丛：锦绣胭脂丛中，代指妓院。

[7] 吴侬：犹言吴人。吴地人称己或他人皆为侬。刘禹锡《福先寺雪中酬别乐天》诗："才子从今一分散，便将诗咏向吴侬。"

[8] 南国：泛指南方。王维《相思》："红豆生南国，春来发几枝？"

[9] 花落后庭空：暗指陈后主的《玉树后庭花》，借以讽刺晚明王朝的沉湎酒色，过着荒淫腐朽的生活。杜牧《泊秦淮》："商女不知亡国恨，隔江犹唱《后庭花》。"

◎ 评析

　　哀感顽艳，不胜今昔之慨。当时的繁华，已经"吹梦去无踪"了。"名士"也好，"狎客"也好，都成了历史的过客。秦淮旧院，我尚能"支瘦筇，访城东"，时移势异，事过境迁，谁还会来凭吊"香消南国""花落后庭"呢？言外，有着无限的凄凉之感。

双调·折桂令

述　怀

问先生底事穷愁[1]？放浪形骸[2]，笑傲王侯[3]，不隐终南[4]，不官彭泽[5]，不访丹丘[6]。搔白发三千丈在手[7]，算明年六十岁平头[8]。天许奇游，弄月蛟门[9]，看雨龙湫[10]。

◎ 注释

[1] 底事：何事，何以。辛弃疾《南歌子·山中夜坐》："试问青溪，底事未能平?"

[2] 放浪形骸：形容不受任何拘束。放浪，放纵；形骸，形体。王羲之《兰亭集序》："或因寄所托，放浪形骸之外。"

[3] 笑傲王侯：蔑视权贵的意思。此合李白《江上吟》的"诗成笑傲凌沧州"和《忆旧游寄谯郡元参军》的"一醉累月轻王侯"的句意而成。

[4] 终南：山名，在陕西西安市西南。此喻仕宦捷径。《新唐书·卢藏用传》：卢想作官，就装作隐士，隐居在终南山里，后来名闻朝廷，被召去做了官。同时代的司马承祯，也用同样的方法，取得了官位。一次，卢藏用指着终南山对司马承祯说："此中大有佳处。"承祯说："特仕宦之捷径耳。"就是此语的出处

[5] 不官彭泽：比喻不愿摧眉折腰事权贵。梁萧统《陶渊明传》：陶为彭泽令，"会郡遣督邮至。县吏曰：'应束带见之。'渊明叹曰：'我岂能为五斗米，折腰向乡里小儿？'即日解印绶去职，赋《归去来》。"

[6] 不访丹丘：不去求仙访道者。丹丘，神话中的神仙之地，昼夜长明。《楚辞·远游》："仍羽人于丹丘兮，留不死之旧乡。"

[7] "搔白发"句：此从李白《秋浦歌十七首》之十五："白发三千丈，缘愁似个长"之句生发出来的。

[8] "算明年"句：俗称六十岁为"平头甲子"。平头，不带零头的整数。此系化用白居易《除夜》："火销灯尽天明后，便是平头六十人"的诗句。

[9] 蛟门：山名。在镇海县（今浙江宁波市）东海中，去岸约十五里，环锁海口，吐纳潮汐，出此即大海洋，是游览胜地。

[10] 龙湫：地名。在江苏句容县北，濒临长江，居南京镇江之中。又传说中的"龙湫"甚

多，如《太平广记》四二三之"华阴湫"、四二四之"濠阳湫"，或"水波澄明，莫测深浅"；或"雷雨冥晦，狂风拔树"，"京洛行旅，无不枉道就观"。诗人此语，当是实景与虚景相结合而言的。

◎ 评析

　　这是诗人抒发自己的高尚情操，他所追求的，是"放浪形骸"的自由生活，只想到蛟门去赏月，到龙湫去观雨，既反对求官，反对为五斗米折腰，也反对求仙访道。逸气纵横，曲词雅丽，任中敏说他的散曲，"虽未得元人真味，要得雅之真味"《散曲概论·派别》)，是很有艺术见解的。

双调·殿前欢

秋思。用张小山《春思》韵

写秋思，芭蕉叶叶竹枝枝。南湖风雨凉何自？潘鬓成丝[1]。虫声唱鬼诗[2]，雁影排人字[3]，凤纸书仙事[4]。余香灭后，幽梦回时。

◎ 注释

[1] 潘鬓成丝：喻早生白发。典出潘岳《秋兴赋序》："余春秋三十有三，始见二毛。"赋中又有"斑鬓凋以承弁兮，素发飒以垂领"之句。

[2] 虫声唱鬼诗：虫叫的声音，像鬼在吟诗。李贺所谓"秋坟鬼唱鲍家诗"(《秋来》)的便是。

[3] 雁影排人字：北雁南飞时，往往排成"人"字的形状。

[4] 凤纸：珍贵的纸。李商隐《碧城》之三："检与神方教驻景，收将凤纸写相思。"

◎ 评析

　　蕉叶滴雨，竹枝招风，容易引起人们的秋思，从而早生华发，这是"司空见惯浑闲事"，不值得大惊小怪的。但诗人把"余香灭后，幽梦回时"的所闻、所见和所为，用鼎足对的形式，把"虫声""雁影"等具有秋的特征的事物放在一起，形成一幅凄凉的画面、一种悲秋的氛围，就更能勾起读者内心的共鸣。

双调·清江引

菜贵戏作

晚菘一筐堪适口[1]，莫笑贫家陋。求添转不能，问价高于旧，宜州老人空肚久[2]。

◎ 注释

[1] 晚菘：晚白菜。

[2] 宜州：州名。今广西宜山县。

◎ 评析

　　藜藿充膳，野蔬带根，从来被诗人用来形容贫困的生活。菜价日高，欲添不能，这是诗人自己的生活现实。但他并不以"饭蔬饮水"为忧，而想到的是"宜州老人空肚久"，一种"己饥己溺"的怀抱，永远闪耀着思想的光辉。可见，菜篮子工程，影响广大群众的生活，是古今所同然的。

郑燮
（1693—1765）

字克柔，号板桥，兴化（今属江苏）人。雍正间举人，做过知县，颇能同情百姓，压抑豪强。具有多方面的艺术才能，人们称他的诗、书、画为"三绝"，是"扬州八怪"之一，著有《郑板桥集》。所作"道情"十首，颇有警世砭俗的社会效应。"道情"本来属于散曲的"黄冠体"，元人早已有了。任中敏在《散曲概论》中，列举了乔吉的《水仙子》和邓玉宾子的《叨叨令》为"黄冠体"的例证。但毕竟与南北曲有别。

道　情[1]

【开场白】枫叶芦花并客舟，烟波江上使人愁。劝君更尽一杯酒，昨日少年今白头。自家板桥道人是也，我先世元和公[2]，流落人间，教歌度曲，我如今谱得道情十首，无非唤醒痴聋，消除烦恼。每到山青水绿之处，聊以自遣自歌。若遇争名夺利之场，正好觉人觉世。

老渔翁，一钓竿，靠山岩，傍水湾，扁舟往来无牵绊。沙鸥点点轻波远，荻港萧萧白昼寒，高歌一曲斜阳晚。一霎时波摇金影[3]，蓦抬头月上东山。

老书生，白屋中，说唐虞[4]，道古风，许多后辈高科中，门前仆从雄如虎，陌上旌旗去似龙。一朝势落成春梦[5]，倒不如蓬门僻巷，教几个小小蒙童。

【尾声】风流家世元和老，旧曲翻新调。扯碎状元袍，脱却乌纱帽，俺唱这道情儿归去了。

[1] 道情：散曲的一种形式，叫作黄冠体。其内容一般有两种：一乃超脱凡尘，一乃警醒顽俗。本为道士所唱，后为民间说唱文艺形式之一。

[2] 元和公：指郑元和。文学作品中所塑造的人物。白行简《李娃传》说妓女李亚仙与世家子郑元和相恋，元和床头金尽，被鸨母赶了出去，流落街头，以打莲花落为生。后来在李亚仙的帮助下，他刻苦自励，终于高中鳌头。后来石君宝根据这个故事，演为杂剧《曲江池》，明人薛近兖又敷为传奇《绣襦记》。

[3] 波摇金影：水波上泛起金色太阳的影子，言天已晚了。

[4] 唐虞：儒家所称道的太平盛世，是陶唐氏（尧）与有虞氏（舜）的合称。《论语·泰伯》："唐虞之际，于斯为盛。"

[5] 春梦：言世事无常，繁华易逝，如梦中的荣华富贵一样。刘禹锡《春日书怀》："眼前名利同春梦，醉里风情敌少年。"苏轼《正月二十日与潘郭二生出郊寻春》诗："人似秋鸿来有信，事如春梦了无痕。"

◎ 评析

郑燮所作的道情，前有开场白，后有尾声，结构比较完整。前幅是对渔樵生活的向往，表明作者对政治生活的厌倦；后幅是对功名富贵的否定，反映了作者的人生哲学。其中虽然有一些消极因素，但对于那些在名缰利锁中不断地挣扎，最后演出各种各样的悲剧的人来说，还是像暮鼓晨钟，足以发人深省。

❖ 徐大椿
（1693—1772）

原名大业，字灵胎，号洄溪，江苏吴江人。性通敏，天文、地理、音律之学，无不通晓。尤精于医，因弃举子业，而以医活人。著有《洄溪道情》三十余首，扩大了这种文学样式的题材，提高了它的表现力，无论在语言和形式上，都给人一种新鲜活泼的感觉，的确具有一种可贵的创新精神。

道情·时文叹

读书人，最不济，烂时文，烂如泥。国家本为求才计，谁知道变作了欺人计。三句承题[1]，两句破题[2]，摆尾摇头，便是圣门高弟[3]。可知道"三通""四史"是何等文章[4]，汉祖、唐宗是那朝皇帝[5]。案头放高头讲章[6]，店里买新科利器[7]，读得来肩背高低，口角嘘唏，甘蔗渣儿嚼了又嚼有何滋味？辜负光阴，白白昏迷一世。就教他骗得高官，也是百姓朝廷的晦气。

◎ 注释

[1] 承题：八股文的术语。在文章的开头，用几句话点破题目，叫作破题，承其意而申论之，叫作承题。

[2] 破题：明清八股文中的开头二句，点破题目，叫作破题。这是明成化以来所形成的一种固定形式。

[3] 高弟：弟子中成绩最优秀的。《史记·礼书》："自子夏，门人之高弟也。"《索隐》："言子夏是孔子门人之中高弟者，谓才优而品弟高也。"

[4] 三通：唐杜佑的《通典》，宋郑樵的《通志》，元马端临的《文献通考》，合称为"三通"。四史：司马迁的《史记》，班固的《汉书》，范晔的《后汉书》，陈寿的《三国志》，合称为"四史"。

[5] 汉祖、唐宗：指汉代的开国君主刘邦，也就是汉高祖，唐代的开国君主李世民，也就是唐太宗。

[6] 高头讲章：八股文讲义。它的天头地脚很宽阔。

[7] 新科利器：最新一届科举考试中取得高第的试卷。利器，精良的工具。《论语·卫灵公》："工欲善其事，必先利其器。"

◎ 评析

　　淋漓尽致地揭示出八股先生内心的空虚和外形的丑陋，也批判了科举制度的腐朽和危害，嬉笑怒骂，无不如意，既保持了民间文学通俗的特色，又提高了它的艺术水平和文学价值，可以看作《儒林外史》

的缩影。

道情·寿吴复一表兄六十

我的姨娘，是你亲娘；我的亲娘，是你姨娘。姊妹双双，单生着你和我两个儿郎。你今日六十捧瑶觞[1]，要我一句知心话讲。你从来潇洒襟怀，不晓得慕势趋荣，问舍求田伎俩[2]。注几卷僻奥经书，作几首古淡文章。常只是少米无柴，境遇郎当[3]。你全不露穷愁情状，终日笑嘻嘻，只向亲知索酒尝。不论黄白烧刀[4]，千杯百盏无推让。忆当年外祖父母在江乡[5]，与你随母拜高堂[6]。寄读在母舅书房，《千家诗》《百家姓》齐呼叠唱[7]。转眼光阴，俱是白头相向。从今后愿岁岁年年，同你对秋月春花醉几场。见你时如见我姨娘，转念我亲娘。

◎ **注释**

[1] 瑶觞：玉杯。王勃《越州秋日宴山亭序》："银烛摘花，瑶觞抒兴。"

[2] 问舍求田：形容胸无大志，只求多置产业。《三国志·魏书·陈登传》："备（刘备）曰：'君（许汜）有国士之名，今天下大乱，帝主失所，望君忧国忘家，有救世之意；而君求田问舍，言无可采，是元龙（陈登）所讳也。'"

[3] 郎当：破败不堪。朱熹《答黄仁卿书》："今日弄得朝廷事体郎当自家亦立不住，毕竟何益？"

[4] 黄白烧刀：酒名。即黄酒、白酒和烈性酒。

[5] 江乡：泛指水乡。杜甫《送大理封主簿亲事不合却赴通州》诗："余寒折花卉，别恨满江乡。"

[6] 高堂：谓父母。陈子昂《宿空灵峡青树村浦》："委别高堂爱，窥觎明主恩。"

[7]《千家诗》：诗集名，原为宋刘克庄所编，后来通过不少人的增删，通行的为王相的注本，选的都是近体诗。《百家姓》：旧时农村的蒙童教材，以姓氏编成四言韵文，其数有百，故名。

◎ 评析

　　语淡情浓，句句如道家常，而有至性至情，故能真切动人。打破了寿诗、寿文、寿序等所有规律的束缚，给人以面目一新之感。

❀蒋士铨
（1725—1785）

字苕生、心余，号清容，又号定甫，别署藏园，铅山（今属江西）人。家故贫，四岁，其母钟氏即授以书。十一岁，父坚缚之马背，游太行，遍历鲁、冀、晋，得读凤台王氏藏书。及长，工诗词，金德瑛督学江西，赏其才华，称之为"孤凤凰"。乾隆十二年（1747）举人，官内阁中书。二十二年成进士，改翰林院庶吉士，授编修，充顺天乡试同考官，高宗尝称他与彭元瑞为"江右两名士"。乞归后，先后主绍兴蕺山、杭州崇文、扬州安定书院，与袁枚、赵翼并称"江右三大家"。著述宏富，有《忠雅堂诗文集》，戏曲有《藏园九种》，即《一片石》《第二碑》《四弦秋》《空谷香》《桂林霜》《雪中人》《香祖楼》《临川梦》《冬青树》。皆曲高调雅，甚有情致。《清史稿》有传。

中吕·粉蝶儿

题陈其年先生填词图[1]（套）

【中吕·粉蝶儿】黯淡冰绡[2]，卷中人一双遗照，尽流传把玩魂消。后视今，今视昔，不胜凭吊。莽风流大抵无聊，写生时已曾知道。

【叫声】当日个低回处倩人描，细瞧，细瞧。看风鬟云鬓枭^[3]，待填成绮丽数篇词，便留下风情一幅稿。

【醉春风】乌阑纸漫铺开^[4]，锦地衣平展着^[5]，玉人此处教吹箫^[6]，到如今可也老、老。莽添来白发萧条，厮赶上红颜憔悴^[7]，都并入丹青枯槁^[8]。

【迎仙客】千字金^[9]，五色豪^[10]，细认诗人陈检讨^[11]。比东坡^[12]，对琴操^[13]。月夜花朝，消受风光饱。

【红绣鞋】把笔处掀髯微笑，构思时吟鬓斜搔，移宫换羽自推敲^[14]。歌来仙吏校，传去解人抄^[15]，付卿卿共评度。

【普天乐】想当初复壁赵歧藏^[16]，别舍程婴保^[17]。亡笔在书城笔阵^[18]，锦雉如皋^[19]。廿年埋头伴蠹鱼，一旦的曳履游蓬岛^[20]。中间吴市学吹箫^[21]，携着个小云郎天涯流落。不多时燕子归巢^[22]，又引出新诗助美，多谢梅梢。

【石榴花】玉堂偎傍可儿娇^[23]，不但郑樱桃^[24]，把酸寒风味变清豪。婵娟同坐了，双颊红潮^[25]，一声低和迦陵鸟^[26]。酒醒来何处今宵^[27]，助风魔狂煞诸诗老^[28]，问髯翁艳福怎能消^[29]？

【剔银灯】片时石火光摇^[30]，多时粉黛容凋。转瞬间诗翁题品诗翁吊，捧琅函仗后人守护坚牢^[31]。一任把香篆烧，酒盏浇，可还有低拍红牙按绿幺^[32]？

【苏武持节】一样古人才调，甚富贵难相较，浑不似写麟台容貌^[33]，画凌烟脸脑^[34]。烛三条，冰一条。谁家史席红妆绕，甚处经帷女乐飘^[35]？愁鬓刁骚^[36]，半生来送穷文十易稿^[37]。

【红衫儿】生逐莺花老^[38]，死凭风月吊^[39]。魂枉劳，梦

枉劳，幻泡从何找^[40]？愁也抛，恨也抛，一代才华过了。
【煞尾】画图魂难将前辈招^[41]，史书堆且睡书呆觉^[42]。
可怜他冷风烟埋灭尽诗人照，叮嘱你个太守收藏莫令这
幻影儿都亡了^[43]。

◎ 注释

[1] 陈其年：名维崧，号迦陵，宜兴（今属江苏）人。陈贞慧的儿子。少聪颖，十岁，代其
祖予延作《杨忠烈像赞》，名噪一时。年过五十，始举博学鸿词，校翰林院检讨。他
清癯多须，海内称为陈髯，是清代著名的词人，与朱彝尊齐名，曾与朱合刻一稿，名
《朱陈村词》。著有《迦陵文集》《湖海楼诗集》《迦陵词》等，《清史稿》有传。

[2] 冰绡：洁白晶莹的丝织品。

[3] 风鬟云鬓：形容头发的散乱蓬松。也作"风鬟雾鬓"。李清照《永遇乐》："如今憔悴，
风鬟雾鬓，怕见夜间出去。"

[4] 乌阑纸：一种珍贵的纸名。也作"乌田纸"。黄庭坚《书所作官题诗后》云："余为儿
时，见进士刘韶用乌田纸写赋，尝窃笑，以为用隋侯珠弹雀。"又作名贵的卷册，也写
作"乌丝阑"。陆游《雪中感成都》："乌丝阑展新诗就，油壁车迎小猎归。"

[5] 锦地衣：华贵的地毯。地衣，即地毯。白居易《红线毯》："地不知寒人要暖，少夺人
衣作地衣。"

[6] 玉人此处教吹箫：这是袭用杜牧《寄扬州韩绰判官》"二十四桥明月夜，玉人何处教吹
箫"之句，而易"何"为"此"。玉人，指风流俊美的陈其年。

[7] 厮赶：结伴，伴着。《继母大贤》一："无钱淡淡相看，有钱朝朝厮赶。"

[8] 丹青：绘画用的颜色。《汉书·苏武传》："古竹帛所载，丹青所画，何以过子卿？"后
因以指绘画艺术。《晋书·顾恺之传》："尤善丹青，图画特妙。"

[9] 千字金：形容诗词的价值甚高。典出《史记·吕不韦列传》：吕不韦叫他的门客编了一
部《吕氏春秋》，公布于咸阳市门说，有能增减一字者予千金。

[10] 五色豪：即五色笔。"豪"同"毫"。典出《梁书·江淹传》："（淹）又尝宿于冶亭，梦
一丈夫自称郭璞谓淹曰：'吾有笔在卿处，可以还。'淹乃探怀中，得五色笔一以授
之。尔后为诗绝无美句，时人谓之才尽。"后因以喻文才之美。李商隐《江上忆严五》：
"征南幕下带长刀，梦笔深藏五色豪。"

[11] 陈检讨：即陈其年。因其曾任翰林院检讨，与修《明史》。

[12] 东坡：苏轼，北宋大文学家，系出欧阳修之门。欧公仙逝后，曾赋《西江月·平山堂》
及《醉翁操》等词以忆之。

[13] 琴操：即琴曲，此指苏轼所赋之《醉翁操》。词有"醉翁去后，空有朝吟夜怨""思翁

无岁年，翁今为飞仙"之句。此以苏轼对欧公之情，喻作者对陈其年的凭吊。

[14] 移宫换羽：变换乐调。宫、羽，古代乐曲中的两种曲调名。周邦彦《意难忘·美人》："知音见说无双，解移宫换羽，未怕周郎。"

[15] 解人：善能通晓人意的人。《世说新语·文学》："非但能言人不可得，正索解人亦不可得。"

[16] 复壁赵歧藏：赵歧，东汉京兆人，少明经史，工书法，有才艺。与中常侍唐衡不洽，避祸北海，匿安丘孙嵩家复壁中。唐死，征拜议郎、太傅。

[17] 程婴：晋大夫屠岸贾矫命尽诛赵氏之族，程婴与公孙杵臼出万死不顾一生之计，携赵朔之遗腹子亡匿山中，过了十五年，始攻杀屠岸贾，灭其族。事见《史记·赵世家》。后来纪君祥演其事为杂剧《赵氏孤儿》。赵歧、程婴事，皆借指陈其年之父陈贞慧与复社名士吴应箕等草拟《留都防乱揭》，揭发魏阉逆党阮大铖。及马士英秉政，阮大铖为兵部尚书，乃假他事陷贞慧于狱的历史。

[18] 书城笔阵：形容书多罗列如城，笔力雄健如阵。陈继儒《太平清话》二："宋政和时，都下李德茂环集坟籍，名曰书城。"这是"书城"的来源。又杜甫《醉歌行》："词源倒流三峡水，笔阵独扫千人军"。此用其意。

[19] 如皋：县名，属江苏省。

[20] 蓬岛：即蓬莱山，传说为仙人所居。刘长卿《登东海龙兴寺高顶望海简演公》诗："蓬岛如在眼，羽人那可逢？"

[21] 吴市吹箫：喻行乞街头。《史记·范睢蔡泽列传》："伍子胥橐载而出昭关，夜行昼伏，至于陵水，无以糊其口，膝行蒲伏，稽首肉袒，鼓腹吹篪，乞食于吴市。"裴骃集解引徐广曰："篪"一作"箫"。

[22] 燕子归巢：喻流落天涯，终于平安归来。陈其年有《将归，留别练塘诸子》诗云："劳君霜夜弹，莫打失巢禽"。言其母亲已丧，故以"失巢禽"自喻，此亦以"燕子归巢"喻之。

[23] 玉堂：唐宋以后对翰林院的称呼。苏轼《夜直玉堂携李之仪端叔诗百余首读至夜半书其后》："玉堂清冷不成眠，伴直难呼孟浩然。"可儿：能人，如意的人。《世说新语·赏誉》："桓温行经王敦墓边过，望之云：'可儿，可儿。'"

[24] 郑樱桃：东晋列国后赵石虎所宠爱的优童，虎为其所惑，先后为之杀了二妻。乐府有《郑樱桃歌》。

[25] 红潮：脸上泛起的红晕。苏轼《西江月》："云鬓风前绿卷，玉颜醉里红潮。"

[26] 迦陵鸟：鸟名，迦陵频伽的略称。迦陵是鸟，频伽是声。《楞严经》一："迦陵仙音，遍十方界。"注云："迦陵，仙禽，在卵壳中，鸣音已压众鸟，佛法音似之。"这是双关陈其年。

[27] 酒醒来何处今宵：这是化用柳永《雨霖铃》"今宵酒醒何处，杨柳岸晓风残月"的词句和意境。

［28］风魔：痴痴呆呆。宋、元以来的方言。《马陵道》二："我问你，你是风魔啊？是九百？"《后山诗话》："世以痴为九百，谓其精神之不足也。"

［29］髯翁：指陈其年。以其多须，世称陈髯。

［30］石火光：击石所发的火星，因其一发即灭，多用以形容短促之人生。白居易《对酒》之二："蜗牛角上争何事？石火光中寄此身。"

［31］琅函：书匣。韦庄《李氏小池亭》诗："家藏何所宝？清韵满琅函。"

［32］红牙：调节乐曲节拍用的拍板。绿幺：唐时琵琶曲名，亦作"绿腰""六幺"。白居易《琵琶行》："轻拢慢捻抹复挑，初为霓裳后六幺。"

［33］麟台：麒麟阁的别称。曾画功臣霍光、张安世、萧望之、丙吉，苏武等十一人于其上。颜真卿《裴将军》诗："功臣报天子，可以画麟台。"

［34］凌烟：阁名。唐太宗贞观十七年、代宗广德元年，都有画功臣像于凌烟阁的记载。见《大唐新语·襃锡》。

［35］经帷女乐：汉马融才高博洽，为世通儒。常坐高堂，设绛帐，前授生徒，列后女乐，弟子以次相传，鲜有入其室者。《后汉书》有传。

［36］刁骚：稀疏，稀稀落落。欧阳修《斋宫尚有残雪思作学士时摄事于此……有感》诗："休把清铜照双鬓，君谟（蔡襄）今已白刁骚。"

［37］送穷文：唐人习俗，每年于正月下旬送走穷神。韩愈有《送穷文》，姚合有《送穷诗》。

［38］莺花：莺啼花开，借指美好的春景。卢仝《楼上女儿曲》："莺花烂漫君不来，及至君来花已老。"

［39］风月：清风明月，指美好的景色。《梁书·徐勉传》："今夕只可谈风月，不宜及公事。"

［40］幻泡：梦幻泡影，喻世事空虚。白居易《春忆二林寺旧游因寄朗满晦三上人》诗："清净久辞香火伴，尘劳难索幻泡身。"

［41］画图魂：此从杜甫《咏怀古迹五首》之三"画图省识春风面，环珮空归月夜魂"中化出。言这个"填词图"，难招前辈之魂。

［42］书呆：书呆子，指不通世务，只知钻研故纸堆的人。明西湖居士《诗赋盟》传奇《订盟》一出中云："官人，且莫书呆气，起来与你讲紧要话。"

［43］太守：指陈其年的裔孙陈淮。

◎ 评析

　　曲中抒发了作者对前辈词人的无限景仰之情，中间历叙了陈维崧的坎坷身世与漂泊生涯，诗词成就与风流往事，无不情文并茂，哀怨感人；笔墨酣畅，词采惊艳，不愧为清代曲坛的巨擘。

✪ 吴锡麒
(1746—1818)

字圣徵，号谷人，别署东皋生，钱塘（今浙江杭州）人。好学不倦，吟咏不辍，善倚声，工骈体，为清代骈文大家。乾隆四十年进士，授翰林院编修，累官国子监祭酒。生平不趋权贵，而名播士林。晚年寓居扬州，历主东仪、梅花、安定、乐仪等书院讲席。著有《正味斋集》《渔家傲》传奇，散曲有小令七十，套数十余，收在《正味斋南北曲》中。《清史稿》有传。

南商调·梧桐树

一 舸

西风吹白纻[1]，歌罢人何处？莫道功成，肯逐鸱夷去[2]，算回头只有烟波路。吴苑千秋[3]，花也愁无主；越客千丝[4]，网也兜难住。剩相思石上苔无数。

◎ **注释**

[1] 白纻：双关吴地生产的夏布和吴地演唱的歌舞。白纻，本为吴地所产的细致而洁白的夏布，所谓"质如轻云色如银"者。东晋、南朝期间，吴地少女穿着白纻所唱的歌叫"白纻歌"，所跳的舞叫"白纻舞"。

[2] 鸱夷：皮革做的形似鸥鸟的袋子。相传越范蠡在灭吴以后，与西施乘舟游于五湖，因变易姓名，自号鸱夷子皮。见《史记·越王勾践世家》。李白《古风》之十八有："何如鸱夷子，散发棹扁舟"之句。

[3] 吴苑：吴国的苑囿。相传吴王夫差作宫以馆西施，谓之"馆娃宫"，遗址在今江苏吴县西南的灵岩山。左思《吴都赋》有"幸乎馆娃之宫，张女乐而娱群臣"之句。

[4] 越客：指越王勾践的谋臣范蠡。

◎ 评析

　　这是写范蠡与西施的爱情纠葛。"一舸"任讷《散曲概论·派别》引作"西施"。构思新颖，感喟遥深，寓"鸟尽弓藏"之感，于男欢女爱之中。花无主，鬓有丝，富贵无常，年华易逝，这是千古英雄、一代佳人的大憾。

北仙吕·一半儿

秦　淮

板桥记惜旧人稀[1]，丁字帘无燕子归[2]，盒子会谁花榜题[3]，剩青溪[4]，一半儿斜阳一半儿水。

◎ 注释

[1] 板桥：在秦淮畔，明末南京妓女聚居之所。即《桃花扇·余韵》中所描写的"你记得跨青溪半里桥，旧红板没一条"那个地方。

[2] 丁字帘：地名，在南京市利涉桥边。也是明末乐户聚居的地方。《桃花扇·寄扇》："桃根桃叶无人问，丁字帘前是断桥。"无燕子归：形容旧院萧条，王谢堂前的燕子，已经飞往他家。就是《桃花扇·余韵》所说的"那乌衣巷不姓王"的意思。

[3] 盒子会：明余怀《板桥杂记》下引沈周《盒子会辞序》：明代南京色艺俱佳的名妓，往往二三十人结成手帕姊妹，于农历正月十五上元节，各用盒子装着异物，聚饮相赛，以所装东西的精粗高下分胜负，负者要向胜者敬酒，叫作盒子会。

[4] 青溪：水名。发源于南京钟山，流入秦淮河。

◎ 评析

　　吊古伤怀，大有"当年粉黛，何处笙箫"之感。从那"秋水长天人过少，冷清清的落照，剩一树柳弯腰"的破败景象中，发出"秦淮水榭花开早，谁知道容易冰消？眼看他起朱楼，眼看他宴宾客，眼看他楼塌了"（《桃花扇·余韵》）的低吟，情辞悱恻，令人魂消。

北双调·折桂令

述 怀

得归来歇了朝车[1]，随意招呼，只在烟霞[2]。芰制披宽[3]，草鞋缚峭[4]，箬帽笼斜[5]。醉老瓦渔樵合局[6]，席明蟾鸥鹭分沙[7]。筏子谁划[8]？波痕一道，去访蒹葭[9]。

◎ 注释

[1] 朝车：朝觐所坐的车子，官员们所坐的车子。

[2] 烟霞：比喻山水胜景。《北史·徐则传》："餐松饵术，栖息烟霞。"后来转为"隐居生活"。

[3] 芰制披宽：穿着宽大的隐士服装。典出《离骚》："制芰荷以为衣兮，集芙蓉以为裳。"

[4] 草鞋缚峭：缚上粗糙的草鞋。缚峭，形容缚得紧紧的。

[5] 箬帽笼斜：歪歪地戴着笋壳做的草帽。箬帽，笋壳编成的宽边帽。也叫"箬笠"。张志和《渔父》词："青箬笠，绿蓑衣，斜风细雨不须归。"

[6] 老瓦：破旧的瓦盆，盛酒的器皿。即"老瓦盆"之省。关汉卿《四块玉·闲适》："旧酒投，新醅泼，老瓦盆边笑呵呵。"渔樵合局：与渔父樵子一块儿（喝）。

[7] 席明蟾：在明亮的月光下席地而坐。蟾，蟾蜍。月亮的别名。《淮南子·精神》："日中有踆乌，而月中有蟾蜍。"盖古人认为月亮中有一只癞蛤蟆（蟾），因以蟾代月。鸥鹭分沙：言与鸥鹭各分一个沙滩。言其要与鸥鹭为友。典出刘昼《刘子·黄帝》："海上之人有好鸥鸟者，每旦之海上，从鸥鸟游。鸥鸟之至者，百住而不止。"后人因以代隐居的生活。辛弃疾《水调歌头·盟鸥》："凡我同盟鸥鹭，今日既盟之后，来往莫相猜。"

[8] 筏子：竹子或木头编的小船儿。《方言》九："簰谓之筏；筏，秦晋之通语也。"

[9] 去访蒹葭：去探访友人。典出《诗·秦风·蒹葭》："蒹葭苍苍，白露为霜。所谓伊人，在水一方。"后因以"蒹葭伊人"代指想念中的老友。

◎ 评析

这是诗人理想化了的隐逸生活。它以归隐后的自由放达，与官场的拘束刻板相对比，以归隐后的平等交往，与官场的等级森严相对比，曲中虽无一语批判官场，字里行间却充分表达了诗人爱憎分明的感情。

从诗人辞官归田、逍遥人生的生平志趣来看，也可以说是他真实生活的写照。

南中吕·驻马听

平山堂

山眼青浓[1]，隔渡曾看宴醉翁[2]。分来明月，传过荷花，留得清风。夕阳箫鼓白鸥丛，画船烟水红桥梦[3]。去惜匆匆，泉魁蜀井[4]，未叨僧供[5]。

◎ 注释

[1] 山眼青浓：言山舒着青眼，含着浓意。这是把山人格化了。王观《卜算子·送鲍浩然之浙东》"水是眼波横，山是眉峰聚"，当是这句话的蓝本。

[2] 醉翁：指欧阳修。他在滁州太守任上，曾经自号醉翁，还作了《醉翁亭记》，以抒发其与民同乐的思想。

[3] 红桥：桥名。在江苏扬州市。吴绮《扬州鼓吹词序·红桥》云："朱阑数丈，远通两岸，虽彩虹卧波，丹蛟截水，不足以喻。而荷香柳色，雕楹曲槛，鳞次环绕，绵亘十余里……诚一郡之丽观也。"

[4] 泉魁蜀井：舀取蜀井中的泉水。魁：舀取。蜀井，当即天下第二泉，泉在扬州市。欧阳修曾在扬州市西北瘦西湖北的蜀冈上，修建了平山堂，登堂可以望见江南诸山，故名。此曲所写，皆平山堂附近的胜景。

[5] 僧供：和尚的供品。言其在凭吊欧阳修时，只有清泉一杯，连斋供素食也没有。

◎ 评析

　　写诗人凭吊文章太守欧阳修时所激起的感情。曲中对欧公的风流余韵，怀着深切的景仰之情。夕阳箫鼓，画船烟水，依然如故，而欧公已杳，一种"昔时人已去"的伤感，在妙笔中渗透出来，令人无限低回，无限向慕。

❀ 凌廷堪
（1755—1809）

字仲子，又字次仲，安徽歙县人。六岁而孤，二十岁后始认真读书，三十五岁方中进士，终能贯通群经，精于声律，历主敬亭、紫阳书院的讲席。著有《校礼堂诗文集》和《梅边吹笛谱》。

北双调·折桂令

读董解元《西厢记》

柳丝亭换羽移宫[1]，实甫何因[2]，处处雷同[3]？尺素缄愁[4]，泥金报捷[5]，佛殿奇逢[6]。《论衡》本都非蔡邕[7]，月蚀诗活剥卢仝[8]。举世推崇，妄别妍媸，误杀儿童。

◎ 注释

[1] 换羽移宫：略微改变一下曲调。详蒋士铨《中吕·粉蝶儿·题陈其年先生填词图》"移宫换羽自推敲"注。

[2] 实甫：指《西厢记》"天下夺魁"的大戏剧家王实甫。见本书元人散曲部分有关王实甫的生平简介。

[3] 雷同：与别人的语言文字相同。犹雷之发声，回音尽同。《礼·曲礼》上："毋剿说，毋雷同。"

[4] 尺素缄愁：信中封寄着相思之情。尺素，信的代称。这是指张生和莺莺"酬简"的情节。

[5] 泥金报捷：指张生一举及第，得了头名状元，修书到河中府莺莺处报捷。泥金，用金屑涂饰的信笺。王仁裕《开元天宝遗事·喜信》："新进士及第以泥金书帖子附于家书中，至，乡曲亲戚，例以声乐相庆，谓之喜信。"

[6] 佛殿奇逢：指张生在佛殿上遇着莺莺的情节，说是"正撞着五百年前风流孽冤""魂灵儿飞在半天"。以上三个情节，"王西厢"与"董西厢"是雷同的。

[7] "论衡"句：言蔡邕得到王充所著的《论衡》，视为枕中鸿宝，秘不肯宣。《后汉书·王充传》引袁山松《书》曰："充所作《论衡》，中土未有传者，蔡邕入吴始得之，恒秘玩以为谈助。"又引《抱朴子》曰："时人嫌蔡邕得异书，或搜求其帐中隐处，果得《论衡》，抱数卷持去。邕丁宁之曰：'唯我与尔共之，勿广也。'"这里是说王实甫看到了

"董西厢",便剽窃了它的内容。

[8]"月蚀诗"句：唐诗人卢仝曾为《月蚀》诗，以讥讽当时的宦官，得到韩愈的高度评价，后来仿作的很多。活剥：生搬硬套别人的文章著作。刘肃《大唐新语·谐谑》："有枣强尉张怀庆，好偷名士文章……人谓之谚曰：'活剥王昌龄，生吞郭正一。'"

◎ 评析

　　《董西厢》和《王西厢》都是我国文学遗产中的珍品，董以诸宫调的形式出现，王以杂剧的形式进行了再创造，诚如贾仲明在《续录鬼簿》的《凌波仙》中所说的："新杂剧，旧传奇，《西厢记》天下夺魁。"作者认为这部"举世推崇"的杂剧，是"妄别妍媸，误杀儿童"，未免失之偏颇。但它曲辞典雅，声调和谐，仍然是清人散曲中的佳作。

北双调·水仙子

闻新曲作

歌残越调斗鹌鹑[1]，又唱黄钟点绛唇[2]，北科南介无人问[3]。是谁家新院本[4]，早庚青走入真文[5]？宫调几曾辨[6]，务头全未论[7]，吴语难分[8]。

◎ 注释

[1]越调斗鹌鹑：斗鹌鹑是越调中的一个曲牌。越调宜于表现"陶写冷笑"的内容。

[2]黄钟点绛唇：点绛唇是南曲黄钟宫的一个曲牌，也是北曲仙吕宫的一个曲牌。黄钟宫宜于表现"富贵缠绵"的内容，仙吕宫则宜于表现"清新绵邈"的内容。

[3]北科南介：科、介是戏曲的术语，指动作、表情等的舞台指示。北杂剧叫"科"，如"笑科""打科""见科"等；南传奇叫"介"，如"坐介""怒介""鸡鸣介""犬吠介"等。

[4]院本：金、元时代行院演出时所用的脚本。它的体裁与宋杂剧相同。陶宗仪《辍耕录》："院本、杂剧，其实一也。"这里所讲的杂剧，即宋杂剧。院本是宋杂剧向元杂剧过渡的一种形式。可惜作品均已失传。

[5]庚青走入真文：庚青和真文，是《中原音韵》的两个韵部。前者为开口音，后者为闭

口音，两者不能混淆。

[6] 宫调：曲调的总称。我国历来以宫、商、角、徵、羽、变宫、变徵为七声。以宫声为主的调式称宫，如黄钟、仙吕之类；以其他各声为主的调式称调，如越调、双调之类。现在常用的有"五宫四调"，即黄钟、正宫、仙吕、南吕、中吕五宫，双调、商调、越调、大石四调。

[7] 务头：戏曲、说唱艺术的用语，论者各有不同的解释。最早提出的是元人周德清，他在《中原音韵·作词十法》中解释说："要知某调、某句、某字是务头，可施俊语于其上。"明人王骥德在《曲律·论务头》中说："凡曲遇揭起其音而宛转其调，如俗之所谓'做腔'处，每调或一句、或二三句，每句或一字、或二三字，即是务头。"清人李渔在《李笠翁曲话·别解务头》中说："一曲有一曲之务头，一句有一句之务头。字不聱牙，音不泛调，一曲中得此一句，即使全曲皆灵；一句中得此一二字，即使全句皆健者，务头也。"近人吴梅在《顾曲麈谈·论北曲作法》中说："务头者，曲中平上去三音联串之处也。"今人杨荫浏在《中国古代音乐史稿·杂剧的音乐》中说："务头就是结合着对内容情节的表达，歌词上可以着重描写、音乐上可以着重发挥的部分。用今天的话来说，这就是艺术高潮。是文学上和音乐上双重高潮的会合。"诸说都有可采，其实，务头就是内容最精辟、语言最秀丽、音乐最动听的部分。

[8] 吴语难分：吴语中闭口字的[m]尾都变作了[n]尾。所以发生了王骥德在《曲律·论闭口字》中所说的"盖吴人无闭口字，每以'侵'为'亲'，以'监'为'奸'，以'廉'为'连'，至十九韵中遂缺其三"的现象。

◎ 评析

　　作者听到当时流行的新曲，认为在恪守《中原音韵》的曲律问题上，与以前的作曲者"守之兢兢，无敢出入"的严谨态度相比，是大有径庭的，因而提出了尖锐的批评。其实地有南北、音有古今，随着时代的推移，在曲律方面作些相应的变革是应当允许的。当然这种变革，只能顺应语言学和音韵学的科学规律，决不能有任何的随意性。作者看到曲坛上那种或堆垛陈腐，或剿袭口耳，或逐句凑泊，掇拾为之；或颠倒零碎，不成格局等不良现象，痛加针砭，对于提高曲艺的创作水平，使之走上健康发展的道路，还是有积极意义的。

北双调·庆宣和

送　别

柳外春风送画桡[1]，别意萧条[2]。极目烟波路迢迢[3]，去了，去了。

◎ 注释

[1] 画桡：画船，装饰美丽的船儿。

[2] 萧条：深沉，沉静。

[3] 迢迢：很远的样子。潘岳《内顾》诗之一："漫漫三千里，迢迢远行客。"

◎ 评析

　　纸短情长，语淡意浓，曲终人远，江上峰青。与"孤帆远影碧空尽，唯见长江天际流"貌异而心同。

北双调·庆宣和

闲　情

坐对天边白玉盘[1]，小扑轻纨[2]。月影今宵共团圞[3]，正满，正满。

◎ 注释

[1] 白玉盘：皎洁的月亮。李白《古朗月行》："小时不识月，呼作白玉盘。"

[2] 小扑轻纨：慢慢地摇着细绢制成的团扇。轻纨，细薄的纨扇。这是从杜牧《秋夕》诗"银烛秋光冷画屏，轻罗小扇扑流萤"的诗意中变化出来的。

[3] 团圞：圆的意思。引申为团聚。杜荀鹤《乱后山中作》："兄弟团圞乐，羁孤远近归。"这里正有圆和团聚两层意思。

◎ 评析

　　用白描的手法，生动地表现了作者悠然自得的情趣。着墨不多，而艺术容量甚大。"月影今宵共团圞"二句，兼有李白《把酒问月》的"唯愿当歌对酒时，月光长照金樽里"和苏轼《水调歌头·中秋》的"但愿人长久，千里共婵娟"的心境。

✿赵庆熺
（1792—1847）

字秋舲，仁和（今浙江杭州）人。道光二年进士，选延川知县，因病未赴。改任浙江金华府教授，未到任，便病卒。工于词曲，著有《香消酒醒曲》一卷。可与明施绍莘媲美，是清代著名的散曲家。

北仙吕·一半儿

青　梅

海棠花发燕来初，梅子青青小似珠[1]，与我心肠两不殊[2]。你知无？一半儿含酸一半儿苦。

◎ 注释

[1] 青青：茂盛的样子。《诗·卫风·淇奥》："瞻彼淇奥，绿竹青青。"
[2] 两不殊：两者没有差别，一个样子。

◎ 评析

　　借物抒感，寄托遥深。"一半儿含酸一半儿苦"，物我双关，浑然一体，令人一唱三叹。

北仙吕·一半儿

偶　成

鸦雏年纪好韶华[1]，碧玉生成是小家[2]，挽个青丝插朵花[3]。
髻双丫[4]，一半儿矜严一半儿耍。

◎ 注释

[1]鸦雏：梳着双鬟的少女。

[2]"碧玉"句：门第低微的人家的女儿。典出古乐府《碧玉歌》："碧玉小家女，不敢攀贵德。"

[3]青丝：乌黑的头发。李白《将进酒》："君不见高堂明镜悲白发，朝如青丝暮成雪。"

[4]双丫：幼女的发髻，也作"双鸦"。苏轼《杂诗》之一："昔日双鸦照浅眉，如今婀娜绿云垂。"

◎ 评析

　　活画出一位"小家碧玉"的少女形象：她髻梳双丫，头插野花，既活泼，又矜严，真可谓"绝代有佳人，幽居在空谷"了。

南仙吕·桂枝香

连日病酒，填此戒饮

刘伶不做[1]，杜康不顾[2]。改辞汤沐糟邱[3]，休罢官衔曲部[4]。再休提醉乡[5]，再休提醉乡，一曲盟词誓汝[6]，抵死视同陌路[7]。自今吾，醒眼看人醉，三闾楚大夫[8]。

◎ 注释

[1]刘伶不做：不做刘伶的倒语。刘伶，晋人，字伯伦。纵酒放达，不拘礼法。尝著《酒德颂》曰："惟酒是务，焉知其余？"又尝携一壶酒，使人荷锸相随，曰："死便埋我。"

见《晋书》本传。

[2] 杜康不顾：不顾杜康的倒语。杜康，相传是我国最早造酒的人。后因以作"酒"的代称。曹操《短歌行》："何以解忧？惟有杜康。"

[3] 汤沐糟邱：言拿糟邱作为自己的汤沐邑。汤沐，本为天子赐给诸侯的封地。邑内的赋税收入，作为他洗理的费用。糟邱，酒糟堆积而成的山。《论衡·语增》："纣为长夜之饮，糟邱、酒池，沉湎于酒，不舍昼夜。"这是说自己沉湎于酒。

[4] 曲部：管理酒类的衙门。冯贽《云仙杂记》二：唐汝阳王琎取云梦石砌泛春渠以蓄酒，作金银龟鱼浮沉其中为酌酒具，自称酿王兼曲部尚书。这个汝阳王琎，就是杜甫《饮中八仙歌》所说的："汝阳三斗始朝天，道逢曲车口流涎，恨不移封向酒泉。"

[5] 醉乡：醉中的天地。唐王绩曾经写过《醉乡记》，以抒发其醉中的情趣。杜牧《华清宫三十韵》诗："雨露遍金穴，乾坤入醉乡。"

[6] 盟词誓汝：发誓要跟你订立盟约，即从此戒酒。

[7] 抵死：坚持到底。苏轼《满庭芳》："思量能几许？忧愁风雨，一半相妨，又何须抵死说短论长。"视同陌路：看作素不相识的。白居易《重到城七绝句·见元九》诗："每逢陌路犹嗟叹，何况今朝是见君？"

[8] 三闾楚大夫：指屈原。他曾做过楚的三闾大夫，并在《渔父》中说："举世皆醉而我独醒。"此用其意。

◉ 评析

　　以谐谑之词，著戒酒之令，读来令人倾倒，酒徒狂态，呼之欲出。如与其《戒酒五日，同人咸劝予饮，遂复故态，作此解嘲》对读，尤当令人哑笑不已。曲云："酿王国号，醉侯官诰。投还五日封章，新上一篇谢表。是微臣不该，是微臣不该，不合平原姓赵，曲秀才名出了。且今朝，打个莲花落，锄儿照旧挑。"

南商调·梧桐树

葬　花（套）

【南商调·梧桐树】堆成粉黛茔[1]，掘破胭脂井[2]。检块青山，放下桃花槟[3]。名香爇至诚，薄酒先端整。兜起罗衫，一角泥干净，这收场也算是群芳幸。

【东瓯令】更红儿诔[4]，碧玉铭[5]，巧制泥金直缀旌[6]。美人题着名和姓，描一幅离魂影。再旁边筑个小愁城[7]，设座落花灵。

【大圣乐】我短锄儿学荷刘伶[8]，是清狂非薄幸。今生不合作司香令[9]，黄土畔，叫卿卿[10]。单只为心肠不许随侬硬，因此上风雨无端替你疼。一场梦醒，向众香国涅槃厮称[11]。

【解三酲】收拾起风流行径[12]，收拾起慧业聪明[13]。收拾起水边照你娉婷影，收拾起镜里空形。收拾起通身旖旎千般性，收拾起彻胆温和一片情。坟荒冷，只怕你枝头子满[14]，谁奠清明？

【前腔】撇下了燕莺孤另，撇下了蝴蝶伶仃。撇下了青衫红泪人儿病[15]，撇下了酒帐灯屏。撇下了蹄香马踏黄金镫[16]，撇下了指冷鸾吹白玉笙[17]。难呼应，就是那杜鹃哭煞[18]，你也无灵。

【尾声】向荒阡，浇杯茗，替你打个圆场证果成[19]。叮嘱你地下轮回，莫依然薄命。

◎ 注释

[1] 粉黛茔：女儿坟。粉以傅面，黛以画眉，故以代喻美女。白居易《长恨歌》："回眸一笑百媚生，六宫粉黛无颜色。"

[2] 胭脂井：即景阳井。南朝陈后主与其爱妃张丽华、孔贵嫔，在隋兵南下、台城已陷，无可奈何的情况下，三人投井自尽，后人因称之为胭脂井。

[3] 桃花槥：桃花夫人的灵槥。桃花夫人，即春秋时楚国息夫人。楚子伐息，获息妫以归，已经生了两个儿子，但从来没有笑过一声，说过一语，楚子问她为什么？她说："吾一妇人，而事二夫，还有什么可说的？"

[4] 红儿：即比红儿，唐代著名的歌妓。善歌能舞，曾与诗人罗虬相交往，后为虬所杀。虬追悔之余，作了绝句《比红儿》一百首，历比古代美人，言其皆不如红儿。事见王定保《摭言》十。

[5] 碧玉：女婢。白居易《南国试小乐》诗："红萼紫房皆手植，苍头碧玉尽家生。"

[6] 泥金直缀旐：用金屑涂饰起来的长形招魂幡。

[7] 愁城：愁苦的境地。陆游《山园》："狂吟烂醉君无笑，十丈愁城要解围。"这里是说要在坟的旁边筑个墓庐，以寄托自己的愁思，安置美人的灵位。

[8] 短锄儿学荷刘伶：学刘伶荷锸。《晋书·刘伶传》："(伶)尝乘鹿车，携一壶酒，使人荷锸而随之，谓曰：'死便埋我！'其遗形骸如此。"锸，插地取土的锹。

[9] 司香令：主管百花的头领。

[10] 卿卿：男女相互间的爱称。

[11] 众香国：喻群芳争艳的地方。《维摩诘经·香积佛品》："有国名众香，佛号香积。"是其出典之源，但在诗词中往往转为百花烂漫的场所。杨万里《木犀初发呈张功父》诗："移将天上众香国，寄在梢头一粟金。"涅槃：灭度的意思，谓脱离一切烦恼，进入自由无碍的极乐世界。

[12] 收拾起：解除了，结束了。《西厢记》三之二："毕罢了牵挂，收拾了忧愁。"

[13] 慧业：与生俱来的智慧，天生的聪明。《维摩诘经·菩萨品》："知一切法，不取不舍；入一相门，起于慧业。"慧业，是指生来赋有智慧的业缘，本佛家语。

[14] 枝头子满：喻年华已老。这是化用杜牧《落花》诗"狂风落尽深红色，绿叶成阴子满枝"的句意。

[15] 青衫泪：白居易《琵琶行》："座中泣下谁最多？江州司马青衫湿。"这是借白居易对琵琶女的同情，比喻作者对地下美人的怜爱。

[16] 蹄香马踏黄金镫：喻得意文人和富贵公子。孟郊《登科后》诗："春风得意马蹄疾，一日看遍长安花。"此用其意。

[17] 鸾吹：指笙箫等乐声。李群玉《升仙操》："凤台闭烟雾，鸾吹飘天香。"

[18] 杜鹃哭煞：相传杜鹃哀鸣，啼血不止。白居易《琵琶行》："其间旦暮闻何物，杜鹃啼血猿哀鸣。"

[19] 证果：佛教谓潜心精修，悟道有得。江总《明庆寺》诗："金河知证果，石室乃安禅。"

◎ 评析

　　这是以花喻人，名为"葬花"，实为"瘗美"。表现了作者对一个不幸女子的深切同情。其中《解三酲》两曲，是脍炙人口的佳作。赵庆憘善于用白描的手法和本色的语言，塑造形象，抒发感情，不在表面上模拟元人，而自具元人风韵，所以任讷在《散曲概论》中称其为"曲人之曲"。

南仙吕入双调·步步娇

泖湖访旧图[1]（套）

【南仙吕入双调·步步娇】四面青山真如画，好个江乡也，生绡太短些[2]。写出湖光，欲买偏无价。何日再浮家[3]，剪寒灯且说江南话。

【醉扶归】一湾儿绿水分高下，一条儿红桥自整斜。一天儿诗酒作生涯，一篷儿风月都潇洒。乾坤何处有仙槎[4]，旧游人重把蒲帆卸[5]。

【皂罗袍】最好水杨柳下，盖三间茅屋，紫竹篱笆。沿溪雨过响鱼叉，夕阳破网当门挂。遥天一抹，朝霞暮霞；遥天一煞，朝鸦暮鸦。更，夜深蟹火有星儿大[6]。

【好姐姐】淡疏疏秋芦着花，小乌篷[7]半横溪汊。船唇吹火[8]，勺水自煎茶。鲈鱼鲊，白酒提瓶沿路打，好不过渔弟渔兄是一家。

【尾声】水天一部新奇话，笑指那凤凰山下[9]，忘不了旧梦寻来何处也！

◎ 注释

[1] 泖湖：湖名，在今上海市松江县西。有上中下三泖，上承淀山湖，下流合黄浦江入海。自唐以来为游览胜地。

[2] 生绡：没有经过漂煮的丝织品，古人用以作画，因以代指画卷。韩愈《桃园图》诗："流水盘回山百转，生绡数幅垂中堂。"

[3] 浮家：谓以船为家。《新唐书·张志和传》："志和曰：'愿为浮家泛宅，往来苕霅间。'"

[4] 仙槎：仙家的筏子。张华《博物志》三："年年八月，有浮槎去来不失期。"此用其事。

[5] 蒲帆：蒲草织成的船帆。李肇《国史补》下："扬子、钱塘两江者，则乘两潮发棹，舟船之盛，尽于江西。编为蒲帆，大者或数十幅。"李贺《江南弄》："水风浦云生老竹，渚暝蒲帆如一幅。"

[6] 蟹火：渔人夜间，用竹笼生火捕蟹，叫作蟹火。白居易《重题别东楼》诗："春雨星攒寻蟹火，秋风霞飐弄涛旗。"

[7] 乌篷：黑色的小船。

[8] 船唇：船的前沿。

[9] 凤凰山：山名。在浙江杭州市南郊。岩壑曲折，左瞰大江，形如凤凰欲飞，故名。

◎ 评析

　　借泖湖风光，写生活情趣。半是旧日的欢笑，半是未来的追求，客观之景与主观之情融为一体，给人以深刻的感受。赵庆熺还善于在南曲中运用北曲的手法，注入北曲的精神，故具有风格爽朗、词意尖新的艺术特色。此曲写江南风光，旖旎佳丽，紫篱红桥，乌篷绿水，点染配合，深得萧疏自然之致，完全是南曲的面貌；但它能在阴柔之美中，运以阳刚之气，笔力雄健，深透纸背，毫无纤巧萎靡之态，又体现了北曲的精神。

✿ **许光治**
（1811—1855）
字龙华，号羹梅，别号穗媂，海昌（今浙江海宁）人。少颖悟，从兄光清学，以授徒为生。书画、篆刻，音乐、医药，无所不精。著有《江山风月谱》，存小令五十余首，是清代著名的散曲家。

北正宫·塞鸿秋

题人采菊图

蜉蝣只作昏朝计[1]，蟪蛄岂识春秋意[2]。蟏螟局促人间世[3]，虫鱼琐屑书生事[4]。龙头翰墨场[5]，燕颔功名志[6]，笑东篱未必渊明是[7]。

◉ 注释

[1]"蜉蝣"句：言蜉蝣的寿命很短，朝生而夕死。蜉蝣：虫名。寿命短者数小时，长者六七日。吴陆玑《毛诗草木鸟兽虫鱼疏》下"蜉蝣之羽"："（蜉蝣）随雨而出，朝生而夕死。"

[2]"蟪蛄"句：言蟪蛄也活得很短。蟪蛄，蝉的一种。《庄子·逍遥游》："朝菌不知晦朔，蟪蛄不知春秋。"

[3]"蟭螟"句：言蟭螟生活在一个极小的天地间。蟭螟，寓言中的小虫。《抱朴子·刺骄》："蟭螟屯蚊眉之中，而笑弥天之大鹏。"

[4]"虫鱼"句：言书生只会钻故纸堆。韩愈《读皇甫湜公安园池诗书其后》："《尔雅》注虫鱼，定非磊落人。"虞集《谢吴宗师惠墨》诗："敢为文章胜虎豹，只应笺注到虫鱼。"

[5]龙头：科举时代状元的别称。王禹偁《寄状元孙学士何》诗："唯爱君家棣华榜，登科记上并龙头。"

[6]燕颔：指相貌威武，能够建功立业。《后汉书·班超传》："超问其状，相者指曰：'生燕颔虎颈，飞而食肉，此万里侯相也。'"

[7]笑东篱未必渊明是：陶潜，字渊明，喜酒爱菊，有"采菊东篱下，悠然见南山"的诗句，元人散曲中有不少歌颂他的曲语，如白朴《仙吕·寄生草·酒》云："不达时皆笑屈原非，但知音尽说陶潜是"。这曲是在做翻案文章。

◉ 评析

诗人认为万事万物，都有自己的追求，自己的价值观。蜉蝣、蟪蛄、蟭螟虫鱼，概莫能外。那末，或争胜于翰墨之场，或立功于万里之外，就未必不如陶潜采菊东篱、寄情醇酒。言甚辩而理甚明，在当时是很有积极意义的。

北中吕·满庭芳

绿阴野港，黄云陇亩[1]，红雨村庄[2]，东风归去春无恙，

未了蚕忙。连日提笼采桑。几时荷锸栽秧。连枷响[3]，
田塍夕阳。打豆好时光。

◎ 注释

[1] 黄云陇亩：形容地里的大麦已熟，像一片黄云覆盖在陇亩上。所谓"四月南风大麦黄"，
就是江南春夏之交的风光。

[2] 红雨村庄：形容村前村后，落花满地。红雨，落花的代称。李贺《将进酒》："况是青
春日将暮，桃花乱落如红雨。"

[3] 连枷：脱粒的农具。杨万里《秋日田园杂兴》之八："笑歌声里轻雷动，一夜连枷响
到明。"

◎ 评析

　　诗人在描绘江南农村春夏之交的农事活动上，表现了活泼生动的笔
力。绿阴、黄云、红雨，是从宏观的角度，再现农村的自然美；采桑，
栽秧、打豆，是从微观的角度，歌颂农民的劳动热情。画面鲜明，语言
朴素，是江南农村的一幅风情画。

北中吕·山坡羊

蔷薇早卸，玫瑰又谢，春归才信春无价。红雨歇，绿阴遮。
东风冷落银屏夜[1]，烧烛有人怜岁华[2]。蝶，犹恋花；蜗，
空篆叶[3]。

◎ 注释

[1] 银屏：银饰的屏风或银白色的屏风。

[2] "烧烛"句：李商隐《花下醉》："客散酒醒深夜后，更持红烛赏残花。"苏轼《海棠》：
"只恐夜深花睡去，故烧高烛照红妆。"这是暗用李、苏诗意。

[3] 蜗，空篆叶：蜗牛爬行过的地方，留下黏液的痕迹，好像篆文一样。毛滂《玉楼春》
词："泥银四壁盘蜗篆，明月一庭秋满院。"

◎ 评析

　　诗人面对"绿肥红瘦"的暮春景象，感到春光已老，年华易逝，而事业未成，穷愁依旧，不胜美人迟暮之叹。自己在功名上虽如蝶之恋花，在学问上虽如蜗之篆字，也改变不了眼前的现实。语丽意新，情深境远，给人以很深的感受和很大的启发。

北双调·水仙子

海　棠

红绵绣凤扑华铅[1]，红锦回鸾散舞钱[2]，红丝颤雀翘妆钿[3]。过清明百六天[4]，画墙低何处秋千？宿粉晕流霞炫，明姿洗垂露鲜，是花中第一神仙。

◎ 注释

[1] 红绵绣凤：形容海棠将开时的美丽，好像在红绵上绣着的凤凰。因为海棠花，含苞待放时呈深红色。

[2] 红锦回鸾：形容海棠已开后的美丽，在微风中摇动，好像鸾鸟在空中回旋一样。

[3] 红丝颤雀：形容垂丝海棠的美丽。这种海棠花梗细长，重瓣下垂，呈淡红色。它在细长的花梗上，像颤巍巍的雀儿一样。

[4] 过清明百六天：指寒食节，它距离冬至一百六日。沈与求《曾宏父将往雪川见内相叶公以诗为别次其韵以自见》诗："时鱼苦笋过百六，又到一年春尽头。"

◎ 评析

　　曲的开头，用一个工整而形象的鼎足对，极力渲染海棠的艳丽，令人心醉。然后以"画墙低何处秋千"一语为契机，转入以花拟人。使海棠有花之艳，有人之情，有仙之灵，真是妙语如珠，下笔有神。秋千与美女，历来在诗人笔下是融合在一起的。张先的"那堪更被明月，隔墙送过秋千影"（《青门引》），欧阳修的"秋千慵困解罗衣，画堂双燕栖"

（《阮郎归》），苏轼的"墙里秋千墙外道，墙外行人，墙里佳人笑"（《蝶恋花》），都是这样。曲末的"宿粉""明姿"，是写海棠，更是写佳人，亦人亦花，妙合无垠，其笔力是非常人所能及的。

北双调·折桂令

湖　上

看湖头急雨潇潇，早烟幂林垌[1]，云布山椒[2]。浪未银翻，泉迟玉泻，波已珠跳。[3]游女去香车翠轺[4]，货郎归画鼓饧箫[5]。最是魂消，无恙东风，楝子花梢[6]。

◎ 注释

[1] 烟幂林垌：烟雾像帷幕一样笼罩着林野。林垌，林野。

[2] 云布山椒：密云布满了山顶。椒，山顶。

[3] "浪未银翻"三句：都是"急雨潇潇"的具体描写。言白浪尚未翻滚，湖水还未倾泻，而打在水面上的雨点却像珠子似的跳了起来。波已珠跳，是从苏轼《望湖楼醉书五绝》之一的"黑云翻墨未遮山，白雨跳珠乱入船"的诗句中得到的意境。

[4] 游女：出游的女子。《诗·周南·汉广》："汉有游女，不可求思。"香车翠轺：华丽的小车。李清照《永遇乐》："元宵佳节，融和天气，次第岂无风雨？来相召，香车宝马，谢他酒朋诗侣。"

[5] 货郎归画鼓饧箫：卖杂货的担贩回来了，一路上摇着货郎鼓，吹着卖饧箫。饧箫，卖饧者所吹之箫。郑玄注《周颂·有瞽》"箫管备举"云："箫，编竹管为之，如今卖饧者所吹也。"

[6] 楝子花：树高叶密，花香色红，实如小铃，俗号金铃子。它是二十四番花信中，最后的一番花信。宋何梦桂《再和昭德孙燕子韵》："处处社时茅屋雨，年年春后楝花风。"

◎ 评析

　　前写湖上急雨前的自然景象，设意巧妙，造语新奇，富于形象的美感。后写湖上雨来时的人物活动，形象鲜明，神态如画，富于生活情趣。末写风雨过后，楝花依旧在树梢上招展，令人魂消，抒发了诗人惜春怜花之情。以情结景，极深婉流美之致。

杨恩寿
（1834—1891）

字鹤俦，号蓬海，又号坦园，别署蓬道人，湖南长沙人。咸丰八年优贡，同治九年举人，光绪初授盐运使，迁湖北候补知府，一生大部分在幕府中，过着不得志的幕僚生活。善诗文，能制曲，著有《姽婳封》《桂枝香》《再来人》《桃花源》《麻滩驿》《理灵坡》六种传奇，合称《坦园六种曲》。散曲有《坦园词余》，存小令一首，套数十首。

南南吕·恋芳春

愁绪难开，春光又到，勾消暮暮朝朝。最是催花时节[1]，人去迢遥。一角筼帘低扫[2]，又黄昏风凄雨小。添懊恼，麝烬香消[3]，泪点红绡。

◎ 注释

[1] 催花时节：春雨连绵的季节。此暗用《羯鼓录》所载，唐玄宗命高力士临轩着羯鼓，演奏一曲《春光好》，苑内花便已绽蕾。叫作"催花"。

[2] 筼帘：竹帘。

[3] 麝烬：用麝香制成的炷香，已经成了灰烬。说明夜已深了。

◎ 评析

这是诗人伤别怀人之作。后半幅渲染了"愁绪难开"的恼人气氛，筼帘低扫，风凄雨小，而他心中的人儿却在迢遥的远方，自然难以为怀。末两句，把别意离情推向了感情的高潮。

南越调·黑麻令

送　别（套）

【南越调·黑麻令】猛吹起胡笳塞笳[1]，恰正好风斜雨斜，最凄清霜葭露葭[2]。送行人南浦依依[3]，莽前程烟遮雾遮，望不见人家酒家，尽相对长嗟短嗟。只够着半日勾留，才悟透尘海团沙[4]。

【前腔】料理着渔叉画叉[5]，寻君到山涯水涯，隔断了喧哗市哗。饱看够清爽秋光，闹喳喳朝鸦暮鸦，冷清清芦花荻花，重叠叠匏瓜枣瓜[6]。会编就一套曲儿，付与那一面琵琶。

◎ 注释

[1] 胡笳塞笳：都是军乐器，是西域传进来的，也是我国北方少数民族习用的乐器，其音悲凉。这是泛指悲凉的音乐，并非实指。

[2] 霜葭露葭：经过霜侵露打的蒹葭。典出《诗·秦风·蒹葭》："蒹葭苍苍，白露为霜。"这是点明深秋季节。

[3] 南浦依依：形容依依难舍的惜别之情。典出江淹《别赋》："送君南浦，伤如之何？"

[4] 尘海团沙：言在茫茫的人海间，人们的分合本来像沙粒一样，遇合只是一种偶然性，而分离则是必然的、不可避免的。

[5] 渔叉：捕鱼的工具。画叉：张挂画幅用的长柄叉。这是准备过隐逸生活的憧憬和决心。

[6] 匏瓜：葫芦。《论语·阳货》："吾岂匏瓜也哉，焉能系而不食。"枣瓜：枣脯。

◎ 评析

前曲写送别的情景，后曲写别后的情怀，全曲情景交融，充分调动了景物描写的手段，来寄托自己厌倦官场、向往隐逸生活的感情。在艺术上是相当成功的。

❖无名氏

清代无名氏的小曲，虽多写艳情，然亦有写社会病态的，亦有命意造词，比较尖新的。

南中吕·驻云飞

邓通叹钱[1]

【南中吕·驻云飞】你是铜钱，里面方来外面圆。生在金銮殿[2]，天下都游遍。钱，眼内把绳穿，四字"元丰通宝"当空现[3]。你看万里经商只为钱。

【前腔】因为铜钱，终日奔波夜不眠。受尽了多少辛苦，半晌也莫休闲。钱，万贯在腰缠[4]，日用家常，须要心勤俭。你看义断情疏只为钱！

【前腔】有了铜钱，富贵荣华在眼前。住的是高堂院，穿的是绫罗绢。钱，气慨甚昂然，红粉佳人，日里常陪伴。醉在销金帐里眠[5]。

【前腔】没了铜钱，父母熬煎妻不贤。朋友都不见，邻里相轻贱。钱，端的有堪怜[6]，我有钱时曾与人行方便。今我无钱谁见怜？休得胡行乱使钱！

【耍孩儿】无钱啊，思量泪打腮边转，愁恨情怀怨什么天！光阴世事多更换，有钱呵红缨白马人称羡[7]。无钱呵罄手空拳骨肉嫌[8]，衣衫褴褛人轻贱。有钱呵胡言乱语全有理，无钱呵说出立国机关总枉然。到如今参透了人心面，有钱的人前说好，无钱的怎敢当先！

◎ 注释

[1] 邓通：汉南安人。因为文帝吮痈得宠，赐蜀严道铜山，可以自行铸钱，因之邓氏钱满天下。景帝立，将其家产尽没入官，通寄死于别人家。见《史记》《汉书》的"佞幸传"。

[2] 金銮殿：本为唐代的官殿名，后在戏曲、小说中，转为皇帝的正殿。白仁甫《东墙记》："脱却旧布衫，直走上金銮殿。"

[3] 元丰通宝：宋神宗元丰年间所铸的钱币。

[4] 万贯在腰缠：形容拥有很多的钱财。贯，旧时用绳索穿钱，每一千文为一贯。《五灯会元》五二："秤锤掇出油，闲言长语休。腰缠十万贯，骑鹤上扬州。"

[5] 销金帐：用金或金线装饰或织成的帐子。《风光好》二："你这般当歌对酒销金帐，煞强如扫雪烹茶破草堂。"

[6] 有堪怜：有可爱之处。怜，爱的意思。

[7] 红缨白马：白色的马套上红色的革带。形容富家子弟的坐骑。

[8] 罄手空拳：赤手空拳。罄，空的意思。这是形容一无所有。《争报恩》一："你道赤手空拳本利少。"

◎ 评析

　　盛夸钱的作用，有了钱，便能住高堂深院，穿绫罗绸缎，骑红缨白马，醉在销金帐里。没有钱，便妻嫌母厌，邻里轻贱，泪打腮边转。甚至"有钱呵胡言乱语全有理，无钱呵说出立国机关总枉然"。这种现象，自古皆然，于今为烈，可为浩叹！讽刺的意义，可与鲁褒的《钱神论》相媲美。

北仙吕·寄生草

圈儿信

有妓致书于所欢，开函无一字，但有单圈、双圈、整圈、破圈，最后画无数小圈。有好事题一曲于其上云。
相思欲寄从何寄，画个圈儿替。话在圈儿外[1]，心在圈儿里[2]。
我密密加圈，你须密密知侬意。单圈儿是我，双圈儿是你。

整圈儿是团圆，破圈儿是别离。还有那说不尽的相思，把一路圈儿圈到底。

◎ 注释

[1] 话在圈儿外：言语言只是外壳，不能充分表达自己的相思之深。

[2] 心在圈儿里：言其一片至诚之心，永远围绕着你。这圈儿就是我内心的自白。

◎ 评析

　　虽然是游戏笔墨，却是至情流露，浑然天成，恰合两人的口吻，令人百读不厌。真可谓"文章本天成，妙手偶得之"。

南商调·山坡羊

蹩秋波擦生生的眉黛[1]，剪春罗软迷迷的身态[2]。屑云香自禁窄的凤头鞋[3]，衮情丝没打结的鸳鸯带[4]。命里该，今生牵惹才。既天般渴想君耽待，那锦片姻缘教谁主裁[5]？奇哉，这周旋忒费猜[6]！痴哉，这淹煎着甚来[7]？

◎ 注释

[1] 秋波：形容美目清如秋水。欧阳修《玉楼春》："个人风韵天然俏，入鬓秋波常似笑。"

[2] 春罗：最美丽的丝织品。韦应物《杂体》诗之三："春罗双鸳鸯，出自寒夜女。"

[3] 凤头鞋：绣有凤凰图形的鞋。苏轼《谢人惠云巾方舄》诗之二："妙手不劳盘作凤"，自注："晋永嘉中有凤头鞋。"

[4] 鸳鸯带：绣有鸳鸯图形的带子。

[5] 锦片姻缘：美好的姻缘，锦绣似的美妙姻缘。

[6] 周旋：应酬，打交道。《韩非子·解老》："夫道以与世周旋者，其建生也长，持禄也久。"

[7] 淹煎：长期的逗留和熬煎。

　　前半幅以极工极丽的语言，活画出一个美丽的少女的神态和打扮；后半幅写自己真诚的相思，而又未能成就那"锦片姻缘"，于是自怨自艾，发出了"谁主裁""着甚来"的呵问。情真语挚，感人至深。

南仙吕入双调·字字双

莫言天道无私曲[1]，不信。又道皇家雨露多[2]，偏胜。高官厚禄在他人，无分。如何独把我觑轻[3]，怨恨。

◎ 注释

[1] 私曲：私心。《后汉书·郎𫖮传》："尚书职在机衡，宫禁严密，私曲之意，羌不得通。"

[2] 雨露：喻天子的恩泽。高适《送李少府贬峡中王少府贬长沙》："圣代即今多雨露，暂时分手莫踌躇。"

[3] 觑轻：轻视，瞧不起。

◎ 评析

　　这是沉沦下僚者的呼声，是怀才不遇者的牢骚。他不相信天道无私，也不相信皇家的雨露，因为严酷的现实告诉他，社会上不是在平等的竞争，而是"私曲""偏胜"在起着决定性的作用。

曲篇诚妙咏　选论亦华章
——20 世纪中国曲坛殿军羊春秋的曲作、曲论与曲选

赵义山（四川师范大学文学院）

　　羊春秋先生（1922—2000）是 20 世纪后期的散曲大家，如就其曲学活动的时代与成就而言，谓之 20 世纪曲坛殿军，他应该是当之无愧的。羊氏生前曾任湘潭大学中文系主任、中国散曲研究会会长、中国韵文学会会长。如果放眼羊先生所生活的 20 世纪的中国散曲，倘就其总体发展形态而言，明显地呈现出一个马鞍形状态，即两头高而中间低，无论曲作、曲论，皆是如此。如果就中间低落状况看，中国大陆几无曲论可言，曲作也只有赵朴初在 60 年代配合中共在意识形态领域内的反苏反美，创作了《某公三哭》，并得到最高领袖支持，在《人民日报》发表，不少人于是知道中国古典诗歌中还有散曲一体。这组散曲，活泼俏皮，深得曲体三昧，影响很大，由此唤醒了国人的散曲记忆，算是延续了散曲文学的艺术命脉。但随着政治气候的变化，这束散曲的艺术之花，在完成特殊使命后，很快归于沉寂，真如昙花一现。如果就前后两头的高潮而言，亦与时政关系密切。前一个高潮，大体上是陈栩、吴梅、任讷等传统文士的即兴抒怀之曲，与卢前、于右任、孙为霆等志杰之士以抗战为背景的社会时事之曲，二者相互辉映，持续时间贯穿整个

民国时期；后一高潮，则以羊春秋、丁芒等人对"文革"荒诞现实和堕落世风的讽刺，与萧自熙等人对沦落底层的知识分子命运的诙谐悲歌，二者各自行世，持续时间约二三十年，并延续到新世纪。在前后两个高潮的代表性作家中，陈栩、吴梅、任讷等取径较狭，曲风清雅，是传统南派曲作之余绪；前期卢前、于右任、孙之霆等人，与后期羊春秋、丁芒、萧自熙等人关注现实，都从骨子里传承着北曲文学里固有的讽世精神，又展示出动荡岁月中一幅幅生动的社会画卷，打上了鲜明的时代烙印。在这些曲坛大家中，吴梅、任讷、卢前、羊春秋、萧自熙、丁芒等人，都是曲作、曲论兼有；而曲作、曲论兼有而复有曲选者，前期有吴梅、任讷、卢前师徒三人，后期则仅羊春秋一人而已。羊先生之曲作、曲论、曲选，学界分别有所评论，但不多；评其曲论、曲选者，皆较简略；将羊氏曲作、曲论、曲选综而论之，且给予其20世纪曲坛殿军之定位者，当自拙论始，是否恰当，则期待方家教正。

一、锋芒毕露、幽愤雄豪的曲作

羊春秋先生的散曲作品，曾先后收入其所著《迎旭轩韵文辑存》《春秋文白》《散曲通论》，后被周成村先生辑为《羊春秋散曲》，2012年由湖南人民出版社出版。凡存小令135首、带过曲2首、套数6篇、自度曲1首。数量尽管不多，但首首珠玑，艺术造诣确为上乘。羊先生的散曲创作，不仅继承了中华文化的骚雅传统，禀赋着元代散曲的讽世精神，而且涵融着20世纪后期浓郁的时代气息，彰显着志节之士的正义立场，坚守着中国知识分子传统的德性与良知。

诵读羊先生之曲，给人留下最深印象的，是对社会邪恶、腐朽势力的愤怒谴责，对堕落世风的猛烈批判，对正义和光明的热情讴歌。比如

【南吕·一枝花】《牛虎对语》借谴责猛虎的为非作歹而讽刺位高权重者
的邪恶：

> 只怕你坐上虎椅，领了虎旅，便捋不得胡须，摸不得屁股。
> 饮血茹毛，敲骨吸髓，使百姓嗟苛政，万民叹穷途。让行尸做
> 你的伥鬼，爱姬窃你的兵符，弄权宫廷，作恶里闾，历史会把
> 你钉在遗臭万年的耻辱柱！

此套虽然借寓言之体、庄谐杂出，但笔锋所向，明眼人可一望而知。

又如【中吕·山坡羊】《讥歪风》（组曲）对以权谋私等堕落世风的
批判：

> 腰缠万贯不蹊跷，权力如今都变了钞。星，摘得到；天，
> 塌不了！
>
> 雄关险隘都过了，严惩彻查顶个鸟。钞，依旧捞；囊，
> 依旧饱！
>
> 有权不捞图个怎，谁不轮番捞一阵？名，我不争；权，你
> 莫分！

这是作者二十多年前曾经猛烈批判过的以权谋私、权钱交易的腐败、堕
落世风，但从中纪委近年来"打虎拍蝇"所取得的辉煌战绩可知，此种
腐败之风，尚未得到根治，其积弊之深，危害之烈，依然令人惊悚！要
治此顽疾，如果没有行之有效的权力制约、监督机制，恐作者在天之灵
仍不能得到安息。

阅读作者这类尖锐的讽刺和愤怒的批判之曲，我们自然会联想到
元明曲家的社会讽喻之作。如元代无名氏曲家的【正宫·醉太平】
《讥时》：

堂堂大元，奸佞专权。开河变钞祸根源，惹红巾万千。官法滥，刑法重，黎民怨。人吃人，钞买钞，何曾见。贼做官，官做贼，混贤愚。哀哉可怜！

再如明代曲家王磐的【中吕·朝天子】《咏喇叭》：

喇叭，唢呐，曲儿小腔儿大。官船来往乱如麻，全仗你抬声价。军听了军愁，民听了民怕。哪里去辨甚么真共假？眼见的吹翻了这家，吹伤了那家，只吹的水尽鹅飞罢！

又如清代曲家严廷中的【双调·沉醉东风】《哀江南》五首之一：

十万言写不尽东南兵燹，数千里寻不出干净湖山。那个管封疆？那个领征战？管领得恁般糜烂！长城犹幸在江南（向公荣），恨死却军中一范（林公则徐）！

元明清散曲中这些尖刻、犀利的讽世之作，矛头直指，都是当权者的以权谋私、贪婪无度、腐败无能、陷害忠良，最终导致正义不张、社会混乱、百姓罹祸。羊先生之曲，正是继承了散曲文学的讽世传统，矛头所向，也是权贵们的权钱交换、胡作非为，其满腔幽愤，犀利锋芒，至今读之，犹觉正气凛然！

在元明清散曲中，讽刺、批判之曲甚多，尤其在元代散曲，讽世之作俯拾即是，而缺少的是歌颂之曲。但读羊先生散曲，可以发现，他一方面批判腐朽与邪恶，但另一方面，却也不忘歌颂正义与光明。例如他的【正宫·叨叨令】三首，对张志新烈士为坚持真理、捍卫自由，不惜以生命对抗强权的大无畏精神的热情讴歌：

只因你肝肠百炼炉间铁，那管他风波千丈虎狼穴！你眼眈眈把龙潭越，你气昂昂将虎须挽。气煞人也么哥，气煞人也么哥，拼将满腔热血写巾帼！

铁肩膊承担着千秋肮脏罪，热心肠蕴藏着万丈虹霓志。为真理你摔了上天梯，斗妖魔你出了担山力。问苍天也么哥，问苍天也么哥，谁糊涂了这盗跖夷齐？

急切切欲凭赤手补天裂，惨凄凄谁教骤雨摧兰折？化碧的鲜血犹然热，贯日的精诚永不灭。你省的也么哥，你省的也么哥，如今是河清海晏人欢悦。

又比如【正宫·醉太平】《省第四次文代会书感》三首之一、之三，对粉碎"四人帮"后，思想解放，民主思潮勃兴，万象复苏之光明国运的纵情歌唱：

喜乾坤初转，恰日月中天，纤云扫尽碧空妍，祝馨香一瓣：花开民主春无限，理崇实践道无前，醒狮东亚力无边，又换了人间。

幸天挺人豪，除柳怪花妖，于无声处听惊涛，把沉渣冲掉。有人放弃擒鳌钓，有人献出屠龙刀，有人夺得宫锦袍，喜百凤来朝。

这种在特定时代环境中发自内心的歌颂，是知识分子把在专制淫威下积压多年的怨愤之音宣泄之后，无比兴奋、畅快之情的激烈喷发，是带有鲜明时代特征的喜悦心声的吐露，而绝非那些廉价矫情的、时尚应景的谀颂之作可比。

除了那些锋芒毕露的讽世之曲和豪情四溢的歌颂之作而外，羊先生不少即兴抒怀、登览纪行、题咏酬赠之作，也大多充满豪情胜慨。如

【正宫·叨叨令】《大有作为之春抒情》二首之二:

> 现赶着车儿马儿,向着"四化"呼拉拉地驶,冲着那风儿雨儿,越过那重重叠叠的山和水,要摘取星儿月儿,密匝匝地挂在天安门里,再与那欧儿美儿,笑哈哈地比个高低。兀的不快煞人也么哥,兀的不快煞人也么哥,且看那鲲儿鹏儿,展开那光闪闪的垂天翼。

再如【中吕·山坡羊】《南岳纪行》八首之一《重游南岳》:

> 云山千叠,溪流九折,依稀记得旧行色。鬓虽白,血犹热,雄心欲摘长空月,顽石要补金瓯缺。成,由他说;败,由他说。

又如【正宫·醉太平】《题〈翠竹诗稿〉〈洞庭诗抄〉》三首之一:

> 诗和雁塔,笔走龙蛇,一函珠玉继骚雅,听铁板铜琶。春风吹绽安仁花,春寒酿熟卢仝茶,春莺装点范宽画,样样无价。

凡此等等,总是情深意远,境阔气豪,激人感奋,令人神往!

羊先生的散曲,无论讽喻还是歌颂,总显得境界阔大,气势雄豪。在对中国古典诗词的涵融浑化上,他明显受到屈原、李白、苏轼、辛弃疾、关汉卿、马致远等豪放派大家的潜移默化,在创作风格上呈现出豪放派曲家本色当行的特点,在曲作技巧上最为突出的亮点是丰富多彩的想象、精妙纷呈的比喻和出人意表的夸张。

比如,前引【南吕·一枝花】《牛虎对语》中将一旦窃取高位的野心家专制擅权的残暴,想象为猛虎横行无惮:

> 只怕你坐上虎椅,领了虎旅,便捋不得胡须,摸不得屁股。饮血茹毛,敲骨吸髓,使百姓嗟苛政,万民叹穷途。

又如【南吕·一枝花】《七十六岁放言抒怀》将世俗社会中对权、钱万能的崇拜，想象为不仅权、钱能在人间为所欲为，而且可以买通天廷、地府：

> 如今啊有钱的是好汉，有钱的是英豪，兀谁不晓？风鬟雾鬓十二钗，杨柳春风廿四桥，只要手里攥着权和钞，谁也休想跳出你那权钱构筑的怪圈套。阎王敢问询，玉帝快开条。

类似以上丰富多彩的想象，大多以类比联想为基础，自然，羊先生散曲中各种精彩的比喻，也就层出不穷。此处各举一例，以见一斑。其用明喻者，如【中吕·喜春来】《敦煌纪游》五首之二《书所见》：

> 几间土屋似鸡笼，几眼废窑如窟窿，几行疏柳若屏风。大漠中，一抹夕阳红。

其用隐喻者，如【中吕·阳春曲】《春兴》三首之一：

> 一庭芳草当凉席，两部蛙声当鼓吹，几行春树当帘帷。畅好是，人在画图里。

其用借喻者，如前引【正宫·叨叨令】三首之一：

> 只因你肝肠百炼炉间铁，那管他风波千丈虎狼穴！你眼睁睁把龙潭越，你气昂昂将虎须挱。

其用博喻者，如【正宫·醉太平】《题〈翠竹诗稿〉〈洞庭诗抄〉》三首之三：

> 心红似火，思捷如梭，一枝彩笔画妖魔，看原形若何？蝇儿碰得头儿破，蜂儿攒得花儿落，鸦儿聒得眼儿挫。处处风波。

对羊先生散曲中精彩纷呈的比喻艺术，曾有学者以专文分析研究，指出："《迎旭轩韵文辑存》共收录散曲143首，得比喻268处，平均每首将近使用两个比喻……其作品不仅在总体上做到了'明喻更明，隐喻更隐，博喻更博'，而且达到了'切'的要求，给人以美不胜收的艺术享受。"[1]与丰富的想象与精彩的比喻相关而且紧密结合的，是出人意表的大胆夸张。如前引【正宫·叨叨令】三首之二：

铁肩膊承担着千秋肮脏罪，热心肠蕴藏着万丈虹霓志。为真理你摔了上天梯，斗妖魔你出了担山力。

【双调·水仙子】《在省第四次文代会上》二首之二：

丰城剑光射斗牛，太白旗风卷宇宙，灵鼍鼓响彻神州。

【双调·水仙子】《悼屈原》三首之三：

一心欲补乾坤漏，两手要扶日月走，双眉常锁庙堂忧。

诸如此类，多是由丰富的想象，借助精彩的比喻，并以夸张的语言，写宏阔之境，抒雄放之情，呈奔放之势，显豪辣之风。

对羊先生的散曲创作，笔者曾有过评论："羊春秋的散曲尽管数量不多，但首首堪称珠玑，艺术造诣确为上乘，不仅继承了中华文化的骚雅传统，禀赋着元代散曲的讽世精神，而且涵融着20世纪后期浓郁的时代气息，彰显着志节之士的正义立场，坚守着中国知识分子传统的德性与良知。读羊春秋之曲，颇感其情深意挚、气豪境阔、语隽律熟。就其总体成就而论，羊春秋不仅是湖湘古今曲坛巨擘，而且也是20世纪

---

[1] 王毅、王婧之：《论羊春秋先生散曲的比喻艺术》，《西华师范大学学报》2013年第2期。

中国曲坛上难得的大家。"[1] 打开羊先生的曲集，倘能沉心静虑，细细把玩，则真如放舟洞庭水、纵目岳阳楼，令人心旷神怡、激情澎湃！

二、简明扼要、切中肯綮的曲论

羊春秋先生的曲论，如《元散曲略论》《论衬字》等散见于期刊者不多，其主要成就集中体现于《散曲通论》（岳麓书社 1992 年版）一书。此书是自金元有散曲以来，首次以"通论"名书的散曲论著，全书 33 万字，分十章对中国古代散曲做了全面论述。书名"通论"，的确名副其实。其"通"，首先表现在对散曲一体之渊源、体制、声律、章句、辞采等特征的全方位的通盘探讨，总体上皆以曲体为中心展开，这属于横向的"通"；其次则表现为对元、明、清历代散曲代表作家作品的论述，总体上是以作家创作发展历程为线索展开论述，这属于纵向的"通"。

先说第一章"绪论"对散曲一体之渊源和主旋律的论述。论曲体之起源，羊先生对前贤"曲源于词说""曲源于胡乐说""曲源于乐府说"等观点进行了清晰的梳理，肯定前贤"从不同的侧面，各得曲的一源"的真知，但也指出其"皆不足以得其全"的局限。接着，他从四个方面分析了散曲产生的原因："词的衰微""外乐的传入""俗曲的影响""语言的发展"等，这就从文学、音乐、语言等多方面着眼，把散曲的产生问题论述得相当周详了。其宽阔的视野和综合的思考，使得羊先生对曲之起源的论述，既能综合各家之长，又能弥补各家局限，显得圆融通达。论述了曲之起源后，羊先生从散曲主要思想倾向和情感意趣着眼，特别论述了散曲的三个"主旋律"："消极的避世""愤怒的鞭挞"

---

[1] 赵义山：《幽愤之歌吟，时代之骚雅——论羊春秋的散曲创作》，《文艺研究》2016 年第 8 期。

和"执着的追求"。羊先生认为，这是在特殊时代环境中知识分子因共同的不幸遭遇而出现的。他说："元、明、清三代的知识分子，不是生活在民族歧视之中，便是挣扎在特务控制之下。民族的忧患，政治的黑暗，仕途的偃蹇，生命的没有保障，形成一种普遍的时代失落感。这种失落感迫使他们从不同的角度、不同的侧面把自己的感受表现出来，把自己的心声倾吐出来。又因为摆在他们面前的严峻生活，是向整个传统的观念提出了深刻而尖锐的挑战，它包括道德观、价值观和美学观，传统上认为是有道德的、有价值的和美好的东西，现在都要重新加以确认和建立了。这就远远超出了个人的得失、荣辱、是非、功过和离合、悲欢，而关系到整个民族、整个国家、整个传统的兴衰、存亡和因革的大问题。因而他们的苦闷、愤怒、呻吟和呐喊，就带有空前的整体性和深刻性，就出现了主观目的性与客观现实的普遍分裂，从而在散曲中形成了三个不同的主旋律。"这样来认识散曲中那些所谓"消极避世"之曲的时代特征，就既有知人论世的深刻思考，又融入了自我一己的时代感愤，无疑是非常中肯的。

再说羊先生对散曲之体制、声律、章句和辞采的论述。论体制，是第二章的内容。在本章中，羊先生首先分小令、带过曲、集曲、套数四类，论述了散曲的"一般形式"，比起对散曲只做小令、套数的传统的两分法来，显然更细致、合理，也更加具体、深入。其次从特殊的文字技巧角度，论散曲之"巧体"，所论有"短柱体""独木桥体""叠韵体""犯韵体""顶真体""叠字体""嵌字体""反复体""回文体""重句体""连环体""足古体""集古体""集谚语体""剧名体""调名体""药名体""隐括体"十八类。羊先生在王骥德《曲律》"论巧体"的基础上扩而广之，又在任讷《散曲概论》"散曲俳体二十五种"内择其要者而论，每论一体，皆先简述其特征，再举其例曲，论、例结合，释说简明扼要。然后从题材内容角度，论散曲之"体格"，所论有"黄冠体""承安体""玉堂体""草堂体""楚江体""香奁体""骚人体""俳优体"八体；亦是先简论其特点，再举例曲进行具体论述。观其所论八体，皆源自明初朱权《太和正音谱》"新订乐府体一十五家"。不过，朱权对所提出的各体之特点，只是点到即止，既无例曲，也无论说，一般读者很难理解。在朱氏所列"一十五家"中，被羊先生放弃而未加论述者有"丹丘体""宗匠体""盛元体""江东体""西江体""东吴体""淮南体"七体，观此七体之名，大多就地域、流派辨体别类，如落实到具体作品，实难准确把握，故放弃不论，是有道理的。最后，羊先生还就散曲与词体、北曲与南曲做了简要的比较论述。

论声律是第三章的内容。本章所论，分别有"宫调""曲牌""曲韵""平仄""板眼"等方面的问题。这些论题大都属于曲的音乐方面的内容，其中不少问题，历来颇具争议。比如曲的宫调究竟有无具体的乐理指义？每一个曲牌是否都一定属于某一宫调？又比如曲的用韵，是否如前人所言"北叶《中原》，南遵《洪武》"？凡此等等，曲学界至今仍有不同看法。羊先生固然多承前贤之论，难有新见，但条分缕析，简明剀切，能给人深刻印象。尤其在平仄、韵式的论述方面，因其对元明清散曲有过通览，而且又具有丰富的创作经验，故其所论，能结合具体作品落到实处，不仅对于散曲的阅读、鉴赏多有帮助，而且对散曲的创作亦具指导意义，惜知者无多，实为憾事。

论章句、论辞采，分别是第四章、第五章的内容。第四章论曲的章法、句法、字法以及第五章论曲的对偶、衬字等等，与前章论平仄、韵式一样，都紧密结合曲的创作，以丰富典型的例证进行分析，具体入微。比如第四章论及曲的章法中的铺排之法时，即归纳为"用历史事实进行铺排""用连续的比喻进行铺排""用几个叠对加以铺排""用几个俳句加以铺排""用对比的手法加以铺排""用说理的方法加以铺排"等等；又比如第四章论曲的基本句式，则从"一言句""二言句"起，逐次论到"十一言句""十二言句"；又比如第四章论及曲的字法，则分别论及"下俗字""用叠字""用虚字""韵脚字"等等；又比如第五章论及曲中主要的对偶形式，分别论述了"二句对""三句对""四句对""隔句对""重叠对""言对""事对""联绵对""当句对""假对""同韵对"等等。此种论述，本易呆板枯燥，但因例证丰富，既融会前贤高论，又多有自己的真知，且语言简练，文笔生动，故可读性很强。比如论曲的章法时说："章法，虽然没有一定之格，神明变化，存乎一心，未有执一'死法'而能写出好作品的。但作品的体式、承转、熔裁，不是无法可循、无迹可求的"；论曲的开端时说："开端得势，便是高屋建瓴，势如破竹，能写出一篇光彩的文字来；反之，就会窒息思路，阻滞意脉，'兀若枯木，豁若涸流'，虽是勉强成篇，也不能给人以应有的美感享受"；论曲的铺排时说："铺排，就是铺陈排比，或以同类事物相烘托，或用异类事物来反衬，或连续使用比喻，或连续运用排比，以丰富的内容，开拓其思想。使人感到气象万千，烟波浩渺，味之有余，揽之不尽，绝无拘束困厄之态，而有富丽堂皇之致"；论曲以情结尾时说："曲的结尾，无限感慨。看似说尽，实则水穷云起，有着无穷的意蕴，在无字处指点，在无声处震荡"；凡此，都既中肯綮，又生动形象，对散曲创作极具指导价值。

从第六章起到第八章皆为作家创作论，凡三章，元、明、清各一章。第六章论元代作家创作，羊先生所划分的阶段和所论各阶段代表作家有："以词为曲的先期作家"元好问、王恽、卢挚、姚燧；"鼎盛时期的作家"关汉卿、马致远、白朴、张养浩；"逐渐雅化的后期作家"乔吉、张可久、徐再思、任昱；"少数民族作家"贯云石、薛昂夫、阿鲁威。第七章论明代作家创作，其所论明代各阶段及代表性作家有："明初曲坛的寂寞"期作家谷子敬、陈克明、汤式、朱权、朱有燉；"明中叶北曲作家群"中的康海、王九思、杨慎、杨廷和、黄峨、冯惟敏、李开先、刘效祖、常伦、薛论道；"明中叶南曲作家群"中的陈铎、王磐、金銮、沈仕、唐寅；"晚明曲坛繁荣"期的作家梁辰鱼、沈璟、王骥德、冯梦龙、施绍莘；最后论述了"少年民族英雄夏完淳"。第八章论清代作家创作，所论各阶段及代表作家有："清初散曲作家群"中的尤侗、吴绮、沈谦、朱彝尊、金农、郑燮；"清中叶散曲作家群"中的厉鹗、徐大椿、蒋士铨、吴锡麒、凌廷堪、赵庆熺；"晚清散曲作家群"中的许光治、杨恩寿、易顺鼎。从这三章的作家论来看，羊先生对元、明、清各个时期的代表性作家的选择，总体上是恰当的，对某些时代特征以及某些作家创作成就和特色的论述，也是较中肯的。比如论明初散曲说："从明洪武至成化的一百多年间，是曲坛最寂寞的时期。由元入明的散曲家，虽有继往开来之功，究不过元人散曲之尾声余韵而已，不足以为有明一代的冠冕。"又比如论元代前期散曲家王恽，认为，虽然贯云石、钟嗣成、朱权等人论曲时都没有提到王恽，但"其实他也是以词为曲，在词和曲之间架起了一座桥梁的建筑师，是散曲史上一个不可忽视的人物"。诸如此类论述，便是非常中肯的。但较为遗憾的是，羊先生对一些重要作家创作活动时代的判定，有时不太恰当。比如，将王恽、卢挚、姚燧等元散曲的第二代重要作家与元好问、刘秉忠、杜仁杰等由金入元的第一代曲家共论，又把同属元曲始盛期内的曲家关汉卿、白朴等人置于鼎盛期内而与马致远、张养浩等人共论，这些都是欠妥的。此外，限于篇幅，对元、明、清散曲发展的阶段和阶段性特征的把握也还显得模糊笼统，故对散曲发展史的呈现以及对明初散曲衰落和明中叶散曲复兴诸多重要问题的论述等，因受传统曲论影响太深，可商榷之处或有不少。不过，此类问题可以说普遍存在，不独羊先生为然[1]。本书最后两章，第九章是流派论，第十章是余论。凡论说散曲史者，一般总会论及风格、流派，此自元代贯云石开其端，明初朱权继其后，到近现代任讷、冯沅君等，也都会结合作家创作论述到这一问题。羊先生却别出心裁，在作家创作论之外，专立"流派论"一章，从"内容的言志与抒情""语言的本色与文采""风格的豪放与清丽"三方面，分别论述散曲中豪放、清丽两派在题材内容、语言风格和曲中人物形象表现方面的显著特征，在对比论述中见出两派差异。第十章余论主要论述元散曲中的"道情"、明代的"俗曲"和清代的"小曲"。最后两章所论，皆以问题为中心，论题集中，论述简明扼要，能给读者留下深刻印象。

如综而观之，羊先生《散曲通论》一书，尽管有某些不足，但总体而言，既涉题丰富，又论述周详；既融会前贤高论，又时出自我新见；既简明扼要，又切中肯綮；既严谨透辟，又生动活泼；在给读者以理论启迪的同时，也给人以语言表达清通、洁净的阅读快感。

三、史家意识、作家眼光之曲选

羊春秋先生的曲选，先后有《元人散曲选》(湖南人民出版社 1982年版)、《元明清散曲三百首》(岳麓书社 1992 年版)、《元曲三百首新

---

[1] 可参考拙著《元散曲通论》(上海古籍出版社 2004 年版)、《明清散曲史》(人民出版社 2007 年版)相关章节的论述。

编》（岳麓书社 2003 年版）等。在论说羊先生的曲选之前，有必要先简述一下此前的散曲选集。散曲之选，起于元人，杨朝英选编的《阳春白雪》《太平乐府》以及无名氏选编的《乐府新声》《乐府群玉》，是我们现在能看到的"元人选元曲"的重要散曲选本。明人的曲选，一般皆为元明曲家合选，其重要选本，有无名氏《乐府群珠》、臧贤《盛世新声》、张禄《词林摘艳》、郭勋《雍熙乐府》、陈所闻《南北宫词纪》、窦彦斌《词林白雪》、张栩《彩笔情词》等。清代词体复兴，文人骚客醉心散曲者远不及元明，不仅创作衰落，散曲之评论与选注亦乏善可陈。及于近世，王国维、吴梅、任中敏、卢前等人活跃于曲坛，则出现中兴气象。近世之散曲选，曾有顾佛影《元明散曲》、卢前《元曲别裁》和《元明散曲选》，其流行较广者为任中敏仿蘅塘退士《唐诗三百首》及朱彊村《宋词三百首》例而选编的《元曲三百首》，曾于 1930 年由上海民智书局初版。1943 年，卢前有感于任先生选注此书时，受资料条件局限，"时元曲传本，仅有杨朝英二选与天一阁藏《乐府群玉》；诸家别集及《乐府新声》尚未得见，故卷中所录颇不称。或二三首，或十数首，而张可久多至七十二首"，并说任氏当初亦不甚满意，"选录初毕，殊未自惬"（卢前《元曲三百首序》），于是，卢前便在掌握了较为完备的元散曲资料（曾纂"《全元曲》二百二十八卷"）后，对任先生的《元曲三百首》"略加删订"，这就是人们现在看到的署名任中敏、卢前编选的《元曲三百首》。20 世纪 80 年代，随着中国学术文化的全面复苏，散曲编选进入极盛，其影响较大者有刘永济《元人散曲选》（上海古籍出版社 1981 年版），王季思、洪柏昭等《元散曲选注》（北京出版社 1981 年版）、宁希元《元人散曲选粹》（甘肃人民出版社 1985 年版）等。羊春秋的《元人散曲选》《元明清散曲三百首》就是在这样的背景中陆续面世的。

羊春秋《元人散曲选》主要受刘永济《元人散曲选》影响，而对任中敏、卢前《元曲三百首》未能很好地参考、借鉴。比如，在入选的元散曲作家方面，《元曲三百首》选入作家 67 人，而《元人散曲选》仅选了 48 人，不及前者选录范围广泛，且《元曲三百首》最早从元好问、杨果、刘秉忠等人选起，而《元人散曲选》则从始盛阶段的关汉卿、白朴等人选起，完全遗漏了元散曲演化阶段的著名作家如元好问、杜仁杰、刘秉忠等人，显然缺乏散曲发展史意识；在入选的作品方面，虽然弥补了《元曲三百首》仅选小令不选套数的缺陷，但所选套数仅 5 套，如关汉卿【南吕·一枝花】《不伏老》、张可久【南吕·一枝花】《湖上晚归》等不少堪称经典的套曲皆未能选入。其进步之处，在于增加了注释，比起《元曲三百首》的白文，更有利于读者阅读、理解。如就 20 世纪 80年代初的元散曲选本而言，王季思等《元散曲选注》是选入作家广泛（75 人），有明显的史的意识，又令、套兼顾，且选注与简析结合的一个影响更大的选本。90 年代，吴战垒《元曲三百首续编》（浙江古籍出版社 1995 年版），俞为民、孙蓉蓉按题材类型选、注、译、析结合的《新编元曲三百首》（江苏古籍出版社 1995 年版），吴新雷、杨栋合选的《元散曲经典》（上海书店 1999 年版）等，也是值得关注的几个选本。进入21 世纪之后的元曲选本，值得关注的便是羊先生的《元曲三百首新编》和拙编《元曲选》（上海古籍出版社 2008 年版）。羊先生的遗著《元曲三百首新编》弥补了十年前所编《元人散曲选》的不足，不仅增加了作家，而且按时代先后重新排列，明显具有了史的意识。拙编《元曲选》，入选作家更为广泛（近 100 人），并严格以作家生卒或创作先后的准确顺序排列，并将最具曲趣的代表性作品选出，不仅令、套兼顾，而且散套、剧套合选，是一个综合性的完整意义上的元曲选本。

元、明、清三代通选的散曲选本，笔者所见者，最早是由王起主编、洪柏昭与谢伯阳选注的《元明清散曲选》（人民文学出版社1988年版），其后便是羊春秋选注的《元明清散曲三百首》，黄天骥、康保成合选的《元明清散曲精选》（江苏古籍出版社1992年版）。三书的选编者都是曲学大家，所以无论其选、注、析，都具有史家之意识、行家之眼光，尽管在作家时代先后排列上皆出现一些失误，但却都不失为通代散曲选注中有较大影响的著作。此外，由三位散曲研究大家合作的通代散曲选，即吕薇芬《元曲三百首》（百花文艺出版社2000年版）、门岿《明曲三百首》（百花文艺出版社2002年版）、谢伯阳《清曲三百首》（百花文艺出版社2002年版）亦是优秀的散曲通选本；由笔者主编的《元曲鉴赏辞典》《明清散曲鉴赏辞典》（商务印书馆2012、2014年版）前后衔接，不仅元、明、清通选，而且选录范围更加广泛，且多由学界名流与专业人士执笔鉴赏，其阐释也更为具体深入。

　　羊先生选注的《元明清散曲三百首》，是在他出版《元人散曲选》十年之后，即1992年出版的，同年出版的还有他的《散曲通论》，由此可知：十年前的《元人散曲选》，只是其日后系统研究散曲的准备之作，而作为《散曲通论》姊妹篇的《元明清散曲三百首》，则是系统论述元、明、清散曲作家创作的必备材料，所以在《元人散曲选》的基础上有了很大的进步与提高。其显而易见者，主要在以下几方面。

　　首先是以史家意识、通观视野选曲，并着意突出"一代之文学"元曲的重要地位。《元明清散曲三百首》，共选元、明、清三代散曲家93人（不含无名氏作家，下同），共选入小令303首、套数23篇。其中，元代曲家62人（其中邓玉宾、邓玉宾子应为1人），凡小令198首、套数15篇；明代曲家17人，凡小令67首、套数3篇；清代曲家14

人，凡小令38首、套数5篇。相比之下，元代散曲的地位得到特别彰显，但其所选明、清两代共31人，刚好相当于所选元代曲家人数的一半；其所选明清两代曲作篇数，凡小令105首、套数8篇，则微过所选元代曲作数量的一半；这样一来，又不免让人觉得元、明、清三代的比例明显失调，尤其是明代重要曲家，遗漏不少，比如李开先、刘良臣、唐寅、沈璟、朱载堉、王骥德等著名曲家皆未入选。窥其原因，一则因为当时谢伯阳《全明散曲》尚未出版，同行所了解和掌握的明代散曲资料不全，对于明代散曲普遍存在某些认知局限，羊先生也难以避免；二则，因为羊先生之前在《元人散曲选》中已选入48位曲家及无名氏曲家的308首小令和5篇套数，在《元明清散曲三百首》中又增选元代曲家14人（达到62人），而且还要新增明清两代的曲家，且又受制于"三百首"之数，这就必须大幅度删减原来入选的元散曲家的作品，因其难于割爱太多，便只能尽量控制明、清曲家入选之人数和篇数，于是造成元代和明清两代的比例失调，这是可以理解的。虽然明代散曲家入选人数及作品数量不足，但是选本却注意到了明代不同时期代表作家的平衡，比如在明中期，选入了康海、王九思、陈铎、王磐、杨慎、常伦、冯惟敏等一流曲家，在后期亦选入了梁辰鱼、薛论道、冯梦龙、施绍莘等亦堪称一流的作者。

其次，羊先生是以曲作家之经验与眼光选曲的。羊先生有丰富的散曲创作经验，可以说是现代散曲创作的行家里手，他又曾在《散曲通论》中从语言、修辞、审美等角度对曲体特征做过全面、系统、深入的研究，因此，羊先生在散曲创作中，对散曲一体活泼俏皮、"文而不文，俗而不俗"的曲体特征的把握非常老到，这使他能以"本色当行"的作家眼光选曲。其所选作品大都是曲味浓郁、活泼新鲜、本色当行的作品，不仅对豪放派作家作品的选择是如此，即便是对清丽派作家作品的选择也是这样。比如，在《元明清散曲三百首》中所选的清丽派作家，元代有乔吉、张可久、徐再思等人，明代有沈仕、梁辰鱼、施绍莘等人，但是，羊先生坚持选择他们曲作中的"本色当行"之曲，对他们与词体为近的"清丽"之作，尽管不少作品清雅妩媚、脍炙人口，但却弃置不选。例如张可久的【南吕·金字经】《春晚》：

> 惜花人何处？落红春又残，倚遍危楼十二阑。弹，泪痕罗袖斑。江南岸，夕阳山外山。

又如沈仕的【仙吕入双调·玉抱肚】《美人》：

> 绿云堆鬓，脸生霞脂香淡匀。贴宫梅粉点初干，染春山翠烟犹嫩。临风一笑不胜春，疑是梨花月下魂。

像此类近乎"花间"词体的曲作，羊先生是一概不选的，这充分体现了他在曲选中所坚持的"本色当行"的曲体观，与其曲作风格的呈现是一致的。这涉及对清丽派作家一部分"词化"之曲的认识。对这一现象，任讷曾给予尖锐的批判，谓此等作品"词不成词、曲不成曲"，"臣妾宋词，宋词不屑，伯仲元曲，元曲奇耻"（《散曲概论·派别》）。羊先生大概认同任先生的曲体观，因此无论在创作中，还是在曲选中，都自觉坚守"本色当行"的曲体风格。不过，若依拙见，既然从元代后期以来，曲体雅化、词化已然存在，对那么多近于词体的优秀曲作，则不应一概排斥。笔者在《明清散曲史》中论及梁辰鱼时，针对任先生的批评说过这样一段话：

> 如果站在尊护曲体的立场，任先生的批评，无疑是中肯的，

但是，曲的雅化，的确又是不以人们意志为转移的，就像田野间粗服乱发的村姑，一旦进得城来，面对绣衣华服、绮妆丽饰，你却还要她长期地保持着粗服乱发，恐怕是很难的了。[1]

在曲体审美中，当然首先应当尊崇"本色当行"之作，但也应当把审美选择的眼光放得宽一点，不排斥那些近乎词体的清丽、雅洁之篇。

最后，说一下羊先生《元明清散曲三百首》的注释和简析。曲继诗、词之后，又同为抒情之篇，不少曲家又同是诗词作家，因而在曲的创作中，很自然地化用诗词意境，且往往不露痕迹。羊先生在注释中，能凭着自己广泛的阅历和丰厚的积淀，将曲家们的化用予以指出，由此丰富读者的阅读体验。试举一例，如薛昂夫的【双调·楚天遥带清江引】："花开人正欢，花落春如醉。春醉有时醒，人老欢难会。一江春水流，万点杨花坠。谁道是杨花，点点离人泪。　回首有情风万里，渺渺天无际。愁共海潮来，潮退愁难退。更那堪晚来风又急。"羊先生在注释中指出：

> 一江春水流：李煜《虞美人》："问君能有几多愁，恰似一江春水向东流。"此用其句。

> "谁道"二句：苏轼《水龙吟·次韵章质夫杨花词》："细看来不是杨花，点点是离人泪。"此用其句。

> "回首"句：苏轼《八声甘州·寄参寥子》："有情风万里卷潮来，无情送潮归。"此化用苏词的意境。

> "愁共"二句：这是活用辛弃疾《祝英台近·晚春》的"是他春带愁来，春归何处？　却不解带将愁去"的词意。

---

[1] 赵义山：《明清散曲史》，人民出版社2007年版，第220—221页。

"更那堪"句：此用李清照《声声慢》"三杯两盏淡酒，怎
　敌他晚来风急"的句意。

像这首写春愁的带过曲，如但就字面意思，也是浅显易懂的，仿佛并无
障碍，无须注释，但一经注释者指出其化用了诸多宋人词作之后，读者
再重读此曲，便会觉得其情感内涵被大大丰富了。此类注释，在书中可
谓俯拾即是，充分表现了羊先生丰厚的学养功底。

　　关于此书的曲作简评，其最大特点是文字简练，不拘一格，时有妙
语。或就曲作内容，或就形式技巧，或就表现特点，往往三言两语，便
能切中肯綮，搔到痒处。如关汉卿【仙吕·一半儿】《题情》："碧纱窗
外静无人，跪在床前忙要亲。骂了个负心回转身。虽是我话儿嗔，一半
儿推辞一半儿肯。"其简评说：

　　　　这曲写一对青年情侣之间的一场小风波。一个"跪"，一
　　个"转身"；一个要"亲"，一个要"骂"；这中间浓缩了多少恼
　　人的往事。结句的"一半儿推辞一半儿肯"，把一个少女的内
　　心世界裸露无遗，既有羞涩矜持的一面，又有深情大胆的一
　　面。原来"骂"是假，"回转身"是假，是做戏的；而接受他的
　　"亲"才是真的，发自内心的。

这是抓住曲中人物内心感情变化进行分析，给读者以指点。

　　再如乔吉的【中吕·山坡羊】《寓兴》："鹏抟九万，腰缠十万，扬
州鹤背骑来惯。事间关，景阑珊，黄金不富英雄汉。一片世情天地间。
白，也是眼；青，也是眼。"羊先生简评说：

　　　　这支小令反映了玩世不恭的态度和愤世嫉俗的感情。这种
　　置世态炎凉于不顾，置人间毁誉于不计的处世哲学，正是基于

对黑暗现实的清醒认识，对污浊社会的高度蔑视，才以调侃的语调，对凌云壮志、万贯家财、世间荣誉，做了彻底的否定。语冷而心热，意淡而情浓，当于冷热、浓淡的反差中，求其言外之意，弦外之音。

这是结合作者特殊的时代环境，深入剖析曲中所袒露的知识分子的心态，给读者以引导。

又如张可久的【中吕·红绣鞋】《西湖雨》："删抹了东坡诗句，糊涂了西子妆梳，山色空濛水模糊。行云神女梦，泼墨范宽图，挂黑龙天外雨。"羊先生简评说：

此曲构思新颖，写景如绘，觑定一个"雨"字，在苏轼《饮湖上初晴后雨》诗上做文章，既描绘了西湖的貌，也刻画了西湖的神。

这是从构思命意与写作技巧方面给读者以提示。

诸如此类，不拘一格，既能要言不烦、切中肯綮，引导读者准确领略原作的精神意趣，又能做到简评文字本身的雅洁精妙、耐人寻味，给读者一种阅读的畅快和愉悦。

总之，羊先生的曲作、曲论和曲选著作，虽然有某些时代局限和不足之处，但其语言文字运用的娴熟简练、雅洁精妙、清新活泼，仿佛雨后晴空，澄江皓月，老树新花，总给人触处生春之感。他以曲作、曲论、曲选相得益彰的综合性成就与贡献，作为 20 世纪曲坛的殿军，为百年散曲的后期辉煌，画上了圆满的句号。

（原刊《中国文学研究》2020 年第 1 期）